Alfred Döblin

Gesammelte Erzählungen

Rowohlt

Schutzumschlag- und Einbandentwurf
von Werner Rebhuhn

1.—15. Tausend Januar 1971
Mit freundlicher Genehmigung
des Walter-Verlages, Olten und Freiburg im Breisgau,
veröffentlicht im Rowohlt Verlag GmbH, Reinbek bei Hamburg, 1971
Die Ermordung einer Butterblume
Ausgewählte Erzählungen 1910—1950
(*Alfred Döblin, Ausgewählte Werke in Einzelbänden*
in Verbindung mit den Söhnen des Dichters
herausgegeben von Walter Muschg)

Gesamtherstellung Clausen & Bosse, Leck/Schleswig
Das Papier lieferte die
Peter Temming AG, Glückstadt/Elbe
Printed in Germany
ISBN 3 498 09077 1

INHALT

DIE SEGELFAHRT

DIE Digue von Ostende lag in dem blitzenden Mittagslicht. Die geschmückten Menschen auf der breiten Meerespromenade lachten und gingen an einander vorüber. Unter dem Widerschein des unermeßlichen Wassers funkelten die Fenster der Strandhäuser zärtlich auf. Das unablässige Brausen des Meeres rollte von den Steindämmen zurück, schwoll wieder an, schwoll immer wieder ab.

Der schwere Brasilianer ging mit offenem Munde unter den geschmückten Menschen. Er ging dicht am Meeresgitter der Promenade. Er hielt den Kopf gesenkt wie überrieselt vom Badewasser; seine vollen Lippen waren feucht. Die schwarzen weißdurchzogenen Haarsträhnen fielen über seine Ohren. Er bog den Kopf mit dem Kalabreser nach rechts und links, um dem Anprall des scharfen Windes zu begegnen. Er streifte ab und zu mit einem freudigen Blick das graugrüne Wasser. Sein gelbbraunes schwammiges Gesicht zuckte, die Augen, die in grauen Höhlen lagen, schimmerten; er spürte den feinen Luftwirbeln nach, die um seinen bloßen Hals fuhren, das graue Schläfenhaar anhoben und gegen seine Wange mit feinen Stiletten anschwirrten. Er fror leise; blickte an seinem weißen Vorhemd entlang, über das weißer Sonnenschein floß, und einen Augenblick beunruhigte ihn der Gedanke, daß sein Blick vielleicht Schatten werfe. Er seufzte, drängte sich tiefer zwischen die Menschen.

Das Schüttern des Eisenbahnzuges schwang noch in ihm nach, der ihn gestern von Paris an die See getragen hatte.

Fluchtartig hatte er Paris verlassen, fluchtartig war er auf seiner Jacht aus der Heimat über den Ozean gefahren, aus einem hoffnungslosen Glück; plötzlich seiner achtundvierzig Jahr gedenk. In Paris hatte er vier Monate lang die Schwelgereien der Künste, die glatten Säle, die bestialischen Tänze ertragen: dann warf ihn eine schwere Lungenentzündung hin; er lag aufgegeben wochenlang im Hospital. Als er am Sonntag das Haus verließ mit schwachen Knieen, schlug er den Kragen seines Loden-Capes hoch, bestieg eine Droschke, fuhr auf die Bahn. Einen Tag schlich er gebeugt durch das tote Brügge. Dann raffte er sich auf, jagte in der Julihitze nach Ostende.

Er hob den Blick von dem dünnen Sande, der unter seinen Füßen wegzog.

Sie glitt zum zweiten Male an ihm vorüber; rostfarbenes Haar unter breitrandigem weißen Hut. Ein grauer Blick aus einem klugen nicht jungen Gesicht wich vor ihm zurück. Sie war vielleicht Mitte dreißig. Er hörte noch hinter sich eine hohe gesangvolle Stimme.

Bei dem Klang dieser Stimme wandte sich Copetta um. In dem Augenblick hörte der Wind auf mit Messern zu werfen. Sie sprach mit einer alten Dame, die sie stützte. Der Brasilianer schob den Hut in den Nacken; eben als er über ihre schmalen Schultern blickte, schwarzer Überwurf auf dunkelblauer Seide, verlor er sie. Der weiße Hut wippte über der Menschenmenge, verschwand um eine Ecke.

Copetta schlenderte in ein Café, löffelte eine Schokolade. Das Meer rollte unablässig gegen die Steindämme; leises Scharren der Sandkörnchen; der Wind warf mit dünnen Stiletten.

Nachmittags um die Zeit des Kurkonzertes ging der schwarze Brasilianer in einem langen grauen Gehrock über die Digue. Leicht und frech wehte die Musik. Als er mit seinem dicken gelben Stock vor dem Kurhaus Schritt um Schritt den Boden stampfte, wich ein grauer Blick wieder vor ihm zurück. Die alte Dame sprach auf sie ein. Ihr Gesicht war schmal, die Backenknochen traten scharf hervor; die kleinen Augen unter den dünnen roten Brauen blickten bestimmt und nüchtern, über der Nasenwurzel hatte sie Sommersprossen, von den Augenwinkeln zogen sich Fältchen. Ihr Gang schwebte.

Der Brasilianer strich sich über die Augen, blieb unwillig stehen, schlenderte weiter.

Gegen Abend saß er auf der Veranda seines Hotels. Als er die Weinkarte in die Hand nahm, fiel ihm ein, daß er heute dreimal eine Frau gesehen hatte, rostfarbenes Haar unter einem wippenden Hut; dreimal eine Frau, schwarzer Überwurf auf dunkelblauer Seide; ein grauer Blick. Still schob er seinen Stuhl zurück, mit Seufzen, Lächeln und Vorsichhinstarren zog er seine Brieftasche heraus, trug seine breite Visitenkarte in die Villa, in der er sie hatte verschwinden sehen, gab sie einem Mädchen ab. Als er wieder die Meerluft an seinem Hals fühlte, fragte er sich, wozu das eigentlich gewesen war. Dröhnend schlug er seine Zimmertür hinter sich zu, warf sich im finstern Zimmer auf einen Schreibsessel, zerriß die Bilder seiner beiden Kinder, nahm eine Nagelschere, zog seinen edelsteinbesetzten Trauring ab, hing ihn über die Schere, hielt den Ring über die brennende Kerze. Die Steine verkohlten; die Schere wurde heiß; er ließ sie fallen. Wühlte mit beiden Armen in zwei großen Eimern mit Meersand, die er sich auf sein Zimmer hatte bringen lassen, stand ächzend auf, bestreute den Boden und Teppich blind mit Sand, fluchte leise auf die Hunde, die Hausdiener, die zu wenig Sand gebracht hatten. Schlief auf seinem Sessel ein.

Wie er am Mittag eben auf der Veranda, in einem Stuhle liegend, tief die scharfe Luft einatmete und schwindlig die Augen schloß, stand vor ihm das Bild der gehenden Frau, sehr schmales verwelktes Gesicht, ein klarer bestimmter Blick, der sich fest auf ihn richtete. Sie hatte ihn bitten lassen, nicht Mittags sie zu besuchen. Er warf die dünne Decke von seinen Füßen, stülpte den Hut über das zerwühlte Haar, schritt schwerfällig, die Arme auf der Brust verschränkt, die Stufen herunter, über die leere sonnige Promenade, auf ihre Villa zu, ein einstöckiges Haus mit schmalen geschlossenen Fenstern. Er schob sich durch einen dunklen Korridor, klopfte leise an die Tür, an der ihr Name auf einer Visitenkarte stand. Nichts verlautete. Er riß die Türe auf.

Sie lag halb im Bett; hatte, um herauszuspringen, die blaue Decke nach der Wand zu geworfen. Zwei volle frauenhafte Beine berührten mit feinen Zehen eben den Boden, ein sehr schmächtiger strenger Körper richtete sich auf in einfachem, bandlosen Hemd, ein ernstes schmales Gesicht unter dem aufgelösten Haar.

Erschüttert blieb der schwarze Brasilianer an der Türe stehen. Sie lächelte, deckte sich zu, bat ihn, in einer Viertelstunde wiederzukommen. Totenblaß, ohne ein Wort zu sprechen, hob er seinen Stock vom Boden auf. Das alte Mädchen gab ihm die Hand; er sah in kleine nüchterne Augen.
Am Abend kam ein Bote aus seinem Hotel zu ihr; er lud sie zu einer Segelfahrt für den nächsten Morgen ein; nicht einmal seinen Namen hatte er auf der Karte unterschrieben. Sie drehte den mächtigen Briefbogen in der Hand hin und her; halb unwillkürlich nahm sie einen Bleistift, schrieb auf dasselbe Blatt, er möchte kommen, er möchte recht früh kommen; sie machte unter ihren Namensbuchstaben L noch einen wunderlichen Schnörkel, den sie fast eine Minute malte.
Bei grauendem Morgen lief sie ihm vor der Tür in dünner Bastseide entgegen; sie sprangen eilig die schmale Steintreppe zu dem murmelnden Strand herunter; sie warf mit Muscheln nach ihm zurück und fand, als sie sich nach ihm umwandte, daß es in seinen Mienen leidenschaftlich zuckte. Ganz weißes Leinen trug er; er ging mit bloßem Kopf; die linke Hand trug er am Gelenk verbunden; er sagte, er hätte sich gestern Abend beim Fall über Glas an der Ader geschnitten. Mit einem Ruck stieß er ein kleines Ruderboot in das Wasser, hob die Aufschreiende auf den Sitz, sprang nach, ruderte gemächlich auf ein Segelboot zu, das vor der Holzbrücke am Herrenbad schaukelte. Sie sprangen in den Segler; Copetta zog schon den Anker; ihre bloßen Arme hielten sich an der Steuerbank fest, leise klangen die hölzernen Mastringe an, nach einem Zug blähte sich das Großsegel; das Boot ging in See.
Sie fuhren durch die Strandgischt in das graugrüne Meer hinein. Über die scharfe Horizontlinie kam ein weißer Schein, der sich von Augenblick zu Augenblick verstärkte und höher rückte. An dem starken Morgenwinde flogen sie gleichmäßig hin. Nun hockte der Brasilianer neben dem Großbaum auf den Planken, legte die Takelung fest. Wild lachend richtete er sich auf, schwang breitbeinig ein dünnes Tau wie ein Lasso um seinen

Kopf und warf es gegen sie; sie schüttelte sich umschnürt, löste sich mit einem Ruck, schleuderte das Seil geballt mit einem mädchenhaften Kichern gegen seine Brust. Rasch hatte sie das Ruder angebunden, sich über Bord gebückt, überschüttete ihr kaltes Gesicht mit Meerwasser, warf, einen Fuß auf der Ruderbank, bis über die Ärmel triefend, zwei volle Hände gegen ihn. Er fing das Salzwasser schlürfend mit offenem Munde auf, schluckte. In dem böig aufblasenden Wind ließen sie das Boot laufen, das anfing wie ein unruhiges Tier zu zittern. Sie jagten sich über die Planken. Johlend sprang die Schmächtige auf die Ruderbank und schlug mit den Fäusten gegen die Takelung. Sie riß sich ihre dünne Jacke ab, pfiff und drehte sich um sich selbst. Ihr Mund mit den dünnen Lippen öffnete sich oft zu einem kurzen, kindlichen Lachen.
Der breitschultrige Brasilianer saß zusammengesunken auf dem Bordrand; erschüttert hörte er ihr Lachen, mit bebenden Lippen, hochgezogener Stirn hielt er ihren Kopf, als sie sich über seine Kniee legte und ihn neugierig betrachtete. Seine steinharten Hände stemmten ihre aufstrebenden Schultern ab; er wiegte den Kopf verneinend hin und her. Die Wellen krochen über Bord, sie schlüpften wie kleine Hunde sacht an ihnen herunter auf die Planken. Der Wind nahm an Stärke zu. Das Boot legte sich stark über, das Kleid des Großsegels fing an zu flattern, sie schossen in den Wind. Die schwarzen fast glasigen Augen des Brasilianers sahen über ihr triefendes Haar weg, das alte Mädchen suchte mit rückgebogenem Kopf nach seinem Munde, seinem Hals, sie tastete sich an seiner Brust hin. Sein schwammiges zerfaltetes Gesicht war gelöst, als ginge ein feierliches glückerfülltes Wort um ihn herum. Das Boot schwankte steuerlos, Welle auf Welle rollte an. Copetta saß auf dem Bootsrand. Als eine hohe Wand gegen das Boot ging, hob er weit die Arme auf, legte sich wie auf ein Kissen mit dem Rücken gegen die Welle. Das Polster glitt zurück. Sie hörte, wie er etwas murmelte; sie sah noch den berauschten, verschlossenen Blick, mit dem er verschwand.

Ein Stoß des Bootes warf sie gegen den Mast. Sie fühlte keinen Schmerz in ihrem blutigen Arm. Sie schrie nach der Stelle hin gellend Hilfe, lange Rufe stieß sie aus. Man fand sie bald in dem treibenden Boot liegen. An Land erwartete man sie. Man wußte alles; Copetta hatte ein Telegramm an die Behörden geschickt.

Sie blieb noch eine Woche bei der alten Dame in der einstöckigen Villa. Dann sagte man ihr, daß sie mehrmals mittags im Speisezimmer sich auf die Dielen geworfen habe vor den andern und mit den Händen in die Luft taste. Daß das Hausmädchen von außen beobachtet hätte, wie sie am hellen Morgen mitten in ihrem Zimmer stillstand und sich um sich drehte. Am Nachmittag des Tages, an dem man ihr dies sagte, packte sie mit dem Hausdiener ihre Koffer, legte ein schwarzes Kleid an, verließ ihre Mutter, fuhr nach Paris.

Sie nahm ein kleines Zimmer und ging auf die Straße. Sie trug ihr rotes Haar aufgetürmt; Wangen und Lippen geschminkt. Sie kam tagelang nicht nach Hause. Sie versagte sich niemandem. Es war ihr eine Lust, sich jedem Rolljungen, Viehtreiber in die Arme zu werfen. Sie machte sich mit gleichgültigem Lachen und Kopfschütteln zur Beute jeglicher Krankheit, die auf sie sprang, und trug sie mit Küssen, mit Gähnen und Inbrunst weiter. Sie schlich nach einigen Monaten in schwarzen Seidenkleidern in die strahlenden Ballsäle. Ihr Gesicht war voller geworden; die kleinen Augen glänzten unter dem Atropin. Die jungen Männer nannten sie: die Hyäne. Sie trug in die Ballsäle eine sonderbare Bewegungsweise. Der Tanz war ersichtlich aus einer eigentümlichen Ungeschicklichkeit der Tänzerin entstanden, die sich schon bei ihren ersten Schritten auf dem Parkett zeigte. Sie stieß jede berührende Hand zurück, wiegte sich in den Hüften vor ihrem Partner nach rechts und links, nur langsam wie ein Schiffer von einem Bein taumelnd auf das andere. Dann umging sie mit plumpen Füßen ihren Partner, und jetzt wiegten sie sich gemeinsam, Hüfte an Hüfte gefaßt, aber er sprang vor ihren aufgehobenen Armen zurück, sie suchte ihn,

sank über ihn hin und schließlich walzte sie nicht, sondern ließ sich von ihrem Partner halb tragen, wobei ihre Füße kaum über den Boden schleiften und sie die Augen schloß.
Sie ließ ein Jahr über sich ergehen. Als eines Abends der Postbote zu einem riesigen Blumenstrauß einen Brief brachte, drehte sie lange den mächtigen Bogen in ihren gepflegten Händen hin und her. Sie warf die Blumen in den Papierkorb, schlug den zitronengelben Kimono über die Brust zusammen, setzte sich an den Schreibtisch und spielte mit dem stark parfümierten Bogen. Der Bote stand noch an der Tür, seine Uniformmütze setzte er schon auf, als sie sich erhob und ihn bat, eine Depesche zu besorgen. Sie schien wie erleuchtet; sie nahm ein befehlerisches Wesen an. Sie telegraphierte nach Ostende: «Herrn Copetta, Ostende Hotel Estrada, erwarten Sie mich morgen Mittag. Bitte Drahtantwort.» Eine Stunde stand sie zitternd auf der Treppe, ob die Antwort bald käme. Sie packte den Handkoffer. Nach drei Stunden schickte sie um einen Wagen; zog einen dünnen Anzug aus gelber Bastseide an, fuhr auf die Bahn. Der Zug rannte lange Stunden der Nacht, rannte über Brüssel, Gent, Brügge; schließlich Ostende frühmorgens. Sie rasselte durch die engen bekannten Straßen der Stadt. Mit einmal leuchtete zwischen den Häusern das Meer auf, das graugrüne Meer. Sie stand aufgerichtet in der rasselnden Droschke, als der böige Wind sie mit einem Hagel von Stiletten überschüttete. Sie schrie aufgerichtet im Wagen vor Heimweh und Seligkeit, hob ihren Sonnenschirm auf und winkte dem graugrünen Meere zu. Sie betrat ihr altes Zimmer wieder, hörte halb, daß ihre Mutter schon seit langen Monaten in diesem Hause gestorben sei. Ihr Gesicht war still; aber als die Pensionsdame sie entsetzt fragte, warum sie hier sitze und so lache, antwortete sie: «Doch vor Glück, liebe Frau, wovor denn als vor Glück. Was erzählen Sie?»
Und dann nahm sie, die sich sanft wie eine schöne junge Frau bewegte, ihren weißen Sonnenschirm und ging an das Meer. Die Digue lag in dem blitzenden Mittagslicht. Unter dem Widerschein des unermeßlichen Wassers funkelten die Fenster

der Strandhäuser zärtlich auf. Unablässig brüllte das Meer, warf sich gegen die Steindämme und legte sich platt hin. Sie drängte sich gewandt durch die geschmückte Menge, schlüpfte in das Vestibül des Hotels. Der Portier gab ihr das Telegramm; er erzählte, der Herr sei vor einem Jahr etwa verunglückt auf einer Segelpartie. Sie faßte sich an die Brust: «Auf diesem Meer?» Und dann drückte sie ihm ein Geldstück in die Hand, warf ein paar Zeilen auf ein Blatt Papier mit ihrer Adresse, flüsterte ihm ins Ohr, er möchte doch dies Blatt an sich nehmen; wenn der verunglückte Herr heut abend käme, möchte er es ihm sofort geben. Sie ging an dem Verblüfften lächelnd vorbei auf die Promenade, nahm einen jungen Herrn, der ihr folgte, an, hörte, mit ihm nachmittags an der Kapelle eine Schokolade trinkend, mit strahlendem Gesicht die freche leichte Musik des Kurkonzerts.

Der Abend kam herauf. Der Vollmond hing schlohweiß über dem ungeheuren Wasser.

Sie stand an ihrem Fenster und wartete. Es wurde Nacht; sie hatte schon ungeduldig auf das rostrote Haar den wippenden weißen Hut gesetzt. Sie lief auf den Zehen durch den dunklen Korridor, sah die lange Strandpromenade herunter, die im blendendweißen Mondlicht lag. Dann lief sie die lange Promenade hin und her, hielt ihren Hut fest, den der Sturm abhob, spielte mit ihrem Schatten, der schwarz vor ihr herfiel, tanzte ihm pfeifend auf offenem Weg etwas vor, machte ihm lange Nasen. Sie lugte nach dem Hotel, ob sein Fenster noch nicht hell wurde. Um zwölf Uhr schlief sie auf ihrem Bett sitzend ein; gegen vier fuhr sie entsetzt zusammen; es war schon ganz hell. «Er ist voraus.» Sie huschte die Tür hinaus, warf draußen johlend die Arme in die Luft, rief ihren Namen, tutete dazu. Im Nu war sie die schmale Steintreppe herunter. Sie suchte die Abfahrtstelle, lief zu den Badehäusern. Da lagen kleine und große Ruderboote. Keine frischen Männerschritte im Sand! Sie zog die Schuhe und Strümpfe aus, warf ihren Hut an den Strand, schürzte ihren Rock, zog keuchend an dem Bootsseil. Jetzt

sprang sie ein, zog die Ruder. Nur wenig wurde sie von der Brandung zurückgeworfen, dann fuhr sie sicher aus.
Scharf blies der Wind über das offene Wasser; dicke Regentropfen fielen; weit und breit kein Segel, kein Boot. Über die hohen gebogenen Wellenwände kroch ihr Boot, stürzte metertief, kroch unverdrossen weiter. Sie suchte nach allen Seiten; die Angst überkam sie. Sie schrie auf den Knieen kriechend, von jeder Wellenhöhe seinen Namen kreischend über das brodelnde Wasser, aber jetzt schlüpften nicht zahme Hündchen über den Bord; wie der Steinschlag fielen die Wellen auf die Brust der Atemlosen, die sich die Augen wischte. Eben legte sie, schon erlahmend, die Ruder hin, brach in ein wütendes Schluchzen aus, schlug sich verzweifelt mit den Fäusten gegen die Brust, als eine dunkle Gestalt sich neben dem Boot aus dem Wasser aufrichtete. Auf dem Kamm einer Welle schwang sich die dunkle Gestalt ins Boot. Der Brasilianer saß stumm auf dem Bootsrand und ließ die Beine auf die Ruderbank hängen. Er war unförmig geschwollen; seinen weißen Anzug trug er prall auf dem Körper. Die weißgrauen Haare waren dick inkrustiert mit Salz; schwarzgrüner Tang hing in Büscheln über sein triefendes gelbbraunes Gesicht, dessen Mund bebte. Dünner weißer Sand und Muscheln rieselten von seinen breiten Schultern, flossen aus seinen Ärmeln. Er blies laut die Luft von sich, dann atmete er stiller. Langsam hob er den rechten Arm und wehrte die Frau ab, die sich jubilierend von dem Boden erhob. Seine tiefen schwarzen Augen sahen sie fragend an, ihr volles frauenhaftes Gesicht, ihre Lippen, die reif waren, ihre kleinen lebendigen Augen unter den roten Brauen, die jetzt beseelt und süchtig strahlten. Dann blickte er an ihr vorbei. Er senkte seinen Arm, legte sich wie auf ein Kissen mit dem Rücken gegen die Welle. Das Polster glitt zurück. Sie sah, wie er langsam den Kopf ihr zuwandte, sah den berauschten, aufgeschlossenen Blick auf sich gerichtet, sprang ihm nach, und nun umschlangen sie die wulstig dicken Arme; jetzt lachte sie gurgelnd und drückte ihren Kopf an seinen gedunsenen. Und wie sie zusammen die nassen Wellen berührten,

wurde sein Gesicht jung; ihr Gesicht wurde jung und jugendlich. Ihre Münder ließen nicht von einander; ihre Augen sahen sich unter verhängten Lidern an. Eine Wassermasse, stark wie Eisen, schickte das unermeßliche graugrüne Meer heran. Die trug sie, mit der Handbewegung eines Riesen, an die jagenden Wolken herauf. Die purpurne Finsternis schlug über sie. Sie wirbelten hinunter in das tobende Meer.

DIE TÄNZERIN UND DER LEIB

SIE wurde mit elf Jahren zur Tänzerin bestimmt. Bei ihrer Neigung zu Gliederverrenkungen, Grimassen und bei ihrem sonderbaren Temperament schien sie für diesen Beruf geeignet. Läppisch bis dahin in jedem Schritt, lernte sie jetzt ihre federnden Bänder, ihre zu glatten Gelenke zwingen; sie schlich sich behutsam und geduldig in die Zehen, die Knöchel, die Kniee ein und immer wieder ein, überfiel habgierig die schmalen Schultern und die Biegung der schlanken Arme, wachte lauernd über dem Spiel des straffen Leibes. Es gelang ihr, über den üppigsten Tanz Kälte zu sprühen.

Mit achtzehn Jahren hatte sie eine kleine seidenleichte Figur, übergroße schwarze Augen. Ihr Gesicht fast knabenhaft lang und scharfgeschnitten. Die Stimme hell, ohne Buhlerei und Musik, abgehackt; ein rascher ungeduldiger Gang. Sie war lieblos, sah klar auf die unbefähigten Kolleginnen und langweilte sich bei ihren Klagen.

Mit neunzehn Jahren befiel sie ein bleiches Siechtum, so daß ihr Gesicht abenteuerlich fahl vor dem blauschwarzen Haarknoten schimmerte. Ihre Glieder wurden schwer, aber sie spielte weiter. Wenn sie allein war, stampfte sie mit dem Fuße, drohte ihrem Leib und mühte sich mit ihm ab. Keinem sprach sie von ihrer Schwäche. Sie knirschte mit den Zähnen über das Dumme, Kindische, das sie eben zu besiegen gelernt hatte.

Als Ella sich in Schmerzen auf die Lippen biß, warf sich die Mutter über das Sofa hin und weinte stundenlang. Nach einer Woche faßte die alte Frau einen Entschluß und sagte, während sie auf den Boden sah, zu ihrer Tochter, sie solle ein Ende machen und ins Krankenhaus gehen. Worauf Ella kein Wort antwortete, nur einen gehässigen Blick auf das runzlige, hoffnungslose Gesicht warf.

Sie fuhr schon am nächsten Tage ins Krankenhaus. Im Wagen weinte sie unter ihrer Decke vor Wut. Ihren leidenden Körper hätte sie anspeien mögen, bitter höhnte sie ihn; es ekelte sie vor dem schlechten Fleisch, an dessen Gesellschaft sie gebunden war. In leiser Angst öffnete sie die Augen, als sie die Glieder betastete, die sich ihr entzogen. Wie machtlos sie war, o wie machtlos sie war. Sie rasselten über das Pflaster des Hofes. Die Tore des Krankenhauses schlossen sich hinter ihr. Die Tänzerin sah mit Abscheu Ärzte und Kranke. Die Schwestern hoben sie weich ins Bett.

Nun verlernte die Tänzerin zu sprechen. Das Befehlerische ihrer Stimme hörte sie nicht mehr. Es geschah alles ohne ihren Willen. Man achtete aber auf jede Äußerung ihres Leibes, behandelte ihn mit einem maßlosen Ernst. Täglich, fast stündlich fragten sie die Tänzerin nach seinen Dingen, schrieben es sorgfältig in Akten auf, so daß sie erst darüber unwillig wurde, dann sich immer tiefer verwunderte. Sie trieb bald in eine dunkle Angst und Haltlosigkeit hinein; ein Grauen überkam sie vor diesem Leib. Sie wagte gar nicht, ihn zu berühren, an ihm zu wischen, starrte auf ihre Arme, ihre Brüste, erschauerte, als sie sich lange im Spiegel besah. Ihr Mund schluckte Medizin, die sie ihm zu trinken gab; sie begleitete die bitteren Tropfen, wie sie hinunterrannen und sann darüber nach, was er daraus machte, er der Leib, der kindische, o der herrische, der finstere. Klein wie eine Fliege wurde sie; und nachts stand die Todesangst hinter ihrem Bett. Ihre Augen, die in Unheimliches sahen, wurden steif. Die Spöttische mit dem Knabengesicht war nun fromm und betete vor Anbruch der Nacht mit den Schwestern. Die Mutter erschrak, als sie die Tochter besuchte. So kleinmütig, hilfsbedürftig war ihr Kind nie gewesen. «Wir stehen alle in Gottes Hand», tröstete die Mutter die Verfallene, die sich an ihr festhielt. «Ja», flüsterte die Tänzerin, «wir stehen alle in Gottes Hand.»

Das gleichmäßige Treiben um sie beruhigte sie wieder, schnell schwand das Entsetzen, wie es hereingebrochen war. Der Widerwillen gegen die Kranken im Saal flackerte auf. Und die Empörung lungerte in den scharfen Zügen, daß man ihm Ehrfurcht zolle, dem Verderbten, Verderbenden, und über sie fortsehe, als wäre sie tot. Das beleidigte die Herrische. Sie sperrte

den Leib ein, legte ihn in Ketten. Es war nun ihr Leib, ihr Eigentum, über das sie zu verfügen hatte. Sie wohnte in diesem Haus; man sollte ihr Haus zufrieden lassen. Jeden Tag schlugen sie mit Hämmern gegen ihre Brust und belauschten das Gespräch ihres Herzens. Sie malten ihr Herz auf die Brust, so daß es alle sehen konnten; rissen an das Licht, das sich drin versteckt hatte. Oh man beraubte sie. Mit jeder Frage trugen sie ein Stück von ihr weg. Man drang mit Giften auf sie ein, die feiner waren als Nadeln und Sonde; kamen ihr auf alle Schliche, trieben sie ganz in ihren Fuchsbau zurück. Alles nahmen ihr die Diebe, und so wunderte sie sich nicht, daß sie täglich schwächer wurde und totblaß dalag. Jetzt wurde sie erbittert und wehrte sich. Sie belog die Ärzte, beantwortete ihre Fragen nicht, ihren Schmerz verheimlichte sie. Und als man sie wieder befragen wollte, machte sie sich im Bette steif, stieß die Schwestern zurück, ja lachte in plötzlich aufloderndem Hasse den Ärzten, die den Kopf schüttelten, ins Gesicht und schnitt ihnen eine höhnische Fratze.
Aber so krampfhaft tapfer konnte sie sich nicht lange halten. Täglich gingen ohne Unterlaß die weißen Mäntel durch die Säle, klopften an den Kranken, schrieben alles auf. Täglich und stündlich kamen die Schwestern, brachten ihr Nahrung und Heilkräfte: daran erlahmte die Tänzerin. Sie warf das Spielzeug wieder hin; dumpf verachtend ließ sie mit sich geschehen. Es ging sie nichts an, was geschah. Ein kindisches Wesen lag da, das sie elend machte; was sollte sie um ihn kämpfen, was sollte sie ihn um seine Ehren beneiden? Schlaff ruhte sie in ihrem Bett. Der Leib lag wieder, ein Stück Aas, unter ihr; um seine Schmerzen kümmerte sie sich nicht. Wenn es sie nachts stach und quälte, sagte sie zu ihm: «Sei ruhig bis morgen zur Visite; sag es den Ärzten, deinen Ärzten, laß mich zufrieden.» Sie führten getrennte Wirtschaft; der Leib konnte sehen, wie er sich mit den Doktoren abfand. «Es wird schon protokolliert werden.» Damit schnitt sie der Belästigung das Wort ab.
Oft empfand sie ein lächelndes Mitleid mit diesem dummen kranken Kindchen, das in ihrem Bette lag. Sie teilte ruhig und

gewissenhaft mit, was ihn drückte. Gleichgültig und leicht ironisch beobachtete sie die Ärzte und konstatierte ironisch die Erfolglosigkeit ihrer Anstrengungen. Eine Spannung und Lustigkeit kam wieder über sie und eine wild sich schüttelnde Schadenfreude über das Mißgeschick der Ärzte und den Verderb des Leibes. Wie sie unter Gelächter ihren Mund in das Kissen drückte, hatte sie ihren alten Hohn und ihre Kälte wieder.

Als am Mittag Soldaten mit klingender Marschmusik an dem Krankenhause vorbeizogen, saß die Tänzerin jach in ihrem Bette auf, mit glühenden Augen, gepreßten Lippen, ganz über sich gebückt. Nach einer Weile rief eine scharfe, wenn auch leise Stimme die Schwester an das Bett. Die Tänzerin wollte sticken und begehrte Seide und Leinwand. Mit einem Bleistift warf sie rasch auf das weiße Tuch ein sonderbares Bild. Drei Figuren standen da: ein runder unförmiger Leib auf zwei Beinen, ohne Arm und Kopf, nichts als eine zweibeinige dicke Kugel. Neben ihm ragte ein sanftmütiger großer Mann mit einer Riesenbrille, der den Leib mit einem Thermometer streichelte. Aber während er sich ernst mit dem Leib beschäftigte, machte ihm auf der andern Seite ein kleines Mädchen, das auf nackten Füßen hüpfte, eine lange Nase mit der linken Hand und stieß mit der rechten eine spitze Schere von unten in den Leib, so daß der Leib wie eine Tonne auslief in dickem Strahl.

Mit roten Fäden stickte die Tänzerin das Bild roh aus und lachte lustig zwischendurch für sich.

Sie wollte wieder tanzen, tanzen.

Wie einstmals, als sie Kälte über jede Üppigkeit des Tanzes sprühte, als ihr straffer Leib wie eine Flamme geweht hatte, wollte sie ihren Willen wieder fühlen. Sie wollte einen Walzer, einen wundersüßen, mit ihm tanzen, der ihr Herr geworden war, mit dem Leib. Mit einer Bewegung ihres Willens konnte sie ihn noch einmal bei den Händen fassen, den Leib, das träge Tier, ihn hinwerfen, herumwerfen, und er war nicht mehr der Herr über sie. Ein triumphierender Haß wühlte sie von innen auf; nicht er ging zur Rechten und sie zur Linken, sondern sie –

sie sprangen mitsamt. Sie wollte ihn auf den Boden kollern, die Tonne, das hinkende Männlein, Hals über Kopf es hintrudeln, ihm Sand ins Maul stecken.
Sie rief mit einer Stimme, die urplötzlich heiser geworden war, nach dem Doktor. Über sich gebeugt, sah sie ihm von unten ins Gesicht, wie er erstaunt die Stickerei betrachtete, sagte dann mit ruhiger Stimme zu ihm auf: «Du – du Affe – du Affe, du Schlappschwanz.» Und stieß sich, die Decke abwerfend, die Nähschere in die linke Brust. Ein geller Schrei stand irgendwo in einer Ecke des Saales. Noch im Tode hatte die Tänzerin den kalten, verächtlichen Zug um den Mund.

MARIA ging bleich und stilläugig durch die feuchten niedrigen Gräser.

Hing das Laub hoch und dicht, so schaute Maria nach einem breitästigen Baume aus, der allein hinter einem maschig verwachsenen Gebüsch stand, in einem Walde stand, den die Männer mieden. Das Grün der Blätter verschmolz mit den seidenen Dämmerfarben der Luft; dann blühten bronzedunkle, rosenzarte, gelbgetönte oder auch schneeige Mädchenleiber unter ihm, die sich liebten. Das Laub hing dicht und fiel tief hernieder.

Wenn wilder Regen strömte, saß Maria unter den Gespielinnen am Fenster ihrer Halle, mit ihrem weißen, ins Bläuliche schattenden Gewande, einen Mandelzweig im Haar; sangen aller Lippen zum Regengotte ein Beschwörungslied. Aber sie schrie auf vor Glück, wenn sie ein Kindchen sah. Mit langsamen Schritten ging sie auf das Kindchen zu, hob es auf und hielt es, sich setzend, leicht mit den Knieen wiegend, im Schoß. Manchmal hielt sie im Wiegen inne, blickte lange auf die weißen Sonnenstäubchen und den schwerblauen Himmel, schauerte plötzlich zusammen mit den fröstelnden Schultern und wiegte weiter.

Ein treuer Freund warb um sie; aber die Jungfräuliche konnte den leise Flehenden nicht erhören.

Als die Mädchen einmal in sanftem Glück unter jenem breitästigen Baum ihre Jugend mit Küssen und Umarmen genossen, sahen sie durch eine Blätterlücke am Himmel eine schwarze, unermeßlich breit und riesig greifende Wolkenhand, unentrinnbaren Willens gleichsam wie eine Gotteshand. Sie sangen unruhig auf, sänftigten sich, flohen schließlich durch das Laub geduckt auseinander, die weißen und buntgewandigen, als ein graublaues Licht ganz hinten am Hügel äugte und immer heller und heller und häufiger von der Himmelsschwärze herblickte. Zwischen schwarzen und steifen Baumreihen, die sich zu krümmen und winden begannen, flatterten die Gewande vor dem Wind. Dem Freunde, der Maria entgegengelaufen war, nachdem er lange wartend um ihr einsames Haus gestreift hatte, klammerte sich die Ängstliche, Zerzauste an und ließ seinen Arm nicht. Immer klagten und zitterten ihre blassen, verwirrten Blicke zu den weitgespannten Wolkenfingern und dem grellen Licht hin. Sie fiel ihm, als die Erde zu beben begann und eine Donnerstimme mit lohendem Purpur und Schwefelgelb aufbrüllte, totbleichen Gesichts in die Arme. In dem dichten Dunkel fuhren Hände ihr über Gesicht und Haare, sie hörte nach dem herrisch befehlenden Donnerschlage heiße Flüsterworte. Er nahm sie hin, die wie ein leichter Ast an seiner Schulter hing, mit ganz entspannten Gliedern und zitternd.

Die Gespielinnen fanden sie am Morgen nach dem Gewitter starr mit offenen Lippen auf dem Lager. Ihre schimmernden Augen suchten, als die Füße der Mädchen auf der Diele klangen, irr etwas in ihrem Zimmer und auf den Gesichtern der Freundinnen; sie wollte sprechen, aber mit einem rauhen Laut stopfte sie sich ihr Tuch in den Mund und biß hart darauf. Oder sie schrie auf und stöhnte langgezogen, regelmäßig und warf sich hin und her. Niemand wußte, was in der Nacht geschehen war, aber man riet bald, daß der Schrecken des Gewitters ihre Seele verstört hatte.

Und sie pflegten sie, bis sie still wurde, und auch den Freund, der immer wieder eindringen wollte, ließen sie nicht zu der Kranken. Als sich die Zerwühlte langsam gesammelt hatte und ruhig lag, sagte sie endlich heimlich, indem sie den Kopf noch tiefer in das Kissen drückte, wie um sich zu besinnen, mit einem unsicher fragenden Ton in der Stimme: es sei etwas über ihrem Haus bei Nacht gewesen. Und sann dann wieder angestrengt in den Kissen nach, sah auffahrend auf die Gefährtinnen und die stummen Gegenstände im Zimmer.

Nach einiger Zeit ging sie nun wie eh mit den Freundinnen durch die feuchten niedrigen Gräser. Aber wenn schon sonst ein weicher Ernst über ihr lag, so verlangsamten sich jetzt ihre Be-

wegungen immer mehr, fast feierlich. Ihr Gesicht klärte sich morgenlich, täuschungslos auf. Als sie dem Freier zuerst begegnete und die Freundinnen auf ihren erstaunten Blick ihr sagten, wer er sei, sah sie ihm noch lange in das flehende Gesicht und wandte sich dann ruhig von ihm ab, anscheinend im Grün der hängenden Blätter und am glatten Himmel etwas suchend.
Öfter blieb Maria jetzt vor ihrer Halle sitzen in der blauen Luft. Ihre Augen wurden gütiger, versonnener, und wenn der treue Freund neben ihr stand, so streichelte sie seine Hand, die neben ihrem Kopf herabhing, und ihre Lippen nannten ihn wie früher leise: Freund.
Sie gedieh und wandelte sich allmählich in eine reife Blüte. Als sie mit dem schwachen Kindchen auf den wiegenden Knieen wieder vor der Halle saß, sah Josef sprachlos auf sie, deren Augen von innen erleuchtet schienen.
Maria hob ihr zartes Gesicht lächelnd zum tiefblauen Himmel auf, von dem die düstere Gotteshand nach der Jungfräulichen herabgegriffen hatte, öffnete leicht die Lippen gegen das Licht zum Kuß, blieb lange so.
Und so senkte sie dann den friedensstillen Kopf und die Brust halb über das unschuldige Kindchen, das von ihren duftenden Händen gehalten auf ihrem Schoße lag, auf ihrem weiten weißen Gewande, dessen Falten mattblau schatteten:
«Ich liebe dich, ich liebe dich, du Gottespfand.»

DIE FLUCHT AUS DEM HIMMEL

GRAUER endloser Wiesenplan. Schwer verschattete Luft. Lautlose Schmetterlinge im hellen Klee, Lupinen, verwachsenes wüstes Ginstergebüsch, starre Haferhalme. Keine Buche im versinkenden schwammigen Boden, keine Aloe, Palme. In der Ferne – wie weit – eine tiefe schwarze Regsamkeit, rauchend an das Himmelsdach, eine mattblinkende Masse, Metallmasse von Blei und Zinn, ungeheuer. Schwache Linien, Biegungen, ein Knie umrissen, von einer Hüfte eine Falte abwärts gespannt, Bewegung wie der Sturz einer Sandlawine. Der Rumpf, wo mochte der Rumpf sein. Die Arme, wo mochten sie sich, bis zu welcher Höhe sich erheben. Keines Kopfes schien diese Masse, diese Wolkenwand zu bedürfen. Ihr Anblick so erschütternd, Zungen lähmend. Kein Ich konnte hier bestehen bleiben, tiefste Bewußtlosigkeit strömte die Masse aus.

Gekauert auf einer beblümten Bodenwelle, die eigenen Kniee mit den Armen umschlingend, mitten im fahlen Grün ein junger bärtiger blasser Mann. Im Purpurmantel, eine Kaiserkrone auf dem rotblonden dünnen Haar, so von Brillanten blitzend, daß die Wiese weithin schimmerte; die Finsternis durchbrochen von diesen furchtbar einsamen Blitzen. Die Krone im Nächtigen schwebend wie eine Ampel an unsichtbaren Ketten. Er trug die Kaiserkrone der irdischen Welt, er hatte sie niemandem zurückgelassen in der Welt. Öfter nahm er sie ab, während er sich nach rechts und links schaukelte. Die zarten durchbluteten Hände wie in glühende Asche getaucht, glücklich sein Gesicht, vor der Brust hinter den beiden Goldspangen raschelte das verwelkte Sträußchen Magdalenens.

Einmal trug er nicht diese Krone. Einen sommerlichen Mantel von Veilchenfarbe hatte er an, die Haare fielen ihm knabenhaft über die unruhige Stirn auf den bloßen dürren Hals, in den von Wirbeln durchfurchten Nacken. Seinen Nacken hielt Maria mit beiden weichen Armen umschlossen, während sie kniete und ihr zerknüllter Mantel losgelassen rückwärts über Fersen und

Fußsohlen fiel; Helligkeit einer Morgendämmerung ging von ihr aus. Sie knieten nebeneinander, stierten abwärts, stierten die Erde an. Die Erde geöffnet, die Länder rauchten. Jesus weinte, Maria konnte ihn nicht besänftigen. «Wie wäre ich dein Sohn, Maria», atmete er, «wenn ich mich beruhigen könnte.» Sie trocknete ihr Gesicht, ihr bernsteingelbes langes Haar knotete sie über Stirn, Augen und Nase, Mund, glitt blind gegen das ferne furchtbare Schweigen. Unter dem kalten Hauch warf sie sich hin. Dumpf die Haare zerbeißend, barmte sie wie schon tausendmal um die Erde. Kein Laut. Schärfer, schneidend die Kälte. Sie wich.

Als Jesus die Mutter kommen sah mit dem ungeöffneten Gesicht, weiße Blasen über den Armen, die Hände glanzrot gequollen, der Mund mahlend, schob er ihre Haare in die Höh, rieb sie warm, Gesicht an Gesicht. Hob ihre Hände von seinen Schultern ab. Maria sprach kein Wort, lag allein mit dem Gesicht im Gras.

Der Vater ließ ihn gehen, noch nie hatte der Sohn mit solcher Inbrunst den glasharten Boden zu seinen Füßen geküßt.

Und dann geschah das Unerhörte, daß Jesus verschwand aus dem Himmel, dem Ungeheuren aus den Augen verloren, Maria verzweifelt geworfen auf den Rücken zweier Wildgänse, damit Gott ihr Schreien nicht hörte vor dem Geschrei der Vögel. Sie ging ihn suchen über die Länder, lief, lief, die Gänse trugen sie über das Wasser, sie fand ihn in Palästina. Klein, in einen graugrünen Rock gekleidet, in armseligen Sandalen kroch er zwischen Tagelöhnern, Handwerkern, ein rötlicher Spitzbart nach vorn umgebogen war ihm gewachsen, seine Augen so strahlend blaßblau, daß man sah, diese Augen konnten niemals weinen. Maria schrillte vor Entsetzen, als sie ihn an dem mageren Hals, langsamen Schritt erkannte, daß es bis über die Berge nach Akkon und bis über das Meer nach Rhodos Lydien Chios gehört wurde.

Und das ungeheure Wesen oben, aus überweltlichem Sinnen durch ihr Stöhnen geweckt, erkannte dort im syrischen Land den Sohn, der die hinsinkende Frau bei den Schultern hielt. Ihn hungerte plötzlich auf nach dem Anblick. Seinen Rumpf warf er tief vor, daß ein Krachen erscholl, Bersten, Splittern eherner Gebirge. Was sagte dieses Stöhnen? Hatten sie die Göttlichkeit satt, wollten sie Menschen werden, trieb es sie nach neuen Gelüsten? Es schwälte um ihn, der Zorn rauchte über seine Brust, er fühlte sich gezwungen, wegzublicken, seine Schulter schob sich zurück.

Die berieselten Ebenen, Männer, Straßen, Alleen tragend, verbrannte Berge, Täler versenkend mit schwarzen Waldungen, hinunter schiebend gegen die Flüsse, grüne Olivenhaine, Weidenpflanzungen, Felder mit Mais, starrem Zuckerrohr. Warme Luftströme über den Flächen, am heißen galiläischen Meer Heu in Stapeln. Unter den Gehetzten der Ebene Maria. Sah sich blind an ihrer Bosheit, Niedrigkeit, an ihrem Gram, ihrer Betäubung. Das Lager bereiten, abnehmen, Gebete gießen über die verkrampften Herzen. Römer trunksüchtig des Morgens mit harten Schritten über die eroberten Straßen klirrend, die Tunika wallend, hohe Schnürschuhe, nackte Kniee, Verachtung um die leeren, glatten Lippen. Schlaue schwarze Phönizier aus flachen Galeeren vom Meere aufgestiegen, feilschend mit Mastiks, steifen Brokaten, losen Seidenstoffen. Ausgesogene scheue Judäer. Klagende mit Aussatz. Heran Menschenherden, unter griechischem Geschrei vom Libanon getrieben, Rudel sanfter Knaben, plattgesichtiger Mädchen, Tataren, Slovenen vom schwarzen Meer, unter Peitschenhieben, Stockschlägen hinüber auf die Sklavenschiffe.

Als Jesus die Männer auf den prächtigen Seidenschuhen sah, gesalbt die Haare, Bärte mit Goldfäden durchflochten, als die Frauen summend die Tempelstufen herunterstiegen in bunten langen Gewändern, anschmiegenden Geweben, hängenden weiten Ärmeln, schenkte er seiner Mutter ein rosenrotes vielfaltiges Kleid mit Brokatgürtel und einer gläsernen Schnalle, darüber legte er einen meergrünen Mantel mit Goldborte, blumenbestickt, hermelingefüttert, zwei Perlenschließen hielten ihn über der Brust zusammen; der hauchartige Seidenschleier, von der dünnen Stirnspange gehalten, bauschte sich fein neben den angeglühten Wangen vor den bittenden Lippen. Sie warf die Kleider, Perlen, Gürtel geklumpt von sich vor die Kinder. Denn er selbst, der eingeborene Sohn Gottes, der sich verleugnete, dachte an nichts als Suchen unter Sklaven, Bettlern, Kranken, Reichen, Gelehrten. Er blickte ihnen unter die Augen. So weit vergaß er sich, daß er Tote erweckte, die doch schon glücklich waren, daß sie ihr Schicksal von der Erde hinweggerafft hatte, Tote noch einmal zu diesem Leben, als hätte er ein ganz neues Dasein für sie vor. Er schien eine neue Welt schaffen zu wollen unter den Menschen, den Überwucherten, ein Umschöpfer, Gegenschöpfer.

Die Erregung wuchs in dem Himmlischen oben. War dies eine Verschwörung wie vor grauen Zeiten? Schon rieselten, drehten sich die grauen Massen, das Metall kräuselte, hob sich, rollte ab in bläulich flammenden Spiralen. Im Grimm hielt er an sich, es sollte sich alles bis zu Ende erfüllen.

Es geschah, wie er gefürchtet hatte. Hier wollte jemand die Menschen umgießen, gegen ihn, gegen Gott. Maria und Jesus liefen Arm in Arm über die Länder, schienen nicht zu wissen, von wo sie stammten, nur die göttlichen Mächte, die in ihnen wohnten, zu verschütten. Was hat Syrien in jenen Tagen gesehen, welche Flammen hauchten Menschen, Tiere, Pflanzen an.

Und wie die Bitterkeit in Gott wuchs, wurde Jesus stiller. Er veränderte sich, es legte sich über ihn die sonderbare Ruhe, mit der Maria nicht fertig wurde, so daß sie sich mitten im Glück an jenen Abschied erinnerte im Himmel, an die tiefe Inbrunst des Abschieds Jesus' von seinem Vater. Die Angst wurde sie nicht los, wie sehr er sie beruhigte. Er schenkte ihr neue Perlenschuhe, liebkosend bat, drängte er sie, ihn seine schmutzigen Wege allein treten zu lassen.

Und da wurde er plötzlich über Nacht klar, unter einer Sykomore zwischen seinen schlafenden Begleitern hingestreckt, während die funkelnden Gestirne langsam über die schwarze

Himmelswölbung hinaufstiegen: daß sie ihn nicht wollten, die Menschen, daß sie ihn nicht mochten, seine Liebe nicht, Marias Liebe nicht. Und daß er sie reizte, weil er nicht von ihnen ging.
Seine Ruhe wurde tiefer; als der Tag kam, ließ er nicht ab, zu tun wie vorher. Er reizte sie weiter mit Plan, oh er war kein Rebell, er wußte, daß hier für Liebe kein Platz war, er hatte etwas anderes vor. Maria flehte ihn an, sein menschliches Kleid von sich zu werfen. Und jäh war er enthüllt, als er im Regen bei Galiläa auf einem Weinberg sie an die Brust zog und sagte: «Könnte ich es, wäre ich dann dein Sohn?» Sie warf sich hin, zerriß ihr Gesicht. Sie verließ ihn, fuhr zum Himmel, in die Nähe des Ungeheuren suchte sie zu dringen, seine Schulter zu berühren um Beistand. Aber der Himmlische war nur glücklich über ihr Weinen; diese war keine Abtrünnige und war zu tief gespannt. Denn er fühlte, sein Sohn begann auf Erden zu ihm zu sprechen. Er fühlte, was dort geschah, wessen sich sein Sohn unterfing, geschah für ihn, und daß es für ihn war, was er dort sprach, so wie der Sohn zum Vater spricht, ehrerbietig und stolz, selbständig, Gottes Sohn zu Gott dem Vater. Wie Jesus nicht nachließ. Wie er seine Mutter tröstete, die sich entsetzt von den Menschen abwandte, die Menschen zu erweichen suchte, sich vor ihr Kind stellte, klagend. Er beschwor sie, er gebe nicht nach. Sie weinte über die Menschen hin, dies sei ein Gott, ihr Sohn, der sich verleugne. «Ich hab es nicht gewollt», schrie sie, «dies gab ich dir nicht auf den Weg.» Sie faßte ihn bei der Hand, zerrte ihn vor die Strafhäuser, zeigte ihm die schmerzgeborstenen Gefangenen, Pein, Marter der Richtstätte. Er lächelte. Das Volk höhnte über den Gott aus dem Fischerdorf Palästinas, es gebe schon zu viel Götter. Er ging seinen Weg. Keinen Finger bewegte der Vater.
So tief hatte Jesus den Schmerz nicht vermutet, wie der ist, den Menschen erleiden können, den er an dem Querbaum vor dem Stadttor erlitt. Der Vater, in einer Lähmung willenlos, konnte nicht wegsehen. So tief war Jesus Mensch geworden, daß er aufschrie, am Holz hängend: «Vater, hast du mich verlassen?» Und

doch nicht nachgab und nicht die göttliche Maske über sein Gesicht zog. Sein Mund vertrocknet, die abgedrehten Augen fischweiß überhäutet, sein Leib aufgerissen. Es war nicht nur das Leuchten am Himmel, das schwefelgelbe, das anzeigte, Gott habe sich bewegt.

Jesus fuhr auf zum Himmel, mit Schrecken sahen es, die ihn angenagelt hatten. Über den Fuß Gottes lag er gekrümmt, zertrümmert, eine weiche Masse. Der Himmel und die Ewigkeit hatten nie solchen Augenblick erlebt wie diesen.

«Ich habe dich nicht verlassen», tönte es in seinen Ohren. Er röchelte aus der Erstarrung auf, sank schwer zusammen. Goldene Blicke auf seinen blutrünstigen gebeugten Schultern, entfleischtem Schädel, durchlöcherten Armen. Heftiger atmete er, lächelte betäubt in die Steine hinein, weinte, streckte sich lang hin. «Maria», seufzte er, «meine Mutter.» «Ich habe dich nicht verlassen», tönte es. Er schloß die Augen. Er wußte, die Menschheit konnte gerettet werden.

DAS STIFTSFRÄULEIN UND DER TOD

DAS magere grauhaarige Fräulein hatte die Hyazinthengläser beiseite geschoben, den linken Ellenbogen auf das Fensterbrett gestützt und saß gebückt in dem Schneelicht da. Draußen schmolz in dem Vorgarten ein grelles Weiß, von Fußspuren durchbrochen, langsam ab unter der Mittagssonne; dünne schwärzliche Wasser rieselten um die Bäume. Und wie das gebückte Fräulein die schwärzlichen Wasser verfolgte, da wußte sie auf einmal, daß sie bald sterben werde.

Sie nahm den linken Ellenbogen vom Fensterbrett, legte die feinen Händchen zusammen, preßte den Rücken an die Stuhllehne. Steif saß das Fräulein hinter den Hyazinthengläsern. Als die Glocke anschlug, ging sie zu Tische, nahm einen Bissen und legte die Gabel hin. Sie ging aus dem Speisesaal hinaus. Sie saß auf ihrem Zimmer. Den Tag über saß sie auf ihrem Zimmer, in einer Ecke, das verfallene Gesicht nach der Wand zu. Das Schneelicht, das ins Zimmer fiel, wurde matt; auf der Tapete verrauchten die Farben. Zwei zuckende Hände hoben im Dunkeln den Zylinder von der Lampe; die Lampe wurde heftig wieder gelöscht. Kleider fielen auf den Boden. Sie atmete im Bett, stockend, jetzt schnell, jetzt tief. Sie lag die Nacht über mit offenen Augen da. Ihr Gesicht bewegte sich nicht im Dunkeln. Der Mond trat gegen Mitternacht vor ihr kleines Fenster. Weiß blieb er die halbe Nacht da stehen, und erst, als es halb vier schlug, wandte er sich ab.

Am Vormittag ging sie gebückt, in ihrem schwarzen Kleide mit den engen Ärmeln, gleichmäßigen Schrittes durch den Park hinter dem Stift. Unter kahlen Bäumen ging das Fräulein neben ihrer aufgeschossenen Freundin. Ab und zu sprach sie, hob die faltigen Lider von den Augen, die schon mit einem Hauch beschlagen waren. Gleichgültige Sätze wiederholten sich.

Als der Mond in der Nacht vor ihr verhängtes Fenster trat, schwankte das Bett des Stiftsfräuleins. Ihre Finger krallten sich an beiden Kanten fest; sie zitterte, drückte sich an das Lager an, gegen Morgen stöhnte sie oft. Oh, der Klumpen wimmerte, unter die Decke verkrochen, und schlief erst, als es schon hell war.

Eine Unrast lag tags darauf in ihrem Tun. Sie schlang die Mahlzeit herunter, sprang oft auf, schwatzte, wie sie es nie getan, brach in ihren Reden ab und nestelte an sich herum. Lange blieb sie im Speisesaal sitzen, mit schlaffen Schultern, über sich gebückt. Sie ging an dem Tag nicht auf ihr Zimmer. Abends bat sie vergebens ihre Freundin, bei ihr zu schlafen. Es war darauf, als ob einer das Stiftsfräulein über die Schwelle schöbe. Sie riegelte rasch hinter sich ab, schloß das Fenster, besprengte die Wände mit Kölnischem Wasser, stellte auf Tisch und Ofen, zu Füßen des kleinen Muttergottesbildes in der Ecke, Blumen, blühende Blumen, soviel sie finden konnte; auch weiße und blaue Decken, die sie in ihrem Schrank hatte, legte sie über ihre Stühle. Dann saß sie plötzlich zu langem, blöden, störrischen Weinen nieder.

In der Nacht tickten die Uhren im Zimmer. Zwei hingen da; die eine schluckte behäbig die Zeit und blökte halbstündlich, dann war sie satt, aber kaute weiter; daneben gluckste die Schwarzwälderuhr, sie schlackerte, keinen Atem ließ sie sich und überschlug sich fast, wenn sie ihr armseliges Geschrei ausstieß. Das Fräulein sprang aus dem Bett und hielt die Pendel fest. Während sie wieder unbewegt lag, zuckte es in der kleinen Uhr, verzog sich das Gesicht der großen zu einem Grinsen. Da warf sie die Kleider um, lief aus der Tür hinaus, in den Park. Ihre Augen hingen an den schwarzen, wirren Sträuchern: «Ich muß sterben, ich muß sterben.» Stehend am Wasser, das im Morgendämmer dampfte, sah sie stier mit flimmernden Blicken vor sich. Sie watete mit lautem Keuchen und Schreien, mit krampfhaft geschlossenen Augen hinein, patschte mit den Händchen, den dürren, auf das Wasser, drehte sich plötzlich um, floh zwischen den schwarzen Bäumen in das Haus zurück. Das alte Fräulein blieb vor ihrem Fenster stehen. Als es heller wurde, zuckte es noch einmal öfter um ihren Mund, zitterte sie wieder an allen Gliedern, schlossen sich die Lippen aufeinander, fiel sie auf das Bett hinter sich. Aber wie ein Klotz drängte sie sich in der Mitte des Bettes zusammen. Ihre Kiefer waren zusammengebissen, sie stöhnte. Die Augen blitzten bald gegen das Fenster, bald gegen die Türe. Stumm zog sie die Decke über sich.

In den nächsten Tagen ging sie still einher, besprengte noch abends ihr Zimmerchen mit wohlriechenden Gewässern, nahm aber allmählich ihr altes Tun wieder auf. Beten, Sticken, Kartenspielen. Auch saß sie wieder lange allein hinter ihren Hyazinthengläsern. Dort lächelte sie jetzt auch ab und zu schaudernd in sich hinein. Sie sprach noch weniger, als sie sonst getan, mit den anderen Damen, so daß unter denen ein Gerede über ihr hochmütiges Wesen entstand. Der Blick, mit dem sie bei Tisch die Damen streifte, hatte in der Tat bald etwas Verwundertes, bald etwas stechend Überlegenes.

Nun wurden die Tage wärmer. Jetzt spazierte sie stundenlang dichtverwachsene Parkwege; wo sie ging und stand, ging ein Träumen herum. Weinte hin und wieder, in einer weichen, strömenden Weise, die wie ein junges Lied klang. Dann betrachtete das alte Mädchen die Runzeln ihrer Hände, wischte vor dem Spiegel an der trockenen schlaffen Gesichtshaut, betastete die mageren Brüste und wühlte an ihnen herum. Regungslos stand sie beim Ausziehen fast eine halbe Stunde so da. Lag sie dann, so fröstelte sie wohl wie früher, wollten sich ihre Finger an den Bettkanten festkrampfen; bald aber rückte sie jetzt an die Wand, ließ einen kleinen Platz neben sich, den sie zögernd mit dem Arm bedeckte, dann nahm sie ihn wieder weg, legte ihn wieder herüber, es war ein Spiel. Die Arme gegen die Brust gepreßt, das heiße magere Gesicht nach der leeren Stelle des Kissens gewandt, den Hals vorgestreckt. Wie in den ersten Nächten schüttelte sich ihr dürrer Leib, bald tasteten ihre Finger über das Kissen, spitzten sich ihre Lippen.

Als nun die grünen Blättchen auf allen Wegen lagen, putzte sie sich für ihre Spaziergänge, legte eine hellblaue Bluse an; in den

Händen mit weißen Handschuhen Blumen, Reseden, die sie sich abschnitt, langstielige Rosen. Sie ging elastischer und gerader im Grün. War sie im dichten Gebüsch unbelauscht, so knixte sie artig, kicherte in ihre Blumen hinein, tänzelte mit süßem Mündchen. Ja, leichte Briefe schrieb sie auf Rosapapier, die fingen an: «An meinen lieben strengen Herrn, den Tod», Briefe voll verschämter Anspielungen, kokett und scherzhaft; sie zeigte sie gegen ihr offenes Fenster, legte sie nachts unter ihre Schwelle, vergrub sie im Gebüsch. Die Stiftsdamen sahen ihr oft vom Hause aus nach; den Menschen, für den sich das grauhaarige Fräulein putzte, fand keine. Allein sah man sie immer irgendwo schlendern und stehen; mit einer protzenhaften Miene ging sie an den neugierig schielenden Damen vorüber; die Damen sagten von Tag zu Tag überzeugter zueinander, daß das Fräulein sündige Gelüste trage, berieten hin und wieder, sie aus ihrer Gesellschaft auszuschließen.
Indessen rückte das Frühjahr vor, wärmer und wärmer wurde es. Und eines Abends kam das alte Stiftsfräulein von ihrem Spaziergang auf ihr Zimmer, mit rotem Klee, den sie sich gepflückt, vielen Weidenruten und Maikätzchen. Ihr Gesicht strahlte. Sie sang mit leiser Stimme vor sich hin; Türe und Fenster ließ sie auf. Die Blumen legte sie unter das Bild der Jungfrau Maria. Als sie die Blumen aufgebaut hatte, erschrak sie vor dem Bilde der Gebenedeiten, fiel nieder und betete. Mit einem schalkhaften Lächeln aber hing sie die Zweige und das Grün zu Häupten des Bildes auf, so daß das Gesicht der Himmelskönigin ganz versteckt war.
Sie trällerte noch mit blühendem Gesicht in die warme Frühlingsnacht hinaus, legte sich hin.
Sie schlief ein. Wachte im Finstern auf. Wuchtige Schritte im Zimmer. Das Bett krachte. Mit einem Satz schwang sich der Tod neben sie ins Bett. Da war ein Platz frei. Er griff nach ihren Knieen. Sie stieß um sich. Wie ein Bauernlümmel schlug er mit flacher Hand auf ihre Schultern. Da fiel die geballte Faust auf ihre Brust, den Leib, den Leib, und wieder auf den Leib. Ihre

Lippen flehten. Ein Würgen kam. Die Zunge fiel in den Rachen zurück. Sie streckte sich.
Da stand der Tod auf und zog das Stiftsfräulein an ihren kalten Händchen hinter sich her zum Fenster hinaus.

HERR Götting, Adolf Götting, Privatgelehrter, wohnhaft Albrechtstraße 15, drei Treppen rechts bei Frau Schülke. Er sitzt in seinem Zimmer auf einem Sofa und läßt sich von der Lampe wärmen. Ein gedrücktes Männlein mit verschrumpeltem Gesicht, gelblich, entzündeten Augen und rascher weicher Stimme. Seine Finger spielen mit den Fransen der braunen Wolldecke, welche über seinen dünnen Beinen liegt.

Mit kurzen Handbewegungen belehrt das Männlein seine Frau, ein blasses angenehmes Wesen, welches ihm gegenüber auf einem Stuhl mit gefalteten Händen sitzt, daß Übung die Grundlage der Kultur sei und daß es wisse, was es sage. Auch wirke der Most erfreulich auf Magen und jegliche Schleimhaut und werde wahrscheinlich im Darm zu Wein umgewandelt. Die Kraft des Lebens zur Verwandlung sei unermeßlich. Es wisse, was es sage.

Sanft haucht die verblühte Frau etwas über feuchte Herbstwitterung, über Aufregungen einer Sitzung, über vieles Trinken.

Indessen hebt das katarrhalische Männlein langsam mit gespreizten Fingern die Wolldecke von seinen Beinen auf, legt sie neben sich auf das Sofa. Schlurrend, mit geknickten Beinen geht es an das Fenster, öffnet es mit Knarren und sieht in den Nachthimmel.

Seine Stimme klingt geduldig und fromm.

«Ich sollte dich nicht anhören, Elfriede. Du weißt nicht, was du sprichst. Heut ist Neumond. Du verstehst mich.»

Er sagt das: «Heut ist Neumond» ganz einfach, ohne Pathos.

«Das Gemüt, das Gemüt. Wenn wir das Gemüt bereit halten, haben wir alles getan. Heute ist Neumond. Von innen heraus werde ich alles überwinden. Wie ich schon manche Bedrängnis überwunden habe. Und der Most» – mit einmal schlägt ein Entzücken in seiner Stimme auf und Feierlichkeit –, «siehst du es nicht? Das Gemüt wird geölt durch ihn; es wird behende gemacht, und dann kann es frei springen, in die Luft, wo es frei ist. Da kann es hinspringen. Oder auf die Felder oder in die Kartoffeln – das ist ganz egal. Und noch anderes, ja Elfriede: es kann zwitschern, das Gemüt, für alle Ohren zirpen, zwitschern, glaubwürdig singen.»

Das Licht flackert, die Lampe blakt.

Aber als die bekümmerte blasse Frau ins Licht sieht, seufzt das Männlein.

Das sanfte Wesen weht auf das Männlein zu, bindet ihm einen braunen, schwarzgestopften Strumpf um den Hals.

«Zieh dich warm an, lieber Adolf. Nimm dir auch eine Leibbinde um; sie liegt auf deinem Bett. Ach, das lange Ausbleiben nachts. Nein.»

Das aufgeschwemmte liebevolle Nichts läßt sich von dem Männlein die Hände drücken und verschwindet aus dem Zimmer.

Herr Götting, Adolf Götting, Privatgelehrter, wohnhaft Albrechtstraße 15, drei Treppen hoch bei Frau Schülke. Verfasser einer Geschichte der hauptsächlichen Fehler im menschlichen Handeln seit dem Sündenfall bis zur Gegenwart, Verlag Schultze & Velhagen, Berlin, neunzehnhundertunddrei, dreihundertundsiebenzig Quartseiten, gebunden vier Mark, Mitglied mehrerer frommer Vereine. Gründete die freie Brüderschaft «Astralia», arbeitet augenblicklich über «das innere Leben und seine körperliche Darstellung». Er geht jetzt im dicksten Dunkel, schweren Nebel, auf dem Wall der Stadt. Er geht spazieren, weil er Denker ist. Er weiß, daß er Denker ist; seine Frau weiß es nicht.

Der gedrückte kleine Herr geht unter den schwarzen Ulmen und preßt sein Taschentuch gegen Mund und Nase. Er ist kein Spaßdenker, mehr als ein Denker, ein Verkünder, ein Seher, der seine Zeit abwartet. Er schlendert behaglich und froh, mit einer gewissen Sehnsucht; er nimmt mit seinen kleinen Augen Gedanken von den Bäumen herunter wie Äpfel. Die Jahre sind ja vorbei, wo etwas Bitteres, Schwarzes neben den Ulmen hier kroch, abends, und die Hände ausstreckte. Man war still, wenn er redete, aber bald kicherte man und stieß sich an. Und das Gucken und Quietschen und unterdrückte Gelächter, wenn das Alräunchen eintönig seine Lehre hersang, seine Bußsalbadereien, mit den langen Armen fuchtelte, plötzlich abbrach und starr in den Lärm hineinhörte. Zu Hause versteckte es sich dann und sann über das Gebaren der Leute nach. Das verdüsterte Alräunchen konnte die Menschen dann hassen, drohte ihnen, aber erschrak bald über seinen Rachedurst und weinte verzweifelt, weil ihm die Kraft nicht gegeben war.

Eines Tages aber wird ein Wunder geschehen, darum schleicht es jetzt sehnsüchtig unter den Ulmen in der Sturmwindnacht; da werden sie glauben und nicht spötteln. An einem angststarren Abend ist ihm das zur Gewißheit geworden. Von innen heraus wird es ihn ergreifen, berühren, wenn das Gemüt sich hoch genug gestaut hat; es wird ihn verwandeln, er weiß selbst nicht wie. Seine Arme werden nicht mehr dünn, lang wie Affenarme sein; seine Stimme nicht mehr krächzen. Ein Heiligenschein wird über seinem Kopfe stehen.

«Hallo, der Segen Gottes mit dir und alle guten Geister.» Die kleine Brüderschaft, ehrbare dicke und dünne Männer, erhebt sich vor ihrem Vorsitzenden in der niedrigen Schenke am Wall.

Sie trinken Most aus Holzbechern, preisen die unsterbliche Seele. Eins spricht nach dem andern. Alle Güter müssen geteilt werden, und das Töten von Tieren ist Mord, und wenn man nicht bald in sich geht, steht der Weltuntergang bevor.

Sie trinken Most. In den plumpen schmutzigen Händen halten sie blaugeheftete Gebete, singen «Ich weiß, daß mein Erlöser lebt», und er ist nahe, mit einer Fußsohle steht er schon auf der Erde.

Sie rauchen aus langen schwarzen Pfeifen mit Totenköpfen, qualmen heftig.

Ein gedrücktes Männlein mit verschrumpeltem gelben Gesicht, entzündeten Augen und rascher weicher Stimme steht an einer Ecke des Tisches auf, mit geröteten Wangen.

Es ruft in das erregte Gläserklirren hinein; daß der Prophet nahe sei, daß der Erwartete die Ungläubigen niederstürzen werde, Völker und Könige und Brüder. Er müsse kommen bald. Der süße Trank beselige es. Im stillen habe das Zukünftige sich vorbereitet, gleichsam wie das Kind in einer Schwangeren; wer wisse, in welchem Leid. Es versichere die Brüder, es sei so. Der große Krieg werde ausbrechen, in dem die Menschen sich gegenseitig vernichten; schon sei die Spannung auf Erden nicht mehr zu steigern, schon starre die Welt in Rüstung, und nur die Friedfertigen blieben übrig. In den Wolken stünde schon der Heiland, bereit, sein Werk zu vollenden, in den Wolken, welches seine eigenen Worte sind.
Sie trinken Most. Sie öffnen der Neumondnacht die kleine Tür der Schenke.
Auf einmal verstummen alle.
Einer steht mit wirren Worten auf.
Sie erschrecken.
Es geschehen heimliche Dinge. –
Am nächsten Morgen schurrt etwas Verhutzeltes mit dünnen Beinen aus der Tür der Schenke.
Erst taumelt es, und die Hände suchen, greifen nach jedem Festen, Pfahl, Baum, Gartenzaun. Dann geht es gerade und fest. Den Kopf auf die linke Schulter gefallen; geblähte Nüstern; wäßrige, starre, halboffene Augen. Es geht halbnackt; in bloßen Hemdärmeln, ohne Stiefel und Hut. Es wirft die Beine bei jedem Schritt weit nach vorn, preßt die Arme vor die Brust aneinander.
Als die Menschen oben auf der Ulmenallee stehen bleiben, ein kleines Milchmädchen mit ihrer Blechkanne und zwei Straßenkehrer, verschlafene weiße Gesichter, fährt der Verhutzelte zusammen.
Man sieht es an. Es muß gerade gehen, jawohl, gerade gehen.
Es singt vor sich hin...
Es geht langsam seines Weges fürbaß, so selig, leidvoll, getragen von einer schweren, dunklen Wolke. In den Wolken steht es, in den Wolken, welches seine eigenen Worte sind.

Ein heißer Schauer fährt plötzlich über das Männlein. Wenn es geschehen wäre, das Unglaubliche, die Verwandlung, heut über Nacht!
Die beiden Straßenkehrer hatten es angestarrt. Es reckt sich und hebt den Kopf, läßt ihn wieder fallen. Es war die heilige Neumondnacht. Und von ihm ginge etwas aus, eine Scheu, ein Schein, von seiner Stirne, von seinen Haaren. Besteche, bezwinge die Menschen. Es konnte ja nicht möglich sein.
Summend, mit stillem Singen und Träumen geht es weiter.
In den engen Straßen unten stoßen sich die Barbiere, die Rolljungen, die Bäcker an; sie treten zusammen und zischeln. Ein offenes gemeines Lachen hört Herr Götting plötzlich, wie er es nie gehört. Und nun entsetzt er sich tief und in glücklichem Graus: es ist geschehen, das Wunder hat sich vollzogen, der Herr hat es vollzogen. Laß, laß sie fluchen und speien! Und fester Boden liegt unter seinen Füßen, er träumt nicht, atmet die kühle Morgenluft. Mit beiden Sohlen steht er auf der Erde.
Während er in die Hauptstraße einbiegt, in der eben die Geschäfte geöffnet werden, laufen ihm die Schuljungen in Rotten nach, stoßen sich an, gröhlen laut, springen ängstlich beiseite.
Das Leid aller Jahre ist vergessen; oh, Dankbarkeit dem, der alles lenkt. Hosianna dir, Herr!
Das Männlein steigt die Treppen zu seiner Wohnung hinauf, Albrechtstraße 15. Im Hausflur verstummen die Menschen wie mit einem Schlage, als sein Blick sie trifft. Dann hebt ein langes Geraune hinter seinem Rücken an und tönt noch, als die Glocke gezogen wird. Mit Lächeln geht das Männlein über die Schwelle.
Das Seltsame sieht dem schwermütigen dicken Geschöpf in die Augen, das in das Zimmer huscht, wo das Verhutzelte steht, den Kopf auf die linke Schulter gefallen, die Arme gegen die Brust gepreßt, und Liebe um den Mund und die wäßrigen, verkniffenen Augen. Seine beiden Hände strecken sich nach ihr aus. Überströmt von Süße und Ernst sagt es mit weicher Stimme:
«Siehst du – siehst du; oh, ich wußte es, Elfriede. Nun bin ich wiedergekommen.»

Sie hält sich am Fensterbrett fest, sieht auf das Männlein, schreit auf: «Adolf!»
«Ja, Elfriede. Ich habe mich in allen Nöten für ihn bereit gehalten, ich habe so lange geharrt. So Bitteres darum erduldet. Aber freut euch, die mit mir gewartet haben!»
«Bist du so gegangen, Adolf? Den ganzen Weg, sag, Adolf, bist du so gegangen? Du hast ja gar keine Jacke an und gar keine Stiefel und gar keinen Hut.»
Die Augen ihr gegenüber halten still; ein Gesicht erkaltet, eine Stimme antwortet ihr, die sich jäh zu Erz erhärtet hat:
«Du, ich sagte es schon, bist auch du von der Rotte Korah? Heb dich von mir, auf daß ich nicht unrein an dir werde.»
Das gelle unflätige Gelächter aus dem Hausflur und von der Treppe schallt ins Zimmer.
«Adolf, was ist geschehen? Wo hast du deine Sachen gelassen?»
Das Männlein sieht starr auf seine Füße, die Hände flackern auf der Brust, der Kopf fällt langsam nach vorn über.
«Die Stiefel. Die Rotte Korah. Ja, was meint das Weib damit? Was will das Weib in diesem Zimmer damit gesagt haben?»
Und dann brüllt es mit eherner Stimme, hervorquellenden Augen gegen die Tür:
«Nicht lachen, nicht lachen! Hier gibt es nichts zu lachen!»
Und glüht mit einmal auf, läuft an das Bett, versteckt den Kopf unter die Decke, stammelt: «Oh, nicht lachen... Bitte, bitte, nicht lachen. Oh, ich bitte euch, ich flehe, ich fle-he –»
Da hat sie nur das zitternde halbnackte Männlein zu halten.

DER schwarzgekleidete Herr hatte erst seine Schritte gezählt, eins, zwei, drei, bis hundert und rückwärts, als er den breiten Fichtenweg nach St. Ottilien hinanstieg, und sich bei jeder Bewegung mit den Hüften stark nach rechts und links gewiegt, so daß er manchmal taumelte; dann vergaß er es.

Die hellbraunen Augen, die freundlich hervorquollen, starrten auf den Erdboden, der unter den Füßen fortzog, und die Arme schlenkerten an den Schultern, daß die weißen Manschetten halb über die Hände fielen. Wenn ein gelbrotes Abendlicht zwischen den Stämmen die Augen zum Zwinkern brachte, zuckte der Kopf, machten die Hände entrüstete hastige Abwehrbewegungen. Das dünne Spazierstöckchen wippte in der Rechten über Gräser und Blumen am Wegrand und vergnügte sich mit den Blüten.

Es blieb, als der Herr immer ruhig und achtlos seines Weges zog, an dem spärlichen Unkraut hängen. Da hielt der ernste Herr nicht inne, sondern ruckte, weiter schlendernd, nur leicht am Griff, schaute sich dann, am Arm festgehalten, verletzt um, riß erst vergebens, dann erfolgreich mit beiden Fäusten das Stöckchen los und trat atemlos mit zwei raschen Blicken auf den Stock und den Rasen zurück, so daß die Goldkette auf der schwarzen Weste hochsprang.

Außer sich stand der Dicke einen Augenblick da. Der steife Hut saß ihm im Nacken. Er fixierte die verwachsenen Blumen, um dann mit erhobenem Stock auf sie zu stürzen und blutroten Gesichts auf das stumme Gewächs loszuschlagen. Die Hiebe sausten rechts und links. Über den Weg flogen Stiele und Blätter.

Die Luft laut von sich blasend, mit blitzenden Augen ging der Herr weiter. Die Bäume schritten rasch an ihm vorbei; der Herr achtete auf nichts. Er hatte eine aufgestellte Nase und ein plattes bartloses Gesicht, ein ältliches Kindergesicht mit süßem Mündchen.

Bei einer scharfen Biegung des Weges nach oben galt es aufzu-

achten. Als er ruhiger marschierte und sich mit der Hand gereizt den Schweiß von der Nase wischte, tastete er, daß sein Gesicht sich ganz verzerrt hatte, daß seine Brust heftig keuchte. Er erschrak bei dem Gedanken, daß ihn jemand sehen könnte, etwa von seinen Geschäftsfreunden oder eine Dame. Er strich sein Gesicht und überzeugte sich mit einer verstohlenen Handbewegung, daß es glatt war.
Er ging ruhig. Warum keuchte er? Er lächelte verschämt. Vor die Blumen war er gesprungen und hatte mit dem Spazierstöckchen gemetzelt, ja, mit jenen heftigen aber wohlgezielten Handbewegungen geschlagen, mit denen er seine Lehrlinge zu ohrfeigen gewohnt war, wenn sie nicht gewandt genug die Fliegen im Kontor fingen und nach der Größe sortiert ihm vorzeigten.
Häufig schüttelte der ernste Mann den Kopf über das sonderbare Vorkommnis. «Man wird nervös in der Stadt. Die Stadt macht mich nervös», wiegte sich nachdenklich in den Hüften, nahm den steifen englischen Hut und fächelte die Tannenluft auf seinen Schopf.
Nach kurzer Zeit war er wieder dabei, seine Schritte zu zählen, eins, zwei, drei. Fuß trat vor Fuß, die Arme schlenkerten an den Schultern. Plötzlich sah Herr Michael Fischer, während sein Blick leer über den Wegrand strich, wie eine untersetzte Gestalt, er selbst, von dem Rasen zurücktrat, auf die Blumen stürzte und einer Butterblume den Kopf glatt abschlug. Greifbar geschah vor ihm, was sich vorhin begeben hatte an dem dunklen Weg. Diese Blume dort glich den andern auf ein Haar. Diese eine lockte seinen Blick, seine Hand, seinen Stock. Sein Arm hob sich, das Stöckchen sauste, wupp, flog der Kopf ab. Der Kopf überstürzte sich in der Luft, verschwand im Gras. Wild schlug das Herz des Kaufmanns. Plump sank jetzt der gelöste Pflanzenkopf und wühlte sich in das Gras. Tiefer, immer tiefer, durch die Grasdecke hindurch, in den Boden hinein. Jetzt fing er an zu sausen, in das Erdinnere, daß keine Hände ihn mehr halten konnten. Und von oben, aus dem Körperstumpf, tropfte es,

quoll aus dem Halse weißes Blut, nach in das Loch, erst wenig, wie einem Gelähmten, dem der Speichel aus dem Mundwinkel läuft, dann in dickem Strom, rann schleimig, mit gelbem Schaum auf Herrn Michael zu, der vergeblich zu entfliehen suchte, nach rechts hüpfte, nach links hüpfte, der drüber wegspringen wollte, gegen dessen Füße es schon anbrandete.
Mechanisch setzte Herr Michael den Hut auf den schweißbedeckten Kopf, preßte die Hände mit dem Stöckchen gegen die Brust. «Was ist geschehen?» fragte er nach einer Weile. «Ich bin nicht berauscht. Der Kopf darf nicht fallen, er muß liegen bleiben, er muß im Gras liegen bleiben. Ich bin überzeugt, daß er jetzt ruhig im Gras liegt. Und das Blut – –. Ich erinnere mich dieser Blume nicht, ich bin mir absolut nichts bewußt.»
Er staunte, verstört, mißtrauisch gegen sich selbst. In ihm starrte alles auf die wilde Erregung, sann entsetzt über die Blume, den gesunkenen Kopf, den blutenden Stiel. Er sprang noch immer über den schleimigen Fluß. Wenn ihn jemand sähe, von seinen Geschäftsfreunden oder eine Dame.
In die Brust warf sich Herr Michael Fischer, umklammerte den Stock mit der Rechten. Er blickte auf seinen Rock und stärkte sich an seiner Haltung. Die eigenwilligen Gedanken wollte er schon unterkriegen: Selbstbeherrschung. Diesem Mangel an Gehorsam würde er, der Chef, energisch steuern. Man muß diesem Volk bestimmt entgegentreten: «Was steht zu Diensten? In meiner Firma ist solch Benehmen nicht üblich. Hausdiener, raus mit dem Kerl.» Dabei fuchtelte er, stehen bleibend, mit dem Stöckchen in der Luft herum. Eine kühle, ablehnende Miene hatte Herr Fischer aufgesetzt; nun wollte er einmal sehen. Seine Überlegenheit ging sogar soweit, daß er oben auf der breiten Fahrstraße seine Furchtsamkeit bespöttelte. Wie würde es sich komisch machen, wenn an allen Anschlagsäulen Freiburgs am nächsten Morgen ein rotes Plakat hinge: «Mord begangen an einer erwachsenen Butterblume, auf dem Wege vom Immental nach St. Ottilien, zwischen sieben und neun Uhr abends. Des Mordes verdächtig» et cetera. So spöttelte der schlaffe Herr in

Schwarz und freute sich über die kühle Abendluft. Da unten würden die Kindermädchen, die Pärchen finden, was von seiner Hand geschehen war. Geschrei wird es geben und entsetztes Nachhauselaufen. An ihn würden die Kriminalbeamten denken, an den Mörder, der sich schlau ins Fäustchen lachte. Herr Michael erschauerte wüst über seine eigne Tollkühnheit, er hätte sich nie für so verworfen gehalten. Da unten lag aber sichtbar für die ganze Stadt ein Beweis seiner raschen Energie.

Der Rumpf ragt starr in die Luft, weißes Blut sickert aus dem Hals.

Herr Michael streckte leicht abwehrend die Hände vor.

Es gerinnt oben ganz dick und klebrig, so daß die Ameisen hängen bleiben.

Herr Michael strich sich die Schläfen und blies laut die Luft von sich.

Und daneben im Rasen fault der Kopf. Er wird zerquetscht, aufgelöst vom Regen, verwest. Ein gelber stinkender Matsch wird aus ihm, grünlich, gelblich schillernd, schleimartig wie Erbrochenes. Das hebt sich lebendig, rinnt auf ihn zu, gerade auf Herrn Michael zu, will ihn ersäufen, strömt klatschend gegen seinen Leib an, spritzt an seine Nase. Er springt, hüpft nur noch auf den Zehen.

Der feinfühlige Herr fuhr zusammen. Einen scheußlichen Geschmack fühlte er im Munde. Er konnte nicht schlucken vor Ekel, spie unaufhörlich. Häufig stolperte er, hüpfte unruhig, mit blaubleichen Lippen weiter.

«Ich weigere mich, ich weigere mich auf das entschiedenste, mit Ihrer Firma irgendwelche Beziehung anzuknüpfen.»

Das Taschentuch drückte er an die Nase. Der Kopf mußte fort, der Stiel zugedeckt werden, eingestampft, verscharrt. Der Wald roch nach der Pflanzenleiche. Der Geruch ging neben Herrn Michael einher, wurde immer intensiver. Eine andere Blume mußte an jene Stelle gepflanzt werden, eine wohlriechende, ein Nelkengarten. Der Kadaver mitten im Walde mußte fort. Fort.

Im Augenblick, als Herr Fischer stehen bleiben wollte, fuhr es ihm durch den Kopf, daß es ja lächerlich war, umzukehren, mehr als lächerlich. Was ging ihn die Butterblume an? Bittere Wut lohte in ihm bei dem Gedanken, daß er fast überrumpelt war. Er hatte sich nicht zusammengenommen, biß sich in den Zeigefinger: «Paß auf, du, ich sag dir's, paß auf, Lump, verfluchter.» Zugleich warf sich hinterrücks Angst riesengroß über ihn.
Der finstere Dicke sah scheu um sich, griff in seine Hosentasche, zog ein kleines Taschenmesser heraus und klappte es auf.
Inzwischen gingen seine Füße weiter. Die Füße begannen ihn zu grimmen. Auch sie wollten sich zum Herrn aufwerfen; ihn empörte ihr eigenwilliges Vorwärtsdrängen. Diese Pferdchen wollte er bald kirren. Sie sollten es spüren. Ein scharfer Stich in die Flanken würde sie schon zähmen. Sie trugen ihn immer weiter fort. Es sah fast aus, als ob er von der Mordstelle fortliefe. Das sollte niemand glauben. Ein Rauschen von Vögeln, ein fernes Wimmern lag in der Luft und kam von unten herauf. «Halt, halt!» schrie er den Füßen zu. Da stieß er das Messer in einen Baum.
Mit beiden Armen umschlang er den Stamm und rieb die Wangen an der Borke. Seine Hände fingerten in der Luft, als ob sie etwas kneteten: «Nach Kanossa gehn wir nicht.» Mit angestrengt gerunzelter Stirn studierte der totblaße Herr die Risse des Baumes, duckte den Rücken, als ob von hinten etwas über ihn wegspringen sollte. Die Telegrafenverbindung zwischen sich und der Stelle hörte er immer wieder klirren, trotzdem er mit Fußstößen die Drähte verwirren und zudrücken wollte. Er suchte es sich zu verbergen, daß seine Wut schon gelähmt war, daß in ihm eine sachte Lüsternheit aufzuckte, eine Lüsternheit nachzugeben. Ganz hinten lüsterte ihn nach der Blume und der Mordstelle.
Herr Michael wippte versuchend mit den Knieen, schnupperte in die Luft, horchte nach allen Seiten, flüsterte ängstlich: «Nur einscharren will ich den Kopf, weiter nichts. Dann ist alles gut. Rasch, bitte, bitte.» Er schloß unglücklich die Augen, drehte

sich wie versehentlich auf den Hacken um. Dann schlenderte er, als wäre nichts geschehen, geradeaus abwärts, in gleichgültigem Spaziergängerschritt, mit leisem Pfeifen, in das er einen sorglosen Ton legte, und streichelte, während er befreit aufatmete, die Bäumstämme am Wege. Dabei lächelte er, und sein Mäulchen wurde rund wie ein Loch. Laut sang er ein Lied, das ihm plötzlich einfiel: «Häschen in der Grube saß und schlief.» Das frühere Tänzeln, Wiegen der Hüften, Armschlenkern machte er nach. Das Stöckchen hatte er schuldbewußt hoch in den Ärmel hinaufgeschoben. Manchmal schlich er bei der Biegung des Weges rasch zurück, ob ihn jemand beobachte.

Vielleicht lebte sie überhaupt noch; ja woher wußte er denn, daß sie schon tot war? Ihm huschte durch den Kopf, daß er die Verletzte wieder heilen könnte, wenn er sie mit Hölzchen stützte und etwa ringsherum um Kopf und Stiel einen Klebeverband anlegte. Er fing an schneller zu gehen, seine Haltung zu vergessen, zu rennen. Mit einmal zitterte er vor Erwartung. Und stürzte lang an einer Biegung hin gegen einen abgeholzten Stamm, schlug sich Brust und Kinn, so daß er laut ächzte. Als er sich aufraffte, vergaß er den Hut im Gras; das zerbrochene Stöckchen zerriß ihm den Ärmel von innen; er merkte nichts. Hoho, man wollte ihn aufhalten, ihn sollte nichts aufhalten; er würde sie schon finden. Er kletterte wieder zurück. Wo war die Stelle? Er mußte die Stelle finden. Wenn er die Blume nur rufen könnte. Aber wie hieß sie denn? Er wußte nicht einmal, wie sie hieß. Ellen? Sie hieß vielleicht Ellen, gewiß Ellen. Er flüsterte ins Gras, bückte sich, um die Blumen mit der Hand anzustoßen.

«Ist Ellen hier? Wo liegt Ellen? Ihr, nun? Sie ist verwundet, am Kopf, etwas unterhalb des Kopfes. Ihr wißt es vielleicht noch nicht. Ich will ihr helfen; ich bin Arzt, Samariter. Nun, wo liegt sie? Ihr könnt es mir ruhig anvertrauen, sag ich euch.»

Aber wie sollte er, die er zerbrochen hatte, erkennen? Vielleicht faßte er sie gerade mit der Hand, vielleicht seufzte sie dicht neben ihm den letzten Atemzug aus.

Das durfte nicht sein.

Er brüllte: «Gebt sie heraus. Macht mich nicht unglücklich, ihr Hunde. Ich bin Samariter. Versteht ihr kein Deutsch?»
Ganz legte er sich auf die Erde, suchte, wühlte schließlich blind im Gras, zerknäulte und zerkratzte die Blumen, während sein Mund offen stand und seine Augen gradaus flackerten. Er dumpfte lange vor sich hin.
«Herausgeben. Es müssen Bedingungen gestellt werden. Präliminarien. Der Arzt hat ein Recht auf den Kranken. Gesetze müssen eingebracht werden.»
Die Bäume standen tiefschwarz in der grauen Luft am Wege und überall herum. Es war auch zu spät, der Kopf gewiß schon vertrocknet. Ihn entsetzte der endgültige Todesgedanke und schüttelte ihm die Schultern.
Die schwarze runde Gestalt stand aus dem Grase auf und torkelte am Wegrand entlang abwärts.
Sie war tot. Von seiner Hand.
Er seufzte und rieb sich sinnend die Stirn.
Man würde über ihn herfallen, von allen Seiten. Man sollte nur, ihn kümmerte nichts mehr. Ihm war alles gleichgültig. Sie würden ihm den Kopf abschlagen, die Ohren abreißen, die Hände in glühende Kohlen legen. Er konnte nichts mehr tun. Er wußte, es würde ihnen allen einen Spaß machen, doch er würde keinen Laut von sich geben, um die gemeinen Henkersknechte zu ergötzen. Sie hatten kein Recht, ihn zu strafen, waren selbst verworfen. Ja, er hatte die Blume getötet, und das ging sie garnichts an, und das war sein gutes Recht, woran er festhielte gegen sie alle. Es war sein Recht, Blumen zu töten, und er fühlte sich nicht verpflichtet, das näher zu begründen. Soviel Blumen, wie er wollte, könnte er umbringen, im Umkreise von tausend Meilen, nach Norden, Süden, Westen, Osten, wenn sie auch darüber grinsten. Und wenn sie weiter so lachten, würde er ihnen an die Kehle springen.
Stehen blieb er; seine Blicke gifteten in das schwere Dunkel der Fichten. Seine Lippen waren prall mit Blut gefüllt. Dann hastete er weiter.

Er mußte wohl hier im Wald kondolieren, den Schwestern der Toten. Er wies darauf hin, daß das Unglück geschehen sei, fast ohne sein Zutun, erinnerte an die traurige Erschöpfung, in der er aufgestiegen war. Und an die Hitze. Im Grunde seien ihm allerdings alle Butterblumen gleichgültig.
Verzweifelt zuckte er wieder mit den Schultern: «Was werden sie noch mit mir machen?» Er strich sich mit den schmutzigen Fingern die Wangen; er fand sich nicht mehr zurecht.
Was sollte das alles; um Gotteswillen, was suchte er hier!
Auf dem kürzesten Wege wollte er davonschleichen, querabwärts durch die Bäume, sich einmal ganz klar und ruhig besinnen. Ganz langsam, Punkt für Punkt.
Um nicht auf dem glatten Boden auszugleiten, tastet er sich von Baum zu Baum. Die Blume, denkt er hinterlistig, kann ja auf dem Wege stehen bleiben, wo sie steht. Es gibt genug solch toten Unkrauts in der Welt.
Entsetzen packt ihn aber, als er sieht, wie aus einem Stamm, den er berührt, ein runder blaßheller Harztropfen tritt; der Baum weint. Im Dunkeln auf einen Pfad flüchtend, merkt er bald, daß sich der Weg sonderbar verengt, als ob der Wald ihn in eine Falle locken wolle. Die Bäume treten zum Gericht zusammen.
Er muß hinaus.
Wieder rennt er hart gegen eine niedrige Tanne; die schlägt mit aufgehobenen Händen auf ihn nieder. Da bricht er sich mit Gewalt Bahn, während ihm das Blut stromweise über das Gesicht fließt. Er speit, schlägt um sich, stößt laut schreiend mit den Füßen gegen die Bäume, rutscht sitzend und kollernd abwärts, läuft schließlich Hals über Kopf den letzten Abhang am Rand des Waldes herunter, den Dorflichtern zu, den zerfetzten Gehrock über den Kopf geschlagen, während hinter ihm der Berg drohsam rauscht, die Fäuste schüttelt und überall ein Bersten und Brechen von Bäumen sich hören läßt, die ihm nachlaufen und schimpfen.
Regungslos stand der dicke Herr an der Gaslaterne vor der kleinen Dorfkirche. Er trug keinen Hut auf dem Kopf, in seinem

zerzausten Haarschopf war schwarze Erde und Tannennadeln, die er nicht abschüttelte. Er seufzte schwer. Als ihm warmes Blut den Nasenrücken entlang auf die Stiefel tropfte, nahm er langsam mit beiden Händen einen Rockschoß hoch und drückte ihn gegen das Gesicht. Dann hob er die Hände an das Licht und wunderte sich über die dicken blauen Adern auf dem Handrücken. Er strich an den dicken Knollen und konnte sie nicht wegstreichen. Beim Ansingen und Aufheulen der Elektrischen trollte er weiter, auf engen Gäßchen, nach Hause.

Nun saß er ganz blöde in seinem Schlafzimmer, sagte laut vor sich hin: «Da sitz ich, da sitz ich», und sah sich verzweifelt im Zimmer um. Auf und ab ging er, zog seine Sachen aus und versteckte sie in einer Ecke des Kleiderspindes. Er zog einen andern schwarzen Anzug an und las auf seiner Chaiselongue das Tagblatt. Er zerknäulte es im Lesen; es war etwas geschehen, es war etwas geschehen. Und ganz spürte er es am nächsten Tage, als er an seinem Pulte saß. Er war versteinert, konnte nicht fluchen, und mit ihm ging eine sonderbare Stille herum.

Mit krampfhaftem Eifer sprach er sich vor, daß alles wohl geträumt sein müsse; aber die Risse an seiner Stirn waren echt. Dann muß es Dinge geben, die unglaublich sind. Die Bäume hatten nach ihm geschlagen, ein Geheul war um die Tote gewesen. Er saß versunken da und kümmerte sich zum Erstaunen des Personals nicht einmal um die brummenden Fliegen. Dann schikanierte er die Lehrlinge mit finsterer Miene, vernachlässigte seine Arbeit und ging auf und ab. Man sah ihn oft, wie er mit der Faust auf den Tisch schlug, die Backen aufblies, schrie, er würde einmal aufräumen im Geschäft und überall. Man würde es sehen. Er lasse sich nicht auf der Nase herumtanzen, von niemandem.

Als er rechnete, bestand aber am nächsten Vormittag unerwartet etwas darauf, daß er der Butterblume zehn Mark gutschrieb. Er erschrak, verfiel in bitteres Sinnen über seine Ohnmacht und bat den Prokuristen, die Rechnung weiterzuführen. Am Nachmittag legte er selbst das Geld in einen besonderen Kasten mit stummer Kälte; er wurde sogar veranlaßt, ein eigenes Konto für sie anzulegen; er war müde geworden, wollte seine Ruhe haben. Bald drängte es ihn, ihr von Speise und Trank zu opfern. Ein kleines Näpfchen wurde jeden Tag für sie neben Herrn Michaels Platz gestellt. Die Wirtschafterin hatte die Hände zusammengeschlagen, als er ihr dies Gedeck befahl; aber der Herr hatte sich mit einem unerhörten Zornesausbruch jede Kritik verbeten.

Er büßte, büßte für seine geheimnisvolle Schuld. Er trieb Gottesdienst mit der Butterblume, und der ruhige Kaufmann behauptete jetzt, jeder Mensch habe seine eigene Religion; man müsse eine persönliche Stellung zu einem unaussprechlichen Gott einnehmen. Es gebe Dinge, die nicht jeder begreift. In den Ernst seines Äffchengesichts war ein leidender Zug gekommen; auch seine Körperfülle hatte abgenommen, seine Augen lagen tief. Wie ein Gewissen sah die Blume in seine Handlungen, streng, von den größten bis zu den kleinsten alltäglichen.

Die Sonne schien in diesen Tagen oft auf die Stadt, das Münster und den Schloßberg, schien mit aller Lebensfülle. Da weinte der Verhärtete eines Morgens am Fenster auf, zum ersten Male seit seiner Kindheit. Urplötzlich, weinte, daß ihm fast das Herz brach. All diese Schönheit raubte ihm Ellen, die verhaßte Blume, mit jeder Schönheit der Welt klagte sie ihn jetzt an. Der Sonnenschein leuchtet, sie sieht ihn nicht; sie darf den Duft des weißen Jasmins nicht atmen. Niemand wird die Stelle ihres schmählichen Todes betrachten, keine Gebete wird man dort sprechen: das durfte sie ihm alles zwischen die Zähne werfen, wie lachhaft es auch war und er die Hände rang. Ihr ist alles versagt: das Mondlicht, das Brautglück des Sommers, das ruhige Zusammenleben mit dem Kuckuck, den Spaziergängern, den Kinderwagen. Er preßte das Mündchen zusammen; er wollte die Menschen zurückhalten, als sie den Berg hinaufzogen. Wenn doch die Welt mit einem Seufzer untergegangen wäre, damit der Blume das Maul gestopft sei. Ja, an Selbstmord dachte er, um diese Not endlich zu stillen.

Zwischendurch behandelte er sie erbittert, wegwerfend, drängte sie mit einem raschen Anlauf an die Wand. Er betrog sie in kleinen Dingen, stieß hastig, wie unabsichtlich, ihren Napf um, verrechnete sich zu ihrem Nachteil, behandelte sie manchmal listig wie einen Geschäftskonkurrenten. An dem Jahrestag ihres Todes stellte er sich, als ob er sich an nichts erinnerte. Erst als sie dringender auf eine stille Feier zu bestehen schien, widmete er ihrem Andenken einen halben Tag.

In einer Gesellschaft ging einmal die Frage nach dem Leibgericht herum. Als man Herrn Michael fragte, was er am liebsten esse, fuhr er mit kalter Überlegung heraus: «Butterblumen; Butterblumen sind mein Leibgericht.» Worauf alles in Gelächter ausbrach, Herr Michael aber sich zusammenduckte auf seinem Stuhl, mit verbissenen Zähnen das Lachen hörte und die Wut der Butterblume genoß. Er fühlte sich als scheusäliger Drache, der geruhsam Lebendiges herunterschluckt, dachte an wirr Japanisches und Harakiri. Wenngleich er heimlich eine schwere Strafe von ihr erwartete.

Einen solchen Guerillakrieg führte er ununterbrochen mit ihr; ununterbrochen schwebte er zwischen Todespein und Entzücken; er labte sich ängstlich an ihrem wütenden Schreien, das er manchmal zu hören glaubte. Täglich sann er auf neue Tükken; oft zog er sich, hoch aufgeregt, aus dem Kontor in sein Zimmer zurück, um ungestört Pläne zu schmieden. Und so heimlich verlief dieser Krieg, und niemand wußte darum.

Die Blume gehörte zu ihm, zum Komfort seines Lebens. Er dachte mit Verwunderung an die Zeit, in der er ohne die Blume gelebt hatte. Nun ging er oft mit trotziger Miene in den Wald nach St. Ottilien spazieren. Und während er sich eines sonnigen Abends auf einem gefallenen Baumstamm ausruhte, blitzte ihm der Gedanke: hier an der Stelle, wo er jetzt saß, hatte seine Butterblume, Ellen, gestanden. Hier mußte es gewesen sein. Wehmut und ängstliche Andacht ergriff den dicken Herrn. Wie hatte sich alles gewendet! Seit jenem Abend bis heute. Er ließ versunken die freundlichen, leicht verfinsterten Augen über das Unkraut gehen, die Schwestern, vielleicht Töchter Ellens. Nach langem Sinnen zuckte es spitzbübisch über sein glattes

Gesicht. Oh, sollte seine liebe Blume jetzt eins bekommen. Wenn er eine Butterblume ausgrübe, eine Tochter der Toten, sie zu Hause einpflanzte, hegte und pflegte, so hatte die Alte eine junge Nebenbuhlerin. Ja, wenn er es recht überlegte, konnte er den Tod der Alten überhaupt sühnen. Denn er rettete dieser Blume das Leben und kompensierte den Tod der Mutter; diese Tochter verdarb doch sehr wahrscheinlich hier. Oh, würde er die Alte ärgern, sie ganz kaltstellen. Der gesetzkundige Kaufmann erinnerte sich eines Paragraphen über Kompensation der Schuld. Er grub ein nahes Pflänzchen mit dem Taschenmesser aus, trug es behutsam in der bloßen Hand heim und pflanzte es in einen goldprunkenden Porzellantopf, den er auf einem Mosaiktischchen seines Schlafzimmers postierte. Auf den Boden des Topfes schrieb er mit Kohle: «§ 2403 Absatz 5.»
Täglich begoß der Glückliche die Pflanze mit boshafter Andacht und opferte der Toten, Ellen. Sie war gesetzlich, eventuell unter polizeilichen Maßregeln zur Resignation gezwungen, bekam keinen Napf mehr, keine Speise, kein Geld. Oft glaubte er, auf dem Sofa liegend, ihr Winseln, ihr langgezogenes Stöhnen zu hören. Das Selbstbewußtsein des Herrn Michael stieg in ungeahnter Weise. Er hatte manchmal fast Anwandlungen von Größenwahn. Niemals verfloß sein Leben so heiter.
Als er eines Abends vergnügt aus seinem Kontor in seine Wohnung geschlendert war, erklärte ihm seine Wirtschafterin gleich an der Tür gelassen, daß das Tischchen beim Reinemachen umgestürzt, der Topf zerbrochen sei. Sie hätte die Pflanze, das gemeine Mistzeug, mit allen Scherben in den Mülleimer werfen lassen. Der nüchterne, leicht verächtliche Ton, in dem die Person von dem Unfall berichtete, ließ erkennen, daß sie mit dem Ereignis lebhaft sympathisiere.
Der runde Herr Michael warf die Tür ins Schloß, schlug die kurzen Hände zusammen, quiekte laut vor Glück und hob die überraschte Weibsperson an den Hüften in die Höhe, so weit es seine Kräfte und die Deckenlänge der Person erlaubten. Dann schwänzelte er aus dem Korridor in sein Schlafzimmer, mit

flackernden Augen, aufs höchste erregt; laut schnaufte er und stampften seine Beine; seine Lippen zitterten.

Es konnte ihm niemand etwas nachsagen; er hatte nicht mit dem geheimsten Gedanken den Tod dieser Blume gewünscht, nicht die Fingerspitze eines Gedankens dazu geboten. Die Alte, die Schwiegermutter, konnte jetzt fluchen und sagen, was sie wollte. Er hatte mit ihr nichts zu schaffen. Sie waren geschiedene Leute. Nun war er die ganze Butterblumensippschaft los. Das Recht und das Glück standen auf seiner Seite. Es war keine Frage. Er hatte den Wald übertölpelt.

Gleich wollte er nach St. Ottilien, in diesen brummigen, dummen Wald hinauf. In Gedanken schwang er schon sein schwarzes Stöckchen. Blumen, Kaulquappen, auch Kröten sollten daran glauben. Er konnte morden, so viel er wollte. Er pfiff auf sämtliche Butterblumen.

Vor Schadenfreude und Lachen wälzte sich der dicke, korrekt gekleidete Kaufmann Herr Michael Fischer auf seiner Chaiselongue.

Dann sprang er auf, stülpte seinen Hut auf den Schädel und stürmte an der verblüfften Haushälterin vorbei aus dem Hause auf die Straße.

Laut lachte und prustete er. Und so verschwand er in dem Dunkel des Bergwaldes.

DIE HELFERIN

IN New York erregte um die Mitte des vorigen Jahrhunderts der Prozeß des Fabrikanten Grasso ungeheures Aufsehen. Man sprach monatelang von der rätselhaften Angelegenheit und ihren furchtbaren Begleitumständen. Der Krieg mit den Südstaaten brach aus, ehe man sich beruhigt hatte. Als nach einundeinhalb Jahren der Friede geschlossen wurde, war die Erinnerung an den Vorgang ausgelöscht, und jetzt lassen sich die Einzelheiten nur noch stückweise zusammenfinden. Sie sind überwuchert von mythischen Bildungen; sie lassen staunen, wie Unglaubliches dem Menschen begegnen kann, mit wie lächelnder Lippe er daran vorübergeht und alles weiterzieht wie früher.

Gegen Ende der fünfziger Jahre florierte an der Peripherie der Stadt – jetzt gehört die Gegend völlig zur City – ein Beerdigungsinstitut. Der Besitzer Grasso war mit seiner Frau vor fünf Jahren aus Italien eingewandert. Er hatte sich vergeblich als Hotelier versucht, war dann Schreiner geworden und hatte dabei soviel erworben, daß er ein älteres Sargmagazin übernehmen konnte. Es gab damals kaum 200000 Menschen in der Stadt. In nicht langer Zeit hatte der Italiener es fertig gebracht, daß das Beerdigungswesen völlig in seine Hände überging, daß nur noch einzelne, mehr behördliche Aufträge an andere Firmen gelangten, von Krankenhäusern, Militärlazaretten. Die Konkurrenzgeschäfte gingen rapid zurück. Nicht die kapitalkräftigsten, die sich verzweifelt wehrten, konnten sich neben Grasso behaupten, dem, ohne daß er Lärm machte, alles mühelos zufiel.

Erst später, bei der Untersuchung des Falles, stellte sich heraus, daß Grasso ganz unbeteiligt an diesem Aufschwung seines Geschäftes war. Die Blütezeit des Hauses fiel nämlich ziemlich genau zusammen mit dem Eintritt eines jungen Angestellten namens Mike Bondi. Dessen Herkunft war völlig unbekannt; nur bemerkte man, daß er sich italienisch mit seinem Herrn unterhielt. Man sagte, er sei schon bei seiner Anstellung etwa zwanzig Jahre alt gewesen. Aber jeder überzeugte sich, daß er in den fünfzehn Jahren seiner Tätigkeit um keine Spur älter geworden war. Und Photographien, die man später bei ihm fand, die ihn Arm in Arm mit Herrn Grasso zeigten, bewiesen überraschend, daß dieser Mensch anscheinend unbeweglich in der Zeit stand. Keine Linie seines knabenhaft zarten Gesichtes hatte sich vertieft, seine tiefschwarzen Haarsträhnen fielen noch immer in eine niedrige, weiße Stirn. Ja, auch seinen Kleidern – es ist etwas lächerlich, dies zu berichten – schien die Zeit nichts anzuhaben; denn niemand hatte gesehen, daß er sich neue kaufte; er trug immer einen schwarzen Anzug, eine lockere, blusenähnliche Jacke mit blanken Knöpfen, von einem altertümlichen Schnitt, wie man sie vor Jahrzehnten vielleicht getragen hatte. Es wußte bei den Prozeßvernehmungen auch niemand, wo der Mensch sich nachts aufhielt; manchmal soll er in dem Geschäft übernachtet haben, meist aber fuhr er abends auf einem Wägelchen, das ihm gehörte, nach St. Floridan zu, auf der alten Landstraße, und verschwand dann für viele Stunden völlig. Aber all dies ist unsicher und gehört in das Gebiet jener Sagenbildung, von der ich vorhin sprach. Mike war von kleiner Gestalt; er ging stets in einem weichen Filzhut, mit einem dünnen Stöckchen. Sein Gang war weich und schleichend. Über seine Augen läßt sich nichts sagen; denn die hatte niemand gesehen. Immer hielt er die Lider gesenkt, und wenn einer mit ihm sprach, so drehten sich die Augäpfel hinter der zarten Lidhaut. Nicht selten zogen sich seine sehr schmalen Lippen zu einem schönen, demütigen Lächeln zusammen. Die Sanftheit und Musik seiner Stimme war unsäglich; sie erklärt vielleicht zum Teil den außerordentlichen Einfluß Mikes. Denn, was er sagte, war einfach und ganz sachlich; er redete sehr wenig und neben seinen geschäftlichen Dingen nur von Bäumen, Wurzeln, Feldern und Tieren, für die sich die Städter sonst sehr wenig interessieren. Ihn begleitete das Glück. Es bildete sich heraus, daß täglich Mike Bondi durch die Straßen New Yorks wanderte, gefolgt von einem hohen russischen Windspiel, einem weißen, ungeheuren

Tier, das auf seinen Beinen so lautlos wie er schritt und das mit leeren Augen um sich blickte. Mike Bondi ging in die Wohnungen der Kranken hinauf und sprach mit ihnen. Niemand wehrte ihm; die Kranken ließen ihn zu sich rufen, eher noch als einen Priester oder Arzt, und waren ihm dankbar für die Minuten, die er mit kargen Worten ausgefüllt hatte. Sie wurden ruhiger und schmerzfreier, die er verließ, aber sie starben alle, wie sich bei den Erhebungen des Prozesses ergab, starben nach nicht einer Woche in großem Frieden, ohne daß ihnen einer helfen konnte. Die ihn einmal gesehen hatten, faßten ein kaum erklärliches Zutrauen zu ihm und ließen ihn, wenn sie schwer erkrankten, wie in einer unentrinnbaren Sucht zu sich kommen. Er trat nicht an sie heran, er gab ihnen nichts, er berührte sie nicht. Dies stellte sich alles bei den Erhebungen des Prozesses heraus.

Mike Bondi war nicht befreundet mit der Frau seines Herrn. Frau Grasso liebte feurige Männer; aber eifersüchtig, wie untreue Weiber sind, freute sie sich, daß ihr Mann, Mädchen abhold, sich an Bondi anschloß. Wenn sie spät abends nach Hause kam, noch hochatmend von einer zarten Begegnung, warf sie sich ihrem Mann an den Hals, der Arm in Arm mit dem stillen Sonderling auf dunklen Straßen spazierte.

Am Ausgang des Frühlings starb plötzlich die junge Frau eines Rechtskonsulenten Martin in ihrer Wohnung neben Grassos Magazin. Der Witwer, dem sie zwei kleine Kinder hinterließ, konnte sich nicht trennen von dem toten Weibe; und in der angstvollen Nacht nach ihrem Abscheiden kam ihm die Idee, die Leiche von dem Sterbelager zu entfernen, sie so schön, so kostbar auf einem Sarkophage aufzubahren, wie seine Hände es vermochten. Er wurde unter dieser Vorstellung lebendig, stieg noch gegen elf Uhr von seinem Lager, kleidete sich an und ging zu Grasso herunter, mit dem er alte Freundschaft hielt. Die Türen des Magazins waren geschlossen; durch die Ritzen der Jalousien zitterte ein trübrotes Licht, lag in feinen Linien auf dem Straßenpflaster. Herr Martin öffnete den breiten Torweg, stolperte über den stockfinsteren Hof, kam durch eine angelehnte Seitentür auf den langen Korridor, der unmittelbar in das Magazin führte. Der Vorhang zum Magazin rauschte leise. Mit Mühe fanden sich seine Augen zurecht. An den Wänden, in den Gängen, unter niedrigen Wölbungen lagerten die Särge. Sie standen geöffnet. Sie standen da, nicht erwartungsvoll, nicht mit Gier – mit geheimnisvoller Leere, versunken in sich, und nur einige seufzend und schmachtend. Und in dem trübroten Flackern einer Lampe sah Herr Martin eine Bewegung in der Nische hinten, hörte flüstern. Herr Grasso kniete dort vor einem Sarge; aus dem hoben sich zwei weiße Arme; Spitzenärmel fielen von ihnen zurück. Herr Grasso beugte seinen Kopf tiefer, drückte sein Gesicht in die niedrigen Brüste eines Weibes. Er murmelte «Bessie» und vieles, was sehr leise war; sie antwortete «Ernesto», lachte und weinte durcheinander; sie hatte eine sehr süße Stimme.

Herrn Martin schlug das Herz bis in den Hals hinauf; er ging aufs tiefste erschrocken rückwärts hinaus, vergaß seine Bestellung. Er lag, ehe er es wußte, in seinem Bett, kleidete sich mit dem Morgengrauen an und lief zu Frau Grasso, die in ihrer Küche stand mit losen Röcken und sich, verblüfft über den frühen Besuch, ein Tuch umlegte.

Sie war erst ungläubig und beobachtete ihren Nachbarn, da sie glaubte, er sei verwirrt über den Tod seiner jungen Frau. Aber dann hielt sie inne mit dem Scheuern, stieß die Kaffeemühle auf den steinernen Boden herab, biß sich tief in den linken Vorderarm und wühlte in einer Schublade nach einem spitzen Küchenmesser, das sie einmal um das andere in die Holzwand der Küche stieß. Sie schrie, wem denn das gemeine Frauensbild ähnlich sähe, ob er denn so wenig teilnahmsvoll wäre, daß er nicht einmal eine Vermutung darüber aussprechen könnte. Nach lautem, hemmungslosen Weinen erhob sie sich resolut, erklärte, sie werde heute nacht alles selbst feststellen. Und mit einer Sicherheit, die Herrn Martin in Staunen versetzte, riß sie die Wohnungstür auf, rief ihren Mann herein und sagte ihm, indem sie zum Fenster hinaussah und das dichte schwarze Haar flocht,

Harr Martin habe ihr mitgeteilt, daß ihre Mutter in Starton, einem Vororte, erkrankt sei; sie müsse gleich auf zwei bis drei Tage hin. Dann setzten sich die drei schweigend im Wohnzimmer am Kaffeetisch nieder, wo Frau Grasso öfter stark zitterte und einmal die Tasse auf den Boden fallen ließ. Herr Grasso meinte, dies bedeute Glück für ihre Mutter.
Abends gegen zehn Uhr schlüpfte sie, nachdem sie tagsüber in der Wohnung des Herrn Martin dessen kleine Kinder gehegt hatte, über die dunkle Straße in den Hof. Sie sah durch das offene Fenster Herrn Grasso allein im erleuchteten Wohnzimmer auf dem Sofa sitzen; mit traurigem Gesicht, zusammengesunken, blickte er vor sich hin. Der schwerfällige Mann bewegte seine Lippen; sein faltiges Gesicht war sehr schlaff; als er nach dem Fenster blickte, schwammen seine entzündeten Augen in Tränen.
In einem schmalen Sarge, dicht an der Tür, lag sie. Ihre Zähne klapperten; ihre Hände flogen, daß sie kaum das Küchenmesser festhalten konnten. Kurz vor elf Uhr kam ein Schritt über den Korridor, weich und schleichend; leicht rauschte der Vorhang. Ein kleines Licht flackerte und sie erkannte mit einem Blick Mike Bondi. Sie hatte ihn tausendmal gesehen, sie kannte seine leicht gebeugte Haltung, die glatten Haare in der weißen, niedrigen Stirn, die gesenkten Lider. Aber jetzt erfüllte sie sein lautloser Gang mit Entsetzen. Es war ihr, als würde sie matt. Dies war nicht der Gang eines Menschen. Sie mußte sich strecken, den vollen Arm auf den Mund pressen, um nicht zu kreischen.
Er drückte das Licht mit einem Finger aus, als er an ihr vorüberging. Sie schloß die Augen, und wie sie die Lider hob, sah sie Mike Bondi nicht mehr. Aber dort, wohin er gegangen war, stand in der Finsternis ein weißer Schein, ging lautlos ein gebücktes Skelett langsam weiter, schlurfte der leibhaftige Tod. Sie sah noch den Schein über einem Sarg, in den er sich geschwungen hatte. Da hallte der schwere Schritt des Herrn Grasso durch das Gewölbe; er ging an der Frau vorüber, die mit einer Ohnmacht rang, zündete die Öllampe an. Frau Grasso

richtete sich, das Messer zwischen den Zähnen, auf; sie stieg hinter dem riesenhaften Mann her, hielt sich bei jedem Schritt an Pfeiler und Mauer fest.

Vor dem Sarge, in den sich das Gespenst geschwungen hatte, warf sich der breite Mann nieder; zwei weiße Arme hoben sich gegen ihn her; sie sah zurückprallend die offene Jacke und die niedrigen, mädchenhaften Brüste, in die sich ein faltiges, nasses Gesicht vergrub. Sie sah das stille Mädchengesicht Mike Bondis sich aufrichten, sah, an die Tür zurückweichend, wie Mike den Gebrochenen an sich zog unter zarten Abschiedsworten, wie sie sich umschlangen. Sie hatte noch die Kraft, sich in die Küche zu schleppen. Zwei Stunden lag sie besinnungslos. Den Rest der Nacht verblieb sie auf der Polizeiwache, wo man die Frau für krank hielt. Erst am nächsten Morgen, als Herr Rechtskonsulent Martin geholt wurde, gingen zwei Beamte mit ihr in die Wohnung und verhafteten den Besitzer und Bondi, die sich nicht widersetzten.

Herr Grasso schwieg sich bei den jetzt folgenden Verhandlungen völlig aus. Bondis körperliche Untersuchung ergab, daß man es mit einem zwanzigjährigen Mädchen zu tun habe. Man vermochte nicht festzustellen, wer sie eigentlich sei. Erst bei dem Lokaltermin, der nach drei Wochen in dem Gewölbe Grassos stattfand, redete sie. Sie äußerte von vornherein, man würde ihr kein Wort glauben, erzählte, daß sie Bessie Bennet hieße und aus Senn Fair bei New York gebürtig sei. Sie habe vor achtzig Jahren dort gelebt; in ihrem zwanzigsten Jahre sei sie von der Schwindsucht befallen gewesen und habe im Hospital gelegen. Sie wäre unsäglich ungern vom Leben geschieden. Sie habe mit dem Tode gerungen wie wenige Menschen, habe es nicht glauben wollen, daß sie sterben müsse, weil eine Lunge krank sei und sie selbst sei noch zum Springen gefüllt mit Lebensbegier. Die unbekannte Macht, deren Namen sie nicht nennen könne, stand da von ihrem Sessel auf und machte sie zu einer Dienerin des Todes. Sie durfte wiederkehren, nicht aber zum Tanz. Sie durfte im Namen der gütigen Macht töten, was gehen wollte;

die törichte Angst vor dem Sterben nehmen, sänftigen und rasch beenden. Sie sei als Helferin unter die Menschen geschickt und bringe den liebreichen Tod. Sie hätte Herrn Grasso liebgewonnen, und es wäre gut, daß sie jetzt schieden, denn sie müßte sonst bald für immer seinetwegen sterben.

Es bestätigte sich, daß eine Bessie Bennet vor etwa hundert Jahren in Senn Fair lebte, daß sie im dortigen Hospital in ihrem zwanzigsten Jahre starb; ihre Leiche verschwand aber in auffälliger Weise auf dem Wege zur Autopsie; zwei Krankenschwestern wurden wegen Dienstversäumnis trotz ihrer Beteuerungen entlassen; alle Nachforschungen blieben erfolglos.

Als die Richter bei dem zweiten Lokaltermin die Feststellungen erwogen, erhoben sie gegen Bessie Bennet, genannt Mike Bondi, die Anklage wegen Giftmordes in zahllosen Fällen. Sie forderten sie auf, unverzüglich das Pulver zu zeigen, dessen sie sich bedient habe, widrigenfalls man sie auf das Spannbrett legen wolle, das man angesichts der Scheußlichkeit ihrer Verbrechen werde hervorsuchen lassen. Auch befahl man ihr, endlich das betuliche Wesen abzulegen und den Richtern frei ins Gesicht zu sehen. Bessie, in dem schwarzen Anzug, den sie sonst trug, lächelte, aber ihre niedrige Stirn wurde rot; sie bat, man möchte ihr die Handfesseln abnehmen und sie gehen lassen. Die Richter, in Wut über den Hohn, schickten nach den beiden Schergen, um sie zu peitschen. Auch der vielen Zuhörer bei der Vernehmung hatte sich in Kürze eine unbezähmbare Erbitterung gegen die teuflische Giftmischerin bemächtigt; sie schickten sich an, von ihren Plätzen aufzustehen, gegen die Schamlose vorzudrängen; die Richter verloren die Zügel über die Menge.

Bessie trat noch einmal vor die Richter, sagte leise, ihre gebundenen Hände zeigend, sie habe keine Zeit; man möchte ihr doch die Stricke abnehmen und sie herauslassen.

Ein wüster Bursche schlug ihr von hinten auf die Schulter; der Pöbel tobte über die Bänke weg. In diesem Augenblick legte sich über alle Brüste eine plötzliche Beklemmung. Einer schlug keuchend das Fenster ein, die frische Luft half ihm nicht. Ein

Richter stürzte mit blauen Lippen nach der Tür auf die Straße und fiel hin. Die zehn Richter saßen wie schlafend auf ihren Stühlen. Die alte Stille herrschte für einen Augenblick in dem Gewölbe, unterbrochen von dem widerhallenden Aufschlagen von Körpern. Die Schwarzhaarige ließ die großen geöffneten Augen schweifen. Sie pfiff zornig und scharf durch die Zähne. Ein Mann taumelte von draußen in den Raum, packte ihren Arm. Sie berührte sein Haar, blies gegen seine Füße; das Feuer loderte an ihm auf; unter heiserem Geschrei stolperte er zurück, krachte zu Boden.

Die Schwarzhaarige hatte sich selbst zusammengebogen. Sie brannte, sich aufrichtend, ihre Schläfen berührend, mitten im weiten Gewölbe stehend, gegen die Decke in schwarzer Flamme auf, stieg in einer qualmenden Feuersäule über das Haus.

Der schwere Dampf erstickte die Menschen in allen Straßen der Nähe. Gerade zwei Stunden währte die unerhört entsetzliche Brunst; etwa sechshundert Menschen, Kinder und Frauen, verbrannten.

Dann lag der ganze Stadtteil in Schutt. Tagelang näherte sich niemand den giftigen Dämpfen. Richter und Beschuldigte waren zugleich verschwunden. Den liebreichen Tod sah man von Stund an nicht mehr durch die Straßen gehen, gefolgt von seinem weißen, riesigen Windhund, der lautlos wie er schritt, mit leeren Augen um sich blickte. Sondern Kranke sollen in ihren Delirien angegeben haben, daß das fessellose weiße Tier sich auf ihre Brust schwang, mit seinen leeren Augen sie ängstigte, mit seinen langen Fängen ihre Kehle eindrückte.

Die Fabel von dem liebreichen Tod, von der Vertreibung seiner Gehilfin blieb in dem Lande lebendig.

DER RITTER BLAUBART

HINTER der dünnen Birkenreihe, welche die Stadt von Norden her umsäumte, zog eine wellige Ebene nach dem Meere zu, wenig mit niedrigen Kiefern und Strauchwerk besetzt. Kein einziger Weg führte aus dem Durchbruch der Stadtmauer nach dem Strand, der kaum zwei Stunden entfernt war; eine Kleinbahn fuhr in weitem Bogen um die Einöde herum an das Wasser. In vielen Senkungen der Ebene stand der Sumpf, schwarz und steif wie Leim; Ratten und Kröten hausten hier; öfter stieß ein Häher durch die dicke Luft und schlug ein Weichtier an.

Wo sich die Hügelreihe am stärksten erhob, ragten quadratische und unförmige Steinblöcke scharf auf, Reste verwitterter Klippen. Das Meer hatte sich früher über das Land gestreckt; jetzt lag die Ebene verstört und frostig da; Meer und Erde wandten sich von ihr ab.

Diese Fläche war vor langen Jahren auf eine sonderbare Weise in den Besitz eines Barons Paolo di Selvi gekommen. Er war von einer Weltreise durch den Sund in diese See gesteuert, um in der Stadt den Vater seines ersten Bootsmannes zu besuchen, der unter dem Äquator dem Schwarzwasserfieber erlegen war. Er stieg ans Land, sprühend von Laune, träumerisch, eroberungssicher. Breitschulterig ging er mit den leicht gebogenen Beinen des Reiters über die Anlegebretter. Der Wind pfiff scharf an dem Morgen und warf ihm die schiefsitzende Kapitänsmütze mit einem glatten Schlag ins Wasser, so daß er barhäuptig und lachend unter seinen Leuten stand, die das böse Omen entsetzte. Seine Augen waren etwas schräg gestellt, dicht an der Nase, die klein und stumpf war und mit ihrer Wurzel tief einsetzte. Die klaren hellgrauen Augen stimmten schlecht zu dem Mund von mädchenhafter Weiche, zu der Sanftheit seiner Stimme. Er ritt auf einem schwarzen Hengst hinter einem Maultiergespann den weiten Umweg nach der Stadt; zwei Truhen schleppte man zu dem alten Manne, den er suchte, eine mit Andenken und allem Nachlaß des Bootsmannes, die andere mit japanischer Seide, indischen Perlen und Juwelen, mit sibirischem Pelzwerk. Kaum zwei Stunden blieb er in der Stadt, dann trabte er pfeifend und lachend allein zurück, unbekannt mit der Gegend, den kurzen Weg durch die Ebene. Es ist nichts bekannt über die Geschehnisse in der Ebene an dem Mittag. Der Baron muß schon am Eingang des Gebietes vom Pferd abgesessen sein und sich allein durch den Sand und Morast gemacht haben. Beim nächsten Morgengrauen fand man den Vermißten besinnungslos auf der Klippe liegen, lang auf den Rücken ausgestreckt, über und über mit Tang und Lehm bedeckt, das Gesicht eigentümlich geschwollen, glühend, mit Bläschen, wie verbrannt, auch an der rechten Hand und dem Vorderarm löste sich die Haut in Fetzen ab. Man lagerte den ohnmächtigen Mann auf eine Bahre, trug ihn schräg über das Brachland auf die nächste Chaussee, wo man einen Heuwagen requirierte und in die Stadt fuhr. Die Wundflächen heilten in einer Woche. Der Baron wußte nicht, was ihm geschehen war. Nur die Krankenschwestern berichteten, daß seine Augen gegen Abend einen leidenden, entsetzten Ausdruck annähmen, daß er den rechten Arm zur Abwehr in die Höhe hebe und trostlos wimmere. Als er völlig genesen war, schenkte er die Jacht seinem ersten Steuermann, entließ seine Leute und zog in die Stadt.

Zuerst bewohnte er ein Haus im Süden der Stadt, ganz im Freien liegend; viele Singvögel umgaben ihn; er pflog mit keinem Menschen Verkehr. Nach einigen Monaten zog er an die Stadtmauer in eine ganz alte Wohnung, die einen weiten Blick auf die dunstige Heide gewährte. Auf der Stadtmauer spazierte und saß der völlig veränderte unzugängliche Mann oder ritt die Chaussee langsam nach dem Meere zu. Bis er nach fast Jahresfrist frühmorgens durch die Straßen der Stadt ging, auf dem Marktplatz nach einem Baumeister fragte und diesen mit kurzen Worten beauftragte, ihm in der Heide auf der höchsten Anhöhe um die Klippe herum ein Wohnhaus zu bauen. Der Baumeister brauche sich nicht zu beeilen, sagte er,

indem er die Arme verschränkte; es solle ein Schloß werden, heimlich und weitläufig, mit vielem festlichen Schmuck; denn er wolle in sechs Monaten seine Gemahlin heimführen.
So zogen die Wegebauer in die Heide, stampften von der Chaussee einen sicheren Nebenweg nach der Klippe. Die Maurer fuhren lärmend an; sie planten den Hügel ab, gruben die Pfeiler ein und umbauten den Felsen, der sich bis zum ersten Stock des Hauses erhob und frei in die Zimmer ragte – ein weites gedehntes Gebäude aus grauem Kalkstein mit bunten Kirchenfenstern, zierlichen Türmen. Mitten in der Einöde erhob sich das Schloß, ein Gelächter der Bauleute, ein Kopfschütteln der Städter.
Knapp einen Monat, nachdem die Wände, Zimmer mit Kostbarkeiten erfüllt waren, führte der Baron eine fremde junge Frau in sein Schloß. Sie erschien einmal im Theater der Stadt, die Portugiesin, ein braunes kindliches Wesen, das nicht vom Arme des Mannes wich; der lachte wieder wie früher und bezauberte alle. Sie tanzten an dem Abend im Bürgersaal. Der Baron spitzte seinen Mund und pfiff im Tanz; er strich den braunen Vollbart und zeigte spottend die Brandnarben auf seiner rechten Hand. Das zweite Mal, daß man von der Portugiesin hörte, war eine Woche später, als ein reitender Bote nachts vom Schloß herjagte, dem Arzt die Türe einschlug, ihn nach der Heide schleppte an die Leiche der jungen Frau. Sie lag mit blaurotem Gesicht im Nachtkleide auf dem dunklen Korridor vor ihrem Zimmer. Neben ihr brannte noch die Kerze, mit der sie wohl aus der Türe gestürzt war. Der Baron folgte dem Arzt mit starren Augen; keine Frage beantwortete er, keine Miene verzog er. Aus den Worten einer schluchzenden Zofe hörte der Arzt von dem alten Herzleiden der fremden Frau; er knöpfte seinen Pelz zu; sie war einer Lungenembolie erlegen.
Nach drei Wochen erschien der Baron wieder in der Stadt; man lud ihn zu den Gesellschaften ein. Oft und öfter ritt er in die Stadt, er fuhr zur Jagd, beteiligte sich an Kampfspielen und Rennen, saß abends beim Wein und erzählte von seinen Fahrten

und Abenteuern. Lange Zeit sah man ihn lustig, schwärmend und träumerisch, mit den Soldaten und Seeleuten der Stadt, er fuhr eines Märztages mit zweien von ihnen wieder in See. Es kam nach einem halben Jahr etwa ein Brief von ihm an bei dem Verwalter seines Schlosses, daß die Wohngemächer grün auszuschlagen und grüne Läufer zu legen seien, und daß im Damenzimmer Orchideen gesetzt werden sollten.

Rund acht Monate nach seiner Abfahrt kehrte er zurück. Wieder führte er eine junge fremde Frau auf sein Schloß. Diese hat kein Städter gesehen. Eines Morgens lag sie in schwarzem Reitkleid, den Schleier vor dem stolzen weißen Gesicht, eine Gerte in der Hand, tot auf dem Hof des Schlosses.

Im Volk, bei den Schiffern und Vorstadtarbeitern, munkelte man, wenn der finstere Baron in seinem schwarzen Ledermantel vorüberritt; die Kinder schrieen vor ihm auf, warfen kleine Steinchen nach ihm, schossen mit dem Katapult auf seinen Hengst.

Die Tochter eines Ratsherrn, ein schmächtiges hellblondes Mädchen, sah ihm vom Fenster aus nach. Ihr traten Tränen in die taubengrauen Augen, wenn die Männer ingrimmig von dem Geschick des schwarzen Ritters sprachen; sie weinte in ihrem Zimmer um ihn und war eines Tages auf seinem Schlosse und wurde seine Frau. Alle angstvollen Beschwörungen der Verwandten konnten dies nicht verhindern. Scharen von tobenden Menschen wälzten sich über den dunklen Weg nach dem Schloß, noch ehe ein Monat verstrichen war, als man die Leiche des süßen Geschöpfes eines Abends an dem Mauerdurchbruch fand. Die Polizei umringte das Schloß zum Schutz, der Baron wurde in Haft genommen. Das Gericht verfügte die Exhumierung der beiden ersten Frauen, die genaue chemische Analyse der drei Leichen auf Giftstoffe. Die Untersuchung blieb ergebnislos. Der Baron wurde auf freien Fuß gesetzt, das Volk streckte ohnmächtig die Hände nach ihm aus und wollte ihn zerreißen, als er, seinen Revolver in der rechten Hand, langsam, höhnisch lachend nach der Heide hinausritt.

Von nun an mied er die Stadt völlig. Er hauste allein in der Heide; nur sein Reichtum hielt die Dienerschaft im Schloß zurück.
Da landete eines Tages eine kleine Jacht vor der Stadt. Ein silbernes Horn blies über die Heide; Miß Ilsebill kutschierte ein Schimmelgespann durch die glatte Chaussee nach der Stadt. In dem Gasthof am Markt logierte sie sich ein. Sie fragte den Wirt nach dem Baron Paolo und seinem verrufenen Schloß; sie fragte zum zweiten, ob jetzt noch eine Frau bei ihm wäre; sie fragte zum dritten, wo sie ihn sehen könne. Bei den Rennen, die morgen in Stirming, dem Vororte, stattfänden.
Frühmorgens rüstete man das Gespann; der Groom stieg auf den Bock; auf dem Polster schaukelte Miß Ilsebill.
Die schnurgraden Alleen herunter sausten die Wagen, die Automobile; sie lenkten in weitem Bogen vor das Portal der Rennbahn. Der Himmel war stahlblau, es wehte eine sommerliche Luft. Die Menschen drängten auf die Rennbahn, sie füllten die Tribüne vor dem weiten grünen Rasen; der Lärm der Stimmen und Gefährte brauste, ein Riesenvogel, über die leere Fläche.
Die Miß fuhr zuletzt, kurz vor dem Start, am Sattelplatz vor. Zwei sanfte Schimmel zogen den offenen, blauausgeschlagenen Wagen durch den knirschenden Sand. Sie stieg aus, im blauen wallenden Samtkleide, eine weiße Feder wehte in den bloßen Nacken; sie glitt durch die hölzerne Sperre auf ihren Platz. Sie hatte eine gelbweiße Haut, ebenmäßige Züge. Ihre tiefschwarzen Augen schlüpften zögernd über die Menschen und Gegenstände, wie ein schleimiger Schneckenleib, ließen eine Spur. Sie saß lächend da und kaute Schokolade.
Baron Paolo lehnte an der Stange; er sah mit Vergnügen die weißen Pferde antraben, hielt seinen weichen Filzhut zum Schutz über die spähenden Augen. Als die weiße Straußenfeder steil in dem Wind sich aufstellte, ging er die vier Stufen der Treppe hinunter, schob sich seitlich durch die Menge und trat vor Miß Ilsebill. Er hob die hohlen Hände wie ein Araber auf; beugte seinen Nacken vor ihr. Sie erschrak und lachte dann.

Kalvello hieß der Favorit. Das braune schlankbeinige Tier jagte lässig hinter dem Rudel her; schon waren zwei Runden um, die Entscheidungsstrecke kam. Miß Ilsebill ließ das Silberpapier fallen, stützte das feste Kinn auf die Hand, jauchzte über die gebundene Ruhe des Pferdes. Sie waren dicht am Ziel; da legte sich der blauweiße Jockey dicht an das Ohr des Pferdes, flüsterte «Kalvello, ho, Kalvello». Das Tier senkte den Kopf, flog in vier Sprüngen hin, siegte. Sie strahlte. Der Lärm der Menge rauschte über sie. Kaum das Hürdenspringen vorüber war, stand sie auf und lud den schweigenden Mann zu einer Spazierfahrt mit ihr ein. Während sie durch die Wälder im Süden der Stadt fuhren, sagte er, daß er der Baron Paolo di Selvi sei, daß er durch sein Geschick hierher verschlagen sei und drüben in der Heide wohne. Sie erzählte, sie wäre Miß Ilsebill; er hätte auf seinem Heideschloß drei Frauen verloren, und sie traure über sein Geschick. Worauf er einen trüben Blick auf sie warf, den grauen Kopf senkte; der Groom aber riß die Schimmel herum; sie fuhren die Chaussee zurück auf den geraden Weg zur Heide. An der Wendung zur Schloßallee verengerte sich der Weg. Paolo nahm dem Kutscher die Leine ab. Die Pferde sträubten sich. Er stieg aus und riß sie vor. Unter Peitschenhieben zogen sie an, sie schnaubten und wollten durchgehen, aber er hielt die Leine straff.
Prunkend stand in der Wüstenei das graue Schloß; über dem Dach des Damenflügels ragte die Spitze einer weißen Klippe. Paolo saß aufrecht im weichen Hut, eingefallen waren seine braunen Wangen und seine Schläfen, seine schräg gestellten grauen Augen blickten leer, nur sein Mund war rund und weich und sehnsüchtig wie immer. In der Dämmerung kamen sie vor sein Haus. Am Portal gab er ihr zum Abschied die Hand. Miß Ilsebill stieg aber aus und bat sich bei ihm zu Gaste auf ein paar Tage; sie wollte ihn pflegen und mit schöner Musik erheitern. Sie bezog die Zimmer des Damenflügels.
Sie ritten morgens und mittags aus; Ilsebill sang und spielte vor ihm in den Gemächern. Sie trug bunte und nixengrüne Gewän-

der; in ihren Augen war ein weißes Schimmern, wenn sie auf den Teppichen tanzte; ihr schwarzes Haar hatte sie in Zöpfen gebunden, die sie mit den blitzenden Zähnen festhielt. Paolo lag stumpf auf den Polstern, rauchte und hüllte sich in Dampf, später warf er sich auf den Teppich, sah ihr neugierig aus seinen hellen Augen zu, hörte sie summen zu der Guitarre, in die ihre Dienerin griff. Seine Stimme wurde heller, sein Gang rascher. Und als sie einmal auf dem Balkon standen, brach sie in ein ungefüges Weinen aus; sie wollte wissen, was es mit ihm sei, sie wollte ihm helfen. Er aber nahm ihre beiden gelbweißen, heißen Hände, legte sie auf seine Stirn, indem er die Worte eines fremden Gebets flüsterte; sie hing an seinem Hals, während er entsetzt bebte und lauter sprach und schrie, was sie nicht verstand. Schon war er wieder still und sanft, geleitete Miß Ilsebill in ihr Zimmer. Und am Abend schlich sie sich, indessen der Baron im Herrenflügel schlief, allein trotzig und finster an die Tür des verschlossenen Zimmers, in das die Klippe hineinragte. Sie rüttelte an dem Holz, sie stemmte sich seufzend mit der Schulter an; das Schloß hielt fest. Da nahm sie das goldene Kreuz vom Halse ab, flehte die Mutter Gottes um Hilfe an, fand am Fuß der Tür einen Riegel bloßliegen, schob ihn, den Finger einschlagend, in die Höhe, mit schwerer Mühe, so daß ihr Arm schmerzte.

Lautlos sprang die Türe auf; Miß Ilsebill, die zarte, in ein schwarzes Tuch geschlagen, hob die Kerze: es war ein schmales, freundliches Gemach, mit zärtlichem Frauentand die Tischchen und Wände bedeckt; der rohe zackige Felsen bildete die breite Hinterwand; er schattete sonderbar in dem unsichern Lichte; in seiner Nische, über dem Boden, stand das grünbezogene Nachtlager, zu dem zwei Stufen führten. Miß Ilsebill tänzelte freudig über den dicken Teppich, warf ihr Tuch ab, sog den schwachen Blumengeruch ein, zündete zwei Ampeln an und war in dem heimlichsten Zimmer. Die grüne japanische Seide hing von der Decke herab, Bilder und Tapeten lächelten ruhevoll und sanft, auch die sonderbare Klippe schimmerte wie ein spielerischer, phantastischer Einfall. Sie legte leise die Tür an, sprang auf das Lager, lag träumend stundenlang, schlüpfte frühmorgens wieder durch die Korridore auf ihr Zimmer, nachdem sie das Licht gelöscht, sorgfältig den schweren Riegel herabgeschoben hatte. «War nichts geschehen, ist mir nichts geschehen», sagte sie glücklich vor sich hin; glitt nun Nacht für Nacht hinüber in das Felsenzimmer, dort zu schlafen. Des Tags aber fand Miß Ilsebill kein Ende des Plauderns, Singens und Lockens vor dem versunkenen Manne. Aus ihren tiefschwarzen schlüpfenden Augen schlug öfter ein greller Blick zu ihm, und als sie einmal unter den fünf raschelnden Schleiern vor ihm getanzt hatte und er lachend über ihre tollen Sprünge ihre Handgelenke hielt, warf sie ihre Schönheit vor ihm hin und bettelte an seinem Hals: «Ich bin Ihr Eigen, Paolo.» «Sind Sie das, Miß Ilsebill? Sind Sie das?» Und sein Blick war nicht grell und heiß, sondern derart schwermutsvoll, fragend und ohne Trost, daß sie von ihm abwich, die Schleier um sich warf und aus dem Zimmer schlich. Er umgab sie aber mit so viel stiller Ehrfrucht, daß er die blaßwangige Ilsebill ganz in staunendes Glück versenkte.

Auf ihren Streifzügen durch die Wälder trug der schwarze Ritter sie oft auf den Armen und betete, manchmal in die starken Kniee sinkend, im fremder harter Sprache. Sie hob nie die Lippen zu seinem Munde, nur selten nahm er ihre gelbweißen Hände und preßte sie an seine Stirn. Welche Kleider trug Ilsebill mit den feinen Knöcheln? Wieviel Zöpfe hingen aus ihrem blauschwarzen Haar? Grüne Kleider, wie die Seide in dem Felsenzimmer, trug Miß Ilsebill; grüne Blätter lagen auf ihrem Haare und waren eingeflochten in drei dichten Zöpfen. Miß Ilsebill und Paolo spielten und jagten zusammen, sie saßen oft am Meere, sie träumten zu zweit. Paolos Augen sprühten.

Eines Mittags sagte sie ihm, daß sie ihn um etwas bitten möchte. Und als Paolo freundlich fragte, biß sie sich auf die Unterlippe und meinte, daß sie ihm etwas sagen müsse. Ob es nicht zweckmäßig wäre, wenn sie einen Arzt kommen ließen aus der Stadt; sie glaube, sie sei etwas krank. Paolos Lippen wurden schneeweiß, er atmete schwer mit geschlossenen Augen: was ihr denn fehle. Sie höre immer, fast immer ein leises Scharren. Es sei ein Geräusch, ganz weit entfernt, ein gleichmäßiges Streifen, Rieseln und Scharren, gleich als liefe ein Tier über Sand und bliebe immer wieder schnaufend stehen. Es sei so fein, daß es ihr oft wie ein Pfeifen klinge. Er stand am Fenster und blies gegen die Scheibe, fuhr mit rauher Stimme heraus, es sei kein Arzt not bei solcher Krankheit; sie müsse sich zerstreuen; sie müsse jagen, reisen; am besten, sie ginge fort von hier. Da lachte Miß Ilsebill aus vollem Halse und sagte, ihre beiden Pferde seien nur schwer den Weg hierher gelaufen, und jetzt, wo fände sie Pferde, die sie zurücktragen würden ohne ihn. Der untersetzte Mann hatte sich umgedreht, seine Stirn lag in Falten, sein mageres Gesicht glühte, er klagte heiser: sie solle gehen, sie solle gehen, sie solle gehen, er wolle sie doch nicht; er wolle kein Weib und keinen Menschen und nichts; er hasse sie alle, die höhnischen, sinnlosen Wesen; sie solle gehen, oh, sie solle gehen. Ein Messer wolle er ihr gleich geben, damit solle sie sich ihre Krankheit aus dem Herzen schälen. Wie Miß Ilsebill mit schaukelnden Hüften auf ihn zuging, kam er auf sie zu gewankt, taumelnd wie ein Kind, sah sie an derart schwermutsvoll und ohne Trost, daß sie sein Haar streichelte und in fesselloses Schluchzen ausbrach, als er an ihrer Brust zitterte. Sie stellte keine Frage an ihn; sie nahm heimlich einen Dolch von der Wand, versteckte ihn unter ihrem Kleid.

Miß Ilsebill ging nun in ihrem dünnen Kleid oft allein aus, sie streifte bis an die Stadtmauer, brachte Paolo seltene Muscheln, blaue Steine mit, auch streng duftende Narzissen, die er liebte. Und auf einem Wege sprach sie in der Vorstadt einen alten Bauern an, der erzählte, der Baron habe sich mit Leib und Seele einem bösen Untier verkauft. Das läge aus Urzeiten auf dem alten Meeresgrunde, dort auf der Heide; in der Klippe hause es und brauche alle paar Jahre einen Menschen. Es klänge wie ein Märchen und sei doch wahr. Wäre nicht bei den Frauen jetzt die Unzucht und Gottlosigkeit so groß, so wäre der arme Ritter

längst befreit von dem Tier. Sie hörte es mit Glück, denn sie wußte es schon lange.
Sie spielte auf ihrem Zimmer mit Eidechsen, die sie fing. Als Paolo sie einmal unter Lächeln klagen hörte, sie suche im Grunde nur nach dem Tier, das so laut scharre und murre und raschele, meinte er nach einem langen, schüttelnden Gelächter, er wolle einen Dichter einladen, den er kenne in der Stadt, der solle sie mit Märchen und seltsamen Geschichten unterhalten. Es sei ein seelenkundiger Mann.
Am nächsten Mittag spazierte über den breiten Hauptweg der Dichter auf das Schloß; sie saßen zu dritt bei Tisch. Dann lud Paolo ihn ein, den Arzt zu spielen bei Miß Ilsebill und ihre Schwermut zu beheben; denn es scheine ihm eine Art Schwermut zu sein, was in ihr scharre und raschele und sie zu verschlingen drohe. Der Dichter sprach mit ihr auf ihrem Balkonzimmer; es war ein schlanker junger Mann mit langen Armen und mit freien Bewegungen. Er fuhr über sie mit herrischen Blicken, sie lachten zusammen, über ihre Bilder gebückt. Er bat sie, sie möchte tanzen, als schon die Lust dazu in der Wilden erwacht war; sie tanzten zusammen unter Ilsebills letztem Schleier, und die Entfesselte sprang mit ihm auf den Balkon und lachte mit einmal über das Schloß und den Sumpf und die scharrenden Tiere. Sie krümmte sich über das Eisengitter, schrie ihr Gelächter über die dämmerige Heide hin. Wahnsinnig, ja wahnsinnig wäre sie, eine Leiche bei lebendigem Leibe. Mögen alle vorsintflutlichen Drachen ausbrechen und Paolos Glück morden: sie kenne nur ein Tier, das ausbrechen wolle, und das sei sie selber. Sie streckte ihre runden Arme über sich, rief das Meer an, sie wolle wieder fort, sie wolle reisen und wandern und wolle immer lieben und immer küssen. Und eh die Dunkelheit einbrach, ging der Dichter fort; trällernd riß sie ein grünes Blatt aus ihrem Haar und steckte es zwischen seine Lippen.
Kaum war es finster im Schloß geworden, da warf sich Miß Ilsebill ihr schwarzes Tuch um, nahm noch mit glühenden Wangen eine Kerze in die Hand und belud ihren linken Arm

mit zwei Scheiten Holz: sie wollte zum Schluß die Felsenkammer in Brand stecken und dann in Nacht und Nebel verschwinden. Auf dem Meer wartete schon die Jacht, die der Dichter zur Flucht besorgt hatte. Den dunklen Gang keuchte sie hin; aus dem Dunklen, ihr entgegen, kamen Schritte. Die Scheite ließ sie über die Kniee leise zu Boden gleiten; es war Paolo, der sie nicht fragte, ihre Kerze sachte an den Boden stellte und sie zärtlich, ohne zu sprechen, streichelte über Haar und Hände. Die schwarzen Augen Miß Ilsebills schlüpften nicht fort von seinen, die voll Teilnahme blickten und einen erschreckenden Trost spendeten, schlüpften nicht ab von der ruhigen Aufgeschlossenheit seines heiteren Gesichts. Seine schräggestellten Augen strahlten über sie gar eine Dankbarkeit, sein Mund näherte sich zum ersten Male ihren Lippen und küßte sie. Er sagte, er ginge noch heute in die Stadt. Sie kauerte auf dem Gang, die Kerze war erloschen, eine unbezwingliche Angst schüttelte ihre Schultern. Sie hielt das Kreuz in beiden Händen hoch, sie richtete sich auf, die Scheite ließ sie liegen; sie mußte über den Gang, sie mußte nach der Tür, sie mußte in die Kammer. Hart war ihr Gesicht, dann verzerrte es sich hilflos. Unter dem Kreuz schleppte sich Miß Ilsebill, weinend und sich kasteiend. Den Riegel schob sie hoch. In der Kammer ging sie händeringend auf und ab, schlug sich die Brust, schlummerte auf dem weichen Teppich ein.

Im Traum hörte sie ein Scharren und Krachen, ein lautes Rufen von Männerstimmen: «Ilsebill, rette dich; rette dich, Ilsebill, Ilsebill!» Richtete sich auf. Kam aus dem Felsen eine blasende Flamme, ein brennender Mund her. Der Felsen sprang mitten auseinander, aus der Höhle strömte das Wasser, wälzte sich ein grauenhaftes Meeresungeheuer, eine Meduse mit zahllosen ringelnden Fängen; aus dem Leib schlug die zitternde, blaurote Flamme wie der Atem. Miß Ilsebill stürzte nach der Tür; die fand sie nicht; da schrie sie gell und wahnsinnig: «Paolo, Paolo!» Das Untier zischte nach ihr; eine lähmende Süße durchfloß sie; sie schlug in Todesangst gegen die Wand. Ein blanker Spieß hing da, sie riß ihn herunter, schleuderte ihn

blind in die Flamme hinein. Halbumfallend fand sie die Tür, lief schreiend, mit den versengten Händen um sich schlagend, über die stummen Gänge; blieb vor ihrer Zimmertür liegen.
Bis an den grauen Morgen lag die stolze Miß Ilsebill. Als sie sich aufrichtete, löste sie mit starrer Ruhe ihre Schuhe und Strümpfe ab, band ihre Zöpfe auf, ging barhäuptig, in bloßem, dünnem Röckchen aus dem Hause, durch den Torweg nach der Stadt zu über die Heide bis da, wo die Birken stehen. Sie wandte sich nicht einmal um. Hinter ihr tobte es; vom Meere her kam ein Donnern und Bersten. Eine Springflut, eine meilenweite graue Wand durchbrach die Dämme und Deiche, setzte rollend und schäumend über die verwunschene Ebene, bedeckte wieder, was ihr schon einmal gehört hatte, dazu ein graues Schloß und viele schlafende armselige Menschen. Das furchtbare Wasser warf seine Wellen bis dicht an den Berg heran vor der Stadt, auf dem die Birken stehen. Ilsebill wanderte auf den Berg. Und wie sie zwischen den Bäumen ging, trat der Nebel in den Wald. Aus einem Baume, an dem sie betete und ihr Kreuz aufhing, trat ein feiner feiner Rauch, der süßer als Flieder duftete. Er legte sich um die wandernde Ilsebill, so daß sie eingehüllt war in die Falten eines weiten, duftenden Mantels. Sie sah keinen Schritt vor sich und keinen Schritt hinter sich; und als sie merkte, daß der Mantel der Mutter Gottes sie einhüllte, fing sie an zu weinen wie ein zages Mädchen. Rascher und rascher lief sie, aber sie stürzte bei jedem Schritt: «Ich möchte doch leben. Ach, liebe Mutter Gottes, laß mich doch die Blumen noch sehen, laß mich doch die Vöglein sehen. Ach, liebe Mutter Gottes, sei gut zu mir. Ich sehe – du bist gut zu mir, wie ich zu dir bin.» Ihre Lippen blaßten. Sie wurde dünner und dünner. Seufzend löste sie sich auf und verschwand in dem feinen Nebel, der über die Birken zog.
Schon hob sich die Sonne über dem Wasser, da trabte langsam ein schwarzer Hengst mit einem Reiter durch den Mauerdurchbruch von der Stadt her. Der Reiter ritt über den Berg, und wie er auf der Höhe stand, schäumte meilenweit vor ihm

das graue, tobende Wasser, und kein Weg und kein Schloß. Er stieg ab, band das Pferd an einen Stamm, ging zwischen den Birken. Ein winziges goldenes Kreuz hing an einem Baum, um den ging ein süßer Geruch herum. Er zog den weichen Hut, kniete nieder und legte die Stirn an die Rinde: «Große Angst hast du uns beschert, holde Mutter Gottes; große Liebe hast du uns beschert, du holde Mutter Gottes.»
Die Städter sahen noch einmal den schwarzen Reiter an diesem Tage des Dammbruches durch die Stadt jagen. Dann hörte man nach vielen Jahren wieder von ihm, als die Kämpfe in Mittelamerika tobten. Als Führer einer Freischar gegen die heidnischen Indianer fiel er damals mit seiner ganzen Mannschaft bei einem heimtückischen Angriff.

DER DRITTE

DER berühmte Frauenarzt Dr. William Converdon in Boston erließ am 14. April eine Annonce in den ‚Täglichen Nachrichten', in der er eine Sekretärin suchte. Er war durch seine Wahl zum Vorsitzenden der Gesellschaft für Gynäkologie mit Schreibarbeit übermäßig belastet worden; seine bucklige Haushälterin, der er seine Bedrängnis mitteilte, entschied sich dafür, eine Dame zu suchen; diese sei billig, vor allem leichter zu entlassen.

Am 18. April stellte sie ihm zum Schluß seiner Sprechstunde zwei Damen vor. Converdon drehte sich teilnahmslos auf seinem Stuhl um, nahm mit Kopfnicken die leichte Verbeugung eines scharfzügigen, schwarzen, intelligenten Fräuleins entgegen, richtete länger seine grauen kalten Augen auf das blonde Mädchen neben ihr, die ihm mit Erröten ihre Zeugnisse reichte. Wie er dann mit der Hand über sein breites Kinn fuhr, entschied er sich, ohne die Papiere zu öffnen, für die blonde, schüchterne, vollwangige, weil sie schöne Flechten trug und es ihn beunruhigen würde, ihre Reize auf die Straße zu schicken, und weil er hoffen konnte, ihrer rasch überdrüssig zu werden.

Bei Beginn der Diktate am nächsten Morgen empfand der hagere Mann eine Störung seines Gedankengangs durch die Anwesenheit des Mädchens. Er zögerte daher, über den Läufer des Sprechzimmers hin- und hergehend, nicht lange, hinter dem Sessel halt zu machen, auf dem sie saß, in blauem Kleid, den Kopf mit sauber gewundenen Flechten über das Pult gebeugt. Bei Betrachtung ihres Rückens blieb er an ihrem bloßen Nacken hängen; so hob er denn langsam ihren weißen Stehkragen auf und küßte sie in den Spalt hinein zwischen Kleid und Kragen. Sie fuhr zurück, ihre Augen leuchteten auf; als er ihre hellen Nackenhaare durch seine Zähne zog, legte sie kichernd ihre heiße Wange nach rückwärts an seinen Kopf und dehnte sich auf dem Stuhl. Dann, als er mit seinen schmalen Lippen ihre Wangen abtastete, warf sie sich plötzlich vorn über die Schreibplatte, vergrub den Kopf in den Armen, schluchzte sehr leise eine kleine Weile, während er nachdenklich hinter ihr stand, das scharfe Gesicht gesenkt, die linke Hand am Kinn. Sie schüttelte sich noch einmal, wischte sich die Augen mit einem sehr dünnen Taschentuch, stand auf, wandte sich um und sah ihn aus geröteten Augen von unten an. Das blondhaarige Fräulein, sie hieß Mary Walter, legte dann ihren Kopf an seine weiße Weste und bot ihm zu seiner großen Überraschung den Mund. Er wollte erst mit der freien linken Hand in die Rocktasche fahren nach seinem Kneifer, um die Erscheinung aus der Nähe zu betrachten, küßte sie aber entschlossen und nannte sie vorsichtig «liebes Fräulein Walter». Fräulein Walter setzte sich wieder auf ihren Sessel, er spazierte befriedigt über den Läufer, diktierte weiter. Er machte ihr am Ende der Arbeit, weil es ihm so einfiel, einige Liebeserklärungen, die sie erst gedankenlos mitstenographierte, dann aber beim Nennen ihres Namens verstand; sie spazierte Arm in Arm mit dem erschrockenen Mann über den Läufer; der beschäftigte Arzt freute sich aber herzlich über den raschen Ablauf des Vorgangs.

Er ging mit ihr ins Theater, speiste abends mit ihr zusammen, trieb dies ein paar Tage. Bis ihm nach genau einer Woche, als er bei Beendigung des Diktats auf seiner Chaiselongue saß und Fräulein Walter betrachtete, ein weiterer Gedanke kam. Sie band sich eben über ihren blauen Rock eine spitzenbesetzte weiße Schürze und sah dabei auf ihre weißen Tennisschuhe, als er um die Erlaubnis bat, die Schürze hinten zuzuknöpfen, und ihr bei dieser Tätigkeit dann mit stockender Stimme von hinten ins Ohr flüsterte, sie möchte heute das Nachtlager in seiner unmittelbaren Nähe aufschlagen. Sie betrachtete eine Weile ihre Fingerspitzen, löste sich mit einem Ruck von seinen Händen, stampfte dann mit dem Fuß auf, sagte zunächst leise: «Es geht nicht.» Er ebenso leise: «Warum» und duzte sie sofort in Vorbedacht der kommenden Situationen. Nun einfach darum nicht, weil sie doch zu Hause wohne. Es wurde nun noch die Depesche an die Mutter abgesandt, in der berichtet wurde, daß

Fräulein Mary den Herrn Chef für einen Tag auf einer Reise begleiten müsse, die bucklige Haushälterin orientiert, welche ein hierfür seit langen Jahren benutztes Zimmer freundlich abstaubte, so daß Dr. Converdon seinem Plan entsprechend die fröhliche Nacht mit seiner Sekretärin verlebte.
Nur störte ihn im Verfolg seiner notwendigen Bemühungen an dem Fräulein mehreres, nämlich die große Energie ihres anfänglichen Widerstands, ihre auffallende Erregtheit während der ganzen Nacht, besonders aber der Befund einer unzweifelhaften Jungfräulichkeit. Über diesen Befund war Herr Dr. Converdon heimlich außerordentlich entrüstet. Er erhob sich sehr früh, machte dem Fräulein am Morgen vor der Waschschüssel laute Vorwürfe wegen ihres Lebenswandels; man sollte es nicht für möglich halten, wenn man sie betrachte mit ihren blonden Flechten; was wollte sie eigentlich von ihm; es zeuge von einer unglaublichen Unreife, von einem völligen Mißverstehen seiner Person; er wisse gar nicht, wie er über diesen Punkt ihrer Vergangenheit wegkommen solle. Sie weinte, im bloßen Hemd am Fenster sitzend, furchtbar, bettelte um Verzeihung; sie wisse ja selbst nicht, wie es gekommen sei. Er diktierte ihr wütend stundenlang am Vormittag; diktierte, bis sie halb schlafend über den Tisch sank; war außer sich über die Roheit dieser anscheinend harmlosen Person.
Sofort wollte er sie vor die Tür setzen. Aber er überlegte sich, daß sie dann zu leichten Kaufs davonkäme. Es wäre ihr ein Vergnügen, jetzt zu entwischen nach diesem Verbrechen an seiner Seele. Er erklärte ihr abends, als sie zum Nachtessen erschien, daß er sie nunmehr fest engagiere, zunächst auf drei Monate; sie klatschte in die Hände; er verlangte dringend, daß sie einen förmlichen Vertrag, den er entworfen habe, unterschriebe. Sie unterschrieb ungelesen, hängte sich an seinen Hals. Er lächelte finster. Niemand erkannte den ernsten Mann tagelang in seiner explosiven Wut. Er mietete ihr schon nach einigen Tagen eine Wohnung in dem Nebenhause, entsetzte sie ihrer Stellung als Sekretärin, engagierte einen alten Bureaubeamten. Sie sollte als

Gesellschaftsdame fungieren in seinem Hause. Sie hätte nichts weiter zu tun, als zugegen zu sein, wenn er es verlangte.

Sie stellte nun seine Möbel um, hing kleine Liebesbilder und Fähnchen auf, setzte sich allabendlich zu ihm an den Tisch. Er sprach tagelang mit ihr kein Wort, er duldete sie, gab ihr mit jeder Miene seine Verachtung zu erkennen. Eines Tages schwoll sein Gesicht, während sie ruhig aß, blaurot an, die Stirnader trat wie ein Bleistift hervor, seine Augen quollen heraus; er schlug mit der Faust neben sie auf die Platte: «Du hast hier nicht Abend für Abend an meinem Tisch zu sitzen. Dieser Stuhl hat frei zu sein an meinem Tische. Ich verbitte mir, daß irgend jemand auf diesem Stuhle sitzt.» «Aber Lorry, wo soll ich denn sitzen?» «Wo du willst, sollst du sitzen. Vor der Türe. Ich wünsche, daß dieser Platz frei bleibt.» Sie stand weinend auf: «So wünschst du, daß ich gehe?» «Daß du gehst? Das charakterisiert dich recht. Was willst du gehen? Warum? Wohin willst du gehen? Oh, ich kenne dich schon, du. Du willst gehen; das wolltest du schon lange. Aber du hast ohne meine Erlaubnis nicht das Zimmer zu verlassen. Du hast hier zu bleiben; ich sperre dich ein, bis du zahm und kirre bist – du Schamlose.» Der alten buckligen Haushälterin aber trug er auf, Fräulein Mary zu behandeln, als wäre sie die Tochter des Hauses, oder als wäre sie seine Frau, mit der allererdenklichsten Rücksicht und Zartheit; so verlange er es.

Als der hagere Mann sich besänftigt hatte, ging er wieder mit dem blonden Fräulein spazieren auf den breiten Geschäftsstraßen Bostons; mit einer ernsten, bittenden Galanterie bewegte er sich um sie; öfter klagte eine verzweifelte, gequälte Demut aus seiner Stimme. Sie saßen einmal nebeneinander bei Sonnenuntergang am Fenster seines Sprechzimmers; da legte er überwältigt die kahle Stirn auf die runde Mädchenschulter. «Sieh, Mary, wie viele Straßen es gibt; drüben jenseits des Platzes fünf, über den Fluß weg hunderte im Arbeiterviertel. Hundert Häuser stehen in jeder Straße, und in jedem Haus wohnen so viele Männer, jüngere als ich, bessere als ich, schönere als ich. In jedem Stock, hinter jedem dieser Fenster. Sie haben an nichts zu denken, sie haben den ganzen lieben Tag ihre Gedanken frei, stell dir dies einmal vor. Und wie gerne würden sie dich lieben, mit deinen treuen Augen, deinen runden Armen. Dein Fleisch ist so fest, deine Brüste sind so straff, mit rosigen Spitzen; ach Gott, was hast du für ein weiches, glattes Fell, Mary – und dies alles mir, den es nicht beglückt, den es belastet und die Atemluft benimmt. Bitte frage mich jetzt nicht wieder, ob du gehen sollst. Was hilft das mir? Ich würde dir nachlaufen müssen und weinen. Ich wäre unsäglich froh, wenn du nicht wärest. Ich würde mich gerne bücken hier am Fenster, dich auf die Arme nehmen und wie einen Blumenregen auf das Pflaster streuen, drüben in die Fenster hinein und über mich in das Zimmer. Der Gedanke macht mich schmelzen. Aber jetzt faß mich nicht an, tröste mich gar nicht, laß meinen Kopf auf deiner Schulter liegen, Mary, Mary.»

Das Mädchen umging ihn mit großer Vorsicht, sie bereitete ihm die Mahlzeiten, half ihm bei den Arbeiten mit Geduld und unendlichem Sanftsinn. Wenn er sie anbrüllte, sich mit den Händen gegen die Brust schlug, weil solch Verhängnis an ihn gekettet wäre, so schlich sie davon die Treppen hinunter, weinte zu Hause, kam nach ein paar Stunden wieder zurück und fragte ängstlich die Haushälterin, ob der Herr schon besser wäre. Und er zog sie schon auf dem Korridor an den Händen zu sich hinein, polterte mit mürrischem Gesicht über eine kindliche Neigung zu dramatischen Spannungen, über ihre unreale, idealistische Auffassung des Menschen.

Nun saß sie auf seinen Visiten im Wagen neben ihm, in einem mächtigen Florentinerhut mit breiter blutigroter Schleife, deren Enden sie nach vorn um den Hals band. Wie seine Tochter saß sie auf dem Polster in feinem weißen Batistkleide neben dem hageren, glattrasierten Arzt, dessen hohe schmale Stirn, gerade Nase, tiefe Mundlinien in Marmor gehauen waren. Sein Schädel war kahl bis an den Wirbel; seine grauen durchdringenden Augen sahen gradeaus.

Ihre Lippen waren fein und keusch. Das reizte ihn tief, und er legte ihr die harte Hand auf den Mund in dem eiskalten Wunsch, mit einem schlanken Messer ihre Lippen zu umschneiden – dann wäre die ganze Keuschheit weg –, mit Porzellanglocken die demütige Sanftmut ihrer Augen zu verdecken; ihre welligen Haarflechten zu fassen, mit einem Ruck, mit einem langen skalpierenden Ruck vom Leibe abzuziehen das weiche schmeichelnde Fell, die weiße glatte Haut ganz und gar, daß sie daläge, Mary, vor ihm, zuckend rot, mit spielenden bloßen Muskeln, ein Präparat, ein krampfendes schnappendes Tier, Mary.

Er ließ sie ganz in seine Wohnung ziehen. Trotzdem sie im Gedränge der Straßen kaum einer beachtete, mußte sie dichte weiße Schleier tragen, und die kleine bucklige Frau begleitete sie. Der hagere Mann ging indessen heimlich des Nachts in die niedrigsten Quartiere der Vorstadt, lernte den verlorenen Geschöpfen ihre Obszönitäten und Verderbtheiten ab. Das streng bewachte, stille, blauverhängte Zimmer Marys zitterte unter den Rasereien der beiden Menschen. Sie saß neben ihm, umschlang ihn, bedauerte ihn wegen seiner Wildheit, aber er sann verzweifelt, wie er sie ganz verwüsten könnte, daß nichts von ihr übrig blieb, rang die Hände, daß sie noch immer neben ihm saß, als wäre nichts geschehen, mit treuen blauen Augen, mit den schlicht gewundenen Flechten, mit der kindlichen Stimme – wie er nur eine Spur in ihr hinterlassen könne, eine einzige kleine Spur. Bis sie einmal leise weinte an seiner Brust und ihn fragte, ob er schlecht von ihr denke, weil sie jetzt so bestialisch zueinander seien; da tröstete er sie ingrimmig, sie solle nicht so outriert fragen.

Er erklärte ihr am Tage darauf, daß er sie zur Schauspielerin ausbilden lassen wolle. Sie gehörte allen Menschen; jeder könnte sie nehmen, sollte sie nehmen. Sie sei so schön; sie singe so rein; es sei eine Versäumnis, dies zwischen seinen vier Wänden verdorren zu lassen. Sie trat als Tänzerin in einem kleinen Variété auf. Der Vorhang rauschte hoch, der hell beleuchtete Schädel des

Arztes senkte sich – nun war er glücklich. Nun lag die Schönheit Marys auf allen Gesichtern im Saale; der breite Fleischermund neben ihm sog lüstern an ihrem süßen Lächeln, in die braunen Kalbsaugen der Dame neben ihm kam eine Starrheit, als die blonde Mary im Tanze die runden Linien ihrer Schenkel bog und streckte; ein junger kräftiger Fant in der ersten Reihe biß sich mit dem Opernglas in ihre Brüste ein. Nun fiel sie wie ein Blumenregen über den Raum. Er raste in seiner Equipage hochatmend und lachend weg, ließ sie allein den Zuschauern. Er versteckte sich in seinem Zimmer, schloß die Türen hinter sich ab; seine Haushälterin bediente ihn wie sonst in der guten Zeit allein, während die Stühle leer herumstanden, kein Gedeck neben seinem lag und er am Ende der Mahlzeit Tisch und Stühle umwarf und seine Beine vergnügt auf dem Sofa ausstreckte.

Kaum aber war nach der unruhigen Nacht der Morgen gekommen, da stand der Herr vor dem Fenster seines Sprechzimmers, sah die leere Straße herunter und streckte die Arme aus nach Mary, der Dirne, dem niedrigen seellosen Geschöpf, nach der Mörderin, dem Vampir. Keine Spinne konnte böser umgehen mit einer Fliege, als dieses Wesen mit ihm. Alle Dinge hier im Zimmer sprachen von der Pein, die sie ihm tausendmal bereitet hatte, von der Mühe, die er mit ihr hatte; aber sie wälzte sich im warmen Dreck. Keine Peitsche, sie zu schlagen! Wo steckte sie, wo steckte sie, sein Besitz! Seine Hündin!

Gegen fünf Uhr nachmittags klingelte sie, lächelnd, freudig erregt, im weißen Mädchenkleid, unter einem mächtigen Florentinerhut, fiel ihm um den Hals und plapperte, wie glücklich sie sei, wie gut sie gefallen habe, wie sie sich freue auf heute abend. Er fragte nicht, wo sie heute nacht gewesen sei. Er nahm sie wie eine Puppe in den Arm und fiel aufweinend über sie auf den Teppich nieder. Er küßte sie auf den Mund und redete verwirrt. Er bettelte mit heiserer Stimme, sie solle nicht mehr spielen, sie solle bei ihm zuhause bleiben. Sie könne ja gehen, wann sie wolle, aber sie möchte bei ihm bleiben. Das Mädchen brach in ein furchtbares Schluchzen aus, fragte, was ihm geschehen sei.

Sie zitterte, hob ihn auf, blickte den Mann an mit dem glühenden Gesicht, den triefenden Augen, den bebenden Lippen. Am nächsten Vormittag fuhr er mit ihr auf das Standesamt, nach ein paar Tagen zum zweiten Male; da waren sie getraut. Sie hatten wenige glückliche Wochen in einem Seebade verlebt. Da hörte sie eines Morgens, als sie sich zum Tennisspiel ankleidete, einen furchtbaren Schrei aus dem Nebenzimmer. Converdon stand in bloßen Hemdsärmeln aufrecht mitten im Zimmer, in der rechten Hand einen zerknitterten Brief. Er streckte die Arme nach der Decke, schrie gell Marys Namen, stürzte auf den Teppich nieder. Sie hob seinen heißen Kopf, er stammelte: «Es ist aus mit mir.» Dann, als er sich beruhigt hatte, sagte er, sie möchte ihn allein lassen, er hätte einen Nervenanfall gehabt. In dem zerknitterten Brief stand:
«Sehr geehrter Herr Doktor, Ihre Frau ist sehr schön. Ich werde mich um sie bemühen. Es ist Ihnen, sehr geehrter Herr Doktor, ebenso sicher wie mir selbst, daß ich Ihre Frau gewinnen werde. Es wird mir schwierig, ja unmöglich sein, meine Bemühungen um Ihre Frau durchzuführen, ohne daß Sie es merken. Ich bitte Sie daher, erstens Kenntnis von meinem Plan zu nehmen; zweitens, angesichts des zweifellosen Resultats, keine Schwierigkeiten zu machen. Ihnen selbst, sehr geehrter Herr Doktor, empfehle ich, gedrängt von einem großen Wohlwollen für Sie, sich am fünfundzwanzigsten dieses Monats im Charlespark mit genauer Angabe der Motive umzubringen. P. S. Ich besitze ein Automobil und stelle Ihnen den Wagen zur Benützung bei der Regelung Ihrer Angelegenheiten zur Verfügung.

Paul Wheatstren,
Parterregymnastiker.»

Dr. Converdon antwortete nach einer knappen Stunde Herrn Paul Wheatstren, Parterregymnastiker. Er bestätigte den Empfang des freundlichen Briefes vom Heutigen, dankte für die gütige Festsetzung des Todes, bat um umgehende Zusendung des Automobils, das er sachgemäß instandhalten werde.

Die erste Fahrt, die Dr. Converdon mit dem Wagen machte, war hinaus auf die Landvilla des Akrobaten, um mit ihm zu verabreden, daß von den kommenden Geschehnissen nichts zu Ohren Marys gelange. Wheatstren empfing ihn, ein untersetzter, breitschultriger Mann mit viereckigem geröteten Gesicht, Ende dreißig, gewöhnliche Züge, aber klare, ruhige Augen. Er schüttelte dem Doktor lachend die Hand, erklärte ihm, wie er sich freue, seine schöne Frau kennen gelernt zu haben und ihren ehrenwerten Gatten. Er hoffe mit Frau Mary glückliche Stunden zu verleben.
Sie setzten sich bei einem Glas Wein hin. Wheatstren versäumte nicht, nach dem ersten Glase schonend zu bemerken, daß an dem baldigen Ableben seines Gastes die Dame nicht schuld sei, und er auch nicht; vielmehr ergäbe sich das Ableben von selbst bei der Sachlage, und so wäre es auch vernünftig, den Selbstmord am fünfundzwanzigsten in voller Öffentlichkeit, wie jede andere schickliche Handlung, zu vollziehen. Dr. Converdon trat bei dem zweiten Glase mit gezogenem Revolver auf seinen erstaunten Wirt zu und besprach mit ihm die Möglichkeit, ihm selbst eine Kugel in das rechte Auge zu schießen, und zwar jetzt gleich; dies sei vorteilhaft darum, weil jener keine Waffe trüge und er auf seinen Browning gut eingeschossen sei. Der andere bestätigte ohne Überlegung die Möglichkeit eines solchen Verlaufs, fügte aber mit überlegenem Lächeln hinzu, ohne sich auf seinem Sessel zu rühren, daß an der Sachlage dadurch nichts geändert würde. Es würde dann im nächsten Monat ein anderer Mann Frau Mary schön finden und Herrn Dr. Converdon davon benachrichtigen. Mit einem vorwurfsvollen Blick ging Herr Wheatstren auf den Arzt zu, der beschämt den Revolver sinken ließ. Er hätte Herrn Converdon geschrieben, weil er ihn für einen vernünftigen Mann hielte; es sei doch wirklich nicht ihre Sache, den Eintritt notwendiger Ereignisse zu verzögern. Er nahm gutmütig lachend dem Arzt den Revolver ab, klopfte ihm auf die Schulter; sie tranken nachdenklich weiter.
Zu Hause warf sich Herr Dr. Converdon in Frack, setzte einen

Zylinder auf und fuhr in die Kirche. Er hörte aufmerksam die Predigt an, ließ sich am Schluß des Gottesdienstes beim Pfarrer anmelden. Diesem erklärte er den Sachverhalt, indem er sich auf einen Stuhl an der Türe setzte, stellte ihm die Frage: ob er als Seelenkenner glaube, daß sich das Motiv des am fünfundzwanzigsten statthabenden Selbstmordes beheben lasse. Er sei Frauenarzt und daher mit Psychologie nicht vertraut. Der Pfarrer, ein junger, tiefernster Mann mit einem Jesuitengesicht, durchsprach mit ihm aufmerksam die Angelegenheit. Er explizierte am Schluß: Es sei, wie man wenigstens seitens der Psychologie sagen könne, ein gewisses Dunkel und eine Borniertheit in dem Arzt vorhanden; diese, eine angeborene Eigenschaft, durch Erziehung und Lebensweise gepflegt, sei kaum mehr zu beheben. Die Situation sei erfreulich für die Frau Mary; ihn könne man nur trösten mit dem Hinweis auf die Belanglosigkeit seiner Existenz.

Damit war der beliebte Frauenarzt ganz ins Klare gekommen. Er hatte noch zwei Wochen zu leben. In diesen folgenden Tagen kam nun, als er sich die Situation klar überlegte, eine völlig unbekannte Ruhe über ihn. Er ging mit einem Gefühl der Freude einher, daß jedem der Glanz seiner Augen auffiel. Mit einer tiefen Dankbarkeit behandelte er insbesondere seine junge Frau, fuhr in dem Automobil mit ihr spazieren ins Grüne, war ihr wirklich innig zugetan in dieser Zeit. Sie hatte ihm diese schönen, hoffnungsvollen Tage beschert; über ein paar Tage war er wieder allein. Wie einfach sich alle seelischen Lächerlichkeiten lösen lassen durch eine mechanische Bewegung, gemäß dem guten Rat dieses Parterregymnastikers Paul Wheatstren. Täglich besuchte er mit Frau Mary die Variétévorstellungen, in denen der treffliche Mann auftrat, wurde nicht müde, seine Gelenkigkeit zu loben, kaufte sich sein Bild und stellte es in seinem Schlafzimmer an sein Bett. Zwei Tage vor seinem Ableben besuchte er noch alle Bekannten der nächsten Umgebung und teilte ihnen seinen Plan mit; er ging in den Kaufmannsladen, in den Gemüsekeller, in die Budike. Er fügte hinzu, daß er angesichts des Vergnügens, sie zu verlassen, ihnen Legate in Form von je tausend Dollars aussetze; er werde ihnen auch eine Stunde vor seinem Verscheiden Telegramme mit den herzlichsten Flüchen schicken. Er beobachtete, daß diese Erklärung allseitig beifälliges Erstaunen hervorrief und daß man ihm dankbar die Hände küßte.

Am vierundzwanzigsten dekretierte er schriftlich, daß man ihn sorgfältig sezieren möchte. Am fünfundzwanzigsten morgens trennte er sich von seiner schönen Frau in unbändiger Freude; der ernste, kahlköpfige Arzt tanzte im Frack um sie herum, küßte sie und fand kein Ende, mit ihr zu lachen. Gegen zehn Uhr setzte er sich in das Automobil, gab die Telegramme auf, fuhr nach dem Charlespark, ließ den Wagen am Eingang des Parks warten, nachdem er einen Zettel hinterlassen hatte mit der Nachricht seines um halb elf stattfindenden Todes. Mitten im Gebüsch stehend, bemerkte er, daß er in seiner Freude den Revolver zuhause gelassen hatte, und hängte sich daher nicht ohne Schwierigkeit an seinem Schlips auf.

Die Autopsie des Verstorbenen war völlig ergebnislos.

Am Abend der am sechsundzwanzigsten vorgenommenen Leichenschau besuchte Herr Wheatstren die Witwe, teilte ihr mit, daß er, wie sie wisse, ein Freund des Verblichenen sei. Er wolle keine großen Reden führen, sondern ihr nur mitteilen, daß er einige glückliche Stunden mit ihr zu verleben gedenke. Er bitte sie, das Gedächtnis des Verblichenen zu ehren, denn nur in Rücksicht auf ihr gemeinsames Glück habe er sich am fünfundzwanzigsten an seinem Schlips aufgehängt. Die gebrochene blonde Frau vergoß reichlich Tränen, sagte, sie erkenne Dr. Converdon daran; er sei immer so gütig gegen sie gewesen. Es käme ihr zwar alles so rasch, aber das Leben sei wohl so. Sie fuhr mit ihm in dem Automobil in seine Landvilla und verlebte ihrerseits mit ihm glückliche Stunden. Er seinerseits fühlte sich bald abgestoßen durch die Routine der sanften blauäugigen Dame in den Vergnügungen des Genusses; er hatte gehofft, ihr selbst diese beizubringen. So übernahm er denn nach einer

Woche die Verwaltung ihres Vermögens, fluchte auf die Heimtücke des Dr. Converdon und fragte sie nach ihrer Herkunft. Als der Parterregymnastiker erfuhr, daß sie zuerst als Sekretärin bei Dr. Converdon beschäftigt war, bemerkte er, daß er keine Sekretärin brauche, er wisse als Akrobat wenigstens nicht, wozu. Er werde ihr Vermögen weiter gewissenhaft verwalten, ihr einen ausreichenden Zinsgenuß gewähren, aber sie scheine ihrer ganzen Anlage nach nicht für einen einzelnen Mann wie ihn geschaffen, auch wiesen die bezeigten Talente darauf hin. Und so empfahl er ihr dringend, ihre Begabung zu verwerten; auch das größte Kapital würde schließlich aufgezehrt. Sie verschloß sich seinen Darlegungen nicht. Und Herr Wheatstren führte die junge blonde Dame, die er auch heiratete, bald aus auf die Rennplätze, in die Theater; behandelte sie roh und mit Berechnung. Sie aber pries ihn auf Schritt und Tritt, weil er ihr das Höchste bot, was es auf Erden gäbe, nämlich erhebliche Abwechslung.

AUFZEICHNUNGEN über das eigene Leben zu machen, hielt ich nie für nötig. Zwar ist ein Ding ebenso unwichtig wie das andere, und es macht nicht viel aus, ob man Länder erobert oder betet oder Frauen umarmt oder Memoiren schreibt. Zwar wußte ich auch schon früh, daß manche Dinge erst schmackhaft werden, wenn man sich ihrer erinnert, und ich habe ja manches Trostlose und Peinliche nur darum geduldig auf mich genommen. Aber doch wollte ich Aufzeichnungen über mich nie machen; ich wollte es nicht, und darüber läßt sich nicht weiter reden.
Jetzt will ich aber etwas tun für die Aufklärung der Menschen, die dies lesen; auch eine Klagschrift will ich hiermit liefern.
Es muß geschehen, damit eine laute Stimme gegen den Feind ruft, der im Dunkeln mordet, jahrhundertelang. Er wütet im Dunkeln und verstrickt uns. Darum schreibe ich dies.

Ich war noch ziemlich jung, als ich zuerst von der Liebe hörte. Ich las von ihr in Romanen, Gedichten, später bei manchen Philosophen. Die Quellen für meine Kenntnis der Liebe waren recht verschieden: teils belehrten mich die genannten weitschweifigen oder gehobenen Betrachtungen, teils die Zeitungen, die mit ihrer täglichen Selbstmordchronik mir manchen wünschenswerten Wink gaben.
Aber was man da behauptete, schien mir so sonderbar, daß ich es nicht glaubte. Ich las von der Liebe wie von einer Nordpolexpedition oder dem Überfall eines Eisenbahnzugs durch Indianer. Man sagte mir, daß ich auch einmal lieben würde; aber bei dem Gedanken erfüllte mich Furcht und Betrübnis wie vor einer Krankheit. Und ich konnte mich lange nicht bewegen, mich ernsthaft mit der Liebe zu beschäftigen. Und so blieb ich fröhlich und ruhigen Herzens.

Ein lebhafter Drang in mir ist der Bildungstrieb. Ihm danke ich viel Gutes und Böses. Es schien mir nach einiger Zeit meinem

Alter unangemessen, keine Kenntnis von einer so weitverbreiteten menschlichen Tätigkeit wie der Liebe zu besitzen und hinter meinen Altersgenossen zurückzustehen. So machte ich mich auf die Suche nach der Liebe. Bei den Männern, an die ich mich wandte – anerkannt vernünftigen Männern in leitenden Stellungen, zum Teil in Ministerien, zum Teil in Fabriken und Banken –, erregte ich ein Lächeln, wenn ich sie nach der Liebe fragte. Einige sagten mir geradezu, es sei nur eine müßige Rederei darum. Andere hielten die Liebe für eine Sache von Leuten, die nichts zu tun haben, und überließen sie ihren halberwachsenen Töchtern, die sich damit zu beschäftigen hatten – mit den Klassikern, dem Klavierspielen und der Liebe.
Dies war, was ich von den Weltkundigen erfuhr. Als mir von ihnen nichts weiter zuteil wurde, ging ich, niedergeschlagen über die widerspruchsvollen Berichte, mit mir zu Rate und machte mich selber auf den Weg. Und dieser Entschluß blieb von höchster Bedeutung für mein ganzes folgendes Leben. Ich versetzte mich nach und nach auf die Liebe, ich wollte mich ein für allemal mit ihr abfinden: es war mir ernst darum.
Es wurde mir gesagt, es handle sich bei der Liebe nicht um die eingeborene Not des Mannes zum Weib, die mir nicht unbekannt war, sondern um etwas viel Höheres, Zartes, Feines, von dem man in den Worten der Prosa nicht sprechen kann. Dieses schwer Beschreibbare zu finden machte ich mich auf den Weg.
Auf meinen Spaziergängen durch die Straßen, in verschiedenen Städten und Ländern, betrachtete ich mit Fleiß die Menschen, die jungen und alten Menschen, kleine Mädchen, Soldaten, Offiziere, Kommis.
Systematisch und mit großer Umsicht ging ich vor, um zu einem Verständnis des fraglichen feinen Vorgangs zu gelangen. Ich suchte die Städte auf, in denen die Liebe besonders hausen sollte, und ließ meinen Blick nicht von den Menschen. Die Liebe mußte doch in irgend etwas besonderem zum Ausdruck kommen, und ich bemühte mich vergebens, dies aus der Menge

herauszufinden. Die Kleidung der Vorübergehenden, die Farbe ihrer Röcke, Blusen, Jacken habe ich im besonderen durchmustert; aber ich fand nichts Auffälliges, und mir wurde auch nicht klar, worin dies Besondere bestehen könnte, ob in einer eigentümlichen Stiefelform oder einer spitzen Nase oder einer Krawatte. Meine Freunde, denen ich meine Beobachtungen mitteilte, lachten wie verrückt über mich, warfen stolz dunkle Bemerkungen hin wie «seelische Sache, die man nicht sehen kann; fühlen, fühlen, dreimal fühlen». Aber sie waren oberflächlich, begnügten sich an diesen Worten und wußten nicht, daß hier gerade mein Problem lag. Sollten sie mir ihre Gefühle bezeichnen, so umschrieben sie immer teils ihre sehr einfache Not zum Weibe, teils gebrauchten sie jene überzarten poetischen Wendungen, über die ich den Kopf schüttelte.
Erfolglos war meine Suche gewesen und unbeirrt war ich meines Wegs gegangen. Aber durch die ewigen Anspannungen war ich aufgeregt geworden. Ich fühlte mich unsicher und geängstigt. Schwächlich, wie ich war, fühlte ich mich zurückgesetzt – so töricht war mein Herz –, wie ein Krüppel schlich ich herum und sah auf der Straße den Leuten bettelnd ins Gesicht. Und so groß war das Unglück in mir, daß auch meiner Schwester, bei der ich wohnte, meine schlaffe Haltung auffiel. Übrigens aß und trank ich wie sonst. Wie mich überhaupt alle Schwermut nicht um meinen Appetit brachte und ich immer meine Pflicht tat.

Ich habe eine natürliche Neigung zu den Frauen, zu allen Frauen, noch mehr: zu allem, was Frau ist. Es fiel mir schon ganz früh auf, daß ich einen höflichen, ehrerbietigen Ton anzuschlagen pflegte, wenn ich zu kleinen Mädchen, zu ganz kleinen Babys im Steckkissen sprach. Oft erregte ich bei den Kindermädchen und den Ammen ein Gelächter, wenn ich mit meiner großen breiten Figur, elefantenhaft wie ich bin, an die Kinder herantrat, den Zylinder vor den spielenden Mädchen abzog und so pappelnde Geschöpfe mit ‚Sie' anredete. Wenn ich mich über sie bückte, überkam mich etwas wie Scheu, Herzklopfen, und das Wasser lief mir im Munde zusammen, stromweis, wie immer wenn ich erregt bin. Ich bemühte mich, in vorteilhaftem Lichte bei ihnen zu erscheinen; und um dies zu können, beschäftigte ich mich auch viel mit Kinderpsychologie. Manchmal, wenn ich solchem säugenden Wurm in die unbeweglichen blinden Kinderaugen sah, stieg ein dunkles Grauen in mir auf, welche Gewalt hier schlummerte, und in meinen Fingern zuckte es, eine entsetzensschwangere Zukunft im Keime zu ersticken.

Des Lachens über mich wird aber kein Ende sein, wenn ich gestehe, daß ich auch den toten Dingen, welche die Sprache weiblich nennt, die Verehrung entgegenbrachte. Allerdings nur in manchen Augenblicken. Ich betrachtete oftmals in meinem Zimmer meine grüne Tischlampe mit Respekt, zog mich vor ihr zurück, hütete mich, sie zu berühren; und abends legte ich gar ein weißes Linnentuch über sie, weil ich mich beim Ausziehen vor ihr schämte. Und so schlich ich auch manchmal unsicher um mein Spind herum und ehrte es nach langem Zögern durch eine tiefe Verbeugung und mit verbindlichem Lächeln; es hieß besser, so entschied ich mich: die Spind. Für mich hieß es so.

Dunkler färbte sich später meine Neigung zu den Frauen. Es gibt nichts, das so bemitleidenswert wäre, als eine Frau. Einmal sah ich, wie eine Hündin, die langsam vor mir herlief, ihr Blut verlor, das bald tropfenweise, bald dickfließend auf dem Straßenpflaster liegen blieb, wo die Hündin gelaufen war. Die lange unabsehbare Blutspur rührte, erschütterte mein Herz. Mir traten die Tränen in die Augen, wenn ich Frauen ins Gesicht sah. Kaum daß die jungen unbewußten Geschöpfe anfangen zu erstarken, überfällt sie ihr Ungemach, unablässig wiederholt, und sie triefen vor Blut. Und ihr Blut strömt, bis sie verwelken. Die Kindsnöte treten an sie heran, zerbrechen ihren Leib und machen sie lahm vor der Zeit.

Gibt es nun ein Geschöpf, das elender wäre als eine Mutter? Ich kann mir keinen Menschen denken, der so tief verwundbar

wäre wie eine Mutter in ihrem Kinde. So preisgegeben und arm ist kein Wesen als eine Mutter.
Sollten nicht meine Worte weich im Munde werden, wenn ich zu Frauen spreche? Aber ich hab solche Worte nie gesprochen; ein Dichter und Menschenkenner würde vielleicht fragen, warum. Vielleicht bin ich zu träge von Natur.
Oft begegneten mir doch Frauen, die mir auffielen, als ich auf der Suche nach der Liebe war, denen ich glaubte etwas sagen zu müssen; aber ich rührte keinen Finger um sie. Ich sah ihnen verstohlen zu, beobachtete ihre Bewegungen, ihre Art zu sprechen, zu lachen und zu blicken, und etwas wie Bängnis drückte mir die Brust zusammen, drehte meine Augen von ihnen ab zur Seite. Mit keinem Laut verriet ich mich ihnen, ja den leisen verträumten Gedanken an sie verbot ich mir. Mir müssen, glaub ich, die Dinge zufallen, die ich begehre, und auch dann würde ich mich scheuen, sie aufzuheben. Schamlos ist nicht nur das Entblößen des Leibes; jedes Wort, jede Bewegung verrät uns. Und so drückt uns die Scham in den Erdboden hinein; keine Rettung gibt es vor der Scham als den Tod. Und dennoch entblödete sich meine Trägheit nicht, zu leben und weiterzuatmen wie ein Tier.
Oft lief ich unruhig vor jenen Frauen fort, weit in das Gebirge hinauf. Da war Nebel, der mich auf Schritt und Tritt wie eine Kammer einschloß. Bei jedem Windstoß sprang die Tür auf, und ich erquickte mich an den Schluchten, dem Steigen und Fallen der weißen Luft. Oft schritt eine geballte Säule aufrecht mitten durch das Tal und legte sich dann am Abhang hin wie ein langhaariger Windhund mir zu Füßen.
Ich weinte auf meine Weise, ohne Tränen, darüber, daß ich die Liebe nicht finden konnte.

Nachdem ich also mit leeren Händen von meinen Wegen zurückgekehrt war, packte mich der Überdruß wilder, und ich zog auf die Frauen los, entschlossen zu lieben.
Ich war umsonst die Menschen um Rat angegangen, hatte ver-

geblich nach den Merkmalen der Liebe geforscht und mir die Augen krank gesehen; ich drang jetzt zu den Quellen vor; ich bot mich selbst zum Versuch an.

An welches Mädchen ich mich aber wenden sollte, wußte ich zuerst nicht und fragte meine Freunde. Sie sagten, daß dies nach alter Erfahrung im Grunde gleichgültig sei, und erzählten mir von einem Mädchen, das viel liebte, viel geliebt wurde und sehr heroisch sein sollte.

Ich machte mich auf den Weg zu ihr, gewann Zutritt zu ihrer Wohnung und fragte sie zunächst entschieden, im Verfolg meiner früheren Untersuchungen nach dem objektiven Tatbestand der Liebe, mit dem Ernst, der sich für einen Mann ziemt, woran die andern erkennten, daß sie viel liebte. Sie lächelte heroisch.

Aber auf den Rat meiner Freunde sagte und tat ich an ihr einiges, was ich oft zu beobachten Gelegenheit hatte; es gelang mir auch bald, in ihr dadurch den Eindruck hervorzurufen, als ob ich sie liebe. Sie machte von nun an in meiner Gegenwart die eigentümlichen Körperbewegungen, Gebärden und Grimassen, die mit Liebe identisch sein müssen; respektive offenbar deren Eigentümliches ausmachen. Leichtes Gleiten der Handflächen über meine Wangen, oft wiederholt nach Art des Staubwischens, Saugbewegung der Lippen mit Speichelbenetzung meines Mundes, Knurren und Winseln der Stimme, enges Pressen der eigenen Glieder im allgemeinen an die des Gegners. Dazu stereotypes Wiederholen einiger gedankenloser Redensarten, später Unsauberkeit und Sichgehenlassen, was ein hoher Beweis der Liebe sein soll. Ich beobachtete diesen Zustand mit großem Interesse einige Zeit lang. Als mir aber das Mädchen einmal, während sie sich in ähnlichen Bewegungen erging, versicherte, daß ich sie liebe – wovon sie doch gar nichts wissen konnte –, fragte ich sie bestürzt, wie sie darauf käme und worauf sich diese Behauptung stützte. Denn ich hatte nur den selbstverständlichen Naturtrieb zu ihr bisweilen verspürt, auch öfter Erstaunen, Abneigung und freundliche Überlegenheit. Schließlich bestritt ich es energisch. Worauf denn andererseits die charakteristischen Bewegungen in meiner Gegenwart aufhörten.

Ich selbst habe diese Bewegungen nie unwillkürlich geübt, sondern stets mit Absicht und Plan; das Mädchen aber nicht so. Bei anderen Frauen, denen ich gegenüberstand, bemerkte ich den Liebesvorgang ganz ähnlich. Mir war es widrig, mit diesem Weibsvolk umzugehen, aber das Pflichtgefühl trieb mich. Der Vervollkommnungsdrang ist groß in mir. Immer tat ich in der folgenden Zeit an den Frauen alles, was ich je gelesen und gehört hatte; sehr freundlich war ich zu ihnen. Ich küßte ihnen Mund und Brüste und wartete mit viel Geduld, ob bei mir die Liebe kommen würde; ich ließ auch einige unsittliche Redensarten fallen, wie es sich im Gespräch mit jungen Damen ziemt. Aber trotzdem ich mich bei dieser Tätigkeit sehr anstrengte, wartete ich vergeblich auf das einzigartige, viel gerühmte Empfinden. Unsäglich rieb ich mich auf. – Ich berichte dies alles nur, damit man sieht, daß ich ein Recht habe, hier diese Klagschrift zu verfassen. Nichts habe ich unterlassen; so viele Wege bin ich gegangen; was ich suchte, hätte mir begegnen müssen.

An jenen Frauen, die mich mit Bängnis erfüllten, ging ich auch in diesen Tagen oft vorüber; und eine bemühte sich damals um mich und schickte mir einen freundlichen Brief wegen meiner großen Traurigkeit. Ich wollte mich ihr erst offenbaren und ihr schreiben, daß ich traurig sei, weil ich die Liebe nicht finden könne. Dann dachte ich in meinem Arbeitseifer sogar, mit ihr die Versuche anzustellen, aber mir schlug bei dem Gedanken das Herz bis in die Kehle hinauf, die Brust war mir zusammengeschnürt, und ich hielt den Atem an.

Es war doch aussichtslos. Ich hatte mich so lange vergebens bemüht.

Es wurde mir klar, daß die Frauen mir die Zeit stahlen. Jene anfängliche Auskunft, daß die Liebe eine müßige Rederei sei, hatte mich nicht betrogen. Ich schreibe eine Klag- und Warnschrift. Kann einer aufstehen und mir das Recht dazu absprechen? Ich bin gesund und habe keinen Grund anzunehmen, daß mir etwas versagt sein könnte. Ich war immer ein geschickter Mensch, der sich wohl anstellte, selten etwas vergriff und überall eine flinke Hand zeigte.

Und ich verstehe jetzt auch das Spiel der Frauen. Die Männer sind stärker als die Frauen: sie könnten sie totschlagen und lassen sich von ihnen elend machen. Durch die perfide Einrichtung der Liebe geschieht das. Die schützt die Frauen. Dieses Lügenwort ist gewaltiger als eiserne Muskeln. Ich bin zu vernünftig, um mich fangen zu lassen. Diese außerordentlich verderblichen und hassenswerten Wesen machen die Männer zu Narren und zu Schauspielern. Denn auch von den Männern – dies sag ich hell heraus – weiß niemand, was die Liebe ist, von der ihr betrogener Geist redet. Keiner kennt die Liebe, aber jeder spielt sie – aus Angst vor den Frauen. So mutlos hat die Überlieferung die Männer gemacht, so gewaltig ist die Kraft des Betruges.

Es müßte von Staatswegen gegen die Liebe eingeschritten werden, wie gegen den Alkohol und die Tuberkulose. Es müßte das natürliche Verhältnis zwischen den Gegnern wieder hergestellt werden. Man bringe die Frauen zum Schweigen. Ich bin für einen gutgeschulten Stamm von Dirnen; es ist für den Augenblick ebenso nötig, Dirnenakademieen zu errichten wie neue Eisenbahnlinien anzulegen. Schweigen und Delikatesse sollte in den Akademieen gelehrt werden, dazu rasches Verständnis für einige Dinge: lieblicher Gesang, Stimmodulation, Singen, aber auch Stöhnen und Lispeln. Was jetzt einzelnen isoliert gehört von den Künsten des Leibes, könnten viele lernen. Unendliche Massen von Energie bei den Männern würden damit frei für andere, kulturfördernde Tätigkeit; die Kunst der Genüsse, von einer Gemeinschaft von Auserlesenen mit Sorgfalt gepflegt, würde in kurzer Zeit eine unerhörte Blüte zeigen. Allmählich müßte die Liebe aus der Welt gedrängt werden. Es ist wichtiger

als die Bewegung der Frauen um das Brot – die Bewegung der Männer gegen die Liebe, gegen dieses schwere unwürdige Joch. Das natürliche Verhältnis, wie ich mich oben ausdrückte, zwischen Mann und Weib muß wiederhergestellt werden.
Mit lauter Stimme rufe ich gegen den Feind, der im Dunkeln mordet. Schon jahrhundertelang.

Ich habe auf meiner Suche etwas gefunden: das Aufwaschmädchen in dem Hotel, wo ich wohne. Sie ist bucklig, ein dickes quadratisches Gesicht mit hündischen Augen und aufgeworfenen Lippen. Ich habe etwas ähnliches von liederlichem Gang und verwahrloster Kleidung nie gesehen.
Wenn sie mich auf dem Korridor sieht, während sie in der Küche mit hoch aufgekrempelten Ärmeln vor der Wanne steht, wulsten sich ihre Lippen, sie reibt sich mit dem linken Handrücken die aufgestellte Nase und grinst.
Es setzte mich erst in Erstaunen, dieses Grinsen, daß mich etwas wie Bitterkeit überkam. Bitterkeit – nein, es ist nicht das rechte Wort: Wut und Schmerz. Ich drohte ihr mit den Fäusten, als sie lachte, und stürzte auf sie zu. Was dachte sie von mir? Ich bin ein freier Mann. Die Frauen sind alle gleich. Entweder sie lächeln mich an, so daß ich Lust habe, ihnen ins Gesicht zu schlagen, oder sie machen um sich jenes zeitraubende, wortreiche Wesen, als ob es sich um die Erteilung des heiligen Sakramentes handle: sie spielen die Liebe. Die schlauen Sklavinnen, die verlogenen Herrinnen durchschaue ich. Ich durchrieche sie, durch alle Parfums durchrieche ich sie. Jeder, der eine Nacht bei einem Frauenzimmer zugebracht hat – ich will ganz deutlich sprechen –, weiß, was ich meine; er kennt den eigentümlich scharfen abscheulichen Geruch, der um ein Weib liegt; die Sklavinnen sind gebrandmarkt von Natur. Diesen Dunst nun roch ich gleich, als ich neben ihr stand, neben dem Waschmädchen. Sie war echt. Mir floß das Wasser im Munde zusammen: die Frauen bereiten mir Übelkeiten. Ich habe sie aus der Küche hinter mir her auf mein Zimmer gezogen, weil ich nicht wußte, was anderes nach

diesem Lächeln mit ihr geschehen sollte. In meinem Zimmer aber warf ich sie hin. Sie wand sich; sie verriet das Weib an mich. An der Quintessenz dei Frau, an dem niedrigsten Weibe schmauste ich mit höhnenden Worten und schändete sie. Wie lache ich über die Liebe! Die Frauen zogen in meinen Gedanken an mir vorüber, die ich kannte, die ich verehrt wußte, auch die mich in Bängnis versetzten: die Schlanke mit dem blonden hochgekämmten Haar – die Zarte, leicht Schwindsüchtige, oh, sie trug eine schwarze niedrige Pelzmütze – die stolzen Tiere zogen an mir vorüber. Ich saß in meinem Winkel mit dem Waschmädchen und schändete all die Schlafenden. Sie konnten mich nicht sehen, konnten mir das stumpfe, ahnungslose Geschöpf nicht entreißen und sich vor der Schande retten.
Oh, wie fromm bin ich; ich bin sehr fromm.
Als das Mädchen zu mir zutraulich wurde, geriet ich in eine maßlose, ganz furchtbare Wut, warf sie zur Türe hinaus und stieß mit der Hacke in ihr breites Gesäß. So wütend war ich. Ich habe sie auch später angeschrieen, ihr gedroht, sie verzweifelt geohrfeigt und an ihren Haaren gerissen, ohne eine Freude und Erleichterung dabei zu fühlen. Aber meist weinte ich nachts stundenlang in meiner Weise, ohne Tränen, an ihrer Brust.

Die Bilder an der Wand. Ich gehe kühl an ihnen vorüber. In welchen Krämpfen hat sich dieser Mann gewälzt, als er das Bild malte. Und die Musik. Ich halte mir die Ohren zu. Wie teilnahmslos ich geworden bin; wie tief sich, was ich gelernt habe, in meine Brust eingegraben hat. Ich schäme mich für diese Männer. Sind alle besiegt; sind betrogen, und aus ihrer Tugend haben sie eine Not gemacht, die Not zum Weibe. Sollten die Weiber im Kampfe hinschmettern, und tänzeln zahm. Vergiftetes Blut fließt in ihren Adern.
Mein Blut ist rein, ist rein.

Ich laufe über die Berge.
Sie stehen glänzend da im Morgenlichte.

Der Schnee überbürdet sie. Der Schneeberg steht da wie eine Braut, will gelobt sein.
Ich laufe über ihn hin. Von allen Seiten, von allen Ästen brechen die glitzernden Zapfen auf mich herunter, reißen mir den Hut vom Kopf, fahren mir in den Nacken. Der Schnee liegt hoch; ich sinke schon bis zu den Knieen ein.
Wie's mich freut, daß alle Reichtümer und Schönheiten vor mir ausgebreitet liegen, und ich mit meinen blinden Hacken kann auf sie trampeln.
Ich habe mich sonderbar verändert, seitdem ich auf die Menschen ausgezogen bin. Ich hab mich wohl verrannt darin.
Oh, mich ekelt's vor den Menschen.
Ich hasse die Weiber; ich hasse, hasse, hasse sie, daß ich weinen könnte vor Wut über sie, über die Hündinnen, die verfluchten.
Die Irren beneide ich; sie glauben doch noch an ihre Halluzinationen. Mich treibt nichts mehr zu arbeiten, nichts mehr zu lachen, nichts mehr zu atmen.
Mich deucht, als hätten sie mich verdorben. So haben sie mich doch noch vergiftet.
Mir ist so angst. Ich mag nur laufen. Mein Gott, so hilf mir.
Ich laufe durch den Schnee.
Nun weiß ich, daß ich mich verlaufen habe.
Gelt, ich setz mich in den weichen Schnee. Komm ich herunter, komm ich nicht herunter? Ich will's an meinen Knöpfen abzählen. Der süße Schnee.
Mein Gott, hilf meiner kranken Seele bald.

DIE FALSCHE TÜR

UM vier Uhr morgens stellte der Wachtposten sein Gewehr gegen die hohe Mauer des Kasernenhofes, zog die Löschkette der letzten Gaslaterne herab, murmelte, den Fez ins Gesicht gedrückt, die Stirne nach Mekka gewandt, das kurze Morgengebet. Durch die grauen Alleen trabten die Gemüsewagen, die Eselsgespanne mit Milch nach der schlafenden Stadt. Die niedrigen Fenster des Offizierkasinos warfen noch immer einen breiten Lichtschein über die Straße weg bis an die Baumreihe der anderen Seite. In den langgestreckten Speisesaal und die Spielzimmer drang kein Zug des eben anhebenden scharfen Morgenwindes, im dicken Qualm bewegten sich die erhitzten Herren; sie lagen in lockeren Uniformjacken in Klubsesseln. Sie drängten sich zu dreien und vieren um einen grünen runden Tisch, schleuderten mit wilden Blicken ihre Karten schräg über den Tisch, um nach einigen Minuten atemloser Stille in ein lautes Geschrei auszubrechen, sich bei den Schultern zu fassen, im Zimmer herumzutanzen. Am Kopfende des völlig verwüsteten Speisetisches saßen hinter ihren Ehrenpokalen noch immer die beiden Brüder Kyrias, denen der Abend gegolten hatte, saßen in einem trinkfesten Kreise und schwelgten in Erinnerungen aus einer Mittelmeerfahrt. Der jüngere Kyrias, Nick geheißen, schwarzäugig wie sein Bruder, aber feurig, vollwangig, mit kurzgeschorenem starren Haar, einem kleinen Schnurbärtchen über den wulstigen roten Lippen, sprudelte über und schwatzte unaufhörlich Dinge, denen keiner zuhörte, mit seiner hohen weichen Stimme. Ab und zu ließ sich der ältere Kyrias, ein vollbärtiger Hypochonder, von ihm fortreißen, erzählte in feierlich stockender Art weiter, erschrak aber, sobald er an eine Pointe kam, nahm unsicher ein Streichholz zwischen zwei Finger, stand auf, lächelte und Nick mußte beenden. Nick erzählte von den riesigen Summen, die sie beide in Monte Carlo gesetzt hatten, von den Kniffen, die man beim Spiel anwenden mußte. Er hatte seinen Talisman ständig in der Hand gehalten, hatte sich ein andermal die Stiefel heimlich unter dem Tisch ausgezogen und in bloßen Strümpfen gespielt, hatte, als dies und vieles andere nichts nützte, zum Trotz eine alte häßliche Frau das Spielgeld an einem Freitagmorgen von der Bank abholen lassen. Das Spitzglas fiel ihm aus der fleischigen Hand und der Wein perlte über sein faltiges Vorhemd. Er begann eben zu erzählen, wie er klug geworden war, als der Oberleutnant Irfen aus der Spielzimmertür auf sie zukam und sich schweigend Nick gegenüber auf einen Rohrstuhl aufpflanzte. Nick hatte dadurch gelernt, daß er zunächst bei kleinen Einsätzen etwa drei Stunden lang den Verlauf des Spiels beobachtete, daß er dann von einer augenblicklichen beliebigen Kombination ausging und nun eine kleine Wahrscheinlichkeitsrechnung machte. Die Chancen seines Spiels stiegen jetzt um etwa achtzig Prozent. Er nahm von dem Schreibpult am Fenster eine weiße Löschunterlage und malte mit einem Kohlestift eine Tabelle auf.

Rittlings auf seinem Rohrstuhle sitzend, sah der lange Oberleutnant ihn starr an. Das ungemein scharf geschnittene Gesicht war glatt rasiert, die Oberlippe hing stark über und zuckte viel. Der Schädel kahl. Das Haar an Schläfe und Hinterhaupt pfeffergrau und abstehend; in scharfem Winkel zogen die Augenbrauen an der Nasenwurzel zusammen. Nur die Trunkenheit verlieh seinen sonst schweifenden Augen den starren Blick und ließ durch das fahle Grau der Wangen eine fleckige Rötung leuchten. Irfen war selten gesehen in diesem Kasino. Er trieb sich – das wußten seine Vorgesetzten so gut wie der jüngste Rekrut – in den niedrigsten Spelunken der Stadt herum, mußte oft morgens in den schlimmsten Schenken von seinen Burschen gesucht werden. Aber ein ungewöhnlicher Scharfsinn, ein eiserner Fleiß machten ihn unnahbar für strenge Disziplinierung. Er war durch ein sonderbares Vorkommnis vor rund drei Jahren aus der Hauptstadt in diese Provinzgarnison versetzt worden. Als bei den damaligen Frühjahrsmanövern ein großes Avancement stattfinden sollte, war Irfen für eine bevorzugte Stelle in dem Stabe seines Korps vorgeschlagen. In der wundervollen Märznacht, tags vor dem Ausrücken seiner Abteilung, jagte er über die Dörfer, trank sich in einer Bauernschenke fest, beendete die Nacht bei einer verrufenen Dorfhexe, deren Fenster er vorher einschlug. Morgens setzte er kurz vor der Inspektion auf dem Übungsplatze mit einem Schimmel an, von dem er später selbst nicht wußte, wem er abgetrieben war. Der Kommandeur ritt an dem Offizier vorüber, der kerzengrade auf dem Gaul saß, aber Stroh im Haar hatte und dessen linker Ärmel weit bis in die Achsel aufgeschlitzt war, riß noch einmal sein Pferd um und sah nun erst verblüfft, dann ironisch lächelnd den Offizier an. In der Nacht darauf hatte Irfen sein eigenes edles Pferd erschossen, war in den Stall des Kommandeurs gedrungen, hatte auch dessen zwei kostbare Pferde erschossen, nachdem er vorher den Stallburschen in widerlicher Weise gemißhandelt hatte.

Über den Tisch langend, nahm er dem jungen Nick den Kohlestift und den Löschbogen aus den Händen, sagte: «Paß auf, Kamerad, wie deine Rechnung ganz richtig wird», schloß die Augen und fuhr mit dem breitgelegten Kohlestift nach allen Richtungen über die Tafel, wobei er den Rand der roten Unterlage beschmierte. Auf die erstaunte, etwas verwirrte Frage des jungen Nick, der sofort aufgesprungen war, brach er in ein hartes meckerndes Lachen aus. Nick fuhr ihn, aufrechtstehend, lärmend an, aber er setzte allen Aufforderungen, sich näher zu erklären, nur ein höhnisches «Kismet; es gibt nur das Fatum» entgegen, so daß die Unterhaltung einen peinlichen Ernst annahm und man in den Nebenzimmern aufmerkte. Der graue Oberleutnant aber wandte plötzlich sehr bedachtsam seinen Stuhl um, machte mit beiden Armen den Tisch vor sich frei, setzte sich hin und legte sich breit, den Kopf auf den Armen, über den Tisch hin. Das linke Auge kniff er zu, den linken Mundwinkel zog er herunter, sein Gesicht bekam einen gespannten Ausdruck; er schlug mit dem linken Arm wiegend auf die Tischplatte: «Sag, was du willst, Nick, tu was du willst. Ich versichere: hast du das Glück, so kannst du deine Abteilung rückwärts marschieren lassen über ein Stoppelfeld, und keiner stürzt dir hin. Andernfalls: tue was du willst, quäle dich auf einer Pritsche ab, zerarbeite dich, es nützt nichts. Es kommt nicht zu dir, das Glück. Es hat nicht den Schlüssel zu deiner Tür. Daran liegt's. Laß deine Hände weg davon; es tritt nicht über deine Schwelle, niemals, wenn du auch mit einem Strick an seinem Hals ziehst.» Der andere höhnte auf eine krampfhafte Art. Er redete ruhig weiter. «Ich werde dir etwas sagen. Hole mir noch eine Kanne griechischen Wein. Wenn ich mich heute schlafen lege, so werde ich es einmal versuchen. Wieder einmal. Aber im Schlafe. Zum Hohn. Denn mit dem Wachen, weiß ich, ist nichts. Ich werde im Schlafe fragen, verstehst du mich, was ich wissen will oder nicht wissen will; ich weiß nicht was und werde mit der Antwort aufwachen. Sieh her –» er hatte sich, den Kopf auf dem linken Arm, mit dem Oberkörper ganz gespannt über die Tischplatte gelegt, griff mit der offenen Hand in die Luft – «so wie ich hier bin, werde ich schlafen, werde Kismet sagen und die Zukunft befragen, die wird mir meine Frage beantworten.» Sein Faustschlag dröhnte auf dem Tisch; er sprach mit absoluter Bestimmtheit. Es war kaum eine halbe Stunde später, als er, über den Tisch gesunken, einschlief.

Mittags gegen zwei wachte er auf. Als er schweigend durch den Saal ging, neckte ihn der junge Nick. Irfen besann sich, er hatte nichts im Schlaf gefragt und ihm war nichts eingefallen. Er ging in die Stadt, kam um acht Uhr wieder, um sich mit finsterer Miene wieder zum Trinken hinzusetzen.

Ein Pokulieren im kleinen Kreise begann; in dem beginnenden Lärm saß er versunken da. Bis er mit einmal gegen zehn Uhr aufstand, krachend sein Glas auf den Tisch schmetterte und schweigend, den Blick zum Fenster hinaus in die Flamme der Gaslaterne gerichtet, steif stehen blieb.

«Halt, halt», schrie er.

Dabei ließen seine Augen nicht von der Gaslaterne los. Die flackerte gar nicht.

«Nummer sechs, Nummer sechs.»

«Deibel, was hat er?»

«Ich sage, Nummer sechs.»
«Das Fatum», flüsterte Nick seinem erschrockenen Bruder zu.
«Welche Straße, Irfen?» schrie einer vom Ende des Tisches.
«Nummer sechs ist es.»
«Hallo, Perastraße», brüllte derselbe, «da wohnt sie!»
Irfen blieb schweigend stehen. Er flüsterte etwas.
«Perastraße», wiederholte er automatisch sehr leise; er setzte sich plötzlich hin, sehr ruhig, trank sein Glas in einem Zuge aus und blickte sich um. Einen Augenblick hielt die Verblüffung im Kasino an, dann lachte einer, schließlich alle brüllend auf. Nick sprang auf: «Das Fatum hat gesprochen, Kameraden, räuchert unsere Pythia aus.» Sie drangen auf den Oberleutnant ein, schlugen wie er auf den Tisch: «Bravo, Prophete!»
Sie quälten ihn, zu sagen, was er gefragt hätte. Er fuhr sich über den kahlen Schädel, brummte; er konnte sich nicht besinnen. Das Gelächter nahm kein Ende.
Er sagte gleichmütig, indem er sich aus einem Kruge vom schwersten Griechenwein einschenkte, in einer Stunde wolle er hingehen, das Fatum habe gesprochen; er könne es nur entgegennehmen; sie sollten lieber einen Zeugen auswählen; lachte zufrieden, als Nick sich selbst vorschlug und gewählt wurde und als die jungen Leute wilde Allotria zu treiben anfingen. Sie vermummten sich in Frauenkleidung, erschienen vor ihm als Damen des Hauses Nummer sechs, schnitten, als sie den schamhaften Schleier hoben, die entsetzlichsten Grimassen, brüllten lockend und pathetisch: «Kismet, Kismet!» Die Kasinoburschen legten ihm und Nick kurz vor elf die Mäntel um, schnallten ihnen Degen und Revolver um, gaben ihnen den Fez in die Hand. Durch das Spalier der Zurückbleibenden, die beschlossen hatten, bis zur Rückkehr der beiden zu warten, gingen sie aus der Tür hinaus; Irfen voran, völlig kalten Blicks, als verließe er wie sonst das Kasino; hinter ihm prahlerisch, etwas betrunken und hoch vergnügt Nick.
Sie taten die ersten Schritte in die frische Nachtluft hinein, Nick schwatzte stolpernd über das Pflaster; Irfen gab keine Antwort.

Dann sprach auch Nick kein Wort mehr. Als er an der ersten Straßenecke Irfen mit einer Handbewegung über die Richtung orientieren wollte, bemerkte er, daß Irfen den Kopf auf die Brust hatte sinken lassen, so daß sein Fez fast herunterfiel und der Büschel vornüberhing. An einer Straßenlaterne kam es ihm vor, als ob der Oberleutnant mit festgeschlossenen Augen ging und als ob eine tiefe Spannung seine Mundwinkel herunterzog und wieder die unbeirrbare Sicherheit auf seinem Gesicht erschien.

Den schon bestürzten jungen Mann befiel eine Angst, die seine Glieder lähmte. Als er noch einmal scharf den steinernen Ernst und die Verbissenheit fixierte, die neben ihm schritten, fuhren seine Hände entsetzt zusammen: «Er versündigt sich», schoß es ihm durch den Kopf; es überkam ihn die Lust, stehen zu bleiben, wegzulaufen, jemandem mitzuteilen, was hier vorging. Aber er konnte nicht anhalten. Es war ja auch lächerlich. Irfen ging mit ziehendem Schritt vor ihm und ließ ihn nicht los. Er ging in unglaublichem Gleichmaß dicht an den Häusern, mit kleinen schleifenden Schritten. Sie bogen aus der weiten Hauptstraße in die lange schmale Perastraße. Da brannte nicht eine Laterne. Vor einem alten einstöckigen Häuschen blieb der Oberleutnant stehen, ohne den Kopf zu heben. Er hatte nicht aufgesehen, um das Haus zu finden. Sie standen fast eine halbe Minute lautlos vor der kleinen Tür. Es war Nummer sechs; es war in der Tat Nummer sechs. Dann legte Irfen die rechte Hand vor die Stirn und sagte, ohne sich zu wenden: «Nick, ich will dich bitten. Laß uns einen Augenblick an Allah denken; dann müssen wir Allah eine Zeitlang vergessen.» Schon hatte er den metallenen Türklopfer gehoben und ihn gegen das Holz fallen lassen. Er stand wieder gesenkten Hauptes da, wartete.

Nick trat neben ihn. Drinnen polterte jemand eine Treppe herunter bis dicht an die Haustür, schloß, riß an der Klinke; mit einem Krach und lautem Knarren öffnete sich die Tür. Es war mit bloßem Kopf, in Hemdsärmeln, ein Bedienter, ein graubärtiger Kroate, der mit einer riesigen Handlaterne die Unifor-

men ableuchtete und höflich fragte, was die Herren wünschten. «Nichts», antwortete Irfen, «laß uns die Treppe hinauf», und suchte den Kroaten beiseite zu schieben. Der Verblüffte stellte sich breitbeinig eine Stufe höher, setzte seine Laterne neben sich nieder, sah noch einmal Nick an und wiederholte seine Frage. Von oben tönte inzwischen eine dünne scheltende Männerstimme; im Schlafrock hinkte ein gebücktes kahlköpfiges greisenhaftes Herrchen über die Stufen, zog beim Anblick der beiden Offiziere die Quasten zusammen und fragte sehr ernst, aber noch unwirsch, wen sie zu sprechen wünschten oder wer sie jetzt schicke. «Ich bin von niemandem geschickt», fuhr ihn Irfen an, «ich muß hier im Haus etwas sehen.» Das kleine Herrchen richtete sich steif auf, sah forschend in das unbewegliche Gesicht des hageren Offiziers, sagte ganz unsicher, betreten: «Meine Herren, Sie irren vielleicht in der Straße, in der Hausnummer. Ich weiß nicht. Oben schlafen nur noch meine Damen; es wohnt hier niemand sonst; ich kann jetzt niemanden einlassen.» «Der Schlaf Ihrer Damen ist gewiß sehr wichtig, aber ich habe eine unaufschiebbare Mission.» Der Kroat und sein Herr wechselten rasche Blicke. «Sie meinen wirklich Nummer sechs, Perastraße Nummer sechs, meine Herren? Es muß doch aber ein Irrtum, eine Verwechslung vorliegen.» «Lassen Sie mich die Treppen hinauf, mein Herr», drängte Irfen, «kümmern Sie sich nicht um meine Sachen. Ist oben nichts, dann hab ich unrecht. Reden Sie nicht; lassen Sie mich hinauf!» «Ich kann Sie nicht ins Schlafzimmer meiner Damen lassen. Ich bitte Sie, endlich von meiner Tür zu gehen.» «Ich rühre Ihnen keine mit einer Fingerspitze an.» «Ich bitte Sie, hier fortzugehen. Ich rufe Leute, mein Herr.» «Und wenn Sie die ganze Garnison alarmieren, komme ich hinauf. Nick, steh her; du wirst mir jetzt helfen.»
Er tastete an dem Herrn vorbei nach dem Treppengeländer; der fuhr heraus: «Nehmen Sie gütigst die Hand vom Geländer und rühren Sie mich nicht an.» Der Kroat setzte die Laterne höher hinter sich, stellte sich dicht vor Irfen hin, legte eisern seine Hand auf dessen Arm. «Nick, tu mir den Gefallen gegen diese Men-

schen. Wenn ich unrecht habe, habe ich unrecht. Aber du sollst selbst sehen.»

Man hörte eilige Schritte oben, ein Rauschen von Kleidern; eine angstvolle Frauenstimme rief: «Laß ihn doch herauf; um Gottes Willen, Kari.» Aber der wutzitternde Kroat hatte mit einem plötzlichen Schlag vor die Brust Irfen zurückgeschleudert und die Tür zugeworfen. Erst schlug Irfen, sich gegen die Tür stemmend, mit beiden Armen gegen die schwache Tür, dann trat er die Füllung mit zwei Fußstößen ein, daß die Trümmer und Splitter auf die schreienden Leute drin schlugen. In diesem Augenblick hob Herr Kastelli den Arm über den Kopf und bückte sich; der scharfe Degen des Oberleutnants zischte über ihn durch die Öffnung; aber gleichzeitig krachte die Treppe hinunter aus dem Revolver des Kroaten ein Schuß, und rasch hintereinander zwei weitere Schüsse. Der lange Irfen draußen richtete sich hoch auf und warf die Arme in die Luft, stürzte rücklings auf das Trottoir, kroch wieder auf, lief, während der Fez liegen blieb, schräg vorwärts auf die andere Seite der dunklen Straße, drückte sich noch einen Augenblick an die Mauer an und fiel nach vorne dumpf schallend aufs Gesicht. Nick, am Arm getroffen, kniete schon neben ihm, suchte ihn umzudrehen. Als er Irfens Kopf wandte, sah er einen kleinen Stirnschuß und sah das unveränderte Gesicht eines grauen Menschen, der das linke Auge zugekniffen, den linken Mundwinkel herabgezogen hatte, als legte er sich eben über einen verwüsteten Tisch und sagte, den Arm wiegend, mit unbeirrbarer Sicherheit: «Kismet.»

Der Herr Kastelli und seine Damen folgten bei der Beerdigung. Es waren drei ältere Damen, Verwandte des Hausherrn, und ein Herr, die für wenige Tage bei ihm auf der Durchreise wohnten. Im Kasino sagte man bei gelegentlichen Besprechungen des Falles, daß der Verlauf der Sache im Grunde vorauszusehen war.

VOR der Abfahrt des Zuges lächelte Frau Barinianu auf dem Bahnhof Bukarest. Ihr Mann, der Oberst, neben ihr promenierend, schob einen Zeitungsausrufer beiseite, blähte die Nase, straffte seinen Uniformrock, indem er seinem kolossalen Brustkasten einen scharfen Ruck gab: «Liebe Cesarine, ich weiß, daß du von einer Last befreit bist, aber wir sind auf dem Hauptbahnhof und du gehst in Trauer. Es brauchen nicht alle Leute sehen, daß dir mein seliger Vater nichts bedeutet hat.»
Sie nahm sich kaum zusammen; mit heiter verwirrtem Ausdruck hauchte sie hinter ihrem schwarzen Schleier: «Verzeih, ich geh heute zum ersten Male ein paar Schritt.»
Er zog ein Portefeuille mit braunen Banknoten aus der Brusttasche. Als die Maschine pfiff, rief er ins Coupéfenster hinauf, sie solle gleich ein paar Aussteuersachen für Matilda in Dresden besorgen. Die Wagen rollten. Der Oberst klappte etwas zusammen. Sie winkte und nickte. Er, träumerisch mit dem Säbelknauf spielend, fuhr in der Kalesche ins Kasino zum Festdiner.
Frau Barinianu saß in dem schmetternden Zug auf dem roten Polster der ersten Klasse. Das Coupé leer. Runde Backen hatte sie und sehr kleine Füße in grauen Gamaschen. Der Hut neben ihr rutschte vom Sitz; sie beugte sich zur Seite, um ihn festzuhalten. Sich aufrichtend sah sie im Rundspiegel drüben, daß das Haar ihr über die Stirn gesunken war und vor der koketten Nase wehte, ebenholzschwarz und ohne einen einzigen grauen Faden. Dunkler Flaum auf der Oberlippe. Das Gesicht gerötet und weiß und so kindlich lebendig, daß sie sich freudig zurücklehnte, den Hut hinuntergleiten ließ und die metallstrahlenden Augen schloß. Den Gang kamen dauernd Menschen herauf, Kinder sprangen vorbei, der Kellner warf eine Speisekarte herein. Sie gähnte und zog sich die langen Lederhandschuhe ab.
Herr Fortunescu stieg in Plojescht ein und sah sie sitzen. Er schlenkerte in seiner ausbaldowernden Art herum und drückte sein breites Gesicht draußen viermal gegen die Scheibe. Seine

durchgestoßenen Hosen rutschten hoch. Als der Kontrolleur vorbeikam, las er angestrengt die Bestimmungen über das Verhalten des Publikums bei Unglücksfällen. Mit festem Entschluß sagte er: «Diese oder keine.» Er ging mit seinem Köfferchen auf die Toilette, zog sich um, eleganter, etwas knapp sitzender Cutaway, schwarze Samtweste, gestreifte braune Hosen, eng um die Kniee. Das braune Haar klebte er mit Wasser in dünner Lage auf den Schädel. Gebürstet, mit übertriebenen Bewegungen, die seine athletischen Muskeln hervortreten ließen, spazierte er in das Nachbarcoupé Cesarines.

Während sanfter Fahrt stürzte plötzlich der Dame eine Hutschachtel über die Arme und knallte vor ihre Füße. Sie schrie leise auf, sah über sich. Die Türe des Abteils öffnete sich; ein gescheitelter Kopf streckte sich vor: «Was ist? Um Gottes willen, ich eile zu Hilfe. Oh!» Und Herr Fortunescu sammelte den Deckel, den Hut und die Apfelsinen auf, die unter die Sitze gerollt waren; auch ein langer Lederhandschuh lag da. Sie rückte in die Ecke, als er um ihre Füße herum tastete. Er stellte sich mit glatten Worten als Verlagsdirektor aus Jassy vor, jawohl aus Jassy. Er schnalzte, flüsterte, schmatzte, schon am Boden, in einer naiven Art. Es sei eine zu lächerliche Geschichte; sie sei ihm schon mal passiert, vor vier fünf Monaten, hinter Braila, zwischen Lanza und Braila; doch damals sei es keine Hutschachtel gewesen, sondern in der Hutschachtel eine Bombe, so groß wie ein Schneeball oder eine gewisse Sorte von Zwergäpfeln; freilich sei sie nicht explodiert, die Bombe; es hat ja auch in der Zeitung davon gestanden. Aber dieser Knall, es war unvergeßlich. Und so sang er bis Kronstadt in Ungarn, wo er ihr ein Glas Milch brachte. Er beteuerte, daß sich manche Damen bei dem Sturz von Hutschachteln verletzten; aber diese hätten dann weniger volles Haar als die Gnädige. Langes Haar mache es nicht, es müsse auch volles sein.

Wie er sich vom Fenster zur Tür, von der Tür zum Gepäckhalter bewegte, entwickelte er eine außerordentliche Grazie. Er hatte großartige formvolle Bewegungen. Sie verfolgte ihn aus ihrer

Ecke mit den Blicken und sagte es ihm. Er verkroch sich geschmeichelt in seinen Halskragen, so daß sie erstaunte. Er sei nämlich Turner, Springer, Fechter, Stafettenläufer, natürlich im Nebenberuf, aus Sportleidenschaft. Auch wette er gelegentlich bei schöner Sommerluft, alles Temperamentssache. «Und was sind Sie im Hauptberuf?»
«Verlagsdirektor, meine Gnädige, ich sagte es schon.»
«Ah so.»
«Ich verlege Zeitungen, Broschüren, Bücher, am liebsten aus meinem Interessengebiet. Turnen geht mir über alles; Müllerei, Müllerei erhält mich. Sehn Sie, so –»
Er begann eine Kniebeuge zu machen und den Rumpf zu verdrehen.
«Und sehen Sie, so.»
Sie prustete heraus und versteckte sich hinter ihrer Muffe.
«Meine Übungen scheinen Sie zu belustigen.»
«Nein, Ihr Ärmel ist ja geplatzt.»
Er erstarrte, wurde lang: «Ah so, schlechter Stoff. Ziehen wir aus. Gestatten Gnädige?» Noch als der Rock lag, boxte er ihn mit mißtrauischen beleidigten Mienen: «Ziehen wir aus. Ein unerhörter Stoff. Gekauft in Braila; schlechte Industrie, wo die Stoffe platzen.»
Er agierte in Hemdsärmeln langsam weiter, öfter mit Blicken auf den Rock. Als sie ihn aufforderte, sich zu ruhen, machte er einen beschämten Hüpfer ans Fenster: «Es ist dieselbe Stadt, wo die Bombe fiel. Dieser Ort ist mir verhängnisvoll. Ich ruhe jetzt, meine Gnädige.»
Er plumpste keuchend auf den Sitz ihr gegenüber: «Nun ruhe ich.»
Inzwischen rutschte unter seinen Hemdsärmeln ein braunes dickes Flanellhemd an den Knöcheln vor; leicht errötend nahm sie die Jacke auf, legte sie ihm über: «Sie sind Junggeselle, Herr Fortunescu?»
Sein Mund verbreiterte sich, eine Feuchtigkeit schwamm über die drehenden Augen, er fuhr nach ihrem Handgelenk: «Ein

liebes Wesen starb mir vor Jahresfrist; sagen wir rund ein Jahr und zwei Monate. Sie ist mir entrissen worden.»
«Und warum schweigen Sie jetzt, mein Herr?»
«Situationen gibt es, die nicht nachlassen, an einem Männerherz zu pressen. Bis es schwillt, schwillt; überschwillt.»
Sie klopfte warm seine Finger. Er schüttelte sich, wischte sich die Stirn mit dem Zeigefinger, machte eine krampfhafte Klimmzugbewegung. Hin und her wandernd stöhnte er. Die Schwermut riß ihn hin. Er beugte sich zu ihr; im Nu hatte er sie an seiner Brust, saß eng bei ihr. Die Tropfen aus den Augen des trostlosen Mannes fielen auf ihren Rock. Betäubt hielt sie still. Was ist das? dachte sie, ich kann mir das nicht gefallen lassen. Das ist ja entsetzlich. Sie brachte aber nur seufzend heraus: «Es ging aber doch recht schnell. Sie halten mich fest, mein Herr.»
Triumphierend glänzte sein Gesicht. Sie flüsterte ängstlich: «Schließen Sie wenigstens die Tür; ich habe Kaffee bestellt.»
Ein Zug am Riegel, Einschnappen des Schlosses. Sie hing gehoben auf seinem Schoß, so daß sie die weichen Patschen faltete, befangen lächelte: «Es ist wunderbar. Man muß das erlebt haben.»
An ihrem Spiegelbild sah sie vorbei. Die Wagen ratterten. Heller und dumpfer klirrten die Scheiben in ihren Holzrahmen. Er strich sich den Schnurrbart. Auch ihr Gesicht fing an zu glühen. Seine Brauen waren borstig, seine Augen klein wie Murmeltiere. Ihr dicker runder Körper sackte, von ihm losgelassen, gegen den roten Plüsch. Zwei Männerarme schlossen sich um ihren atmenden widerstandslosen Rumpf, drückten ihn hoch; eine stopplige nasse Haut rieb gegen ihre Wange. Während ihre Lippen einander benetzten, Zähne über Zähne strichen, schwindelte ihr leicht hinter der Stirn. Entfernt schnaubte die Lokomotive; sie fühlte das Stoßen der Räder herauf. Seine Kniee unter ihr zitterten.
Da kam ihr vor, als ob es seitlich von ihr irgendwo knackte. Und wie sie den Kopf über seine Schulter schob und mit dem rechten Auge herunterschielte an seinem Rücken, blinkte auf dem Pol-

ster eine kleine Beißzange an ihrem Handgelenk, ihr Armband lag frei daneben. Unwillkürlich zuckte ihr Arm. Blitzschnell waren Zange und Schmuck in seinem gebauschten Hemdsärmel verschwunden. Schlaff wölbte sich ihr Rücken nach einem tiefen Atemzug. Ihr Mund fiel auf seine knochige Schulter und mahlte das blaue Westenfutter. Er, von unten den Blick zu ihr drehend, bettelte, ob ihr schlecht wäre, ob er sie legen sollte. Sie fixierte ihn halb ohnmächtig aus den schmalen Augenschlitzen: Ist das ein Lump. Es ist ein Hochstapler, ein Eisenbahnräuber. Ich setze mich in den Zug, um nach Dresden zu fahren, und er sieht mich und stiehlt meine Brillanten.
Er kratzte sich mit der freien rechten Hand den Scheitel, so daß sich eine Haarsträhne wie ein gebogenes Horn aufstellte: «Seelische Strapazen peinigen mich, meine schöne Dame. Nennen Sie mir Ihren Namen, Ihren Vornamen, geschwind, geschwind.»
Angstvoll, ohne ein Glied zu bewegen, lag sie. Sie dachte: Es geschieht mir recht. Wo ist er denn jetzt? Ich habe goldene Strumpfschnallen.
Und schon knackte es wieder. Sie weinte halb, warf jammernde Blicke gegen die Notbremse: Ich kann nichts machen gegen ihn. Er kompromittiert mich, wenn das Bahnpersonal kommt. Und diese Hemdsärmel. Er ist solch Lump.
«Ihren Vornamen, geschwind, geschwind.»
Sein Haar war dünn; seine Ohren standen ab, braune Büschel wuchsen daraus. Er ist vielleicht ausgebrochen aus dem Zuchthaus. Er hat im Zuchthaus gesessen. – Wie schrecklich wäre es, wenn er ein anständiger Mensch wäre und ich mich so gehen ließe. Was würde er von mir denken, von mir erzählen. Wo würde ich ihm begegnen können. Dem werde ich nie begegnen, dem Strolch. Bei ihm bin ich gut aufgehoben.
Sie drückte Auge und Nase fester gegen seinen Gummikragen: Der prahlt höchstens mit mir. In einer Kaschemme rühmt er sich.
Sie spürte, wie er die Kniee vorsichtig unter ihr wegzog, bog den spitzenverhüllten Arm um seinen Hals: «Du prahlst mit

mir, nicht wahr? Wenn du mit deinen Freunden bist? Wo bist du her? Du mußt mir erzählen.»

Er fuhr hoch. Diese Frau duzte ihn. In einer Zuckung streckten sich seine Beine quer über den Gang; sein linker Arm stemmte sich auf den Plüsch. Es kollerte und klirrte etwas über seine Füße. Sie hielt ihn, ließ ihn nicht los, Stirn dicht auf Stirn: «Ist dir was hingefallen? Hebs später auf. Laß doch liegen. Du mußt mich nachher noch so lange begleiten. Ich fahre nach Dresden. Ich hole meine Tochter aus dem Pensionat. Ja, ich bin verheiratet, und mein Mann ist Offizier in Bukarest. Aber unseren Namen sag ich dir nicht, denn du bist solch Strolch, ich durchschaue dich, solch frecher, frecher Strolch.»

Fortunescu, atemlos unter ihrem Drängen, schnitt ungeschickte Grimassen; er gaffte aus dem Ring ihrer Arme auf die Leiste des Spiegels: Das ist eine besondere Frau. Sie bringt mich um. Ich will ihr alles wiedergeben.

«Madame», öffnete er indigniert den schlecht rasierten Mund. Aber sie hatte ihn schon mit vergnügtem Gelächter um die Taille gefaßt. Sie kniff ihn in den Arm, quietschte: «Bin ich froh, bin ich froh über dich, du Lump. Weil du solch Lump bist.» Er wand sich, verdrehte sich schlangenhaft. Sie stand zugleich mit ihm auf. Sie packte ihn bei den Hüften, ließ ihn nicht los, ließ ihn nicht los. –

Als Cesarine zwischen Znaim und Iglau, wohlig ausgestreckt, sich von dem Zug ab- und auffedern ließ, plauderte sie von Dresden, von ihrer Familie. Sie blinzelte gegen die grelle Deckenbeleuchtung, lobte Matilda und ihren Verlobten. «Madame», fing Fortunescu an, von Zärtlichkeit und Gewissensbissen überwältigt, während er sich ihr gegenüber den Schnürsenkel festzog, «wollen Sie zwei Worte von mir anhören. Ich bin, wie Sie sehen, Kavalier und Ritter. Ein Mann von meinem Temperament und Gewandtheit, in meinem Gesellschaftsrang ist natürlich von einer Vielseitigkeit, die anderen Berufsarten fremd erscheint. Ich hebe Lasten, öffne Schlösser. Ich mache Scherze als Turner, die Uneingeweihte mißverstehen.»

Sie zog den Fenstervorhang vor ihr Gesicht: «Ja, Sie können turnen wie kein Mensch auf der ganzen Erde.» Die Bremse knarrte, die Wagen schaukelten; ein südlicher Vorort Dresdens blitzte. Cesarine rauschte hoch, stieß mit den Füßen gegen Metall. «Aber heben Sie doch Ihre Sachen auf.»
Unsicher lächelnd stemmte Fortunescu, noch sitzend, die Arme in die Weichen; er streifte sich die geborstene Jacke über.
Der lange Ruck, die weite Wölbung der Bahnhofshalle. Gepäckträger brüllten in die Fenster.
Sie drehte sich sanft, in Trauerhut und Schleier, zu ihm, der gebückt stand, hauchte: «Sind Sie fertig?»
Herr Fortunescu war edles Halbblut; seine Mutter hatte es ihm oft gesagt. Beleidigt schnellte er durch das Coupé, tauchte unter die Sitze, kehrte ihr den Rücken zu. Sie beobachtete ihn entzückt. Plötzlich scharrte er, giftig ausspeiend, die Sachen zusammen, legte das Armband mit einer noblen Geste offen um sein linkes Handgelenk. Sie bat ihn um ihren Handschuh, schwebte duftend voran; der Trauerschleier wallte um sie. Arm in Arm verließen sie den Bahnhof.
Sie nahmen Wohnung im Hotel ‚Zur goldenen Eintracht'. Verlagsdirektor Fortunescu aus Jassy nebst Gemahlin. In ihrem Zimmer warf er, als sie Licht knipste, Armband und Brillanten in der Ecke oben auf die Hutschachtel. Schelmisch besänftigte sie ihn vom Lavoir her: was er gegen die Hutschachtel habe. Sie bot ihm vor der Ausfahrt ihr Portemonnaie an. Er schob den schwarzen Samthut in den Nacken, stieß ihre Hand zurück, zeigte voll unterdrückter Wut sein eigenes Portemonnaie. Mit einer heimtückischen Süßigkeit schmeichelte er ihr in dem offenen Landauer. Sie sog die abendliche Luft auf Lößnitz ein. Die Menschen murmelten, lachten, murmelten. Glücklich rauschten die Akazien im Sommerwind. Wie seine Augen grell seitlich funkelten, in einer fürchterlichen Drohung, schauerte es ihr über den Rücken. Dieser Mensch konnte morden, wie gut war sie bei ihm angekommen. –
Matilda hieß die Tochter Cesarinens; sie war achtzehn Jahr.

Blonde Ponys hingen ihr in die Stirn, die Nase kräftig geschwungen, graue stolze Augen. Im weißen schlanken Sportkleid trat sie am Morgen der Mutter entgegen, die ihr Fortunescu vorstellte, einen weitläufigen Verwandten in Jassy und zufälligen Reisebegleiter. Fortunescu schwang den Hut. Das Silbergehenk am gelben Ledergürtel Matildas klapperte, als sie sich zusammen an den Frühstückstisch setzten. Die elegante Pensionswirtin zog Frau Barinianu hinaus zu einer Besprechung.

Rasch drückte Fortunescu seinen veilchenblauen Selbstbinder fest, pfiff hoch zwischen zwei Fingern, hob den Daumen. Das junge Mädchen legte das Messer auf die Marmeladenschale.

«Ein Wink», flüsterte er, schloß die faltige Portiere zur Bibliothek, «ein Wink: Grigor Papiu, Petru Kostin.»

Dicht rückte er seinen Korbsessel an ihren: «Legen Sie die Serviette hin. Sie wissen nicht, was die gnädige Frau mit Ihnen vorhat. Ich bin nicht Fortunescu, wie sie sagte. Petru Kostin heiße ich, Sekondeleutnant im zweiten Infanterieregiment zu Jassy, Freund Ihres Verlobten Papiu. Ich habe eine geheime Botschaft zu überbringen. Sie müssen schwören.»

«Petru Kostin?»

«Nicht sprechen, um Gottes willen nicht sprechen. Ich bin ohne Urlaub gefahren. Kommen Sie in die Ecke, auf die Loggia; Ihre Mutter erschrickt, wenn sie uns hört.»

«Mein lieber Gott, was ist das! Was will Grigor?»

Mit gefahrdrohenden Schritten ging er über den Teppich: «Sie haben Grund, sich zu ängstigen. Auf der Hut sein vor der gnädigen Frau. Ich warne Sie vor ihr.»

Ein Stelzen um das Büfett, Sprung, schlangenhaftes Umschleichen der Stühle.

«Sie kennen sie nicht. Niemand kennt Weiber. Sie hat sich mir anvertraut auf der Fahrt. Mit Galanterie, mit bestrickendem Wesen habe ich alles erreicht. Ich habe ihr entlockt, was sie für sich behalten wollte. Aus Mitleid für Sie, deren Photographie sie mir zeigte, aus Kameraderie für meinen Freund habe ich mich ins Zeug gelegt.»

«Mama hat doch keine Photographie von mir.»
Finster hielt er an der Anrichte und schwenkte ein Bein: «Dann war es eine Täuschung, der Sie dankbar sein müssen.»
«Es war Olga.»
«Mag sein. Ich verwechsele Olga mit Ihnen. Auch Olga wird es nicht gut haben. Sie sollen mit Ihrem Vetter verheiratet werden aus Bukarest; sie wird es Ihnen auf der Reise sagen.»
«Nein, das ist nicht wahr.» Sie war erst starr, dann schluchzte sie und krümmte sich über ihren Schoß.
«Es ist kein Zufall, daß ich mit Ihrer Mutter zugleich hier eintraf. Ihr Verlobter Grigor hat es mir auf die Seele gebunden, vor Ihrer Heimreise mit Ihnen zu sprechen, Ihnen alles vorzustellen, was auf dem Spiele steht, seine Liebe, sein Leben, sein ganzes Dasein.»
Er zog aus der Hosentasche ein zerbrochenes Bild: «Sie sehen den Namenszug Ihres Verlobten. Sie zweifeln nicht mehr an meiner Legitimation, mich Ihnen vertraulich zu nähern.»
Matilda kniff ein böses Gesicht. Versunken stand sie auf, schleifte zwei Schritt um den Tisch, befahl Fortunescu: «Setzen Sie sich.» Und dann, das harte Gesicht gegen die Hängelampe hebend, deren grüner Perlenbehang ihr über die Nasenwurzel spielte: «Die letzten Briefe von Vater klangen sehr fremd. Ich dachte, es wäre wegen der Krankheit Großpapas.»
Fortunescu tobte durch das winklige verstellte Zimmer: «Weg von hier! Wie können Sie daran zweifeln? Diese Frau im Stich lassen. Ich verlange das von Ihnen im Namen meines Kameraden. Oh, diese Frau will ich strafen für die schlechte nichtsachtende Gesinnung, die schlechte Gesinnung, die sie mir offenbart hat. Über Leichen geht sie, ein Ehrgefühl hat sie nicht.»
Matilda bewahrte kühle Haltung zur Mutter. Sobald sie allein war und sich ausgeweint hatte, entschloß sie sich; sie stieg mit Fortunescu in den Zug nach Bukarest.
«Ich bin jetzt wieder glücklich», sagte Matilda, «und ich bin Ihnen so dankbar.»

Sie drang in ihn, warum er so still wäre. Er redete von Aufgaben, denen manche Menschen nicht gewachsen wären, ein liebes Wesen sei ihm vor einem Jahr gestorben, vor etwa einem Jahr. Plötzlich erklärte er, daß er schwitze. Sein breites Gesicht – die grauen Augenlider, die faltigen Wangen mit den Narben am Kieferwinkel, die striemig rote Stirnhaut vibrierten. Er zog mit ihrer Erlaubnis den Cutaway aus, streichelte vorsichtig über ihre Ponys. Sie kicherte: «Sie sind doch nicht solch guter Freund, wie Sie sagten, zu Grigor.»

«Es sind Wallungen, mein Fräulein, schmerzliche Wallungen. Ich glaube freilich, daß sich manches Gefühl aus Wallungen zusammensetzt.»

Und dann, nach einer Pause: «Der gute Grigor ist freilich etwas zahm.»

Sie warf sich in die Brust, machte einen spitzen Mund: «Aber das ist so hübsch an einem jungen Mann, wenn er ernst und zahm ist. Und wenn er nicht so frech ist wie –»

«Wie wer denn, meine Gnädige?»

«Wie Sie.»

Sie senkte umfaßt ihren lachenden Kopf an seine fleckige Samtweste: «Was glauben Sie, Fräulein Matilda, was mich Grigor beneidet um diesen Augenblick. Um meinen Schneid. Um meine Courage.»

Während er sie herzog und sie folgsam ihren geschmeidigen Oberkörper wiegen ließ von ihm, sagte sie: «Aber viel Schneid hat Grigor doch auch. Und so lieb ist mein Grigor.» Ihre Arme legten sich um seinen Gummikragen: «Und so froh bin ich, daß Sie mich zu ihm führen, Herr Petru, lieber Herr Petru.»

Sie lachte und seufzte und lachte. –

Bei der kleinen Umsteigestation Beneschau, eine Minute Aufenthalt, kroch aus dem letzten Waggon ein Mann mit zerbeultem steifen Hut, gelbem Sommerpaletot, durchgestoßenen Hosen, in der Hand einen kleinen Koffer. Fortunescu schluckte auf dem Bahnsteig sein Glas Helles, rückte matt seinen Stuhl aus der Sonne und sah die blanken Geleise entlang: Es ist nichts mit

der Familie Barinianu. Sein Magen kam ihm leer und schwindlig vor; er bestellte einen Schnaps: Strapazen, Strapazen; keinen Pfennig verdient. Es geht abwärts mit dir, Franz; lauter Gefühle. Mutter hat recht; aus mir wird nichts.
Er flegelte am Schanktisch, schmatzte, massierte seine Waden, seinen Arm, schlich in das Dorf.
Eine blonde junge Dame verließ unter allgemeiner Aufmerksamkeit in Tabor ein Coupé erster Klasse. Sie schluchzte über den Perron; ein Bahnhofsbeamter führte sie am Arm, trug ihren Handkoffer und grauen Reisemantel. Sie schien betäubt oder wirr. Im Stationsgebäude erholte sich Matilda etwas, als die Frau des Bahnhofswirts ihr zusprach, heißen Kaffee brachte. Das Fräulein stieß mehrmals hervor, man möchte nach Dresden in das Hotel ‚Eintracht' telephonieren, daß sie hier warte.
Nach fünf Stunden kam die Mutter im Auto. Sie nahmen den nächsten Zug nach Bukarest. Im Coupé legte Frau Barinianu den Hut nicht ab; den Trauerschleier knautschte sie in die Höhe, riß Matilda an sich. Cesarines Gesicht war verschwollen, ihre kleine Nase dick und naß. Sie ließ von dem Kind nicht ab, zitterte, schrie leise: «Ich habe gedacht, du bist ermordet, ich hab gedacht, der Lump hat dich ermordet.»
Matilda rutschte mit dem Kopf an ihre Brust, schwieg, streichelte ihren Rücken.
«Nein, du lebst, Matilda, du bist ja wieder da.»
«Sei gut zu mir, Mama. Sage nichts zu Hause. Bitte. Nichts zu Grigor. Sein Freund hat mir den Kopf verdreht. Ich habe mich rechtzeitig besonnen, sag Grigor so.»
«Es war ja ein Lump, ein Strolch. Es war nicht Grigors Freund. Ich weiß gar nicht, wie er heißt.»
Die Tochter drängte sich an das zerpreßte Jabot Cesarines: «Er war solch Lügner, dieser Mann. Er war so flink mit Lügen und allem. So flink.»
Das Mädchen schlug sich die Hände vors Gesicht und stöhnte, stöhnte.
Frau Barinianu steckte die Haarnadeln Matildas zurecht, um-

armte sie heftiger. Dann ließ sie das Kind los, atmete tief. Sie rieb sich die Stirn. Lange sprachen sie nicht.

Der Zug schwebte über den Schienen. Von Zeit zu Zeit kam ein Stoß der Räder. Der Dampf der Lokomotive flog vorbei.

Langsam löste nun Frau Barinianu ihren Hut, wischte sanft über den Schleier, während ihr Kopf zurück auf das Polster fiel. Sie lächelte mit weichem Mund, indem sie träumerisch vor sich in den Spiegel sah: «Er ist in die Welt verschwunden und kehrt nicht wieder. Oh, er konnte turnen, dieser Lump. Ich habe noch nie einen Menschen so turnen sehen.»

Lauter und zärtlicher vibrierte ihre Stimme vor Vergnügen. Wie eine schöne Bratsche klang es aus ihr. Sie drückte das zerzauste Fräulein an sich. Und während die noch leise weinte, lachte die Mutter aus tiefem Herzen über sie her: «Er war ein geborener Springer.» Bis auch die stolze Matilda mit verschämter Bewegung hochblinzelte: «Ja, nicht wahr, Mutter, so springen konnte er?» Die Stimme wie eine Hirtenflöte dünn und süß.

Und sie küßten sich. Der Wagen schmetterte über eine Eisenbahnbrücke. Sie wiegten sich Wange an Wange.

EIN Mann namens Haslau, der im Württembergischen wohnte, wurde von Diebsgesindel heimgesucht. Haslau hauste, ein Fettwanst, klein, mit stoppligem braunen Haar auf einem kugelrunden Kopf, in seiner Herberge. Zwischen den Bauern, die die breiten Sitzbänke drückten, humpelte er freundlich herum; am Schanktisch stützte er die Arme auf, sah beobachtend in die Stube rechts und links. Hausierer, Wanderburschen tauchten auf; Karren hielten im Hof. Zweimal mußte Haslau auf den Leiterwagen steigen, in die Stadt, sich selbst wegen Hehlerei und Begünstigung verantworten. Als er den letzten Diebstahl auf dem Amt meldete und sich halb umdrehte, bevor er die Türe hinter sich anzog, schmunzelten Schulze und Schreiber an ihren Pulten; der langnäsige bebrillte Schreiber flüsterte, mit dem Daumen gegen Haslau: «Hacken die Krähen sich also doch die Augen aus? Wie spaßhaft, wie spaßhaft!» Und dann kratzten beide das Papier, preßten dicke Querfalten auf ihre Stirnen, weil Haslau noch an der Tür stand und grimmig zurückblickend sich die Kolbennase rieb.

Im Frühjahr wurde das Schild an der Herberge neu gestrichen; der Name Hitzinger wurde golden auf blauem Grunde über Haslaus gepinselt. Vier verdeckte Rollwagen fuhren an dem Marienkirchlein vorbei aus dem Dorf auf die Landstraße. Den letzten lenkte Haslau selbst. Nickte finster in die Stuben hinein. Am Ende der Straße, wo die Feuerwehr in einer Scheune wohnte, spuckte er aus, schlug den Braunen, schnalzte: «Hüh, hü-äh!»

Vor Eßlingen wurde die Ebene wellig. Pflaumen- und Kirschbäume blühten. Die Pferde in Schweiß. Auf einer Anhöhe ein sauberes Häuschen; lächelnd und knixend kam eine große Frau in blaukariertem Kleid zur Tür hinaus, nahm Haslau die Peitsche ab. Sie hatte stopplige Haare wie er und ein rotes Gesicht; seine Schwester Kathrine.

Haslau züchtete in dem Häuschen zwei Jahre lang belgische Kaninchen und Schweine, pflanzte Kürbisse, war in Eßlingen

geehrter Vorstand des Gesangvereins, Mitglied der Männerriege; ab und zu übernachteten stille Besucher in seiner Wohnung, die morgens mit ihrem Päckchen verschwanden. Eines Sonnabends nahm Kathrine ein Küchenbeil, ergriff ein feistes Kaninchen an den Hinterbeinen, erschlug es, häutete es ab. Am Sonntagmorgen suchte sie im Keller nach dem Tier, von der Frühmesse bis Haslau aufstand. Er hinkte ungläubig die Treppe herunter, leuchtete unter Kisten, kratzte sich das Ohr: «Es fehlen sechs Weinflaschen und zwei sind leer.» Kathrine machte maulsperrend drei Kreuze, zitterte «Jesus Maria», latschte nach oben, saß den vollen Vormittag bei der Nachbarin. Ihr Bruder zog sich die grüne Joppe an, horchte im Verein; man steckte die Köpfe zusammen, sprach mit Nachdruck und trank erregt. Der Kolonialwarenhändler hatte einen Sohn, der beim Militär diente; er besuchte Haslau und sagte, man solle die Sache der Polizei melden. Haslau schniefte: «Ich mach mir meine Wasserleitung allein; einen Viehdoktor brauch ich nicht. Und die Polizei: in Ehren, in Ehren, unberufen, aber wozu?»
Er lehnte die Haustür von jetzt ab nur an. Ein dralles Hausmädchen brachte er aus der Stadt mit für Kathrine. Als Kathrine ihn verblüfft anglotzte, strich er ihr über den Rücken, zog ihre steifen Schürzenbänder durch die Finger: «Wegen der Luft ist es, Kathrine, wegen der Luft auf der Brust. Man wird alt.» «Ja warum denn?» «Sie soll dir helfen. Man will, aber es geht nicht mehr – so allmählich, meine ich. Es kocht bei dir auf der Brust. Knappe Luft.» Auf die Spitzen stellte er sich flüsternd, mit dem Daumen zeigend: «Eine Falle, für den Lump. Bei der soll er anbeißen. Er wird's tun, verlaß dich drauf. Eine leckere Falle, ein schönes Schmackhäppchen, Trinchen.»
Im Hochsommer trug das saubere Mädchen einen versiegelten Brief von Hitzinger und ein graues Paket mit zwei Schinken herauf, und dann drehte sie sich vor Haslau und brachte nichts heraus. Er nahm die Pfeife aus dem Mund, schimpfte bei Seite, was das solle. Sie flennte, sie sei nicht schuld. Die Pfeife ließ Haslau auf die Rutsche poltern, das Mädchen faßte er am Hand-

gelenk, sprang mit ihr auf den Flur, auf die Kellertreppe: «Kathrine, bring Licht.» Er fluchte zwischen Kisten, Säcken und Tonnen. Acht Flaschen standen ausgeleert auf dem Holzverschlag unter der Treppe, davon fünf große Weinflaschen. Kathrine traute sich nicht herunter, dann heulte sie um zwei Kartoffelsäcke und ein Beutelchen Korinthen. Er unter dem Treppenabsatz, dick schwoll sein rundes Gesicht. Nach einer Weile hob er eine Flasche auf, schmetterte sie grimmig auf die Steine, ohne ein Wort zu sagen. «Es war was drin», kreischte Kathrine. Haslau nahm stumm zehn Flaschen unter den Arm, klirrte eine nach der andern auf das Pflaster unter der dunklen Treppe. Als die lange Kathrine dem Besessenen in die Arme fiel, schleuderte er sie selbst bei ihrer Korallenkette herum, so daß sie in die feuchten Scherben rasselte, sitzen blieb und nach Luft rang. Der blumige Wein spritzte über ihre blauweißen Backen. Sie machte ein Bein lang, angelte mit dem nackten Fuß nach dem Pantoffel, der ganz unter dem roten Wasser stand.

Abends kauerte Haslau an seinem Tisch, schrieb mit breiten Ellenbogen: «Lieber Hitzinger, besuch mich mal. Deine Schinken sind schön. Kathrine läßt dich grüßen. Bei Reutberg ist die Brücke wacklig; fahr langsam rüber. Dein treuer Freund Oskar Haslau.»

Sie stakelten zwischen den Obstbäumen. Hitzinger im langen Rock mit der schwarzen Weste und Messingknöpfen kniff ein Auge zu, zählte die Kastanien, die Apfelbäume, die Birnbäume: «Hätt ich doch gedacht, daß es sumpfig ist in Eßlingen. Und so schön fest alles!» Die Schiffermütze zog er schief in die Stirn; aus seinem glatten viereckigen Gesicht blinzelte er zu Haslau herunter, dessen kupferrote Backen und Nasenflügel verdrießlich zuckten. An einer Wegkreuzung setzten sie sich auf einen Stein, verschnauften. Haslau kramte sich Kiesel aus seinen Schuhen: «Der Strolch muß ein strammes Bengelchen sein. Auf Essen und Trinken hat er's abgesehn. Aber mit dem Mädel bändelt er nicht an.» Hitzinger spähte um sich, bog sich lang nach vorn über sein Knie, flüsterte ins Gras: «Ein Schuft ist es, ein undankbarer. Was hast du dich geschunden für sie. Wir haben immer zusammengehalten. Meine Flaschen hätt ich zerschmissen, hoho! Vielleicht ist es ein neuer. Müßt ihn erwischen und zu Kleinholz schlagen.» «Möcht schon», brummte Haslau, «aber wer ist es? Minzel Aloys ist in Stuttgart verheiratet, Musikantenfranzele schwimmt auf dem Wasser, Fabian macht Uhren im Zuchthaus.» Der Mann mit den Messingknöpfen wiegte sich: «Sollt mir passieren, Haslau Oskar. Mein Vater erzählt: wenn früher einer so was fingerte in der Sippe oder an Kameraden, so haben sie sich zusammengetan die Leute allesamt, haben die Feme gemacht über ihn, so hats geheißen, und ab mit der Kohlrübe. Leg ein Blatt Papier in den Keller, schreib rauf mit dem roten Blei ‚Bruder' und drei schwarze Kreuze hinterher.» Haslau leckte sich die Lippen: «Er gefällt mir, das Bengelchen. Ich denke: Fuchseisen oder Rattengift. Das zieht.» «Erst warnen!» «Das Vieh liest nicht, säuft nur.» «Egal; er soll sein Fett kriegen, aber in Ordnung, mein Jung, in Ordnung; also schreib du hier aufs Papier ‚Bruder' und drei Kreuze; schwarz, feste Handschrift, Oskar. Weiter scherts dich nicht.»

Eine Woche drauf, Mittwoch früh sechs Uhr in der tiefsten Stille, gellten und gellten Schreie durch das Häuschen, überschlagende Frauenschreie, Geheul, Hinklatschen auf der Treppe. Gegen die Schlafstube schlug es; in Schlafrock und Pantinen riegelte Haslau auf, packte das Mädchen, das blökend ins Zimmer fiel, beim Arm: «Hat er dir etwas tun wollen?» Er riß den Ochsenziemer von der Wand, zerrte das unbändige Geschöpf, das immer heiserer brüllte, über den Flur auf die Kellertreppe: «Schrei nicht, sachte, sachte, sonst kommen die Leute von drüben.» Sie patschte in sinnlosem Entsetzen die Hände zusammen, hatte Aufstoßen, spie. «Hast du auch die Tür hinter ihm zugemacht?»

Aus dem Keller kam ein schmaler Lichtschein.

Krumm, in einer riesigen Lache Erbrochenem lag ein toter Mann neben umgeworfenen Flaschen.

Still zog Haslau den Schlafrock über dem Bauch zusammen, ein

verständnisvolles Aufleuchten ging über sein Gesicht; er nickte: «So, so, so, hin!» Das Mädchen sprang über eine Pfütze, kreischte draußen weiter. Von oben trampelten schwere Schritte. Haslau bückte sich kopfschüttelnd über seinen Zettel. Er leuchtete, während die beiden Männer sich herandrängten, dem Toten über den besudelten Bart, den gesperrten Mund: «Fabian, ausgerückt aus dem Kittchen, da sind wir ja wieder.» Der eine Rollkutscher mit dem hängenden zerfaserten Schnurrbart fragte, was denn hier wäre; nachdenklich blickte Haslau ihn und den Toten an, pfiff: «Wie sind Sie eigentlich hier rein gekommen, meine Herren? Ja, das ist der Fabian. Ein guter alter Bekannter von mir. Was so aus einem Menschen wird. Man möchte an aller Vernunft verzweifeln. Da hab ich diesen Dreideibelskerl in meinem Keller erwischt. Das war ein Geriebener aus Stuttgart. Hat der nötig gehabt, bei mir Kartoffeln zu stehlen?» Und er machte sich über die Flaschen her: «Anderthalb Flaschen heute. Der Rest hat ihm nicht geschmeckt.»
Die Männer sahen sich an, kletterten flüsternd die Treppe hinauf. Haslau faßte den Toten bei den Beinen, schleifte ihn über die Stufen auf den Hof, packte ihn auf den Buckel, so daß der geschorene Kopf auf das Pflaster knallte, und schmiß ihn an den Rand des Gartens hin. Brach ein Stück des Holzgitters heraus, ließ den Körper, zwei heftige Stöße gegen das Kreuz, bergab auf die Straße rollen. Unten kniete die Leiche, die sich mit einem Arm an einem Pfahl verfing, nach einer Minute ruhig am Weg, beugte den Kopf so tief ins Gras, daß sie durch ihre Beine hindurchsah. In der Stube wusch er sich die Hände, rieb sich Weste und Hose ab, schrieb schnaufend an seinen Freund: «Fabian muß in letzter Zeit sehr dick geworden sein; er war sehr schwer. Nun werden wir Ruhe haben und das Mädchen kann ich entlassen.»
Der Gendarm riß an der Klingel, der Rollkutscher dabei. Als der mit dem Helm brüllte, fragte Haslau verblüfft, ob er solchen stinkenden Kerl auf seinem Grundstück liegen lassen sollte. «Holt ihr ihn ab, ihr Polizeiherrchen. Ich mach meine Stube

sauber, mit gütigem Verlaub.» Sie packten ihn an. Mit gehässigen Blicken trat er rückwärts dem Kutscher gegen das Schienbein, so daß er jaulte.
Im Gerichtssaale priemte er erregt. Hitzinger lümmelte an der Barriere.
Erst brummte Haslau: «Herr Richter, der Mann ist an das Zyankali für die Wühlmäuse in meinem Keller geraten.»
«Es wird behauptet, Sie haben das Gift absichtlich in Weinflaschen aufbewahrt.»
«Lassen wir doch die Leute reden, Herr Richter.»
Mit einmal verweigerte er die Antwort und suchte auf seiner Bank herum. Dann protestierte er plötzlich mit vortretenden Augen, indem er sich über die Schranke beugte, wegen Freiheitsberaubung.
Als die Richter nach kurzer Zwischenberatung auf das Podium wiederkehrten, beobachtete er sie verbissen, keifte vor sich: «Was die geheim tun! Mit ihren schwarzen Mützen! Die Herren Dokters! Die Herren Dokters! Den Dreck kümmert sie mein Ding mit Fabian.»
Der Vorsitzende schlug auf den Tisch. Haslau schniefte herauf: «Wollt ihr mir zeigen, was ich zu tun hab, ich alter Mann? In dieser Sache? Wißt ihr was von diesem Prozeß? He?»
Prustend schüttelte er die Fäuste, während ihm blaue Ringe vor dem Gesicht schwammen und er auf den Beinen schaukelte: «Ich verlange, daß ihr Fabian vernehmt und mich rauslaßt. Fabian ist von meinen Leuten. Das hier ist kein Gericht für unsereins. Wenn Fabian nicht recht geschehen ist, so soll er's sagen.»
Müde kroch als Zeugin ein krummes Mütterchen heraus: «Ja, ja, wenn ich sprechen dürft, und der Fabian hat gesagt, wenn er das nächste Mal einbrechen tät bei Haslau Oskar, dann würd's wohl eine Geschichte geben.»
Der Vorsitzende fauchte über den Tisch gegen sie. Haslau zitterte, brummelte: «Also ihr laßt mich raus, wenn ihr's doch hört! Die Sach ist zwischen mir und Fabian. Die Sach ist be-

schlossen und gerichtet und beendet. Ich misch mich auch nicht in euren Streit. Ihr laßt mich raus!»
Der Richter donnerte: «Sie haben sich ruhig zu verhalten hier.»
Mit unkenntlichem Gesichtsausdruck, fade schielend, die Augen etwas wässerig leer, bewegte sich der Wirt an der Brüstung, setzte sich schwerfällig, während er grunzte und sein Brustkorb arbeitete. Seine blaurote Unterlippe zuckte pulsierend. Hitzinger flüsterte hetzend; Haslau winkte ab.
Es war nichts zu beweisen. Er wurde zu zehn Tagen Haft wegen Fahrlässigkeit und so weiter verurteilt.
«Karl», sagte er auf der Straße zu Hitzinger, «die wollten mich umbringen. Wenn ichs nicht hintergeschluckt hätte, säß ich drin.»
Der lange Hitzinger beruhigte ihn. Zu Hause beim Anblick der grünen Kognakflasche, die Kathrine hereintrug, weinte Haslau erbittert. Er zog die karierten Vorhänge zu, schwieg erst, trank und gluckste finster: «Karl, ist für die denn ein anständiger Mensch und ein Schwein dasselbe? Wegen des dicken Fabian, des Viehs, der meinen Wein ausgesoffen hat, muß ich ins Kittchen?»
«Wenn er's wüßt, krank lacht er sich.»
Haslau schrie: «Krank lachen tät er sich. Schlimmer als Minzel Aloys war er.»
Als der andere bekümmert die Flasche an sich heranzog, legte der dicke Wirt den aufgestützten Arm hin, sagte entschieden: «Ich nicht. Es gibt noch Gerechtigkeit dafür. Bin kein Aff, Karl, sag ich dir, der sich kujonieren läßt wie ein dummer Lausbub von den hergelaufenen Federfuchsern auf dem Gericht. Bin ich ein solcher Aff?» und pflanzte sich im Zimmer neben Hitzinger auf, den Hosengurt anziehend.
«Was denn, Oskar?»
«Meinen Wein soll er mir aussaufen dürfen, und ich geh ins Kittchen?»
«Was denn, Oskar?»
«Meine Sach hab ich mit Fabian abgemacht, wie wir's bespro-

chen haben. Kommst du mit, ist's gut. Kommst du nicht mit, mach ich mein Ding allein, Karl. Es muß ein End nehmen damit.» Haslau schloß die Kommode auf, stopfte sich Geld aus einem braunen Strumpf in die Taschen. Den Schlüssel warf er vor Hitzinger auf den Tisch. «Oskar, daß du dich vorsiehst. Wir können alle zusammen nichts ausrichten gegen die Federfuchser. Es ist eine abgefeimte Klique.»
«Wirst schon sehen, Karl. Wirst schon sehen.»
Nach vierundzwanzig Stunden brannte die Villa des Amtsrichters ab; das Feuer brach im Dachstuhl aus, ein schlafendes Kindermädchen und viele Tauben kamen um.
Haslau war verschwunden.
Erstach Vieh bei Begüterten, zündete Heuschober an. Wütete im Land. Nach anderthalb Jahren ergriffen ihn zwei Gänsetreiber in der Nähe von Hitzingers Gasthaus, als er sich mit einer Strickleiter hinter dem Amtsgebäude des Dorfes zu schaffen machte. Nachdem man ihm mit Riemen Hände und Füße verschnürt hatte, war er taumlig und bei Stimmung, sah tief braun und sehr mager aus. Den gewaltigen Gendarm, der ihn hielt, seinen Feind, grinste er an: «Lebst auch noch, alter Sepp. Gönn's dir, daß du mich gefaßt hast; sollst deine Freud haben.»
Aus den kleinen Türen polterten die Dorfgenossen in die graue Morgenfrühe; reckten die Arme, stießen den gebundenen Patron in die Weichen, klatschten ihm mit einer Latte meckernd über die Waden. Er bläkte einknickend: «Jetzt machts mit mir, was ihr wollt, ihr Grindköpfe. Jetzt kanns geschehen. Reißt mir die Kaldaunen aus dem Leib. Leckt mir meine Lehmstiebeln ab, da, ihr Borstenvieh, ausgesuchtes.»
Jäh packte ihn, als er spie, der Gendarm bei der Schulter und warf ihn mit einem Ruck vor einen Misthaufen. Ein Bauer rief: «Jetzt gibt's nichts mehr zu hehlen dahier, du Hehler.» Ein anderer lockerte den Mist mit einer Gabel: «Zu essen, Herr Wirt, dahier! Kuhfleisch, laßt's euch schmecken, Lammbraten, da, fetter Schinken, Schinken mit Tunke.»
Er wälzte sein beschmiertes Gesicht hoch: «Hätt ich noch die

Herberge, ich wollte euch was zu trinken geben, was euch Maul und Magen zusammen verbrennt und euch das leibhaftige Höllenfeuer bei Lebzeiten im Bauch anrichtet. Mißgünstige ihr, Diebe allesamt, unehrliches Volk.»

Der lange Hitzinger war aus dem Bett gekrochen, stand mit sinkenden Hosen auf der Treppe vor dem goldblitzenden Schild. Der Leiterwagen klapperte mit Haslau, der ausgelassen höhnte, gröhlte und pfiff, aus dem Dorf. Hitzinger zog sich die Hosen stramm, spuckte hinter den springenden, fuchtelnden Bauern aus, bevor er mit einem Fluch über die Schwelle stolperte.

UNTER der ungeheuren Arazee lag Julie wie ein blauer feistgefressener Drache. Sie wühlte sich im schattigen Klee, an der Allee, die sich grell in der Hitze hinwand. Die prallen, lederartigen Blätter des Gewächses deckten sich gleich Ziegeln, und aus rosa Blattscheiden züngelten die purpurroten fingerlangen Fruchtknoten, weißgesprenkelt, schleimglänzend, an den Spitzen wurmartig gewunden. Sie zog die Äste zu einem Vorhang vor ihre lauernden, gelbbraunen Augen; sie blinzelte tückisch, machte mit zwei dünnen Fingerchen einen Spalt, sobald Schritte die Chaussee heraufklapperten. Trollte ein Kind vorbei, ächzte ein Weibchen unter seiner Kiepe, Julie schaukelte ein Blatt vor die weiße Nase, leckte über die breit glührotgesäumte Oberlippe, auf der schwarze Härchen standen wie Grasspitzen auf einer Wiese, leckte das Blattende herunter, um daran zu saugen. Beim harten gleichmäßigen Trampeln stemmte sie den Oberleib auf den Ellbogen hoch; der Männerstock klirrte, schnellend schaukelte der Vorhang auseinander und wiegte sich, durch die schwankende Blätterlücke fuhr auf den gelben Blicken ein giftiger Haß hinter den Wanderer, geschient wie ein Eisenbahnzug. Einen Augenblick, dann spuckte sie die angekaute Pflanzenfaser auf die weißen Kleeköpfe zwischen ihren Händen, wölbte den Mund breit und «Öh», ein dickes kehlgequetschtes «Öh, öh», höhnisch und langgetrieben, wobei sie ihren kleinen Körper verkürzte und den Bauch hervortrieb, blökte hinter dem Gartengitter über den stummen Weg; wer sich umdrehte, sah die beglänzte gummiblättrige Arazee.

Weiß lag auf dem Wiesenhügel hinter der Arazee die zweistöckige Villa mit den grünen Fensterläden, dem geschnitzten schmalen Balkon; Glasveranda rechts und links. Juliens grauer stiller Vater, der Ostindienfahrer und Seelord, der zwanzig Jahre an asiatischen Küsten gefochten hatte, spazierte oben im gelben Khakikleid mit seiner schönen weißhaarigen Schwester; aus grünem Samt war ihr Kleid und ihre fürstlich lange Schleppe, die über den chinesischen Mosaikboden strich. Er hob schwer an seinen langen Knochen und Knieen; steif, als wenn er einen Türrahmen um sich trug, ging er; die beiden grübelten zusammen in den Gewächshäusern, vor den bläulichen ungeheuren Glasfenstern, stopften Vogelbälge aus, putzten Orden.

Sonntags sprang das kleine eiserne, mit Lotosblumen besetzte Gartentor auf. Zwischen der steinernen Doppelreihe grauer Löwen, die mit riesigen Lappohren wedelten, bewegte sich Julie, um über die steinige Allee in die Dorfkirche zu gehen. Die üppige sanfte Tante wallte träumend unter der warmen Sonne, Julie neben ihr; schwer wackelte ihr draller seidenverhängter Körper, nach rechts stieg er herunter, pumpte hoch, nach links fiel er und raffte sich. Wie ein Kalb an der Stange, das der Schlächter den Rumpf abwärts auf dem Rücken trägt, die eine Schulter senkend, die andere senkend, so trottete sie, stampfte den Sand. Die schwarzhaarige wilde Julie trug ein blaues Barett mit einer silbernen Feder fest über der quergefalteten Stirn, eine lange, breit gebundene Schleife aus dem grünen Samt der Tante fiel hinten über das dunkelblaue Seidenkleid, weiß ihre Schuhchen, weiß die hohe Halsrüsche und die wehenden Spitzen der Ärmel. Aber ein Korsett hatte man nicht um den kleinen Leib gespannt. Es war ihr ganz früh um Weichen und Hüften herum gesproßt, kleine Plättchen in der Haut, Einlagen, die wie Perlmutter glänzten und die man salbte und rieb. Um den weißen, festen, üppigen Leib wuchs es schauerlich mit dicken dunklen Lederschalen, die manchmal blätterten. Gell hatte Julie gelacht, als sie einmal aus dem Bad stieg und ihr einfiel, sie sehe aus wie das Krokodil des Vaters im Gewächshaus. Zu der weißhaarigen Tante, die längst tote Jugendlieben pflegte, watschelte sie, zeigte im blauen Bademantel halbnackt ihre Hüften, jauchzte: «Ich bin ein Krokodil. Ich werde ganz ein Krokodil und freß euch alle auf.» Die Dame weinte, deckte das Fräulein zu, sie mochte es nicht hören; erinnerte sich entsetzt, daß Juliens Mutter immer geklagt hatte über den kühlen Seehelden, der Kinder nicht mochte und dem ein Alligator lieber war als eine Tochter.

Und als das übermütige Fräulein sich von der grünsamtenen Dame losmachte und nacktfüßig auf der Veranda dem Vater, der, die Pfeife im Mund, sich ein Messerchen zum Präparieren schliff, zustammelte, kichernd: «Ein Krokodil, sieh nur, ich bin ein Krokodil», da betastete der gelbe Herr ungläubig die Hüfte, schlug sich vor Vergnügen den Schenkel, umarmte die Tochter, während er das Messerchen aus der linken Hand fallen ließ; er fluchte englisch, küßte sie, sie lachten sich, Hand in Hand gegenüberstehend, an. Der Kapitän bestellte Sekt für den Abend, als wäre ihm heute ein Kind geboren; allein pokulierte er über dem dunklen Dorf, für die Tochter ließ er einen Perlenschmuck kommen. Den Arzt, dazu die zwei Masseusen und die Badefrau schickte Julie, den Perlenschmuck am Hals, an diesem Tage weg. Mit funkelnden Blicken und Gebärden vertrieb sie den behäbigen Hausarzt, der gelehrte Warnungen über den Fortschritt der Krankheit murmelte; er stolzierte hinüber zum Vater; aber als der zwischen dem Rühren und Schäumen seiner Bowle hörte, was Julie gesagt hatte, kratzte er sich dicht vor dem Gesicht des Sanitätsrats den grauen Kinnbart und knarrte ironisch: «Da wird sich wohl nichts machen lassen», worauf der Mediziner heftig mit dem Ebenholzstock aufstampfte und abwanderte über den Hügel.

Wie ein blauer feistgefressener Drache lag Julie unter der Arazee. Eines Tages vor Pfingsten ritt Herr von Wetzling, der Dragoner, mit zwei fremden Kürassieren und vier Damen aus den Nachbarvillen die versengte Allee herauf. Auf seinem schweren braunen Gaul saß er in der lichtblauen Uniform; rosa sein Halskragen; der lange schwarze Degen schleppte zur Linken des Pferdes herunter, verheißend blickte der Dragoner seitwärts und zu den Damen. Die lächelten alle und die Kürassiere schoben ihre blanken Prunkhelme rückwärts, um gut sehen zu können. Zierlich beugte sich der Dragoner seitwärts, sein Pferd sprengte der Kavalkade voraus, durch die rechte hohle Hand, durch den rotbraunen Handschuh sang er leise vor dem exotischen Gebüsch das Lied von Sankt Nikolaus, und seine warmen

Augen schimmerten verführerisch. Die Blätter drüben schwankten, der Baum zitterte allgemein, die purpurroten Fruchtknoten schraubten sich höher. Zwei Fingerchen, fünf Fingerchen, zwei Hände, zwei Arme breiteten einen Spalt; ein weißes Kinn, eine weiße Nase, rußschwarze Haarmassen; die Stirn verdeckt und die Augen verdeckt in der grünen Höhle.

Ein frommer Mann war Nikolaus, er führte zwei Reiter auf die Brücke hinaus, breit war das Brückengeländer, schmal war der Weg.

Das Fräulein verschlafen; seufzend und vertrauensselig schwammen ihre Blicke auf den blauen singenden Mann; sie hob das schwere Blatt von der Stirn, durch die Blattlücke zwischen ihren haltenden Armen steckte sie den feinen schwarzüberwolkten Kopf, die gelbe Sonne lag über dem weißen freudigen Gesicht.

Aber als die zwei Reiter über die Brücke trabten, da kniete eine Bettlerin, das schwarze Lumpentuch über den Schultern.

Der Dragoner sah das strenge adlige Gesicht des Fräuleins vor die Blätter sich schieben, hörte zu singen auf; er winkte ihr zu mit seinen Reithandschuhen, denn er kannte sie und sie kannte ihn, und er bat sie, doch herauszutreten, mit ihm im Schatten zu plaudern. Sie lachte entzückt; leise klirrte das Gitter, einem Löwenhund trat sie auf die Schnauze, zerknittert näherte sie sich über den Rasen, tauchte rechts, pumpte links, beide Arme balancierend und grüßend in der Luft vor ihrer Brust. Ob sie ein Drache sei oder eine Schlange, wolle er wissen, und sprang vom Pferd, aber es heiße, daß sie unter der Arazee die Menschen wie ein Teufel belaure, ängstige. Julie, die kleine, stand mit ihm vor dem mächtigen Brunnen, sie stützte sich an dem Zügel des schwitzenden Tieres, strahlte die braunen Wangen des falschen Mannes an, seinen atmenden Brustkorb, seine langen graden Beine in den schwarzen Schaftstiefeln.

«Ach», sagte sie und hörte kaum, was sie sagte, was sie sei, Drache oder Schlange, wisse sie selbst nicht, aber es sei egal, sie belle nur hinter den schlechten Menschen her, damit jeder höre, wer da komme. Der Dragoner löste ihre Hand vom Riemen, drängte das Fräulein gegen das Gitter, so daß es aussah, als suchten sie das Versteck der Arazee; ungerufen klapperte das Pferd neben ihnen.

Auf der Brücke stand die Bettlerin; ein Reiter warf ihr einen Heller zu, der andere nahm ihr das Tuch vom Kopf, da saß ein wunderbares Fräulein darunter, das hob er auf das Brückengeländer.

Aber was hatte das Jungfräulein auf dem Kopf? Unter dem Tuche? Einen Hut aus Zittergras, ganz dicht geflochten.

«Den habe ich nicht», lächelte Julie und ließ sich über das Haar streicheln.

Was hatte das Jungfräulein um die Hüften?

«Einen Gürtel», sagte Julie.

«Einen Gürtel aus gelbem Marmelstein.»

«Aus gelbem Marmelstein.» Sie wiederholte gedankenlos. Gegen den lichtblauen Waffenrock drückte sie ihren schwarzen glühenden Kopf. Schamhaft fühlte sie seine Hand an ihrer Hüfte. Da war ein Schlitz an der linken Seite, und wie an dem Arazeenbaum sperrten seine Finger einen Spalt, zwei Finger, vier Finger, während ihre Augen fragend in seinen falschen suchten. Breit riß er, seinen Kopf herunterbeugend, in den Stoff hinein. Sie versteckte ihr Gesicht in den Händen.

Das Pferd losgerissen galoppierte auf die Chaussee. Lachend, dankend, winkend sprengten zugleich die beiden Kürassiere und die vier Damen heran, vorüber.

Das Krokodil, das Krokodil des Dorfes, sie sahen es, Herr von Wetzling hatte es ihnen gezeigt. Er rannte seinem Pferde nach, die Mütze flog ihm im Lauf ab, haschend, winkend rief er gegen das Gitter, er werde morgen das Lied vom Nikolaus, morgen, zu Ende singen. Zuckend lag Julie und schrie in ihrem geschlossenen Munde.

Da wohnte am Ende des Dorfes ein völliger Narr mitten im Gehölz, hieß van der Meeren, sollte aus Gent stammen. Er wohnte zusammen mit seinem Sohne, der ein Nichtstuer war und sich auf Landstraßen herumtrieb. Diese wurden im Dorfe dazu verwandt, Schafe zu heilen und Hunden die Ohren zu schneiden. In die Villa des Seehelden war der Alte oft geklettert; Schnecken und Blattpflanzen starben viel und van der Meeren verstand es, schnüffelnd, greinend, mauzend das Zimmer von Menschen zu säubern und liebevoll mit dem Wasser, den Tieren und Gewächsen umzugehen; war er da, so konnte Wasser, Tier, Pflanze wieder eine Zeitlang leben. Meeren vermochte beinah jedes verkümmerte Pflänzlein wiederzuerkennen, bediente die jungen und alten Blättlein in gemurmeltem Gespräch; das Wasser sprudelte aus seinem Schlauch gebogen in das Becken. Drückte man ihm Geld in die Hand, so schnitt er eine grimmige Miene, er schwang die Fäuste im Herauspoltern, als ob er Steine wiegte.

In seinem Haus draußen lebten eine schwarze Mutterziege und drei gefleckte Geißen; Finken und Zeisige flogen durch die Fenster; unter den Dachsparren klebten Nester, in den Winkeln der beiden Stuben und der Küche wohnten und sprangen Kaninchen.

An regnerischen Tagen nahm der Alte einen Karren, zog in den dunklen Wald; er suchte gefallenes Wild, tote Vögel, war der Totengräber der Tiere.

Zu ihm schlich Julie, zwei Tage nachdem der Dragoner, die Kürassiere mit ihren Damen über die Allee gesprengt waren.

Van der Meeren hobelte vor seiner Tür grade einen Sarg für eine weiße Katze, die er ersäufen wollte für ihr mörderisches Wesen. Da stellte sich Julie hin und sagte, sie wolle sich in Pension geben zu ihm.

«Wo hast du deinen Vater?»

Julie faßte sich an die Brust, weil der Narr es wagte, sie zu duzen, dann meinte sie ängstlich: «Er jagt.»

«Werden wir schon kriegen.»

«Ich will mich bei Ihnen in Pension geben.»

«Sieh mal an, das Krokodil!»

«Nun ja», sagte sie furchtsam aber entschlossen, zog das blaugemusterte Umschlagtuch vom Kopf.

«Haben wohl die Doktorsch und die Mamsellchens nichts ausgerichtet? Wie, he? Kommt dann der Meeren dran. Mag dich nicht.»

Die Späne flogen.

Bettelnd verzog Julie den Mund, faltete die Hände vor dem Leib, während ihr das Tuch über den Arm hing, trat an den Sarg.

«Mag dich nicht», brüllte der Alte über sein Brett, «scher dich weg. Wenn der Herr Vater ein großer Jäger ist, soll er wissen wie es ist, wenn die Hunde kommen und sein Kind beißen.»

Sie weinte und rührte sich nicht.

«Soll ich den Hunden pfeifen?»

Nach einer Weile hob sie den Kopf: «Pfeifen Sie.»

Nun fing das mächtige Hämmern an; harte Buchenstifte trieb er durch das junge Holz seiner Bretter; die Katze, die er erschlagen wollte, ging spionierend über den Dachgiebel und sah rotäugig herunter.

«Ich will in Ihr Aquarium», flüsterte Julie, «ich schwöre, ich will Ihnen ganz gehorchen.»

«Solch großes Aquarium haben die Lumpen im Walde nicht. Muß der Herr Vater selber kommen und eins bauen.»

Aber seine Augen waren milder; so blickte er, wenn er ein Blättchen streichelte.

«Ich will, daß Sie mich ins Aquarium setzen. Wenn ich schon ein Krokodil bin, will ichs auch ganz sein.»

«Bist du trotzig. Sie werden dich zurichten, die Eidechsen, die Molche, die Stichlinge.»

So fein sie war, so merkte sie nicht, daß er spaßte.

«Mich stechen sie nicht. Irgendwohin muß ich doch gehören.»

Er spöttelte weiter, öffnete die Haustür, rief hinein und der junge Tunichtgut kam.

Schlaff und sanft war der wie ein kleines Mädchen. Verschlafen war sein Gesicht immer; rotes Haar zottelte in seinen Nacken; einen kurzen Stecken zwirbelte er zwischen drei Fingern und verfolgte im Gehen, wie rasch sich der Stecken drehte. Seine

Hände waren rußig vom Herd, mit nackten Füßen strich er her, denn er kochte und putzte die Wirtschaft für den alten Meeren.
«Bring eine Leiter, Ziwel», brummte Meeren, «das gnädige Fräulein will ins Aquarium.»
Der wurde feuerrot, steckte sein Hölzchen in den Mund, an jeder Seite konnte man darauf blasen. «Ich bring einen Lappen, damit sie durch's Glas sehen kann.»
«Nichts von Durchsehen. Das Fräulein will hinein.»
Ziwel schwieg darauf eine Weile, probierte die Enden des Stekkens. Dann huschte er rasch dicht an Julie, streichelte bewundernd ihre beiden Ärmel und blies, während van Meeren lächelnd einen Kieselstein aufhob, ein langes Lied vor ihren Ohren. Der Kiesel, den van Meeren warf, klappte auf den Nagel an seiner großen Zeh, da hörte Ziwel auf.
«Sie ist keine Wachtel. Wo ist das Aquarium für das Fräulein?»
«So groß hab ich keins.»
Traurig schob Ziwel in das Haus; er dachte, Julie wolle vielleicht ein Glas Milch trinken.
«Wir werden dir einen Bottich bauen», sagte sanft van Meeren; «wenn du zweimal mit einem Stein an dies Fenster wirfst, wird Ziwel aufmachen. Dann kannst du schwimmen und dich mit den Fischen unterhalten.»
Zaghaft kam nach zwei Wochen Julie daher. Hinter dem Häuschen im Freien, zwischen einem wüsten Scherbenhaufen und einem Erlengebüsch, stand mit riesiger Öffnung der Bottich, hoch wie zwei Männer, mit Holzlatten umschlagen. Weinend zog Julie um den Bau, van der Meeren schleppte hinter sich die Leiter aus der Küche; da sei kein Taschentuch not und sie brauche nicht zu weinen.
Ob sie die Kleider anbehalten könnte und die Stiefel.
Er pfiff durch die Zähne, sah rückwärts, drohte über die Schulter einem jungen Hündchen. Stiefel und Kleider, die brauche sie für die Eidechsen nicht, die liefen auch über den Sand, wie sie unser Herrgott geschaffen habe, und die Frösche haben nur ihre Haut bei sich. Ein wollenes großes Tuch brachte der Alte ihr,

dann schwieg er und betrachtete Julie mit wiegendem Kopf, wie sie ganz bloß oben stand. Er schwelgte: «Ein feines Krokodil bist du geworden. Ei.» Streichelte ihre Hüften und Lenden, und sie weinte.

Als sie drin im warmen Sand, zwischen Laub- und Astwerk lag, rief der Alte am Fenster: «Liegst du schön?» Und ein paar Stunden später: «Scheint auch die Sonne gut?» Die Vögel flogen zu ihr herunter. Sie hatte zuerst Angst. Eidechsen liefen neben ihr, die Stichlinge schwammen im Tümpel. Dann dachte sie: «Ich bin ein Krokodil und kann euch alle auffressen.» Da fürchtete sie sich nicht mehr. Nach einer Weile standen Ziwels rote Haare oben am Rand des Bottichs; sie hatte sich unter ihrer Decke versteckt, ihr war bange, er würde mit einem Stein nach ihr werfen. Aber er schlüpfte herunter.

In ihren Ohren tönte noch grausig das Hufklappern der Kavalkade, Sankt Nikolaus. Wie die Tante in der Villa sorgfältig alles umstellte, die Türen verhängte, dreifache Vorhänge vor ihrem Bett anlegen ließ, damit niemand ihr Fell sehen sollte. Wie sie sich heimlich gequält in ihr Bett drücken mußte. Sie biß sich auf die Unterlippe, blickte um sich: «Hier wird mich keiner verjagen.»

Sie rief Ziwel. Van der Meeren meldete sich; wenn ihr der Rotkopf lästig würde mit seinem Blasen, sollte sie ihn wegschicken. Ziwel balancierte mit einem Suppenteller in den Bottich herunter. Der Alte warnte: «Du tust unserem Krokodil nichts.» Ziwel tauchte die nackten Füße in den Tümpel; die Fische schnappten nach seinen Zehen, als wenn es Köder wären. Julie lachte. Die Backen blies er auf, hüpfte mit hervorquellenden Augen wie ein Frosch zu ihren Füßen und quakte. Den Teller setzte er sich auf den Kopf, das war ihr Tisch.

Abend um Abend hob sie van der Meeren aus dem Bottich, die Röcke band er ihr im Erlengebüsch. Sanft blies Ziwel oft im Bottich; die Stare und Rotfinken setzten sich im Kreis auf den Bottich und hörten zu. Aber wie es Winter wurde, merkte der Alte, daß das Krokodil schwerer geworden war. Sie seufzte mit,

wenn er unter ihrem Gewicht seufzte; zwischen den Erlen fragte er: «Soll dich Ziwel noch bedienen?» So demütig antwortete sie: «Laß ihn kommen; er soll nur immer kommen.»
Ihr Leib nahm nicht zu an Umfang; sie atmete tief und schwer, nach dem Herzen drängte es ihr herauf. Ziwel kam nicht mehr in den Bottich; der schweigende Alte wälzte ihre hölzerne Wohnung in seine niedrige warme Stube; auch da umschwärmte sie das Getier. Vergeblich rief sie nach dem sanften Rothaar, der mußte immer weg; der Alte brummte, er müsse in den Wald, Tierfallen zerstören, Vögelchen, die aus dem Nest gefallen waren, füttern.
Wie der Seelord den Zobelkragen hochschlug und die Schneeblumen an seinem Fenster mit kleinen Augen bewunderte, knarrte Julie ungeduldig mit ihren roten Schuhen auf dem Teppich, so daß er sich umdrehte. Aber dann fand sie nur den Mut, sich von ihm unter der Drachenampel küssen zu lassen.
Der prunkvollen schönen Tante, dieser mochte Julie gern etwas antun; am weißen Winternachmittag saß die Dame großäugig, mit warmen Mienen vor ihrer breiten Kaffeetasse; ein Arazeenblatt kaute das Fräulein und erzählte von Ziwel und wie es draußen ginge so schön. Das Fenster mußte Julie bald schließen, laut stöhnte die weiche Dame; in die Tasse, auf das Samtkleid fielen tausend Tränen.
Der Bottich des van der Meeren stand von nun an leer; das eiserne Gittertor öffnete sich nicht mehr für Julie. Sechs und eine halbe Woche vergingen, dann brachte Julie ein totes Kind zur Welt, und niemand wußte davon als die dreifachen schweren Vorhänge ihres Bettes, die traurige Tante und ein schwarzgekleideter fremder Mann. Als wäre sie sich selbst fremd, lag Julie gewickelt im Bett. Wie sie im neuen Jahr aufgestanden war, schleppte sie sich matt ins Badezimmer, wollte wieder in ein Wasser gehen, Vögel hören, die Frösche springen sehen. Das Fenster öffnete sie. Als sie sich die Strümpfe abstreifen wollte, wurde ihr das Bücken so leicht. Und dann, ach, waren die braunen Schalen um ihren Leib so taubengrau, so dünn gewor-

den; sie konnte sie biegen, sie schilferten wie Fischschuppen. Julie blickte sich um; niemand war da. Das Herz schlug ihr pulsierend in den Hals. Ihre Unruhe, ihre Angst wurde groß. Sie raffte ein unscheinbares Winterkleidchen, zog es an. So schnell stahl sie sich zu Meeren in den verschneiten Wald.

Der Alte schürte sein Feuer am Herd. Als sie mit unsicherer Stimme, zähneschlagend stammelte, sie wolle wieder zu ihm kommen, in den Bottich steigen, betrachtete er sie aufmerksam. «Warum zitterst du?» fragte er. Sie nahm sein großes Tuch. Lange stand sie an der Leiter und beobachtete fiebernd sein Gesicht. Ganz bloß stand sie unten. Aber der gütige Blick kam nicht wieder; sie regnete Schälchen auf den Stufen. Hastig, glühend entglitt sie ihm, kletterte höher. Sie war glücklich: Meeren nahm sie nicht für ein Tier. «Werd ich ein Mensch, werd ich ein Mensch?»

In dem stillen Haus lag sie stundenlang. Der Alte hob sie nicht heraus, sprach nicht. Nach drei Tagen lief sie wieder hin. Ob Ziwel kommen würde? Sie fürchtete, Ziwel könnte kommen. Eng wurde es im Bottich, sie gähnte, die Fische rochen; heimlich schlug sie die Finger um den Rand des Bottichs, konnte sich hochziehen; wie der Alte in den Wald stalpte, stand sie horchend auf der Leiter und war fort.

Und nun kam sie nicht wieder. Sie fürchtete sich vor dem Erlenbusch, daß er sie holen könnte; eine Kette ließ sie am Gartengitter anschmieden, einen bissigen Hund anlegen, daß niemand hinübersteige. Und bald blies Ziwel aus der dichten Arazee; eines Abends kletterte er vor ihr Fenster und blickte traurig durch die Scheiben. Sie stand dahinter. Sie wies ihm beide Fäuste und schüttelte den Kopf. Als er stumm auf dem Sims kauerte, riß sie den Flügel auf. «Ich bin eine Herrin», schrie sie; böse war ihr Gesicht. «Du ein Strolch. Dein Vater ein Bettler. Ich werde euch bezahlen. Was willst du?» Als er wehmütig eine Hand nach ihrer Schulter bog, stieß sie ihn vor die Brust, daß er in den Kies stürzte. Die Dogge schlug vor ihm kurz an, kuschte vor Ziwels Hand.

Nun kutschierten die feinen Kaufleute mit ihren Stoffen täglich vor die Villa des Seelords. Französische Tänzerinnen kamen aus der Stadt und schwebten mit Julie durch leere Säle; man hörte ihre Füße und Julies Füße nicht auf dem Boden. Weit offen stand das Gartentor; das Gitter breit durchbrochen zur mächtigen Auffahrt zwischen Beeten, Bäumen und chinesischen Fabeltieren. Und niemand von allen Villenbewohnerinnen trug sich bei den Festen so hochmütig wie Julie, stieg so kühl in den Wagen zu Ausflügen, drehte sich so unberührbar im Tanze. Ein rehbraunes Kleid mit Gold gestickt hatte das zierliche Fräulein eines lauen Frühjahrabends an, die pfaugraue Schärpe fiel seitlich bis an den Käferschuh. Herr Wetzling, der Dragoner in lichtblauer Uniform, wickelte die Schleife um seinen Arm, damit er nicht darüber stolpere; unter der Arazee setzte er ihren Schuh vor seinen Mund, damit er den Käfer nicht zerträte. Dann hielt sie der Dragoner unter den Gummiblättern in den Armen, und sie knisterte darin und dachte an nichts, er war so fröhlich. So glühend wie Pechfackeln brannte es aus ihren Augen gegen ihn; Julie lohte wie eine Flamme, die trockenes Gebälk ergriffen hat und durch die der singende Wind streicht; ihr Leben lang, kam ihr vor, war sie nichts bis zu diesem Augenblick.
Die Felder, Wiesen und Berge nahmen Tag um Tag an ihrem Übermut teil. Sie hatte einen Schimmel und ritt auf die Jagd. Der Seelord trabte ihnen voran. Hand in Hand, eine rote klingelnde Schnur zwischen sich, ritten der Dragoner und Julie durch die dämmrige, knackende Schonung; dahinter fremde Herren und Damen. Die Damen zwitscherten und jauchzten von ihren hochbeinigen Pferden.
Als sie einmal über eine sumpfige Wiese setzten, kreischte eine Männerstimme hinten. Der rotverknüpfte Schimmel und Rappe hielten und machten kehrt; es trabten langsam zwei Damen näher, trieben zwischen sich etwas Menschenähnliches, das sich wand und oft auf den Rasen schlüpfte, ein Peitschenband um den nackten verbrannten Hals. «Der Rotkopf, der Rotkopf»,

lachten sie und verdrehten falsch die sanften Augen zueinander und zu Wetzling, «wir haben ihn gefangen, den Wilderer, den Fallensteller.» Wie die Pferdepaare Kopf an Kopf rieben, kroch der Rothaarige am Boden, so daß sich die Reiterin ihm nachkrümmen mußte; sie rief, schräg liegend: «Was wollen wir mit ihm machen, Julie?»
Das kleine Fräulein im schwarzen Jagdkleid schwankte blutlos auf dem Pferde, plötzlich zuckte ihr Tier hoch mit dem Kopf, schlug mit den Hinterbeinen aus, die rote Leine zu dem Rappen riß; der Schimmel galoppierte mit Julie tobend, graswerfend in den Wald. Am Rand des Waldes hörte sie den verwehten jauchzenden Aufschrei; Ziwel hatte die Dame vom Pferd gerissen, mit der Peitsche auf dem Rücken rannte, kroch, sprang er über das Gras, in ein Kohlfeld; die Damen standen vergnügt um das strampelnde Fräulein.
Als am Abend Wetzling sporenklirrend in die Villa kam, stellte sich ihm Julie mit finsterem Mund auf der Treppe entgegen; er strich ihr bedauernd das schlaffe Händchen. «Einen Spaß», sagte er, «haben sich die Damen gemacht. Sie haben den Sohn deines Wunderarztes ausfindig gemacht, den Strolch. Er soll dich verehren. Sie wollten dich damit necken; nichts als necken, Julie.»
«Er soll mich verehren.»
«Du weißt es nicht? Er trägt ein Beutelchen auf der Brust. Sie haben es gesehen. Aber ich sage dir nicht, womit das Beutelchen gefüllt ist.»
Sie antwortete nichts. Mit ihren Schuppen war das Beutelchen gefüllt. Er legte einen Arm um ihren Leib, sie duldete es; als sie nach oben stiegen, fühlte sie staunend, erschreckt, wie er ihr mitleidig eine Wange strich.
Wetzling war ein Sammler von Perlen; die bleichen Ketten seiner Mutter hängte er um Julie. Wetzling hatte englische und französische Pferde; die leichtesten führte er in Juliens Stall. Julie war wie Eisen heiß; die Kühle von Wasser schenkte sie Wetzling; sie konnte bei Tag und Nacht wispern vor Verlan-

gen, Stummheit; die unfaßbare Leere einer Sandwüste: damit kleidete sie sich für ihn. Die schöne prunkvolle Tante wandelte hoheitsvoll neben dem Fräulein durch die Villa. Ohne zu reden, trug sie nach und nach jede Erinnerung an Juliens Jugend aus den Zimmern; kehrte Julie zurück vom Ritt, dem Spaziergang, dem Kirchweg, immer fehlte etwas, eine Decke, ein Bild, ein Kasten, ein Teppich, war ersetzt durch ein Neues. Die Dame nagte an dem Haus.

In den Vorgarten an den exotischen Baum zerrte der Dragoner einmal seine Geliebte; auch er war ernster geworden, er seufzte: «So still und fremd bist du; warum? Was tu ich dir?»

Sie fragte zurück: «Hast du Auftrag gegeben, die Bäder, die Wannen und Salben aus meinem Zimmer zu schaffen?»

«Nein, nein. Aber du brauchst die Bäder und die Salben nicht mehr.»

«Ich kann so springen. Aber sie stören mich nicht. Sie können da stehen.»

«Du bist schön, die Schönste von allen. Ich will dich nicht erinnern lassen an die Zeit, wo du leidend warst.»

«Wo ich nicht schön war. Herr Nikolaus, meine Hüfte ist nicht mehr aus Marmelstein.»

«Wir wollen gut zueinander sein.»

«Willst du aufhören zu sprechen. Glaubst du, daß ich ein Wort davon höre? Du kannst noch eine halbe Stunde sprechen.»

«Julie, ich will gut zu dir sein.»

«Willst du etwa sagen, daß du mich gesucht hast?»

«Ja.»

«Mach deine Brust auf, zeig deine Brust. Was trägst du da, zeig es mir.»

«Nichts, Julie.»

«Nichts, kein Beutelchen? Nein, wahrhaftig nicht, kein Beutelchen!»

Julie sperrte ihre Tür ab. Sehnsüchtig sah sie zum Fenster herunter auf den Arazeenbaum. Voll Angst erwartete sie den Bräutigam: «Was werdet ihr mir heute tun? Was wirst du mir heute

tun?» Sie hängte sich an seinen Hals: «Laß mich bleiben, wie ich bin. Laß mich nicht werden wie früher.»
Sie weinte und küßte ihn. Er fragte: «Was fürchtest du, Julie?»
Sie strömte Tränen: «Ich muß wieder unter die Arazee.»
Und nach zehn Tagen zog sie in das stockdunkle Haus die Tante auf ihr Zimmer; eine Kerze trug Julie, ein kleines brennendes Licht, vor sich. Der Bräutigam stieg hinter ihnen. Von dem Bett waren die dreifachen schweren Vorhänge gerissen; blütenweiße neue, mit Bändern geziert, hingen an ihrer Statt. Die Kerze fiel Julie aus der Hand und zersprang. Sie schrie und schrie, daß die Tante davonlief im Finstern.
«Meine Vorhänge, meine Vorhänge! Herr Wetzling, wo stehen Sie?»
Die Tante erschien mit einem Licht.
«Sie fürchten sich vor meinen Vorhängen, vor meinen Salben, Herr Wetzling. Und meine Bäder mögen Sie auch nicht leiden. Dann will ich Ihnen etwas anderes melden. Hebe das Licht höher, Tante, damit er mir auch gut ins Gesicht sehen kann.»
Sie drehte sich um und zerrte die Bänder aus dem Bettvorhang und zerkrallte sie. Sie biß wie eine Rasende in die weißen Betttücher: «Ich schäme mich nicht, nein, ich schäme mich nicht. Ich will mich nicht zu schämen brauchen.»
Sie brüllte, über dem Bett liegend; ein Schuh fiel ihr ab.
«Wo ist mein Kind? Wer hat mein Kind begraben?» Der Freiherr zitterte mit den Lippen, die Tante drehte sich gegen die Tür.
«Wissen Sie nichts von meinem Kind?»
«Man hat es Ihnen nicht gesagt? Ich bin ein Krokodil und habe eins geboren. Mein Mann ist Ziwel, der rote, das ist mein Gemahl. Wissen Sie's nicht? Wissen Sie's jetzt?»
Die Tür schlug ein; man ließ sie im Finstern arbeiten.
Im Garten kroch am regnerischen Morgen eine große Weinbergschnecke über den Kies. Das Fräulein sagte, über die Schnekke gebeugt, auf den Knieen: «Wenn man mich sticht, geh ich in mein Haus zurück; sonst krieche ich wie du. Man kann meine Spur sehen; jeder, der will, kann sie sehen. Schneckchen, wir

dürfen uns nicht beschämen lassen. Wir sind keine Diener.»
«Ach», flüsterte sie nach einer Weile, streichelte an sich herum, sie war vom Wasser begossen, «mein süßer süßer Leib, ich bin froh, daß ich dich habe. Ich laß dich von keinem beschmutzen, und wenn ich auch noch Schuppen hätte. Es geht keinen was an. Wo kriechen wir hin, wir beide, mein süßes Schneckchen, mein feines Herrchen, mein schnupperndes Tierchen. Wohin, wohin?»
Die Schnecke kroch unter den Baum, die Arazee, blieb da. Julie glühte und jammerte, warf sich in den Klee, zog die Gummiblätter über das Gesicht.
Am Mittag hörte der Regen auf. Den steinigen Weg herauf ratterte ein kleiner, tropfender Wagen. Vor dem Baum hielt er; eine tiefe Stimme: «Hier stinkt es. Ziwel, halt an.»
Eisen klapperte, Meeren nahm seine Schippe über die Schulter, stieß ohne zu klingeln das Gartentor auf. Mit dem Fuß klopfte er an das Knie des Fräuleins am Boden: «Wer fault hier bei lebendigem Leibe? Ziwel, komm, greif zu.»
Zwei Hände faßten Julie unter den Kopf und die Schulter, zwei an den Beinen. «Wir wollen sie begraben.» Sie schleppten Julie auf den harten Wagen. Julie blinzelte, ob die Dogge die Männer beißen werde; aber das gelbe Tier sprang vor die Deichsel und ließ sich anspannen. Im Wald, wo sie die Blätter beiseite schippten, winselte sie: «Ich will nicht. Ich will nicht begraben werden.»
«Was willst du denn», schrie Meeren grimmig, «glaubst du, du hältst uns zum Narren?»
«Ich will leben», flehte sie, «bitte, bitte.»
Er schleuderte ihr die Schippe vor den Leib. Er schimpfte in seinen Bart. «Das weiß ich nicht, ob sich sowas wie du noch brauchen läßt zum Leben.»
Ziwel verkroch sich unter einem Haufen von Laub. Klein lag Julie neben dem angestochenen Grab. Der Alte schrie, ihr die Faust ins Gesicht streckend: «Wenn du nicht Mist schlucken kannst, können wir dich nicht brauchen.»

Sie warf sich und heulte. Er krümmte sich nach der Schippe. Sie bettelte: «Ich kann Mist schlucken.»
«Wenn du rohe Kartoffeln und rohe Rüben essen kannst, kannst du bleiben.»
«Ich kann essen.»
Sie warfen Julie auf den Wagen, fuhren nach Hause vor das Erlengebüsch. Sie half den Bottich zerschlagen, machte Feuer für Ziwel und den Alten.
Sie schluckte, was man ihr gab, brach, hungerte, aber wehrte sich nicht. Es war genug, daß sie leben blieb. Dann nähte sie aus alten Fellen und Säcken ein Kleid; ihr eigenes, aus rosa Seide, steckte sie in den Herd.
Die Tage gingen vorbei, die Wochen.
Sie diente den Männern und Tieren. Ziwel blieb gut zu ihr, sie verlangte nur den sanften Blick des alten Meeren wieder.
Die Kastanienblüte war zu Ende, überall lagen die weißen Blättchen auf den Wegen, bald mußte der Flieder kommen. Da ritt der alte Seelord auf schwerer brauner Stute hinüber in den Wald, ein Junge barfuß neben ihm mit einem Zobelpelz. Vier Tage wohnte der steife Mann in dem Häuschen des Meeren, bis ihn die Gicht in der Schulter und den Zehen zu heftig stach. Als am Morgen der Regen über den trüben Tümpel strich und Rauschen, Tropfen und Plätschern unter den Bäumen nah und fern zu hören war, half ihm Julie, mager, sonnengebräunt, klein und barfuß, in den Steigbügel, küßte demütig seine geschwollene Hand am Hals der Stute. «Du bist so stolz, Julie, du bist zu stolz», sagte er vom Pferderücken herab. «Du bist von meiner Art. Ich hätte es nicht gedacht.»
Er lobte sie und Meeren und den treuen Ziwel. Julie legte den Pelz vor ihm auf den Sattel. Sie winkte hinter ihm her; ihre gelben Augen und ihr gespitzter Mund waren freudig. Die hohe Dogge tanzte um sie. «Hui-ih», machte der Wind.
In das Haus, in das Haus.

IM Schwarzwald, nicht weit vom Mummelsee, wo es heruntergeht nach Rappweiler, mitten auf einem grünen Wiesenanger lag ein Anwesen, das behütete allein der alte Herkel, Bill geheißen, mit seiner Tochter Lene. Sie wohnten in einem Häuschen, das ganz aus wurmstichigem Holz und verfallen war. Das schräge Moosdach fiel auf der einen Seite bis auf die Erde; die Schweine quietschten hinten im Stall und der große Hund Wulfi schnüffelte und kratzte am Zaun. Der alte Bill rasierte sich nicht und ließ sich nicht den Bart scheren, seitdem Frau Suse gestorben war. Mit Stiefeln, durch die das Wasser rann, mit einem Gesicht, bewachsen wie der Rübezahl, braunrot, schlurrte er morgens auf das Äckerchen; Wulfi bellte, bis er ihn losband. Und manchmal, wenn Bill spät aufstand und vor der Türe in der Sonne saß, nahm er einen Sack aus dem Stall, warf ein ganzes Brot und sechs Hände Kartoffeln hinein; er hustete lange und spuckte und sagte durch die Küchentür: «Ich geh mal rüber, ob die Zwetschgen schon reif sind.» Dann kramte er den Stecken aus der Lade, schulterte den Sack um und zottelte langsam über das Feld, tapps, tapps, tapps, bis er nicht mehr zu hören war. Lenchen wußte, daß er dann drei Tage nicht wiederkam.

Hinzel, der Knecht, schlurrte öfter herüber zu Lenchen, und einmal war der Vater nicht da, und am nächsten Tage war der Vater auch nicht da. Da fragte Hinzel: «Wo ist denn Bill, Lenchen?» Sie maulte: «Er ist krank und sitzt oben in seiner Stube.» Aber wie er mit einer Speckschwarte hinaufgehen wollte zum alten Bill, um ihm das Bein einzureiben, stampfte Lene: «Er sitzt neben dem Schweinestall und schneidet Pfeifen aus Weidenholz.» Hinzel fragte: «Für wen denn?» Da nahm Lenchen ihre schöne rote Schürze, weinte: «Du hast mich nicht lieb», schluchzte sie, «mir tuen die Augen schon weh von dem vielen Weinen.» Und sie erzählte, daß sie den Vater schon mit einem Karnickelfell und einem Fuchsschwanz geschlagen hätte, aber er holte sich doch immer wieder den Sack mit Brot und Kartoffeln, und dann geht er zu ihr und bleibt drei lange Tage und kein Mensch ist da.

«Zu wem geht er denn, Lenchen?»

«Was kann hier nicht alles passieren. Mir tuen die Augen schon weh. Wenn ich sie bloß zu sehen kriege, kratz ich ihr das Gesicht entzwei.»

Hinzel hob traurig den Kopf. «Ist es die Frau Kirbelei?»

«Die Hexe ist es, ja, die Hexe», und Lenchen wurde ganz unbändig, schrie, daß Hinzel die Ohren klangen, warf sich lang hin auf die Diele.

Als der stille Hinzel gehört hatte, daß Bill zur Hexe Kirbelei ging, schlich er nach Hause. Er kehrte viele Tage nicht wieder. Lene nahm, wie sie ihn kommen sah, einen Schrubber aus der Ecke, goß Wasser auf den Gang und scheuerte, daß die Nähte ihrer blauen Ärmel krachten. «Ich habe viel zu tun», sagte sie atemlos zu Hinzel, «komm ein andermal.» Er kam am nächsten Morgen: «Heute habe ich Schoten zu knacken. So viel Schoten hab ich zu knacken, oh!» Hinzel setzte sich mit ihr an die Schüssel, aber wie er den Haufen sah, bat er, sie möchte doch heut nicht alle machen. Der Vater Bill tue ihm solchen Herzenskummer an, er hätte so Angst vor Hexen. Ach wenn doch Bill nicht zur Frau Kirbelei ginge. Da wurde Lenchen wieder gut, streichelte und küßte den traurigen Hinzel.

Dem alten Bill aber versteckte sie das Essen; sie fütterte ihn mit rohem Salat und gab ihm salzige Schweinsohren zu essen. Und wenn er Durst hatte, lief sie ihm voraus, trank rasch das Bier aus und sagte unschuldig: «Es ist nichts da, ha, alles weg.»

Einmal klopfte Hinzel an die Fensterlade: «Ist Bill zu Hause?» Da lachte Lene heraus: «Seine Stiefel sind ja entzwei, zerschnitten habe ich sie mit dem Messer, jetzt sitzt er unter der Traufe und muß Tropfen zählen.»

Wie nun Hinzel immer betrübter wurde und jammerte, daß sie nicht heiraten könnten und die Hexe wäre ihre Schwiegermutter, machte sie die Türe zu und schlang ihre Arme um ihn: «Geh du doch hin, Hinzel. Bind ihr Eppich um den Hals, und

wenn sie drinsteckt, wird sie ein altes Weib und alle laufen weg vor ihr. Oder nimm einen Tropfen Fingerblut und streiche ihr's unter die Sohle, dann ist sie tot. Die Mareike hat's mir gesagt.»
«Ach, ich kann doch nicht an ihre Sohlen kommen.»
«Tus doch, Hinzel, sag ihr so und so, streich ihr unter die Sohle und denk herzlich an mich.»
Sie stopfte ihm eine Tasche mit frischem Eppich und tat ihm eine Stecknadel an seinen Schürzenlatz. Dann sagte er: «Adiö, liebes Lenchen», und zog den Fußstapfen des Alten nach, über den Acker, an den Tannen vorbei, am Berg entlang. Die Spechte klopften an den Stämmen, der Kuckuck rief. Zwischen gefallenem Laub rieselte ein Bach herunter, ein graugrüner See lag da, viele Bäume waren über ihn gestürzt und faulten. Hinzel wußte nicht, wo er gehen sollte, Lene hatte nur gesagt: immer den Fußstapfen nach. Jetzt waren die Fußstapfen zu Ende. Er setzte sich auf einen Stein und schälte Rüben, die sie ihm eingesteckt hatte. Die Schalen fielen herunter, mit einmal waren sie weg. Er wühlte mit seinen Hacken, wo sie wären. Sie waren in ein Maulwurfsloch gefallen. Er stocherte weiter. Es schien sehr tief zu sein. Er hockte hin, räumte die Erde mit den Händen weg. So tief war das Loch, daß man bequem einsteigen konnte. Hinzel legte seinen Hut oben hin, damit nicht einer das Loch zuwerfe, und ließ sich herunter. Er schlüpfte voran; es war ein Gang, ein schmaler Gang. Unten lagen die Schalen. Das Kukkucksrufen wurde leiser. Er freute sich, hier wanderte man sanft unter dem Rasen, und kein Wind wehte; er wanderte zur Frau Kirbelei und konnte Lenchen heiraten. Gar nicht dunkel wurde es. Man spazierte wie durch einen langen Keller. Der Weg wurde breiter, die Wände liefen auseinander. Da war es, als wenn er auf dem Grund eines Meeres ginge. Sand rauschte unter seinen Füßen, weißer Sand. Die Luft war grünlich und ein Dämmern, Blinken, Wallen, daß er schwindlig wurde, wenn er nicht auf den Boden sah. Die Fische schwammen lautlos um ihn herum, strichen mit ihren Flossen über sein Haar. Braune Seepferdchen ohne Arme und Beine stiegen hoch und nieder, wie hängende

Raupen; sie streckten ihren eingerollten Schweif, auf ihrem Rücken flimmerte ein seidener Saum. In kleinen Schwärmen zogen die Schlammpeizger mit ihren Bärten, die Karpfen sprangen zur Seite und schnappten. Hinzel dachte: «Wie freundschaftlich sie miteinander tänzeln; sie säen nicht, sie ernten nicht.» Ganz munter trieben es platte Fische, sie sahen aus wie Flundern mit einem weißen Bauch, wedelten mit ihrem Mantel, warfen sich hin und her und lagen auf dem Sande, so daß man sie gar nicht erkennen konnte; nur mit einem Auge plinkten sie. Da sich Hinzel fürchtete, sie zu treten, ging er auf den Zehenspitzen; aber seine Stiefel waren zu breit und mit einmal schwappte einer unter seinen Füßen auf. Hinzel schrie, schwankte.

Etwas rief fein: «Komm doch her, komm doch hierher, nein, hierher.»

«Wo denn, wo denn?»

«Hierher, nein, hierher.»

Er strengte sich an. Rosigweiß bewegte es sich um ihn, ganz dicht vor seiner Wange, glitzerte wie Glas, auf das die Sonne scheint. Sie hatte rote, starre Augen; zwei Zöpfe schwammen ihr nach vorn über die Schultern und zitterten lebendig. Auf dem Kopf trug sie ein großes braunes Schneckengehäuse, in das sie manchmal tauchte wie hochgesogen, aus dem sie wieder hervorwallte. Einen Mantel hatte sie an, der schaukelte und war nicht dicker als eine Wurstpelle. Hinzel griff nach ihrem Arm: «Wohnst du hier unten? Man kann gar nicht gehen. Die Flundern liegen überall herum.»

«Bist du jung, bist du jung», kreischte sie und zog ihn an seinem Schürzenband auf einen Steinblock; ihre Zöpfe tasteten vor ihr. Und während sie sprach, achtete er auf ihren Mund; denn kaum hatte sie ausgesprochen, kam es ihm vor, als ob sie gar keine Stimme hätte, und er hatte doch alles verstanden. Sie lächelte und blickte ihn an; ihr Gesicht war klein und aus rotem Korall. Er paßte ängstlich auf die Fische auf, weil sie gegen seine Stirn fuhren und es leicht passieren konnte, daß er einen Stich-

ling, ein Moderlieschen verschluckte. Dann stand er ungeduldig auf: «Ich muß ja weiter, ich kann hier nicht bleiben.»
«Wo willst du denn hin?»
«Ich muß zu der Frau Kirbelei. Geht es hier lang?»
«Was willst du bei Frau Kirbelei?»
«Die will ich umbringen. Meinem Lenchen ihr Vater ist ein schlechter Mann. Er nimmt alle Woche einen Sack mit Kartoffeln und geht zu der Hexe. Ich binde ihr Eppich um den Hals, und dann –»
«Und dann?»
«Und dann streich ich ihr mein Fingerblut unter die Sohle und denk herzlich an Lenchen. Aber ich kann doch nicht an ihre Sohle.»
«Warum denn nicht? Versuchs mal bei mir.»
«Ja, deine Sohle. Du hast eine feine Sohle. Ihr seid alle beinah wie Fische. Ich hab noch nie gehört, daß es bei uns im Schwarzwald sowas gibt. Dreiäuglein und Trullmänner wohl, Hochwürden hat uns erzählt. Was du für schöne Nägel an den Zehen hast.»
«Komm doch öfter zu mir.»
«Ja, und Lenchen bring ich mit.»
«Nicht. Komm allein und sag ihr nichts. Dann zeig ich dir den Weg zur Frau Kirbelei.»
Er stelzte nach Hause, dachte fröhlich, als draußen die Krähen und Rotamseln zankten und er seinen Hut nahm, wie verschieden die Welt sei an allen Orten.
Lenchen schluckte ihre Tränen herunter, als er zurückkam, und seine Tasche war noch voll und die Nadel steckte im Schürzenlatz. «Ihr Männer seid alles Tolpatsche. Du hast gewiß den Niklas aus Rappweiler getroffen, ihr seid ins Wirtshaus gegangen und dann habt ihr euch schlafen gelegt.»
Als er sie trösten wollte, patschte sie ihm über den Mund: «Ich will nichts von dir wissen.»
«Aber Lenchen, ich konnt sie nicht finden.»
Sie streckte ihm die Zunge heraus: «Dann geh da hin und da hin

und da hin und find sie. Wenn ich ein Mann wär, würd ich sie schon finden.»
Und sie ließ ihn in der Küche stehen. Seufzend klopfte er tags drauf bei ihr an, ließ sich frischen Eppich geben, marschierte zu dem Maulwurfsloche. Er schwitzte in der Sonne, in der Maulwurfshöhle ging es sich gut. Unten besah er sich einen Hecht, der still und silberglänzend an einem Fleck stand und sich nicht rührte; manchmal war er grünweiß und durchsichtig wie ein Geist. Hinzel überlegte, was sich wohl der Hecht die ganze Zeit dachte. Da kam das Schneckenfräulein, und sie schwatzten zusammen. Sie gab ihm wieder ihren Fuß zum Spielen; er sagte: «Wenn Lenchen das wüßte, würde sie mich schön knuffen.»
Schlief nachmittags müde im Garten Bills ein. Und als Lenchen ihn schlafen fand unter dem Apfelbaum, beschnüffelte sie ihn, fühlte sein warmes Gesicht ab. Er träumte von den Fischen, die so auf und nieder schwammen, von den drolligen Seepferdchen und Aalen. Sie krallte ihn in den Arm: «Woran du denkst! Nur an Saufen und Spielen denkst du. Da liegst du und schläfst. Wir können nicht heiraten!»
«Was soll ich denn machen?»
«Du sollst sie umbringen. Du sollst sie totschlagen. Du sollst einen Hammer nehmen und geradeaus laufen, bis du sie triffst, und ihr vor den Kopf hauen, eins, zwei, drei, bis sie tot ist.»
Und da geriet er in ein Zittern, seine Hände zitterten, seine Arme zitterten, sein Kopf zitterte: «Ich will nicht. Ich kann keinen umbringen.»
«Weil du mich nicht liebst», schrie sie ihn an und warf ihm die ganze Tasche vor die Füße. «Wenn du sie mir nicht bringst, sperre ich dich unter das Dach und geb dir nichts zu essen.»
Er kam zu ihr gerannt am nächsten Morgen. Da spannte sie grade den alten Bill vor den Pflug wie einen Ochsen, nahm die Peitsche und schlug ihn: «Hüah, hüah!» Sie fuhr an Hinzel vorbei, ohne ihn anzusehen. Er lief heulend hinter ihr her. Sie zog ihm eins mit dem Riemen über, und als er nach ihrer Hand faßte, noch eins und trat ihm mit dem Fuß gegen die Wade. Er

wankte auf den Feldweg, vergaß, daß er nichts gegessen und nichts getrunken hatte seit gestern abend, weinte, weinte. Bis er an den See kam.

«Warum weinst du denn?» fragte das Schneckenfräulein.

«Weil ich die Frau Kirbelei nicht finde.»

«Hier hast du meinen Hals.»

«Ich will deinen Hals nicht. Ach, meine Striemen brennen.»

«Wer hat dich denn geschlagen?»

«Lenchen.»

«Hier hast du meinen Fuß. Nimm die Nadel, streich mir dein Fingerblut unter die Sohle.»

«Was willst du von mir?»

«Ich bin ja die Frau Kirbelei.»

«Nein, nein, das bist du nicht. Du bist doch nicht schlecht. Mein Lenchen ist schlechter.»

«Nun kannst du mich totschlagen, Hinzel.»

«Ich geh nicht zu Lenchen. Sie hat ihren Vater vor den Pflug gespannt. Ich möchte hier bleiben, bei dir bleiben.»

«Ja, du darfst bleiben.»

Und während er weinte um Lenchen, sah er sehnsüchtig hin zu einem Molch, der eben mit dem Schneckenfräulein gespielt hatte. Sein Mund wurde breit und breiter.

«Mir ist ganz lustig in den Gliedern», sagte er zu dem Fräulein, das neben ihm schwamm. «Du heißest Schnickedei. Ich möchte mit dir walzen und schrammen wie der Molch.»

Er drehte sich mit ihr, da wurde sein Leib rund und schlank wie eine Rolle. Er warf sich zur Seite und in die Höhe, da legten sich die Arme dicht an und schrumpften ein wie die Beinchen. Lang wuchs ihm ein Schweif heraus, braun und goldig fing seine Haut zu schillern an. Ein schöner bunter Molch war er geworden, der tanzte mit der Schnickedei.

Seinen Hut hat ein Geißbub gefunden. Der lief zur Mutter: «Mutter, am Mummelsee ist ein Loch; da ist ein Mann reingefallen.» Die Mutter sagte: «Geh hin und grabs zu.» Da fand am Mittag der alte Bill, wie er antappste mit Sack und Stecken, nicht mehr herunter in den See. Lenchen lachte hell, als der Bauer brummig in die Stube kam, sich die Stiefeln auszog und sich auf den Strohsack legte unter dem Bilde der Frau Suse. Lange stand sie an der Zaunlücke neben dem Hundestall, wartete auf Hinzel. Der aber saß in dem kühlen See auf einem Stein. Die feinen Moderlieschen schwammen über ihm, er nickte mit dem Kopf und schnappte Fliegen.

ALS es zur Abendmesse läutete, ging Herr Valentin Priebe an der riesigen Hedwigskirche vorüber und erwog, seine dünne goldene Uhr mit einer eleganten Armbewegung aus der Tasche ziehend, wie er den Rest des Tages verleben solle. Es war Sonnabend, sein Bureau um fünf geschlossen, und in der warmen Herbstluft mochte es lieblich sein für einen jungen Mann zu flanieren.

Er hob zweimal den braunen Samthut ab, um vorsichtig die feinen Spinnweben abzublasen, die von der Alten Bibliothek durch die Luft herschwammen, zupfte an seinem Taschentuch, dessen Rosa malerisch vor der blauen Sportsjacke stand. Seine sanft gebogenen Beine schritten zierlich einher in weißen Tennishosen, hellgelben Schuhen. An der Charlottenstraße prustete ein lahmes Auto vorbei; schnüffelnd hob sich die aufgestülpte Nase über dem struppigen blonden Schnurrbart. Herr Priebe wedelte anmutig das Taschentuch gegen den Staub, bog sich besänftigt in den Hüften vor. Er huschte über den Damm.

Violette Strümpfe trug er, und es gelang ihm trotz energischen Schleuderns der Beine nicht, sie den Passanten zu Gesicht zu bringen; die Hosen waren zu lang.

In der Friedrichstraße musterte er mit verwegenem Blick gleichmäßig Herren und Damen, bereit, nach Belieben als Schürzenjäger oder Männerfreund zu gelten. Sperrte die braunen, runden Augen auf, die gutmütige Kaninchenblicke warfen. Sein linkes Auge, mit schwarzen Sprenkeln in der Iris, stand etwas nach außen; auch zuckte Herr Priebe mit dem Kopf häufig nach links, als wollte er über die Schulter nach hinten sehen.

In aufgelösten Scharen trotteten die Menschen beide Seiten der Straße entlang, standen vor den Schaufenstern, sprangen in die Wagen, schlüpften zwischen schnurrenden Autos über den Asphalt. Streifte ihn etwas am Arm in der Mohrenstraße, lockte eine Stimme: «Na, Schatz?» Geschminktes feines Gesicht, rotblonde Perücke, übergroße Augen, Moschuswolke, Veil-

chenbukett an der Brust. Blutübergossen wandte Herr Priebe den Kopf ab. Er sah angestrengt auf den Damm, fixierte einen Radfahrer derart ängstlich, daß der ihn anbläkte.
Wie er aus seiner Lähmung an der Bordschwelle erwachte, schlenderte er vor das Schuhgeschäft von Barthmann und summte. Da kam dicht hinter ihm her ein graziöses Püppchen, rotblonde Perücke, übergroße Augen, Dessous schlenkernd über durchbrochenen hellblauen Strümpfen, plaudernd mit einem Geck im Zylinder. Sie lachten an ihm vorüber. Herrn Priebe stand das Herz still.
Er setzte sich in die Elektrische, fuhr in den Tiergarten, zog auf und ab die Hofjägerallee, bis er sich beruhigt hatte, lag matt in einer Droschke. Er wohnte in der Brunnenstraße in einem Quergebäude. In der lauen Abendluft lärmten die Kinder. Bevor er in den Hausflur ging, sah er sich um, ob ihm jemand folgte. Sein Vater saß hemdsärmelig in der Wohnung unter der Hängelampe, qualmte einen beizenden Knaster; ein kahlköpfiger Invalide mit einer blauen Brille, krummem Rücken. Die kleine Ella war schon im Bett an der Wand; sie zog Herrn Valentin das rosa Taschentuch aus der Jacke und roch daran; er gab ihr eine Banane vom Tisch.
Am Montag zwängte er sich in seinen Omnibus, rollte zum Wedding hinauf. Er ging über einen ungeheuren Kohlenhof. In kleinen Haufen lagen die schwarzen rußigen Steine, schwelten. Der Hof war mit dickem Staub bedeckt, unter dem Schienenstränge in dem weißen Morgenlicht blitzten. Von schwarzen Bergen rieselte es unaufhörlich herunter; starke Kräne knirschten hinein, prasselten ihre Ladung in die kleinen Bunker. Herr Priebe ging in einem glanzigen schwarzen Überrock über den dunstigen Hof, seine grauen Hosen waren abgestoßen. Er warf verschlafene Blicke über die Geleise, kletterte die Wendeltreppe des kleinen Bureauhauses hinauf. Niedrige weite Kontorräume, Holzläden an den Fenstern. Hinter den Pulten Männer, an der Wand junge Mädchen in schwarzen Schürzen; sie spielten auf Schreibmaschinen, machten metallischen Lärm.

Der Herr kaute an seinem Schnurrbart, pendelte tiefsinnig und zerstreut auf und ab, rauchte eine zerblätterte Zigarre. Zwei Fräulein stießen sich an, sagten laut zueinander: «Herr Priebe sieht eigentlich recht verlebt aus.» Er stutzte, räkelte sich an seinem Pult, sagte unter hörbarem Gähnen zu seinem Nachbarn: «Das Großstadtleben bekommt einem auf die Dauer nicht. Ich werde doch noch nach Friedrichshagen ziehen.» Aß zum Frühstück einen sauren Hering. Dann setzte er den horngefaßten Zwicker auf, schrie ein engbrüstiges Mädchen an, einer anderen warf er den Durchschlag zerrissen vor die Füße. Das Fräulein hob die Fetzen auf, maulte, plärrte laut los, die Schürze ins Gesicht geknüllt. Entrüstet verlängerte der Herr sein Gesicht, bewegte sich verlegen herum.

In der Mittagspause beobachtete der Herr dieses Mädchen, das Antonie gerufen wurde, folgte ihr auf die Wendeltreppe, näselte neben ihr leutselig, daß die Sache von vorhin nichts auf sich habe. In polnischem rauhen Dialekt erwiderte sie von Furcht vor Kündigung und weinte nochmals. Er stieg zurück; die jungen Männer an den Pulten stießen sich lächelnd an.

Am nächsten Morgen hatte Herr Priebe eine faltige Stirn, zotete mit den Kollegen, dann ging er summend durch den Raum, beugte sich wie versehentlich über die polnische Maschinistin, die hochfuhr, und flüsterte eine kleine Zeit mit ihr vor allen Menschen. Als er sich von ihr abwandte, pfiff er gleichmütig und saß nägellutschend an seinem Pult, um seinem glattgescheitelten blonden Nachbarn ein träumerisches «Ja, ja» zuzuwerfen. Wie der ihm zuzwinkerte, zog er schmunzelnd sein gut ausgefülltes Gesicht in Falten, so daß es aussah, als wäre es mit Bindfäden verschnürt von den Ohren her.

Antonie Kowalski war ein rundes, ebenmäßiges Geschöpf. Sie trug große unechte Ringe in beiden Ohren, an den feisten Armen breite metallene Reifen. Sie wohnte im Nebenhause Valentins; eine niedrige Mauer trennte beide Höfe. Hoch im vierten Stock hauste sie mit ihrer Mutter. Die Frau, eine Polin, hatte, während ihr Mann im Gefängnis saß, eine Liebschaft mit einem Zigeuner, einem Kesselflicker, unterhalten. Als der Ehemann nach dreieinhalb Jahren aus dem Gefängnis wiederkam und die einjährige Antonie vorfand, setzte er Mutter und Kind aus der Wohnung. Sie zogen in die Brunnenstraße, in eine Dachkammer. Antonie wuchs als ein jähzorniges, leidenschaftliches und zärtliches Tierchen auf; nur daß sie in der Zeit ihres monatlichen Ungemachs stiller und leidend wurde, sich verkroch, auch viel mit der Mutter weinte. Um den Vollmond hatte die Mutter sie empfangen. Die Frau stand damals spätabends mit dem Zigeuner in der Küche, als ihr der branntweinduftende Geselle um den Leib griff. Sie war, Hilfe zu schreien, an das Fenster gelaufen, hatte Gardine und Flügel weit aufgerissen, so daß plötzlich das prallweiße Mondlicht hart über Diele und Tisch fiel. Sie fuhr einen Augenblick geblendet zurück. Der rasende Mann warf sie schon auf den weiß bestrahlten Boden, riß ihr keuchend die Röcke ab, und so wurde sie seine Geliebte. Jetzt lachte und schwatzte Antonie viel im Schlaf, wenn der Mond vor ihr Fenster trat. Oft saß sie abends am Fenster, hatte die Augen offen; die Mutter mußte sie schütteln und laut anrufen, ehe sie den Blick herdrehte und aufstand.

Eines Tages, als es Mittag pfiff, wartete Antonie Herrn Valentin an der Wendeltreppe ab. Sie fragte ihn leise, warum er sie nicht ansähe und warum er sie vorige Woche sitzengelassen hätte. «Hier sind zwei Billetts für das Konzert bei Lipps, um halb neun an der Kegelbahn oder drin im Saal.» Drückte ihm einen gelben Programmzettel in die Hand, lief über den Kohlenhof.

Herr Priebe zitterte stark. Seine kalten Hände schwitzten, als er wieder an seinem Pult saß. Ihm wurde wüst und schwindelig. Der Speichel lief ihm unter der Zunge vor, er legte den Kopf auf die Schreibunterlage: «Was nun?» Setzte seinen steifen Hut verbeult auf, stockerte auf die Straße und ging statt zu Tisch lange Straßenzüge rasch entlang, die Liebenwalder-Straße, Prinz-Eugen-Straße, über die Pankstraße zum grünumsäumten Bahnhof Wedding, fuhr mit der Ringbahn um halb Berlin und zurück. Vom Kontor machte er sich abends im schäbigen Gehrock auf den Weg zur Brauerei, erst als ein hellgekleidetes Mädchen hinter ihm kicherte, fuhr er nach Hause, parfümierte sich im Tennisanzug. Mit Tränen in den Augen verabschiedete er sich nach vielem Drehen von der kleinen Ella, die ihn oft fragte, warum er so stöhne, wie ein Bär stöhne.

Musik schmetterte aus allen Gärten am Friedrichshain. Antonie war nicht an der dunklen Kegelbahn. Aus dem blitzenden Ballsaal tönte die Stimme des Maître. Herr Valentin stützte sich auf den Arm eines lustigen Kollegen, als er die Treppe zum Saal hinaufging. Antonie tanzte gerade am Arm eines flotten Kommis vorbei. Gnädig begrüßte Herr Valentin das Fräulein im Vorübergehen. Sie huschte am Schluß des Polkas auf ihn zu, stellte sich, ohne ein Wort zu sagen, neben ihm auf. «Da wären wir also, kleine Krabbe», sagte er heiser, fixierte sie bis zu den Füßen mit Kennerblicken.

Sie trug ein weißes Waschkleid mit einem braunen Ledergürtel. Die schwarzen Haare hatte sie über die Ohren gewellt, hoch aus der Stirn gekämmt. Der große weiße Federhut war vom Tanzen weit in den Nacken gesunken, so daß das dunkelrote volle Gesicht grell davorstand. Breite Nase, hervortretende Backenknochen, die schwarzen Augen ernst und feucht. Schweigend standen sie sich gegenüber, dann legte sie ihren bloßen prallen Arm in seinen und zog ihn mit ehrfürchtigen zärtlichen Blicken zum Saal hinaus in den lampionbeschienenen Garten.

Draußen unter den alten Laubbäumen krachten die Schießbuden; die Karussells dudelten. Herr Valentin schob keck den Samthut zurück, zündete eine Zigarette an, führte Antonie in das Gewühl zwischen den Tischen. Mit überlauter Stimme schwatzte er, lachte, gestikulierte. Sie preßte seinen rechten Arm fest an sich. Einem Fräulein, das mit einem Glas Bier vorüberging, warf er einen schlüpfrigen Gruß zu. Antonie kicherte begeistert. An der Kegelbahn brannten keine Laternen. Sie setzte sich mit einem Sprung auf einen sandbestreuten Tisch, er hüpfte nach einer Pause neben sie. Schon lehnte ihr weißer Federhut an seiner Wange, faßte sie ihn zögernd um die Taille. Ein stoßweises Rucken ging durch seinen Körper, er wand sich unter ihrem Arm, schauderte: «Ach Gott!» Der Samthut kollerte hinter ihnen auf den Tisch. Valentin sagte: «Fräulein, ich habe heute mittag ein Paar Würstchen gegessen; die müssen verdorben gewesen sein.» Sie streichelte mit dem Handteller seine Wange, seufzte verschämt: «Sie müssen was dagegen tun, Herr Priebe.» Er rutschte nach einer Pause mit einem Grinsen von der Tischplatte, stand leichenblaß da. Sie kam nach.

In der Nacht warf er sich im Bett, murmelte ins Kissen: «Was soll daraus werden? Was ist denn, was ist denn?» Der Vater schrie aus der Nebenstube: «Immerfort kracht dein Bett. Wer soll denn dabei schlafen!» Priebe lag ruhiger. Ihm fiel ein, daß Antonie eine Vase in einer Verkaufsbude schön gefunden hatte. Noch vor acht Uhr morgens stand er vor einem Laden in der Chausseestraße, betrat als erster Käufer das Geschäft und erstand für achtundzwanzig Mark ein unförmiges Porzellanstück, eine Vase mit einem Reigen von Amoretten, die dicke Backen machten und einen Kranz hielten.

In der kühlen Fasanenallee traf er sich abends mit der kleinen Polin. Die nahm ihm kreischend das hohe Paket aus der Hand. Sie riß das Papier ab, sobald sie allein auf einer Bank saßen. Mit offenem Mund blieb sie vor der bunten Kostbarkeit sitzen. Vorsichtig stellte sie sie neben sich auf die Bank, küßte und biß Herrn Priebe resolut in die Backe. Er streichelte ihr mit einigen krampfhaften Bewegungen das Stirnhaar unter dem weißen Federhut zurück und hielt es für angebracht, ihr unter schlüpfrigen Koseworten an die Brust zu greifen. Sie bog kräftig seine Hand weg, nahm seinen Kopf und küßte sein ganzes Gesicht ab. Dann gingen sie Arm in Arm die schmalen Spazierwege, während er sie oft losließ, an einem Baum lehnte und mit einem Gelächter losplatzte, das sie stutzig machte; schließlich sah sie geschmeichelt schief auf die Erde. Die Vase aber warf er unter solchen Grimassen an der Rousseauinsel ins Wasser, zum schluchzenden Entsetzen Antoniens, der er eine schönere versprach. Am Gitter des nebligen Wasserstreifens krächzte er mit übermüdetem Gesicht: «Vase hin, Vase her, was kommt es auf eine Vase an?»

Er hatte schon im Kontor gelegentlich den jungen Leuten erzählt von einer exotischen Mätresse, die er sich halte und die ihn stark strapaziere; von einem kleinen reizenden Brillantring, den er ihr geschenkt habe und den sie nun jetzt beim Tanz verloren hätte, ohne deswegen auch nur mit der Wimper zu zucken. Er wurde eines Sonnabends von den Kollegen genötigt, mit ihnen auf die feinen Lokale zu gehen. Er meinte zuerst, das sei lächerlich für sie, denn das Geld ginge dabei nur so hin, dann fuhr man zunehmend heiter in Berlin herum. Valentin, in gehobener Laune, freudig über sich erstaunt, lud sie zu immer neuen Lokalen ein, die er aus Plakaten kannte. Sie hockten zu vieren in einer jämmerlichen Rumpeldroschke, tranken erst in Mundts Tanzsalon, fuhren von Café zu Kneipe. Um drei Uhr morgens gröhlten sie im Café Minerva, um halb vier torkelten sie untergefaßt in das Café Greif, Elsässerstraße. An einem Ecktisch sagte eine graublasse Dame zu Valentin, er sähe aus wie der keusche Josef; er sank über den Schoß einer alten Vettel, die ihr Pilsener Bier wegrückte und der er gestand, sie wäre so zärtlich wie seine letzte Braut. Die drei anderen halsten ihm das Weib auf, packten beide in eine Droschke und tobten hinter dem langsamen Fuhrwerk mit Schirmen und Hüten her.

Kaum ein Wort sprach Valentin in den nächsten Tagen im Kontor. Sein Gesicht hatte in manchen Minuten etwas von Versteinerung. Er war ernüchtert, fand sich nicht damit ab, was ihm in der Nacht geschehen war, wütete gegen die Kollegen und hätte sie um Gnade bitten mögen. Abends blieb er zu Hause; vor dem Einschlafen weinte er im Bett viel und kläglich. Antonien übersah er; auch als sie ihm verstohlen auf dem Kohlenhof «Adieu» sagte, weil sie eine Verwandte in Ostpreußen pflegen sollte, meinte er nur: «Ja, wenn Sie Urlaub bekommen haben, Fräulein – dann, dann reisen Sie nur.» Er ließ sich gehen, bürstete sich nicht ab, lief manchmal mittags unter einer Angst spazieren.

Wenig über zwei Wochen dauerte dieser Zustand. Dann cremte Valentin seine gelben Schuhe ein, nahm sich zu einigen verzweifelten Flanierzügen, um nicht zu ersticken, einen jungen Kassierer mit, hatte eine gelle, herrische, aufgeregte Stimme; sonderbar auch, daß seine Augen blutunterlaufen waren wie bei einem Säufer. Erwachte eines Morgens mit Halsschmerzen. Der Kloß, das Drücken ließ nicht nach. Eine fröhliche Bewegung entstand in ihm unter dieser drolligen Ablenkung, die ihn veranlaßte, alle Augenblicke «gluck, gluck» zu machen und dabei den Kopf nach vorn wie eine Gans zu rucken. Der Doktor, zu dem er ging, schickte ihn zu seinem Erstaunen zu einem anderen. Und der, ein beleibter Sanitätsrat mit fleischigen Fingern, lächelte auf Valentins Frage, was er denn habe, schnüffelte, während er in seinem Notizbuch kritzelte: «Müssen sich mal bei dem schönen Fräulein erkundigen, das Sie vor ein paar Wochen besucht haben, hähä; die wird's wissen.» Er hörte schon nichts mehr. Er sprang mit inwendigem Gelächter die Treppe herunter. Also das war es? Er prustete auf der Königsstraße vor Vergnügen. In einer ihn plötzlich überkommenden Heiterkeit kaufte er sich ein Witzblatt an der Ecke Spandauerstraße; ob etwas von seiner Sache drinstände. Nun war alles wieder gut. So hatte sich die Sache doch gelohnt. Zu Hause zog er sich um und promenierte an der strengen Winterluft. In seiner Pelzmütze und dem vermotteten Krimmerkragen machte er einen entschieden russischen Eindruck. Er lüpfte mit feiner Verachtung das linke Bein, wenn er an einer Dame vorüberging. «In dieser Gesellschaft wären wir also zu Hause. Die Krankheit paßt zur Pelzgarnitur. Vom Scheitel bis zur Sohle.» Er hatte keine gewöhnlichen Halsschmerzen, es war das Leiden der Roués, der Herrschaften von Welt. Es ist nicht schrecklich, man kann damit spazieren gehen, Schokolade trinken. Er lächelte in tief befriedigter Rache um sich. Zu einem Reisenden, den er traf, sagte er: «Wir haben unsere Bewegungsfreiheit wieder.»

Antonie kam zurück. Valentin begrüßte sie geringschätzig an der Schreibmaschine. Sie sah recht gewöhnlich aus, schon die

Beschäftigung degradierte. Auf der Straße schmiegte sie sich mittags an ihn; sie latschten durch die lange Turmstraße im Schnee. Auf die Frage, warum er so sei, antwortete er, es ereigneten sich in einer Stadt wie Berlin mancherlei Dinge, Erlebnisse könne man sie nennen; er nähme sie belanglos. Sie bat ihn, zu sprechen. Als er sich selbstzufrieden eine Zigarette angezündet hatte und noch lange mit dem Streichholz spielte, gab er brockenweise von sich, daß es mit der Offenheit solche Sache sei; man wüßte schlecht, wie man sich da zu verhalten habe, besonders Frauen gegenüber, man hört ja manches; es sei jedenfalls nicht so einfach. Sie hatte tränenschwimmende Augen, machte ein verschlossenes fremdes Gesicht. Ihm ging die Zigarette aus; er stammelte beunruhigt, er werde sich die Sache überlegen. Dabei klopfte er ihr den Schnee vom Rock ab, den sie beim Anlauf gegen einen Baum abgestreift hatte.

Abends im Humboldthain empfand er vor ihrem verfrorenen Gesicht ein so demütig anbetendes Gefühl und war so furchtsam, daß er wie ein getretener Hund an ihre Hand kroch und alles herausplatzte, blind, wie ein Todgeweihter. Am Schluß seiner Rede fiel er vor Erregung von der Bank. Antonie, von seiner Erregung mitgerissen, zerrte an seiner Schulter, bettelte, er möchte doch aufstehen, trat auf ihre Muffe, die hingefallen war. Sie weinte und tröstete ihn plappernd, als sie nach der Stadt zu gingen; jeden Augenblick faßte sie ihn bei den Paletotknöpfen, umarmte ihn mit Kraft, daß er seufzte. Sie hatte, als sie sich bald trennten, beide mit blauen Nasen und mit Schnee auf den Schultern, ein fast glücklich verwirrtes Wesen, wollte mit Valentin in ihre Wohnung gehen. Er warf unruhige Blicke, schnaubte, rannte getrieben durch die hellen und engen Straßen, an Kinos vorbei mit Mordplakaten, an dem Geigengesang der Cafés auf Knieen, die weicher und weicher wurden und ihm wie Wachs wegschmolzen.

Antonie und Valentin sprachen dann für lange Zeit nur noch zweimal zusammen. Das eine Mal am Tage nach der Begegnung im Humboldthain; da trafen sie sich vor der Fabrik zu einem gemeinsamen Nachhauseweg. Sie hatte einen schwarzen Tuchmantel an, dazu eine leichte Boa, auf dem Kopf eine samtene Kappe. In ihren runden Bewegungen glitt sie an ihn heran, öffnete wenig den breiten Mund mit den aufgeworfenen Lippen, ging vertraulich dicht neben Valentin im Schnee. Sie sprachen vom Geschäft, vom Wetter und blieben vor den Schaufenstern stehen. Den Rest des Weges fuhren sie in der Elektrischen. Nur beim Abschiede konnte er einmal ihren unverständlichen Blick fassen, den sie auf die Seite drehte.

Nach anderthalb Wochen fragte er sie auf der Wendeltreppe, wie es ihr ginge. Sie antwortete, während sie sich an einem Ohrring zupfte: «Gut», vielleicht könnten sie sich morgen unterhalten.

Am nächsten Tag kam sie nicht ins Kontor. Wochenlang blieb sie fort. Er schrieb an sie, bettelte um eine Antwort. Ihre Mutter hielt sie zu Hause. Sie war still geworden. Sie litt an Schlaflosigkeit. Noch als sie ins Bureau ging die letzten Tage, meinte sie zur Mutter, sie höre feines Glöckchenklingen, auch tiefe summende Saitentöne, die in Harmonieen abwechselten. Es war gar nicht lästig, sie hörte es recht gern. Sie wollte nicht auf die Straße gehen, blieb lieber im Zimmer; keinen Menschen als die Mutter mochte sie sehen. Und als einmal Valentin sie besuchte, durfte er sich ihr gegenübersetzen; nur daß er sie berührte, duldete sie nicht. Hinter ihm öffnete sie das Fenster.

Ein plötzlicher Trieb kam über sie, sich nicht zu bewegen. Sie ging wenige Schritte im Zimmer liebevoll um sich herum. Die Mutter fragte einmal, ob sie sich nicht langweile. Sie setzte ihr den breiten Federhut auf, kleidete sie völlig und warm an. Sie lächelte zur Mutter: «Geh du mit aus.» Die faßte sie bei den Ellbogen: «Hast du eine Liebschaft, Toni? Kriegst schon einen anderen.»

Sie gingen die Treppe hinunter und wieder hinauf. «Ich freue mich allein viel mehr mit meinen schönen Sachen.» Und wirklich saß sie oben in den Stuhl gesunken der Mutter gegenüber, plauderte schön und strahlend; sie strich über ihr Kleid. Das

Weiße ihres Auges war sichtbar. Sie war viel beschäftigt, ohne zu wissen, womit. Oft wanderte sie im Zimmer herum mit glücklichem Gesicht, auf lautlosen Pantoffeln. Sie gönnte sich feierlich keine Beschäftigung. Spielte gedankenlos, gedankenvoll mit bunten Zeuglappen. Band sich nach und nach eine Puppe zusammen, eine sehr farbige Flickpuppe, ein kleines Mädchen, groß wie eine Hand, zeigte sie der Mutter, schmiegte sie an sich, bettete sie ein.

Unter dem Spiel und dem Plaudern wurde sie offener. Antonie half der Mutter träumerisch im Haushalt, begleitete sie bei Besorgungen. Valentin wünschte zu ihr, er saß ihr gebrochen gegenüber. Sie beobachtete ihn leer. Eine Freundin riet Antonien, ihn doch wegzuschicken.

Und eines Spätnachmittags stand Antonie am Fenster ihrer Dachwohnung, sah auf das Nachbargebäude. Je länger sie hinsah, um so wilder fuhren ihre Arme zusammen. Krampfhaft wand sie sich, sie beschattete ihre hellen Augen: «Ich will ihn wieder lieben können. Ich kann es nicht ohne ihn ertragen. Ich will dich wieder lieben können.» Am Abend hatte er einen Zettel von ihr. Sie waren allein. Das gräßlich geöffnete Gesicht stand vor seinem. Sie hielt ihn, fordernd: «Küß mich, küß mich!» «Nein, ich darf nicht, ich darf nicht.» «Der Arzt geht mich nichts an, Valentin. Der Arzt kann mich nicht tot und nicht lebendig machen.» Die bibbernden Zwei umarmten sich. Sie biß sich in seine Lippe fest, und dann biß er nach ihrer. Valentin torkelte. Eine Schlange umwand sie in einer steinernen Spirale, rollte sie hin, ließ sie liegen.

Als die Mutter am nächsten Morgen den braunen Schal sich über den Kopf schlug, um waschen zu gehen, kam Antonie verschlafen aus dem Bett gekrochen, zog die Frau am Arm zu sich her und ließ sich von ihr streicheln: «Mir fehlt gar nichts mehr, Mutter; ich geh ins Geschäft.»

«Hast du dich mit Valentin vertragen?»

Nach einer langen Pause, während es schien, als ob sie wieder einschliefe, sagte Antonie: «Ich denke schon.»

Im Geschäft war sie träge, sinnierte herum, blieb schließlich weg. Sie mischte sich unter die kleinen Fabrikmädchen, die abends in der Brunnenstraße und Chausseestraße tanzen gingen, sagte nie Valentin davon. Sie stand neugierig und mit verschämter Miene um elf Uhr abends an dunklen Häuserecken mit zweifelhaften Damen, die ihr mit Witzeleien zuredeten. Antonie horchte sie aus, betrachtete sie, ließ sich von Männern in Cafés begleiten und lief dann weg. Stiller und stiller kam sie von solchen Spaziergängen nach Hause; ihre Schlaflosigkeit fing wieder an. Damals begannen die ersten Erscheinungen eines sonderbaren Nachtwandelns bei ihr. Ihre kleine Puppe in der Hand, schlich sie im Hemd bei völliger Finsternis durch Stube und Küche, an der schnarchenden Mutter vorbei über den Korridor und wieder zurück. Keine Diele krachte, vorsichtig setzte sie die nackten Füße, keinen Stuhl stieß sie an. Sie flüsterte zu der Puppe, die sie an ihren Mund hochschwenkte: «Nimmst du mich mit? Du bist gut. Mit dir geh ich. Hupf auf meinen Arm und sei recht lieb zu mir. Mit dir geh ich aus. Ja, kannst dich ruhig auf die Hemdkrause setzen. Du bist so schön, so schön zu mir. Mit wem kann man so schön sein wie mit dir?»

Einmal erwachte die Mutter darunter, daß Antonie seufzend am Fenster rüttelte, das nicht gleich aufsprang. Sie brachte die Träumerin wortlos zu Bett, die nach einigem Stammeln unruhig einschlief.

Zu Valentin war Antonie in dieser Zeit gleichmäßig freundlich. Er kam heimlich oft zu ihr; als er sie einmal fragte, wann sie heiraten wollten, sagte sie, wozu das sei, wessen es noch zwischen ihnen bedürfe. Und immer ungeduldiger wartete sie, wenn er wegging, daß es ganz finster würde. Willenlos umarmte sie ihn und war gut zu ihm; wenn er fort war, stöhnte sie jammervoll, bestrich ihren kleinen runden Spiegel mit Seife, so daß sie sich nicht sah, steckte die Gardinen vor dem Fenster zusammen. Die Mutter tappte im Dunkeln durch die Küche herein: «Bist du da, Toni?» «Willst du die Toni sehen, Mutter?» Und während die Frau mit der Petroleumlampe herkam, hielt sie ihr den kleinen Zeuglappen, die Puppe, tränenübergossen hin: «Das ist die Toni. Das ist meine kleine süße Toni. Nicht, Mutter, das soll unsere kleine süße Toni sein?» Sie lachte und schmeichelte dem Lumpen, die alte Frau lachte mit.

Und eines späten Abends brannte das elektrische Licht vor einem neueröffneten Tingeltangel in der Hussitenstraße. Es war strenger Frost; in ihrem schwarzen Tuchmantel, die Kappe auf dem Haar, lief die kleine Polin in eine Häusernische und sah mit zwei heftig kichernden und kreischenden Mädchen zu den grell plakatierten Schaufenstern herüber. Da drehte sich drüben die Tür; untergefaßt zogen drei bunte Damen mit zwei Herren über den schmutzigen Damm, in einer Reihe. Der eine Herr tänzelte graziös; er hatte ein gedunsenes glührotes Gesicht und verlor oft zum allgemeinen Vergnügen einen Gummischuh, ein rosa Taschentuch stand malerisch vor seinem zerknäulten Ulster. Antonie ging taumelig ein paar Schritte auf die Gruppe zu, drückte sich, die Muffe vor der Stirn, in einen dunklen Hauseingang. Der amüsierte Herr griff mit feuchter Hand über ihr Ohr, zerrte eine Haarsträhne; im Vorübergehen stotterte er: «Alle Kinder sollen mitkommen. Ihr braucht euch vor mir nicht zu fürchten.»

Drei Uhr mitten in der Nacht gröhlten sie im Hofe von Valentin zweistimmig Lieder; dann gedämpft zu Ehren seiner Braut, wie Herr Priebe sagte, den Schlager: «Nimm mich mit, nimm mich mit in dein Kämmerlein.» Und während sie, Männchen und Weibchen, im Kreise flöteten, kam in dem grellen Mondschein oben aus der Dachluke ein Kopf mit schwarzem losen Haar hervor, bloßer Hals, rot durchwirkter Hemdrand, schob sich im weißen Unterrock ein Körper durch das Fenster auf die Dachrinne. Tappte mit unregelmäßigem Schritt die Regenrinne entlang; bloße Füße; an ihrer Hand vor ihrem Rock zappelte etwas Schwarzes, Kleines.

Herr Priebe imitierte eben mit Damenstimme: «Ach, wenn das der Petrus wüßte.»

Da scharrte es vom Dach. Der Kassierer Lorenz, ein pickliges

Biergesicht, blickte zuerst auf. Ein weißer Haufen, aufgestreckte Beine ohne Strümpfe, kam dicht vor der Front des Hinterhauses herunter, polterte gegen ein Blumenbrett auf einen Mülleimerdeckel, klatschte saftvoll dick und breit auf. Über die niedrige Feuermauer spritzte es klebrig, weiß; auf der Mauer blieb etwas Dunkles, Lappiges liegen.
«Es ist einer aus dem Fenster gefallen.» Die Fünf bewegungslos. Herr Lorenz wischte sich die Lippen ab. «Wo war das?» gellte ein Fräulein; sie rannte heulend über den Hof zum Tor, die beiden anderen nach. «Ich kann so was nicht sehen», murmelte Herr Priebe, «mir wird ganz schlecht; ich leg mich schlafen.» Im Hause klapperte es, wurden Fenster hell. Valentin bewegte die Lippen, was nun wirklich gewesen wäre, zitterte die Treppen hinauf in seine Wohnung, hüllte sich bis über die Ohren ein: «Ich will von dem ganzen Hause nichts wissen; ach, mir ist schlecht. Umziehen, umziehen.»
Morgens im Finstern klopfte Antoniens Mutter bei Priebe an, schrie und schluchzte am ungeheizten Ofen, der Fensterriegel sei nicht zu gewesen in der Nacht, sie hätte es vergessen am Abend. Sie hielt auch einen alten Zettel von Antonie in der Faust; auf dem stand, Valentin solle ihre Puppe nicht bekommen, wenn sie wieder krank würde. «Da ist nun der Lumpen. Kommen Sie doch bloß mal rauf zu uns, Herr Priebe.» Valentin riß die kleine Ella bei der Schulter herum, sie solle ausspucken hinter der Frau; den Vater fuhr er an, wie er die Tür vor so was aufmachen könne. Das Kind bockte: «Grade machen wir die Tür auf.»
Nachdem man in der folgenden Woche Valentin nahegelegt hatte im Bureau, wegen seines maßlosen Brüllens mit dem Personal und wegen des unmotivierten Herumskandalierens in Urlaub zu gehen, zog er, ohne sich von Vater und Schwester zu verabschieden, nach der Woltersdorfer Schleuse und nahm ein möbliertes Zimmer. Der Wirtin erzählte er, man habe ihn beneidet in Berlin und ihn für einige Zeit kaltstellen wollen; natürlich Weibergeschichten, die unvermeidlichen Weiber-

geschichten; drei Wochen würde er bleiben. Er sprudelte in anklagender Rede von Gemeinheiten, Ruchlosigkeiten, die man gegen ihn begangen habe. In einer Sofaecke im dunklen Zimmer brummelte er, holte die Puppe zur Spielerei aus seinem Koffer. Der Wirtin erklärte er, man müsse sich mangels anderer Gesellschaft irgendwie unterhalten. Heiß schluchzend überfiel er den scheckigen Lumpen, pfiff: «Wir haben uns mit solchen Sachen aufzuhalten, Toni, wir könnten ganz anderes im Kopf haben.» Trostlos und verzweifelt weinte er drin so laut, daß die Wirtin ein Kreuz vor der Tür schlug.

Als die Frau beim Richten ihrer Resedenstöcke sagte: «Sie werden die Sache schon überwinden», meinte er mit schiefem Grinsen: «Wir haben Kräfte, liebe Frau. Was glauben Sie von uns? Wir werden das den Leuten heimzahlen mit Zins und Zinseszins. Lassen sie uns mal wieder zu Haus sein.» Und er sang so schön: «Wenn das der Petrus wüßte», daß die Wirtin mit dem Kopf nickte: «Gott, haben Sie eine Stimme, Herr Priebe.»

Er dampfte schon nach zwei Wochen, Ende April, ab: «Der Landaufenthalt ist nichts für Berliner, wenigstens nicht für mich.»

Er packte zu Hause seine Sachen in den Schrank, kaufte sich einen grünen Schlips, einen Lavallier, der offen vor der Weste wehen konnte. Für elf Uhr abends verabredete er sich mit seinem Freund Lorenz, dem Kassierer. Er pomadisierte sich, als man drin schlief, zog neue graue Gamaschen über die Schuhe, schraubte die Hängelampe hoch, um sich vor dem Spiegel an seinen Bewegungen zu erfreuen. Da sah er aus dem schweren Holzkoffer einen Puppenarm ragen. Er kehrte dem Koffer den Rücken, rümpfte die Nase, sprang nach kurzem Herumstehen auf den Koffer zu, stopfte den Arm zurück. Wie er die Bartbinde abnahm und schräg nach hinten sah, ragte der Arm wieder hervor. Valentin riß den Deckel hoch, schmiß die Puppe in die Mitte des Wäschebündels, schniefte gehässig: «Den Dreck werd ich dir. Dich rausholen. Die Zeiten sind vorüber. Den Dreck. Rin in die Kommode.» Der Deckel schmetterte herunter. Im

Spiegel sah er bewegungslos, wie der Deckel zitterte, sich langsam hob, die Puppe durch die Spalte auf ein Handtuch am Boden raschelte. Mit plumpen Schritten, die Arme in Boxerstellung, bewegte sich Valentin in Hemdsärmeln auf das Handtuch: «Zeitversäumnis! Gemeiner Ulk!» Wie ein Stehaufmännchen wippte die Puppe auf der Diele und fiel wieder hin. Valentin gegen sie her. Sie schnellte, zappelte und kam vorwärts. Als er wuchtig über sie stürzte, stand sie am Spind, schlüpfte in den weißen Mondschein und glitt leicht gegen die Tür. Knarrte die Schwelle; mit einmal war die Puppe nicht mehr im Zimmer. Den Hut stülpte Valentin wutgeschwollen auf den glattgekämmten Schädel, schlug auf die Türklinke. Da schwang sich am Treppenabsatz das feine Geschöpf grade über das finstere Geländer.
Er stand im kalten Luftzug im Türrahmen, die Jacke unter dem linken Arm; der Riemen einer Gamasche hing. Er winselte, die Schultern senkend: «Heiliger Gott, was soll das? Soll ich Vatern wecken?» Schlich schon die Stufen herunter, dem schleifenden Geräusch nach. Wie er durch den langen Hausflur stolperte, flüsterte er: «Du, du, halt, bleib doch stehen. Ich – ich hab nichts getan. Ich nehme dich mit zu Lorenz.»
Nach, nach.
Hagelwetter in der Brunnenstraße. An der Gaslaterne schlüpfte sie im Bogen herum. Große Schritte machte er schon, sie immer größere. Sie wuchs, war wie ein Junge, wie ein Mann. Stralsunderstraße. Er schwenkte seine Jacke in der Linken, schluckte Hagelkörner ein. Sie bog in die Hussitenstraße ein, hielt an der Ecke an, war breit wie ein Pferd. Er lief auf sie auf, saß, wie sie sich duckte, schwankend auf ihren Schultern fest, und sie rannte mit ihm fort.
Er biß in ihren Kopf. An der Sebastiankirche hörte er die ersten grunzenden Laute von unten, schüttelte an ihrem Hals, wimmerte: «Ich will ja ehrlich sein.»
Höhnend kam es herauf: «Willst du das? Willst du das?»
«Du kannst mich nach Hause lassen. Was hab ich schon ausgehalten!»

«Noch nicht genug.»
Sie rasten vorbei an einem Schutzmann; der schnaubte sich die Nase. «Was hat der Mensch für einen Gang am Leibe! Hoppa, hoppa, Reiter.»
Valentin wollte den Schutzmann anrufen, es ging zu rasch. Er heulte in den Wind: «Ich verlier meinen Hut.»
«Brauchst keinen Hut.»
«Meine Jacke, meinen Kragen.»
«Kannst nackt kommen.»
Greinend schlug Valentin die Hände vor die roten Augen: «Ich will nichts mehr wissen von diesen Sachen. Werd ich doch mal den kleinen Lorenz fragen, was er dazu meint.»
Die Gleise der Maschinenfabrik tauchten auf, ganz in Finsternis gelagert. Valentin brüllte, warf sich: «Keiner hilft, keiner hilft!»
Die Puppe hielt ihn fest wie Kautschuk. Und während er kratzte, mit Armen und Beinen in den weichen Massen wühlte und sich wand auf seinem Sitz, kam der schwarze Humboldthain heran, menschenleer, mit Eisengeländern, starren Bäumen.
«Hi, hi, hi!» würgte er. Dröhnend lachte die Puppe: «Nimmst du mich mit zu Lorenz?» Der leere Vorplatz. Der tintige Teich dehnte sich. Sie lockerte seine Beine, schnellte zusammen. Mit einem Ruck sauste er kopfüber in das Wasser.
Sie stürzte sich glucksend nach. Er schluckte hochsteigend. «Ich sterbe schon, laß mich los.» Wie ein Schlagbaum lang war ihr Arm, mit dem sie ihn unter das Wasser drückte: «Es fängt erst an! Verlogener Hund!» Das Wasser spritzte nach allen Seiten, sprudelte, gurgelte minutenlang. «Verfaulen sollte ich dich lassen!»
Schräg über den Teich prasselte der Hagel in der Finsternis.

KEIN Land ist an Friedlichkeit jenem zu vergleichen, das in den Tod führt. Das Leben wölbt sich über dem Kopf wie ein Brükkenbogen, und unten fließt das Wasser, trägt den Kahn, nimmt ihn weiter.

Friedrichsfelde bei Berlin; ein heller Sommerabend. Die Fredersdorferstraße eng, schlecht gepflastert; eine Reihe niedriger verfallener Häuser, Kohlenplätze, Baustellen. Die schmutzigen, verwachsenen Kinder lärmten nicht mehr draußen. Gebückt zog ein altes Menschenpaar von der Chaussee her in die Gasse ein. Er an der Deichsel des ratternden Hundewagens, sie daneben, die Hände unter der schmierigen roten Schürze, die sie wie einen Muff aufgerollt hatte. Sie fuhren blicklos die Gasse herauf, unter dem blühenden Kastanienbaum hindurch, der schräg gegenüber ihrem jämmerlichen Häuschen wuchs.

Ein Stieglitz sprang auf den Baum, hüpfte Zweig auf, Zweig ab; nach einigem «Kiwitt, kiwitt, zwrr» sang er:

«Grün ist der Mai. Mit mancherlei schönen Blümelein gezieret sind Berg und Tal. Viele kalte Brünnlein rauschen, darauf wir Waldvögelein lauschen.»

Die äußeren Äste der Kastanien berührten den hohen Bretterzaun vor Naßkes Häuschen. Hinter einem verwilderten Hof, auf dem Brennholz und Ziegelsteine stapelten, einen schmalen Gemüsegarten vor der Front, stand das einstöckige Bauwerk. Die Fensterscheiben blind, mit Staub beladen, einige verhängt mit Lumpen und Laken. Im ersten Stock waren Fenster geöffnet; irgendwer bullerte oben und warf von Zeit zu Zeit etwas um. Sie fuhren in den Hof ein, trabten drin langsam und blicklos.

Der Alte schirrte den Hund ab, an die Leine unter einem niedrigen Schuppen, schüttete, den Eimer auf den Knieen und geduckt, dem schnappenden Tier Abfall vor. Sie gingen nicht gleich ins Haus. Neben dem Wagen, der sich in den weichen Schutt tief mit den Rädern eingrub, saßen sie auf umgekehrten Kiepen vor dem Gemüsegarten. Die Spatzen schrieen, der Stieg-

litz rief weiter. Der Alte murrte: «Wat die nu zu krähen haben.» Sie saßen still nebeneinander und sahen geradeaus. Braune Klinkersteine von Öfen lagen da und blitzten. Dann fing der Vogel wieder an: «Kiwitt, kiwitt.»
«Man wird doch seine Ruhe haben können vor die Äser.» Einen Stein nahm der Alte, schmiß ihn über den Zaun in das Laub hinauf, der Vogel flog fort. Nicht lange, fing leise im ersten Stock eine Handharmonika an, wimmernd und stöhnend; die Musik kam hinter ihren krummen Rücken her und ging mit der Luft. Nach einer Weile wiegte die vertrocknete Großmutter den Kopf unter ihrem Umschlagetuch: «Et zieht; ick jeh rin.» Unbeweglich saß er, mit den Armen auf den Knieen; die Klinkersteine flammten. «Jeh man.» Er hörte auf die Musik.
Die Blicke der beiden waren wie Gummiringe, die allmählich überweitet wurden; die Haut hing als ein zu weiter Lumpensack um ihr Gestell. Grausam verrunzelte Gesichter boten sie dem Licht. Bei Tag fuhren sie Hundefutter durch die Stadt, an den Markthallen lasen sie Fleischabfall, halbverweste Fische, Kartoffeln, Schalen auf. Das Sprechen hatten sie sich abgewöhnt. Ihre Knochen taten unermüdlich den Dienst, Maschinen, die einmal angelassen waren; trugen das Herz, das träge und zögernd sein Ticktack machte, die keuchenden Lungen; und die Köpfe schaukelten auf den verdorrten Hälsen.
Rasch wurde es finster. Und wie die beiden auf ihrem stummen Zimmer wirtschafteten, schlug der Hund an. Mannesschritt auf den Stufen, eine derbe Gestalt streckte den Kopf in die dunkle Küche, knipste, und der weiße Lichtkreis lief über Säcke, Töpfe, Herd und ein Durcheinander von Konservenbüchsen: «Sind Naßkes hier? Ist das dunkel! Ne, ist das dunkel!» Ein zweiter Mann kam herauf, stand neben ihm, behelmt, ein Schutzmann mit dem Revolver am braunen Gurt. Die beiden Alten saßen auf der Matratze im Zimmer nebenan. Sie knuffte ihn in die Seite, zischte: «Du», und zeigte nach der Küche. Er tat, als ob er schlief. «Warten Sie mal, Fiebig, Sie brauchen nicht mitzukommen», sagte der bärtige Mann an der Küchentür, «bleiben Sie

draußen, lassen Sie aber die Hoftür offen.» Vorsichtig stieg er durch die verstellte Küche, stieß die Stubentür auf: «Warum meldet ihr euch denn nicht? Wenn man euch ruft? Was? Sie sind Naßke?» Der Alte krabbelte unter dem stechenden, fahndenden Lichtkreis hoch, stützte sich gegen die Wand. «Sind Sie Naßke? Sagen Sies doch. Wo ist denn die Alte? Na, verkriechen Sie sich man nicht, Großmutterken; wir kriegen Ihnen schon.» Er hob sie unter den Lumpen hoch: «Die Beenekens taugen wohl nicht mehr. Aber es langt noch.» Die Alte kreischte, hob die Hände über den Kopf und drehte sich nach der dunklen Wand zu. «Ne, olle Dame, schreien hilft nischt. Stehen Sie mal janz uff; Sie sollen mitkommen uff's Revier.» «Ick hab nich jestohlen, Herr Wachtmeester», plärrte die Frau. «Das können Se nachher erzählen. Hut haben Sie woll nich?» «Ick hab nischt jestohlen und ick hab nischt jestohlen.» Sie gingen vor dem kräftigen Mann mit gesenkten Köpfen her. «Nu macht man bloß kein Klamauk hier. Fiebig, Sie gehen mal rauf hier oben. Det sind doch eure Freinde, die lange Emma und der dufte Rutschinski, alles auf einem Haufen. Den Leutchen gehört der Hund, Fiebig; sagen Sie, von wegen Nummer sicher mit die Naßkes, und kucken Sie sich bei die Jelegenheit ein bißchen um.» Er flüsterte dem Schutzmann ins Ohr: «Vorsicht; ich warte solange.»

Sie hatten am Vormittag in einem Haus von Rummelsburg den Mülleimer durchsucht. Als sie mit ihrem Sack durch den Hausflur kamen, stand ein Bierwagen vor der Tür; der Bierfahrer hatte einen leeren Bierkasten im Hausflur abgestellt, während er durch einen Hintereingang eine frische Ladung in die Restauration trug. Verschentlich tat der Mann sein Beutelchen mit Kleingeld statt in die Tasche in ein Schubfach des leeren Kastens. Naßke griff unbedenklich im Vorübergehen danach; sie fuhr ängstlich hinter ihm her, schimpfte leise: «Wat willste denn damit? Leg wieder hin.» Er tauchte den Beutel in seinen gleichmütig abgeschulterten Lumpensack, öffnete die Tür, sie sockten langsam mit ihrem Wagen um die nächste Ecke. Die

Frau schon hinten an dem Karren; sie war ängstlich, er hatte das Gefühl: «Die Sache hat ihre Ordnung, dem Dicken haben wirs besorgt.» Er kaufte sich bei einem Händler in der Kneipe eine Stange extrafeinen Priem, sie ein paar wollene Pulswärmer, eine Flasche süßen Likör und ein kariertes Umschlagetuch. Der Rest des Geldes wurde am Boden zwischen die Bretter des Karrens geklemmt.
Man fuhr die abgelebten widerspenstigen Geschöpfe nach Moabit hinaus. Ihn steckte man zusammen mit einem behäbigen schlauen Bruder, der schon öfter ein Ding gedreht hatte. Zuletzt hätte er eine schöne Stange Geld geerbt, erzählte er dem Alten, den er mit den Worten begrüßte: «Mensch, dir hätten Se ooch lieber gleich in de Müllkute lassen können.» Er suchte «die olle Mumie» zu bewegen, ihm etwas zu erzählen. Als der schwieg und immer giftig auf die Diele hinsah, reizte er ihn: «Wat hast du denn jeklaut? Nen doten Heringsschwanz, wat? Und denn gleich jekocht in de Sechserkneipe und alleene uffjefressen?» Der Alte blieb stumm. Er war mit einem dumpfen Grimm gefüllt; wenn er störrisch die Suppe herunterschluckte und seinen Teller ausleckte, fuhr der Dicke vor ihm zurück: «Beiß mir man nicht; sonstens bestell ick 'nen Maulkorb.»
Eines Morgens greinte und quakte Naßke: «Mein Zahn wakkelt.» «Wat soll ick denn damit?» «Ick will 'nen Balbier haben für mein Zahn.» «Wat is?» «Ick will 'nen Balbier haben.» «Laß dir ausstellen im Zoologischen, oller Affe mit dein Zahn.» Der Alte knarrte weiter, der andere meinte ruhig: «Wenn de noch viel jaulst, kriegst eins in die Fresse und der Zahn hoppst raus.» Zwei Wochen saß Naßke; am Abend, bevor er entlassen wurde, brummte er wieder. Der Gauner fragte: «Wat möchste?» Naßke sah vergrämt vor sich hin und sagte nach einer Pause: «Wat man möchte? Man möchte am liebsten dot sin.»
Im ersten Stock bei Naßkes wohnte Emma mit dem duften Rutschinski. Rutschinski ging in der Zeit, während die beiden festgenommen wurden, nicht aus, weil er sich den Fuß auf der Treppe umgeknickt hatte. Er war ein großer schlanker Mann,

hatte ein schönes volles Gesicht. Seine schöne Figur hatte sein Schicksal bestimmt. Sobald er das erste Mal keine Arbeit fand und spazieren ging, entdeckten zwei ledige Fräuleins seine schwarzen Haare und die stumpfe Nase, dazu ein Paar grade Beine. So spazierte er bald weiter mit einer samtenen Mütze und der kecken Strizzilocke auf der Stirn; die ledigen Fräuleins arbeiteten für ihn. Nun beschützte er die lange Emma, ein blondes ehemaliges Kindermädchen. Wenn es soweit war mit dem Geld, wollten sie heiraten und ein Gemüsegeschäft aufmachen. Als die Naßkes in Moabit saßen, sagte Rutschinski, Emma solle flott verdienen gehen, sie wollten den alten Leuten ein kesses Abendbrot zukommen lassen und einen Anwalt bestellen.

Am nächsten Morgen um sechs entstand vor der Rettungswache Ecke Fredersdorferstraße ein großer Lärm. Emma wurde von einem Mann hereingeführt am Arm. Sie torkelte. Sie hatte eine Kratzwunde an der Stirn, ihre Nase und Oberlippe blutete; in Strähnen fiel ihr das blonde Haar zottelig auf die Schulter. Die Blumen auf ihrem Hut halb heruntergerissen; die weiße Bluse mit Straßenschmutz beklebt. Der Mann hielt ihren Sonnenschirm in der Hand; er war mitten entzweigebrochen, die Stangen mit dem roten Bezug hingen. Aus einer Seitentür des hellen viereckigen Raumes, in dem Instrumentenschränke, Verbandkästen standen, stampfte gewichtig ein älterer Mann in einer weißrot gestreiften Bluse mit bloßen Armen; er trug eine Stahlbrille, in der Mitte des Schädels waren ihm die Haare ausgegangen, an den Seiten wuchsen sie buschig, bösartig nach vorn, schwarz und grau. Er sah, die Arme in die Seiten gestemmt, zu, wie der Arbeiter prustend das Mädchen über den Boden schleifte und hingleiten ließ. Er kommandierte grimmig: «Legen Sie den Schirm daneben. Die Person kennen Sie natierlich nich? Na, dann kennen Se gehen.»

Emma schnarchte am Boden; der Schleim hing ihr aus dem Mund und bildete schon eine Lache auf dem Linoleum, ein Dunst von Schnaps und Tabakrauch ging von ihr aus. Die Treppe im Hintergrund des Raumes sprang ein Herr im weißen

Mantel herunter; lang, schmalwangiges Gesicht, geschäftsschlaue Züge, muntere Bewegungen. «Herr Doktor», rief ihm der Heilgehilfe entgegen, der noch immer mit eingestemmten Armen vor Emma stand, «ein neuer Fall.» «Das sieht ein Blinder, Walter. Wenn Sie weiter nischt von mir wollen, kann ich ja wieder gehen. Aber 'ne feine Nummer für den frühen Morgen. Man sollte es nicht für möglich halten. Die hat sich aus der Linienstraße hier rauf verirrt.» «Haben wir jetzt alle selber hier am Ort, Herr Doktor.» «Na, sehen Sie zu, Walter, klingeln Sie's Revier an.»
Der Heilgehilfe war mit dem Mädchen allein. Er ging um sie herum, spuckte verächtlich zu ihren Füßen aus: «Pfui!» Aus dem Verbandschrank holte er einen Wattebausch, goß einen Schuß Salmiak darauf, stubbste ihn hinknieend der schnarchenden Person unter die Nase. Die drehte den Kopf ab, spuckte aus. Er folgte hingekniet mit dem Bausch, klammerte ihren zerzausten Kopf in seinen linken Arm fest. Sie schlug mit den Beinen. «Wat hat det Luder für 'ne Kledasche an. Stiefeletten bis unter die Kniee.» Ihre blauseidenen durchbrochenen Strümpfe kamen zum Vorschein. Mit einem Ruck wand sie ihren Kopf aus seinem Arm, kauerte hin, dann kroch sie wie ein Hund auf allen Vieren bis an den Verbandtisch, während ihr die Haare über das verschwollene Gesicht hingen, richtete sich prustend hoch; er dicht hinter ihr mit dem Lappen. Sie taumelte zur Wand hin, zerrte an dem Schloß des Verbandkastens, beschmierte die Scheibe mit ihrem angepreßten Gesicht. Er schleuderte sie zur Seite: «Mensch, nimmste die Pfoten weg.» Von hinten preßte er der Torkelnden wieder den scharf riechenden Bausch vor den Mund; sie würgte, brüllte, stürzte seitwärts auf die Hände. Der Doktor rief hell von drinnen: «Sie werden wohl mit dem Weib nicht fertig, daß die so schreit?» «Wird eben wach, Herr Doktor.» «Na schön.» Das Gesicht Emmas war dick gequollen, ihre Augen tränten. Der Mann mit der Glatze nahm sie, die wieder kroch, von rückwärts über sie gebeugt, die Zähne zusammenbeißend, auf den Arm, schleppte und

krachte sie auf den Verbandtisch hin; er flüsterte: «Jetzt bleibste aber liegen, olle Toppsau du.» Schwapp, die feuchte Ladung saß wieder im Gesicht. Sie fing an zu ringen, mit den Beinen zu strampeln, um vom Tisch zu kommen und dem stechenden Dunst zu entgehen. Er drückte sie mit seinem breiten Oberkörper nieder, stemmte ihre Kniee herunter, hielt sie umklammernd gegen die Tischplatte. Er knirschte, der Schweiß machte seine Glatze feucht und glänzend: «Läßt du meine Bluse los, Dreckfink, gemeiner. Schämen sollste dich, daß du dich so aufführst, schämen sollste dich, schämen sollste dich!» Sie kämpfte erwachend immer heftiger, er ließ von ihrer Nase nicht ab. Wie sie, während ihr die Kleider bis an das Gesäß hochrutschten, vom Tisch herunterstrampelte und ihm über die Backe kratzte, wuchtete der grimmige Mann zurückfahrend, atemlos seine rechte Faust mit dem Lappen zweimal auf ihren Mund, gegen ihre Zähne, daß sie stöhnte, geiferte, die Augen aufriß. Sie saß auf dem Boden vor dem Tisch, sabberte: «Herr Rat, ich kann ja nichts davor. Tun Sie mir nichts.» «Tu man nich noch so dämlich.» «Der Franz hat mir zuerst geschlagen mit mein Schirm, Herr Rat.» «Jetzt stehste uff und hältst die Klappe.» Er ging an den kleinen Spiegel über dem Waschbecken, wischte sich mit einem Sublimattupfer die lange Kratzstrieme.

Draußen klinkte die Türe; ein fahler junger Mann in einer blauen Pelerine polterte herein. «Franz», gröhlte Emma heiser, «Liebling, Liebling! Komm doch her. Es ist mein Bräutigam.» «Ja, sie meint mir.» «Ick tu mir was an, wenn du nicht zu mir kommst.» «Beruhige dir doch, Emma; es is weiter nischt.»

Mit einmal blinzte sie gegen ihn hin. «Det will 'n Rechtsanwalt sind», sagte sie blickend, am Boden herumkrabbelnd, «det will mein Bräutigam sind? Un nachher wird er mein Schirm an mir kaputt hauen. Wat willste denn hier? Die Naßkes kommen ooch ohne dir raus.» «Aber Emma.» «Wo bin ich denn deine Emma, du Bedrieger. Herr Rat, det is ein Bedrieger.» Sie hatte sich am Tisch aufgerichtet, schimpfte lauter und drohte gegen den kleinen Mann, der sich neben den Heilgehilfen stellte: «Mit dir wer ick schon mal abrechnen. Erst macht er ein besoffen und nachher will er Vorschuß von eim habn. Wofür denn? Der 'n Rechtsanwalt? Du –» Sie wollte auf ihn zu, der Mann mit der Bluse hielt sie fest; er drückte sie auf den Stuhl: «Setzen Se sich man und quasseln Se hier nich noch.» Sie fuchtelte, rückte sich den Hut zurecht. Der alte Mann verpflasterte ihre Nase, steckte ihr mit bösen Blicken die Haare fest.

Am folgenden Tage wurde Emma von der Polizei entlassen. Die Naßkes hockten schon wieder zu Hause. Rutschinski empfing seine Braut mit den Worten: «Dir sollten sie lieber rausgeschmissen haben auf der Unfallstation, statt dir zu verbinden.» Sie holte aus ihrem Strumpf Geld, das sie von ihrem Ersparten genommen hatte; er zählte besänftigt: «Na, fleißig bist ja gewesen, Emma, olle Schmalzbacke. Aber mach mir bloß nich sone Zicken, besonders wenn ick een krankes Been habe und nicht mitkann.» Als er nach ihrem Schirm fragte, erzählte sie ablenkend, schmeichelnd von dem kleinen Franz, den er kannte; er kriegte einen Grimm, versprach, indem er sich in die Hand spuckte, die Handflächen gegeneinander rieb und dabei pfiff, Abhilfe zu schaffen.

Naßke konnte sein Hundefutter nicht mehr loswerden. Zwei Kollegen waren ihm zuvorgekommen. Er fand aus seinem Groll nicht heraus. Der Hunger war in ihrer Wohnung; der Alte ließ sich nicht bewegen, zu arbeiten. Wenn er bloß den dicken Bierfahrer unter die Finger kriegte. Sie wickelte sich große Zeuglappen um ihr geschwollenes Bein, legte gekautes Brot unter. Er näselte: «Wat pusselste immerzu an det Been? Det scheene Brot rufflegen. Wennstes bloß ausspucken tust, brauchst et ooch nich zu essen.» Sie keifte und stubbste ihn unter das Kinn: «Und wenn du oller Dusselbart bloß quasseln tust, kannste gehn. Mit deine Schlauheit brauchste dir nich dicke zu tun.» Sie schwiegen auf ihren Matratzen. Dann sagte er: «Ick häng mir uff.» Sie packte ihn vor Wut und schüttelte ihn: «Uffhängen kannste dir soviel du willst. Und ick zahl noch een Jroschen zu und jeh mit Emman in 'nen Kientopp.»

Rutschinski hinkte herunter zu dem Alten, der sich nicht aus dem Haus bewegte und die Alte allein mit dem Wagen ließ; er fragte ihn, warum er sich denn aufhängen wollte. Naßke bellte: «Wat jeht denn dir det an? Ihr seid Grünschnäbel. Du fragst mir ooch nich, wennste deine Emma vermöbelst. Ick kann mir uffhängen, wenn ick will.» Rutschinski stellte ihm eine Flasche Schnaps auf das Fensterbrett: «Son oller Mann und sich uffhängen, det hat keenen Dreh. Naßke, trinken Se man eins mit Muttern.» Der Alte winkte ab. Er saß in dem wüsten Zimmer allein auf der Matratze, hockte stundenlang. Sein welkes Gesicht war bitter. Wie es Abend wurde, die Vögel zankten und sangen, trank er in einem Winkel einen Schluck Schnaps, ging in den Hof, holte eine alte Hundeleine aus dem Schuppen und hängte sich an einem Fensterhaken auf.

Da hing er, hinter einem übergelegten Sacklumpen, mit zusammengeschnürtem Hals, wie ein leichtes langes Paket an einem Seil und schwankte nicht.

Der Brückenbogen schwamm über den Kopf weg; eine Schnelle hob den Kahn, senkte ihn in einen Brunnen; glatt und frei sank der Kahn, eine angeblasene Feder, versank.

Die Alte zottelte mit dem Hundewagen an, kauerte auf der Kiepe vor dem Gemüsegarten. Müde lahmte sie durch die Küche ins Zimmer. Als sie das Bündel am Fensterhaken hängen sah, stand sie gebückt, faltete die Hände über der Schürze und sah regungslos lange Minuten hinüber. Sie blieb ganz kalt, schüttelte den Kopf: «Nu hat er sich richtig uffjehängt, der olle Struckräuber. Der fragt ooch nich nach Gott und de Welt.» Durch die Tür keifte sie nach Emma und Rutschinski, zeigte ihnen die Leiche: «Da hängt er.» Rutschinski fragte: «Aber Großmutterken, warum schneiden Se denn Ihren Ollen nich ab?» Sie scharrte ärgerlich in die Küche; nach einer Weile piepste es zurück: «Ich soll ihn nu noch abschneiden, den Struckräuber. Vor sonen Doten ekle ick mir.» Später, als die Leiche auf der Matratze lag, sagte sie zu Rutschinski: «Raus mit dem. Mach dir uff die Socken.»

Die Tage vor dem Begräbnis fuhr die alte Naßke nicht mit dem Karren, Emma brachte ihr zu essen; wenn sie im Garten auf ihrer Kiepe saß, spielte Rutschinski der Großmutter auf seiner Mundharmonika vor, aber nur lustige Stücke, Gassenhauer. Und nach der Beerdigung, am Nachmittag, nahmen Emma und Rutschinski die Frau unter die Arme, und sie marschierten langsam die sommerlich warme Chaussee herunter. Emma trug eine kleine schwarze Kapotte; ihr Gesicht war noch verpflastert, die Lippe geschwollen, an den Mundwinkeln der tiefe Dirnenzug; über ihr helles Kleid hatte sie ein dunkles langes Jackett gelegt. Der dufte Rutschinski, blaß, den schwarzen Schnurrbart mit Bartwichse hochgezwirbelt, ließ seine lebendigen Augen rechts und links gehen; auf dem glattgescheitelten Kopf saß der steife schwarze Hut schief, die Strizzilocke unentwegt in der Stirn, im schicken grauen Anzug mit einem Knotenstock, eine rote Nelke im Knopfloch. Sie schleppten die Alte, die unter ihrem neuen karierten Umschlagetuch verschwand, in den grünumzäunten Garten einer Budike, an dem Eingang war ein kleines Holzschild angebracht: «Hier spielt Bismarck.» Sie setzten sich; Emma raffte ihr Kleid, holte aus dem rechten Strumpf über dem Knie ihr Portemonnaie, gab es Rutschinski. Frau Naßke schwieg hinter ihrem Kognak, sie schien zu frieren. Emma flüsterte: «Sie is noch jiftig auf den Ollen, nich dran tippen.» Der dicke Kneipier mit einer mächtigen Bierschürze stellte sich neben den Tisch; Rutschinski stand auf: «Ein scheener Dag, aber traurig. Der olle Mann hat mit Hundekuchen gehandelt und denn, wie et is in die schlechte Zeit, Se können sich denken –» «Is woll dot?» Rutschinski sagte bei Seite: «Hat sich das Jas alleene abjedreht.» «Ne, sowat. Die arme olle Frau.» «Die redt keen Ton. Machen Se ’n bisken Musike. Wo is denn Bismarck?» «Wird gleich serviert.» Der Hausdiener mit der ungeheuren Glatze setzte sich drin an das Tafelklavier. Rutschinski faßte seinen Stock kurz; wenn mal der kleine Franz hier wieder einkehre, solle der Kneipier nach ihm schicken. «Mit dem will ick mal unter vier Oogen sprechen. Det is mein

Freind. Kucken Sie sich mal die Neese von meine Braut an.» Emma mit den blonden Haaren hielt die alte Naßken umfaßt, redete ihr zu einem Schnäpschen zu. Die nippte und lächelte schwach. Bismarck klimperte. Auf der Buche vor dem Lokal zwitscherten die Vögel, ein Junge klatschte mit seiner Peitsche: «Sie, mein Triesel, nich rufftreten.»
Der Stieglitz sang:
«Des Menschen Gemüt, hoch aufgeblüht, soll sich nun auch ergötzen zu dieser Zeit, mit Lust und Freud sich an dem Maien letzen. Und bitten Gott gar eben, er wolle weiter Gnade geben.»

WEICH dünstete der Nebel über den Potsdamer Platz und schwoll vom Tiergarten her. Die Bogenlampen auf den hohen Kandelabern schienen weiß in der Luft; kleine schwarze Fahrräder tauchten auf, klingelten und verschwanden; zögernd schwirrten die Autos über den Asphalt. Im Spiegel des Asphalts erschienen Pferdebeine, Röcke, von denen der Regen troff, verzerrte Konturen von lackierten Droschken; Stimmen, Traben, Klirren, Rollen über dem Platz, in regelmäßigen Intervallen ein Pfiff.

Der Kaplan stieg aus der Untergrundbahn herauf und stand vor Stillers Schuhgeschäft. Über das regenblanke Trottoir zog er, den Schirm aufgespannt. Viele Menschen kamen hinter ihm her, überholten ihn. Eine kleine Schlanke huschte ihm zur Seite über die Bordschwelle, in einem himbeerroten Mantel glitt sie über den Fahrdamm, den Rock raffend, eine Pfütze umgehend; das schwarze Haar wippte in einem Knoten unter der runden Kappe. Die kleinen braunen Augen des Kaplans verfolgten die Bewegungen.

Dies war die Gestalt zu einer Stimme, die er in der Beichte gehört hatte.

Und der Gedanke bewirkte, daß er seinen Schirm tiefer über sich zog, den schmalen Kopf auf die fallende linke Schulter legte und ein paar Sekunden die Augen schloß. Ihre schlängelnden Bewegungen verschwammen im Nebel, das Rot leuchtete. Das Rot leitete ihn. Er lächelte ohne Widerstreben. An den erleuchteten Läden vorbei folgte er, an Schnittmustern, Schaufenstern mit Fischbassins, stummen Antiquariaten, flimmernden Similibrillanten. Zigarettenreklame erlosch, grellte auf. Als sie in die Uferpromenade einbog an der Potsdamer Brücke, war er neben ihr mit langem drehenden Hals, vorgebeugtem Kopf. Irgendwie dankbar sah er ihr in das volle, erhitzte Gesicht, hob den schwarzen, feuchten Filzhut. Das Weiße ihrer langwimprigen Augen wurde sichtbar, der erschrockene schwarze Blick fuhr an seinem zugeknöpften Gehrock herunter, sie standen an dem Eisengitter. In französischem Akzent brachte sie heraus, daß es vielleicht ein Irrtum sei, sie kenne Hochwürden nicht. Als er wieder langsam nach dem Hut griff, löste sie die Hände von der kalten Eisenstange, wischte sich mit dem Taschentuch die Wasserflecke von den braunen Glacés, sagte mit ruhigem Blick auf seine Tuchknöpfe und dann auf sein hingeneigtes, unverändert verbindliches Gesicht, daß sie sich freuen würde, mit ihm zu sprechen; sei sei fremd in Berlin.

Sie gingen unter seinem Schirm am Kanal entlang; die Kastanien schnellten plötzliche Regenschauer herunter. Das Fräulein sah auf den Boden, spazierte in Gummischuhen, die Füßchen spitzend, durch den Morast; ihre rote Hutschleife ragte wie ein Horn über der Stirn, über der verwirrten Linie ihrer Ponys. Sein magerer Oberkörper schaukelte wie ein Pendel. Er schwieg.

Vor einem Hause der Flottwellstraße tauchte sie unter dem Schirmdach hervor: «Ich wohne drei Treppen; Mademoiselle Alice Dufoult.»

Ohne es zu merken, kehrte er die Potsdamer Straße zurück, gelangte auf den dunsthellen Platz. Er hielt sich eine Viertelstunde auf vor Stillers Schuhgeschäft, vor dem er sie zuerst gesehen hatte; schließlich trugen ihn seine Beine vor die Schwelle, seine Hand klinkte die Tür auf; er kaufte in einer lächelnden Versunkenheit, sich nicht begreifend, eine Büchse Schuhcreme und überlegte einen Moment, wem er hier ein Trinkgeld geben solle. Und dann nach einem Hin und Her im Regen, unter dem der Nebel sank, über den Kemperplatz auf die dunklen Wege des Tiergartens. Er öffnete, als er allein auf einem großen Sandplatz stand neben einer Holzbude, seinen verschlossenen Schirm, sah in die finstere Wölbung hinein, stellte sich dicht unter ihn, geschmiegt unter ihn wie eine Katze, die ihren Buckel gegen die streichelnde Hand hebt. So blieb er in der Lache neben der Holzbude minutenlang, länger; es war ihm, als wenn er in einem warmen Bett läge und schliefe. Bis ein Junge vorbeistrich, ihn anrempelte und schreiend, als der Mensch hervortrat, davonlief quer über den Platz, purzelte, sich aufraffte, schrie durch die träufelnden Gänge. Rasch klappte der Kaplan den Schirm zusammen. In einer hellen Querallee stellte er hochblickend einen Fuß gegen das Podest eines Schmuckdenkmals, umging mit den Augen die Gruppe des Pferdebändigers. Ein Passant, den Kragen hochgeschlagen, beobachtete befremdet von einer Bank aus, wie der Kaplan mit dem Kopf ruckte, freudig sich streckte, seine Glieder bewegte, mit den Fingern zuckte; in den Waden des Kaplans spannte es, seine Kniee krümmten sich; eine Ungeduld, wie plötzliche Kühnheit, überfiel ihn; er strampelte mutig, wie das edle Roß da oben.

Seinen Rosenkranz fühlte er in der Rocktasche; weiterschlendernd senkte er den Kopf über den Kragen, seine Hände falteten sich über dem Leib. Die kalten Tropfen rannen in den Nacken. Der magere Kaplan murmelte abgeblendet seine Gebete, die Stirn gerunzelt, die Lippen gespitzt.

An dem sonnigen Mainachmittag war der Tisch in ihrem Zimmer mit einer zitronengelben Decke belegt; blauer Flieder duftete in einer kleinen Glasvase, zwei Kaffeetassen standen vor einer Schüssel mit Streuselkuchen. Alice schaukelte in ihrem Stuhl. Robert neben ihr erzählte Witze, sein nackter spiegelnder Schädel glänzte; wenn er lachte und sein junges, blutrotes Gesicht ins Vibrieren kam, stieß er prächtige Fanfarenlaute aus; sie stopfte sich den Mund mit Kuchen. Alice hatte das blaue, faltenreiche Kleid an, das ihr die Mutter vor einem halben Jahr in Grenoble mitgegeben hatte: «Wenn du es vorsichtig trägst und nicht viel drauf sitzst, kannst du eine Weile damit auskommen.» Als sie es zum zweiten Male trug im französischen Klub, saß Wahlen mit dem Monokel hinter ihr und gab ihr den etwas lädierten Hornkamm wieder, der aus ihrem Haarknoten in seinen Schoß gefallen war; er meinte, als sie aufstanden, ein Netz hielte sicherer, zog aus seiner Brieftasche eins hervor und demonstrierte es ihr mit dem Bemerken, daß er weder Friseurgehilfe sei noch solche Instrumente fabriziere. Ein paar Wochen später zog er ihr eigenhändig das altmodische Kostüm aus und probierte mit ihr einen Kimono an, ein Hermelinjäckchen, eine Nachmittagstoilette aus altrosa Samt.

Wie Robert gerade die Backen prall aufblähte, aus einem Mundwinkel schräg die Zigarettenasche von der gestickten weißen Weste paffte und mit der mächtigen beringten Hand nach einer Papierserviette tastete, klopfte es und der hagere Kaplan trat ein. Alice verschüttete die Kuchenkrümel auf den Teppich: «Nein, das ist nicht möglich.» Sie zog die Silben, blieb länger sitzen, um Zeit zu gewinnen. Dann richtete sie sich auf, nahm ihm den Hut ab und erzählte freudig, als sie zu dreien an dem Tisch saßen, gegen Robert gewendet, mit fliegender Röte und Blässe, wie reizend sich der Herr Kaplan ihrer angenommen hätte gestern im Regen. Der Kaplan saß zwischen ihnen beiden auf einem niedrigen Plüschfauteuil, mit dem Rücken gegen die Butzenscheiben des Fensters; Robert machte sich lang, betrachtete von oben die Tonsur des Gastes. Mit unsäglicher Dankbarkeit saß der Kaplan zwischen ihnen. Die zitronengelbe Decke betrachtete er mit den plattgedrückten Fransen, die Zinnkrüge auf den Konsolen. Dies stimmte alles, auch daß die Gardinen schmutzig waren und die Überhänge nicht paßten, die Brillanten dieses glattköpfigen jungen Menschen, das altmodische blaue Kleid der Mademoiselle mit den Spitzenmanschetten. Er fand sich nachdenklich und ihm kam, ohne daß er es wußte, warum, der Einfall: wie sich doch alle Dinge in der Welt erfüllen! Der Fauteuil geriet ins Rollen auf dem blanken Parkett. Als aber Alice nach seinem Arm griff, um ihn zurückzuziehen, zuckte der Kaplan aufgescheucht zusammen. Er flüsterte: «Bitte, fassen Sie mich nicht an.» Sie fragte: «Was haben Sie?» Er wurde blasser, sagte, er wäre so empfindlich an den Händen. «Aber doch nicht an den Armen?» «Etwas an den Armen auch, bitte!» Sie tupfte in seinen Handteller; er krümmte sich, der Schweiß stand auf seiner Stirn, so daß sie sich abwandte: «Gott, sind Sie komisch.» «Ja, entschuldigen Sie, mein verehrtes Fräulein, Sie auch, mein Herr, es ist vielleicht Gewohnheit, ich mache mich gewiß lächerlich.» Darauf entstand eine Stille zwischen ihnen, weil der Kaplan sich nicht wieder in die Höhe richtete, sondern immer die Parkettfugen studierte. Robert schnüffelte, schüttelte, immer mehr belustigt, den Kopf; er knipste an seinen Manschetten: «Aber das ist ja zum Totlachen, Herr Kaplan, oder wie nennt man Sie. Da gehen Sie auf die Straße wie so, na, ich will mal sagen, ein Flaneur und werfen Ihre Blicke um sich auf die Töchter des Landes.»

«Ich freute mich über Mademoiselle Dufoult und war glücklich, sie kennen zu lernen.»

«Sie sind ja ein großartiger Mensch. Wirklich, Sie gefallen mir außergewöhnlich. Man soll niemals sagen, daß es irgend etwas im menschlichen Leben nicht gibt.»

Der Kaplan ließ einen verehrenden Blick auf dem breitbrüstigen Herrn liegen.

«Sie sind solch rüstiger Mann, mein Herr. Ich bewundere Sie; Sie scheinen wie aus Eisen geschnitten.»

«Na, ich danke. Hab gedient, bin noch halber Soldat!» Er legte die Hände auf seine Kniee: «Menschenskind, nun sagen Sie, was machen Sie hier? Störe ich etwa jetzt, Sie und dich, Alice?» Er lachte und prustete gewaltig. Sie schwankte zwischen entrüsteter Haltung und Vergnügen, ihre feine lange Nase bog und streckte sich: «Robert, nimm dich doch etwas zusammen.» Sie konnte nicht weiter, platzte heraus in ihr Taschentuch.

«Soll ich rausgehen, Alice, ja?» Er quietschte schon. «Aber ich kann doch durchs Schlüsselloch gucken? Entschuldigen Sie, Hochwürden, die Sache nimmt mich gewaltig mit.»

Der Kaplan lächelte freundlich von einem zum andern, zog seinen Fauteuil ganz an den Tisch: «Lachen Sie doch, wenn es nur auf meine Kosten ist. Ich bin gern unter fröhlichen Menschen.»

Der neben ihm schrie aus vollem Hals: «Gotteswillen, du mußt mir den Kragen aufmachen, Alice, den Schlips.»

Sie wälzte ihr Gesicht auf dem Tischtuch: «Ich kann ja selbst nicht. Hochwürden muß eine schöne Meinung von uns kriegen, Robert.»

Und wieder sagte der Kaplan ruhig: «Aber nicht doch. Ich bin nur froh, daß ich hier sitzen und alles mit ansehen darf.» «Ja, ja, Alice, er hat recht»; mit tränenden Augen richtete sich Robert auf, wischte sich, betrachtete plötzlich gähnend und etwas betreten den schwarzen Herrn im Fauteuil. «Trinken wir eine Tasse Kaffee zusammen. Vielleicht erzählen Sie uns etwas von Ihrem Klosterleben, Herr Kaplan. Man muß die Situation ausnützen.»
«Gern will ich Ihnen erzählen. Wenn es Sie nicht betrübt, ernste Dinge zu hören. Gern will ich Ihnen erzählen.»
«Betrüben, keine Rede. Nehmen Sie Zucker? Wie kommen Sie auf betrüben?»
Während die Tassen klirrten, das junge Hausmädchen in hellblauer Schürze Milch brachte, fixierte Robert öfter den Kaplan, der mit seiner melodischen Stimme zur Mademoiselle sprach. Robert kratzte sich das Kinn, wurde wortkarg. Der Kaplan fiel ihm auf die Nerven, der verrückte Gast machte sich in einer sonderbaren Weise breit.
Alice legte die Arme von hinten um seine Schultern: «Du, hab ich dich verletzt?» «Na na, laß mal, Alice. Setz dich nur wieder hin. Es ist was Geschäftliches, fiel mir plötzlich ein. Brr, mein Kaffee ist kalt geworden.» Der Kaplan schob den Fauteuil zurück: «Ich darf mich jetzt verabschieden?» Robert drückte sich hoch. «Lieber Herr, Sie laufen weg. Die Sache eilt nicht; übrigens: wir gehen zusammen.» Alice, ein Knie über ihren Stuhl schiebend, hielt stumm Robert in den Augen, der an ihr vorübersah. «Also, liebe Alice, nur eine halbe Stunde; du entschuldigst mich.» Sie gingen über die Schwelle; Alice bückte sich neben der Chaiselongue, brachte mit kalter Miene Robert die dünnen Seidenhandschuhe nach, pfiff im Zimmer vor sich hin, auf der Schwelle stehend, die Nägel ihrer linken Hand betrachtend. Der Kaplan und der Reserveleutnant von Wahlen marschierten die Tiergartenstraße herauf; beide atmeten kräftig. «Ja, das ist mal reizend», fing der robuste Mann an, «daß ich einen richtigen Menschen treffe, ein Unikum, nehmen Sie mir das nicht übel. Mir ist zwar wirklich nicht klar, was Sie von

meiner Freundin wollen, aber das ist ja egal. Sie sind vorzüglich, Ihre ganze Art gefällt mir.»

«Sie dürfen nicht so weiterreden, Herr von Wahlen, wenn Sie wollen, daß ich mit Ihnen gehe.»

«Keine falsche Bescheidenheit, Hochwürden. Alles an seinem Platz. Also, ich wollte Sie um einen Gefallen bitten.» Er hakte sich bei dem langen Kaplan mit seinem linken Arm ein. «Es wird mir etwas schwer, es Ihnen vorzutragen. Die Sache ist heikel. Ich rechne darauf, daß Sie solch besonderer Mensch und schließlich auch von Berufs wegen Geistlicher sind. Das paßt faktisch tadellos zu Ihnen, der Kaplan, wie angegossen!»

Als sie minutenlang weitergegangen waren, wandte der Kaplan sein glattes Schauspielergesicht zu ihm: «Wollten Sie nicht sprechen, Herr von Wahlen?»

«Freilich, freilich, kommt schon. Die Sache wird mir schwer. Also, mit einem Wort gesagt: es handelt sich um ein früheres Verhältnis, genauer gesagt, um mein letztes. Nicht Alice, mein voriges. Sie sollen mir helfen, Herr Kaplan.»

«Gern, ich stelle mich Ihnen gern zur Verfügung. Erzählen Sie mir von der Dame, welche Situation vorliegt. Lassen Sie sich die Besprechung doch nicht schwer werden.»

«Nee, kommen Sie mir nicht mit Situation und Dame und so, lieber Herr. Sie sollen mir das Mädchen abnehmen, wenn ich's denn mal rausbringen soll!» «Wie meinen Sie?» «Scheußliches Wort, ja, abnehmen. Das Drum und Dran der Geschichte können Sie sich allein denken. Aber Sie sind Menschenfreund und mein Mann.» «Ach, was soll ich mit dem Mädchen machen, Herr von Wahlen; ich tue Ihnen ja gern jeden Gefallen.» «Nur keine Angst, Herr Kaplan. Sie beißt nicht. Ich muß das von Ihnen verlangen. Sie dürfen sich nicht sträuben. Sie können dem Freund Ihrer Alice, Ihrer Alice, aus dem Sumpf helfen.» Sehr bleich und schmerzlich verzog der Kaplan das Gesicht: «Lassen Sie das, lassen Sie das, das sind schon nicht mehr Witze.»

«Pardon, hab ich falsch gemacht, bitte um Entschuldigung, Hochwürden; ist so meine Art Witze, ist mir vorbeigeraten.»

Dem Kaplan baumelte der Kopf vor der Brust, seine Hände falteten sich vor der schüsselförmigen Vertiefung, die sein Leib war: «Was soll ich mit der Dame, mit dem Mädchen machen?»
«Am besten, Sie stellen Sie auf den Kopf und schlagen ihr einen Nagel in jedes Ohr, dann steht sie bombenfest. Im übrigen lassen Sie sich von mir in flagranti erwischen.»
Der Herr im schwarzen Gehrock schwieg, dann flüsterte er: «Das sind gräßliche Dinge.» «Weiß ich.» «Das sind ekle Sachen, Herr von Wahlen.» «Weiß ich.»
«Bitte, eine Frage, Herr von Wahlen, mißbrauchen Sie mich nicht, Sie lieben Fräulein Alice Dufoult wirklich? Meine Frage wird Sie nicht kränken.» Dabei sah er dem energisch ausschreitenden breitschultrigen Mann, dem der weiße Strohhut schräg tief in der Stirn saß, bettelnd in die zwinkernden grauen Augen. Sie schwenkten in die Fasanenallee ein; elegante Equipagen fuhren vorbei, der Herr neben dem Kaplan winkte und grüßte oft. Er kicherte, nervös belustigt: «Etwas komisch, wie Sie fragen, verzeihen Sie. Wenn Sie wollen: ich liebe Fräulein Alice, es liegt mir an ihr.»
«Und es erfreut Sie, wenn ich diese – Sache übernehme?» Der muskulöse Herr im Strohhut blieb angewurzelt stehen, es fuhr ihm schneidig aus der Kehle: «Na, sind Sie komisch; ich komme doch zu Ihnen damit.»
«Dann will ich Ihnen behilflich sein, lieber Herr. Verzeihen Sie mir. Aber gehen wir doch weiter. Seien Sie versichert, leicht wird mir das alles nicht. Denken Sie nicht falsch von mir.» Immer wieder errötete er und wich den scharfen Blicken des Leutnants aus.
«Mal keine Redensarten, Hochwürden», damit klopfte er dem Kaplan auf den Rücken, «wir haben es alle nicht leicht. Wenn ich Ihnen erzählen würde von mir allerlei, Sie würden staunen.»
Der Kaplan atmete freier: «Ich bin ja zufrieden, wenn es Ihnen gut geht und wenn ich Sie nicht gekränkt habe.»
Leicht angewidert wehrte der elegante Herr ab; er streckte die Hand hin, schob den Kaplan beiseite: «Na, Schluß. Mal keine Redensarten. Auslagen ersetze ich Ihnen natürlich. Sehen Sie zu

und trösten Sie sich, ‚wir müssen alle unser Päckchen tragen. Das ist mal so im Leben. Auto! Auto! Puh!»

Das war eine andere Wohnung als die Alice Dufoults. In einem westlichen Gartenhaus ein mäßig dunkler Korridor und dann ein langes, schmales Zimmer. Eine Petroleumlampe auf der Kommode, eine gelbe spanische Wand vor einem Bett; Haussegen, patriotische Bilder an der Wand. Vor dem Fenster der unbedeckte vierbeinige Ausziehtisch und Rohrstühle. Bertha saß in weißer Untertaille und rotseidenem Rock hinter der Gardine und kaute einen Apfel. Sie hatte ein festes energisches Gesicht und lebendige blaugraue Augen. Ihre nackten massiven Arme waren weißgeschminkt, die Hände noch rot.

Als der Kaplan klopfte, wollte sie nach ihrem Umschlagtuch greifen, rief aber gleich: «Immer rinn!» Der Kaplan schloß die Tür hinter sich, sie riß den Mund auf: «Nanu, was ist denn das für einer? Sie sind wohl von der Heilsarmee?»

Der Kaplan murmelte seinen Namen. Sie winkte ab: «Bei mir ist nichts zu machen damit. Hier wird überhaupt nicht hausiert.»

Lauter nannte der Kaplan seinen Namen, buchstabierte, trat mit dem Hut in den Händen näher.

Da kreischte sie auf, warf ihren Apfel, daß er zerplatzte, über den Tisch: «Jesses, Sie sind das! Der mir Gesellschaft leisten soll, bis Robert wiederkommt. Nu schlägt's aber dreizehn, nee, kommen Sie mal ran, setzen Sie sich mal hin.»

Der Kaplan rückte sich einen Stuhl zurecht: «Ich freue mich, Sie kennen zu lernen, liebes Fräulein. Herr von Wahlen hat mir viel Angenehmes von Ihnen erzählt.» «Nu fangen Sie mal nicht aus die Ecke an. Sie, die Geschichte mit dem Verreisen glaub ich schon lange nicht. Das können Sie Robert sagen. Das ist eine Drückebergerei. Aber –» und da quietschte sie auf und schlug sich die Hände vor den Mund: «Menschenskind, wie sehen Sie bloß aus! Was haben Sie für einen katholischen Rock an! Zum besten scheint's Ihnen auch nicht zu gehen.»

Peinlich berührt seufzte der Kaplan: «Sprechen wir doch lieber von etwas Schönem. Wie mir Herr von Wahlen sagte, lieben Sie

gelbe Rosen sehr. Ich habe mir erlaubt, Ihnen dies Sträußchen mitzubringen. Ich bitte Sie, wollen Sie meine freundliche Gesinnung daraus erkennen.» Sie betrachtete ihn aufmerksam und mit Teilnahme. «Da hat Sie Robert aber schön reingelegt. Der Filou, das sieht nach ihm aus. Die gelben mag ich grade nicht. Warum machen Sie sich aber bloß nicht wenigstens den obersten Knopf auf? Sie werden sich noch erkälten. Sone Tuerei steht einem jungen Mann gar nicht.»
«Wenn Sie wollen, mache ich mir den obersten Knopf auf.»
«Natürlichement. Mit etepetete kommt man bei mir überhaupt nicht weit. Wissen Sie übrigens, Männeken, was ich Ihnen sagen will?» Sie kaute ihren Apfel. «Ich meine, von wegen die Geschichte mit Ihnen und Robert; da liegt eine gemeine Schiebung vor.» Und sie fixierte ihn schlau.
Gequält sah ihr der Kaplan ins Gesicht und studierte vertieft ihre Züge; er äußerte ein paar stimmlose Sätze.
«Sie markieren den Scheinheiligen, mein Lieber. Lassen Sie man sein. Sie sind Strohmann von dem Filou. Und weil Sie schüchtern sind mit Damen, ist Ihnen ganz paß, daß der Filou Sie so deichselt. Was?»
Nach einem weiteren tonlosen Satz fuhr der Herr im schwarzen Gehrock stockend fort: «Ich will Ihnen sagen, mein Fräulein, in gewissem Sinne haben Sie ganz recht. Ihre Vermutung ist zum Teil nicht unbegründet.»
Sie schmetterte ihre Faust auf die blanke Tischplatte, fuhr hoch: «Wissen Sie, Sie sind zum Piepen. Wenn ich Ihnen nu eins runterlatsche – wie ist es dann mit der Vermutung?» Er verfolgte sie freudig, seine Stimme klang befreit: «Ja, das wäre ganz passend und es würde mir recht geschehen.»
Das Gelächter Berthas wollte sich nicht beruhigen:
«Wissen Sie, Amsel oder was Sie sonst für 'nen Vogelnamen haben, Sie sind zum Heulen. So ein Gerissener wie der Robert ist, der hat sich wieder mal den Richtigen rausgesucht. Bleiben Sie man sitzen. Sie können einem leid tun. Ich mache Ihnen noch einen Knopf auf.» Sie stand mit ihrem bloßen Arm hinter seinem

Stuhl, drückte ihn an seinen Schultern herunter: «Ordentlich rausfüttern müßte man Sie. Ich bring Ihnen nachher was zum Essen. Na, nu sagen Sie mal, Mamsell, wie steht's denn eigentlich mit uns? Wie sind denn wir beide dran? Sie mögen mich wohl nicht?» Er steckte zwischen ihren Armen; sein glattes Gesicht füllte sich, wurde gedunsen.

Sie ließ ihn los, angelte sich ihren Stuhl, seinen Hut patschte sie ihm auf die Erde; ihn zog sie zu sich auf den Schoß. Er schluchzte leise. Sie sah zu ihm herauf, er drehte den Kopf weg. «Was hast du denn, Mamsell?» «Nichts.» «Nanu, du heulst doch.» Er schluchzte unterdrückt: «Es ist wirklich nichts. Mich regt nur alles so furchtbar auf.» Er lächelte seitlich zu ihr herunter. «Lang bist du, Mamsell. Komm doch mal runter zu mir. Runter mußt du.»

Sie ließ das hilflose Menschengerüst halb über ihre Kniee rutschen. Bertha erstaunte: «Gotte doch, ich tu dir ja nichts. Du bist doch ein propperer Kerl. Mal was Besonderes. Das ist ein feiner Gedanke von Robert gewesen, statt dem ausgebliebenen Geburtstagsgeschenk.»

Der Kaplan lag zwischen ihren Armen, mit den Knieen wippte er gegen den Boden; er balancierte sich mühsam auf ihrem Schoß zurecht; er wollte sich oft aufrichten und tastete nach seinem Stuhl, fiel wieder zurück. Sie bückte sich über ihn. «Soll ich dich mal ordentlich abknutschen jetzt, Mamsell, weil ich dich grad so habe, für die gelben Rosen, daß dir die Ohrlappen brennen? Was meinste?»

Er flüsterte nach einer Pause, mit einem versonnenen Ausdruck: «Willst du das tun? Bertha? Ja, so tu es doch.»

Sie küßte ihn weidlich, auch seinen Kopf, wobei sie mit einem Blick auf die Tonsur klagte, daß ihm schon die Haare ausfielen. Er hob sich währenddessen immer mehr an ihr Gesicht, drängte sich gegen ihren Mund. Sie streichelte ihn: «Was machst denn, Mamsell?»

Er blickte mit verwirrten Augen an die geweißte Wand: «Nur träumen tu ich.»

«Scheint dir ganz gut zu schmecken.» Schwach lächelnd saß er wieder auf seinem Stuhl. Sie zog sich gegen das Fenster, lockte ihn: «Na, mein Junge, hängste noch an der Stange? Komm mal zu mir, komm doch mal her. Gibt Zucker. Beine durchgedrückt. Immer feste ran an die Gewehre.» Ihren feisten Hals hielt sie ihm entgegen, er legte sein Gesicht an, schwindlig, mit geschlossenen Augen. «Ne, du begaunerst mich. Augen aufgeklappt. Siehste.»

Am Sonnabend suchte der Kaplan seinen Beichtvater, den Bruder Vincenz, auf, der neben ihm wohnte. Er öffnete sich dem Pater, breitete es vor ihm aus, führte den entsetzten Mann vor alle Dinge. Schließlich gingen sie auf das Zimmer des Kaplans; der schloß seinen Schrank auf, zeigte den Schirm in der Ecke, der mit Bindfäden zugebunden war. Auf den Wunsch des Paters spannte er den Schirm, hielt ihn lächelnd über ihre Köpfe mitten im Zimmer. Friedlich und ganz unzugänglich blieb er: «Ich will alles tun, was Sie für nötig erachten. Nur habe ich das Gefühl, das unabweisbare, unbezwingliche Gefühl, daß ich nicht verstoße gegen die heiligen Vorschriften mit meinem Tun.» Der elastische grauhaarige Pater setzte sich, die Arme kreuzend, auf einen Schemel unter dem Bild des gemarterten Sebastian, der zum Himmel blickt, während ihm die Pfeile im Fleisch stecken: «Wenn ich Sie nun nochmal frage, Bruder Anselmus, ob Sie unzüchtige Gedanken gehegt haben in den Straßen oder in den Wohnungen, unzüchtige Bewegungen ausgeführt oder geduldet? Was antworten Sie ohne jeden Umschweif?» «Ich habe keine Unzucht getrieben und nichts Schlechtes gedacht. Halten Sie mich nicht für einen Verbrecher. Ich habe eine sanfte Empfindung für die Frau mit Namen Alice Dufoult, aber ich kann nicht drüber sprechen. Ich dachte, vorhin, als ich den Regenschirm über uns beide ausspannte, fühlten Sie es auch.» «Bruder Anselm, Sie sind verliebt in das Mädchen, Sie begehren sie.» «Das sind Worte, die mich nicht treffen. Ich habe eine sanfte Empfindung in mir, die sehr stark ist. Ich bete und mein Gebet ist innig. Ich fühle mich in keiner Weise geändert.» Und dann schwammen seine Augen, er berührte den Pater am Ärmel. «Meine Auffassung klingt unmöglich, ich weiß. Ich staune, was mit mir geschehen ist.» Wieder hielt er inne, seufzte mit einem Blick auf den umgefallenen Schirm, den Beichtvater, die kahle Zimmerwand. «Freilich schillert manchmal alles, jedes in mir, bewegt sich von mir weg. Dann habe ich den Wunsch, daß ein Ende einträte damit. Verstehen Sie das?» Der Pater schüttelte den Kopf und schwieg. Als er sich erhob, gab er dem Kaplan eine kleine, kleine Bedenkzeit.

Am Abend, als es regnete, nahm der Bruder Anselmus, Berthas Haus verlassend, eine Droschke, fuhr vor Wahlens Wohnung. Wahlen war nicht zu Hause. Auf das Drängen des Kaplans nannte der Diener die Telephonnummer, unter der sein Herr zu erreichen war, führte den Gast in das Rauchzimmer. Auf dem Ofen standen zahlreiche Photographieen, auch Berthas, Alices, mehrere Balletdamen, einige phantastisch schöne Köpfe. Beim Anblick eines dieser schwermütig feinen Gesichter wurde der Kaplan von solchem schweren krampfenden Mitgefühl ergriffen, daß er sich auf einen türkischen Sessel setzte und den Diener bat, die Verbindung noch nicht herzustellen. Er fragte den Mann in der Livree nach einem andern Apparat in einem andern Raum. Und ging mit dem Erstaunten durch viele Zimmer in die Küche hinaus, flüsterte, er könne auch die leiseste Rauchluft nicht vertragen. Allein telephonierte er dann. Seine Stimme tremolierte. Eine Damenstimme kicherte, für Privates wäre aber der Herr Leutnant jetzt auf keinen Fall zu sprechen; die Stimme flötete ihm ein paar Scherzworte zu, und wie er denn heiße, wie groß er sei, ob er einen Schnurrbart trüge. Und dann, entfernt vom Apparat, flüsterte sie vernehmlich: «Du, das scheint dein verliebter Pfaffe zu sein. Ich hör nebenan mit zu.» Mit angehaltener Erregung sprach der Kaplan: «Ich war zweimal bei Bertha. Warum kommen Sie denn nicht? Wo bleiben Sie?» «Sind Sie denn schon so weit, Hochwürden?» «So kommen Sie doch.» «Eilt ja nicht, Hochwürden. Sie gefällt Ihnen wohl nicht? Na, will dafür bald mit was anderem aufwarten. Übrigens –»

Er lud den Kaplan zu einem kleinen Maskenspiel ein, das morgen in der Wohnung Alices stattfände; Alice bäte ihn dringend zu kommen, sein Inkognito würde gewahrt bleiben.
Dem Kaplan spannte sich die Brusthaut vor Schmerz. Er rieb sich die Ohren; ein leiser Schreck war durch ihn gefahren, ohne daß er wußte, worüber. Er atmete tief, noch vor dem Apparat; seine Lungen wagten nicht auszuatmen. Er wollte Alicen sehen.
Und zu einer japanischen Frühlingslandschaft war die kleine Wohnung der Mademoiselle gestutzt worden. Drei lustige Französinnen liefen zusammen, Sinnloses schnatternd. Sie sprangen auf Stelzen von einem Zimmer ins andere, wedelten mit kleinen Fächern. Ein deutsches elegantes Fräulein hatte sich eine turmhohe japanische Perücke aufgestülpt und schiefe Augenlinien geschminkt; sie hielt sich krähend an die Herren. Da waren Robert und zwei Männer, die sämtlich im schwarzen Trikot als Athleten und Gaukler bizarre Purzelbäume schlugen, hin und wieder ein merkwürdiges Glockeninstrument klöppelten, das sie am Handgelenk trugen. Als der Kaplan erschien, kam Robert wie ein Dämon unter die Rosaampel des Korridors gestürzt, hielt ihn fest: «Sie dürfen nicht so herein. Maske. Lassen Sie mich überlegen.» Verschwand im Wohnzimmer, wo es sofort stille wurde und Tuscheln entstand; dann führte er den Kaplan in Alices Schlafzimmer. Alice erschien, nur an der Stimme kenntlich, in gelbseidenem Mantel mit tollen Fabelstickereien, einen züngelnden Katzenkopf vorgebunden. Als sie die weißen Sachen für den Kaplan aus einem Schrank herausholte und auf die grüne Chaiselongue ausbreitete, wurde sie sehr langsam in ihren Bewegungen; Robert zeigte ihr dies und das, was sie dann auch hinlegte; er drängte sie, schob sie, als sie zum Schluß zögernd vor der Chaiselongue stehen blieb, zur Tür hinaus: «Hochwürden wird sich vor uns schämen.» Hochwürden aber lachte und fieberte; er war leidend, hilfsbedürftig und fühlte dabei mit Entsetzen, daß ein Rausch von seinem Kopf und seiner Brust Besitz nahm, daß eine wilde Begierde über seine Arme, über seinen Mund schlich. Er knüllte mit

raschelnden Händen an den Sachen, sah sich im Zimmer um. Automatisch zog er an, was man ihm hingelegt hatte. Schwindlig ging er auf den Zehenspitzen über den Korridor in die bunten Zimmer. Gelächter, Kreischen und Wiehern empfing ihn. Die Damen, nachdem sie herbeigerannt waren, versteckten sich in die verhängte Ecke des Zimmers, die vier Herren tobten um ihn im Kreis; sie stampften bocksbeinig einen wütenden Ringeltanz um ihn und zerrten ihn durch die Zimmer. Weit schlotterte und wehte, entblößend um seinen schmächtigen Rumpf, das rotbebänderte ausgeschnittene Nachthemd Alices; ein grünes Seidentuch, ein Zigeunertuch, hatte er über die nackten dürren Schultern gespreizt. Die Herren rissen es ihm aber ab, legten es über, bliesen es weg. Perlenbesetzte Nachtpantöffelchen schleifte er an den Zehen, hellblau durchbrochene Strümpfe rutschten ihm herab von den Stöckerbeinen, über die angeklemmten Strumpfbänder stolperte er. Er hatte nicht gesehen, was er anzog; er tanzte mit den Herren, freute sich, suchte Alice und lachte, weil alle lachten, und hätte gern gesehen, daß sie mitlachte. Seine langen graublassen Arme schwang er über seinen Kopf, wie die Gebeine eines Totentanzes wehten und sanken sie oben durch den Dunst. Die Katzenmaske griff ihn, als er zum zweiten Male durch die Wohnung gewalzt und gewirbelt wurde, am Hemdenausschnitt, fauchte die Herren weg, zog ihn auf den Korridor. Sie riß sich die Fratze ab; ihr Gesicht glührot bebte: «Was tun Sie hier in den Sachen, Hochwürden? Was lassen Sie sich bieten?» «Wer bietet mir etwas? Ich weiß nicht, daß mir irgend jemand etwas bietet.» «Es ist schon ganz unnatürlich, was Sie mit sich machen, Hochwürden.» Der Kaplan sah an dem wallenden Hemd herunter, spielte mit den roten Bändern, während sie sich abdrehte: «Nehmen Sie doch die Hände davon.» Er zitterte sichtlich: «Ich finde, daß Sie mich alle mißverstehen.» Resolut riß das Fräulein die Tür zu ihrem Schlafzimmer auf: «Ziehen Sie sich um und gehen Sie. Kommen Sie nicht wieder herein. Morgen will ich Sie sprechen, Hochwürden. Ich muß Sie sprechen.» Er stöhnte: «Ich will hier

bleiben bei Ihnen. Was wird morgen sein? Warum schicken Sie mich hinaus», sie war schon fort.
In der Nacht heimkehrend steckte er die Gasflamme in seinem Zimmer an. Aus seinem Schrank hob er mit schwankenden Armen den schwarzen Regenschirm, tastete nach der Büchse Schuhcreme im Fach. Er fingerte unsicher über Schirm und Büchse, packte sie auf einen Stuhl unter dem Bilde des heiligen Sebastian, warf sich in einer unbezwinglichen Bewegung auf den Boden, aufgewirbelt und fast ohne Besinnung, schrie: «Herr, mach ein Ende! Noch Sekunden laß mich irren, noch Minuten, wenn du es willst, nicht länger, Herr, ein Ende!»
Als er morgens erwachte, brannte noch das Gas über ihm. Er war am Boden eingeschlafen. Er fand sich voll inwendiger Sehnsucht nach Alice und hatte das Gefühl, daß dies ein gebenedeiter, notwendiger Tag sei.
Er ging durch das Seitenportal seiner Kapelle auf die Straße. Er blickte sich scheu um; über sein weißes Priesterkleid und die Stola hatte er eine lange Pelerine geworfen, sein Kopf bloß. Am Rand des Rinnsteins in der stillen Straße schlich er; ein Wagen knatterte über Steine, er winkte, stieg ein. Blendende lebendige Frühlingssonne in allen Straßen. Der Potsdamer Platz tauchte auf, menschenwogend, von Wagen durchschwungen. Stillers Schuhgeschäft glitt vorbei. Läden an Läden, eine Allee von Schaufenstern, die grünen Kastanien und Buchen des Schöneberger Ufers. Kein Nebel, jedes aufblühend, schmelzend, hinfließend, alles du und du. Die Pelerine, die auf den Rücken umgeschlagen war, zog der lange Kaplan nicht nach vorn zurück, als der Wagen hielt; in der Flottwellstraße stieg er langsam aus der Droschke, ging ruhig an den Staunenden vorbei in das Haus Alices. Rauchige Luft in ihrem Korridor, die Lampions und Girlanden hingen noch und lagen zertreten auf dem Flurteppich. Als er den Korridor betrat und alles schwieg, kam ihm vor, als ob er auf Daunen einherginge. Er dachte zärtlich: wohl euch, was habe ich euch beschert.
Im Wohnzimmer setzte er sich an das Fenster; das Zimmer völlig

ausgeräumt, der Parkettboden zerschrammt, mit duftendem Wein und Bier begossen, ein kleiner Haufen grüner und weißer Scherben mitten im Zimmer unter dem bebänderten Kram. Wie sich der Kaplan halb zur Seite wandte, stand in einer Erkernische etwas Buntes; er faßte hin, es waren die Strümpfe Alicens, die er gestern getragen hatte, mit Apfelsinen ausgestopft, an einer Korsettstange darüber baumelte ihr Hemd, mit Rotwein begossen; den Abschluß oben bildete eine Mütze aus Silberpapier, er erkannte, es war eine runde Priestermütze. Er streichelte leidend den Haufen: wie gut sind sie, und was muß ich ihnen antun! Der Aufbau raschelte hin, als er ihn losließ. Seine Oberlippe zuckte. Er sollte warten; hörte nebenan im Schlafzimmer Alicens Wasserplätschern, warf die Pelerine wie zum Schutz ab über die Figur und ging ohne zu klopfen hinein. Sie tauchte grade die Hände in das Becken, gellte kurz, stürzte ins offene Bett, verschwand unter der Decke. Der Kaplan blieb an dem Waschbecken stehen, sagte leise, langsam und ruhig, warum sie erschrecke; er wünsche sehnlich, mit ihr zu sprechen. Unter dem Deckbett wühlte es: «Rufen Sie sofort das Mädchen.» Er schloß die Tür, setzte sich auf die Bettkante, streichelte ihre Kopfkonturen auf der Decke: «Ich will mit Ihnen sprechen. Sie dürfen sich mir nicht vorenthalten. Stehen Sie auf.» Ihr Gesicht kam hervor, sie sprang hinter ihm am Fußende heraus, stellte sich, im Unterrock mit nackten Füßen und halboffener Brust, Konfetti im hängenden Haar, jenseits des Betts an die Wand. «Hochwürden», sagte sie halb weinend, «was wollen Sie von mir? Warten Sie draußen.» Er blieb auf der Bettkante sitzen mit strahlendem Ausdruck: «Seien Sie doch ruhig, Fräulein Alice. Seh ich aus wie einer, der Ihnen etwas tun will? Seien Sie ruhig und lassen Sie mich hier.» Sie hing sich ihren Kimono um, rauschte auf ihn zu, konvulsivisch ausbrechend warf sie sich vor ihm hin und wühlte Hals und Kinn, Konfetti regnend, in den weißen Stoff über seinen Knieen. «Hochwürden, was wollen Sie so früh kommen. Ich will nicht mehr hierbleiben, keine Minute länger. Was Robert macht, ist schändlich, ist unerträglich. Ich ertrag es nicht. Sie müssen mir hier weghelfen.» «Robert ist kein Schurke, er ist kein Schurke. Wie können Sie so sprechen!» Sie schrie: «Was sind Sie für ein Mensch. Ich will nicht, daß Sie sich durch den Sumpf ziehen lassen von ihm. Wenn das so fortgeht, will ich Sie nicht sehen und Robert nicht sehen. Hochwürden, was hab ich erduldet von diesem Mann. Ich habe in den letzten Wochen alles gesehen. Lieber will ich Hunger und Durst ertragen, als mit ihm länger zusammen sein. Ich weiß, daß Sie mir gut sind, helfen Sie mir.» Der Kaplan war aufgestanden, sie stand dicht an ihn gedrängt.

Er flüsterte mit unbeweglichem Gesicht: «Hier ist keine Rede von Hilfe. Woher wissen Sie, daß ich Ihnen gut bin?» Er zitterte, als sie ihn anblickte: «Aber jetzt glaub ich, daß Sie mich nicht mehr mißverstehen. Mein Gott, es scheint durch meine Poren zu dringen.» «Was ist Ihnen?»

Der Taumel berührte sein Gehirn. Er hielt nicht mehr stand. «Ich weiß, ich bin dir gut, Alice. Und gleichzeitig höre ich dich gar nicht. Ich kann mich anstellen, wie ich will, ich hörc nicht, was du sagst. Es schwingt in mir nicht mit. Ich bin dir gut, und du verschwindest vor mir. Wie heißt du?»

«Alice, Alice Dufoult.»

«So gut bin ich dir. Du mußt dich nicht beklagen. Ich beklage mich auch nicht. Ich weiß nicht, was du verloren hast. Wenn du vor mir stehst in diesem Zimmer, bist du ohne Fehl, und ich bin ohne Fehl. Du bist mein. Und darfst dich mir nicht vorenthalten.»

Sie riß an seiner Stola: «Du darfst nicht diesen Mantel tragen, wenn du mich anfaßt.»

Er lachte mit einer quellenden Heiterkeit: «Faß meinen Mantel an, faß die Stola an. Ich bin Priester. Fürchte dich nicht.»

«Aber ich fürchte mich nicht, Anselm.»

«Nein, das sollst du nicht. Nur ich muß mich fürchten. Und tus nicht, und wills nicht tun.»

Sie streichelte seine Hand, die er sich vor den Mund hielt, als wollte er sein Lachen darauf festdrücken und festklammern.

«Und wenn mich einer anklagt und ich verdammt werde, Alice, ich kann es nicht mehr aufhalten. Ich kann nicht an mich halten, ich muß dich in meine Arme nehmen und dich küssen.»
Sie ließ sich küssen, ja sie hängte sich an seinen Hals. Sie bettelte, er solle den Mantel ablegen, aber er blieb dabei, er müsse ihn vor seinen Augen haben, vor seinen Augen behalten; keine irdische Gewalt würde ihm das rauben. Und so ging er hinaus, sie kleidete sich an. In einer Hemmung stand sie immer wieder da. Schließlich war sie angezogen und schlüpfte entschlossen zu ihm hinein. Ins Grüne wollten sie fahren. Sie war fröhlich und sagte ja, schickte das Mädchen herunter nach dem kleinen Tandem. An der Tür drehte sie sich um, rief dem Mädchen zu, sie möchte nicht warten mit dem Mittag, sie führen nach Döberitz zu auf die Heerstraße.
Die breite benzindampfende Chaussee, zwischen den beiden grünen Baumlinien, trabte das Gefährt. Alice in grauer Sportmütze, die Peitsche in der Hand, lenkte den Schimmel. Vor einem Blumengeschäft hielten sie, hängten große Fliederbüsche, Goldlack, schneeweiße Myrten über ihren Sitzen auf. Hinter schaukelnden Zweigen fuhren sie. Der junge Priester war ein Kind, drückte ihre freie linke Hand flach zwischen seinen beiden, sagte, nun sei sie ein Frosch und er hielte sie festgeklemmt: quak, sprang der Frosch heraus. Sie bettelte, der Frosch wolle wieder hüpfen. Er träumte: ja, wohin?
Da sah sie zwischen den Blüten, daß drüben zwei Kinder, dort ein Pärchen, rechts ein Herr auf dem Trottoir stehen blieben, gespannten Ausdrucks etwas hinter ihnen beobachteten. Ein dumpfes Trappen kam hinter ihnen her wie entferntes Teppichklopfen, Poltern über Trommeln, jetzt Klappern, Eisen auf Stein, schmetternd und klirrend, heranstoßende Pferdehufe. Alice schoß hoch, ihre Mütze riß die Zweige auseinander: «Robert, es ist Robert!» Von hinten brüllte es her, während der Schimmel halb scheu die Hinterbeine hochwarf, den Hals zurückbog und geifernd ein wütendes Tempo einschlug: «Kanaillen, anhalten! Pfaffenhund, anhalten!»

«Hilf mir, Anselm, rette mich, er schlägt mich tot!»
Besinnungslos schob sie ihm die Zügel zu, drehte sich auf ihrem Platz aufrecht um sich selbst, entwand sich dem Kaplan, murmelte mit einem blinden Blick über die lange, vorbeifliegende Chaussee: «Er schlägt mich tot, er schlägt mich tot. Hilfe!» Der Schimmel bockte, stürmte mit dem kleinen Wagen davon, der rechts und links schleuderte, gegen die Bordschwelle schlug, einen Baum anstreifte. Sie rasten zwischen den Baumreihen hindurch. Ein Geschrei war vor ihnen, neben ihnen. Die auf dem Wagen blieben ohne Laut. Einen Moment, als er sie noch hielt, drehte sie den Kopf zu ihm; in seinem Gesicht war etwas, daß das armselige Geschöpf die Hufschläge des Reiters anhörte und es durch sie fuhr: «Was will der von mir, und was will der von mir?» Die wirbelnde graue Luft war da. Die graue fließende Luft deckte seinen Mund und seine Augen, hielt seinen Kopf von vorn und hinten. Die Frau wand sich neben ihm herunter zwischen Pferd und Deichsel, nach der Leine zuckend; er packte sie um den Rücken, griff ihr unter die Arme. Und während er mit ihr rang, den Zügel in der Linken, und sie ihm den Mund zerkratzte, von ihm abdrängend, war in seinem Kopf hell das Bild des strampelnden edlen Rosses, des rettenden edlen Tieres. Sein Körper strebte hoch, um sie auf den Sitz zurückzuschleudern, die Zügel anzureißen. In seine Arme aber kam ein blinder Wille: weg von Alice, weg von ihr. Die Hände mußten es tun, die Hände taten es. Vor seinen Augen stand noch auf einem weißen Vorhang das Bild des davonstürmenden Rosses mit der Frau auf dem Rücken; da sprachen seine Lippen in die Luft hinein das Totengebet über der stürzenden Frau, jede Silbe ein betäubender, hirnfüllender Schluck Luft: «Commendo te omnipotenti, aspectus mitis atque festivus tibi appareat.»
Der Körper des Kaplans lag atmend, blutbedeckt in einer Baubude der Rohrleger. Die Arme hielt er steif vorgestreckt in der Haltung, in der er Alicen sinken und zerschmettern ließ. Der Leutnant drang an den Männern vorbei, hieb dem Kaplan mit

seiner Reitgerte über die Arme; die Arme schnellten wieder zurück. Der Bewußtlose zwinkerte, bebte auf, hielt sich für Wasser, das man mit Ruten streicht.
Die Brüder fuhren ihn auf das Land in ein waldumstandenes Kloster. Er las keine Totenmessen, duldete nicht, daß man sie las. Die Frau sollte brennen in der Hölle, das legte er sich auf.
Drei Wochen brannte sie. Da merkte er, als er morgens erwachte und der weiche Nebel vom Garten in seine Zelle wehte, daß die Bewegungen seiner Arme, das steife Vorsichhinstrecken etwas anderes bedeuteten. Die Kutte warf er sich über, auf nackten Füßen ging er bebend an seinen kleinen Altar. Er trug auf seinen Armen ein Opfer für Maria, das brachte er ihr jetzt. Während er die Stirn auf den schwarzen Samt des Tischchens preßte, fühlte er, daß Maria ihn verstand, daß sie sein Opfer annehmen wollte. Eine Lösung kam in seine Glieder, seine Arme sanken herunter. Er zündete die Kerzen an, las die Messe für die Tote.
Und während er die Hände aneinandergelegt vor die Stirn hielt, kam ihm vor, als ob ein Frosch aus der Mulde zwischen ihnen hervorhüpfte, laut ‚quak, quak' machte und behend vor die Füße der Gottesmutter sprang. Die Engel lachten fein, wie wenn man ein Seidenpapier umwendet. Die Füße Marias bewegten sich wenig. Das rosige Wolkenkleid über ihren Schenkeln strich sie glatt, da hüpfte der kleine braune Frosch empor. Auf ihrem Schoß saß er mit seinen mächtigen Augenbällen und durfte still sitzenbleiben zwischen den Englein.

HUBERT Feuchtedengel – Neuromanist und die zweiundvierzigtausend Mark seiner Erbschaft verfressend, aussaufend, drauf vier Jahre verheiratet, bis ihn seine Frau verstößt, weil er nur wöchentlich einmal anschwimmt zum Verschnarchen, Verschnaufen und zu einem Reinigungsbad, dann Mediziner auf Pump und Stipendien sechzehn lange Semester, bis das goldene Staatsexamen reift, achtunddreißig Jahr und nicht wenige Monate alt – bringt es so weit, daß er Medizinalpraktikant in einem lothringischen Bezirkskrankenhäuschen wird. Inzwischen hat sich bei ihm ein exquisiter Fimmel etabliert.

Er sieht am grauen Morgen einen Bandwurm klar vor seinen geistigen Augen, mit unzähligen regsamen, windenden Gliedern, eierlegend, eierstreuend, eierregnend; in einem Bad kleiner tropfenartiger Eier bewegt sich das Vieh stolz, zieht hin. Dann erhebt sich der Beobachter vom Bett, steigt gedankenvoll zu einem Romanisten aufs Zimmer; zu sprechen braucht er nicht, der andere weiß schon: der Bandwurm ist da. Als keiner gefunden wird von einem älteren Zechgenossen, verschwindet Hubert nach Greifswald, erscheint nach Jahren wieder in Süddeutschland als selbstdenkender Mediziner. Jetzt weiß er: er hat keinen Bandwurm; was man vor Augen sieht am frühen Morgen, ist kein Bandwurm, sondern Blutandrang. Und im lothringischen Hospital gelangt er zu der abschließenden wissenschaftlichen Überzeugung, daß es sich bei ihm um Sepsis, um Blutvergiftung handelt, beschränkt auf den Kopf; zweifellos um einen Fimmel, aber auf Sepsis beruhend.

Sein Arzt heißt Werner Strick. Das ist ein Gewaltmensch. Feuchtedengel imponiert ihm nicht, aber sie sind Duzbrüder. Neben dem rotgesichtigen hochwüchsigen Strick, der bei der Visite mit Sporen steigt, die zutrauliche gutmütige beleibte Gestalt seines Medizinalpraktikanten, Krankenjournale vor der kurzen Stülpnase, drüber her auf die Betten glotzend, dampfend vor Eifer.

Nach zwei Monaten konsultiert im schwarzen Gehrock nachmittags einhalb fünf Uhr vor der Stationsvisite Feuchtedengel seinen Chef wegen Hirnsepsis. Erklärt sofort, zahlen zu wollen, will wie ein gewöhnlicher Patient behandelt werden. Strick zieht sich die Stiefel an, wobei ihm sein Patient hilft, nimmt den erregten Besucher unter den Arm, setzt ihn im weißgestrichenen Untersuchungszimmer auf einen Eisenstuhl. «Zunge heraus!» «Aufstehen, Fußspitzen zusammen, Augen zu!» «Augen zu!» «Romberg negativ.» Zieht die schweren braunen Vorhänge zu, steckt hinter Feuchtedengels Rücken die Küchenlampe an, spiegelt seine Augen. Nichts zu finden. «Schlaf dich aus, Kerl. Geh nach Hause, Kerl!»
Nach drei Wochen schwimmt Hubert wieder an im schwarzen, bauchumspannenden Gehrock. Sein Chef schmeißt ihm zwei Sporenstiefel vor die Beine. Hubert kaut, ist gedrückt, stellt die Stiefel auf, bleibt demütig an der Tür. Die Krücke des Spazierstocks fliegt gegen ihn. Drei Tage ist er Luft für seinen Herrn.
Schneevoller Winter. Silvesternacht. Sie versöhnen sich im jubelnden Bahnhofslokal. Frühmorgens fünf ziehen sie aufrecht aus der Wirtschaft die Neubrückenstraße herunter durch die Kapellenstraße. Feuchtedengel kann seine Überzeugung nicht zurückhalten. Also die Medizin, sagt er, entwickelt sich, aber schwach; es gibt eine umschriebene lokalisierte Sepsis; man kann sie haben, man kann sie lange Zeit haben. Werner Strick hat seinen Paletot im Bahnhof liegen lassen, geht in einer Flauschjacke, trägt die Reitpeitsche. Er schickt den Schwaben nach der Bahn; als er den Paletot hat, der Dicke ihn wieder demütig angafft, gerät er in Stinkwut über Hubert Feuchtedengel, seinen Medizinalpraktikanten. Haut ihm den steifen Hut ein, spuckt auf das schwarze Brückengeländer, schimpft vor sich. Wie sie weitermarschieren, flucht Strick. Er habe genug von der Sache. Beißt auf seine Zigarre: «Du Schwein. Du verwerfliches Schwein. Du bist ja ein ganz verwerfliches Schwein. Jetzt aber, jetzt sollst du was sehen. Jetzt kommst du

mit. Jetzt hast du deine Sepsis und wirst behandelt. Verstehst du, Kerl?»
Feuchtedengel ist einverstanden, seine Augen tränen vor Entzücken, er ist vor Rührung nicht imstande, den Hut auszubeulen. «Kerl», flucht Strick weiter, kaut an seinem kalten Stengel, «Kerl, Kerl, dich werden wir kriegen.» Klirrt mit den Sporen, stubbst am Kino den Plakatständer um.
Im Doktorzimmer, mit der Linken Licht knipsend, schubbst der Assistenzarzt den Barhäuptigen gegen die Chaiselongue, streift sich die Ärmel auf. Der Dicke unsicher: «Ziehst du nicht den Mantel aus? Wollen wir die Schwester wecken?»
«Nun legst du dich hin und hältst die Goschen, Luder damisches.» Strick raucht krampfhaft, schluckt, sucht im Arzneischrank.
«Kriegst eins reingefuhrwerkt», giftet er seinen Schüler an, «daß du platzst. Kollargol, für deine kreuzdämliche Sepsis. Wieviel willst du denn?»
«Fünf Gramm», lächelt der glückliche Hubert, beschaut schmunzelnd seine geschwollenen Armvenen.
«Nimm den Arm runter, ist noch nicht so weit. Fünf Gramm kannst du ins Gesicht kriegen von mir. Fünfzehn kriegst du. Zwanzig, wenn du nicht das Maul gleich zumachst. Ich spuck dir rein, du verwerfliches Subjekt.»
Werner Strick vom Schrank weg, bürstet, wäscht sich im Paletot in den mächtigen Operationsschüsseln. Sein schwarzer Hut schwankt bei der wuchtigen Tätigkeit. Geheimnisvoll von hinten Feuchtedengel, aus himmelnden Äuglein zu seinem Chef: «Fünfundzwanzig Gramm. Ich vertrag es. Ehrenwort. Viel muß man bei mir geben. Über die Maximaldose.»
Verächtlich schweigt der Chef. Das Sublimat spritzt, über die Schüssel hinweg springt der Hut. Der Schwabe rückt an, will gebückt unten den Hut fassen, kriegt von der Seite einen Tritt in die Weiche.
Massig steht mit der großen Zwanziggrammspritze aus Glas der qualmende Mensch vor dem rotbäckigen Medizinalpraktikan-

ten, der auf dem Untersuchungsstuhl sitzt, den linken bloßen Arm, mit Gummi abgeschnürt, triumphierend hinstreckend. Hubert bebt vor Freude, läßt sich nichts merken. Dreht den Kopf von Strick ab gegen die Wand. «Das schöne Bild», schwabbelt er schämig, «in der Klosterküche. The monastery kitchen, cuisine de monastère. Soviel Mönche und bloß ein Kalb.»
Von oben faucht Werner: «Schwein, wieviel willst du haben?»
«Fünfundzwanzig», stöhnt Hubert, kann es sich nicht versagen, bettelnd den Arm des andern zu berühren.
Spießt sich die Kanüle in die strotzende Vene, der Stempel der Spritze sinkt, die dicke schwärzlichbraune Flüssigkeit vermindert sich.
Hubert, eisern den Unterarm auf die Lehne drückend, knurrt, brüllt, schreit von innen heraus, gräbt seine Stimme aus der Tiefe der Brust, windet Gesäß, Rumpf, Schultern auf dem Stuhl, zieht das Gesicht lang, reißt die Lider hoch, die Stirn voller Querfalten. Der Arm ist ein Tier, das sich in ihn verbissen hat; er will weg davon. Keucht: «Mehr, mehr, Werner, gib nicht nach, laß nicht nach.» Läßt sich die Freude nicht brechen. Seine Füße treten mit den Spitzen den Boden.
«Fünfzehn, du hältst das Maul, achtzehn, neunzehn, kommst nicht weg, Junge, zwanzig, noch lange nicht, zweiundzwanzig; jawohl, vierundzwanzig. Da wären wir.»
Dreht ihm den Rücken, bläst, geht an die Wasserleitung. Ein Trampeln hinter ihm beginnt.
Hohes tönendes Luftziehen, Sekunde Stille, dumpfes Krachen, Hinklatschen, Poltern, Bersten, Splittern, Stille. Stille.
Über den weißen Steinfliesen schwarz und ungefüg das quadratisch geschwollene, baumlange Untier, der Dickwanst, bäuchlings hingestreckt, die Stuhllehne zerquetscht unter der Brust, ein Stuhlbein von unten aufragend zwischen den Knieen wie ein schräger Fahnenmast.
«Der Lump!» triumphierend Strick am Wasser, schlägt sich den Schenkel mit der nassen Handfläche, «fünfundzwanzig Gramm! Hab ich gesagt! Dreißig! Warum nicht vierzig! – Häh, ver-

ruchtes Subjekt. Hähä.» Stampft näher: «Häh, die Zunge! Streck die Zunge raus, Kerl.»
Der bewegt sich nicht.
Brüllend schüttelt Strick mit Lachsalven den Körper: «Die Zunge raus. Bist du tot, dann bist du tot. Aber halt mich hier nicht auf mitten in der Nacht, du Strolch!» Zieht sich den Paletot aus. Der Körper bewegt die Finger; die Kniee krümmen sich, das Stuhlbein wackelt leicht. Strick zieht sich wieder den Paletot an, schüttet die Sublimatschüssel aus, schleudert Wassermassen aus zwei vollen Schüsseln gegen den Hinterkopf des Körpers quer durch den Raum.
Das Stuhlbein bleibt stehen.
Der Wasserstrahl braust in den Behälter. Schüssel auf Schüssel wirft immer zorniger Strick über den Körper. Wutglühend schmeißt er Schüssel samt überschwappendem Wasser gegen die schwarze ungerührte Masse: «Da hast du den ganzen Salat. Das halbe Meer! Am besten wärs, es wäre Sand und man buddelte dich ein.»
Leitung abgestellt, Licht ausgedreht. Strick trampst türeschmetternd auf sein Zimmer.
Wie er sich das Nachthemd überziehen will, kommt es die Treppe schwer und langsam gegangen, stellt sich an seine Tür, klopft dumpf. Strick schnarcht im Halbschlaf: «Herein», legt sich zurück.
Über die Schwelle schlurrt aus dem dunklen Vorraum in das morgenlich graue Zimmer eine schräg nach hinten türmende, kopfsenkende, wassertriefende Gestalt; hinter ihr, sie am Rockkragen stützend, eine andere.
Stehen auf dem Bettvorleger, stumm.
«Werner», murmelt nach einer Weile die schiefe schwankende Masse.
«Herein», schnarcht der, reißt die Augen auf, weil ihn etwas Kaltes, Nasses anfaßt. Dann richtet er sich langsam in die Höhe.
«Wer ist denn das?»
«Werner», murmelt der Vordere, «ich bin in den Fluß gefallen

von der Brücke, ich konnte nicht gleich mitkommen. Du hast nicht gehört, wie ich dich rief.»
«Was bist du, Mensch?»
«Ich bin in den Fluß gefallen, wie ich deinen Paletot holte. Ich habe immer gerufen.»
«Dann gib mir meinen Paletot her, du Kerl; wo hast du ihn?»
«Ich hab ihn nicht.»
Strick ringt verzweifelt die Hände: «Bist du nicht versoffen, du elendes Geschöpf, hat dich das Kollargol nicht umgebracht, was soll ich mit dir machen?» Überwältigt schreit er: «Raus, raus, septisches Vieh. Ich schlafe.»
«Werner, du sollst mir den Arm verbinden.»
«Wer ist denn hinter dir?»
Traurig flüstert der Schwabe: «Das ist der Teufel.»
Entsetzt hält sich Strick den Kopf: «Was soll ich denn mit dem noch machen! Mitten in der Nacht!»
«Er hat mich rausgeholt aus dem Wasser, wie ich schon fast tot war. Du sollst mir den Arm verbinden.»
«Du bist ja schon tot. Hast du so wenig medizinische Kenntnisse?»
Hartnäckig flüstert Hubert – der Teufel stemmt ihn rückwärts –: «Du sollst mir den Arm verbinden; ein Fisch hat mich gebissen.»
Strick wühlt sich hilflos aus dem Bett, zieht sich Strümpfe und Hosen über, seufzt: «Komm.»
Verbindet ihn unten; kopfschüttelnd sieht er die beiden abziehen, droht hinter ihnen.
Bevor er zur Visite geht, am nächsten Nachmittag, schlurrt Feuchtedengel mit dem andern auf sein Zimmer, am hellen Tage.
«Wo kommst du her? Du bist doch längst tot.»
«Ich bin wahrscheinlich tot, der Arm heilt aber nicht.»
Strick geht um die beiden herum; der Schwabe ist ganz trocken, seine Hosen, sein Mantel verschrumpfelt, erdig.
«Deine Sachen sind ja schon trocken; wo hältst du dich bei Tag auf, Mensch?»

«Im Freien. Wenn der andere keine Zeit hat, hängt er mich an einen Baum. Davon bin ich so rasch trocken geworden.»
«Das ist sehr praktisch. Aber warum holt er dich denn immer runter?»
«Mein Arm tut mir so weh. Du hast mir zuviel Kollargol eingespritzt, es ist mir eingefallen; nachher hast du mich in den Fluß geschmissen. Das gnade dir Gott. Aber ich bin schon wieder trocken.»
Breitbeinig stellt sich Strick vor den andern, schlägt sich mit der Reitpeitsche gegen die blanken Stiefelschäfte: «Jetzt rede ich gar nicht mit dir Sumpfhuhn. Jetzt rede ich mit dem andern. Warum bringen Sie mir immer den Kerl her, was soll denn die ganze Trocknerei, warum verschwinden Sie nicht mit ihm von der Bildfläche?»
«Ich kann nicht, Herr. Wir haben kein Holz und haben keine Kohlen, mit der Hitze ist es aus bei uns. Ich kann keinen mehr so anbringen. Sie müssen alle erst getrocknet werden.»
«Was bringen Sie ihn aber immer mir her, wo Sie doch sehen, was mit ihm los ist?»
«Ja, er will immer, Herr.»
«Herr Doktor heiße ich. Aber wenn er will, was ist dann?»
«Er läßt mir keine Ruhe, er hält soviel von Sie, Sie hätten seinen Bandwurm wegkuriert. Von morgens bis abends jault er immer von wegen dem Arm, jault und jault.»
«Ja, soll ich denn den Kerl noch behandeln, wenn er stinkt?»
«Ich weiß nicht, Herr, Herr Doktor.»
«Zum Himmeldonnerwetter, dann reden Sie doch mal Fraktur mit ihm. Vergraben Sie ihn, schmeißen Sie ihn ins Feuer. Glauben Sie denn, ich habe meine Zeit gestohlen?»
«Ich wills ihm mal sagen; er ist so tückisch, so störrisch, er läßt nicht ab.»
«Ich will, ich will. Das hätten Sie schon gestern tun sollen. Was sollen die Leute von mir denken, wenn ich mit so einem ungebügelten Subjekt umgehe; und dann immer zwei auf einmal. Wer wird sich von mir behandeln lassen bei dem Gestank.»

«Sag ich doch auch, verdirbt Ihnen das ganze Geschäft. Ist mir peinlich, Herr. Jetzt gehst du also deiner Wege, sonst setzt es was! Verstandewu? Vorwärts, hüh!»
Schüttelt den Feuchtedengel am Hals, daß dem in seinem pendelnden Schädel die Kiefer klappern.
«Mein Arm, mein Arm.»
«Hier gibts keinen Arm. Nichts zu machen. Abfahrt.» Strick hebt die Peitsche in der Faust hinter ihnen.
Auf der Treppe wimmert der Schwabe, oben donnert es durch die Tür: «Raus, sofort raus samt dem Teufel!»
Der beeilt sich, daß sie nur so davonpoltern.
Strick vom Mittagessen auf sein Zimmer, will Brief schreiben. Vierfüßiges Getrapp auf der Treppe fängt an, an die Tür klopft es, einmal, zweimal. Strick denkt, ich antworte nicht. Sie klopfen weiter, stoßen mit den Füßen. Einer flüstert: «Er ist nicht zu Hause.» Der andere wimmert: «Doch, er schläft. Klopfen Sie noch mal, ich kann nicht mehr.»
Die Tür wackelt von den Tritten, ein Likörglas fällt vom Vertiko. Einer winselt: «Sehen Sie, er trinkt Likör.» Vorsichtig wird die Tür geöffnet. Strick liegt über dem Papier, tut als ob er schläft. Der Teufel läßt den rechten Arm sinken. Feuchtedengel, nach vorn gestürzt, muß auf allen Vieren kriechen, die Brust hängt dicht über dem Boden, seine Arme baumeln, schleifen nach, die Handrücken wischen den Teppich; der Kopf geht hoch, um etwas zu sehen, schlägt mit der Stirn wieder auf.
Der andere tippt den Schlafenden leise ans Ohr. Dem ist die Galle ins Blut gestiegen.
Er richtet sich vor den beiden auf, puterrot, gequollenen Gesichts, mit funkelnden Augen: «Nun hab ichs satt.»
Der Teufel läßt den Feuchtedengel auf den Boden plumpsen, stemmt sich die Fäuste in die Weichen: «Fangen Sie auch noch an mit mir?»
«Sie haben sich mit dem verstunkenen Kerl Ihrer Wege zu scheren. Sie haben –»

«Ich kann mit dem Kerl nicht fertig werden. Er läßt das Jaulen nicht sein und er läßt es nicht sein, es ist nicht anzuhören. Dann verbinden Sie ihn also und die Sache ist fertig.»
Strick rast im Zimmer: «Er stinkt ja schon, Menschenskind; er fault ja, wie Sie ihn da sehen, in seinen Kleidern.»
«Dafür kann ich nichts. Dafür bin ich nicht da. Dann gehen wir zu einem andern Doktor.»
Unten wühlt der mit dem Kopf: «Ich will nicht, ich geh zu keinem anderen Doktor.»
Strick brüllt: «Raus, raus mit euch Gesellschaft!»
Packt den Schwaben, der aufschreit, ihn bettelnd anblickt, unter dem Kinn, zerrt ihn in die Höhe. Der Teufel fällt ihm in den Arm: «Sie haben den Mann nicht anzurühren. Ich laß ihn Ihnen hier liegen und hol ihn nicht ab, bis Sie ihn verbinden. Und wehe, wenn Sie ihn mir kujonieren.»
Trottet zur Tür.
«Was soll ich mit dem Kerl hier?»
«Ich kann nicht den ganzen Tag mit dem verplempern. Will überhaupt nichts mehr von dem wissen. Er ist mir zuviel und ist mir zuviel. Er hat einen Fimmel. Sehen Sie, wie Sie mit ihm fertig werden.»
Greift nach der Türklinke. Strick zieht ihm die Hand von der Klinke.
«Was soll ich mit dem Kerl hier, Sie. Jetzt ist er doch tot, mehr kann man doch mit ihm nicht machen.»
«Lieber Herr, ich geh was essen.»
«Sie sind faul. Faul sind Sie.»
«Das ist mir gleich, Herr. Ich geh was essen.»
«Ich bin nicht Ihr Herr.»
«Ich bin nicht Ihr Hans Fipps. Ich bin ein biederer Teufel, der seine Arbeit tut wie jeder andere. Sie haben mir meinen Dienst nicht zu erschweren.»
«Sie wollen mir Vorschriften machen. Lernen Sie erst Benehmen.»
Da nimmt der andere die Hand von der Klinke: «Das laß ich

mir nicht gefallen. Das kann ich mir nicht gefallen lassen. Feuchtedengel, hilfst du mit?»
«Ich kann nicht. Er soll mich verbinden.»
«Nun komm mal, wir werden schon machen.»
Packt den schlappen Schwaben am Mantel zwischen den Schulterblättern mit der linken Hand, rafft ihn hoch, zieht ihn vor sich wie einen Schild, fängt an auf Strick loszugehen. Der in tobender Wut schlägt ohne Waffen drauf los, dem keifenden, bettelnden, schluchzenden Feuchtedengel gegen die Stirn, zwischen die auseinanderklaffenden Zahnreihen, am Hals vorbei. Der andere versteckt sich. Der Medizinalpraktikant plärrt: «Der Teufel will mein Beschützer sein.» «Sei nicht feige», keucht der hinter ihm erregt, «wir kriegen ihn schon.»
«Er hat mir ja nichts getan.»
«Wir kriegen ihn schon.»
Schwapp, hat der Medizinalpraktikant einen wuchtigen Stoß gegen die Schultern. Und wie sich der Teufel vorbeugt, um zu sehen, was los ist, wettert ihm ein Schlag gegen die Schläfe, daß ihm Nacht vor den Augen wird, der Rumpf zusammenklappt, die Kniee einknicken und er im Unsinken nur noch die Kraft hat, Feuchtedengel über sich zu ziehen.
Strick steht lachend über den beiden. Er ist atemlos, öffnet alle Fenster, gießt sich Kognak ein. Als er sich auf das Sofa gesetzt hat, fragt er höhnisch herüber: «Es wird Frühling im Januar. Na, wie weit sind wir?»
Neben dem Dicken rappelt es sich hoch, der dicke Körper schwankt, schaukelt. Mühsam steht der Teufel hinter seinem Schild, stöhnt: «Wir sind so weit.»
Vom Sofa lacht es.
Der Teufel prustet: «Wir sind so weit.»
Stramm nähert sich Strick. Der Teufel flüstert dem Dicken ins Ohr: «Ich boxe jetzt mit dem linken Arm. Und paß mal auf, was ich dann mache.»
«Mit wem?» winselt der mißtrauisch.
«Paß mal auf», zischt der andere verlogen.

Wieder schmettern die Hiebe auf Feuchtedengel, jetzt springt aber der Teufel mit ihm von Ecke zu Ecke.
Auch Feuchtedengel wird hurtig, es kommt ihm vor, als ob er Kraft in den Beinen habe.
Plötzlich fühlt er sich aufgehoben; über einen Schemel fünf Schritt weit fliegt er auf den anstürmenden Feind. Der, angeprallt an Brust und Hals, zu Boden gewuchtet von der Last, taumelt rückwärts auf die Kniee, kippt seitlich auf die Hände. Mit doppeltem Gekrach fallen sie hin. Im Nu hockt der Teufel über ihm, eins, zwei, drei schlägt er ihm die Faust gegen Schläfe und Augen.
Dann würgt er ihn ab, sitzt aufgeblasen wie ein Frosch über dem blauen Mann, wichtig beschäftigt, freut sich, wirft verliebte Blicke auf ihn, wie er immer weniger mit dem Mund schnappt, mit den Füßen zappelt, ganz ruhig ist. Immer wieder probiert er, ob der andere noch blauer wird.
Streichelt ihm herzlich vergnügt die Backen: «Nun bist du fertig.» Sich selber streichelt er: «Ei, ei, das ist schön.»
Er geht gemächlich blasend im Zimmer herum, er sieht sich die Bücher an, er setzt sich, nachdem er sich geschneuzt hat, an den Tisch, er trinkt Kognak.
Eine halbe Stunde. Die blanken Schaftstiefel Stricks glänzen herüber.
«Zu meinen Lebzeiten war ich Roßknecht. Es ist lange her. Ich will auch mal Reitstiefel mit Sporen haben wie ein Herr und eine Reitpeitsche dazu.»
Setzt sein Gläschen hin, zieht mit Placken dem Assistenzarzt die Stiefel rechts ab, links ab, steigt selber ein. Die Peitsche mit dem Elfenbeingriff nimmt er vom Spind, stolziert vor dem Spiegel. «Ei, Widuwio, wie siehst du aus. Jetzt gehört sich für dich ein Pelz, eine warme Mütze, dann bist du der Herr Baron.»
Aus dem Spind holt er den Pelz, vom Rechen die gefütterte Mütze. Hat den Pelz am Leib, die Mütze auf dem Kopf. Sagt nachdenklich in der frischen Luft am Fenster: «Wir gehen etwas aus. Wir haben genug gearbeitet. Es ist Frühling im Januar.»

Feuchtedengel sieht ihn gravitätisch zur Türe stelzen: «Was soll aus mir werden?»
Verächtlich schweigt der Teufel, schließt hinter sich ab.
Die beiden liegen allein.
Ruft der Dicke nach einer Zeit: «Strick!» Der ist betäubt, dreht den Kopf, glotzt seinen Nachbar an.
«Strick, was machst du?»
Kläglich stottert der: «Nun bin ich auch tot.» Weint: «Meine Stiefel haben sie mir ausgezogen.»
Es schlägt fünf. Jammert Strick: «Wie lange sollen wir hier noch liegen?»
«Ich weiß nicht. Der amüsiert sich jetzt in deinen Sachen, der spielt den Herrn Baron. Und uns läßt er liegen, als wenn es nichts wäre. Wer soll denn jetzt Visite machen? Es ist fünf.»
Da hebt der Doktor den Arm: «Schon fünf und noch keine Visite. Einer muß gehen, du oder ich.»
«Ich kann nicht, Werner. Ich kann wirklich nicht. Mir pellt sich schon die ganze Haut ab. Was sollen sich die Patienten von unserem Krankenhaus denken, wenn ich Visite mache.»
«Zeig mal», sagt Strick. Der dreht sich ihm zu. «Ich bin noch etwas warm, ein paar Stunden wirds noch gehen. O je, bin ich geschunden.»
Er hinkt zur Tür: die ist abgeschlossen, die Nebentür ist offen. Auf der Station sehen ihn die Schwestern an. Die eine jammert: «Sind Sie schon tot? Ach Gott, erst der Medizinalpraktikant und dann Sie.»
Eine andere weint: «Es ist aber schnell gegangen. Jetzt haben wir keinen Doktor mehr.» Die dritte blickt mitleidig auf seine Füße: «Sie gehen schon auf Strümpfen.»
Herzlich spricht ihm die Oberschwester ihr Beileid aus, zugleich für die verreiste Oberschwester der Nachbarstation, falls er etwa nicht wiederkommen sollte. Sie begleiten ihn zum Ausgang, geben ihm zwei Kränze mit, die sie für einen anderen gekauft haben; winken mit den Taschentüchern hinter ihm her.
Vor seiner Wohnung macht er Halt: ihm ist sein Zimmer, der

Teufel und Feuchtedengel zuwider; will sich zu den Kränzen einen anständigen Sarg kaufen. Der Portier leiht ihm einen Schafspelz und Filzpantoffeln. «Gehen Sie rasch, Herr Doktor», sagt er, «dann reichts zwei Stunden. Lassen Sie die Kränze hier, ich leg sie Ihnen rauf.» Strick hetzt durch die Läden, in der Kapellenstraße wird er matt, läuft, um sich zwei silberne Reitpeitschen zu kaufen; oben im verschneiten Stadtpark sinkt er auf eine Bank, fällt ganz auf die Seite, herunter vom Sitz, freut sich: «Jetzt wird man mich ehrlich begraben, die beiden haben das Nachsehen.» Liegt im Schnee, im Finstern.

Der Teufel, spätabends, sieht ihn liegen, klopft ihm freundlich den Schnee ab: «Man soll es nicht übertreiben, lieber Junge. Nun wird dir gleich wohler.» Er führt ihn am Kragen; Strick, vergrämt über sein Pech, gerät in Zorn, weil der ihn duzt, verbittet sich das, macht sich schwer. Der andere näselt vornehm, daß er jetzt den feinen Mantel anhabe und die Mütze und die blanken Reitstiefel, und die beiden neuen Peitschen werde er sich auch behalten. Strick verlangt die Peitschen zurück, flucht, schmäht, daß der andere ihn am Wege zur Parkstraße über die Bordschwelle hinwirft, schwörend, er werde den armen Feuchtedengel holen, dann werde er ihnen die Suppe versalzen. Als die beiden an seinen Armen wackeln, bläkt und schimpft der Teufel, wer hier der feine Mann sei und wer der Prolet; wer anderen das Leben schwer mache; was seien sie beide für Lumpenbagage, der eine ohne Hut und im ungebügelten Paletot, daß man sich schämen müsse vor die Damens, der andere in Filzpantoffeln, im Portierspelz mit Mottenfraß und dabei noch mit zwei Reitpeitschen. Ohne Pferd und kann nicht mal allein laufen.

Er hängt sie zum Austrocknen statt an einen Baum, wie ihm befohlen ist, an den Latten eines Zauns auf, mit dem Blick auf altes Eisen, rostige Lokomobile, zerbrochene Kochtöpfe. Erst am Morgen nimmt er sie herunter. Da ist Strick ganz Gift geworden. Der Teufel prahlt keck, wie er mit ihnen des Wegs zieht: «Jetzt sind wir zu dreien. Kommt noch der Gen-

darm und will mich verhaften, werdens vier. Ich muß mich beeilen.»
Strick wiehert lachend: «Du Hund. Wenn Feuchtedengel nicht gewesen wäre, hättest du nicht mal mich gekriegt.»
«Was», faucht der andere, «Hund sagt der zu mir? Und das wollen Kavaliere sein? Ich hab genug.»
«Ich auch», höhnt Strick.
«Mein Arm», winselt Feuchtedengel aufwachend, «wer soll mich verbinden?»
«Ich hab genug», brüllt der Teufel, dreht sich um sich selbst, «haltet die Schnauzen!»
Stößt, auf der Allee stehend, mit den Füßen rückwärts, scharrt wie ein Pferd.
«Was macht er nur», denken die beiden im Schneehaufen.
Er bläst sich auf, der Mantel platzt, sein Bauch dringt vor, wird groß wie ein Globus, reicht rund herum vom Hals bis unter die Kniee, seine Hose folgt, seine Weste gibt nach. Seine Arme stekken wie kleine Stiele in der Kugel. Bückt sich keuchend, langt sich den Doktor, der ihn noch anspucken will, läßt ihn auf dem linken Arm, der linken Schulter nach dem Hals zu rutschen. Zwischen Weste und Hals stürzt Strick kopfüber abwärts, die Beine ragen zuletzt heraus. Die zappelnden Pantoffeln reißt der Teufel ab. Rechts versinkt Feuchtedengel. Der Bauch weitet sich, wirft Falten, steht prall. Der Teufel bläst die Backen auf. Die Kugel dampft, glüht, versengt die Kleider, dunkelblaue Flammen schlagen heraus, stehen über ihr wie eine Glocke. Der Teufel holt Luft, zieht sich schnurrend zusammen, schüttelt sich. Asche, weiße Knöchelchen fallen von ihm ab.
Freundlich sieht er an seinem Bauch herunter, sagt: «Ei, liebes Bäuchlein.» Hebt die Pantoffeln, beide Reitpeitschen auf, geht allein spazieren.
Zu einem Fräulein, die ihn wegen seiner erschöpften Haltung an der Großhafenstraße anspricht, sagt er: «Der eine, der Strick, Herr Strick, Herr Doktor Strick, hatte starke Muskeln, aber der andere war noch schlimmer, der mit dem Bandwurm.

Der knaute und maulte und jaulte den ganzen Tag und wurde nicht fertig. Es war mir zu viel. Und nun, nun sehen Sie, liebes Fräulein –»
«Gehen wir ein paar Minuten ins Café Braune, mein Herr.»
«Gewiß, meine Dame. Und nun haben sie beide nichts. Nun sind sie nicht im Himmel und nicht in der Hölle. Nun sind sie einfach tot.»

DIE SCHLACHT, DIE SCHLACHT!

ARMAND Mercier geht seinen Freund Louis suchen.

Weiche schmelzende Schultern, Louis Poinsignon, in blaue Kittel gehüllter dünner Rumpf, schiebende Beine in hohen schwarzen Stiefeln, Louis, den blauen Schal um den Hals.

Daß er tot ist, wer glaubt das? Seine Mutter in Vareau heult, steckt sich die Daumen in die Ohren, kaut Teeblätter. Seine Mutter heult! Hähä, wollen sehen. Noch hat man einen Kopf und spuckt auf einen Wisch von Depesche.

Armand prustet neun Tage um sich, hat eine blasse Nase, merkt nicht, daß Frost da ist; sein Schacht verdreckt, Wasser rennt armdick über den Boden, Pumpen ziehen nicht.

Louis Poinsignon mit dem strohblonden glatten Haar steht nicht im Maschinenhaus, kommt nicht zum Tricktrackspiel. Gegen die Preußen gekrabbelt mit den andern; und ich auf eine Grube aufpassen. Die Ameise, das Ameischen, Louis Poinsignon, das fleißige saubere Ameischen, das sie zertreten haben, und ich auf die Grube aufpassen. Das alte Weib heult: was geht's mich an! Die Frau hat keinen Begriff. Entweder ist er tot und dann – Armand kaut an seiner Zunge und ist besinnungslos – oder eben: er ist nicht tot. Oder er ist eben nicht tot. Er ist eben nicht tot. Ist nicht tot. Louis ist nicht tot.

Am zehnten Tage sagt er sich: man ist kein Sklave; wenn Louis Poinsignon im Hügelland von Roye gefallen ist, dann ist es um was geschehen. Pfeifen, Trompeten, Trommeln, dann sollen sie mal trommeln, bumberum bumm bumm, titiliti. Mütze in die Ecke, Rock in die Ecke, ein Bad genommen. Nach Hause. Sieben Uhr abends. Armands Augen lesen die Schilder des Städtchens ab: Féréol Gide, Drogerie; Witwe Walter, Kostüme; Camille Ticeuze, Pfandleihe. Nun ade, du mein lieb Heimatland.

Elf Uhr; noch einmal in der Kammer rasiert. «Adieu, liebe Frau, ich geh ins Wirtshaus, Muscheln essen.»

«Pssst, Amélie schläft.»

«Nacht, lütte Amélie.»
Bergmannskappe über die Ohren, Finsternis in den gewundenen Straßen, Novembersturm. Verkrochen in den steifen schwarzen Ledermantel, Blendlaterne ins dritte Knopfloch gehakt. An den roten Wirtshausfenstern geduckt vorbei. Witwe Walter, Kostüme; Féréol Gide, Drogerie; Metzgerei vom dicken Camille.
Nasser Gischt in der Luft, freie Äcker. Preußen, Bayern, wenn ihr Louis habt, gebt ihr ihn her. Weißer zappelnder Laternenkreis immer zwei Schritt vor den Stiefelspitzen. Marschieren. Der Lehm saugt an den Stiefeln. Marschieren.
Zunächst Dizennes; geschlossene Fensterläden. Dann der Besitz von Herrn Uzaire; durch den gesperrten Wildpark; alles tot; die Vögel runtergeholt; kein Wächter; ah, Kaninchen. Chaussee nach Craor. Ein Leiterwagen. «Nehmt ihr mich mit nach Roye?» «Wenn du blechst, bis Craor.» «Und nach Roye?» «Geht nicht weiter.»
Auf Mehlsäcken bis in den Vormittag hinein, schnarchend, kauernd, hochfahrend. Einmal kollert er rückwärts, faßt einen Sackträger beim bloßen Hals, rollt ihn seitlich über die Bretter; der wollte ihm was wegnehmen, ihn berauben. Mißverständnis im Halbschlaf, aber das Glas der Blendlaterne vorn ist kaputt, das Blech vom Gehäuse verbogen, das Mantelleder qualmt, stinkt.
Kalte graue Helligkeit. Nackte Felder, endlose Felder. Es bullert. Es stößt gegen den Horizont. Deutlicher, abgegrenzt, ein langgezogenes «Dumm»; immer Orgelgrundbaß nachschwingend. Gefahrenzone.
Radfahrersoldaten rechts nach vorn vorbei, links nach vorn vorbei; Konservenbüchsen in den Tornistern klappern. Patrouillen latschen zu zwei, zu fünf, Knarre auf dem Buckel, kalte Tabakspfeifen zwischen den Zähnen; blinzeln gegen den Himmel; die Stiefel unten zerquarken den Lehm. Linker Stiefel: «Wo liegt Frankreich?», rechter Stiefel: «Wo liegt Frankreich?», linker Stiefel: «Wo liegt Frankreich?», rechter Stiefel: «Alles wurscht», linker Stiefel: «Alles wurscht», rechter Stiefel.

Pässe, Pässe. Man kommt nicht durch. Runter vom Wagen. Dicke Menschenhaufen aus dem Dorf. Alle rückwärts nach Bagolles, nach Petit-Bagolles, nach Bordigaux. Bettsäcke, Kinderwagen, Handkarren, Vogelbauer. Armands Heimat wird morgen Großstadt, der Heurige, die Schnecken werden nicht reichen. Alle rückwärts.

Dahinten brennt's doch nicht? Dahinten brennt's. Die Preußen schießen.

«Wo geht's nach Crataires?»

«Verrückt. Nicht durchzukommen. Die Preußen schießen.»

«Wo geht's nach Crataires?»

«Was willst du in Crataires? Die Großmutter abholen? Die wärmt sich die Beine da. Guck hin.»

«Herr Wachtmeister, ich heiße Armand Mercier, ich muß durch. Ich habe Verwandte in Crataires, eine Frau, meine Schwester, mit zwei Kindern, zwei kleinen Kindern, das eine acht Monat. Der Mann steht in Toulon. Man kann die Frau nicht umkommen lassen.»

«Wie lange wollen Sie noch reden?»

«Die Frau ist hilflos. Ich bin aus diesem Kreis, Mercier heiße ich, man muß mich durchlassen. Ich kann es nicht auf mich nehmen.»

«Wie lange wollen Sie noch reden? Etappenwache drüben links, holen Sie einen Paß.»

«Es eilt, sehen Sie ja, Herr Wachtmeister, um Marias willen. Bester Herr. Der Mann steht bei der Hafenkommandantur, Vizefeldwebel, ein sehr zuverlässiger Mann, Sie können sich denken. Ich werde es Ihnen nicht vergessen. Ich wohne in der Straße, wenn Sie über Dizennes kommen, gleich links die zweite Querstraße.»

«Holla, hol-la! Die Herrschaften da! Wo wollen die Herrschaften hin? Sie in dem Auto! Haben Sie Paß? Kommen Sie runter, wenn Sie nicht verstehen. – Drüben links, Etappenwache. Ich sage doch ‚links'. – Wie lange wollen Sie noch reden?»

Soldaten kommen durch. Eine Uniform stehlen. Wo liegen

Verwundete? Wo ein Schlachtfeld? Armand Mercier stellt sich in eine Nische neben den Paßkontrolleur, studiert Menschen. Braucht Größe 1,80. Sachte trabt ein Korbwägelchen an, herum rutscht es um den Zaun, auch zurück nach Dizennes.
Zwei Soldaten drauf, stämmige Burschen, einer mit rotem Bändchen, aber Kopf verbunden. «Dumm! Dumm!» Bullert gewaltig, man geht, fährt, läuft schneller.
«Guten Morgen, Kamerad.» Sie schreien: «Runter», der mit dem Kopfverband will mit den Hacken gegen Merciers anklammernde Finger; schon kniet Mercier auf der scharfen Bodenkante des Wägelchens, Seitenlatte angepackt, das Pferd rast vorwärts, lang fegt der schwarze Ledermantel durch den Straßenmist. Mercier keucht: «Nach Roye, ihr nehmt mich doch mit. Ich zahle.» Mercier ist verbissen; er brabbelt den beiden stier ins Gesicht, während er sich hochhangelt: «Meine Schwester hat zwei Kinder, der Mann steht in Belfort, Vizefeldwebel, ein zuverlässiger Mann.»
«Wir fahren ja nach Dizennes, rückwärts fahren wir.»
«Ich meine Dizennes. Er hat mir ans Herz gelegt, für seine Kinder zu sorgen.»
Vorn flüstern die beiden. Armand hockt hinter ihrem Rücken unter dem runden Dach, schielt über ihre Schultern, prüft ihre Uniformen. Sie flüstern schärfer. Als sie kurz vor Dizennes langsamer fahren, übernimmt der Gesunde, Schlankere die Zügel, der mit dem Bändchen stemmt sich plötzlich mit seinem ganzen Katzenbuckel gegen den hochgestülpten Pferdetrog, ruckt nach hinten herumschnellend die Beine gegen Armands Beine wie ein Hampelmann. Rutscht dabei vom Trog ab, gibt sich heftige Stöße gegen Kopf und linke Schulter an zwei Kistchen mit Liebesgaben, weil Armand inzwischen seine Füße über den Knöcheln zu fassen gekriegt hat und er nicht loskommt. Der Schlanke haut das Pferd. Als sie sitzen und Armand sich die Hände an den Kistendeckeln abgewischt hat, verlangt er von dem Schlanken, der kutschiert, Uniform und Urlaubspaß für fünfzig Francs in Gold, leihweise. Gelächter. Der mit der Kopf-

wunde will kutschieren; hat vor, aus Wut, sie alle drei in Dreck zu setzen. Vorher gelingt es Armand, nachdem er lange mit der Zunge geschnalzt und ein verliebtes Schmunzeln hinter mehreren spazierenden Mädchen aufgesteckt hat, den Schlanken, der rauflustig ist, hinter sich herzulocken auf die Chaussee, einer kleinen Bäuerin nach, die auf dem Kopf mit dem Strohkranz einen hohen Korb balanciert. Statt aber das Mädchen im Birkengehölz hinzulegen, wird der Soldat dicht hinter der Fliehenden, die den Korb schon in der linken Hand schwingt und den Mund atemlos zum Schreien aufreißt, am Sandplatz vor dem Gehölz durch einen versehentlichen Ellbogenstoß über eine Wurzel gerempelt. Armand stolpert über den Gestürzten, der sich abwechselnd Kinn und Knie reibt, kriegt den schon Hochkletternden am Hals über der Binde und fängt mit dem Schnappenden ein Handelsgeschäft an. «Also fünfzig Francs, siebzig Francs, und das Mädel für dich allein. Aber fix, in zehn Minuten ist sie außer Sicht. Wir bleiben gute Brüder. Hand weg. Es geht nicht anders.» Der schluckt und juchzt wie ein Fisch, den man bei den Kiemen hat und der nach hinten mit der Schwanzflosse schlägt. «Spion, ich schreie.»
«Schrei. Kriegst den Daumen drauf. Schreist? Also du ziehst meine Sachen an, gehst in die Ferme und holst das Mädel. Kein Mensch fragt nach dir.»
«Ich schrei doch.»
«Kriegst den Daumen.»
Der Soldat zieht sich, während er in dem Sandloch sitzt, atmet und wieder rosa wird, die Stiefel aus, fragt unsicher, ob der andere einen Ausweis hat. Der taucht aus seinem Mantel, hat im Nu die Stiefel erwischt. «Drei Tage kriegst du meine Steigerkarte, für den Weg, für die Gendarmen und so. Bis man raus hat, wo du steckst, bist du wieder da.»
«Meine Kluft?»
«Wirst du wiederhaben.»
«Alles?»
«Zehn Francs nachher.»

Beide frieren im Hemd, zusammengekrümmt im Sandloch, belauern sich, kratzen sich die Waden. Der Schlanke, während er sich Armands Hosen anzieht, findet in der Hintertasche etwas Hartes, ein Messer, verlangt plötzlich fünfundachtzig Francs. Armand tut, als merke er nichts, sagt zu und stellt den Fuß auf das Seitengewehr am Boden. Damit abgemacht.
Drüben knallt der Blessierte, der sie in den Chausseegraben setzen will, neben dem Wägelchen mit der Peitsche. Armand das leichte rote Käppi auf; Pioupiou schlurrt im Ledermantel, Blendlaterne am Knopf, zufrieden mit fünfundachtzig Francs Gold in der Faust. Wiedersehen hier in drei Tagen. Pioupiou tänzelt bartzwirbelnd in die Ferne, rafft den Mantel wie einen Damenrock.
Armand um den Wagen herum. Die Chaussee nach Nordosten. Wieder in die Gefahrenzone. Der Tag ist um. Scharf durch die gegenflutenden Menschenmengen, hinter Munitionskolonnen. Die Pferde stürzen auf dem Glatteis; Peitschen, Gewehrkolben über sie. «Dumm, Dumm» von rechts hinten; das Echo rollt «Dumm –» lang zwischen den Zähnen aus.
Kürassiere gehen ohne Pferd stumm jenseits des Bächleins. «Ich will zu meinem Regiment, Territorial-Ersatzbataillon 81.»
«Gibt's das noch, dein Regiment?»
«Territorial 81 Ersatz. Oha, oha. Wo werden die sein.»
«Bruder, komm mit, wir wischen aus. Ich weiß Bescheid.»
«Oha, oha, sein Regiment, 81 Territorial-Ersatz.»
Der Etappenaufseher, Unteroffizier, weißköpfig, schreit ihn durch ein Fenster am Torhaus an: «Sie hätten mit dem Zug fahren sollen um acht Uhr zwanzig von Craor. Ihr seid Drückeberger, Vaterlandsverräter.»
«Hier ist mein Paß.»
«Sie haben noch bis zum sechsundzwanzigsten Urlaub.»
«Ich verzichte.»
Ein Sanitätsauto rasselt an und trillert. «Den Mann mitnehmen.» Unterwegs, als schon der hohe Granatengesang deutlich vor ihnen ist, lockert Armand heimlich den Drücker der Tür, denn er sitzt im Wagen auf der Trage; helle Angst, daß sie ihn

zur Stellung der Einundachtziger bringen und entlarven. Läßt sich, als das Auto langsamer zu fahren scheint, der Weg dunkel und voller Lärm ist, rasch rückwärts in den Dreck fallen. Ein Radfahrer springt dicht vor ihm ab.

Heller Mond, durchsichtige Nacht. Rechts, links sanft ansteigende Hügel, glatt rasierte Abhänge. Chausseen in der Talwindung; an schwarzen geteerten Holzbaracken vorbei, Sägereien, auf vorgeschobenem Hügel eine drehende Windmühle. Weißes, flirrendes Bündel von der Mühlenspitze nordwärts in die Nacht gebohrt, still sich kreuzend mit einem Schein, der von unsichtbarem Orte in die Finsternis sich schiebt und schleicht und verschwindet und plötzlich über das Tal mit aufblendendem Nebel schwimmt und kilometerweit abgleitet. Menschen, Wagen drängen auseinander. Armand mit einer Trainkolonne biegt links ab; bei Grandmoulin sind die Stellungen der Reserven und Louis Poinsignon. Matt ist Armand Mercier; er reitet auf einem Vorspannpferd und ißt Cornedbeef aus einer Schachtel. Immer neue Hügel. Wenn das Wagenknarren auf hört: «Hui – i – i – iahh!» der Granaten, meckerndes «Päng – päng – päng» dazwischen. Die Eisschalen unter den Pferdehufen knacken.

Breit und lang die Chaussee. Nur die Munitionskolonne reitet hier. Dies ist der Weg zu Louis Poinsignon. Armand Mercier weint heiß vor Trauer, krampft mit der linken Hand in die Mähne des Tieres, zieht die Kniee an dem atmenden Tierleib hoch. Wäre er zu Fuß, würde er sich haben hinsinken lassen und stundenlang nicht aufgestanden sein. Das Pferd trägt ihn zu Louis Poinsignon, der nicht da ist. Am Ende der Chaussee wird das Dorf mit dem Quartier sein, und Louis Poinsignon ist nicht da. Die Schwäche hält ihn auf dem Pferd; das trottet, hebt sich, senkt sich. Es geht wehrlos weiter durch die stille Chaussee. Hier kann kein Louis Poinsignon existieren, es ist unmöglich. Hier ist der Mann weggerafft.

Rot und röter loht von rechts der Himmel. Niedergebrochen blickt durch Tränen Armand Mercier auf den Himmel, stumm geradeaus bewegt sich die Kolonne. Seine Augen bleiben gefangen an der Röte, die hochdrängt, fast im Halbkreis des Horizontes. Mit Befremden, Bitternis und Abscheu betrachtet Armand den Flammenschein, die Chaussee, den vorüberziehenden Wald. Auf die linke Chausseeseite herüber biegt sein Zug, hält an. Und da rattert es vorbei vom Dorf herunter, die hochtürmigen Transportautos, die strohgefütterten Wagen, die offenen ungeschützten Bretterwagen mit den Verwundeten, den zerschossenen Soldatenleibern, die angeblafft sind von den aufbäumenden Granaten, den stöhnenden, über deren Köpfe Mauerwerk gepoltert ist, den japsenden, halb erstickt aus den Giftdämpfen der Schützengräben gezogen, ausgestreckte Leiber in nicht endender Reihe hintereinander, in weiße Verbände geschlagen, durch die das Blut sickert, eine träumende delirierende Schar, der furchtbar drängenden Macht drüben aus den Zähnen gedreht.

Louis Poinsignon tot. Bevor das letzte Auto an der gebückt harrenden Kolonne vorübersurrt, ist Armand Mercier in den Wald geglitten. Wandert um das Dorf herum, er will nicht in das Quartier der Reserven. Von dem grauroten Flammengewölbe schmettert es in malmenden Lagen nieder, haushohe Feuergarben quellen aus der Erde. Eine Esse; Hammer, Amboß.

Schmerzvoll schleicht Armand Mercier aus dem Wald heraus; verstohlen Flüchtende auf allen Seiten um ihn; eine schattige Figur kommt über die Wiese gelaufen, hat einen weißgarnierten Hut in der Hand. Armand geht, ohne zu wissen, was er tut, neben ihr her, als sie zwischen die erste Stammreihe eingetreten ist. Das zarte Dämchen hat ein Plaid über der linken Schulter, ihr Rock ist bis zur Hüfte mit Lehm bespritzt. Sie sagt entrüstet: «Ich wohne in Roye; wir müssen fliehen, mein Vater und meine Schwestern kommen gleich nach.»

«Aber Fräuleinchen, Fräuleinchen Nini.» Er tatscht sie zutraulich.

Sie reißt sich ab, sieht ängstlich um sich. «Ach Gott, Herr Mercier. Aber Sie sind es.»

«Fräulein Nini.»

«Sehen Sie. Sie sagen nichts zu Hause. Ich bin erst drei Tage weg. Ich habe George besucht, meinen Verlobten, den Buchbindersältesten, George steht hier.»
«Mit dem sind Sie verlobt?»
«Heimlich. Sie sagen nichts zu Hause. Gott, ist das ein Zufall. Sie sind's doch wirklich, Herr Mercier? Ich wußte gar nicht, daß Sie einberufen sind. Bei welchem Regiment stehen Sie eigentlich?»
Armand aber wundert sich wenig. Setzt ihr den Hut auf, steckt die Nadeln fest, nimmt das Plaid und legt es ihr um die Schultern, dann nimmt er sie unter den Arm: «Kommen Sie mit.»
Sie lächelt ihn glücklich an: «Armand, ich habe gar nicht gewußt, daß Sie eingezogen waren.»
«Ja, doch.»
«Sonst hätte ich Sie auch besucht.»
Er, den Kopf tief zwischen den Schultern, wandert mit ihr ziellos durch den Wald. «Nini, man müßte etwas zu trinken haben.» Er kneift sie und pfeift. Sie kichert ihn an: «Wie nett Sie sein können. Wissen Sie, Armand, im Krieg sind alle Männer viel netter.»
Ihre Augen schließen sich, während sie sich an Armand schmiegt. Sie sind in eine Lichtung getreten, ein Reiter kommt aus einem Seitenweg im Galopp auf sie zu, ein Feldgendarm. Sie stäuben auseinander; beim Weglaufen winkt Nini Armand zu, weist, wo sie sich versteckt. Nach einer Viertelstunde knackt es im Buschwerk neben Armand, Nini zieht ihn am Arm: «Tippel, tappel, tippel, tappel», kichert sie; sie kommandiert, als sie sich, die Hände voraus, vorsichtig durch das Dickicht drängen: «‚Mann, wie heißen Sie? Wo stehen Sie im Quartier? Wie können Sie sich hier mit einer Weibsperson herumtreiben!' Hab ich gehört; mit George. Der Unterleutnant hat gesagt: ‚Daß mir keiner eine Sie bei sich hat. Ein Soldat mit 'ner Ziege saust rin.' Armand, glauben Sie, daß ich Mut habe?»
Sie blickt ihn erwartend an.
«Doch, Nini.»

Ihr Gesicht leuchtet auf: «Oh! Aber pfui, das reißt ja. Ich war bei George im Schützengraben. Es waren noch andere Fräuleins da. Als der Wachhabende es merkt und mich sucht, versteckt mich George; er will mich verstecken, aber er hat nur eine Kiste da, vorn an der Brustwehr, eine Brotkiste, wissen Sie, so ein langes hohes Ding. In die Kiste bin ich reingesprungen, wie ich war; er hat mich hochgehoben; lieber mich von den Preußen totschießen, als von dem groben Kerl anfassen lassen. Oh, der ist grob. Der weiß gar nicht, was er tut, so wütend ist er immer. Und auf mich hatte er es immer abgesehen, der schlechte Mensch. Denken Sie, Armand – Sie sind mir nicht böse, wenn ich Sie Armand nenne? Sie sind doch heute so nett zu mir. Da bin ich oben zwischen den Steinhaufen in der Kiste gesessen, die hatte vorn ein großes Loch, fast wie ein Kopf groß, von einem Stück Granate, und ich sitze da oben und höre den Wachhabenden schreien und tuen und brüllen, er sucht mich im ganzen Graben. Und George hat immerzu geschossen, oh, der kann schießen, ein Mal hinter dem andern, am fleißigsten von allen; ich hab nicht gesehen, wo er hingeschossen hat. Die Preußen haben nichts dazu getan. Ich habe mich auch gar nicht gefürchtet; ich habe immer zugehört, wie George geschossen hat. Er hat mir gesagt, er hätte keinen Preußen an mich herangelassen; zwanzig oder dreißig hat er totgeschossen in einer Stunde, bums, bums, immerzu. Nachher war ich ganz glücklich. Ich geh bald wieder zu ihm. Oh, mir gefällt der Krieg.»

Lichtschein zwischen den Stämmen vor ihnen; er arbeitet sich mit ihr gedankenlos drauf zu, frieren beide nicht. Plötzlich zehn Schritt vor ihnen grell bestrahlter Boden; geöffnete Blendlaterne im Moos, erzählende Männerstimmen. Zwei Posten in weißen Pelzen, Gewehre hingelegt, lachen, treten von Bein auf Bein, schlucken, kauen, was sie aus großem, dampfendem Blechtopf neben der Laterne mit Fingern fischen.

«Der merkt nichts. Der weiß nicht mal genau, ob er seinen Topf noch hat.»

«Ein Schaf. Ich kenn ihn dafür.»

«Wer sollte das kriegen?»
«Na, wer wohl? Na, rat mal! Wer kann wohl ein Huhn kriegen?»
«Na.»
«Na, rat mal. Immer derselbe. Immer derselbe dicke Vize; aus dem Lazarett stiehlt er hintenrum, wo er's kann. Nebenbei schickt er das Schaf auf Suche. Abends sitzt ihm eine Gewisse auf dem Schoß.»
«Paß auf, heut kontrolliert er Lazarettposten. Von mir findet er nichts.»
«Von mir nicht mal ein Knöchelchen, freß alles reinweg runter. Er kann schnüffeln.»
Hocken hinter der Laterne, gießen sich gegenseitig Suppe in zusammengelegte Handteller.
Jenseits der Lazarettlichter hinten flackert es auf einmal, erlischt oft, es ist Stroh, Männer schütten von einer Erhöhung Bettsäcke ins Feuer. Armand kann sich nicht rühren; langsam hat sich Nini, während er hockt, über seine Kniee an seine Brust gedrückt, atmet tief und gleichmäßig.
Der Posten, schluckend: «Pierre Chavanne aus meiner Heimat ist gestern gestorben drüben. Hat drin eine feine Sache gehabt. Also er lag mit einem Pariser zusammen auf einer Stube. Wie es Chavanne schlecht geht, sagt der Pariser: ‚Du, schenkst du mir nicht deinen Trauring? Nachher klaut ihn ein Wärter.»
Anderer Posten: «Chavanne, war der verheiratet?»
«Nein. Verheiratet? Tu doch nicht so. Hast du keinen?»
Der andere schluckt verdächtig laut, murmelt: «Ich hab keinen, habe keine Furcht vor den Preußen.»
«‚Also du schenkst mir den Trauring', sagt der Pariser zu Chavanne; und kriegt ihn. Aber Chavanne wird dir wieder besser und den Pariser packt es derbe. Und wie der Pariser schon fast auf der Nase liegt, wird Chavanne ihn bitten und sagen, er soll ihm seinen Trauring wiedergeben und den von dem Pariser dazu. Der tut's auch. Mein Chavanne freut sich, guckt jeden Tag hin, ob sein Nachbar noch nicht tot ist. Jeden Morgen

guckt er rüber, jede Nacht. Bis der Pariser auch wieder lebendig wird und nun Chavanne auf einmal solche Wut darüber hat, daß er dir einen Herzschlag kriegt gestern mittag. Und mein Pariser hat beide Ringe.»

«Ist er tot, der Chavanne?»

«Ist tot.»

«So ein Dämlack.»

«Nein, alle beide Dämlacks. Ich hätte –»

«Sachte, sachte, psssst! Kontrolle!»

Gewehre hoch, Laterne geschlossen, getrennt zwischen den Bäumen durch.

Armand verträumt biegt die Arme. Die Kleine fest eingeschlafen, Kopf zurückgefallen; ihr Hut schwebt frei abwärts am gelockerten Haar. Sie atmet mit offenem Mund; durch eine Zahnlücke wird die nasse Zunge sichtbar. Als er den Hut gegen ihren Kopf andrückt, sticht sie die Nadel, sie ist gleich hoch und munter.

Wieder klappert es nicht weit: «Päng, päng, päng.» Wie Armand, das Mädchen am Arm, über den Topf marschiert und die Knochen in Bewegung kommen, fühlt er, schön frisch ist die Luft. Denkt: Louis Poinsignon ist tot und es muß schön sein, so wie er zu marschieren, zu rennen, zu klettern, zu schießen. Braver Junge, Armand freut sich über ihn. Der Nini erzählt er von ihm, sie lobt den Louis auch. Gar nicht traurig ist Armand über den Tod Poinsignons; es ist wirklich gerade so, als wenn Louis, der Lange mit dem blauen Schal, tot sein müßte. Kaputt muß doch alles gehen, es liegt hier so in der Luft. Ran woll'n wir alle an den Tod. Armand und Nini haben ihren Spaß an dem «Dumm dumm». Beide, hungrig, kommen ins Laufen. Armand bittet: «Spring zu meiner Kompagnie, frag nach dem Unterleutnant, aber komm bald wieder. Wenn er abgeschossen ist, bin ich froh, dann tret ich in die Kompagnie ein.» Beglückt läuft Nini. Und bei grauendem Morgen hört Armand, daß der Unterleutnant und viele andere gefallen sind, fremder Nachschub, fast nur Fremdes in der Kompagnie. Juchzt Armand

Mercier, macht einen Sprung, beschenkt Nini mit einem Schmatz, sagt: «Adieu!» Am Mittag schippt er hinter dem Schützengraben für den schlanken Pioupiou, der in der Ferme flirtet. Zwei Tage: Schippen, Essenholen, Wachen.
Bis ihm am dritten jählings die Hände lahm werden und ihm einfällt, daß alles schön und herzhafte Freude sei, aber schließlich ungewiß bliebe, was aus Louis Poinsignon geworden ist. Ihm ist gegen Mittag so drängend zumute und sein Gemüt so trübe verschleiert, daß er keine Ruhe findet. Muß seinen Tornister nehmen, ohne etwas zu sagen, die Knarre über den Buckel hängen und sich davonmachen. Und ehe er's sich versieht, ist er in der Nähe des Lazaretts. Man läßt ihn in die Wachtstube. Dann nimmt ihn ein Sanitätsfeldwebel mit, blättert in einem ungeheuren Buch, das auf dem Korridor an einer Kette auf besonderem Pulte liegt, dick wie ein Adreßbuch. Der glattrasierte Mann fragt, ob dieser Poinsignon Louis oder wie sonst geheißen habe. Und dann hört Armand, daß sein Freund am soundsovielten an Typhus gestorben sei.
Das wirkt gar nicht auf Armand Mercier. Grüßt stramm, geht und sagt sich: «Nun habe ich es doch herausgekriegt.» Erst in dem Wald, wo ihm Nini und der frische muntere Tag einfällt, an dem er zur Kompagnie gegangen ist, wird er betrübt, recht kläglich, als wenn er enttäuscht wäre. Zankt mit sich, hat Schmerzen im Kreuz; gar keine Freude werde ich mehr haben. Was hab ich nun? Uniform und Schießknüppel. Keinen Sarg hab ich von ihm; keine Leiche, nichts hat er mir hinterlassen. Sehr unfreundlich und ungnädig denkt er an Louis, der einfach gestorben ist, am Typhus, im Lazarett, womit sich nichts machen läßt.
Und in seinem Ärger marschiert er weiter, von ungefähr auf seine Stellung zu. Vergißt nach einer Weile ganz, daß er Uniform trägt, plärrt. Denkt an seine Heimat, an die Frau und Amélie, und das bereitet ihm alles solchen Gram, daß er nicht satt werden kann zu weinen. Weil er auch so sterben wird hier, an Typhus oder was sonst.

«Louis, Louis», seufzt er und sitzt am Boden nahe dem Bagagewagen. Er ringt, mit sich beschäftigt, die Hände und schlägt die Arme auf und ab. Der Führer eines Wagens pflanzt sich vor ihm auf. Armand Mercier hört nicht, was der schimpft. Der Unteroffizier reißt ihn hoch, und unversehens hat ihm Armand, der ihm starr ins Gesicht geschaut hat, einen Faustschlag über die Nasenwurzel versetzt, setzt sich wieder neben das Rad, heftiger über sich und die Welt jammernd.

Wird nach fünf Minuten von vier Mann angefaßt, geschüttelt, Kolbenstöße. Auf freiem Feld wird er, Tornister angeschnallt, an eine Kiefer mit Stricken gebunden, Arme hoch. Zwei Stunden muß er stehen und frieren.

Zweite Stunde ist um; lahm und böse geht Armand vom Baum weg. Gewehr und Säbel hat man ihm abgenommen. Da will er nichts weiter als über die Wiese rennen, sein Gewehr haben, gegen die Preußen rennen und schießen, schießen. Wird jenseits der Gräben zur Arbeitsgruppe gejagt. Der vordere Teil des Waldes wird umgekappt, Stammenden fest, Wipfel gegen den Feind, über- und nebeneinanderlagernd weit vorgeworfen wie angewurzelte Kavallerie mit Lanzen. Sein Arbeitstrupp schlägt mit Kreuzhacke und Wuchtbaum zwei kleine Forsthäuser nieder. Von der gefrorenen Erde hauen und kratzen sie Staub ab, füllen die Tonnen, Sandsäcke. Die Flüche der drängenden Kolonnenführer, Klatschen der verirrten Sprengstücke gegen einen Stamm, das erregte Arbeiten. Die Unruhe aller, das Umsichblicken, das Rückwärtsblicken. Dichter, näher schießt es.

Wald nach rückwärts bis zur Eisenbahnböschung gebrochen, trampelt Armand fluchend mit fünf anderen in die Schleusenkneipe hinter dem Bahndamm.

Ein Dörfler, Weißbart, Stahlbrille, zieht mit knickrigen Knieen hinterher; Fiedel unter dem rechten Arm, in der linken Hand im blauen Taschentuch einen Igel. Wer ihm die Fiedel abkaufen will. Spielt gegen zwei Schnäpse auf Armands galgenlaunigen Wunsch Ländler auf; ein Pionier sagt zu seinem Nachbarn: «Wenn der Alte herauskommt, nehmen wir ihm die Fiedel ab.»

Draußen gleich neben der Tür fliegt der Alte in einen Asthaufen, Fiedel und Igel im Taschentuch drüber weg. Gekreisch des Alten; der Pionier hat die Geige unterm Arm; vier Soldaten heran. Der Pionier zerschlägt in Wut die Geige an seiner Stiefelspitze. Gebrüll von drei Seiten, der Räuber droht dem Weißbart mit den Geigentrümmern. Armand rafft mit «Ei, ei» den Igel im Taschentuch auf, will ihn unter seiner Jacke aufhängen.

Als er am Ellenbogen gefaßt, rechts herumgeworfen wird. «Lump, Lump», schreit was, «da haben wir ihn, meine Uniform.» Der verliebte schlanke Pioupiou im Bergmannsmantel, Laterne im Knopfloch, Feldgendarm neben ihm. Das Gekeif. Armand herausgerissen. «Spion», brüllt der gefesselte Pioupiou. Vor den Hauptmann in den Unterstand geschleppt. Der Gendarm stellt seinen schwarzen Säbel vor, er hätte den Pioupiou in Wirtschaften herumstrolchen sehn mit einer großen Goldsumme, die wohl gestohlen sei; Pioupiou behaupte, Soldat und beraubt zu sein von diesem Bergmann Armand Mercier. Pioupiou flennt: er habe allein ein Korbwägelchen gelenkt, Armand und drei andere seien dem Pferde vor Dizennes in die Zügel gefallen, hätten ihn dann in eine verlassene Ferme gelockt, ihm die Uniform ausgezogen; die drei anderen hätten Pickelhauben gehabt, große Pickelhauben, es seien Deutsche gewesen und mit Armand Mercier Spione. Und das Gold? Das hätte er sich in einem Wirtshaus geliehen.

Armand Mercier grollt, brummelt vor sich, sieht wehmütig allen drei unter die Augen. Bückt sich nach vorn über seinen Bauch, um nicht den kleinen Igel zu drücken. Er will im Krieg bleiben, will nicht wieder an den Baum. Louis hat er schon verloren, nun nicht noch mehr. Ist genug dran gegeben. Verflucht den Strolch von Pioupiou, der ihm in die Quere kommt. Leugnet, als er von dem einen gehässigen Blick kriegt, steif, Armand Mercier zu sein, hier seine Erkennungsmarke. Sie überschreien sich, Armand bettelt, ohne den höhnisch lächelnden Hauptmann zu beachten, der mit seitlich gelegtem Kopf dem

Gendarm abwinkt. Bis schließlich Armand, als er nicht fertig wird, an den Kerl herantritt, ihm die Faust vor die Nase drückt: «Und du willst ein ehrlicher Kerl sein?» Wendet sich wutgeschwollen gegen den Hauptmann um: «Bezahlen hat er sich lassen, mit fünfundachtzig Francs. Meinen Freund Louis Poinsignon wollte ich begraben, der am Typhus gestorben ist im Lazarett. Aber der da ist ein Lump, der zehn Stunden an den Baum gehört. Herr Hauptmann, so ein Lump und verruchter Menschenverderber ist das. Kein Kamerad ist der Ihnen, der Strolch.» Vor dem Blick des Hauptmanns weicht Mercier zurück. Beide drei Tage je zwei Stunden an den Baum. Befehl an den Feldwebel: sind bei den Pionierarbeiten an den vorderen Schützenlinien zu beschäftigen. Brüllend lacht der Hauptmann hinter ihnen her; Armand denkt, der hat den heiseren wütenden Ton in der Stimme, der wird auch bald fallen.
Beginn der Nacht bricht die Kolonne Armand Merciers aus einem zerschossenen Dörfchen hinter der Bahnüberführung auf. Pioupiou mit der Beilpike im Zug. Voll Wut marschiert er hinter Armand, möchte ihn erschlagen für die zwei Stunden am Baume; Mercier weicht aus, wie er die Fußstöße von hinten kriegt; grollt dem Pioupiou nicht, lohnt nicht, hier fluchen; man muß sich schlagen, man wird fallen oder die Preußen werden fallen. Was der Igel für ein drolliges Tier ist; ei, ei; ein Igel hängt im Taschentuch unter seinem Waffenrock. Aus dem Dörfchen unterhalb des Bahndammes laufen zwei brennende Kühe; ein brennender Hund, tanzend, heulend, findet Asyl in einem klaffenden Pferdebauch, der zischt und qualmt. Die Schützengräben; gedrängt hinein hintereinander Mann hinter Mann durch die schmalen Verbindungsgräben, rechts, links sich teilend, zusammenfließend; an den Latrinen vorbei, durch die völlige Finsternis, die Meldestelle mit den Telephonen, der stinkende gestöhnerfüllte Verbandraum. Jetzt die vorderste Reihe; in dem kurzen Licht der Taschenlampen werden die stummen Gestalten unter der Brustwehr sichtbar in ihren lehmerstarrten Mänteln, mit den abgemergelten grauen Gesichtern,

den hohlen Augen, die Gewehrmündungen in die Finsternis da draußen gerichtet. Lautlos über die Ausfallsstufen heraus, zwischen den Drahtgassen über Granatlöcher auf den ebenen Boden gedrückt vorwärts, Gewehr an der linken Schulter, Spaten mit Blatt unter der rechten Achsel. Horchposten vor der Front am Boden. Das Richtband. Heimlich gräbt die Schippe; nichts klappert, man wühlt, flüstert, ächzt im Finstern. Oh, naht etwas? Man flüstert, tastet seinen Nachbarn. Die Nacht vergeht, Horchposten zurück, Ablösung. In die eisigen Gruben rücken von hinten die Arbeitsreserven an, schleppen Eisenbahnschienen für Eindeckungen, Blech für die Scharten, Handsägen, Schrotsägen, Balleisen, Stoßäxte, Taue, Eisenklammern; Telephondraht rollt.
Da schmettern die ersten Lagen aus den Feldhaubitzenbatterieen von drüben. Und dies ist der Moment des Sturms. Die hohläugigen Männer aus den Gräben sind alle herausgestiegen, ihre starren Mäntel haben sie abgeworfen. Überall sind sie in die graue Dämmerung heraufgestiegen, immer mehr quellen herauf. Sie haben an der freien Luft die steifen Grimassen von Sterbenden und Besinnungslosen. Sie sind wie Katzen, die in den Sumpf springen und ertrinken vor Durst, vor Durst. Sie rennen gegen das schwingende leere Feld in einer blutroten Wildheit. Aber das ist nicht still, das Feld, das schweigt, atmet, wartet. Die kleinen Flintenlagen, die herankommen. Verlogener Köder; es sind mehr, viel viel mehr drüben, mit Speck fängt man Mäuse.
Da!! – Radumm, dummdumm, päng-päng, päng!!
So ist es. Barmherziger Gott, das ist es also.
Wie schießen die Preußen. Die prasselnde Angst, die schreiende Wut. Weiter, weiter, wenn wir erst drin wären; nicht schießen, die Bajonette. Tornister weg, Mützen weg, Stiefel aus, den Kolben hoch.
Radumm, dumm, päng, päng.
Armand Mercier knirscht die Zähne, hat das Gewehr weggeworfen, hebt abwehrend das Spatenblatt über den Kopf. Zieht

und zottelt mit der linken Hand am Seitengewehr. Der Igel sticht ihn in den Oberschenkel. Hier müssen wir laufen. Er schwenkt die Arme wie alle, brüllt; weiter, weiter, oh, oh, radumm, radumm, er ist das Echo, er blafft mit dem Mund zurück jeden Schuß; drängt die Augen heraus, wo sind die Geschütze, wir werden sie kriegen, es sind die Preußen, die haben das Land besetzt, die haben meinen Freund getötet.
Louis! Louis Poinsignon! Louis!
Rache! Rache! Maul und Beine und lauernde Bajonettspitze. Tausend hungrige Bajonette! Weiße auf- und abzappelnde Stacheln! Eisenwald, der heranschaukelt!
Wie sich alles bewegt!
Wie das ist! Vorn, rechts, links stolpern Soldaten im Lauf, man hört nichts; Holzpuppen kippen vornüber, als wenn man einem Hammel die Beine wegschlägt.
Infamie! Verrat! Infamie!
Die Preußen schießen mit Wasser, mit kaltem Wasser, mit Eis! Von hinten! Stoß gegen den Rücken. Stich zwischen die Schulterblätter, etwas Kaltes, Langes, eine Fischgräte, die gar nicht auf hört, sich nach vorn in den Hals hinaufzuschieben; sich nicht schlucken läßt. Das Bajonett des Pioupiou, der weitertorkelt. Halt! Zappelnd, sich stemmend über einem Tornister. Die Tritte der Folgenden über seine Kniee, die rollenden Maschinengewehre. Kommen sie weiter? Kommen sie durch?! Kommen sie weiter?!! Rache! Ich will mit! Will mit! Der Igel sticht, eine halbgelähmte Hand knöpft das Tierchen los, es kullert aus dem Taschentuch, rollt weiter. Er blafft am Boden: «Vorwärts! radumm radumm dumm!»
Platzender Vulkan eines Schrapnells. Noch ein Schrapnell. Sie rennen zurück. Klappern der Gewehrkugeln. Die deutschen Signaltrompeten. Hurra, hurra! Hurra! Eine schwarze Wolke, dann steinerner, eiserner; ein eiserner Wagen über Schottersteine. Näher!
Hurra! Hurraaa!! Radumm!
Maschinengewehre zurück! Reserven zurück! Keine Gewehre,

keine Mützen. Sie kommen ja zurück! Sie springen in die Löcher. Die Preußen.
Armand hat Erde zwischen den Zähnen und einen weißen Mund.
Zermanscht zehn Schritt vor ihm der Konditor, der die besten Witze machte vor dem Schlafengehen, ein alter Junggeselle; auf der Pike ein kleiner rundbäckiger Student, der wie achtzehn aussah und fünfundzwanzig war; der Hauptmann; zweiundachtzig weiter. Wer kennt alle ihre Geschichten. Der Wald bis an den Bahndamm verloren.

IN Böhmen hieß es Gelder beschaffen, die Truppen aus dem böhmischen Feldzug abdanken, das Besatzungsheer erhalten, die ungarischen Grenzstädte gegen die Türken armieren verproviantieren, verdienten Generalen hohen Beamten Gnadengeschenke machen. Der Ertrag aus den konfiszierten Rebellengütern reichte nicht, der aus der Schuldenkommission war zu gering.

Eine Prager Mark galt neunzehn Gulden. Im Braus hatte der schöne Pfalzgraf gelebt, auf Bällen Jagden Schlittenfahrten hatte sich seine üppige Gemahlin getummelt und mit dem Volke gemein gemacht. Nach dem verjubelten Winter steigerten die pfälzischen und böhmischen Räte den Wert der Mark. Der Sieger gab ihm nicht nach; als der Kaiser kam, preßte er den Böhmen das Gebiß zwischen die Zähne, daß eine Mark siebenundzwanzig Gulden betrug. Der Gouverneur Liechtenstein ließ das gute Geld aus dem Lande schleppen.

Der Sohn eines serbischen Fleischhauers, Paul Michna, war Sekretär in der böhmischen Hofkanzlei geworden. Dieser warf sich mit einer Rotte Helfershelfer nach der Prager Schlacht auf das Pferd. Sie ritten in das Land hinaus; allmählich vergrößerte sich der Zug, Wagen schlossen sich an. Sie drangen auf die Güter und Herrschaften der Rebellen, brachen die Tore der Schlösser und Sommerhäuser mit amtlichem Gebaren, Siegeln, Drohungen auf, beschlagnahmten, was sich an beweglicher Habe fand. Während panikartig das Grauen vor der verlorenen Schlacht, dem drohenden Hochgericht die Dörfer belief, die Städte lähmte, alles sich zusammenzog, tauchte Michna mit seiner Bande erschreckend, unverständlich bald hier, bald da auf. Die zurückgelassenen Frauen, die betäubte Dienerschaft lieferte ihnen aus, was sie verlangten. Leiterwagen mit Stroh fuhren, von Ochsen gezogen, in einiger Entfernung hinter den Berittenen; toll hinein stülpten, stauchten sie, was sie erhaschten, übereinander, ohne Schutz Prunkkästen Rollenschränkchen silberne Spiegel Perlenketten Ölbilder flämischer florentiner Meister, Pelzwerk Geschirr Kristall Seidengewänder. Sie fuhren so rasch, weil das Gerücht sich bald verbreitete. So daß man, wie den Fuchs an seiner grauen Losung, ihren Weg erkennen konnte an abgerollten Kruzifixen, Splittern der Deckelpokale Nautilusbecher, den zerdrückten und weggeworfenen am Wegrand liegenden Kredenzstücken Silberplatten Konfektschalen. Wer hinter ihnen suchte, konnte reich werden; aber niemand bedachte Silber und Tafelgerät; alles verrammelte sich.

Rasch war in Spelunken und Gewölben der Juden verschwunden, was eben unerhört strohgelagert über die Chausseen gewackelt war. Die Topase Brillanten Rubine in Ringen und Halsschnüren legte ein alter Jude liebkosend sich über die braune faltige Haut, ließ sie sanft in seine eingemauerte Eisenkiste sinken über wattierte Wämser. Während die böhmische Gräfin schluchzend mit ihren Dienerinnen die aufgebrochenen Holzwände der Schränke anstarrte, krochen die grünen Roben, von kundigen Fingern gezogen, über die fetten Formen eines orientalischen Leibes; die gerafften gürtelgehaltenen Gewänder rauschten wie bei den Bällen der Königin Elisabeth hintennach über den Synagogenweg. Wieder lachten Weiber in diesen Gewändern herzlich und voller Inbrunst, vor andern gewaltigen Männern. Die Greise vorn auf den Bänken in den Tempeln sahen sich um, sangen im Talare von der Zerstörung Jerusalems, von Jehovas Rache, weinten über die Vergänglichkeit.

Draußen fuhr man auf Karren Rebellen, frisch eingefangen, trotzige Ketzer zur Folter, Arkebusiere stolzierten vor den Häusern, Menschenfleisch wurde billig, verdarb auf Wiesen. Indessen waren die gestohlenen Juwelen gut aufgehoben. Deutsche Flamen Italiener beleckten sie, rieben sie an der Haut; wo sie erschienen, verkleinerten sich die Augen der Menschen, Lippen spitzten sich; wie Schlüssel waren die Juwelen zur Rachsucht Feindseligkeit Eifersucht der Menschen. Im geheimen, ganz geheimen hetzten sie, übten ihre Macht, heißes Blut zum

Verspritzen zu bringen, selber nur funkelnde tote entschlafene Steine, die blind in ihrer polierten Härte ruhten.
Als Michna, ein fettleibiger Mann, dessen Kopf auf einem zu kurzen muskulösen Halse saß, eine kleine Zeit hatte verstreichen lassen, wagte er es, einen Brief an das Bankhaus des Hans de Witte in Prag zu richten, dann selbst angemeldet vor de Wittes Haus anzureiten. Es war ein resoluter furchterregender Mann, der das Kontor des reichen Holländers betrat, welcher die Geschäfte der höchsten Gesellschaft besorgte. Michna wies sich gut aus bei de Witte. Der kannte die Wege, auf denen sein plattnasiger Besucher mit den starken Kiefern Wulstlippen geäderten trüben Augen reich geworden war; er hatte Vertrauen zu diesem energischen Kanzlisten. Sie gingen einen Pakt ein. De Witte schlug vor, das Geld so anzulegen, daß man die böhmische Münze pachte. Dies sei ein Vorschlag, der ihm von zwei Herren seiner Klientel gemacht wäre, dem angesehenen Judenrichter Bassewi, der dem römischen Kaiser schon eine gewisse Summe vorgestreckt hätte, dann einem Soldaten, der freilich hierzulande einen anrüchigen Namen hätte, dem derzeitigen Obersten von Prag, dem Eusebius Albrecht von Wallenstein. Der Kaiser brauche Geld, um die Operationstruppen abzudanken und sonst; es sei ein vielversprechendes Geschäft.
An einem andern Tage erklärte de Witte dem widerstrebenden Serben, der sich durchaus nicht bereit fand, in das lockend geöffnete Gastzimmer des Bankiers einzutreten, mit ihm einen Becher zu leeren, es würde nötig werden, noch weitere Teilhaber bei der geplanten Aktion hinzuzuziehen. Denn nach seinen vertraulichen Informationen übersteige die Pachtsumme durchaus den Betrag, den die bisher interessierten Herren, nämlich sein Gast, dann der Judenrichter, der spekulierende Oberst, er selbst herschießen könnten, ohne sich zu ruinieren. Das Geschäft sei zwischen ihm und den genannten beiden fast abgemacht; sie seien von Michnas Interesse informiert und er sei eingeladen, sich zu beteiligen. Der hatte aber übel Lust einzuschlagen, denn zwar war gegen den reichen und redlichen Juden-

primas Bassewi nichts einzuwenden, aber der andre Geladene flößte ihm Widerwillen ein. Er erklärte de Witte nach langem Herumrücken auf seinem Schemel, während er eine Hornschale der Silberwage tanzen ließ über seinem Handteller, daß ihm die Partnerschaft des Obersten einfach unbehaglich sei, und daß dies das ganze Unternehmen gefährde. Wallenstein hätte schon damals, als die Teuerung in Prag begann, unmenschlich viel Wein in Mähren aufgekauft, um ihn mit unerhörtem Aufschlag an Wucherer weiterzugeben; ebenso sei es bekannt, wie er es mit Kornlieferungen getrieben habe; dann das ominöse, monatelang verschlossene Tuchlager Wallensteins in Olmütz, während nirgends Tuche zu kaufen waren. Alle diese Sachen gefielen ihm nicht; der böhmische Edle werde ihnen das Fell über die Ohren ziehen. Überhaupt, wenn es verlaute, der verrufene Oberst beteilige sich an dem Unternehmen: was die Beamten vom kaiserlichen Schatzamt, die Wind davon hätten, dazu sagen würden.

Der hochstirnige alte de Witte, hinter seinem Tisch mit den Folianten in einen Armsessel gestreckt, mit langem geteilten Weißbart, müden langsamen Augen, groß und breitschultrig wie sein serbischer Gast, hörte alles Geflüsterte mit Freude. Er empfand herzlich das Lob seines alten Freundes; er konnte nun bei Wallenstein einen höheren Teilhaberbetrag herauspressen, indem er auf die Schwierigkeit seiner Beteiligung hinwies. Er fragte teilnahmsvoll, ob jener schon von Wallenstein benachteiligt worden sei. Auch die Angst seines Besuchers erfreute den stillen Holländer, sie vergrößerte seine Neigung, mit ihm ein Geschäft zu machen. Michna unterbreitete ihm, man möge bedenken, wie Wallenstein sich gegen seine eigenen Verwandten verhalten hätte, gegen die Smirsitzky; ein Vormund, beim Leben Jesu, der sich schnöde einen Besitztitel auf die Habe seines kranken Mündels erschleicht! Was drohe ihnen dann?

Da meinte de Witte lachend, man solle sich nicht in Familienangelegenheiten mischen; man kenne nicht die persönlichen Beziehungen und so weiter. Michna wollte mehr eifern. De

Witte schnitt ihm stärker lachend das Wort ab; sie sollten sich nicht zum Richter aufwerfen. Beschämt lenkte der Fleischhauerssohn ein. Der Handel kam zustande, indem Bassewi für den Oberst gutsagte; Michna wolle auf keinen Fall ohne Sicherung einen Vertrag mit Wallenstein schließen.

Um sechs Millionen jährlicher Pachtsumme fiel ihnen die Prager kaiserliche Münze zu.

Sie konnten prägen, soviel sie wollten. Die Technik war den Juden und sonstigen Kippern und Wippern abgelernt: Beschneiden des Geldes, Untermischen unedlen Metalls bis zum Verschwinden des edlen. Die vier Männer, von Michna geführt, warfen sich auf den Handel mit der niedertretenden Wucht einer Stierherde. Die Münzräume wurden von zwei ganzen kriegstarken Fähnlein gesichert. Fünf Nachbarhäuser, ein halber Straßenblock, wurden zugekauft, bei der Kürze der Zeit und der Gefahr drohender Zwischenfälle war keine Minute zu verlieren. Während Bassewi und de Witte nur ihr Geld hineinwarfen, raste die Angelegenheit vorwärts durch das Betreiben dieser beiden: Michna und Wallenstein.

Der Serbe seiner Sinne kaum mächtig, dauernd geneigt auf Menschen loszustürzen, in gräßlicher Furcht, sein Geld zu verlieren, betrogen zu werden. Er umschlich die Gebäude; seine Frau, ein scheues schönes Weib, mußte die Straßen durchwandern, wenn er schlief.

Der böhmische Edle befehlerisch, in schneidender Ruhe und Unbeirrtheit. Zu dem Serben, den er einmal erschöpft, schmierig vor der Hauptpforte der Münze traf, beugte sich der hagere, prächtig sechsspännig daherfahrende Böhme heraus: «Der Herr sieht nicht aus, als ginge es ihm gut. Denke er zu leben. Sonst will ich ihn beerben.» Das stachelte den Serben, daß er sich mit Qual schonte.

Barren und Münzen häuften sich in den stallartig langen niedrigen Stuben; in Steinkammern standen die Münzknechte vor den Muffelöfen, heizten glühten. Wöchentlich vermehrte sich die Zahl der eisernen Schmelztiegel, über denen die Männer

hinter vergitterten Fenstern standen, mit Graphitstangen, langen dicken Stäben, die Schmelzmassen rührten. Hier hatte keiner Zugang aus dem ganzen Gebäude als die Knechte und Meister; hier wurde ihnen in geschlossenen Zink- und Kupferkästen gereicht, was sie in den Tiegeln zu schmelzen und zu verrühren hatten. Stechende Dämpfe durchzogen die Häuser; in Scharen, wie Regimenter, standen die hölzernen Beizfässer nebeneinander, darin schwamm die kochende Säure; die Münzen, geglüht, geschnitten, waren unkenntlich geworden, hatten Masken für die Augen der Menge. Die Knechte arbeiteten in den Räumen; wie in einer Folterkammer rührten sie die Arme; man sah nicht den, dem die Folter bereitet wurde.
Das Silber begann spärlicher zu fließen. Ein rasender Zusammenstoß erfolgte zwischen dem böhmischen Oberst und Michna in de Wittes Schreibstube. Erst: «Entweder bemüht sich der Herr Michna nicht oder er hält Silber zurück.» Dann: «Der Herr treibt es, wie er will. Er sehe zu, Silber zu beschaffen von den Juden. Er hat ihnen die Wänste vollgestopft mit gestohlenem Gut.» Als Michna, breitbeinig, mit den Wangen und Lippen zitternd, vor den hageren ihn überragenden spitzbärtigen Oberst trat, hob der die Faust: er werde sich mit ihm nicht duellieren, er werde ihm mit einem Faustschlag das Maul stopfen. Dann verließ der von Wallenstein den zitternden Mann. Tags darauf wurde dem hilflosen Serben durch de Witte bedeutet, daß der Oberst die Schuld an der Verzögerung der Arbeit auf ihn allein schiebe; der von Wallenstein sei überzeugt, daß Michna noch viel mehr Gewinn aus dem Raub gezogen habe, als er zugebe; er solle zusehen, wie er Silber heranschaffe. Da wurde dem Michna klar, daß Wallenstein vorhatte, ihn auszuplündern. Er stellte eine Frage an de Witte; die Antwort bestätigte seine Befürchtungen: der Oberst wollte von seinen Verbindungen Gebrauch machen, ihn wegen Raubes festnehmen und einkerkern, sein Geld beschlagnahmen. Der Serbe sank heulend zu Hause zusammen, welk von der Anstrengung der vergangenen Wochen. Er zerrte sich nach einigen Tagen

zu dem Oberst, der ihn in eine Vorkammer eintreten ließ, in der sechs Arkebusiere ihn fesselten und, ohne daß er widerstrebte, in den Stock führten.
Dies hatte sogar de Witte nicht erwartet. Der Oberst erklärte, er hätte nur gewartet, um den Serben unschädlich zu machen. De Witte: «Wir können ja auch so von ihm alles erlangen.» Das hielt Wallenstein für zweifelhaft, fragte lachend, ob de Witte gar den Michna bemitleide, der keinen Strick zum Hängen wert sei. Gegen den Serben wurde ordnungsmäßig vorgegangen, seine Frau warf man aus dem Haus. In diesem Augenblick setzten sowohl der Holländer wie der Judenprimas ihre ganze Energie ein, um einen weiteren Fortgang der Sache zu verhindern, von der sie nicht wußten, ob der Oberst sie bloß seines Vorteils wegen oder aus Rachsucht betrieb; sie waren beide nach ruhiger Überlegung der Meinung, daß der Böhme nur seinen Vorteil im Auge hätte. Denn er hatte auch sonst, trotz seiner gräßlichen Leidenschaftlichkeit, nie einen ernsthaften Handel gestört. Bassewi bot im Namen der Prager Judenschaft, die sich von einer allgemeinen Haussuchung bedroht sah, dem Oberst einen ungeheuren Rohsilberbetrag für die Zwecke der Münze an, wenn die Sache niedergeschlagen würde. Von Wallenstein fand das, seinem alten Helfer Bassewi die Hand streichelnd, erstaunlich von der Judenschaft, denn wie denke sich die Judenschaft schadlos zu halten? Er schien nicht geneigt, den Serben loszulassen. Als ihm erklärt war, daß von Michnas Teil ein Betrag abgezogen würde, wurde die Haftentlassung Michnas von dem herzlich amüsierten Oberst in Aussicht gestellt. Sie erfolgte nach einigen Wochen. Michnas Teilhaberschaft am Münzkonsortium verblieb. Der klägliche Serbe schlich sich, von de Witte geführt, in das Haus des Obersten, um zu danken. Der war verwundert, daß der Serbe schon entlassen war, freute sich mit ihm über den guten Ausgang der Angelegenheit. «Was hab ich?» jammerte der Serbe, als er neben de Witte zwischen den fürstlich gekleideten Trabanten des verschwenderischen Obersten auf die Gassen ging, die von hungernden Menschen

belagert waren, «ich muß wie ein Bauer arbeiten, um den Juden ihr Geld wiederzugeben.» «Wißt Ihr, Herr, mit einem Mann wie dem Obersten soll man es nie verderben. Ihr werdet sehen, es wird Euch gut gehen, wenn Ihr zu ihm haltet. Es gibt noch große Möglichkeiten in Böhmen. Wenn die Leute auch etwas hungern.»

Das Silber wurde knapper. Der Preis stieg. Michna, geängstigt über den Ausgang der Sache, schlug selbst vor, neue Mitglieder zu suchen. Sie wurden allmählich vierzehn; ihre Namen waren nur wenigen aus dem Kaisertum bekannt. Der alte Fürst Liechtenstein trat ein – der Oberst arrangierte es –, um im Interesse des Kaisers seine Hand im Spiel zu haben; dann ergriff ihn die Leidenschaft, er konnte nicht mehr heraus.

Der schmerbäuchige hartstirnige Münzmeister, der uralte Wresowicz, der auch Kammerpräsident war, wurde hineingezogen; die Umtriebe konnten ihm nicht verborgen bleiben. Er, der sein Amt verrotten ließ, drängte sich gierig vor, die Gesellschaft war gesichert, er segelte bald auf dem Schifflein Fortunas.

Der Schwindel ergriff das Konsortium; man rollte einem Abgrund zu.

Gemietete und freiwillige Aufkäufer von Silber flitzten durch das Land, drangen in die Bauernhäuser; mancher von ihnen ließ sein Leben für zehn Dukaten. Eine Anzahl Glücksritter, das Attentat auf das Volk ahnend, organisierte auf eigene Faust Banden, die sich Soldatentracht anlegten; unter dieser Maske zogen sie auf Raub aus. Kaiserliche Trompeter verkündigten auf den Plätzen, alles Silber müsse abgeliefert werden an die Münze; darauf verschwand es unter dem schwülen Gerücht der Dinge, die umgingen, jäh aus dem Verkehr. Schon wurden für einen Reichstaler vier neue Gulden geboten. Das Mißtrauen im Volk wuchs rasend; verstört fragte einer den andern aus. Man fragte überall, wo die Kammer sei, wo Wresowicz sei; Vertreter der Zünfte der Kaufmannschaft liefen auf die Ämter, bestürmten die ihnen bekannten Landesoffiziere. Bekamen

Lachen und mitleidiges Achselzucken zur Antwort, es verliere ja keiner bei dem Sturz des Geldes, bleibe alles so. Für immer? Für immer! Und einige glaubten es, die meisten ließ die Furcht nicht los, sie sahen ihr Hab und Gut ohne Öffnung der Tür aus den Stuben gestohlen. Die schrecklichen Gerüchte nahmen kein Ende, daß hinter den Silberaufkäufern eine Wuchergesellschaft stecke, der sich der Kaiser in seiner Geldnot mit Haut und Haaren verschrieben hätte; daß die Jesuitenpater dahinter säßen, Rache an den böhmischen Brüdern zu üben.

Daß man in einem Sack saß, der täglich fester zugeschnürt wurde, erfuhren alle an jedem Morgen: der Hunger stellte sich ein. Die Stadtarmen lungerten aufsässisch auf den verbotenen Märkten herum, ihre Sterzenmeister erklärten, keine Gewalt über sie zu haben; es stürben zu viele, die Männer und Frauen seien ihrer Sinne nicht mehr mächtig. Die Rudel dieser verlumpten und vertierten Menschen bildeten an den Toren und Hauptstraßen eine Gefahr; Bauern wagten sich mit ihren Fahrzeugen nicht hinein; was sie brachten, war im Nu verschlungen von dem sich grausam balgenden Gesindel. Sie wollten auch für das lange Geld nichts hergeben. Söldner, die man gegen die Bettler aufbieten wollte, verbündeten sich mit ihnen, plünderten, was sich blicken ließ. In die Häuser rief man hinein, was der Gulden koste. War man noch erschreckt von den sechsundvierzig Gulden der Mark, so kletterte der Wert auf fünfundfünfzig, auf dreiundsechzig, auf siebenundsiebzig. Eine Mark galt siebenundsiebzig Gulden.

Die Münze in der Prager Altstadt gelegen, weitläufiges plattes unansehnliches Gebäude aus Holz mit Eisentüren. Posten des Regiments Wallenstein in den Höfen, patrouillierend zu zwei, Pulverflasche Lunte Gabel an der Seite, schwere Musketen auf den Schultern, durch die Nachbargassen. Fuhren Bauernwagen mit Holzscheiten an, öffnete sich das niedrige breite Haupttor, blitzten am Eingang zur Rechten und Linken bronzene starke Vierpfünder auf gezogenen Lafetten; darüber lungerten Schneller und Zeugdiener, brannten unter sich Kohlen im

Becken. Mit Paß versehen, schlurrte an dem Lumpenpack vorbei der ungeheure Michna Tag um Tag über den Hof; sein Pferd hielt ein Musketier. Der Serbe, ohne den Hut zu ziehen, wanderte über Treppen und Galerieen, von Kammer in Saal, in Diele, durch die glühen vergasten Schmelzräume, lustig klingelnden Stempelstuben, an den Prägestöcken vorbei in die streng bewachte Vorratskammer, das Wiegezimmer. Leckte sich die Lippen, strich die schwarzen Barthaare zurück, die ihm in den Mund kamen. In schwerer Spannung sprach er keinen der zahllosen polternden Knechte an, Meister und Untermeister wich aus, grimmig seine schwarzbraunen Augen unter dem scharfkantigen Vorbau der Stirn.

Der größte Spekulant des Landes, der tolle Vabanquespieler Wallenstein, lang hohlbrüstig mit schwarzem Knebelbart, eine kostbare Diamantkette am Hut, stand halbe Stunden lang vor den Prägestöcken; wie man auf ihn aufmerksam wurde, wurde er unruhig, schloß die Augen, verschwand.

Das Landvolk, das neue Geld ablehnend, verkaufte nach außen. Da schloß man die Grenzen. Sie trieben nichts auf die Märkte. Ein kaiserliches Patent wurde auf den Plätzen ausgerufen: der Geldwert würde später nicht herabgesetzt werden; man brauche keine Furcht zu haben. Sie höhnten: «Der Kaiser, der Kaiser, er ist mit im Betrug; die Aristokraten kochen ihm ihren Brei, dem Kaiser, dem blinden Hund.»

In der Münze hämmerte es. Heimlich fuhr der steife Liechtenstein nachts vor, Wallenstein begleitete ihn, legten eine halbe Kompagnie Musketiere in die Kellerräume und unter das Dach; den Rest der Kompagnie verteilten sie auf die Nachbargassen, deren Häuser sie mieteten.

Das Jahr um, die Vertragszeit abgelaufen, beschloß das Konsortium den Vertrag zu kündigen; man konnte nicht hoffen, noch Silber hereinzubringen. Wie auf de Wittes Einladung die drei Herren, die sich kannten, sich in seinem verschwiegenen Bankgewölbe nacheinander einfanden zu einer Rücksprache – um eine einfache Laterne, die reichen Männer auf Schemeln und Truhen, sehr leise –, waren sie, bereit, sich aus jeder Öffentlichkeit für einige Zeit zurückzuziehen, von großer Dankbarkeit gegeneinander erfüllt. «Es soll einer versuchen, nach uns in Böhmen zu münzen», prahlte de Witte. Sie gingen nicht auseinander, ohne daß Wallenstein sie festhielt und fragte, ob sie vorhätten so sich davonzubegeben, ohne sich des kaiserlichen Dankes zu versichern. «Bitten wir», er sah den Herren fest unter die Augen, «den Kaiser um eine Ergötzlichkeit. Es hat uns allen Arbeit und Sorge gemacht, wir haben der Majestät über Schwierigkeiten geholfen; soll keiner sagen, der Kaiser lasse sich ungelohnt dienen.» Der kleine Judenprimas im schwarzen Tuchmantel, der mit Wallenstein im Vertrauen schien, fügte vorsichtig hinzu, es hätte sich in der letzten Woche noch zufällig einiges Metall gefunden. Man könnte vielleicht dieses Metall noch ausmünzen ohne neue Pacht. Michna, der plattnasige Riese, zagte. Kalt schloß der Oberst: «Es wäre erstaunlich, wenn die römische Majestät unsere Lage nicht begriffe.»

In der Tat erlangten sie Verlängerung des Münzvertrages um sechs Wochen als Dank des Kaisers. Dann versuchte der Kaiser, allein gelassen, weiter zu münzen. Die Münze stand still aus Mangel an Material. Die Herren hatten sich aus dem Spiel zurückgezogen.

Als ganze Züge von Söldnern, die abgelohnt wurden, sich weigerten, das lange Geld anzunehmen, und auf der Prager Brücke und in der Altstadt meuterten, weiteten sich die Herzen des Volkes. Die vor Hunger sterben wollten, nahmen ihre Wut zusammen. Man jubelte, wo die Randalierenden sich auf den Straßen sehen ließen, sie, die gefürchteten gehaßten. Man freute sich, daß sie die Backstuben und Schlachthäuser erbrachen. Der lange erwartete Sturm auf die Münze erfolgte von Bettlern in ganzen Regimentern, Gesellen Söldnern Meistern Kaufleuten, als hätten sie ein Signal bekommen. Die Kanoniere an den Geschützen, rechtzeitig benachrichtigt von den Münzmeistern, liefen davon; kein Schuß fiel. Und als man in die Vorratskam-

mern und an die Prägestöcke kam: kein Stück Silber in Kästen und Körben. Sie zerschlugen brüllend die Schränke mit den Formen. Die Nachfolgenden, wütend, warfen sich auf die Ersten, sie hätten gestohlen, sollten hergeben teilen. Sie faßten sich an die Hälse. Die Masse warf sich in die Nachbarstraßen, wogte rachsüchtig vor das Landschaftshaus, vor den Palast des Gouverneurs. Da war im weiten Umkreis Kavallerie aufgestellt, untermischt mit Musketenträgern. Einige Ladungen streckten soviel hin, wie der Hunger an mehreren Tagen. Zwei Stunden lang schossen die Soldaten über die leeren Straßen.
Der Reichshofrat zögerte nicht, den Beschluß zu fassen, dem der Gouverneur von Böhmen zustimmte, den Wallenstein längst angeraten hatte: den Staatsbankrott zu erklären. Durch Dekret wurde, auf Plätzen und Straßen verkündet, der Gulden auf den sechsten Teil seines Wertes herabgesetzt, nur drei Monate durfte die lange Münze laufen, dann war sie verfallen.
Und nun sahen die Böhmen ihre Armut, wußten, daß sie besiegt waren. Das Elend klafterte auf sie nieder, die gesättigten Herren ließen sie los. Saßen mit leeren Händen; neue riesige Kirchen standen zum Beten offen.
Der Haß wurde in die Massen gehetzt, Schuldner und Gläubiger verstanden sich nicht; der Geldwert verwirrt, auf den Schlichtungsämtern standen sie nebeneinander, spieen sich an.
Dies war noch ein Nebengewinn für die Anstifter. Die Götzenbildsäule, Liechtenstein, empfing Michna, murmelte ihm zu: «Das Volk wird sich jetzt leicht regieren lassen. Es ist zwar arm, aber dafür ist es kraftlos. Wir können noch mehr Truppen entlassen.»

VOM Main her südwärts schwoll verendend die Armee des unglücklichen Grafen Tilly.
Mit dem Rest seiner Truppen, zwölftausend Mann, dazu achttausend gepreßten Bauern, griff er in der Schärfe des Winters den schwedischen General Horn an, trieb ihn in die Stadt Bamberg hinein. Drin ließ er die Schweden bis auf den flüchtigen Rest massakrieren.
Da hatte sich der mordgewaffnete König schon aus seinem Mainzer Lager erhoben, ließ den Rhein los. Hinter ihm blieben ein junger Herzog Bernhard von Weimar und der Pfalzgraf von Birkenfeld.
Und wie der Schwede anschnob, wich Tilly erzitternd aus Bamberg, wich die geschwollene Regnitz entlang, durch das Ansbachische, an Nördlingen vorbei auf Donauwörth. Wollte sich hinter die Donau verstecken.
Der Tritt des Schwedenkönigs tapprig schwer hinter ihm, langsam. Rechts schlürfte er, links fraß er; er kaute, spie, schnüffelte. Er legte sich über Nürnberg; der Hohe Rat wischte eingezogenen Schweifs zu ihm heraus vor das Tor, goldene Trinkgefäße auf den kalten Händen tragend. Sie kreischten und pfiffen: «Der Makkabäer!» «Gideon!» «Josua.» Er rollte die Augen und ließ es sich, da es ihn kitzelte, wohlgefallen.
«Es war ein schöner Winter dies Jahr», gönnte er den Ratsherren, «gebe Gott, daß auch der Sommer gut wird. Ich predige euch das Evangelium auf eine Weise, wie ihr nicht wieder hören werdet.» Er setzte die Beine vorwärts, Staub und Dampf von sich gebend: «Seid fromm, daß Gott weiter hilft.» Hinter sich ließ er die Besatzung. Hunderttausend Taler stopften sie ihm bei, wie er wanderte.
In Donauwörth konnte Tilly nicht bleiben; der Kurfürst warf Boten nach Boten gegen ihn: wie weit er denn fliehen wolle, wie weit noch München entfernt sei. «Ich will schon nicht mehr fliehen, als ich muß», knirschte die Augen verdrehend der kleine

General, das Papier in den Händen zerreibend, «ich will mich schon stellen. Nur Ruhe, Ruhe.»
Aber der Schwede plumpte, murrte, knurrte, trampste näher. «Ich will stehenbleiben.» Und zitternd in einem unsäglichen Hinschmelzen gab er schon wieder den Befehl nach rückwärts. Hinter die Donau, über die Lechbrücken. Schwindlig, den Mund weit offen, stand er da auf den Stoppelfeldern, Bayern lag in seinem Rücken. Schwindlig mit verwehenden Gedanken sagte er, lächelte er, die Zähne kaum entblößend, zu seinen Offizieren: «Wir werden hier nicht weggehen. Der Schwede kommt heran. Wir werden Bayern schützen.»
Es wurde befohlen, auf Ingolstadt Truppen zur Verteidigung zu werfen, die Zugangsstraßen von Augsburg und Ingolstadt mit vierzehn Kompagnien zu sperren. Dann lagerte das Heer sich hinter dem Lech in einem dichten Wald. Und wie Tilly das rückwärtige Terrain besichtigte, stoben Alarmreiter an, Alarmreiter, Alarmreiter. Flüchtende Bauern. Flüchtende Bauern. Auf Wagenreihen Dörfer, Dörfer, ganze Dörfer. Als hätte der Schwede sie entwurzelt, warf sie ein Orkan mit Sack und Pack vor sich. Tag und Nacht, Tag und Nacht. Es regnete Städte.
Der geborstene Tilly hielt sich steif. Lief, ein schallendes Knochengestell, flach mit Muskeln Sehnen Nerven gepolstert; der Bauch, die Brust, der Schädel breit geöffnet. Hervorquoll seine blutbegossene Seele selbst. Geschrei Kreischen Brüllen Knirschen Knurren dünnes Piepsen umging ihn. Seine Gedanken schlugen wie überlange nasse Haare über sein Gesicht, über Stirn und Augen, blendeten ihn.
Er lächelte süß, in bewußtloser Hingerissenheit, hin und her dunkel flutender, sich hebender Verzweiflung. Er betete und erreichte sich nicht. Er war ein Mensch, den man mit Pech bestreicht und in Federn wälzt; ganz hinter seinen Taten verschwunden. Keine Gedanken an Wallenstein hatte er mehr. Er suchte zu umdenken sein Leben, seine Oberkommandantin Maria, mit der er jeden Tag seines Lebens angefangen hatte;

knickte zusammen. «Ich bin ein frommer Katholik gewesen all meine Zeit», winselte er vor seinem Feldkaplan, der verwundert vor ihm stand, ihm tönend zusprach.
Als die ersten Kanonenschüsse fielen, sauste er auf den Feldern herum, suchte von irgendwoher zu hören, ob er sich nicht noch auf Ingolstadt zurückziehen sollte. Fürchtete sich, fürchtete sich; begriff mit einmal, daß er sich fürchtete. «Ich bin ein alter Mann, habe keine Messe versäumt», zuckte es staunend in ihm.
Zweiundsiebenzig Geschütze ließ Gustaf auffahren gegen den Wald, in dem die Kaiserlichen lagen. Unter grausamem Krachen und Prasseln barsten die Stämme. Als die Feinde eine Insel bei Oberndorf fanden, die schrecklichen Finnen, schwammen sie Trupp auf Trupp wie Wasserratten an. Man schlug einige tot, es kamen neue. Schwedische Kanonen fuhren über einer Brücke auf, die niemand über Nacht hatte entstehen sehen. Ein heulender zähnefletschender lehmwühlender Kampf halb im Wasser, halb auf der Erde fing an. Die Schweden Finnen, es waren keine Menschen. Kaum gab es Tiere, die ihnen glichen, wie sie schlammbedeckt, graubraune Hautfarbe, tangtriefend armschwenkend sich aus dem Wasser erhoben, krumm anwateten schluckten kauten spritzten pfiffen. Sie waren so schlecht, so ekel, so totschlagwürdig, daß erst zaghaft die Kaiserlichen, die Bauern auf sie eindrangen, geführt gelockt, dann von dem Grimm und der Scham, dem Entsetzen gerufen geworfen: «Um des Heilands willen!»
Sie schrien zu Hunderten und Tausenden, die Kaiserlichen, auf dem überhöhten Ufer des Lech, als sie das beispiellose kotige regsame Grauen aus dem Wasser auf sich zukommen sahen. Es gab wenige unter ihnen, die nicht in diesen Augenblicken die blinde Entschlossenheit angewandelt hätte, zu sterben oder diese Unwesen sich aus dem Gedächtnis zu wischen. Sie drangen herab auf die Fratzen.
Mörderisch tobten die Kanonen in ihrem Rücken; Sprengen Klatschen Reißen von stöhnender unterirdischer Gewalt. Aber Tilly auf seinem hochbeinig tanzenden Schimmel irrte zwischen

den Fremden und den Kanonen hin und her; träumte, ohne zu wissen, was, lachte wimmerte. Die Fragen seiner Offiziere beantwortete er nicht. Seine bis zur Weiße aufgerissenen Augen wurden immer wieder von den silbernen brandenburgischen Aufschlägen angezogen an seinem eigenen linken Ärmel. Um diese Aufschläge war ein Geheimnis. Bei jedem Kanonenschuß zuckte er zusammen, duckte sich, sah um sich. Das Wort ‚Maria' mahlte er zwischen den Zähnen, während seine Augen suchten auf dieser Holzbrücke, in dem plantschenden Wasser. Wie an einem vom Himmel herabhängenden Faden zog sich seine Sehnsucht und Ratlosigkeit in die dünne Höhe. Ein Dreipfünder, dessen Abschuß er nicht einmal gehört hatte, warf seinen Schimmel um, zerschmetterte ihm selbst den rechten Schenkel über dem Knie. Er dachte und träumte lange nichts.
Aus der bodenlosen Schwärze tauchte er auf; es schneite. Abend, ein Troßwagen, wühlender Schmerz im Bein. Wagenknarren, Getümmel um ihn. Im Stroh neben ihm hockend der Feldscher. Tonlos auf durchbluteten Wolldecken der General: was sei, wo man sei. Bei Ingolstadt; der Widersacher habe versucht, sie von Bayern abzuschneiden, es sei mißlungen, der König selber hätte beinah sein Leben dabei gelassen.
«Was, was!» Tilly, der Totenkopf, furchtbar erregt, «abschneiden, was ist!» Und dann ächzte er, ließ seine Offiziere kommen, die in der Nähe ritten. Sie krochen einzeln herein, wiederholten ihm, der halb taub schien, dutzend Male die Ereignisse. Er rieb sich die Nase, die Stirn, fragte ängstlich von neuem, stöhnte: «Regensburg! Regensburg!» faßte sie bei den Händen, bittend. Dann erst bemerkte er die lähmungsartige Schwere, diese sonderbare dumpfe, in allen Gelenken, tief in den Knochen, in die Därme Lunge, die Schultern aufsteigend; die Dürre in seinem Mund.
Der Kaplan kauerte neben dem Feldscher. Der Wagen ratterte über die Chausseelöcher, oft legte er sich schief auf die Seite. Aus der bodenlosen Schwärze wieder auftauchend, langsam, nicht ganz entlassen: «Der Kaplan! Ah, Regensburg, das Heer

auf Regensburg führen.» Der Kaplan. Dies waren die Sterbesakramente. Jetzt daran festhalten, fest einbeißen. Maria, der Himmel, die Heiligen; das waren nur leere Worte, man konnte sie sprechen, sie ließen sich nicht denken. Das Bohren Sägen Drehen im Bein, das wogende Unbehagen den Leib hinauf, die alles überflutende zurückebbende wieder anschwemmende Lähmung, diese verdunkelnde knochenfüllende knochenzerknackende wirbelverschiebende tödliche Lähmung. Jetzt hieß es sich entscheiden. Aus dem Wege alles. Maria, Jesus. Er spie, rollte die Augen: hier ist nicht die Rede vom Schweden. Der Kaplan hielt seine Hände; Tilly bat, ihm Maria zuzurufen, wenn ihm das Bewußtsein schwinden wolle. Scharf blies der Schneestaub in den Wagen. Er weinte in sich: «Ich habe mein ganzes Leben Maria gedient, ich will sie jetzt halten, ich darf sie nicht verlieren. Der Kaplan hat mir Absolution erteilt, es wird alles gut.»

Die Wellen der Lähmung und Verdunklung rollten stürmischer an, mit kaltem Schmerz gemischt. Alle Glieder fielen von ihm ab. Und er fing an zu ringen. Zwischen jeder Welle schrie er: «Maria!» Der Kaplan im Wechselruf: «Maria!»

Schlagartig rollte es heran. Aus gelben grasgrünen braunen Wolken fuhren die Stöße gegen Bein und Leib. Sie knatterten zwischen die Schulterblätter in den Hals. Die Wolken waren widrig, schwammig feucht, wühlten ineinander. Es waren die Finnen, die anwateten, die aus Blutschande gezeugten. Er spie, schrie heftiger, kreischte röchelte vor Entsetzen.

Der Kaplan rief: «Maria!» Tilly sah entsetzt, wie er die Lippen bewegte.

Furchtbare Hammerhiebe aus den Wolken. Mit jedem Hiebe zuckte er zusammen. Den Atem benehmend; er war der Amboß. Was sagte der Kaplan. Er mußte wissen, was der Kaplan sagte.

Dumpf wetternd, zermalmend, niederklafternd.

Niederklafternd.

Zusammengezogen lag er, auf die Seite gestoßen.

Verröchelte, die Arme schützend vor der Brust.
Da löste sich das Gespensterheer von dem warmen blutsickernden kleinen Körper. Zappelnde Rümpfe der gemetzelten Türken Franzosen Pfälzer, die jaulenden hängenden zertretenen Hunde, kletternden Pferde, die mit den Hufen sich an ihm hielten. Zwischen ihnen gezogen matt, noch naß, seine eigene erstickte Seele.
Verknäult flogen sie unaufhörlich rufend durch die verschneite Luft, ihrem dunklen Ort zu.

ES wurde nun stille. Es lag völlig süße Verzückung im Raum. Die Musik sang, die Trompete sang, die Menschen sangen. Sie machten Bewegungen, gleitende, waren aneinandergepreßt, und die Musik ging mit ihnen, die Knie bogen sich, der Fuß setzte sich vor, zurück, der Leib kam nach. Die Klarinette blies, oben stand der Kapellmeister mit dem Saxophon, sah herunter in die Rundung, die drehende. Lautloses Drehen, lautloses Gleiten der Schatten. Jetzt Scharren, vorwärts, rückwärts, süße Kinder, ihr Kinn über seiner Schulter. Und jetzt schmetternder Jazz.

Schwarzes Wuschelhaar an dem Tisch, sie steht auf, Puderdose, Blick in den Spiegel, die Kaffeetasse steht allein, die Handtasche liegt auf dem Stuhl. Sie ist in das Flackerlicht eingetaucht, von der Rundung eingesogen, das Klavier rasselt, Arm über seiner Schulter, gezogen, gewogen, die Musik singt, die Trompete singt. Schluß, auseinander, schon, schon, eine kleine Sehnsucht, ein bißchen Sonnenschein.

Und schon sitzen sie wieder um den Tisch herum, Puderquaste auf der Nase, über die Stirn. Ein älteres Fräulein hat Überschuh im Ausverkauf gekauft, sie packt aus, sie debattieren, drehen die Schuh. Ein gemütlicher Herr liest die Mittagszeitung, Garderobenständer mit Hüten und Mänteln stehen herum, es gibt keine Musik, ist alles aufgelöst, rinnt auseinander. Die Kaffeekannen sind Silberersatz. Licht und Zigarettenrauch in der Luft.

Ein langer junger Herr mit Hornbrille, er geht an den Tisch, er senkt den Kopf ein bißchen vor dem schwarzen Wuschelhaar, sie ändert den Ausdruck nicht, steht auf, er geht hinter ihr, bedenkt sein Geschick, dann fragt er nicht mehr, sie sind im Kreis des Geschehens, des Drehens und Scharrens und Gehens. Gleiten der Schatten, lautloses Drehen. Die Musik dumpft, wühlt, befiehlt, das Tamtam schmettert, die Töne steigen und fallen, die langen schmachtenden Töne, Hand in Hand, warme

Hand, du folgst, du fühlst die Schenkel, du bist gut aufgehoben, es tut dir keiner was, und alle tun ebenso wie du. Ein Raum mit trinkenden Menschen ist da, und sie blicken auf dich, und du kannst die Augen schließen, Äuglein schließen, Äuglein schließen, Schritt vor, Schritt zur Seite, was summt und summt das Saxophon.

Und dunkel singt ein Mann: «Eine kleine Sehnsucht, ein bißchen Sonnenschein, eine Sehnsucht, die sich niemals erfüllt.» Das Klavier dumpft, das Tamtam klirrt, und jetzt ist bloß noch das Klavier da, und ist aus. Die Hände lassen los, warme Hände, schwere Hände, allein, die Gesichter sind ganz sachlich. Sie geht an den Tisch, sie senken einmal kurz die Köpfe, sie ist so jung, dann spricht sie mit dem älteren Fräulein wieder über die Schuhe. Die Kavaliere zahlen schon. Der Kapellmeister trinkt Bier. Sie geht.

Sie hat ein schwarzes Käppchen auf, ihr dünnes Gesichtchen lächelt an der Tür zurück, sie sehen ihre hellen Strümpfe, ihre Rundungen, sie trägt ein viereckiges Köfferchen. Wo geht sie hin, denken die am Tisch vor der Speisekarte.

Es gibt merkwürdige Zufälle. Da ist mir das Bild in Erinnerung geblieben von dem Raum, in dem sie tanzten, die Musik sang, die Trompete sang, sie machten gleitende Bewegungen, und dann war da ein Wuschelhaar, sie hatte ein schwarzes Käppchen auf, ihr dünnes Gesichtchen lächelte manchmal zu meinem Tisch herüber, sie tanzte und puderte sich, zuletzt ging sie mit ihrem viereckigen Köfferchen. Ich sah sie heute im Amt. Sie war Zeugin. Ich erkannte sie gleich. Sie mich auch. Ein kleiner Zivilprozeß, Streitigkeiten wegen Möbelbeschädigung beim Umzug. Sie sagte aus, daß die Kommode nicht verschrammt war und noch nicht aus dem Leim. Wie ich um drei aus dem Gericht kam, steht sie unten an der großen Treppe und wartet, Gott weiß worauf. Sie hat mich wieder angelächelt, ich wußte nicht, ob ich lächeln durfte, aber wahrscheinlich habe ich es doch getan. Da ist sie zu mir gekommen und sagte mir, daß sie mich schon gestern gesehen habe, da oben beim Tanz. Kommen Sie

öfter da rauf? Ja, was soll man tun, wenn man allein und in solche kleine Provinzstadt versetzt ist, viele Lokale wird's hier ja nicht geben. Dann auf Wiedersehen.
Es regnet in Strömen. Alles ist grau, umgossen. Ich komme mir selbst wie ein Regen vor. So umgießt ein Gefühl alle Dinge und Menschen. Heut morgen war es noch ein leerer Ort und ich hatte schauerliches Heimweh. Ich dachte, hier verkomm ich. Jetzt – das ist ein merkwürdiger Zustand für einen ernsthaften Mann. Ich kann nicht leugnen, ich bin erregt. Es ist eine unglaubliche Spannung in meinen Gliedern. Ich gehe mit einemmal elastischer als sonst. Meine Wirtin sagt es auch. Sie freut sich über mich, ich bin jetzt allen Menschen wirklich mehr zugetan. Und warum? Ich bin allen Menschen dankbar, denn ich denke immerfort an sie und denke mir, sie geht unter ihnen allen. Ich habe dieses ganze graue Heimweh verloren und bin wie ersoffen in einem einzigen Meer von Spannung und Freude und Freudigkeit. Was tue ich? Meinen Dienst wie sonst, aber in der Pause vergesse ich zu essen, sitze an meinem Tisch im Beratungszimmer und träume. Das ist durchaus kein natürlicher Zustand, aber er hat seine Annehmlichkeiten, ich werde schon sehen, daß er mir nicht über den Kopf wächst.

Ich bin schon Mitte dreißig und habe mir geschworen, nicht zu heiraten, meine Mutter hat es mir selbst geraten, obwohl ich der einzige Sohn bin, aber es ist zu viel Unglück und Krankheit in der Familie. Das hat mich allmählich, ich sehe es jetzt, in eine Feindschaft gegen das Weibliche überhaupt getrieben, ich bin ihnen aus dem Wege gegangen. Nun kommt das Feuer mir nachgelaufen. Aber es ist ein angenehmer Zustand. Ich war erst ein einziges Mal in meinem Leben verliebt, ich habe ein einziges Mal in meinem Leben geliebt. Das war damals sie, die Rosa. Rosa hieß sie, beim Anblick jeder Rose habe ich noch heute Schmerz. Es ist mir eine schreckliche Erinnerung, ich brachte sie zu meiner Mutter, und die sagte nein. Es war ein wochenlanger Kampf, aber meine Mutter hatte schon recht, und ich weiß, daß man Pflichten hat und daß man seinem Gefühl nicht blind folgen darf. Es war ein schreckliches Ende, ein schreckliches langes Jahr. Ich bin aus diese Sache nicht herausgekommen, wie ich hineingegangen war. Man muß verzichten. Und jetzt. Es ist ein angenehmes Gefühl. Man soll es nicht ablehnen. Man soll nicht gar zu streng mit sich sein.

Ich habe verschiedene Zeiten. Manchmal komme ich aus dem Lachen nicht heraus und sage, was ist mit mir, manchmal grübele ich, manchmal werde ich sehnsüchtig, ich tauche sehnsüchtig in jedes Gesicht, jeder Mund bringt meine Lippen in Bewegung zum Kuß, manchmal muß ich mich abwenden, so überwältigt bin ich, ich weiß nicht wovon. Ob das nicht ähnlich ist wie damals mit jener?

Ich war erst wie von einer Wand umstellt, viele Plätze und Straßen mußte ich vermeiden. Jetzt ist es ganz anders. Ich grüße alle Mädchen und Frauen in ihrem Namen. Sie sind Erinnerung an sie. Ich blicke auf ihre Schuh, ja sie haben auch Schuh, sie gehn in Strümpfen wie sie. Wenn sie in meinem Zimmer ist oder ich in ihrem, so ist alles voll Gespanntheit. Ich bringe nicht das Richtige heraus, ich habe schon zu lange auf sie gewartet, sie wundert sich über meine kalten Finger und daß ich so stumm bin. Dann sage ich, ich habe bei Gericht so viel zu sprechen gehabt. Und wenn sie weg ist, atme ich auf, erhebe mich, wandere herum, denke nach, was gewesen ist, und schon fängt das Träumen wieder an, das Sinnen um sie, und im Inneren fange ich an mit ihr zu flüstern, und jetzt kommen die guten Worte mir über die Lippen, ich kann sie aussprechen, wo sie nicht da ist, nur wenn sie nicht da ist. Ich denke manchmal, das ist eine Passion, eine Leidenschaft, die mich in Ketten schlägt. Soll ich mich nun hinwerfen vor sie und mich ganz von dieser Leidenschaft mitnehmen lassen? Ich will nicht, ich will nicht. Aber wie gerne schwimme ich mit dieser Gewalt! Wo ist denn Wahrheit als hier. Wo ist Leben, was ist Leben, wenn nicht hier. Und ob ich Unrecht tue, es ist wahr. Ich brenne, aber sie ist es, die das Feuer angezündet hat. Was hat sie aus mir gemacht. Was hat sie veranlaßt, auf mich zuzugehen und das Feuer auf mich zu werfen. Nun denke ich und glaube schon lange gewußt zu haben, wer ich bin, und da kommt sie und wirft das Feuer, und siehe da, jetzt erst zeigt sich, wer ich bin. Sie ist irgendeine kleine Person, aber meine große Lehrerin, die beste Lehrerin. So lehren keine Worte, und so viel erfahre ich nicht aus der Philosophie. Erkenne dich selbst, sagt der Philosoph. Ich weiß nicht, wie ich das machen soll. Und wenn ich mich erkenne, was ist mir geholfen. Sie aber hat dort oben an dem Tisch gesessen, es war schon gleich solche Verzückung in dem Raum, die Musik klang, die Trompete sang, die Menschen machten gleitende Bewegungen, und dann war das Wuschelhaar da, das schwarze Käppchen, sie lachte zu meinem Tisch herüber, tanzte mit dem jungen Menschen mit der Hornbrille. Sie hat mich einmal angesehen, sie hat mich kaum gesehen, und ich habe sie ansehen dürfen, und das war die Belehrung, nicht meines Gehirns, sondern meiner Natur. Ach, so abgemüdet und ausgenutzt ist mein Gehirn, es ist schon bald nichts mehr daran zu zerbrechen, es hat getan, was es konnte, und siehe da, es war alles eitel, nichts und leer. Nachdem viele Philosophen in den Hörsälen und die größten Denker aus Büchern zu mir gesprochen haben, da ist die große kleine Lehrerin an mir vorbeigegangen und hat auf ihre Art gesprochen, eine knappe Viertelsekunde. Oh, welche eindringliche Predigt, meine Knie zittern noch, wenn ich an diese Viertelsekunde denke. Ich brauchte Stunden, um mich davon zu erholen, und immer wieder muß ich darüber nachdenken, was ich gelernt habe, und kann es nicht fassen.

Weil ich dich gesehen habe, soll sich alles in mir wenden. Ich bin schon viel ruhiger. Ich denke während der Verhandlungen ruhig an dich und du hältst es aus, daß ich ruhig an dich denke. Ich habe erst gefürchtet, das ginge nicht, du würdest dich dann als eine lächerliche Fratze enthüllen, die mich nichts angeht. Jetzt kann ich auch an die Rosa denken. Ich habe hier vor mir einen Strauß Rosen, den habe ich mir heute morgen gekauft, jetzt liegt er vor mir auf dem Tisch, noch in dem Seidenpapier, und ich kann die Blumen ruhig und sogar herzlich betrachten. Es ist lange her, Rosa war gut, aber vorbei, vorbei, wer weiß, was aus ihr geworden ist, es hat nicht sollen sein. Jetzt erntet eine andere, was sie gesät hat. Ich bin froh, daß das Oberste in mir zuunterst gestülpt ist und das Unterste zuoberst. Ich habe meine Fassung wieder. Ich war erst fassungslos über mich. Ich hatte gedacht und bin manchmal nachts mit dem Schreck aufgewacht: ich habe schon so lange gelebt, es war schon alles gut, warum mußte das noch über mich kommen, warum konnte ich nicht in Ruhe sterben?

Ich war heute bei ihr, ihre Mutter war nicht zu Hause, sie hatte sie weggeschickt.

Ich habe sie vor zwei Stunden in meinen Armen gehalten. Es war ein Glück, das noch jetzt in meinen Armen, in meiner Brust nachklingt. Wie sie am Fenster, rosig, jung, ihren Mund an meinen legte, ich hielt sie um ihre Hüften – ich kann nicht davon sprechen. Himmlisch, der Himmel. Und die Begierde und der Körper. Es war ein Dienen und eine Demut. Was ist ein Kuß, was ist er anders als ein Untertauchen. Keine Aneignung, nein, eine Bitte um Zulaß, eine Danksagung und zugleich ein Sichhinwerfen und -aufgeben. Aber ihr ist davon, glaube ich, nichts bewußt, vielleicht tue ich ihr auch Unrecht. Es sieht bei ihr nur aus wie Staunen und Spiel.

Das ist das Eigentümliche der Liebe: diese Geste des Körpers, diese große und besondere Rolle, die der Körper spielt. Nirgends sonst steht er so sehr, so völlig, so hundertprozentig im Dienst der Seele. Wie da das Körperliche durchsichtig wird. Da war man sonst ein starres, isoliertes und gefrorenes Tier, man war wie in Stücke gehauen. Man hatte da seine Gedanken, anderswo seine Neigungen, anderswo bewegte man sich. Jeden Teil ließ man einzeln laufen.

Ich habe dich wieder in den Armen gehabt. Du hast dich von mir umarmen lassen. Umarmen: das heißt, daß meine Arme, wie ich in dein Zimmer trat, sich um dich legen durften. Ich habe deinen schlanken, leichten, schwebenden Körper gefühlt. Und während ich dich hielt, habe ich innerlich gezittert und gefragt: wer bist du? Wer ist das hier, wer will hier etwas von mir? Wem bin ich hier gut? Ich kann nicht an deine Familie denken, für mich bist du nur das schlankgliedrige Mädchen, das Wuschelhaar mit den großen Augen. Du bist für mich der Mensch, der mir fehlt, das Stück von mir, das ich nicht habe, das junge, zarte Weibchen, die Natur, die mir viel näher ist, viel mehr als die Gesellschaft. Und jetzt sehe ich: ich, der Jurist, der Paragraphenmensch, ich bin im Begriff, die Gesellschaft zu durchbrechen und die Natur zu finden. Das hat einen leicht kriminellen Geschmack, aber wahrer werden mir die Dinge.
Ja wahrer, transparenter. Ich bin vorhin, wie ich ihr Haus verließ, langsam durch die Straßen gegangen, und da konnte ich wie ein gehörnter Siegfried nicht die Sprache der Vögel, aber die Sprache aller Menschen verstehen, aller Menschen, die da gingen, der Männer, der Frauen und der Kinder. Ihre Kleider machten mir nichts vor. Sie liefen als Naturwesen herum. Das war eine glückliche und erfreuliche Art, zu blicken. Das habe ich erreicht durch die Begegnung mit ihr. Es liegen überall Schlüssel zur Natur herum. Man braucht nur die Hand auszustrecken. Aber es gehört wohl auch Bereitsein dazu. Nun sitze ich zu Hause und denke an sie. Geliebt zu werden, empfinden viele als ein Glück; mag sein. Lieben ist ein viel größeres Glück, glaube ich. Freilich, das Schönste muß sein, das Größte und am meisten Stärkende, Lebenspendende: lieben und glauben dürfen, geliebt zu werden.

Sie hat mir ihr Bildchen geschenkt, ich trage es in der Tasche. Ich bin von dieser Tasche her elektrisiert. Ich muß das Bild wechseln in eine andere Tasche; mir kommt vor, mein Arm wird schlaff an dieser Seite. Es ist nicht ausgeschlossen, daß ich das Bild ganz aus meinem Anzug nehmen muß. Denn ich bin von dem, was das Bild ausströmt, wie umnebelt. Es ist so, wie wenn man in Sumpfluft, in die tropisch heiße und feuchte Luft eines anderen Klimas tritt. So umnebelt mich das. Aber doch bin ich froh, daß ich sie jetzt immer bei mir trage. Die Photographie taugt nichts; ihr Gesicht sieht so auf dem Bild weder klug noch beseelt aus. Der Photograph kann nicht die Spannungen, die Strahlen photographieren, die von ihr ausgehen und die nur ich empfinde, eben weil ich so empfindlich für sie bin. Ja, sie ist ein Naturwesen von ungeheurem Liebreiz für mich.

Ich komme eben von einer Begegnung mit ihr. Sie hat mir wieder vor dem Gericht aufgelauert und mich gegenüber in ein kleines Café geführt. Das Lokal war eben erst eröffnet, wir hatten nicht recht freien Platz, überall saßen Menschen, die Tür war gerade vor uns, und immer guckte uns einer ins Gesicht. Ich habe meine Stimme diese Stunde über nicht gefunden. Das Wuschelhaar saß blühend da mit ihren kirschroten sehr vollen Lippen, den Hut mit einem Schleier auf dem Kopf, die Handschuhe behielt sie an, ab und zu trank sie von ihrer Schokolade. Sie hat nicht bemerkt, daß ich so dasaß und meine Stimme nicht fand. Ich dachte, während ich dasaß, über sie nach. Was mochte sie von mir wollen? Sie war recht zärtlich und wunderbar innig zu mir. Auf welche Weise? Im Lokal, mitten unter den Menschen, dicht an der Tür, wo einem jeden Augenblick einer ins Gesicht sah? Ja, ich hätte das auch früher nicht beantworten können. Sie war innig und herzlich einfach dadurch, daß sie so blühend dasaß, kirschrote Lippen hatte, ihren Arm manchmal rückwärts um meinen Stuhl legte und mir einmal erlaubte, ihren linken Handschuh auszuziehen. Ich brauchte die ganze Stunde nicht zu sprechen, ich hatte genug damit zu tun, sie zu betrachten, den Tisch zu betrachten, auf dem die Schokolade stand und ihr einer Handschuh lag, ihren kleinen Stirnschleier anzusehen und zu wissen, daß sie hier saß für mich. Darin bestand das ganze Wunderbare, Herzliche und Innige. Sonst erzählte sie noch, daß sie jetzt ohne Arbeit sei, und von ihren früheren Stellungen.

Wieviel habe ich dir schon verziehen und muß ich dir noch verzeihen. Stundenlange Erregung, Warten, Warten, und immer wieder laufe ich zum Fenster, zur Tür, mache auf, horche die Treppe hinunter, falle auf, denn warum öffne ich, die Wirtin ist ja zu Hause, du kommst nicht. Was du machst, was du gemacht hast, ich weiß es nicht. Wenn du dann nach ein paar Tagen kommst, kriege ich es auch nicht heraus. Es war gar nichts los, du hattest das zu tun und das zu tun, und du hast auch den kennengelernt und bist auch wieder allein tanzen gegangen. Manchmal schwindelst du. Ich bin durcheinander glücklich, wenn du da bist, und gar nicht vorhanden. Ich brauche manchmal Stunden, ehe ich über die Ichqual hinwegkomme, und dann dauert es nicht lange, und du mußt gehen. Ich gönne dir ja jeden, aber gehe doch recht mit mir um. Siehst du mich gar nicht? Ach, wie bin ich geknechtet.

Was ich gesehen habe, ist dieses.

Ich sah ihre dunklen Haare, ihr schmales Gesicht, ihre glänzenden Augen. Ich sah, wie ihre Hände auf den Knien eines Mannes lagen. Ich hörte sie kichern, sprechen, den Kopf drehen. Und der Mann war nicht ich. Er saß mit dem Rücken gegen mich. Ich saß ganz dicht bei ihr, sie sah mich nicht.

Es war ein munteres Hinundhergepräch. Sie siezten sich. Wenn ich die Worte aufschriebe, es wäre nichts dran. Ihre Stimme war klein, mädchenhaft erregt. Es war aber um die beiden, um ihren Tisch, eine Wolke. So saßen die beiden da. Und ab und zu senkte sie ihre Stimme und sah auf den Tisch, und er hatte auch den Kopf gesenkt und hielt ihre Finger, und wenn sie aufsah, waren ihre Augen, die in meine Richtung blickten, aber mich nicht sahen, strahlend innig.

Wer das neben ihr war? Ein junger, frischer Mann. Ich könnte sagen: irgendein gewöhnlicher junger Mann. Aber es ist schon jetzt für mich eine große und feierliche Wahrheit, die ich vor-

her nicht kannte: es kommt auf die Worte und auf die Klugheit nicht an. Es gibt eine stärkere Gewalt. Es gibt eine innigere, herrlichere Gewalt. Und solche Gewalt bin ich oder war ich auch ein bißchen in ihr. Aber ich bin auch ein Bettler, ein Außenstehender, ein bloßer Bewunderer, ein Anbeter, Gläubiger, das auch. Und jetzt ist die Frage, wessen Gewalt und Kraft größer ist, meine oder die des einfachen jungen Mannes da.
Ich habe keine Spur Eifersucht gehabt, keinen Neid. Es war nur ein Schlag. Und dann überschwemmte mich ein anderes Gefühl: ich sah sie sitzen, sie liebt, das ist Liebe, da sitzt die Liebe, und ich bin mit darin. Ich fühlte mich mit diesem jungen Mann, ja manchmal als dieser junge Mann. Ich erlebte seine Begegnung mit ihr. Auch sein Lächeln, seine spürenden Hände, die nicht ruhig auf dem Tisch bleiben können, die nach ihr wie nach einer Flamme züngeln, und sie läßt ihm ihre Finger, und ich spüre sie mit und schnappe noch ein paar Worte auf, wie er sagt: also wir verstehen uns; darauf lacht sie. Sie sagt, ach nein, es geht heute doch nicht, wirklich nicht. Oh, sie gehen.
«Es tut mir ja wahnsinnig leid, aber es führt zu nichts, Rosa, es hat ja keinen Zweck.» Das sagte ich ihr damals. Es fällt mir gerade ein. Es hat ja doch keinen Zweck, es führt zu nichts.

Ich hatte zwei üble Tage. Ich kam zu ihr. Sie war erst nicht im Zimmer. Ich blickte mich um, ob hier schon ein anderer herrschte. Ich bemerkte nichts. Ich weiß, sie ist sehr naiv und ganz rührend. Sie läßt Bilder und Ansichtskarten ihrer früheren Freunde ruhig an der Wand hängen. Nur wenn sie einen gar nicht mehr mag, dann nimmt sie ihn von der Wand. Da hängt die Ahnengalerie ihrer Freunde. Ein Bild von mir hat sie nicht, aber Ansichtskarten, die hingen noch da. Dann kam sie herein, ich hatte sie drei Tage nicht gesehen, es war ein ewiges Telephonieren, ich hatte mich angemeldet, dann war ich dienstlich behindert, dann konnte sie wieder nicht, es war ein trauriges Warten und Warten, zuletzt ein Leiden, eine völlige Verkrampfung. Und jetzt sollte ich sie sehen. Sie trat also ein, nickte und drehte mir sofort den Rücken zu, suchte in einem Buch; ich nannte sie beim Namen, sie gab gleichgültig Antwort, drehte sich nicht um, dann hatte sie eine Handvoll kleiner Photographien und suchte weiter in dem Buch, ob was drin lag, denn das Buch gehörte mir. Sie suchte vielleicht den Brief von einem anderen, das sah ich ihr an.

Und dann habe ich sie zwar in den Armen gehalten, aber es war alles ganz anders. Ich habe sie zwar geküßt, aber ich wußte schon, ich fühlte schon: ich war wieder allein. Es war in mir weg und es war in ihr weg.

Ach, und dann der Tag, nachdem sie weg war. Das kleine Bildchen von ihr trug ich in meinem Portemonnaie. Ich steckte die Hand in die Tasche und drückte das Portemonnaie, so war sie da, und ich hatte sie doch nicht verloren. Ja, manchmal strömte das kleine Bild in der Tasche etwas aus, es war die rechte Seite, meine Hand und mein Arm wurden davon heiß und schwach, manchmal flammte auch mein Gesicht rechts auf, ich sah es im Spiegel, ich mußte die Tasche wechseln. So ging es in manchen Stunden, manchmal war es ganz wie früher und ich staunte, ich staunte. Ich war wie überschwemmt vom Gefühl. Ich war wie ein Hund mit der Schnauze in eine Pfütze von Sehnsucht gestoßen, und dagegen konnte ich gar nichts machen. Nein, es ist nicht weg, sie ist mir nicht genommen, ich habe sie in meinem Blut.

Warum soll man, wenn abends alle Farben verschwinden, die tags da sind, aller Schmuck der Buntheit, alles, was unsere Bewegungen anleitet, warum soll man dann etwas von ‚Fehlen‘ sprechen? Es war Tag, der positive Tag, und jetzt kommt die positive Nacht. Vorhin strahlte die Sonne, jetzt strahlt die Dunkelheit. Beide sind Lichter, Lichter verschiedener Art. Jetzt in der Nacht hört die krampfhafte Spannung auf. Es gibt hier nicht die Lockungen und Anreize, mit denen sich der Tag aufgemacht hat und die so schrecklich bunt und verschwenderisch überall liegen und unter denen wir uns aufbäumen.

Und du mußt nicht glauben: Schlaf sei bloß Schlaf, nämlich Nichtwachen. Wie kommst du darauf, daß wir die Hälfte des Lebens nicht da sind? Wir begeben uns nur in ein anderes Dasein. Die Muskelspannung, die für den Tag nötig ist, hat aufgehört, das fürchterlich erregte Bewußtsein ist hingeschwunden, die wilde Fesselung, die krankhaft zuspringende Begierde, diese böse, feurige, sonnenmäßige Begierde, hört auf. Der Nachthimmel ist da, endlich strahlt ein anderes Gestirn, und wir werden aus elenden Tagelöhnern, aus Lohnarbeitern des Tags – für einige Stunden wir selbst, mehr Menschen als vorher, mehr Ich als unter der Sonne.

Ein junges Mädchen. Diese Gesichter, sehe ich, sind alle geschaffen, gebildet und geformt von der Liebe der Männer. Daß ich sie empfinde, diese Gesichter, daß ich sie auch so lieben kann, zeigt mir: wir Männer sind eine einzige große Bruderschaft. Und alle Frauen sind eine einzige Geliebte.

Sie ist weg. Sie ist weg.
Nein, sie ist nicht weg, sie kann nicht mehr weg sein. Sie wird mich nie verlassen. Nun gehe ich wie sonst aufs Amt und spreche Recht in kleinen Zivilsachen. So habe ich sie ja auch einmal getroffen. Es ist kaum zu glauben, was den Leuten alles begegnet und worüber sie sich ärgern, worin sie sich beleidigt und geschädigt fühlen. Es sind kleine Werte von drei Mark oder fünf Mark. Aber da habe ich auch etwas Juristisches von meiner Geliebten gelernt. Ich verstehe mehr, was die Leute ärgert. Die Welt ist mir durchsichtiger geworden. Ich bin dichter an ihr Blut herangeführt. Das hat mir meine Sommerliebe gegeben.
Ich will mich einmal nach dem Schicksal der Rosa erkundigen. Die Rosa. Ich habe, seit ich das Wuschelhaar hatte, an meine Mutter nur ein paar Postkarten geschrieben. Es hat ganz aufgehört mit dem Briefschreiben. Sie hatte sonst jede Woche von mir zwei bis drei Briefe. Warum schreibe ich nicht mehr an meine Mutter? Ich bin bitter auf sie. Warum hat sie mir das

damals gesagt von dem Unglück und den Krankheiten? Sie hat mich verhindert. Solch Gerede von Krankheit. Schließlich heilen ja auch Krankheiten.

Die Rosa habe ich nicht haben können. Das Wuschelhaar ist weg. Ich bin froh, daß ich sie gefunden habe. Ich werde mich viel, viel besser in der Welt zurechtfinden.

DIE STATISTIN

EIN junges Blut stand vor dem Spiegel und blickte sich an. Es war nackt bis auf den Nabel und vertiefte sich in sein Bild. «Ich bin nicht schön», dachte es, «der Körper geht, die Beine, ich bin schlank. Aber sonst, der Hals, der Mund.»
Je länger sie hinsah, um so wehmütiger wurde ihr. Sie wollte die drüben trösten, stieß auf Glas. Wir erreichen uns nicht, wir wollen gute Freunde bleiben.
Sie hatte kein Geld. Sie wollte was vom Leben. Auf der Straße war kein Geld zu holen. Die Leute hielten sich die Taschen zu. Es gab Läden, man sollte nur kaufen. «Ich muß auch was verkaufen», dachte sie, sie ging als Statistin ins Theater. Sie konnte sich hinstellen, es sprang nicht viel dabei heraus, kaum für Strümpfe und Schuhe.
Hinter dem Theater am Bühneneingang rauchte ein alter, häßlicher Mann eine Zigarre. Er betrachtete die Schauspieler und Schauspielerinnen. Das Mädchen dachte, er sucht sich eine. Es kümmerte sich keine um ihn. Er hatte einen steifen Hut, einen borstigen braunen Schnurrbart und welke Hosen. Wie sie ihn wieder am Tor sah, den Schirm aufgespannt, obwohl es nicht mehr regnete, ließ sie sich einholen und unter den Schirm nehmen.
Im Bierrestaurant ließ er sie essen, was sie wollte, er haute kräftig ein. Ihr kam vor, daß er viel Geld hätte. Es ist ein alter Mann, der kriegt keine, man muß ihn ordentlich ausnehmen. Darauf saßen sie eine Weile Hand in Hand beim Bier auf ihren Stühlen. Sie fuhr nach Hause und war mit sich zufrieden.
Er holte sie später ein paar Straßen entfernt ab, sie wollte sich mit dem schäbigen Mann nicht zeigen, sollte ihn ihr auch keine wegnehmen.
Zu Ostern hatte er von dem Abendbrotessen genug und lud sie zu einem Ausflug ein, auf drei Tage. Sie hatte noch immer kein Geld. Den kleinen Handkoffer brachte er selbst, den Frühlingshut kauften sie zusammen. Das war alles. Sie rechnete auf die

Fahrt, wollte sich neue Kostüme, Schuhe und Wäsche kaufen, um sich unter eleganteren Leuten bewegen zu können. Sie trollte mit ihrem zweibeinigen Geschäft zur Bahn und verstaute ihn aufmerksam in ein leeres Coupé und umgab ihn mit Zärtlichkeit.

Unterwegs fing er an, ihre Zärtlichkeit zu erwidern, der düster langweilige Mann, er seufzte, ließ sie die ganze Fahrt nicht los. Hätte sie doch nicht das leere Coupé gewählt. Erst als sie ausstiegen, stieg zu ihrem Gram einer ein, ein netter Herr, der ihr einen Blick zuwarf. Und als sie Arm in Arm, langsam und dicht aneinander geschlossen durch den kleinen Ort gingen, blickte man auf sie. Liebespaare werden angesehen, jeder ist neugierig, was sie machen, es sehen einen auch feine Herren an.

Das Wetter war schön, sie streiften durch den Wald, ganze Familien zogen mit ihnen. Er ließ sich nicht lumpen, aber nur für Essen, Trinken und Autofahren.

Am Abend im Schiff seufzte er gewaltig, ihr wurde bange und weinerlich, ob er wohl der Richtige war, über das Geländer gebückt erzählte sie in das Wasser hinein eine Lüge nach der andern, was sie schon erlebt habe, Schlimmes, ihr großes Geschäft wurde weich, der eklige Kerl, sie schämte sich, wie er sie auf dem Schiff umarmte. Wie sie aber kurz vor der Ankunft so umschlungen standen und sie über seine Schulter blickte, sah sie ein Fräulein unter einem großen Federhut an, Kopf und Hals über der Schulter ihres Herrn, lächelnd lugte das Fräulein mit dem Federhut, unbekümmert, spitzbübisch, frech, gleichgültig, ihre Blicke trafen sich. Das Federfräulein rieb zärtlich kräftig mit ihrer Wange die ihres Herrn und schnüffelte da, sie zwinkerte der schicken Statistin zu, der kam es vor, als wenn sie in den Spiegel blickte, sie nahm ihre Hände vom Rücken des Mannes, die im Federhut streckte ihr an den Armen ihres Liebhabers vorbei die Hände zu, sie berührten sich mit den Fingern, an jeder Hand umklammerten sich zwei kleine Finger. Das Theaterfräulein preßte sich kräftig an ihren Herrn, damit er nichts merke, die andere aber legte ihrem das Kinn auf die

Schulter wie auf ein Fensterbrett, ließ sich unten gleichgültig einwickeln, während sie oben Ausschau hielt.
Die grellen Lampen der Landungsbrücke stachen, man ließ sich los. Man stand getrennt und mußte gehen. Noch einmal auf der kleinen Schiffsbrücke traf man sich, so rasch war man auseinandergekommen. Aber im Hotel war das Theaterfräulein doch zufrieden, daß sie Schiff gefahren war.
Sie tranken am Morgen einsilbig den Kaffee auf der Veranda. Der Mann saß da und zeigte kein Geld. Sie wollte, wie der Kellner kam und er zahlte, seine Brieftasche sehen, er ließ sie ruhig hineinblicken, es war ein großer Schein und mehrere kleine. Er sagte ernst: «Wir werden damit reichen.» Da fiel ihr ein, daß sie schon am Abend zu Hause sein müßte, denn morgen mittag müßte sie zu einer Probe. Und grimmig ging sie mit ihm in der schönen Sonne spazieren und quälte ihn, er war ein lammsgeduldiger Mann, der erzählte, das Biertrinken bekomme ihm sehr gut; seitdem er sich gewöhnt habe, täglich und regelmäßig einige Schoppen zu trinken, sei er ein umgänglicher Mensch geworden und reize keinen; sie solle das auch so machen.
Und im Grünen legte er sich auf den kalten Rasen und äußerte innige Gefühle, zu denen er sonst nur, wie er erklärte, nach Biergenuß gelange. Von seiner Brieftasche wollte sie gern sprechen, er lag aber darauf, sie saß aufrecht neben ihm. Er erklärte ihr die Schönheit der Natur, es würden jetzt bald die Maikäfer kommen, man dürfe sie nicht quälen und in Zigarrenkisten stecken, auch die Vögel würden kommen, das sei seine Hauptfreude im Sommer, im Wald auf dem Rücken zu liegen und zu schlafen. «Tut Ihnen dann nicht der Rücken weh?» fragte sie, sie siezte ihn wieder. «Das nicht», antwortete er, «aber die Jacke kriegt Falten, und dann muß ich sie abends wieder bügeln.» Sie rupfte Gras aus und stopfte es ihm in die Ohren. Er ließ es sich gefallen. Als sie es ihm in die Nase stopfen wollte, bat er, ein Nasenloch freizulassen. «Die Mädchen haben alle solche Launen», meinte er, «voriges Jahr Pfingsten zog mir eine die Stiefel aus, und nachher lief sie mit einem Stiefel weg, und

ich mußte bis auf die Chaussee mit einem Strumpf hopsen.» «Sie machen öfter solche Ausflüge?» «Seit dem Tod meiner Frau. Wenn ich ein nettes Mädchen fände, würde ich sie auch heiraten. Aber sie machen alle nur Spaß.» Das Theaterfräulein: «Es ist wohl auch ganz hübsch, was? Sie haben Abwechslung, und es kostet nicht viel.» «Das sag nicht, Kind. Wenn du alles addierst, was wir ausgeben, Hut, Koffer, Fahrt, immer zu zweit, Hotel, Essen, Trinken, kommt auch genug heraus. Ist man verheiratet, kostet es noch nicht die Hälfte, man nimmt alles mit, und dann rechnet die Frau auch selber.» «Und das tun die Mädchen nicht?» «Nein. Aber man gönnt ihnen die paar Tage.»
Das war ihr großes Geschäft. Sie warf sich plötzlich über ihn und stopfte, was sie an Gras bekam, in sein Gesicht. Er schob sie mit Gewalt beiseite: «Jetzt fängst du auch wie die andern an.» Und er säuberte sich, setzte sich auf und zog sie sanft an sich: «In deinem Alter wollen die Mädchen nur Dummheiten machen. Für eine richtige Hausfrau paßt du auch nicht.» «Ich will Sie auch gar nicht heiraten.» «Ich weiß, Kind.»
Am Abend an der Bahn trafen sie das Paar vom Schiff. Die mit dem Federhut erkannte das Theaterfräulein nicht gleich. Als die Statistin eine kleine Kopfbewegung auf ihren Kavalier machte, verzog das Mädchen mit dem Federhut mokant das Gesicht und streckte ihre Krallenfinger hin. So Hand in Hand gingen sie ein paar Schritte zur Bahn. «Sie machen ja solche böse Miene», flüsterte der Federhut. «Kopfschmerzen», flüsterte die Statistin. «Verstehe», nickte der Federhut. Die beiden Herren blickten ernst und reisefertig vor sich. Im Zug kamen sie auseinander.
Unter ihren Kolleginnen gewann das Fräulein an Ansehen, teils durch den Ausflug, teils durch den neuen Hut und die Handtasche, die er ihr geschenkt hatte. Die Herren hielten sich respektvoll von ihr fern, weil sie glaubten, sie wolle heiraten. Darauf ging sie noch einige Zeit mit dem Herrn zum Bier, um diesen Eindruck nicht zu verderben.
Nach Pfingsten aber ließ er sie sitzen. Sie lauerte ihm auf und sah ihn am Hintereingang eines andern Theaters, in seinem

steifen schwarzen Hut, den welken Hosen. Ich bin neugierig, dachte sie zornig, ob eine anbeißt. Und es dauerte nicht lange, da drehte sich eine nach ihm um, und er setzte sich in Bewegung. Sie folgte nur ein paar Straßen, sie kannte den Weg, jetzt ging es in das Bierlokal. Mit der ging er vielleicht in die großen Ferien, und für keine hatte er Geld. Da erzählte sie im Theater, sie hätte mit ihrem Herrn gebrochen, der wolle sie heiraten, am liebsten schon Weihnachten Hochzeit machen, er ist zu alt.

Sie fand bald etwas anderes, weil sie schick war und nicht nachgab. Immer hatte sie die Furcht, sich anzustecken oder ein Kind zu kriegen. Den andern Mädchen ging es ebenso, sie sprachen darüber und gaben sich Ratschläge, manche kamen aus der Angst nicht heraus, manche taten übermütig, aber sie fürchteten sich alle. Bei den Herren war es dasselbe, die wollten möglichst rasch ein Mädchen los sein und sich nur nicht eins an den Hals packen, um für das Kind zu zahlen.

Und da geschah es, daß ein eleganter, fremder Herr auf das Fräulein flog und sie zwei kurze, lebenslange Wochen nicht losließ. Es geschah mehr, als sie erwartet hatte. Er hatte Geld, er sparte nicht damit, sie konnte während der Wochen nicht ins Theater gehen und verlor die Stelle. Es war mit diesem Polen die Liebe, das Glück, die ganze Seligkeit.

Dann verschwand er und hinterließ ihr eine Handvoll Geld. Und dann das Kind. Da war es aus mit der Jugend.

Sie ging als Platzanweiserin ins Kino, heiratete einen Kellner. Der hatte auch andere Mädchen. Und wie der Mann vom Bierlokal stand er gern am Hintereingang des Theaters und wartete.

Als die Frau ihn einmal verfolgte, rauchte da auch der Alte in den welken Hosen seine Zigarre. Es blickte ihn keiner an. Als ihr Mann weg war, ging sie auf den Alten zu. Er erkannte sie nicht, sah aus wie früher. Sie gingen durch das Tor, er führte sie die Straße, an die sie sich erinnerte, in dasselbe Bierlokal. Sie wußte nicht gleich, ob sie mit hineingehen sollte. Aber warum ihn

ärgern. Er sprach drin wie das erste Mal. Der Alkohol erhielt ihn. Nur mit dem Geld war er großzügiger geworden. Er legte ihr nach dem ersten Bier einen Geldschein hin und sagte: «Man soll ausgeben, solange mans hat. Wer älter wird, solls nicht sparen. Ins Grab legen sie's einem nicht. Außerdem wird es entwertet.»
Sie betrachtete den Schein und steckte ihn zu sich. Hätte er mir damals Geld gegeben, hätte ich einen feinen Kavalier bekommen. Bis so weit dachte sie. Da fiel ihr ihre große Liebe, der Pole, ein, das Glück, die ganze Seligkeit, sie hatte ihn ja auch so gefunden, und das Kind war gekommen und ihr Mann. Sie saß eine Stunde auf dem Stuhl, dann hatte der Alte genug, er wollte morgen an derselben Stelle warten, sie sagte zum Schein zu. Dann ging sie nach Hause.
Ihr Mann war noch nicht da. Das Kind schlief. Sie kramte im Kleiderschrank den kleinen Kasten hervor, wo sie Andenken an den Polen aufbewahrte, keine Briefe, keinen Federzug, aber seine goldene Uhr, in eins seiner feinen Taschentücher gepackt, die Kette dazu, ein Armband von ihm, zwei Schlipse, die er getragen und bei ihr gelassen hatte und einen Mantelknopf, der ihm am letzten Tage abgesprungen war und den sie annähen sollte. Sie nahm ein Blatt und legte den Geldschein des Alten zu unterst, machte zu, trug den Kasten weg in den Schrank, unter die Wäsche.
Dann setzte sie sich an die Lampe, strickte. Sie konnte nicht müde werden, sie wußte nicht warum. Es kam ihr vor, als ob sie im Kino säße und unzählige Bilder rollten vor ihr ab. Aber sie konnte keins erhaschen.
Als der Kellner auf Strümpfen in die Stube trat, wunderte er sich, daß sie auf war. Sie räusperte sich, sagte dies und jenes, packte ihre Sachen zusammen. Er schob sich hinten unter seine Decke.
Sie lag noch stundenlang da. Immer die Bilder, Erinnerungen, eine rastlose Mühle, ein Feuerwerk, sie wußte nicht, wie ihr geschah. Mitten in der Nacht hörte es mit einem Ruck auf. Es war abgebrannt. Sie schlief.

Als sie sich morgens wusch und im Spiegel besah – der Kellner lag noch –, erkannte sie sich nicht wieder. Steif und blaß sah sie aus. Eine fremde Person im Spiegel. Das Gesicht bewegte sich mit ihr. Auf dem Schiff blickte sie ein Fräulein im Federhut an, streckte nach ihr die Hände hin. Das Gesicht im Spiegel blieb steif. Sie zitterte, drehte sich um.
Der Mann im Bierlokal hat recht, man wird alt.
Sie zog sich rasch an, hob das Kind aus dem Bett, trug es durch die Stube. Es schrie. Der Mann bat um Ruhe. Es dauerte lange, bis sie zu sich kam.

GEISTERGESPRÄCH

KRAKAU, Marienkirche.
Es schneit. Weiße Prellsteine um die Kirche, in langer Reihe. Am Hauptportal ein junger Blinder mit leeren Augenhöhlen, zwei alte Frauen in Lumpenröcken mit roten faltigen Gesichtern, sie stehen unbeweglich, die rechte Hand ausgestreckt.
Das alte Kirchengemäuer ruht grau auf dem Markt, ungeheure Fenster zeigt es dem Licht, aber diese Fenster sind mit Bildern überzogen. Der Boden drin ist von Menschen, knienden schwarzen Körpern bedeckt, eine Orgel schallt, eine kleine Stimme tönt fern, seitlich an den Pfeilern flackern Kerzen.
Nacht. Die Kirche ist geschlossen, das weiße Polster des Schnees liegt auf dem weiten Markt, über den Tuchlauben, über den stummen Türmen, dem alten stummen Gemäuer.
Es stöhnt in der Kirche.
Aus der Finsternis, aus dem Mittelschiff kommt das Stöhnen. Jetzt bewegt sich das Stöhnen vom Altar her die Seitenkapelle entlang, jetzt kehrt es in das Mittelschiff zurück, eine wispernde Stimme begleitet es.
Vom weißen Schnee fällt durch die hohen Scheiben ein Schein in den Raum. In dem Dämmer gehen vor der Reihe der Kniestühle zwei Menschen in mittelalterlicher Tracht, beide barhäuptig, lange, lockige Haare fallen auf die Schultern, ihre wallenden Mäntel heben sie vor der Brust hoch. Der eine ist zwei Kopf größer als der andere, trägt Sporen an den Stiefeln, geht dem andern voraus, der folgt zögernd und blickt nach oben, zur Seite, hält sich den Mantel vor das Gesicht.
Aus dem Großen mit den Sporen kommt das Stöhnen.
Es ist Herr von Twardowski, der sich vor Jahrhunderten mit dem Teufel gestritten hat. Er kniet in einem Stuhl, sein Degen fällt aus dem Gehenk nach vorn gegen das Holz.
Der andere hinter ihm wartet. Als der Große mit dem Stöhnen aufhört, sagt der andere: «Jetzt laß mich gehen.»
Twardowski: «Wenn du willst, geh. Sag aber etwas.»

Der andere ist still.
Twardowski: «Du kannst nichts sagen. Du gehst weg. Und was du angerichtet hast, kümmert dich nicht. Du liegst im Sarg. Du schläfst. Wie lange schläfst du schon und weißt nicht, was vorgeht?»
«Laß mich gehen.»
«Ihr liegt und schlaft. Bequeme Art. Eure vierzig, sechzig Jahre tobt ihr herum, richtet Ungeheures an, stoßt alle Dinge um, predigt, droht, die Menschen wissen sich vor euch nicht zu retten, und wenn dann alles im Gange, schön durcheinander und nicht aufzuhalten ist und ihr einstehen sollt für eure Taten, dann verschwindet ihr.»
«Laß mich gehen, Twardowski.»
«Dann soll man euch gehen lassen. He, du, Kopernikus, großartiger Kerl, Nikolaus, ich habe dir gezeigt, was es hier zu sehen gibt. Ich habe auch auf dein Wimmern gehört und dir den Wawel gezeigt, die Königsburg, gestern nacht. Der Mond schwebte über dem Wawel, unten lagen die Türme wie Schatten, du hast außen und innen alles sehen können. Ich habe dich in die Jagellonische Bibliothek geführt, damit du im Hof deine Bildsäule betrachtest. Man hat dich nicht vergessen, alter Freund, sogar den Titel deines Buches hat man am Sockel eingegraben.»
«Auf dem Sockel habe ich gelesen: ich bin schon seit vierhundert Jahren tot.»
«Man hätte dich nicht loslassen sollen. Euresgleichen kann man das Vergnügen des Todes nicht gönnen. Wer A sagt und B sagt, den muß man zwingen, sein ganzes Alphabet zu sprechen. Ihr sollt Rechnungen bezahlen.»
«Du läßt mich nicht?»
Der Große schwieg.
Da senkte sich Kopernikus auf den kalten Steinboden herunter und weinte leise.
Twardowski über seinem Stuhl stöhnte: «Endlich.»
Kopernikus: «Ich bin nicht schuld, ich bin bis zuletzt fromm gewesen.»

«Man hat dich erst nach deinem Tod erkannt. Du bist die Wurzel alles Übels.»
«Was hätte ich tun sollen? Ich habe aufgeschrieben, was ich sah. Ich habe es sorgfältig und lange beobachtet. Es ist mir sicher geworden. Und es ist auch unzweifelhaft: die Erde dreht sich um die Sonne, die Sonne steht still.»
«So ist es. Es sah nach nichts aus. Du hast selbst nicht bemerkt, was du sagtest. Sonst hättest du dein Buch nicht dem Papst gewidmet. Nachher haben sie es gewußt. Du bist die Wurzel alles Übels. Gestehe: die Erde steht fest, sie ist der Mittelpunkt der Welt, die Sonne, der Mond und alle Sterne drehen sich um die Erde. So ist die Welt von Gott geschaffen.»
«Ich kann es nicht gestehen.»
«Weil du die Wurzel alles Übels bist. Gesteh es wenigstens jetzt.»
«Ich habe es anders gesehen.»
«Dann hättest du dir die Augen ausreißen sollen.»
«Ich habe es berechnet, Twardowski.»
«Du hättest das Gehirn wegwerfen sollen.»
«Gott im Himmel, ich ruf dich an. Jesus, Maria, helft mir.»
«Wen rufst du an, alter Witzbold? Gott im Himmel? Du kennst doch den Himmel, denk ich, du hast ihn gesehen und berechnet.»
«Höhne nicht.»
«Wo im Himmel?»
«Gott, errette mich. Mach mich frei.»
«Von Herrn von Twardowski! Damit ich wieder schlafen kann! Nein, mein Freund. Es wohnt weder in Krakau, noch in der Marienkirche, noch im Himmel jemand, der auf den Namen Gott hört. Die Kirche hier steht noch aus der Zeit herum, die du kanntest. Wenigstens die Kirche hattest du nicht anzünden können.»
«Mein Gott, mein Gott.»
«Er hört dich nicht. Und mich stört er nicht, und ich kann dich holen, weil ich die Gerechtigkeit bin und euch alle, euch Elende, nicht schlafen lassen werde.»

Unten bewegte sich der Mann und rappelte sich hoch. Twardowski drehte sich nach ihm um. Kopernikus stand offen und ruhig da, er ordnete seine langen, weißen Haare im Nacken, er hatte ein ernstes, aufmerksames Greisengesicht, betrachtete Twardowski: «Es ist sicher, daß du mich aus meinem Grab hast herrufen können. Mehr kann ich dir nicht glauben. Was du auch mit mir tun wirst, ich glaub dir nicht.»
Da hörte er nur noch eine Zeitlang das Stöhnen Twardowskis, der sich durch das finstere Mittelschiff entfernte. Der Greis schlüpfte in eine Seitenkapelle, legte sich auf eine Marmorbank.

Eine andere Nacht. Der Schnee lag noch draußen. In dem Mittelschiff der Kirche, in der Nähe des Altars schleichen drei Männer in mittelalterlicher Tracht über den Steinboden, die Pfeiler enltang. Der große Twardowski zieht die beiden andern hinter sich her. Er läßt sich müde auf einen Stuhl nieder, an einer Bankreihe, seine Begleiter bleiben im Gang, die Köpfe frei, die breiten Hüte halten sie vor der Brust in der Hand. Twardowski hat eine hohe Pelzmütze auf, er sitzt in seinem Mantel bis über die Stirn eingemummelt. Noch einer biegt aus dem Seitenschiff in den Mittelgang, aus dem Dämmer verschwindet er in das Dunkel, dann steht auch er bei den andern. Sie hören Twardowski leicht stöhnen.
Der neben dem weißhaarigen, kleinen Kopernikus spricht, ein alter Mann mit einem gewaltigen kahlen Schädel und einem dichten Bart. «Nimm deine Mütze ab, Twardowski, du bist in der Kirche.» Er wiederholt es. Twardowski greift nach seiner Mütze, stellt sie neben sich. Der alte Weißbärtige: «Du hast uns durch einen Zauber aus den Gräbern geholt. Du tätest gut, hinzuknien und ein Gebet zu sprechen. Wir wollen dir helfen.»
Twardowski ist ein jugendlicher Mann, er läßt seinen Mantel sinken, er trägt einen kleinen, dunklen Bart, sein Gesicht ist mager und kräftig, seine schmalen, unruhigen Augen glitzern: «Kümmert euch nicht um mich. Sagt, was ihr zu sagen habt.»
Der Weißbärtige, der ebenso groß wie Twardowski ist:

«Wärest du nicht ein Zauberer und ohne Demut, würdest du nicht so leiden.»
«Ihr habt euch nicht um mich zu bekümmern. Ich habe euch nicht dazu gerufen.» Und er stand auf und schrie: «Habt ihr nichts gesehen, alle drei? War's noch nicht genug, müßt ihr noch mehr sehen?» Und er brüllte und stieß seine hohe Mütze mit dem Fuß um: «Mißlungen alles. Es war umsonst. Mißraten, mißraten. Galilei, alter Mann, sieh, das ist die Welt, die du heraufgeführt hast. Da bist du, Giordano Bruno, dafür hast du gebrannt, damit die Menschen unter Fürsten und Reichen frohnden, sich nicht kennen, Krieg und Mord überall, tausendmal mehr Haß als früher, eine wüste Welt. Ihr habt sie bis auf den Grund zertrümmert.»
Kopernikus, der ruhige Geist: «Ein Mann wie du wird uns nicht zur Verantwortung ziehen.»
Der Dritte, der nachgekommen war, öffnete seinen Mantel. Im Augenblick waren sie alle von einem leichten, roten Schein übergossen. Dieser Mann brannte und leuchtete, sein Körper wurde von der Flamme nicht verzehrt, sogar seine Hände, die er aus den Ärmeln streckte, leuchteten. Twardowski fuhr zurück, die beiden andern blickten freundlich. Der Neue verneigte sich, die Arme weit öffnend, vor den beiden im Gang: «Ich höre erst jetzt, wer ihr seid, Kopernikus, Galilei. Erlaubt mir, daß ich euch begrüße.»
Galilei: «Wie nennst du dich?»
«Aus Nola in Italien bin ich, Giordano Bruno. Man hat mich, weil ich glaubte, was ihr sagtet, durch viele Städte gejagt, ich kam nach Genf, Lyon, Toulouse, Paris, Oxford und Wittenberg; man hat mich nirgends wohnen lassen, zuletzt hat man mich in Venedig in die Bleikammern geworfen, man hat meine Gedanken und alles, was ich euch schulde, nicht erschüttert. Man schaffte mich nach Rom in die Kerker der Inquisition. In Rom blieb ihnen nichts weiter übrig, als mich zu verbrennen.»
Er öffnete weit seinen Mantel und lachte: «Seht, wie ich brenne, unaufhörlich, unverbesserlich. Mein Mund redet weiter.»

Galilei schüttelte den Kopf: «Du hättest nachgeben können. Es ist keine Sünde, nachzugeben. Was hast du gelehrt?»
«Immer das Eine, was ihr gefunden habt, du und Kopernikus, und was wahr und wunderbar ist. Meine Richter hatten die Macht und weiter nichts. Ihnen nachgeben wäre ebenso gewesen, als wenn ein Wilder mit einer Lanze auf mich zuspringt, von mir verlangt, ich soll mit ihm Menschenfleisch essen, und ich tue es.» Kopernikus schlug die Hände zusammen: «Du redest von der heiligen Kirche.» «Und ich habe gesprochen von dem großen Einen, von dem Unbegrenzten und den unzähligen Welten. Unendlich ist der Raum, mit Welten gefüllt, die aus eigenem Feuer leuchten, beseelt sind alle Welten. Die Beziehung zu einer höchsten Intelligenz trägt sie. Das habe ich gesprochen. Ist es weniger heilig als das, was die Kirche sagt?»
Kopernikus betrachtete ihn lange und sehr ernst: «Und woher hast du das?» «Von euch. Und von mir.»
«Ich kenne dich nicht. Mich kenne ich. Ich würde nicht wagen, so zu sprechen. Was die Kirche sagt, ist geoffenbart, Gott selber hat es verkündet. Er hat seinen Sohn, unsern Heiland, geschickt. Darum stehen die Lehren der Kirche über allen anderen Lehren und können durch nichts widerlegt werden.»
Bruno fragte den mit dem großen Schädel: «Was meinst du?»
Galilei: «Ich habe nachgegeben. Ich habe zuletzt geschwiegen.»
«Das genügt nicht. Du hättest offen widerrufen und verdammen müssen. Warum hast du weiter gearbeitet und gedacht nachher, denn das hast du doch?»
Galilei leise: «Ja. Ich habe unrecht getan. Ich sehe es ein. Dieser Twardowski hier mag ein Zauberer, ein wüster Mensch sein. Aber ich bin ihm dankbar, daß er mich hergerufen hat, um alles nachzuprüfen. Ich sehe, daß ich schweres, furchtbares Unrecht getan habe. Ich bereue. Ich hätte meine Augen herausreißen, mein Gehirn wegwerfen sollen.»
Und er ließ sich auf die Knie nieder, Kopernikus folgte ihm, sie flüsterten inbrünstig Gebete und bewegten sich auf den Knien rutschend nach dem Altar zu. Twardowski, wie er die beiden

Greise auf dem Boden knien sah, stieß wütend seinen Degen auf die Steine. Er faßte nach seiner Mütze, stülpte sie sich auf den Kopf und krächzte: «Das, das! Wie sie es eilig haben, dahin zu kommen. He, ihr, ihr Schnecken, was denkt ihr euch! Ihr glaubt wohl, damit ist es getan, daß ihr bereut. Ihr Wurzeln des Übels, mit einem Gebet glaubt ihr alles abwaschen zu können. Zu wem betet ihr denn, ihr Verrückten? Ihr blödsinnigen Schnecken. Die Mörder. Sie flehen ihr Opfer um Verzeihung.» Er stieg hinter ihnen her.
Bruno blickte ihnen nach, wie sie in das Dunkel des Mittelgangs entwichen: «Die habe ich angebetet. Sie wollen alles zurücknehmen. Ich, ich habe es festgehalten, ich nehme nichts zurück. Die Nacht ist verschwunden.»
Auf das Wort Twardowskis hielten die beiden Greise an, sie mußten aufstehen, der Teufelsbeschwörer schrie sie an, drohte ihnen mit der Faust, er beschimpfte sie wegen ihrer Feigheit. Dann brüllte er schmerzlich und stöhnte grausig: «Ah, die Verräter, die Verbrecher! Mißraten. Mißraten! Und die Anstifter flüchten. Es kümmert sie nicht, was geschieht. Sie wollen Verzeihung, die Schurken. Verzeihung für das! Sie haben es nicht gewollt, sie bitten um Entschuldigung. Die Mörder.»
Giordano stieß ihm mit dem feurigen Arm in den Rücken: «Twardowski, warum stöhnst du?» «Du hast es gesehen. Darum habe ich euch gerufen, damit ihr es seht und sprecht und helft, denn ihr habt es angerichtet.» Giordano fuhr ihm von hinten mit der feurigen Hand vor den Mund, Twardowski ächzte weiter. Giordano: «Das ist besser, als wenn du schreist. Die beiden Alten weinen und möchten vierhundert Jahre jünger sein und alles zurücknehmen. Ich sehe nicht, was du möchtest.» «Dann hast du nichts gesehen, Feuermann. Du hast das Entsetzliche, das hier abläuft, nicht gesehen, das Elend – in den Häusern, auf den Straßen, auf den Schiffen, in den Zügen, in den Fabriken, Büros, wo Menschen einzeln sitzen und wo sie in Familien wohnen. Du denkst: es geschieht entsetzlich viel. Nein: in dieser Welt geschieht nichts. Alles bewegt sich bloß.»

«Du verlangst den alten Gott zurück! Warum schimpfst du die beiden Alten aus? Kriech doch hinter ihnen her.» «Ich stöhne, weil es so groß anfing, ich war dabei und glaubte daran. Es wurden Kriege geführt, Länder verwüstet, wir waren dabei. Sieh, wie sie flüchten. Sie wissen's. Sie haben das Grauenhafte bemerkt.» «Das Grauenhafte?» «Ja. Sie wollen die Verantwortung nicht übernehmen.»
Giordano hielt still vor ihm. Er und Twardowski kümmerten sich nicht mehr um die beiden Greise, die bald vor dem Altar lagen. Man hörte sie singen. Der lange Zauberer wurde ruhiger, wie er unter dem Lichtschein des Feuermanns stand. Twardowski merkte erst jetzt, daß von Giordano ständig ein leises, windartiges Sausen ausging, es war die Flamme. Und wie Giordano den Mantel öffnete, sah Twardowski, dessen Augen sich an das Licht gewöhnt hatten, den Feuermann durchsichtig vor sich stehen: das pulsierende Herz, wie es das Blut in die Gefäße spritzte, die Lungen hoben sich, schwollen an und sanken zusammen, die Zunge spielte im Mund, im Leib wanden sich die Därme wie ein Schlangennest, es war furchtbar und unheimlich. Aber oben der Giordano war lieblich und ernst und ließ seine Stimme tönen: «Ich danke dir, Twardowski, daß du mich geholt hast. Und ich will dir auch meine Dankbarkeit beweisen. Laß mich noch lange hier. Laß mich noch leben und sehen und sehen. Ich möchte noch länger hier sein und vieles sehen.»
«Wie kannst du so sprechen, Giordano?»
Giordano lachte, drehte sich, warf seine Arme wie eine Flamme um sich: «Ich bin besessen, ich bin trunken. Was ich gesehen habe, hat mich besessen gemacht. Die Städte, die Städte! Maschinen, ich habe tausend Maschinen gesehen! Du hast sie nicht gesehen.»
«Ich habe sie gesehen.»
«Du hast sie nicht gesehen. Was ist mit dieser Menschheit geschehen? Was haben sie geleistet! Wie haben sie sich bewährt! Und wir waren die Anführer.»
«Du triumphierst.»

«Wir haben Tiere gezüchtet, Hähne, Tauben, Kühe, Kälber, Ziegen, für Fleisch, Milch, Eier, Häute. Sie aber haben Giganten gezüchtet, aus Eisen und Stahl, und in ihre Hallen gesperrt, da müssen sie für sie arbeiten, Maschinen, Maschinen. Es nennt sich Maschinen, sieht wie Eisen, Stahl, Kupfer aus, so sehen wir selber wie Haut, Haar und Knochen aus, aber sind Geist und Leben. Der Mensch als Schöpfer, das haben wir eingeleitet, der Mensch nicht bloß Diener und Anbeter. Diese Mächte haben wir entbunden, die waren in ihnen gebunden, die Macht der Schöpfung. Sie haben die stählernen Hügel geschaffen, die in ihren Hallen stehen, die stampfen und fauchen und surren und aus denen mehr als Gras und Klee sprießt, das welkt mit dem Herbst und unter der Sonne trocknet. Sie leiten Drähte in die Hügel, sie führen Öl in die Hügel, dann fängt es an sich zu bewegen, ohne Augen, ohne Ohren, und mit der Macht der Menschen und was sie ihm aufgegeben haben, muß es ausführen und wirken. O Twardowski, was für Menschen, welche Maschinen! Twardowski, da war über die Städte die Nacht gekommen, weil die Sonne des Himmels verschwand, und die Erde wandte sich von ihr ab. Da bewegte in den Hallen einer einen Finger, und die Dunkelheit wurde beseitigt, es flammte auf den Straßen, auf den Plätzen, in den Theatern, in den Häusern. Hast du das gesehen?»

«Ja.»

«Es waren menschenleere Säle, so groß wie ein Platz, sie waren mit wunderbaren Maschinen besetzt, Maschinen viel schöner, viel mannigfaltiger als Blumen, die Maschinen summten leise, und manchmal klopften sie, es war eine schöne Musik, sie webten ohne Menschen, ich habe keine Zunge, dieses Wunder zu beschreiben. In Hallen liefen die Menschen und saßen, sie bewachten Maschinen und achteten nur, daß sie in Ordnung blieben, sie spielten leise mit.»

«Du hast diese Menschen gesehen, Giordano?»

«Die Herren der Giganten, die ihnen dienen müssen.»

«Ja, Giordano. Hättest du sie und die draußen angesehen, hättest

du bemerkt, es ist ihnen nicht wohl. Sie sehen weniger wie Herren als wie Sklaven aus.»
«Twardowski! Laß dich nicht durch den Augenschein täuschen. Sie sind nicht glücklich, ich glaube es, es wird in dieser Gesellschaft schwer und furchtbar sein. Ich glaube es. Sie sind zu ungeheuer, um glücklich zu sein.»
«Sie mühen sich schrecklich, Giordano.»
«Laß sie kämpfen, wie sollte es anders sein. Wir haben sie zu Herren der Welt eingesetzt. Ja, ich nehme die Schuld auf mich! Wir haben ihnen ihre Macht gezeigt. Sie sind dabei, sich einzurichten. Eine neue Menschheit will entstehen. Laß mich hier, laß mich, Twardowski, ich nehme dir das Stöhnen ab. Ich will dir dieses noch einmal zeigen. Denn das ist mein Reich! Oh, die ewige Wandlung! Diese Kraft! O Vielheit der Welten!»
Twardowski knurrte. Er schnüffelte: «Ich werde dich hier behalten. Es scheint, du bist ein Schwärmer. Du hast noch gar nichts gesehen. Die beiden Alten weinten wenigstens.»
«Denke wie du willst, Twardowski. Aber laß mich hier.»
«Ich halte dich, wie du brennst, für blind, Giordano.»
«Schick mich nicht zurück, ich möchte dies sehen, ich muß dies sehen.» Er warf sich vor Twardowski hin: «Ich beschwöre dich, laß mich hier.»
Twardowski spielte mit seinem Degen und grollte: «Ich wollte, daß ihr seht, wie alles mißlungen ist. Ihr solltet büßen.»
«Laß mich büßen. Bin ich noch blind, so laß es mich erst ganz sehen. Schick mich noch auf zehn Scheiterhaufen.»
«Deine Besessenheit! Verbrecher!»
«Komm mit mir, Twardowski.»
Die Morgendämmerung zog über Krakau herauf. Twardowski reckte sich, schlug ein paarmal mit dem Degen durch die Luft, die Pelzmütze tief in der Stirn, murmelte. Die beiden Greise am Altar fühlten ihre Gedanken verschwinden, waren unsichere Konturen, die schwankten und von dem Grau des Frühlichts aufgesogen wurden.
Twardowski und Giordano zogen sich ihre Mäntel über den

Kopf. Sie schwebten als lange dunkle Ovale unter den Schatten, die sich hinter die Pfeiler verkrochen und vom Licht langsam an die blau aufblitzende Decke gehoben wurden.

Es standen Häuser, es zogen sich Straßenlinien hin, es erhoben sich Gebäude mit Türmen, langgestreckte Gebäude, Drähte zogen an Pfeilern über die Straßen, unten fuhren lange Wagen ohne Pferd, konnten halten, flitzten weiter.
Drähte liefen an hohen Stangen aus der Stadt heraus, über Äcker, ohne Ende, in andere Städte. Da standen wieder Häuser, zogen sich Straßenreihen hin, erhoben sich Gebäude mit Türmen. Und auf Schienen donnerten dampfschleudernde rollende Maschinen, mit Wagen hinter sich, durch die Felder, tauchten in Städte ein, traten daraus hervor.
In den Städten wimmelte es von Menschen, zwischen Häusern aus Stein und Beton, auf Trottoiren aus gemeißeltem Granit, gegossenem und gestampftem Asphalt. Die Menschen hatten die Art der früheren Menschen. Es gab aber keinen Himmel, keine Tiere, keine Pflanzen, keine Geister. Man hatte sie alle mit Flinten und Kanonen besiegt und in die Flucht geschlagen. Die Erde, die Sonne und alle Sterne bewegten sich, rasten und waren auf der Flucht nach einem fernen, fernen, furchtbaren Ziel.
Die Sonne schien, und es kam einem vor, als ob es Farben gab, auf Blumen, Gesichtern. Aber das war eine Täuschung. Es gab nur Schwingungen. Auch die Töne, die man hörte, kamen aus unsichtbaren Schwingungen. In Unsichtbarkeiten lebte und arbeitete man, schickte Strahlen, dahin und dorthin.
Aber noch immer wehte Luft und Wind durch Städte und Straßen. Die Ströme und Flüsse wanden sich durch ihre alten Täler. Man mochte die Gebirge und Seen noch so hoch mit Flugzeugen überfliegen, die Berge mit Tunneln durchstoßen, sie standen doch so, wie sie seit Urzeit standen. Es war noch immer das Wasser, der Regen, der stille Bach, der an ihnen wusch und zehrte, die ewige Hitze und die ewige Kälte, die sich um sie drehten und mit ihnen umgingen.

Und die Menschen selber gingen wie früher, suchten sich zu begegnen, erlebten ihre Jugend, ihre Blüte, wanderten auf ihr Ende zu.
Twardowski rief: «Blick noch einmal, Giordano. Sieh sie an!»

«Ich habe dir viel Zeit gegeben», sagte Twardowski, einen Arm schlaff über einem Gebetstuhl, zu Giordano Bruno, «du stehst und antwortest nicht.»
Bruno stand vor dem Pfeiler des Mittelschiffs, den Kopf gesenkt, den Mantel geschlossen und über die Augen gezogen. Von seinen Flammen drang nur ein dünner Schein durch. Die große nächtige Kirche schwieg.
Als Bruno nicht antwortete, ließ sich Twardowski auf einen Stuhl am Ende einer Bankreihe nieder, legte seinen Degen über die Knie und wartete. Er saß mit dem Rücken gegen den andern. Nach einer Weile näherte sich von hinten das rötliche Lichtband. Twardowski richtete sich auf und räusperte sich: «Also, Giordano, du läßt dich herbei.»
«Warum zwingst du mich zum zweiten Mal in eine Kirche, wenn du mich sprechen willst?»
«Eine Aufmerksamkeit gegen dich. Du sollst sehen, sie kommen nicht mehr an dich heran.»
«Ich habe kein Verlangen nach ihnen.»
«Du sollst dich rechtfertigen, auch vor ihnen. So wahr es ein ewiges Gewissen gibt, so wahr es den Stachel der Reue gibt, bleibst du hier und verantwortest dich. Du entwindest dich mir nicht. Gestehe –»
«Gestehe! Verfluchtes Wort. Reue, verfluchtes Wort. Sie haben mich sieben Jahre im Kerker festgehalten, ich trug sieben Jahre Ketten, Ratten und Würmer krochen umher, keine frische Luft durfte ich atmen – keine Sonne, kein Baum, keine Blume. Kein Mensch lachte, kein Mensch weinte, es kamen nur die Männer der Inquisition mit ihrer Litanei: Gestehe, bereue. Twardowski, sie haben in den sieben Jahren alles an mir getan, was einer tun kann. Aus dem Kerker haben sie mich geführt,

um mir in einem andern Keller die Glieder mit Stricken zu umwickeln und sie zu zerren, bis sie krachten. Meine Füße klemmten sie in Blöcke und schlugen mich mit nassen Ruten. Sie nahmen glühende Blechstücke und legten sie mir auf die Haut. Immer fragte einer: ‚Gestehst du, Giordano, bereust du, Giordano?' Dann banden sie mir die Hände auf den Rücken und zogen mich an einem Seil hoch, um mich herunterzuschnellen auf einen scharfen Balken. Und als sie nichts mehr wußten und ich nicht nachgab, sind ihnen die Augen aus dem Kopf getreten, sie haben ihre Hilflosigkeit bemerkt und sind auf das Gericht gegangen. Und das Gericht kam ihnen zu Hilfe. Und sie haben die Schurkerei, die Schäbigkeit, die Erbärmlichkeit begangen, mich zu verbrennen, die große, gewaltige Kirche, mich, den einzelnen, armseligen Mann, der gegen sie nichts hatte als das Wort, mich, den sie in eine Falle lockten und gegen das Völkerrecht an die Inquisition des Papstes auslieferten.»
Giordano trat näher an Twardowski: «Und was willst du jetzt von mir? Willst du ihnen helfen? Niemals, sage ich dir, niemals, weder hier noch anderswo, wirst du ihnen den Triumph verschaffen und mich sprechen hören: ich gestehe, ich bereue.»
«Du erregst dich, Giordano. Ich habe dich gerade gerufen, weil du gesiegt hast. Ich erwarte, daß du heute ebenso zur Wahrheit hältst wie damals.»
«Was willst du? Entdecke dich endlich.»
«Wir sind hinter einer kleinen armen Frau hergegangen, einem jungen Blut, und haben uns ihrer Lieblichkeit gefreut. Sie war nicht schön, sie hatte kein Geld, ihr fiel nichts zu, sie wollte ihr bißchen Glück unter Menschen. Das war in der Stadt. Du hast den stumpfen Mann gesehen, an den sie sich zuerst hängte. Giordano, ich habe dich stöhnen hören. Dann hast du gesagt: Daran ist nichts besonderes, es ist Schicksal; unter Menschen, unter Arm und Reich, Schön und Häßlich ist es nun einmal so. Ich habe dir das kirchliche Geschwätz verboten. Wenn es so ist und bleiben soll, wozu hat man dich und die andern nötig? Und vor euch und ohne euch ging es, glaube ich, noch milder. Dar-

auf ist Jagna, der Pole, mein Landsmann, zu dem jungen Blut gekommen. Du warst entsetzt, als er sich zeigte. Warum nur? Als ob du ihr das Fünfminutenglück nicht gönntest. Es war ja auch grausam. Er hat sie fallen lassen. Es ging dann mit ihr ins Hoffnungslose, Schwarze, an einen stumpfen Mann, in eine tote Ehe, ein mühsames Leben, Arbeit, etwas Freude am Kind – nur Einatmen und Ausatmen, nur Sorgen, Schlafen und Sorgen. Und dazu, lieber Giordano, dreht sich nun wirklich die Erde um die Sonne. Es ist erreicht, die Kirche hat es zugeben müssen, und du bist verbrannt worden. Und dazu gibt es die Unendlichkeit der Welten, die du nicht müde geworden bist zu feiern.»

Giordano war still.

Twardowski auf dem Stuhl fuhr nach einer langen Pause fort: «Wir haben das Menschlein, das arme versinkende Weiblein, gelassen. Du sagtest, du wolltest nach dem Polen sehen. Ihm stand ja Geld und Schönheit zur Verfügung, und das sind die Mächte, die jetzt die Welt regieren. Es kann ihnen keiner mehr in die Arme fallen.» «Es war ein schwacher Mensch, dieser Jagna, Twardowski, er wußte mit seinen Gaben nichts anzufangen. Er war ein Ball, ein Kork auf dem Wasser.»

«Es ging ihm nicht gut. Du hast es gesehen. Es geht den schwachen Menschen auch nicht besser, seitdem die Erde das Recht hat, sich um die Sonne zu drehen und alle es zugeben. Und auch Geld und Schönheit nützen ihnen nichts, und das sollten doch die Mächte sein, die jetzt nach dem alten lieben Gott an der Reihe sind. Aber weil dich der schwache Jagna so rasch abstieß, haben wir uns an den Doktor Faust gewandt. Es waren die beiden jungen deutschen Herren. Der eine hieß auch Heinrich. Er jedenfalls war kräftig und entschlossen. Du schienst etwas für ihn zu haben.»

Giordano nickte: «Im Beginn.»

«Du hattest auch etwas für die Schlange Therese. Du hast gut erkannt, dies waren Menschen nach deinem Ebenbild, Menschen deiner Schöpfung, du neuer lieber Gott, lieber Gott

Nummer zwei, und ich habe dir Gelegenheit gegeben, dein Adam- und Evapaar kennenzulernen, damit du deinen siebenten Tag hast und sie segnest.»

Giordano stöhnte: «Ich leide, ich leide. Und dennoch, Twardowski, es war gut, daß du mich hergerufen hast.»

«Es scheint, dir ist nicht nach Segnen.»

«Was ich gesehen habe, war schrecklich. Ich fasse es nicht. Ich finde mich nicht mit dem ab, was meine Augen gesehen haben, ich muß es noch besser wissen. Dies habe ich und die andern nicht gewollt. Diese Zeit, ja, sie enthält mehr Grauen und ist entsetzlicher als die Zeit, in der ich lebte. Und wenn du von mir das Geständnis willst, da hast du es. Aber dies – ist nicht meine Welt.»

«Ihr habt sie begonnen, Kopernikus, Galilei und du.»

«Oh, hör mich an. Brich nicht gleich den Stab über mich. Bist du zu mir gekommen, um mich zu verurteilen und gehörst du zu meinen Mördern, und willst du ihnen wirklich nach meinem Tod einen Triumph verschaffen?»

«Ich höre und warte.»

«Ich danke dir ja, daß du mich gerufen hast. Meine Seele war schon in einem andern Dasein und ist glücklich, dieses wiederzusehen. Herrliche Welt! Herrliche Welt! Was ich an dir getan habe, war nicht, Gott töten. Ich habe dem Göttlichen das kleine Menschengesicht genommen und es an seinen ewigen, geheimnisvollen, über alles strahlenden Platz gesetzt. Ich habe nicht die Bestie zum Gott gemacht. Ihr Wälder und Ströme, die ich wiedergesehen habe, Wolken und Sterne, wallendes Meer, fließende Himmelsluft, Sonne, die eine von den großen Welten, ihr alle, ihr Worte des Urewigen, seid mir gegrüßt. Duldet mich wieder in eurem Kreis. Nehmt mich noch einmal auf. Es soll keinen geben, der euch inniger lobt als ich. Zeigt mir ruhig eure Grausamkeit, eure Kolben und Keulen, euer Elend, eure Toten, ich halte stand, ich weiß, die Welt lächelt nicht wie ein Mädchen. Sie ist so groß, ohne Ende und Anfang, sie taucht in die Ewigkeit ein. Du Urwesen, Kraft der Kräfte, du lebst und regst dich hier und überall. Meine Arme suchen deine Knie zu umschlingen, meine Stimme sucht zu deiner zu dringen, du schwingst dich hin in Äonen, wirbelst in den Sternen, Planeten, Kometen. Du glutest im Feuer, du atmest die Kälte, im Wasser wirfst du dich auf unsere Felder, im Wind und Orkan fliehst du über die Berge, im Qualm braust du aus den Vulkanen, du hebst die Gebirge, du senkst die Täler, du lockst die Magnetnadel, den Pol zu suchen, der Felsblock stürzt, wer läßt ihn fallen, wenn nicht du. Wer läßt die Ströme sich füllen und leeren, schwellen und senken, und Menschen entstehen, Tiere wachsen, Pflanzen blühen. Von wem sind wir als aus deiner Hand. Wir sprühen als Funken aus deinem Urbrand. Aus deinem Urlicht sprühen wir alle. Ah, bist du nicht Göttliches, Urewiges, wie eine Schlange, die sich blitzschnell durch die Zeitlichkeit windet und Welt nach Welt als ihre Haut liegen läßt. Herrliches, Überherrliches, daß ich dich wieder loben kann, nachdem ich versunken war. Nun habe ich dich wieder fluten gesehen, du Unerschaffenes, Unvergängliches, du Tiefstes und Höchstes, Hellstes und Dunkelstes, du Alles in uns: Stufenleiter und Kletterer. Nur eine Klage habe ich: dich nicht genug feiern zu können, dich, der durch meine Sinnespforten einzieht, aus meinen Sinnespforten tritt. Wie das Sonnenlicht auf leere Hüllen fällt, wie der Wind durch Schilfrohr zieht, so daß er darauf singt, Schilfrohr und wehender Wind, so dringst du durch mich. O Kraft und Glanz, Herrschaft und wahres Leben, Kraft und Tat und Weisheit und Liebe, allfassende tragende Liebe, unendliches Zentrum!»

Das war der leise Gesang, das entzückte Seufzen Giordanos. Er verklang. Unbeweglich stand Giordano, während er sang. Den Kopf hielt er gesenkt, den Mantel an sich gezogen. Die Kirche war riesengroß. Aber obwohl Giordanos Stimme sich nur schwach erhob, legte sich der Hall um die Säulen, Statuen, Bilder, überzog die hohe finstere Wölbung wie Wachs eine junge Frucht. Und als er schwieg, antwortete ihm ein Wispern, Raunen, Flüstern aus der Wölbung, von der Seite.

Der Herr von Twardowski strich sich den kleinen Knebelbart. Er räusperte sich nach einer Weile: «Dies alles ist keine Antwort auf meine Frage. Dazu brauchte ich dich nicht zu rufen. So hast du immer geredet. Dazu brauchten wir nicht durch die Städte zu ziehen. Dies Lied wirst du zu jeder Zeit singen, und die Welt kann in Feuer aufgehen, und die Sintflut kann über uns kommen. Was kümmert es dich, du preist friedlich die Herrlichkeit und die Ewigkeit. Wem willst du eigentlich damit etwas vorlügen? Geh damit zu der armen Statistin, die erlischt, frage den Polen, frage die unglückliche Therese, die auf der Stirn liegt.»
Giordano, als wenn Twardowski nicht gesprochen hätte, fing sein Summen wieder an.
«Liebe, o Liebe! Du offenbarst den tiefsten Grund des Wahren. Du deckst das Dunkel ab, und wo Wolken sind, durchdringst du sie. Nur du allein hast diese Kraft. Du bist das Auge der Vernunft. Du sprengst das Eisentor des Irrtums. Was Himmel, Erde, Hölle festhalten und bewahren, du machst es offenbar, und jeder kann es sehen. O dumpfes Volk, du willst die Wahrheit sehen? Schlag deine blöden Augen auf. Wenn nicht die Liebe in dich eingedrungen, wirst du vergeblich suchen.»
Das Wispern an den Säulen, am Mittelschaft, von den Seiten her nahm zu. Es war schon ein leises harmonisches Singen, das Giordano zuwogte. Es klang noch lange nach, als Giordano schon geendet hatte. Twardowski hatte mit seinem Degen auf den Boden gestoßen, jetzt schien er in Wut: «Du hörst jetzt auf. Ich denke, es ist genug. Ich hatte angenommen, jemand, der für seine Überzeugung auf den Scheiterhaufen steigt, sei irgendwer. Aber du bist nichts. Du bist ein Schwätzer, ein Schönredner, ein frecher Süßholzraspler. Du bist eine Schande, nach dem, was du gesehen hast. Du Schändlicher: die, die tot liegen, die den gräßlichen Tod im Herzen tragen und sich winden, die verhöhnst du! Es ist nichts, sagst du ihnen zum Trost, Gott ist ja herrlich und sitzt auf seinem Thron. Nein! Dieser Gott ist tot! Er ist tot! Hörst du? Und er soll nie wieder wagen, in dieser

Welt lebendig zu werden und sein Gesicht zu zeigen. Der Jammer ist auf der Erde, die Bosheit, die schamlose Niedertracht, und gar keine Vernunft, gar keine Weisheit und gar keine Liebe!»

Totenstill war es in der Kirche, das Wispern hatte aufgehört. In seinen Mantel war Giordano gesunken, kein Licht ging von ihm aus, eine einzige Finsternis erfüllte die Kirche.

Es dauerte lange, bis aus der schwarzen Gestalt vor dem aufgerichteten langen Twardowski ein Wort kam. Es war ein Hauchen: «Ich weiß. Ich weiß.» «Also», grollte der andere.

Tief stöhnte die schwarze Gestalt und schluchzte: «Ich hab noch mehr als diese drei gesehen, zu denen ich gehen mußte. Ich habe in Hörsälen gesessen und habe zugehört, was sie lehren. Ich bin durch Bibliotheken gegangen und habe in Büchern geblättert. Ich stand neben Arbeitern und Arbeiterinnen in den Fabriken, in diesen herrlichen Fabriken. Verzeih, daß ich weine. Ich habe viele Stunden nichts getan als weinen. Es ist eine geschändete Menschheit. Wir haben alles umsonst getan. Sie sitzen tiefer in Schande als in unserer Zeit. Wir haben ihnen alles gegeben, was wir sahen und fühlten. Und dies haben sie daraus gemacht, dies ist daraus geworden: die Möglichkeit, sich an kein Gesetz zu halten, alles zu verklären, was ihrer Bosheit einfällt, sich gegen jedes Gefühl abzuhärten. Wo gibt es eine Gemeinheit, vor der sie zurückschrecken, welche Lüge schleudern sie nicht unter die Menschen! Ja, das geschieht, und ich habe es gesehen und gehört. In den Hörsälen habe ich gelernt, wie sie sich rechtfertigen: es gibt nur die Zahl und das Gewicht und die Bewegung, alles andere ist Schein und Täuschung, nun können sie frei schalten. Ich bin es nicht, ich bin es nicht, Twardowski. Sieh, wie ich zittere. Höre, wie ich sie verfluche.

Wir wollten sie zur Erde führen, zur Herrlichkeit der Erde, zu ihrem unerschöpflichen Reichtum, zu ihrem unerschöpflichen Geist, an dem der menschliche teil hat. Sie sollten sehen, wer sie sind, sie sollten sich wiederfinden. Was faselten sie von einem Paradies, das irgend einmal war? Wir wollten ihnen die Augen

öffnen, damit sie sich umsehen und erkennen, was dicht bei ihnen lebt, vom Urewigen geschaffen, vor sie gestellt.
Es gelang nicht. Was wir brachten, haben uns böse Geister aus den Händen gerissen. Die Gewaltigen, die Bösen, die auf der Erde regieren, haben sich unserer Gaben bemächtigt, und nun, sage ich dir, sind sie reif geworden, mit Flammenschwertern vertrieben zu werden. Es wird geschehen. Ah, sie denken alles zu wissen. Sie denken, mit dem fernen Gott ist alles Geheimnis und Wunder aus der Welt gejagt. Es ist ja nur tiefer hineingesenkt. Die Schlechten, die Entarteten, die Verkommenen, wie sie die Welt entleert haben, wie sie die ganze Menschheit vergiftet, verarmt und verdummt haben. Und uns und mich rufen sie dafür zum Zeugen an. Wenn sie könnten, machten sie mich zu ihrem Heiligen. Ich gab ihnen einen edlen, singenden Vogel, sie rissen ihm die Federn aus und stopften sich damit ihre dumpfen Betten. Und das war nicht Kopernikus und Galilei nicht und ich nicht. Wir wollten den Menschen göttlicher machen in einer göttlichen Welt, sie haben ihn in einen Sumpf getrieben und zu einer gefräßigen Kröte gemacht. Keine Liebe, keine Vernunft, keine Weisheit – nur Gewalt, Mord, und die Einsamkeit und die Angst! Das habe ich gesehen.»
«Die Anklagerede, Giordano Bruno, jetzt habe ich sie gehört. Und was antwortest du?»
«Zertrümmert diese Welt! Zertrümmert sie! Zertrümmert sie! Das Ewige, Urewige lebt! Die Wahrheit zerschmettert den, der sie fesselt! Die Menschen verkommen in neuem Lug und Wahn. Das ist nicht gottgewollt, dafür sind wir nicht gestorben.»
Giordanos Licht zuckte im Raum zwischen den zwei Pfeilern hin und her, seine Stimme, nicht laut, hatte ein scharfes Zischen angenommen: «Spiegel her! Neue Sänger, neue Dichter! Neue Kämpfer! Neue Märtyrer! Das Menschengeschlecht ist gesunken! Ihr habt Böse unter euch, sie haben die Herrschaft über euch. Leidet, o leidet! Seht es und leidet! Leidet noch mehr, noch mehr. Aus der Seele des Leidens kommt die Hilfe, Be-

sinnung, der rächende Arm. Die Zeit wird reif. Rettet die Menschheit vor dem Untergang! O geschändete Welt! O herrliche Erde!» Ein Brausen von tausend feinen Stimmen umgab ihn. Er flog stürmisch im Mittelschiff in die Höhe. Twardowski blickte ihm nach: «Giordano?» Die Stimme scholl: «Fünfhundert Jahre hatten wir gekämpft, um die Augen der Menschen auf die Erde zu ziehen. Ich brauche noch fünfhundert Jahre.»

«Dann wird das Paradies da sein? So hat man schon nach Jesus Christus gesprochen. Noch fünfhundert Jahre, laß uns eine Kirche machen, die die ganze Menschheit umfaßt, dann wird alles gut sein.»

«Noch fünfhundert Jahre, Twardowski! Die Welt ist im Fluß. Es sind immer neue Kirchen nötig. Blick auf das Leiden. Das zeigt: die Wahrheit lebt. Sag noch einmal, Twardowski, wer bist du? Wie hast du mich rufen können?»

«Ich bin das Gewissen deiner Zeit. Mir ist die Kraft gegeben, euch zu rufen und zur Verantwortung zu ziehen.»

«Twardowski, du hast mich zu früh gerufen. Noch fünfhundert Jahre.»

Flammend stand Giordano vor ihm, das ganze Mittelschiff und die sternfunkelnde Decke waren über ihm erhellt. Glühend waren Giordanos Augen auf Twardowski gerichtet, der aufgestanden war und den Knauf seines Degens mit beiden Händen faßte. Wie das Herz in der glühend durchsichtigen Brust Giordanos hinter den Rippen schlug, sich zusammenzog, hob und herabfiel. Wie seine Lunge sich dehnte und senkte. Wie die Zunge in seinem Mund spielte. Wie er inbrünstig, die Hände ausgestreckt, fordernd die Antwort Twardowskis erwartete.

Twardowski warf den mageren Kopf zurück. Er hob den Degen über sich, schloß die Augen.

Auf einmal schlug Twardowskis Degen durch die Luft. Dichte schwarze Massen rauschten um ihn auf. Giordano, schreiend, wirbelte, warf sich. Twardowski, in seinen Mantel verhüllt, stöhnte, weinte, wie er im Anfang getan hatte: «Ich sage nein. Ich will nicht.»

«Du mußt.»
«Ich will nicht. Ich laß mich nicht belügen. So kannst du dich durch zehn Jahrhunderte, zwanzig Jahrhunderte lügen und immer klagen und immer schreien: noch fünf Jahrhunderte! Du erreichst es nicht. Unglück hast du über die Menschheit gebracht. Und dafür sollst du büßen.» «Ich habe ihnen die Wahrheit gebracht, und du wirst mich nicht berühren.» «Weil du so denkst und noch immer von diesem Abhub der Erde, von der Menschheit, etwas hältst, will ich dich ausrotten. Verflucht ist die Menschheit. Verflucht soll sie sein. Und du mit. Tot, nichts sollst du sein.»
«Du wirst mir nichts tun.»
Giordano, der sich wie eine Feuersäule drehte, war von einer Wolke von wispernden Stimmen umgeben. Twardowski schlug mit seinem Degen auf die Wolke ein. Sie teilte sich, wich vor ihm aus, umwogte ihn wie ein Bienenschwarm, schloß Twardowski ein. Von einer Seite des Mittelschiffs, von den Statuen, Bildern lösten sich helle rufende Streifen, mischten sich der Wolke bei, sie schwebte auf. Twardowski schlug um sich, brüllte. Aber schon wallte die helle Masse von ihm ab, durch die Luft. Ein Fenster oben im Gewölbe krachte auf.
Die helle Wolke fuhr hinaus, Twardowski schwimmend hinter ihr.
Über den stillen Markt hoch über den Häusern unter den Wolken wogte Giordano, warf sich, jauchzte, wirbelte.
Twardowski im schwarzen Mantel folgte, ein dunkler Fetzen. Vergeblich haschte er nach dem hellem, stürmischen Gebilde, das ihm voraus war. Er ließ nach. Er sank in sich. Er schwamm mit den andern Wolken.
Die steinerne Kirche stand in Nacht.

VOR der Isle de Ré ankerte das Transportschiff La Martinière. Im Gefängnis von Isle de Ré waren aus dem ganzen Lande die Verurteilten gesammelt, die lebenslänglichen, die zu zwanzig Jahr, die zu zehn Jahr. Sie wurden aus der Strafanstalt von Bewaffneten in kleinen Trupps eskortiert, gefesselt und ungefesselt, auf die Reede heruntergeführt, auf den kleinen Dampfer getrieben, der sie an das Kerkerschiff brachte.

Es war der letzte Nachklang aus der Zeit der alten Könige und Herren.

Das große Meer lag da und spielte. Still und glatt, nichts verratend lag es. Lieblich und einschläfernd schlug es gegen den Strand, wogte um die Landungsstege. Einen sanften, gleichmäßigen Atem gab es von sich. Die graue Fläche blinkte unter den Sonnenstrahlen. Der kleine Fährdampfer verschwand hinten. An den Strand trabten in geschlossenem Glied neue Trupps herunter. Sie blickten sich um, schnüffelten die scharfe Luft, ihre Lungen dehnten sich, sie warteten.

Sie waren die, mit denen das Land nicht fertig wurde.

Dumpf und böse stand der junge breitschultrige Mann, der Soldat gewesen war. Man hatte ihn früh in Zwangsanstalten gegeben. Er war schlau geworden. Bei den Soldaten brachte er es zum Sergeanten. Er trank gern. Und einmal im Wirtshaus geriet er in Zorn, der Streit zog sich auf die Straße hin, ein Unteroffizier kam vorbei, das Schicksal hatte den unglücklichen Mann für diesen Augenblick hergeführt, aber auch für den Sergeanten schlug jetzt die Stunde. Der Unteroffizier stellte ihn zur Rede und forderte ihn auf, Ruhe zu geben. Sie waren ein ganzer Haufen Soldaten und alle heiter und betrunken. Da zog der junge Sergeant [in dunkler Wut aus der Zeit der Zwangsanstalt] seinen Revolver und erschoß den Unteroffizier. Als er aus seinem Rausch erwachte, war mit ihm alles vorbei. Sie machten es sich mit ihm schwer, beobachteten ihn mit Sorgfalt, vielleicht war sein Geist schwach. Der Trunk entschuldigt nicht. Er mußte ins Bagno. Es saßen auf dem Gericht gelernte Richter und einfache Geschworene. Sie sahen den Mann an, hörten ihn und die Zeugen aus und hatten alles zu bedenken. Sie kannten das Land und seine Art. Vor den Richtern lagen alte und neue Bücher, wo aufgeschrieben war, welche Verbrechen es gab und wie man sie bestrafte. Sie suchten lange, um welches Verbrechen es sich handelte. Dann lasen sie die Strafe ab. Sie wußten: dies ist ein Mensch genau wie wir. Sie wußten, was schwere Jugend und Zwangserziehung ist. Aber es war verboten, weiter zu denken. So erkannten sie den Mord, saßen trübe auf ihren Stühlen und gingen unruhig nach Hause.

Neben ihm wartet auf den Fährdampfer ein fetter, bleicher Mann. Er ist jung, hohläugig, hat ein fanatisches Gesicht. Lange, dunkle Haare fallen ihm über die Schläfen, seine Schultern hängen schlaff, auf der weichen, dicken Oberlippe trägt er einen wirren Schnurrbart. Er blickt nicht rechts und links. Er ist auch bis zu Ende gegangen. Wie hieß es in diesen Ländern der Weißen, der Männer? Man muß etwas werden, Großes leisten, vielleicht Ruhm erringen. An nichts anderes dachte von früh auf dieser hohläugige Mann. Aber rechts und links wollten sie etwas werden. Wie Bäume im Wald sich nach Licht strecken und zu übergipfeln suchen, so drängte man sich. Er kam nicht hoch. Es war nicht viel mit ihm. Da machte er sich mit Gewalt Bahn. Seine Frau nörgelte an ihm. Er hatte sich in einen Wahn hineingelebt. Was alle träumten, war bei ihm zu einem Zwang geworden. Da existiert er still und abseits mit der Frau, legt eine Farm von Silberfüchsen an, und als eines Tages die Frau ihn harmlos nach seiner Arbeit befragt, wird er gereizt, fängt mit ihr an, metzelt sie nieder und gesteht später, er habe keine Reue empfunden, er empfinde noch jetzt keine Reue. Wirklich, eine rasende Freude erfüllt ihn, mit Weihwasser segnet er den Leichnam, er fühlt den neidischen Blick der Umwelt auf sich gerichtet. Dies hat er getan; er hat gezeigt, wer er ist. Sie stoßen ihn jetzt aus, die Fratze ihrer Leidenschaften. Wie lange wird er drüben leben? Und was ist geschehen, wenn er tot ist? Es graust sie, wenn sie von ihm lesen. Aber sie weiden sich daran. Sie ahnen etwas. Weg, sagen sie. Es wächst in ihnen nach.

Der Eifersuchtsmörder. Weg, sagen sie. Aus den Augen. Aber es wächst in ihnen nach.

Sie stehen zu vieren nebeneinander. Das Fährboot dampft näher. Jetzt legt es am Landungssteg an. Sie setzen sich in Trab. Trampeln über das Holz. Das Bordgitter schließt sich, die Maschine arbeitet.

Jach, liebe Mutter, hast mich geboren, bin ich ein Lump gewesen und hab dich verlassen, jach, liebe Mutter, jetzt ist es aus.

Jach, lieber Vater, hast mich erzeugt, hast mich einen Räuber werden lassen, einen Mörder, einen Lump, jetzt schlägst du mich nicht mehr, du hast es geschafft. Heißa, heißa, es ist vorbei.

Nun ade du mein lieb Heimatland, lieb Heimatland ade. Du bist ein ganz verruchtes Land. Wart, wenn ich dich wiederseh. Dann brenn ich euch die Häuser ab, euch Richtern, Schöffen, Zeugen, ihr sitzt jetzt friedlich in eurem Haus, ihr denkt, mit uns ist es jetzt aus, wir werden es euch zeigen.

Ihr Hundepack, ihr Schweinepack, ihr Räuberpack, ihr Heuchelpack. Wir fahren jetzt ins Bagno ab und kehren einmal wieder.

Auf dem Rücken des Riesentieres Meer glitten sie in dem Transportdampfer hin.

Die Wellen bewunderten das starke Schiff. Was hast du für starke Rippen, du Schiff. Wie haben die Menschen verstanden, deine Brust zu wölben und hart zu machen, so daß du auf dem Wasser liegen kannst, mit der schweren Last, und sinkst nicht ein. Sie haben stampfende Maschinen gebaut. Sie haben sie eingesetzt in deinen Rumpf. Sie geben dir Kraft, um vorwärts zu schwimmen. Die Menschen sind keine Fische, aber dich haben sie stärker und zäher als einen Fisch gemacht. Oh, sind die Menschen mächtig.

Die auf dem Transportschiff sangen: Ihr Schöffen stopft euch

die Mäuler voll bei euren dicken Madams, dann setzt ihr euch an den grünen Tisch und urteilt über uns Verdammte. Ihr habt am Tisch Marmelade, die Butter, den Wein, das Weißbrot. Uns teilt man wäßrigen Kaffee aus, Konserven und zähes Gemüse.
Der Hering, der Hering, der ist ein feiner Mann. Er kommt aus seiner Tonne tagtäglich an die Sonne und stinkt uns scheußlich an. Das Vieh will nicht verrecken, wir sollen an ihm schlecken, wir sollen es erwecken, wir können ja verrecken, den Herren liegt nichts daran.
Das Meer klatschte zärtlich an den Schiffsbauch. Es gibt nichts, was sich den weißen Menschen vergleichen läßt. Wer so denken könnte wie sie. Sie sehen aus, als könnten sie nicht laufen. Sie können sich im Wasser nicht lange halten, aber in einen Riesenfisch haben sie sich verwandelt. Sie haben Drähte über dein Deck gespannt, damit rufen sie sich an und erzählen, wie es ihnen geht, über viele Meilen hin. Sie haben oft uns Wellen gepriesen. Aber wie herrlich sie selbst sind, wissen sie nicht. Sie sind wie die Götter, die alles schaffen. Wir trauern über jeden, der versinkt. Wir würden gerne hören, was er weiß. Aber dann ist er stumm. Man kann an ihm rütteln, er verrät uns nichts.
Auf dem südlichen Kontinent zieht sich ein Gebirge die Westküste entlang, hunderte Meilen weit, ein Wall für das Land. Das Land steigt mit seinen Urmassen aus dem greisen murrenden Meer auf, das den Tag und die Nacht, die Hitze und die Kälte, das Mondlicht, die Sterne und die hingleitende und abstürzende Sonne erlebt. Das Meer antwortet auf alles mit Rauschen und Donnern, Fluten und Ebben, Donnern und Hinsinken. Es röchelt nach Worten wie ein Taubstummer, tastet mit den Händen nach dem Land wie ein Blinder und fällt auf sein Lager zurück.
Das Land türmt seine Gipfel, es breitet seine Ebenen aus, läßt das Meer toben und blickt auf die Sterne, den Mond und die Sonne. Stolz reiht es Gipfel an Gipfel. Aus der Eiszone von Feuerland läßt es sie vorrücken in die Gluten des Äquators. Schneetragende, unnahbare Häupter, Vulkane, unter denen

Hochflächen und Küsten zittern. Und auf das Land und die Berge muß sich auch das Wasser niederlassen, das draußen röchelt und tobt. Sehnsüchtig schickt es seine Boten über die Berge, sie fallen nieder, sie werden Bäche, Flüsse, sie rieseln und sprudeln über die Erde.

Vom Meer, wo die Heilsinseln – die Teufelsinsel, Josefsinsel, Königsinsel – lagen, von der Küste Cayennes zog sich Busch, Savanne, Sumpf und Urwald nach Süden. Es gab Flußtäler und Hügel bis zum Massiv des Tumuc-Humac, wo der Maroni und Ojapok entsprangen. Ohne Grenze war die Savanne, mit blaßgrünen Gräsern bedeckte sie sich im Winter, im Sommer wurde sie rötlich und gelb, die Sumpfebene verwandelte sich in ein einziges Kräutermeer. Den Bächen und Flüssen folgte die Mauritiapalme mit ihren Fächern, Palmen standen auch in Gruppen beieinander. Dann stieg der dunkle, stumme Urwald auf, es war schon der Wald des großen Stroms, des Amazonas, der weiter im Süden sein Wesen trieb.
Die Sträflinge waren aus dem Bagno entflohen und schlugen sich durch den Busch und die Savanne. Einer hatte schon vor Jahren eine Flucht nach dem Meer hin unternommen, er war gefaßt und ausgeliefert worden. Auf seinen Rat ging man durch den Busch nach Süden. Sie wußten, man setzte sein Leben aufs Spiel. Sie waren drei Weiße, zwei Neger, ein Anamit und kamen aus der Kolonie Sankt Laurent am Maroni.
Der Anamit war auf einem Auge blind, das scharfe Gras Panakoko wächst in der Savanne, damit hatte er sich ein Auge blind gerieben, das andere neblig gemacht. Fünf Jahre hatte er auf Sankt Josef gesessen, er war zur Strafe nach seiner Flucht angekettet worden. Als man ihn nach Sankt Laurent am Maroni zum Arbeiten brachte, fand er das Panakokogras und wetzte es gegen sein Auge, um nicht mehr zu arbeiten. Man nannte ihn Admed.
Die beiden Neger waren Largi und Mustafa. Sie schleppten abwechselnd das Gewehr und den Munitionskasten, die sie einem

Buschneger gestohlen hatten. Sie waren stämmige Männer. Auf Largis Brust war in der Mitte ein blaues Herz tätowiert, darunter stand: Tod dem Verräter. Mustafa, der Kleinere, hatte sich als Offizier tätowieren lassen, er trug ein Ordenskreuz, eine große Schärpe über den ganzen Rumpf, das rechte Bein zeigte einen langen weißen Degen, auf den rechten und linken Arm waren Gewehre mit Bajonetten gezeichnet.

Der weiße ehemalige Geistliche, der der Kaplan hieß, trug ein rotes Taschentuch um den Hals. Sein blaues Hemd war ohne Ärmel. Auf einem Arm stand: «Fürchtet euch nicht vor dem Gericht», auf dem andern: «Cäcilie verzeih, Amen.» Darunter eine Schlange. Er hinkte und hatte sein krankes rechtes Bein wie ein Paket mit Palmblättern eingewickelt und Lianenstreifen herumgeschnürt.

Die beiden andern waren Perros und Vivien, zwei Weiße.

Sie schleppten sich durch den Busch. Sie wagten sich jetzt schon an Wasserläufe, wo man riskieren konnte, auf Niederlassungen zu stoßen. Auf den Kopf jedes Gefangenen standen fünf Dollars. Dafür hatten in den ersten Wochen noch Kolonisten ihr Leben eingesetzt. Zu neun waren sie aus Sankt Laurent entwichen, ihr eigentlicher Führer, ein Neger, war schon tot.

Der Buschwald war oft wie eine Höhle, der Regen hatte um starke Bäume die Erde weggeschwemmt, die Wurzeln standen entblößt, man ging im Halbdunkel unter mannshohen Wurzeln hindurch, in die Wurzelhöhlen hingen lange Äste mit Blättern und Seilen herunter.

Sie hatten im Beginn südlich von Sankt Laurent gute Tage gehabt, man besaß drei Gewehre und Munition, Vivien, der selbst kein Gefangener war [er hieß früher Jagna und war Pole], aber einem Freund, der schon gestorben war, zur Flucht verhelfen wollte, hatte sie beschafft. Er hatte für Beile, Messer, Hängematten, sogar für Salz und Zucker gegen Schlangenbisse gesorgt. Das meiste war verloren gegangen bei den Überfällen und Treibjagden, die man auf sie veranstaltete. Den Anamiten beluden sie mit den Vorräten, zu denen man unterwegs kam und die man nicht gleich verzehrte, Eidechsen, Pflaumen des Carambolabaums, wilden Cacao. Man schoß gelegentlich Vögel. In der Sumpfgegend um den Maroni hatte man sich noch an Rehe gewagt.

Lange Wochen waren vorbei. Die Hügel wurden höher. «Wir kommen in eine Berggegend. Wenn wir über die Berge sind, haben wir Guayana hinter uns und sind in Brasilien.» Sie machten Nacht um Nacht Feuer, lagerten, aßen und schliefen. Es kam vor, daß sie tagelang nicht marschierten.

Emerilloindianer stellten sich bei ihnen ein, drei Männer, die auch durch den Busch zogen, vor ihnen flohen, aber dann zurückkehrten. Es bewährte sich, daß man den Anamiten bei sich hatte, der auf seiner ersten Flucht mit Indianern zusammengekommen war und sich mit ihnen verständigen konnte. Die drei Emerillos sagten, sie seien Bluträcher und müßten eine Weile außerhalb ihres Stammes wohnen. Ein älterer Mann aus ihrer Verwandtschaft war plötzlich gestorben, der Häuptling eines entfernten Dorfes war daran schuld, sie mußten diesen Häuptling und seine Sippe töten; er wurde aber von seinem Dorf beschützt und ihr eigenes Dorf ließ sie nicht bei sich wohnen, bis sie Rache genommen und ihren Toten besänftigt hatten. Der Kaplan wollte wissen, warum sie in den Busch gingen und die Leute sie nicht bei sich wohnen ließen; ob sie nicht vielleicht in ihrem Ort einen getötet hätten. Sie verneinten und wunderten sich, daß man sie nicht verstand; natürlich könnten sie nicht bei ihrem Stamm leben, solange der Tote nicht gerächt sei. Sie waren mit Lanzen, Pfeil und Bogen bewaffnet, trugen auch Holzbeile; sie wollten alles, was sie hatten, den Sträflingen für das Gewehr geben. Das war auch der Grund, weshalb sie den Sträflingen folgten. Man wies sie ab und ließ sie in der Nacht nicht an das große Feuer, sie waren rabiat und völlig verwildert, es ging für sie um Tod und Leben, und man sah ihnen an, daß es nicht lange dauern werde, bis sie ihre Rache, drei Mann gegen ein Dorf, mit ihrem Leben bezahlten. Aber sie hatten keine Wahl. Jetzt belauerten sie das Gewehr und suchten sich an die beiden Neger zu machen, die seine Obhut übernommen hatten. Als die drei Bluträcher sahen, daß der Schatz in sicherer Hut war und man überdies aufbrach, ließen sie ab. Noch zwei Tage umschlichen sie wie Katzen den Trupp. Der Neger Largi, auf dessen Brust stand «Tod dem Verräter», wurde von einem ihrer Pfeile in die Hüfte getroffen, der Pfeil war zum Glück nicht vergiftet, man gab einen Schuß hinter den Leuten ab, und von da an war man die unheimlichen Verfolger los.

Nach der Verwundung Largis ging es noch langsamer mit dem Marschieren, auch die Verpflegung wurde schwierig. Largi war der beste Kletterer gewesen und hatte die glücklichste Hand. Sie rückten nur wenige Stunden täglich vor. Abends sank die Temperatur sehr und sie froren, nachts fiel noch dazu der Tau. Wenn die Sonne glutrot untergegangen war, zog über den Gipfeln der Mond herauf und goß sein Licht in den Abgrund der Wälder, in dem sie lagen. Fledermäuse geisterten um sie, Beutelratten huschten vorbei. Und morgens, wenn der Mond verschwand, die Sterne erblichen – in ihr Elend hinein prangend die Juwelenmasse der himmlischen Heerschar –, dann löste sich ein Dampf von dem Boden, er zog in Schwaden hoch, die Papageien begannen ihren Lärm, ein vielstimmiger Vogelsang erhob sich. Die Menschen, die Transportierten, erhoben sich und gingen stumm. Sie waren erschöpft, sie tranken sumpfiges Wasser, das sie fanden. Spinnen bissen sie, des Nachts sogen sich Blutegel an ihren Beinen fest. Am Maroni war es bitter gewesen, der Strand strahlte eine furchtbare Hitze aus, aber es gab Maniok, Mais, Rinder und Kühe und die Schildkröten, man konnte auf der Flucht einbrechen und sich Gemüse verschaffen. Jetzt wurde der eine Weiße, Perros, wachsbleich. Er war ein ehemaliger Sergeant, jener junge breitschultrige aus der Korrektionsanstalt, er hatte in der Trunkenheit seinen Unteroffizier auf der Straße erschossen. Sie hatten ihn nicht mitnehmen wollen, er war schon krank in Sankt Laurent gewesen, aber er war in den Besitz ihres Geheimnisses gekommen und ließ sich nicht abweisen. Einer der beiden umgekommenen Weißen glaubte ihn im Beginn der Fahrt übel behandeln zu können, weil er Ballast war, die Neger nahmen ihn in Schutz, der Weiße, der Angreifer, kam eher um als Perros. Voll von Tieren, wenig großen, aber unzähligen kleinen steckte dieser ganze Wald und der Sumpf und die Savanne, und im Leib, im Darm von Perros saßen kleine Würmer, vermehrten sich, zerstörten sein Blut. Aus den Wassertümpeln bei Sankt Laurent beim Arbeiten hatte er das aufgenommen; aus den Rindern, die man tieb, aus ihren Därmen war es gefallen. Mit übermenschlicher Kraft schleppte sich der wachsbleiche junge Perros weiter. Man ängstigte sich um jeden, der jetzt noch bei ihnen sterben könnte, mit jedem Tod wuchs die Todesgefahr für die andern. Seit Largis Verwundung hielten die Neger und der Anamit noch mehr zusammen, die Weißen mußten fürchten, daß eine Spaltung unter ihnen eintrete. Man hatte drei Hängematten, Largi hatte immer am Boden geschlafen und sich vor Insekten nicht gefürchtet, seit seiner Verwundung mußte man ihm eine Matte geben, und einige Tage, bis man aus Palmblättern, Bast und Lianenseilen eine neue geflochten hatte, mußten drei abwechselnd aufsitzen und wachen, das verlangsamte den Marsch noch mehr. Es war Trockenzeit, das hatten sie berechnet, und das war gut, aber nun kamen Waldbrände und zwangen zu Umwegen, und immer die Gefahr, das letzte Trinkwasser zu verlieren, sich zu weit von Quellen zu entfernen.

Abends saß der lange starke Largi spät am Boden und gönnte Perros seine Hängematte. Abend um Abend erzählte und summte Largi neue Strophen von dem jungen Sambi, der vor seinem bösen Oheim hatte fliehen müssen. Auch während des Marsches am Tage sprachen sie von Sambi. Je länger man vom Maroni sich entfernte, um so mehr sprachen die Dunklen von ihrer Heimat, um so ernster und ruhiger wurden sie. Damals mußte der verrückte Kaplan mit seinen Gotteslästerungen und Flüchen aufhören, er wurde von den Negern verwarnt, seine Worte schienen ihnen gefährlich.

«Er ist gegangen, Sambi, der Sohn des Galadieyi, er mußte seinen Oheim fliehen, der ihm die Güter seines Vaters nahm. Er ist gegangen, Sambi, die Stirn gesenkt, aber das Auge im Feuer. Er hat verlassen sein Land, seine Familie, seine Truppe, seine Gefangenen. In Feuer ist sein Auge, er trägt Rache mit sich fort.»

Die Negerballade erzählte die Prüfungen, denen der junge arme Sambi in den fernen Ländern auf seiner Wanderschaft unterworfen wurde. Erst hörten nur die Dunklen zu, dann auch die Weißen. Der Kaplan, dem ein langer blonder Bart wuchs – auch die beiden andern Weißen sahen wie Waldmenschen aus, das hätte sich Vivien vor fünf Jahren in seinem europäischen Hotel, als er der vergötterte schöne Pole war, nicht träumen lassen –, lachte und zischte: «Hört zu! Es ist aus mit dem Christentum! Eine neue Heidenzeit bricht herein! Laßt die Christen hinter euch! Sie klammern sich an einen Balken, sie gehen unter! Rette sich, wer kann! Puh! Das Christentum hat uns verraten und verkauft. Das Leben ist heilig, wessen Leben ist heilig, kein Leben ist heilig, es gibt nur Hunger und Durst und Mord und Totschlag.» Es war sein altes Bagnolied. Der verrückte Kaplan fand keinen Anklang mehr damit, er brabbelte für sich. Er war der erste, der dann zu Largi überging, dem er seine eiternde Hüftwunde von Fliegen und Larven reinigte, denn der Blattschutz, den man drüber legte, wurde im Gebüsch rasch abgerissen. Nach einiger Zeit kamen auch Perros und Vivien und summten von Sambi, das Gespräch vom Bagno, von Betrügereien, Durchstechereien verstummte. Während man sich durch den Wald arbeitete, war Sambis Geschichte besser. Seine alte Mutter, die ihren Mann beweinte, seine Schwester, seine jungen Brüder folgten ihm mit einem Schritt, der schwankte. Aber seine Lanze hat ein Eisen, welches die Schilde durchbohrt und den Adler herunterholt. Sein treuer Knappe geht an seiner Seite. Noch geht seine Gattin neben ihm, umschlingt seine Schulter, spricht ihn an mit süßeren Tönen als die Nachtigall. Noch hat er die Grenze seines Landes nicht er-

reicht, und seine Gefangenen, die er hat aufwachsen sehen, wachen bei ihm wie eine Mutter bei ihrem Kind, und sein Hund, dessen Zähne den Schakal zerreißen, blickt ihn an.
Fliegenschwärme umgaben die sechs Flüchtigen. Man war schon so lange unterwegs und erschöpft, daß manchmal zwischen ihnen Gespräche aufkamen, hier im Hügelgebiet zu bleiben, Bäume zu fällen an einem Wasserlauf und wie andere Maniok und Zuckerrohr zu pflanzen, Hühner in einen Stall zu tun und dann einiges Großvieh. Aber dann wurde man durch herumstreifende Neger und Indianer belehrt, daß man doch noch in Guayana war. Darauf legte sich Largi wieder das Gewehr auf die Schulter, ihre Munition war trotz aller Sparsamkeit zusammengeschmolzen, der starke fröhliche Largi sagte davon nichts, er blickte jeden Morgen in die metallene Munitionsbüchse und verkündete strahlend: «Alles trocken.» Aber man wagte nicht mehr zu schießen.
Es kam so weit, daß man den bleichen Perros tragen mußte. Der junge Soldat sagte: «Werft mich weg, die Ameisen werden mich rasch fressen.» Aber er war so leicht geworden, daß sie ihn auf Ästen zu zweit tragen konnten. Sogar der Anamit beteiligte sich auf freiem Gelände.
Fröhlich humpelte und sang Largi seine Geschichte von Sambi, die kein Ende nahm; die Prüfungen, die auf Sambi gelegt wurden, bis er zurückkehrte und seinen bösen Oheim erlegte, waren unzählig. Aber wenn Largis tiefe Stimme klang, morgens – als hätte man nicht die halbe Nacht vor Frost gezittert und war todlahm –, dann erhob man sich, ging, trug, duldete weiter. Niab war ein Löwe, zweihundert Jahr alt, ein furchtbares Tier, so groß wie ein Elefant. Er konnte brüllen, daß die Berge zitterten. Wenn er durch den Wald schritt, fielen die Bäume und Maishalme um, sein Auge strahlte in der Nacht Feuer. Den Löwen Niab mußte Sambi besiegen. Ohne Furcht erhob sich Sambi, er dachte an seine Mutter, seine Gattin, seine Kinder. Die Nacht war schwarz, der Mond hatte sein Gesicht verborgen, die Sterne waren alle am Gewölbe des Himmels schlafen

gegangen. Da zieht Sambi in den Kampf, sein Diener begleitet ihn, sein treuer Hund folgt ihm. Sie wandern durch den Wald, und wie sie eine Stunde gewandert sind, krächzt ein Vogel, und plötzlich ist alles von einem grellen Licht erfüllt, die Bäume scheinen zu brennen, und ein schreckliches Brüllen erschüttert die Luft. Das ist Niab, der alte Löwe. Die Lanze von Sambi hat eine Eisenspitze, sie ist so glatt wie der Kiesel, den das Kind aus dem Bach holt, sie ist aus dem Holz der Betinie. O meine Augen! Ihr täuscht mich wohl! O meine Augen, was zeigt ihr mir! Seht dort den toten Löwen, das furchtbare Tier, das zweihundert Jahre alt war, so groß wie ein Elefant, die Berge zitterten vor seinem Brüllen. Er ist tot. Und in den Boden gestoßen steht eine Lanze, daran ist gebunden ein lebender Hund; seht die Sandalen daneben. Und da steht Sambi vor dem König, und der König fragt: «Warum kommst du ohne Sandalen?» Und dann fragt der König: «Warum gehst du ohne Lanze?» Und dann fragt der König: «Wo ist dein Hund?»
Largis mutiges Lied ohne Ende ist ihnen Zeitung, Predigt, Appell. Sie haben sonst weiter nichts zu denken. Ihre Gedanken sind konfus. Sie sind alle sechs nur ein Trümmerhaufen. Sie sind in eine freiere und sehr bergige Gegend gekommen. Daß es die Berge sind, auf die sie gehofft haben, wissen sie nicht. Aus dem Wald bringt nun auch Vivien, der von dem alten Jagna noch den Leib und die Schande der Vergangenheit schleppt, ein Leiden mit. Sein Gesicht ist gedunsen, sein Kopf schmerzt, er taumelt. Das ist zu seinem Sumpffieber hinzugekommen.

Sie wurden, als sie sich lange in der Nähe einer Pflanzung aufhielten, die sie Buschnegern zuschrieben, von Indianern beobachtet. Sie waren schon auf dem Tumuc-Humac, der hohe Gipfel, den sie sahen, war der Timotakem. Die Ojambis wollten erst wissen, welcher Art diese Leute waren und ob andere folgten. Darum ließen sie mehrere Tage Largi ungestört aus einem Feld Mais holen. Als sich die Sträflinge aber anschickten, auf die Höhe zu ziehen, wo das Dorf Hokko lag, benachrichtigten die

Piraileute die von Hokko. Der laute Gesang Largis wurde als gefährlich empfunden. Leute von Hokko versperrten den Waldpfad, der nach oben führte, Leute von Pirai umzingelten die Aufsteigenden. Der arme Largi suchte zu schießen, er legte an, seine kostbare Munition sollte jetzt ihr Werk tun, die andern hantierten schwach mit den Bogen, die grade gut zum Schießen von Fischen und Vögeln waren. Da war das Pulver naß geworden. Largi wurde von einer Lanze getroffen, blieb liegen, Blut strömte ihm aus dem Mund, er machte, da er nicht sprechen konnte, Bewegungen mit den Händen, man sollte sich verteidigen, er drohte mit den Fäusten zornig gegen die Angreifer und starb.

Die fünf andern wurden nach Pirai herübergeführt, der irrsinnige Kaplan, der gebückt wie ein alter Mann ging und gegen den Boden sprach, der blinde Anamit, dem man die Hände auf den Rücken gebunden hatte, er war jetzt der Kräftigste von allen, er hatte sich verteidigt – der stumpfe Neger Mustafa, der weinte und winselte, nicht um sich, sondern weil man seinen Freund Largi liegen gelassen hatte, ihm hatte man noch einen Strick um den Leib gelegt und führte ihn so, denn er drängte weg –, die beiden weißen Männer, Vivien mit dickgeschwollener Stirn und Nase schien blind zu sein, und der zum Skelett abgemagerte junge Soldat Perros, er schleppte sich hinter Vivien, die Arme um Viviens Hals geschlungen, und hielt sich an ihm fest. Sie trugen alle fünf die Lumpen ihres Lendenschurzes, der Kaplan noch sein zerfetztes Hemd, Mustafa, der heulte, zeigte noch auf seinem dürren, zerkratzten und blutigen, schwarzen Körper die blaurote Offizierstätowierung, auf dem einen Arm des verrückten Kaplans stand: «Fürchtet euch nicht vor dem Gericht», auf dem andern: «Cäcilie verzeih, Amen», darunter eine Schlange.

Es ging eine kleine Strecke abwärts, sehr langsam. Vivien und Perros blieben öfter liegen, die Krieger wagten sie nicht anzufassen. Schließlich war man im Tal, da wand sich ein blankes Flüßchen. Man zog durch bestellte Felder, die Gefangenen blickten sich an, sie waren unter Menschen. Man führte sie nicht in das Dorf. In den alten Hütten vor dem Dorf erschien der Zauberer, besah die Leute, ein Häuptling und mehrere Krieger hielten sich entfernt. Mustafa und der blinde Anamit saßen gefesselt in einer Hütte, die drei Weißen in der andern. Man gab ihnen Maniokbrei, Bananen und viel dünnes Bier. Der junge Soldat starb in der ersten Nacht. Am Morgen kamen dunkle Männer, durch das laute Beten und Singen des Kaplans angelockt, und blickten in die Hütte. Bald erschienen andere, gruben ein Loch hinter der Hütte, legten den toten jungen Soldaten hinein und warfen das Loch zu. Vivien und der Kaplan saßen nachmittags im Schatten neben dem Grab, der Kaplan war wieder ruhig geworden.

Mustafa und der Anamit brachen in der Nacht aus, als das Feuer zwischen den Hütten und dem Dorf erlosch. Sie kamen nicht weit. Sie wurden am Tacatareberg von einem der Stämme Kussari gestellt. Obwohl sie beide unbewaffnet waren und die Kussari ihnen nur nachspürten, verbarrikadierten sie sich im Gehölz. Sie ergaben sich nicht, als man ihnen Zeichen gab, herauszukommen. Nach dem Anamiten fiel Mustafa.

Der Kaplan wurde in den ersten Tagen ganz still und klar. Er beschäftigte sich, wenn er nicht stumm am Grab des jungen Perros saß, mit Vivien, der neben ihm an der Hinterwand des Zeltes hockte und klagte. Sie trugen beide wüste Bärte. Die Dunklen hatten in die Nachbarschaft geschickt und gefragt, ob sich jemand fände, der die Sprache der Weißen verstände. Alle zwei Tage faßte der Zauberarzt Vivien bei der Hand und zog ihn vor das Zelt, klapperte um ihn und rauchte ihn an. Es half nicht. Vivien zeigte auf seinen Kopf. Sein Gesicht war jetzt so geschwollen, daß er die Augen nicht öffnen konnte.

Da erschienen mit dem Zauberarzt mehrere Leute, und der Kaplan geriet in Angst, als er ihre Vorbereitungen sah. Vivien lag teilnahmslos da. Nach allerhand Prozeduren wurde das Holz, das der Zauberarzt vor der Hütte hatte aufstapeln lassen, angezündet, einen kleinen Stoß davon schob er beiseite, darauf

warf er eine Handvoll Kräuter aus einem Sack, den ein Kind hinter ihm trug. Dann gab er Zeichen und drängte Vivien, sich auf ein Brett zu legen, das sie dicht neben den kleinen Holzstoß erhöht auf den Boden gelegt hatten. Er weigerte sich. Auch der Kaplan sagte, er solle es nicht tun. Schließlich packte ihn der Zauberarzt, ein starker Mann, hob ihn auf, warf ihn auf das Brett und hielt ihn fest. Da mußte Jagna scharfen Rauch atmen. Er verlor das Bewußtsein, starb aber nicht.
Er erwachte mit einem furchtbaren Husten. Er lag noch immer vor dem Rauch auf dem Leib, die Faust des dunklen Mannes preßte gegen seinen Nacken. Aus der Nase stürzten ihm Haufen von Fliegenlarven. Er spie welche. Sein Kopf dröhnte. Er konnte besser sehen. Er drehte den Kopf nach der Seite. Wie der Zauberer die Bewegung fühlte, ließ er los und half ihm, sich aufzurichten. Er zeigte auf die Larven. Dann entfernten sich die Dunklen. Vivien taumelte allein nach der Hütte. Der Kaplan saß davor und hielt sich die Hände vor das Gesicht.
Abends fühlte Vivien sich wohl. Er aß und trank. Die Indianer taten nichts weiter mit ihnen.

Die Piraileute berieten, was mit den beiden weißen Männern geschehen sollte, sie waren keine Gäste, man konnte sie nicht zu ihrem Volk zurückschicken, das man nicht kannte. Daher beschloß man, sie wieder in den Wald zu führen und ihnen einen Weg zu zeigen. Da wurden Vivien, der noch schwach war, und der kleine, jetzt fast stumme Kaplan morgens aus ihrer Hütte geholt, einen Blätterkorb mit Lebensmitteln gab man jedem in die Hand, sie verstanden nicht, was sie sollten. Der kleine Trupp der Dunklen nahm sie in seine Mitte. Wie sie eine halbe Stunde im Wald gegangen waren, machte der Führer der Dunklen Zeichen mit seiner Lanze, der Waldpfad verzweigte sich, der Dunkle fragte, in welcher Richtung sie gehen wollten. Jetzt begriffen die beiden, daß man sie aussetzen wollte. Sie blickten sich an, sie blickten in die Körbe, die sie schleppten, das war also für sie. Bevor sie aber eine Antwort gegeben hatten, waren die Dunklen verschwunden. Der letzte hatte sich noch auf dem Pfad umgesehen, einen Ast abgebrochen und mit einem Blick auf die beiden quer über den Weg gelegt, er hielt auch einen Augenblick seine Lanze daneben: sie sollten nicht wagen zurückzukehren.

Sie entfernten sich nur wenige Schritte von dem Pfad. Zwei Tage und drei Nächte blieben sie liegen. In dieser Zeit kam niemand den Pfad entlang, von keiner Seite. Vivien konnte nicht gut stehen, sein Kopf wurde wieder dumpfer; er fühlte, es fing wieder an, er faßte an seine Stirn, seine Nase, die war wieder geschwollen. Er hatte den Drang, zurückzulaufen, aber er konnte nur kriechen und kam nicht durch das Gebüsch. Der kleine Kaplan, völlig stumm, liebkoste ihn und suchte ihn zurückzuhalten. Er ging in die Umgebung, sammelte welke Blätter zu einem Haufen und suchte Vivien auf dem Lager festzuhalten. Sie hatten noch Bananen; den Maniokbrei hatten sie nicht angerührt, jetzt roch er sauer und wimmelte von Würmern. Sie hatten Durst. Den ganzen Tag schrien die Kiskadevögel auf den Bäumen, manchmal zeigten sich Affen, kleine und mittelgroße, ließen sich neugierig an dem Baum herunter. In der zweiten Nacht krachte es im Gebüsch nahe bei ihnen, ein großes Tier mit phosphoreszierenden Augen erkannten sie in dem Dunkel, das von den Sternen und weißen Wolken aufgehellt war. Sie saßen beide aufrecht, eng aneinander geklammert, der Kaplan hielt eine Hand über Viviens Mund. Unbeweglich saßen sie eine lange Weile, dann trat der Jaguar noch einen Schritt näher, drehte sich um und trabte langsam davon.

Ganz früh ging der Kaplan nach Wasser und Früchten. Vivien schlief auf dem Blattlager. Eine Krabbenspinne kroch aus den Blättern hervor. Sie war groß, schwarz und haarig; an jedem Bein, das wie eine dicke Raupe aussah, trug sie eine gelbe Kralle, aus ihrem Kopf traten zwei kleine, zurückgebogene, gelbe Hörner. Sie kroch über den Leib Viviens und biß ihn in den Nabel. Er wachte auf und schrie. Die Spinne lief davon. Die Bißwunde brannte. Vivien setzte sich auf. Seine Augenlider waren zuge-

schwollen, er konnte noch schwach vor sich sehen. Er hielt sich rechts und links am Boden fest.
Ich werde bald sterben, der Kaplan ist auch weg. Sie lassen mich liegen. Er sprach laut. Sein Kopf schwankte. Er sagte eintönig laut vor sich: Sie lassen mich liegen, sie lassen mich liegen, liegen. Jagna muß sterben, heut muß Jagna sterben, heute stirbt Jagna, ja das tut er, das tut er.
Als er umgesunken war, kam ein Reh aus dem Gebüsch, trat auf seinen zarten Knochenbeinen näher und äugte auf den großen, hellen Körper am Boden. Es blickte auf Jagnas Füße und wußte nicht, daß es Füße waren. Es trat näher, und da sich die Füße nicht zu erkennen gaben, suchte es den langen Körper entlang. Es drehte seinen braunen, flinken Kopf. In seine Augen blickten aus einer schmalen Spalte die Augen des Menschen. Jagnas trockene Lippen bewegten sich nicht. Seine Augen sagten, und das Tier verstand es: Ich sterbe, Reh, ich sterbe, ich muß sterben.
Das Reh hatte noch keinen weißen Menschen und noch keinen sterbenden gesehen, es machte ein paar rasche Sprünge und kam mit seiner Mutter, der Hirschkuh, wieder. Die Augen unten blickten wie vorher. Ich sterbe, ihr Rehe, ich muß sterben; wie habt ihr es gut, könnte ich wie ihr sein.
Die Hirschkuh: Komm. Was hast du für einen unförmigen Leib. Bist du ein Baum?
– Nein.
– Man hat dich verzaubert. Komm mit uns.
– Ich kann nicht. Ich sterbe.
– Du bist verzaubert. Du sprichst ganz richtig. Ich werde meinen Mann holen. Bleib hier, Rehlein.
Sie brach mit Macht durch das Gebüsch. Und als sie den Hirsch zwischen den Bäumen oben beim Äsen fand, rannte sie mit ihm zurück. Auf dem Weg gab der Hirsch Zeichen. Männer verfolgten sie. Der Hirsch wollte umkehren, aber die Hirschkuh drängte zu ihrem Reh, der Hirsch rannte mit ihr, Pfeile sausten hinter ihnen, sie fanden das Reh bei dem weißen Körper, das

Reh wurde von einem Pfeil getroffen, es floh hinter den Alten, die Männer konnten es mit der Hand fangen. Da fanden sie Vivien. Er lebte noch.
Sie waren Kranichleute und kamen, um einen ihrer Männer zu begleiten, der mit Weißen umgegangen war. Sie wollten nach Pirai, wo man weiße Gefangene hatte, die man befragen sollte. Sie standen zu fünf um Vivien und berührten ihn. Er bewegte die Lippen und zitterte. Seine Augen fragten: Wo ist das Reh? Sie hatten Kalabassen bei sich und gaben ihm zu trinken. Sie waren erschrocken über sein geschwollenes, bläuliches Gesicht. Sie hielten ihn für einen der Gefangenen, der entlaufen war. Sie berieten, ob sie nach Pirai gehen und Nachricht bringen sollten. Aber da das Reh bei ihm gestanden und der Hirsch und die Hirschkuh sie zu ihm geführt hatten, wagten sie nicht ihn liegen zu lassen. Sie holten Bambusstäbe und legten Vivien darauf. Das Reh zerrte man hinter sich.
Es gab im Dorf einen Aufruhr, als der Fremde erschien. Man ließ Vivien in die alte Hütte tragen, und der Zauberarzt mußte zu ihm gehen. Dann hatte man Angst wegen des Kaplans und schickte Leute nach ihm aus. Man fand ihn an diesem Tag nicht. Am Tag darauf liefen sie mit Hunden. Er hatte einen Quell entdeckt, da lag er. Der kleine, bärtige Mensch sah schauerlich aus, an ihm hingen Skorpione, sie hatten sich mit ihren Scheren in seine Haut festgebissen, er schien sie nicht zu fühlen. Die Dunklen schlugen die Tiere herunter, seine Haut blutete nicht. Friedlich ging er mit ihnen. Er schwatzte gegen den Boden.

Die Weißen wurden mit Ehrfurcht im Dorf aufgenommen. Man besprach am Abend nach der Ankunft des besinnungslosen Vivien den Vorgang. Die Geister im Wald, die sonst töten, hatten ihn geschont. Darauf wurde Vivien aus der Hütte in das Gasthaus bei dem Häuptlingshaus getragen. Das verletzte Reh übergab man dem Zauberer zur Pflege. Es entspann sich eine Debatte darüber, was geschehen solle. Man grub am folgenden Tage den Körper des jungen Sergeanten Perros hinter der alten

Hütte aus, veranstaltete ein Trauerfest für ihn, um seinen Geist zufrieden zu stellen, verbrannte und bestattete die Reste. Dann ängstigte man sich um die beiden Weißen und beobachtete ihr Verhalten.

Vivien erwachte aus seiner Bewußtlosigkeit, gab wieder die schrecklichen Fliegenlarven von sich und fühlte sich wohl. Sie waren lange gewandert von Sankt Laurent am Maroni, vom Beginn der Trockenzeit bis zum Beginn der großen Regenfolge. Jetzt stürzten die Wolken vom Himmel und platzten. Bäume wurden niedergebrochen, Blätter über den Boden gestreut. Es dauerte Tage, dann goß es stundenlang, dazwischen brütete die Sonne. In der feuchten, heißen Luft froren die beiden Weißen, das Fieber stellte sich ein. Nach Norden und Westen von dem Hügel zog sich der schwarze Wald hin, nach Osten dehnte sich die Savanne aus. Und wenn der Dunst sich von ihr hob und die Sonne darüber lag, bogen sich unten die frischen, grünen Gräser im Wind. Der Wind seufzte und pfiff über die Hügel und die Prärie, die Gräser und Kräuter wogten weithin bis zum grünen Horizont. Am See unten im Tal, der erst nur ein Teich war, saßen Männer und fischten. Sie sangen von morgens bis abends.

Der Dolmetscher, der Kranichmann, saß bei den Weißen im Gasthaus, ein älterer, kluger Mann. Er war sich seiner Aufgabe bewußt. Die Weißen glaubten zu träumen, als sie aus dem Munde des Dunklen Worte hörten, die sie verstanden. Sie drückten ihm die Hand, sie freuten sich, dann wurde ihnen angst. Vivien bat, dem Häuptling und dem Stamm für die Gastfreundschaft zu danken, auch dem Zauberarzt. Der Dolmetscher fragte, wer sie wären, was sie wollten. Vivien antwortete, sie wollten von der Küste im Norden nach Brasilien, in eine Zuckerpflanzung, sie seien ein ganzer Trupp gewesen, die andern seien gestorben. Der Dolmetscher betrachtete die Tätowierungen auf den Armen des Kaplans. Der erklärte, es seien Schutzformeln, Beschwörungen. Der Dolmetscher wollte wissen, ob noch andere durch den Wald und die Savannen herkämen. Sie wußten es nicht.

Sie trugen Bastschürzen, die man ihnen gab. Sie baten den Dolmetscher, ihnen scharfes Holz oder Gras zu verschaffen, dann saßen sie hinter dem Gasthaus und schnitten sich die Bärte ab, man ermahnte sie, die Haare zu vergraben. Da ihre Füße zerrissen waren, machte man ihnen Bastsohlen, die sie an den Knöcheln befestigten. Der Häuptling ließ ihnen sagen, daß er sie empfangen wolle. Nach dem stillen feierlichen Empfang, wobei man sich lange auf Matten gegenübersaß, Brei aß und trank, besuchte sie der kluge Mann mehrmals. Er versprach, sie, soweit er könnte, nach Süden in das große Stromtal begleiten zu lassen. Er bat sie, seine Gäste zu sein. Sie atmeten beide auf und umarmten sich. Der Kaplan war jetzt ein ernster Mann, sein Wahnsinn hatte ihn verlassen.

Man nahm sie zum Fischen und auf die Jagd mit, schoß Wasservögel, die den Morast bevölkerten. Es gab Stunden, wo der Himmel wolkenlos war und eine süße, sanfte Luft über das Land wehte. Auf Kanus fuhren sie einen gewundenen Fluß entlang, im Schatten überhängender Zweige. Seinen dumpfen Kopfschmerz vergaß Vivien. Ruhig redete der Kaplan, Vivien hatte ihn nie so gehört. In Kanus kamen ihnen Fischer aus andern Dörfern entgegen, fröhliches Lachen ging von Boot zu Boot.

Regen krachte dann wieder vom Himmel herunter, wie aus dem Nichts stürzend, er glich einem tobsüchtigen, trampelnden Tier. Er riß den Boden auf, und Vivien und der Kaplan erinnerten sich der schrecklichen Tage im Wald, wo sie in Baumhöhlen lebten, weit entfernt lag dieser Wald, der junge Weiße, den Vivien hatte befreien wollen, lag drin und war nicht mehr, auch Largi, der starke Schwarze, den sie alle liebten, war nicht mehr, von dem Königssohn Sambi sang er schmetternd, Niab, der Löwe, war zweihundert Jahr alt, ohne Furcht erhob sich Sambi von seinem Lager, dachte an seine Mutter, an seine Kinder, an seine Gattin, warum kommst du ohne Sandalen, Sambi, warum gehst du ohne Lanze, wo ist dein Hund?

Der Dolmetscher blieb. Die Piraileute wollten viel von ihnen erfahren. Dem Häuptling lag daran, ihre Gunst zu erwerben.

Sie nannten den kleinen, schrumpfligen Kaplan wegen seines gelbbraunen Gesichts und der langen schwarzen Haare Mutuschi, nach dem Korkbaum, dessen Rinde gelb und schwarz durchzogen ist. Vivien, früher Jagna, nannten sie Kungeruku, nach einer Pflanze, die Liebe einflößt, denn Vivien-Jagna entzückte auch hier die Mädchen.

Mutuschi, der Kaplan, den Kopf zwischen den Schultern eingezogen, die kleinen Augen eingekniffen, als ob er in die Ferne blickte, saß mit Vivien, der Liebespflanze, an diesen langen Regentagen auf den Matten beim Häuptling, und sie sprachen.
Mutuschi wunderte sich, daß immer so viele Männer still beim Häuptling saßen, er fragte: «Warum gehen so wenig auf Jagd, zum Fischen, auf die Felder?» «Was sollen sie tun», antwortete man. «Die Felder warten auf sie. Es ist Regenzeit. Es wird alles naß, nachher kommt die Sonne, alles wächst rasch.»
Die Leute waren fröhlich, sie aßen und tranken, sie flochten, schliefen in ihren Hängematten, schnitzten, bemalten Masken.
«Oh, habt ihr es gut», sagte Mutuschi zum Häuptling, den sie Mira nannten. «Wir tun viel», lachte Mira, «weiter nach Süden wohnen Stämme, die keine Äcker haben, sie haben die Palma Issara, daran hängen Kokosnüsse, sie haben die Palmitto, ihre Knospen und Blätter essen sie, die Frauen schlagen die Bäume nieder, sie haben die Ingu, die gibt süße Schoten, sie haben einen Baum, der trägt grüne Bohnen. Wenn die Trockenzeit kommt, wechseln sie den Wohnsitz. Welche Bäume wachsen bei den Weißen?» «Wenige. Wir müssen viele Äcker anlegen, um Nahrung von der Erde zu erhalten. Sie gibt die Nahrung nicht gern her.» «Ein schweres Land.» «Der Winter ist hart und kalt. Da wächst nichts. Wir müßten verhungern. Und wir sind viel mehr als ihr in euren Dörfern. Wir müssen immer viele Vorräte sammeln und immer Wege zu andern machen, damit sie uns abgeben. Wir Weißen kommen nicht los von der Arbeit.» «Da müssen bei euch die Wege groß sein und ihr müßt viel laufen und tragen.»

Mutuschi dachte, aber sprach es nicht aus: Es ist schon ein Unglück bei uns geworden. Wir haben viel Wege, wo man läuft, und wenig Plätze, wo man sitzt. Wir werden immer an die Arbeit und zum Sammeln getrieben und können davon nicht lassen. Wir wissen schon nicht mehr, wozu wir sammeln. Wir können nichts an seinem Fleck lassen, wir können auf nichts warten.
Mutuschi sagte: «Wenn ich zu Hause so still gesessen hätte, hätte ich mich geschämt.»
Mira trug ein gewebtes Band mit Federn, er zeigte darauf: «Könnt ihr weben und färben? Eure Frauen und Mädchen tragen Bänder aus Rindenbast zum Schmuck um die Arme und Knöchel. Sie tragen bei uns Kettchen und Ringe, die aus feinem Gold und Silber geschmiedet sind. Man legt bunte geschnittene Steine darauf. Sie tragen geflochtene und gewebte Hüte und Kappen, sie haben viele Kleider, die sie wechseln. Die Tücher haben viele Farben und Muster. Oh, der schöne Schmuck.» Die dunklen Leute waren sehr aufmerksam.
Mutuschi aber seufzte: «Um Schmuck zu haben, tut man viel bei uns.» Und er sprach, der kleine Kaplan, der sich besann, in Erinnerung an Verbrechen, die er begangen hatte, und blickte auch auf seinen armen Gefährten Vivien: «Wenn wir nicht erreichen, was wir uns vornehmen, tun wir schreckliche Dinge. So kommen die schlechten Taten. Ein böser Geist treibt uns dazu.» Vivien blickte ihn starr an: «Du hast recht.»
Der Dolmetsch verstand nicht und zog die Stirn kraus. Mutuschi beruhigte ihn: «Ich sprach zu meinem Freund.» Vivien: «Du hast recht. Ein Dreck sind wir. Ich bin froh, aus Europa heraus zu sein.» «Sei still», flüsterte Mutuschi, «sie beobachten uns.»
Als Mutuschi einladend den Zauberarzt anblickte, brachte der eine Frage hervor, die ihm schon lange am Herzen lag: «Wer war der Liebespflanze böse gesinnt oder was hat er selbst verschuldet, daß ihm die Fliegen in den Kopf krochen? Die Fliege geht nicht in alle Menschenköpfe.» Vivien-Kungeruku sprach,

er habe ein langes Leben ohne Freude hinter sich, obwohl er jung sei. Und dann wollte er wissen – seltsame Neugier bei Jagna, aber er war durch den Urwald mit den Bagnosträflingen gegangen, hatte die Krabbenspinne über seinen Leib kriechen sehen, das Reh hatte mit ihm ein dunkles Gespräch geführt, das er nicht vergessen konnte – Kungeruku wollte wissen: «Hören die Fliegen, wenn ihnen einer etwas aufträgt?» «Es müssen starke Worte sein. Ihr König hört es.»

Der weiße Kungeruku träumte diesen Worten nach. Nichts von seinem Jammer, nichts von Hotels, von Revolverschüssen. Er fühlte die Augen des Rehs auf sich liegen. Sie führten ein dunkles Gespräch. Er lag auf Blättern. Niemand war bei ihm.

Der Kaplan beging am nächsten Tag, obwohl ihn Vivien gewarnt hatte, den Fehler, von der Heimat zu sprechen. Aber er war in einem einzigen Nachsinnen begriffen, und wie er dasaß, kam es ihm auf die Zunge. Er sagte: Er habe aus seiner Heimat, wo es schwer war, fliehen müssen. Er habe einiges versehen. Aber in Europa müsse jeder, ob er gut oder schlecht sei, etwas versehen. Sein Volk sei nicht ohne Schuld und habe noch mehr versehen.

Die dunklen Leute waren bestürzt. Sie hatten die Weißen für Flüchtlinge gehalten, sie hatten sich weiter keine Gedanken über sie gemacht, sie waren im Wald von Tieren beschützt worden. Jetzt schienen sie ihnen entsetzlich. Mutuschi, ohne es zu bemerken, setzte hinzu, ein böser Geist herrsche über den weißen Völkern.

Sie wurden nach diesem Gespräch, das mit einem beklommenen Schweigen endete, eine Woche gemieden. Es schienen sich schwere Dinge gegen sie vorzubereiten. Endlich ließ der Häuptling sie rufen. Sie gingen. Der Dolmetsch war da. Mutuschi saß geängstigt, Vivien ergeben. Mira, der Häuptling, wiederholte finster das entsetzliche Wort Korkbaums: «Dein Stamm hat mehr versehn als du. Was hat dein Stamm versehn?» Der Kaplan wand sich, Vivien, der besser als er fühlte, hatte ihn wieder gewarnt, von der Vergangenheit zu sprechen

[«und auch für uns selbst, Kaplan, laß sie ruhn»], aber es drängte ihn so sehr zu reden, und grade vor diesen, um sich zu erkennen, sich zu reinigen, er begann in dieser Stille, in dieser anderen Welt ja alles neu zu sehen. Als die Dunklen Korkbaum in Schwierigkeiten nach Miras Frage sahen, waren sie zufrieden, er schien sein Unrecht einzusehn. Der Häuptling ließ aber nicht nach: «Wie kann dein Stamm etwas versehn? Woher will Korkbaum es wissen? Wer war Korkbaum bei seinem Stamm?»
Da gab sich Mutuschi einen Ruck und begann von dem großen Krieg zu erzählen, der vier Jahre in den Ländern der Weißen vor nicht langer Zeit gehaust habe. Der Krieg hat keinen guten Grund gehabt. Es wurden mehr Menschen getötet, als alle Stämme hier haben. Danach sind die Länder in noch schwerere Unordnung gefallen, und die dauere noch an.
Die Dunklen erinnerten sich der vielen verworrenen Gerüchte über Unordnung und Gewalttätigkeiten bei den Weißen; auch wo sie unter den Dunklen erschienen, gab es nur Unordnung und Gewalttat. Der Häuptling bat den kleinen Korkbaum, mehr von seinem Stamm zu erzählen, vielleicht waren diese beiden Weißen Opfer wie viele Dunkle.
Mutuschi sagte: «Stämme sind wir nicht. Wir leben in großen Völkern zusammen. Wir sprechen verschieden.» «Wer ist euer Ahn?» «Ich weiß von keinem Ahn.» «Ihr seid ein Volk. Dann habt ihr Ahnen.» «Wir wissen von keinen Ahnen. Es werden uns keine genannt. Wir kennen Menschen, die unsere Völker regieren, auch welche, die andere Völker unterworfen haben, wir lernen ihre Namen, aber unsere Ahnen sind sie nicht.» «Wer hat euer Volk geschaffen?» Korkbaum blickte Vivien an und lächelte: «Wir meinen, daß die Menschen von den Tieren, den Affen, abstammen. Man lacht darüber.» «Die Affen sind nicht die Ahnen aller Menschen, nur einiger Stämme.» «Früher meinten alle, und noch heute meinen es viele, daß der Schöpfer aller Menschen, unser großer Ahn, im Himmel wohnt. Er heißt Gott. Aber viele lachen darüber.» «Ihr bringt ihm Gaben?» «Einige sprechen in großen Häusern, die sie für ihn gebaut ha-

ben, leise vor sich hin und singen zusammen. Das nennen sie: beten. Viele lachen darüber.»

Es gab eine lange Pause. Die Dunklen tauschten Bemerkungen aus. Der Dolmetscher berichtete auf Mutuschis Frage: «Sie unterhalten sich darüber, daß ihr in eurem Land viel lacht. Sie wundern sich, daß ihr heiter seid, wo in eurem Land Unordnung und Gewalttat herrscht.» «Wir sind nicht heiter. Wir lachen nicht aus Freude.»

Es gab unverändert ein Unbehagen unter den Dunklen, es hatte keine Annäherung zwischen den Dunklen und ihren Gästen stattgefunden. Sie kamen nach einigen Tagen zu Besuch zu den Weißen, viel hatten sie untereinander über sie gesprochen, der ganze Raum bei den Weißen im Gasthaus füllte sich, es kamen mehrere Ältere mit, sie hatten ihre Matten mitgebracht. Der Zauberarzt, der liebenswürdiger als der Häuptling war – Mutuschis Worte von der Schuld des Stammes hatten Mira empört und er kam wie die meisten anderen davon nicht los –, wandte sich nach einigen Plauderworten mit seinem Patienten Vivien an Mutuschi, den kleinen Kaplan, und begann sein Examen: «Wo sind eure Toten?» «Wir begraben sie in der Erde.» «Wer pflegt sie? Wer ehrt sie?» «Man denkt ihrer wenig. Die meisten vergessen sie gern. Es ging ihnen ebenso wie uns.»

Wieder saßen die Leute in tiefer Verblüffung da. Der Zauberarzt aber ließ sich nicht beeinflussen, er spielte seinen Trumpf aus. «Aber ihr habt Kinder. Woher kommen eure Kinder?» Aller Augen wandten sich nach dieser merkwürdigen Frage auf den Kaplan. Die Frage schien ihnen eine große Beweiskraft zu haben. Man lächelte gespannt. Als Vivien zögerte, ergänzte der Zauberer seine Frage: «Ihr gebt euren Kindern Namen. Welches sind diese Namen?» «Wir geben beliebige Namen, die uns einfallen.» «Nach welcher Regel? Wer bestimmt die Namen? Unter welchen Umständen werden sie festgestellt?» «Die Eltern wählen sie, nach Belieben.» «Wer stellt die Nachforschungen an?» «Wonach sollte man forschen?» «Nach dem Kind, nach seinem Namen, wer das Kind ist.» Mutuschi ver-

stand, er nickte: «Ah, wer der Geist des Kindes ist, der Geist der Neugeborenen. Wir meinen, den haben sie von den Eltern.» «Den Eltern? Woher sollen ihnen die Eltern einen Geist verschaffen? Von wo wollen sie ihn holen, wie wollen sie ihn veranlassen zu kommen? Es ist sehr schwer, einen Geist zu bezwingen. Oder zaubert ihr nach der Geburt einen Geist in den Neugeborenen?» «Nein.»
Jetzt blickte sich alles lächelnd an, Mutuschi war widerlegt, von irgendwoher mußte der Geist doch gekommen sein, die beiden Weißen saßen ja vor ihnen, hatten Leben und sprachen. Der Häuptling mischte sich ein und sagte streng: «Wir sehen euch ja. Ihr lebt.» Korkbaum zuckte unglücklich die Achsel: «Wir denken so.»
Die Dunklen waren unklar, ob die beiden Weißen falsch berichteten oder ob bei den Weißen wirklich solche verworrenen Zustände herrschten. Sie flüsterten lange. Es war kein bloßes Examen; sie wollten auch wissen, mit wem sie zu tun hatten. Der Häuptling Mira, obwohl streng und nicht wohlgesinnt, gab die Geduld nicht auf und mühte sich ihnen zu zeigen, daß sie irrten: «Ihr seid große Völker. Ihr habt keine Ahnen. Wie lebt ihr miteinander?» «Wir leben an einem Platz, da sind wir geboren, auch unsere Eltern und Großeltern. Wir bebauen den Boden, halten Rinder, Kühe und andere Tiere. Wir sammeln Vorräte und tauschen mit anderen.» «Wer verteilt die Arbeit und den Ertrag?» «Jeder sucht sich einen Platz, wo er ihn findet. Wer keinen findet, ist schlecht dran. Es gibt Reiche und Arme. Die meisten sind arm. Es fällt nichts auf sie ab. Es gibt viele Verbrechen.»
Laute Ausrufe erfolgten da. Das hatte man erwartet. Mutuschi machte aber ihre Zustimmung zunichte, als er hinzusetzte: «Viele Verbrechen kommen daher, daß es Armut gibt, und alle wollen reich sein. Wenn man die Armut beseitigt, glauben wir, wird bei uns auch die Unordnung aufhören. Dafür kämpfen viele Menschen.»
Die Leute lachten hell auf, als es übersetzt wurde. Es war die

Höhe der Unwissenheit. Die Älteren lachten, daß ihnen die Tränen aus den Augen flossen. Der Häuptling fragte: «Wollen die Reichen sich der armen Leute entledigen und sie töten, so daß nur die Reichen übrig bleiben?» «Nein, die Armen wollen sich der Reichen entledigen und ihnen ihren Reichtum wegnehmen.» Der Häuptling mäßigte den neuen Heiterkeitsausbruch seiner Leute und sagte: «Aber das ist doch unmöglich. Von wo wissen denn die Armen, daß sie den Reichen den Reichtum wegnehmen sollen und daß dann die Ordnung kommt?» «Das ist die Gerechtigkeit.»

Jetzt saßen sie starr. Solcher Wahnsinn war nicht zu fassen. Entschieden angewidert wies der Häuptling Mira Mutuschi zurück: «Nein, das ist nicht die Gerechtigkeit. Die Reichen sollen dann die Armen, die sie berauben wollen, töten, denn sie sind Störenfriede und haben keine Vollmacht.»

«Bei uns meint man, daß man keine Vollmacht braucht, um sein Recht zu fordern. Und was Gerechtigkeit ist, weiß jeder.»

«Das haben wir schon gehört. Ihr seid in einer grauenhaften Unwissenheit. Ihr gebt euren Kindern irgendwelche Namen, ihr pflegt eure Toten nicht, ihr habt keine Ahnen. Und dann behauptet ihr zu wissen, was Gerechtigkeit ist.» Und er wandte sich höflich an den Zauberarzt neben ihm: «Bei uns wissen noch nicht einmal die Ältesten und Erfahrenen sofort in jedem Fall, was Gerechtigkeit ist. Wir müssen zusammentreten und fragen und beobachten. Man muß an vielen Stellen beobachten, und was man gesehen hat, muß man überlegen. Es hat nicht jeder Kraft, Antworten zu erhalten. Die Zauberer und der Häuptling und die Ältesten müssen fasten und sich vorbereiten, damit sie die Kraft haben, die Wahrheit festzustellen und Recht zu sprechen. Es ist sehr schwer, die Wahrheit zu erfahren und die Gerechtigkeit zu ermitteln.»

Jetzt saßen die dunklen Männer stumm da und erwogen, was sie gehört hatten. Die beiden Weißen logen nicht, aber sie und alles, was sie sagten, flößte den Dunklen ein tiefes Mißtrauen ein. Einige Ältere waren in Angst. Während der Dolmetsch mit dem

Kaplan plauderte – Vivien horchte nur gespannt, er sprach kein Wort –, redeten die Leute unter sich.
Und da ließ sich ein älterer Schwerhöriger wieder erzählen, was Mutuschi berichtet hatte, dann blickte dieser Alte die beiden Weißen an und nickte: «Sie haben wahr geredet», und sagte: «Wir wissen, wer die Weißen sind. Sie kommen aus ihren Ländern, wo Unordnung herrscht, und bringen Zerstörung. Wo sie gehen, ist Zerstörung. Es ist gemeldet worden: Am Himmel unter dem Lager des Großen Vaters liegt der blaue Tiger. Wenn die Erde schlecht wird, gerät der Große Vater in Zorn, schickt den blauen Tiger auf die Erde und läßt zerstören.»
Man ging. Die Unruhe bei den dunklen Leuten hatte überhand genommen. –
Es war ein unwichtiger Privatbesuch, den der Arzt bei ihnen machte. Er wollte wissen: «Wer wirft bei euch die Knöchel im Prozeß? Wer bereitet das Gift bei Entscheidungen? Aus welchen Pflanzen bereitet ihr es? Wie stellt ihr den Täter fest?»
Mutuschi: «Bei uns stellt das Gericht Nachforschungen an; findige Leute verfolgen die Spuren.» «Was für Leute?» Der Zauberer lächelte schon in der Vorahnung der Antwort. «Einfache, besonders schlaue Leute.» «Sie können den Täter ermitteln? Sie können Verbrechen aufdecken? Mutuschi, du mußt zugeben, wenn dein Freund Liebespflanze krank ist, dann kann kein einfacher, schlauer Mann die Ursache ermitteln. Er erkennt nicht die Krankheit und ermittelt nicht die eigentliche Ursache. Der Schuldige ist auch jetzt noch nicht ermittelt.»
Liebespflanze zuckte zusammen. Mutuschi sah, daß er reden wollte, schwieg, und in großer Erregung, mit gespannten Mienen sprach Jagna: «Du hast recht. Man ermittelt bei uns schlecht. Man weiß nicht. Man kann nicht wissen. Darum müssen wir alles lassen. Wir wissen nicht, wie wir es ändern können.» –
In der Nacht weckte Vivien den Kaplan: «Was werden wir tun, wenn sie uns wegschicken? Sie tun es bald.» «Ich weiß nicht.» «Kaplan, du kennst doch die Bibel.» «Laß mich zufrieden, Vivien.»

Sie lagen in ihren Hängematten nebeneinander, es war tiefste Dunkelheit, ein sanfter Dauerregen rieselte auf das Dach. Viviens Stimme: «Mir fiel es ein. Ich weiß es aber nicht genau, vom Götzendienst, vom Turmbau zu Babel. Viele Stellen. Das ist wahr, Kaplan.» «Kann sein.» «Es ist wahr. Daher wissen wir nichts und können es nicht ändern und bleiben, wie wir sind.» «Laß mich schlafen.» «Es ist der Preis, den wir zahlen müssen.» «Sei doch still.»

Am Morgen fand Mutuschi Jagna auf der Matte, den Kopf in die Hände vergraben. Jagna sprach zwischen den Händen, als Mutuschi sich neben ihn setzte: «Du weißt, wie es um uns steht. Aber wenn es so ist, wer rettet uns? Wir sind doch nun so. Und wenn wir verstoßen und verworfen sind, wir sind doch.» –

Die Dunklen sprachen von den furchtbaren Dingen, die der Weiße berichtet hatte. Der blaue Tiger ist auf die Erde niedergestiegen und tut in den Ländern der Weißen sein Vernichtungswerk. Man ängstigte sich vor den Gästen.
Von den Palmbäumen sangen sich die jungen Leute zu, die Wein zapften. Man bereitete ein Fest vor. Kanus fuhren in die Nachbarschaft. Ein Mädchen im Piraidorf rief man Nimoa. Sie malte sich einen Kreis auf die Wangen, darüber zwei Linien, vom Mundwinkel zog sie zwei laufende Linien, zwischen den Brüsten Kreise, die Arme entlang Schlangen, am Kinn schwarze Punkte. Sie rieb sich mit roter Salbe aus dem Saft des Rutenbaums ein. In das Haar steckte sie Blumen aus dem Wald. Sie ging, als die jungen Leute hinausspazierten, zu Vivien, führte ihn in den Wald und lachte mit ihm.
Als Vivien in das Haus zurückkam, erschrak der Kaplan. Seine Augen waren groß und verzückt und lagen tief in den Höhlen. Vivien trug Blumen im Haar und Gürtel. Er senkte sich auf die Matte, lächelte wie ein Irrer, streichelte die Matte.
«Was ist, Vivien?»
«Ich will es dir später sagen.»

Am Abend sagte er: «Wir Männer sind schuld. Wir sind an allem schuld. Männer können nur töten. Alles Leben kommt vom Weib.»
Man sagte nach dem Fest, der Dolmetsch wünsche sich in seinen Ort zurückzubegeben. Der Zauberarzt kam und führte an einem Seil das junge Reh. Der Dolmetsch übersetzte den Weißen: man dürfte das Reh, das geheilt sei, nicht zurückhalten. Da saß Vivien, der nicht aufgestanden war, bei dem Tier eine Weile, die Hände um den Hals des Tieres, er streichelte es, sah ihm in die dunklen, braunen, schönen Augen. Der Zauberarzt sagte, man würde sie weitergeleiten, wohin sie wollten.
Der Kaplan fragte in der Nacht: «Vivien, was soll werden?» Vivien schlief sehr fest. Er erwachte schwer. Er murmelte: «Nach dem Süden», und schlief wieder ein.
Am Morgen lag er in der Hängematte und stand nicht auf. Der Arzt kam mit dem Dolmetscher. Vivien flüsterte: «Nach dem Süden.» Er blickte ins Leere. Der Zauberer machte ein betroffenes Gesicht. Er betrachtete ihn aufmerksam und bückte sich über ihn: «Du wirst gehen können, wohin du willst.» Vivien delirierte: «Nicht zurück, nicht zurück.»
Der Häuptling kam, sah seinen Zustand, fragte nach dem Reh. Es war im Wald. Der Häuptling sagte: «Es ist das Reh.»
In der Hängematte flogen Viviens Glieder, seine Zähne hielt er zusammengebissen, die Lippen gepreßt, seine Augen, ganz in den Höhlen, weiß, aufgerissen, rollten. Seine Atmung keuchte. Er fror. Der Zauberarzt verließ ihn nicht. Er tanzte in einer Hirschmaske, bereitete Vivien einen Trunk, rauchte ihn an.
Vivien-Jagna starb am Nachmittag.
Sie berieten, was sie mit ihm tun sollten. Sie trugen ihn am Abend aus dem Dorf, begruben ihn im Wald bei den Hirschen, wo sie ihn gefunden hatten.
Mutuschi, der kleine gelbe Kaplan, saß die Nacht über am Grabe des Letzten ihres Zuges aus dem Bagno. Am Morgen sahen sie ihn noch. Die Verwirrung lag wieder über ihm. Dann sah man ihn nicht mehr.

MORGENS um einhalb neun Uhr fuhr Becker an der Schule vor.

Den roten nüchternen Steinkasten zwischen den grauen Mietskasernen in einer engen Seitenstraße hatte er als Lehrer am 3. August 1914 verlassen. Die Straßen waren damals geflaggt – überall auf Straßen und Plätzen Uniformierte und Trupps von Zivilisten, jungen Männern, unter Führung von Unteroffizieren, die zu einem Bahnhof wollten, um verladen zu werden –, Spannung, Erregung, Rausch in der Stadt, und schon Siegesnachrichten, und jeder wollte mitmachen – die Kasernen konnten die Freiwilligen, die sich meldeten und Schlange standen, nicht bewältigen.

Das alte Gebäude hatte Triumphe und Niederlagen des Krieges überstanden. Es schien leicht in sich eingesunken zu sein; es war schmutziger geworden. Der Anbau nach der Straße zu beherbergte die Sammlungen, Bibliothek, Dienstwohnungen. Das hohe eiserne Tor führte an der Pförtnerwohnung vorbei auf den weiten Schulhof. Der Hof war jetzt leer. Rechts standen die Turngeräte, das Klettergerüst, die Barren.

Vier Jahre war das alles aus Beckers Leben weggewischt gewesen, jetzt nahmen es seine Augen wieder auf. Ob es wieder an seinen alten Platz tritt? Bin ich jemand, der aus der Unterwelt wieder auftaucht, und wieder nichts?

Da lagerte breit der düsterrote Backsteinbau, das Gymnasium, schwer und freudlos. Beckers Schritt über den Hof verlangsamte sich. Das Haus, ernst und drohend, unterschied sich in nichts von andern Bauten, die der Staat errichtete, von Bahnhöfen, Kasernen, Krankenhäusern, Gefängnissen. Er schreckte zurück. Wieder unter das Joch gehen?

Den weichen schwarzen Hut in die Stirn gedrückt, den blaugrauen dicken Wintermantel um seinen langen mageren Rumpf gezogen, beide Hände in den Taschen, am linken Unterarm eingehakt den starken Stock, hielt Friedrich vor den

untersten Stufen, die zu der Eingangshalle der Schule führten, und zögerte.
Aber während er noch überlegte, tastete sich schon der eine Fuß auf die nächste Stufe, sein Körper hob sich. Er war im Gehen, stand vor dem offenen Eingang und trat ein.
Aber als die kreisrunde Halle sich über ihm wölbte und die weißen Säulen ihre Doppelreihe, zwei Polypenarme, um ihn schoben und die getünchte Decke ihn mit ihren toten Augen anbläkte, schwankte er und beeilte sich, zur Wand auf eine Bank zu kommen.
Da saß er minutenlang, gebeugt. Irgend etwas hier rührte an die Schrecken seiner Krise. Er raffte sich auf. Rechts zweigte sich ein Gang ab, der in das Lehrerzimmer führte. Vor dem Zimmer am Fenster stand ein kleiner Tisch mit Gesteinsproben; er beugte sich darüber; eine Versteinerung lag da mit einem Farnkraut aus einer Urperiode. Ein Gedanke kündigte sich in Friedrich an, ein Gedanke an Urdinge, aber er vollendete sich nicht. Becker betrat das Lehrerzimmer.
Der gelbe Mitteltisch, die Reihe der Stühle rechts und links. Er legte ab, nahm Platz, blätterte in einer Lehrerzeitung. Die Glocke schrillte; neun Uhr.
Ein Lehrer nach dem andern trat ein, mit und ohne Hefte und Bücher, kurze Begrüßungen. Der Direktor kam auf Becker zu und schüttelte ihm freudig die Hand. Während sie zusammenstanden, erschien Dr. Krug, der behäbige Naturwissenschaftler, Beckers alter Freund, der noch nichts von Beckers Entschluß wußte. So gerührt war Krug von Beckers unerwartetem Anblick hier in den alten Räumen, daß er ihn umarmte.
Beim zweiten Klingelzeichen stieg der Direktor mit Becker langsam die Treppen hinauf, an der Periklesbüste vorbei im ersten Stock, an der Bismarckbüste im zweiten Stock. Nahe der Aula lag die Prima.
Die Klasse, fünfzehn junge Männer, erhob sich schweigend, als der Direktor in Begleitung eines unbekannten langen, blassen und viel jüngeren Herrn eintrat. Als die beiden das Lehrer-

podium betraten und die Klasse sich setzte, sprang ein Schüler auf und stellte, von Becker mit einem Kopfnicken bedankt, einen zweiten Stuhl auf das Podium.
Der Direktor, im schwarzen langen Gehrock, distinguiert, das volle glatte und etwas jungenhafte Gesicht rosig, die dünne Lage der blonden Haare glänzend und sorgfältig in der Mitte gescheitelt, redete, ohne sich zu setzen, seine ‚lieben Freunde' an. Er stellte ihnen ihren neuen und eigentlichen Griechischlehrer vor: «Herr Dr. Becker hat der Schule, wie Sie aus Mitteilungen in der Aula und aus dem Schulprogramm wissen, große Ehre gemacht. Er ist aus dem Feld mit dem Eisernen Kreuz und leider auch schwer verletzt zurückgekehrt. Die schwere, nun behobene Verletzung hat ihn bis jetzt vom Unterricht ferngehalten. Machen Sie ihm, meine lieben Freunde, den Wiedereintritt in den Schulbetrieb durch Fleiß und ernste Arbeit leicht.»
Die Klasse trampelte studentisch Beifall.
Becker begleitete den Chef zur Tür. Als er allein auf das Podium trat, donnerte der Beifall noch einmal und hörte erst auf, als er saß und die Hände hob.
Der Primus, ein langer, blasser, bebrillter Jüngling, kam und wies ihm im Klassenbuch die Liste der Schüler; zwei fehlten wegen Krankheit. Becker rief die Anwesenden einzeln auf. Jeder stand auf, Becker blickte ihn an, nickte und sagte «Danke». Dann griff er nach dem Buch, das ihm der Direktor hinterlassen hatte, und der Unterricht begann: die ‚Antigone' von Sophokles.
Er hatte den Text gestern noch einmal durchflogen.
Da die Lektüre des Stücks im Detail beendet war, sollte man sich jetzt ein Bild des Ganzen machen. Becker regte an, die Dichtung ‚Antigone' mit den beiden andern Dichtungen aus demselben Stoffkreis zu vergleichen, mit ‚König Ödipus' und ‚Ödipus auf Kolonos'.
Ein Rothaariger von der zweiten Bank, der sehr rasch und mit einer hohen piepsenden Stimme sprach, erzählte:
In ‚König Ödipus' und ‚Ödipus auf Kolonos' kämen zwar auch Frauen vor; in der ‚Antigone' sei aber eine Frau die Heldin. Es

zeigte sich, daß dem Rothaarigen diese Heldin nicht gefiel. Sie verstieße gegen Gesetze des Staates, und noch dazu während eines Krieges, und zwar aus einem privaten Motiv, und demnach geschehe ihr ganz recht. Bei einer Tragödie müsse man nach Aristoteles Furcht und Mitleid für den Helden empfinden, wovon bei einer so unsympathischen Heldin von vornherein keine Rede sein könne. Ferner wäre da noch der Bräutigam des ‚Mädchens' [der junge Mann nannte Antigone hartnäckig zum Vergnügen der Klasse das ‚Mädchen'], der Sohn des Königs Kreon. Daß der sich ihretwegen aufhänge, als eigener Sohn des Königs, wäre gradezu jämmerlich. Das Stück strotze von Sentimentalität.

Nach dieser vielversprechenden Einleitung kam es zur Debatte. Nur einer nahm sich der Antigone, des ‚Mädchens', an: sie sei mutig, sogar enorm für ein Mädchen. Aber das ‚Mädchen' blieb verdammt.

Becker begriff: diese Debatte sollte eine Huldigung für ihn sein. Man hielt es für nötig, Männlichkeit herauszukehren, und glaubte ihm, dem heimkehrenden Krieger, diese Haltung schuldig zu sein.

Einer strich den ‚König Ödipus' heraus. Das sei ein wirkliches Drama. Ödipus habe auch eine Schuld auf sich geladen, aber dann stehe er seinen Mann und vollziehe eigenhändig die Strafe an sich.

Nun wartete man gespannt, was Becker bringen werde. Es war sein Debut in der Klasse. Die verschwiegene Ovation, die ihm die Diskussion gebracht hatte, freute ihn. Er besaß also Kredit bei der Klasse.

«Lassen Sie uns über das Tragische in diesen drei Stücken sprechen. Worin besteht die Tragödie des Ödipus?»

Man wiederholte: er habe eine schwere Schuld auf sich geladen, die Ermordung seines Vaters, die Ehe mit der eigenen Mutter, und dann erfolge die Sühne.

«Lassen Sie uns nachdenken», bat Becker. «Nennen Sie mir nicht nur die Taten, sondern zeigen Sie mir, inwiefern und ob er daran schuldig ist. Er ist der Täter – ist er auch der Urheber, der Schuldige?»

Man begriff, worauf er hinauswollte: der delphische Orakelspruch, der den Taten vorausging.

Ein großer blonder Bursche auf der ersten Bank sagte langsam und leise: «Es ist nicht seine Schuld. Es liegt ein Orakel vor, aus der Zeit vor seiner Geburt. Es prophezeit, er werde die beiden Verbrechen begehen. Sobald er später davon hört, tut er alles, was er kann, um nicht in Schuld zu verfallen.»

Die Klasse widersprach heftig: «Darum hat er noch immer den alten Laios getötet und die Jokaste geheiratet, und das wäscht ihm kein Regen ab.»

Der sehr selbstsichere Rothaarige rief herüber: «Ödipus würde es sich sehr verbitten, daß er nicht verantwortlich sein soll. Sonst würde er die Sache doch einfach auf sich beruhen lassen und erklären: was kann ich dafür. Statt dessen sticht er sich die Augen aus.»

Der blonde ruhige Bursche auf der ersten Bank, Heinz Riedel, fragte nach einer Pause: «Bitte, dann erklärt mir: wie soll er es einrichten, um nicht zu morden? Seine Eltern haben ihn wegen des Orakels gleich nach seiner Geburt ausgesetzt. Er ist bei einem Schuster aufgewachsen. Er hat weder seinen eigenen Namen noch den seiner Eltern kennengelernt. Später nimmt ihn der König Polybius von Korinth zu sich, den hält er für seinen Vater, und da erfährt er, er werde der Mörder seines Vaters sein. Sofort zieht er seine Konsequenzen, kehrt nicht mehr nach Korinth zurück, und da muß ihm nun auf der Landstraße, an einem engen Kreuzweg, ein völlig unbekannter alter Mann begegnen, es kommt zu Streitigkeiten wegen des Ausweichens, der Alte schlägt zuerst und Ödipus trifft unglücklicherweise so, daß der Alte stürzt und tot ist. Von Ödipus aus war das eine gewöhnliche Schlägerei. Er kümmert sich auch nicht weiter darum.»

Der Rothaarige, Neumann mit Namen, rief von hinten: «Dann wäre es also eine bloße Zufallsangelegenheit. Dann ist das Stück überhaupt keine Tragödie.»

Als der Blondhaarige schwieg, ermunterte ihn Becker: «Riedel, Sie können der Frage nicht ausweichen. Liegt keine Schuld vor?»
Riedel: «Es war einfach nicht zu vermeiden. Es war Schicksal.»
Becker, dem der warme ruhige Ton des Jungen gefiel: «Es lag auf den Menschen. Dann waren also die Menschen nicht schuldig? Sind vielleicht die Götter schuldig, bei den Griechen?»
Riedel: «Über den Göttern steht noch die Moira.»
Becker: «Richtig, das unentrinnbare Geschick. Und so denkt Sophokles. Sophokles zeigt im Drama die völlige Ohnmacht der Menschen gegenüber einem unentrinnbaren Schicksal, dessen Sinn und Motiv, dessen Beziehung zu sich sie nicht begreifen. Sobald Ödipus diesem Geschick begegnet, sucht er ihm auszuweichen. Aber das Fatum läßt sich nicht prellen. Ödipus muß den schrecklichen Weg gehen, der ihm – er weiß nicht warum – vorgezeichnet ist. Er will das Beste. Er sträubt sich umsonst. Man sieht das handgreiflich in dem Abschnitt seines Lebens, wo er glaubt, seinem Vater in Korinth entfliehen zu müssen, und wie er flieht, aber nur, um eben auf dieser Landstraße, die er dann wandert, seinem Vater zu begegnen. Und das Verhängnis nimmt seinen Lauf.»
Die Klasse schwieg. Von der freudigen Verdammung des ‚Mädchens' Antigone war man abgekommen. Man sah die Sache des Ödipus, aber man konnte nichts damit anfangen.
«Es bleibt also die Frage offen – wenn wir nicht vom bloßen Zufall in diesem Stück sprechen wollen –, wo dann hier wirklich in unserm Sinn Schuld und Verantwortung liegen. Die menschliche Freiheit, die persönliche Freiheit, ist für uns die Voraussetzung für die Verantwortung. Sie ist das Kernstück der Tat. Wir werden, denke ich, ein Drama dann eine Tragödie nennen, wenn in ihm ein Held mit ganzer Kraft etwas Großes und Würdiges erstrebt, das aber menschliche Kräfte übersteigt. So kämpft Prometheus gegen die Götter oder ein gefallener Engel gegen die Macht des Himmels, er wird in den Abgrund geschleudert. Die Tat, für die diese leiden, haben sie gewollt. Die Rechnung

geht auf. Im ‚Ödipus', bemerken Sie, stimmt die Rechnung für unsere Begriffe nicht. Dann wollen wir nun forschen: empfindet Ödipus selber seine Taten so wie einige von Ihnen, als Zufallstaten?»

Da kam man dann langsam auf die düsteren Umstände zu sprechen, welche dem Orakelspruch und der Geburt des Ödipus vorausgingen. Es kam eine furchtbare Vorgeschichte zum Vorschein – vom Vater, vom Großvater des Ödipus, und dieser längst tote Großvater, ergab sich jetzt, hatte vom Gott Apollo eine Warnung erhalten, eine gewisse Ehe zu schließen.

Er schlug aber, resümierte Becker, die göttliche Warnung in den Wind. «Und da wurde ihm dann, dem Gottlosen, Laios geboren, der ermordet wurde, und dem Laios der Ödipus, der sich blenden mußte, und dem Ödipus zwei Söhne, die sich gegenseitig umbrachten, und jene arme Antigone, mit deren traurigem Schicksal wir uns zuletzt befaßt haben. Einer, ein einzelner, hatte in der Vergangenheit also eine Schuld begangen, wie in der biblischen Geschichte Adam. Aber diese eine Schuld, die Schuld dieses einen, war groß, weil sie sich gegen die göttliche Macht richtete. Das Leiden der Kinder erscheint als eine Folge der Schuld der Eltern und Voreltern. Die Kinder wissen von nichts, aber der Fluch liegt auf ihnen, und sie zerstören sich selber.»

Beklommen saßen die Schüler.

Friedrich blickte in die Klasse hinein und schloß die Augen. Sie waren die Kinder, die Erben, herangewachsen, während man draußen im Krieg lag. Sie übernahmen die Schuld der Älteren – und wußten nichts.

Hinten flüsterten zwei. Becker lud sie ein, zu sprechen.

Schließlich sagte der eine: «Ich dachte an die Geschlechtskrankheiten.»

Becker mußte ihn drängen, sich zu erklären. Der junge Mensch bekam einen roten Kopf und gab an, er habe gelesen, Geschlechtskrankheiten gingen auf die Kinder über, wenigstens oft. Manche Kinder würden daher als Idioten geboren.

Becker: «Richtig. Also auch die späte Folge eines Vorgangs

und eine, die sich nicht auf eine einzelne Person beschränkt. Da macht quasi die Natur die Familie kollektiv für etwas verantwortlich, und die Familienmitglieder können sich dieser Solidarität nicht entziehen. Wir haben da eine Art Erbfluch auf körperlichem Gebiet.»

Noch immer lag der Druck auf der Klasse. Becker freute sich: sie protestieren, sie nehmen kein Schicksal an.

Jetzt drehte sich der lange, blasse Primus nach der Klasse um, machte eine kleine Kopfbewegung, hob vorsichtig seine Brille von der Nase, und während er sie sorgfältig mit einem Lederläppchen putzte, bemerkte er ruhig:

«Man liest auch, daß sich Begabungen vererben, manchmal auch die Anlage zu Verbrechen und zu krankhaften Neigungen.»

Totenstille in der Klasse. Der Primus setzte sich langsam die Brille wieder auf und fixierte unbefangen Becker. Man räusperte sich. Einer flüsterte kichernd: «Alles ist Schicksal, Verbrechen gibt's nicht mehr, die Gefängnisse können zumachen. Da könnte ja jeder, der etwas pekziert, sich mit seiner Großmutter rausreden.»

Der Primus nickte zustimmend und meinte sachlich: «Das denke ich auch. Darum sind wir auch für König Kreon.»

Becker begriff diese eigentümlich unterstrichene Bemerkung Schröters nicht. Das Verhalten der Klasse war so sonderbar, und während er noch nachdenklich in seinem Buch blätterte, äußerte sich der Rothaarige wieder:

«Da bleibt es also dabei, was ich vorhin sagte: Schuld hat nur, wer selber etwas pekziert, und da darf er sich mit nichts herausreden.»

Becker, unsicher wie er war, hatte das dunkle Gefühl, er täte am besten, von diesem Thema abzugehen. Er bat darum die Klasse, wieder die Texte aufzuschlagen, man würde auf die Sache in der nächsten Stunde zurückkommen.

Und man begann mit dem erschütternden Wechselgesang zwischen Antigone und dem Chor. Antigone, verurteilt und von den Wächtern abgeführt, singt ihr Totenlied:

«Seht mich, ihr Bürger meiner Vaterstadt, seht mich auf meinem letzten Weg. Zum letzten Male sehe ich das Sonnenlicht, das nicht mehr für mich ist. Hades, der den Schlaf gibt, hat meine Hand gefaßt und führt mich lebend aus dem Reich der Lebenden an das Ufer der Unterwelt.»
Sie singt von ihrer Brautschaft, die solch Ende nehmen muß: «Den Herrn des schwarzen Sees muß ich heiraten», worauf der Chor mit Trostworten antwortet, die ihr keine sind:
«Ruhmreich und gepriesen du, die du hinunterziehst zum tiefen Platz des Todes. Dich hat nicht Krankheit und Siechtum verwüstet. Das Schwert hat dich nicht hinweggerafft.»
Becker fühlte, wie er der Übersetzung folgte und seine Bemerkungen machte, daß er zu kämpfen hatte, um sich von einer Beklemmung zu befreien. Er wußte jetzt klar: Schröters Hinweis zielte auf den Direktor. Aber was nahm sich dieser glatte und kalte Bengel eigentlich heraus. Man glaubte, im Unterricht sich solche Bemerkungen gestatten zu dürfen, ein Schüler gegen seinen Direktor. Die Dinge mußten weit gediehen sein.
In der Pause spazierte Becker mit dem rundlichen Doktor Krug auf dem Hof. Die Schüler der Oberklasse flüsterten hinter ihm, Becker war heute das Schulgespräch. Er sah eine Gruppe seiner Primaner um Schröter, den Primus, versammelt. Sie diskutierten heftig. Wie Becker mit Krug vorbeiging, verstummten sie.
Wieder dröhnendes Trampeln, als er die Klasse betrat. Man beendete die Übersetzung des großen Wechselgesanges. Der Chor preist Antigones Geschick:
«Du bist vorgestoßen zu dem höchsten Gipfel des Wagnisses, und vor dem Thron, auf dem die Gerechtigkeit sitzet, bist du, meine Tochter, gestürzt in einem schmerzreichen Fall.»
Antigone aber klagt:
«Ohne Freude, ohne Hochzeitsgesang werde ich weggeführt in meinem Jammer auf diese Reise, die keinen Aufschub duldet. Glücklos soll ich nicht länger des Tages heiliges Auge erblicken. Es klagt kein Freund hinter mir. Um mein Schicksal vergießt keiner eine Träne.»

«Womit», fragte Becker, als man die Bücher schloß, «wollen wir uns jetzt beschäftigen? Haben Sie die Pause dazu benutzt, um die Probleme der antiken Tragödie weiter zu diskutieren?»
Man lächelte. Becker lud den Primus, den schmächtigen feinen Jungen [er hatte etwas von einem Zierbengel an sich] ein, zu sprechen. Der machte Umstände, erklärte dann, etwas für die Klasse sagen zu wollen.
Sie hätten sich alle gefreut, daß er bei ihnen die Griechischstunde übernommen hätte, die einen aus dem, die andern aus jenem Grunde [lautes «Hm, hm» von mehreren Bänken, dann ein scharfes «Pst»]. Man würde sich aber besonders freuen, wenn er etwas aus dem Krieg erzählte.
Begeistertes Trampeln.
Becker bat, auf die Klassen unten Rücksicht zu nehmen. Dann: er wolle es sich überlegen. Er bäte, ihm etwas Zeit zu lassen, der Augenblick werde sich finden.
Wieder ein Ansatz zum Trampeln, der aber rasch unterdrückt wurde. Becker blätterte in seinem Text. Was bedeutete dieser geheimnisvolle Hinweis auf die verschiedenen Gründe, wegen deren die Klasse seine Rückkehr begrüßte? Was sollte das «Hm, hm» und «Pst»? Er würde sich doch wegen der Sache mit Krug ins Benehmen setzen müssen.
Nun zum Thema. Es herrschte keine große Begeisterung, sich überhaupt noch mit der Antigone zu befassen. Diese Kriegsgeneration lehnte das Stück als schwächlich und sentimental ab.
Der Primus machte sich zum Sprachrohr der Klasse: «Antigone hat wirklich keine Sympathie bei uns. Ihr einer Bruder hat sich tapfer für seine Vaterstadt geschlagen, er ist gefallen und wird mit Ehren begraben. Das geht in Ordnung. Der andere Bruder war ein Verräter, der gegen seine Heimat eine große feindliche Armee mobilisierte. Das ist so, als wenn heute Spartakisten Frankreich einladen würden, Truppen hierher zu schicken, damit sie Deutschland unterkriegen. [«Gut!» aus der Klasse.]

Wenn in dem Stück Polyneikes, der Rebell, bei seinem Versuch fällt, so tun die Thebaner recht, ihn auf dem Felde liegen zu lassen.»

Becker: «Und seine Schwester Antigone?»

Schröter, der Primus: «Sollte ebenso denken. Sie ist selber Thebanerin und erwachsen genug, um zu wissen, was vorgeht. Selbst als Frau sollte sie das wissen. Kreon hätte nicht nötig, deswegen eine besondere Verfügung zu erlassen. Er tut es doch, und trotzdem geht Antigone vor das Tor.»

Es war sichtlich die allgemeine Auffassung. Sophokles mit seiner Schicksalsidee und seiner Heldin war hier glatt durchgefallen.

Der Primus meinte noch keck, Becker werde als Offizier und Soldat, der im Feld stand, sicher ihre Auffassung teilen.

Die Primaner hingen an seinen Lippen. Becker strich sich über Stirn und Wangen. Er ging in die Klasse herunter und lehnte am Fenster, die Arme übereinander geschlagen.

«Sie haben mich gebeten, Ihnen von meinen Kriegserlebnissen zu sprechen. Ich kann in gewisser Hinsicht mein Versprechen schon jetzt erfüllen, wenn ich, ohne direkt vom Krieg zu sprechen, Ihnen meine Stellung zum Fall der Antigone darlege. Sie werden natürlich finden: ich als Lehrer, der sein Unterrichtsfach und seinen Lehrstoff verteidigt, als Altphilologe, werde doch meinen lieben Sophokles nicht fallen lassen. Nein, es ist doch mehr.

In der vorigen Stunde konnten Sie sich mit der griechischen Schicksalsidee, der Erbschuld, nicht befreunden. Es ist aber die antike Idee. Der Mensch in der vorchristlichen Zeit empfand nicht wie wir, nicht so persönlich, so bewußt seiner Person, seines Ichs. Darum ist es auch mit dem Handeln eines antiken Helden etwas Besonderes. Die antiken Helden ringen förmlich darum, handeln zu können. Aber es gelingt ihnen nicht. Es gelingt ihnen nicht, ihr Ich zu erhaschen und seine Tat zu tun. Nun Antigone. Grade sie freilich können wir beinah ohne die alte Schicksalsidee erfassen, und das hat auch das Stück so frisch erhalten. Sie handelt, jedenfalls zunächst, völlig aus ihrem Gefühl heraus. Der Gefallene ist einfach ihr Bruder. Sie läßt sich in diesem Gefühl nicht beirren – und da kann der König dies oder jenes befehlen. Es ist ihr Bruder, und sie hat die schwesterliche Pflicht, ihn zu betrauern und zu bestatten. Ihrem Gefühl folgend fordert sie den König heraus und verletzt willentlich und wissentlich das Staatsgesetz. Sie begeht also wirklich eine Tat in unserm Sinn und macht sich schuldig. Jetzt lassen Sie uns diese Tat betrachten.»

Nun hob ein sehr erwachsener, breitschultriger und großköpfiger Bursche aus der Mitte der Klasse die Hand, August Schramm, Sohn eines linken Bezirksverordneten dieser Gegend, selber schon in Arbeiterorganisationen tätig, der ‚Rote' der Klasse. Er wollte zu der Tat Antigones etwas sagen. Er machte erst abfällige Bemerkungen über das Stück überhaupt: Fabeln aus der Urzeit, Vatermord, Blutschande, lauter Greuel, finsterster Aberglauben.

Dann fuhr er fort: «Aber Antigone stellt einen modernen Typ dar. Sie steht einem Tyrannen gegenüber und pariert eben nicht, wie einige hier gern möchten. Ihr Bruder ist gefallen, und daß er beerdigt wird, steht bei ihr fest, und das läßt sie sich nicht nehmen. Wenn der König es verbietet, so beweist das, was solche Tyrannen sich herausnehmen. Ob sie ein Weib oder ein Mann ist, bleibt dabei gehüpft wie gesprungen. Schlimm genug, daß sich in der Stadt keine Männer dafür finden.»

Becker [er bemerkte die eisige Miene der andern]: «Antigone vertritt also, wenn ich Sie recht verstehe, das Recht der Person, des Individuums, gegenüber dem Staat?»

Schramm: «Das politische Recht des Unterdrückten gegen den Tyrannen. Und da stellt sich Sophokles auf ihre Seite. Und wenn das Stück so berühmt ist, so kommt es daher, daß es, wie Schillers ‚Wilhelm Tell', zur politischen Freiheitsdichtung gehört.»

Der Rothaarige hakte ein [man merkte, diese beiden waren unversöhnliche Gegner]: «Antigone ist ein Weib, das nicht die mindeste Ahnung davon hat, was ein Staat ist. Daß man sich seine Gefühle zu verkneifen hat, wenn es um die Allgemeinheit geht und daß sich manche sogar für den Staat opfern, das geht in ihren kleinen Gehirnkasten nicht hinein. Sie kann nur wie ein Schloßhund jaulen, nachdem man ihr auf den Fuß getreten hat. Es ist eigentlich eine ausgefallene Idee, eine solche Person, die ihrer Umgebung mit ihren Gefühlen Schwierigkeiten bereitet und die imstande ist, alle zu gefährden, zu einer tragischen Heldin aufputzen zu wollen.»

Hinten rief einer bestätigend: «Sie ist bloß lächerlich.»

Becker rang verzweifelt die Hände: «Es wird immer schlimmer.»

Man lachte.

Der ‚rote' Schramm: «Natürlich folgt sie ihrem Gefühl. Es wäre noch schöner, wenn sie nicht reagierte. Sie läßt sich die Roheit des Tyrannen nicht gefallen und tut, was sie kann. Greulich bloß, daß der Chor dabeisteht und Trauerlieder singt, statt dreinzuschlagen.»

«Revolution gefällig?» warf ihm der streitsüchtige Neumann zu.

«Warum nicht?» gab Schramm zurück.

Neumann: «Schramm will natürlich die Sache auf ein anderes Geleis bringen. Angeblich folgt Antigone mit ihrer Tat gar nicht ihrem Gefühl, sondern hat ein bestimmtes politisches Ziel. Davon sehe ich nichts. Sie überlegt sich nichts. Ihre Schwester Ismene ist viel klüger.»

Becker bat, wieder die Bücher aufzuschlagen.

Man las Vers vierhundertfünfzig.

Der Wächter hat eben Antigone bei einer Kulthandlung an der Leiche ihres Bruders ertappt und führt sie Kreon vor. Der König befragt sie in Gegenwart des Wächters:

«Du, die ihr Antlitz tief zur Erde senkt, gestehst du oder nicht die Tat?»

Antigone: «Ich gestehe.»

Worauf der Wächter entlassen wird und die eigentliche Vernehmung beginnt.

Kreon fragt, ob sie das Gesetz kannte, welches die Bestattung des Polyneikes als eines Staatsfeindes verbot? Sie bejaht.
Kreon: «Und du nahmst dir heraus, das Gesetz zu übertreten?»
Da antwortet Antigone: «Ja, denn es war nicht Zeus, der das Gesetz erlassen, noch sind von dieser Art Gesetze, welche die Gerechtigkeit erläßt, die bei den himmlischen Göttern wohnt, noch schien es mir, daß deine Dekrete von solcher Kraft wären, daß ein Sterblicher ihretwegen die ungeschriebenen und unfehlbaren Anweisungen des Himmels beiseite schieben dürfte. Denn deren Leben und Gültigkeit ist nicht von heute und gestern, sondern für alle Zeit, und kein Mensch weiß, wann sie zuerst gegeben wurden.»
Becker: «Hier haben wir das Zentrum des Stücks. Antigone bekräftigt noch später [Vers fünfhundertachtzehn] ihre Auffassung, als Kreon ihr vorhält, daß ihr Bruder als Feind des Vaterlandes fiel. Sie weicht nicht und antwortet: «Der Hades fordert die Totenriten.» Sie gibt auch nicht nach, als Kreon in Wut ausbricht und ihr zu verstehen gibt: «Die Totenwelt ist dann der rechte Platz für dich.»
Becker, wieder an seinem Pult, schloß: «Man sieht also: Antigone folgt mit ihrer Tat keinem blinden Impuls, sondern läßt sich von allgemein anerkannten, sittlichen, religiösen Vorstellungen leiten. Antigone kämpft überhaupt nicht. Sie fühlt sich als ein Instrument. Sie dient dem göttlichen Gesetz. Sie ist ihm auf Gedeih und Verderb verbunden. Und damit leitet sie, ohne es zu wissen, auch die Auflösung des schrecklichen Erbfluches ein. Sie unterwirft sich dem göttlichen Gebot.»
Kühl und schnoddrig bemerkte Schramm, der Sozialist: «Man soll den Griechen ihre religiösen Ideen nicht weiter übelnehmen. Die Leute von damals waren eben nicht vernünftiger. Ohne diese Märchen von Zeus und Hades wäre das Stück noch besser und könnte direkt zeitgemäß wirken.»
«Zeitgemäß wodurch?» mokierte sich der Primus. «Immer wegen deiner Revolution? Darauf beißt ja nicht mal der Chor an.»
«Weil er feige ist. Er läßt Antigone im Stich. Aber der Tyrann

hat die Antigone begriffen und handelt danach. Auch die Anhänger von Tyrannen würden sie sofort verstehen. Sie haben es ja auch hier verstanden.»
Der Primus: «Wo?»
Schramm: «Hier in der Klasse. Darum ist euch ja das Stück nicht sympathisch.»
Der Primus erhob sich und wandte sich hilfeflehend an Becker, ihn vor politischen Beschimpfungen im Unterricht zu schützen. Kräftiges Trampeln folgte. Ein weniger kräftiges Scharren suchte zu protestieren.
Becker winkte ab: im Unterricht würde niemand daran denken, einen andern beschimpfen zu wollen. Er denke, das sei auch keinem eingefallen.
Er war sehr ernst. Er lobte die Klasse, daß sie das Stück nicht bloß ästhetisch und als eine Übersetzungsaufgabe nehme. Er wolle ihnen aber nochmal den Konflikt vor Augen halten, und sie möchten sich damit in Ruhe auseinandersetzen.
«Wie verhält man sich zum Staat? fragt Sophokles. Er macht sich die Sache nicht leicht, nicht so leicht, wie einige von Ihnen meinten. Daß kleine billige Gefühle vor allgemeinen Notwendigkeiten zurückzutreten haben, darüber diskutiert er gar nicht. Antigone, bemerken Sie das gut, steht nicht als eine beliebige Privatperson der Staatsmacht in der Person des Königs gegenüber, sondern sie vertritt ein Prinzip, welches mindestens so legitim ist wie das, welches der König vertritt. Sie meinten, Schramm, sie wäre eine Rebellin und riefe zur Revolution auf. Sie ist mutig, aber keine Rebellin. Sie ist überhaupt das Gegenteil einer Revolutionärin. Wenn einer im Stück Umstürzler ist, so ist es – wundern Sie sich nicht – Kreon, der König. Sie haben es noch nicht bemerkt? Ja, er in seinem in der Tat tyrannischen Willen, in seinem Stolz, Sieger und endlich König zu sein, er glaubt sich über geheiligte Traditionen, über uralte Selbstverständlichkeiten hinwegsetzen zu können. Denn es war in dem kultivierten Griechenland eine Selbstverständlichkeit, daß die Familie ihre Toten betrauert und begräbt. Sie hatte die

Pflicht, bei der Bestattung gewisse Zeremonien zu üben und die Totengötter zu ehren. Kreon glaubt, diese alten frommen Sitten ignorieren zu können. Er glaubt, nachdem er den Feind besiegt und vernichtet hat, mit ihm auch über den Tod hinaus machen zu können, was er will. Aber da sind Grenzen, die von einer andern Macht gesetzt sind. Er stößt gegen das Übernatürliche. Von da kommen Gesetze, an denen niemand rütteln darf und die so stark sind, daß sie es sich erlauben können, aus dem Mund eines schwachen Mädchens zu sprechen. Denn diese unsichtbaren Mächte haben ihre Gesetze an dem sichersten Ort niedergelegt, in den Herzen der Menschen. Auf solch ungeschriebenes Gesetz beruft sich Antigone. Alle Menschen wissen von diesem Gesetz, auch Kreon. Er glaubt, es brechen zu können, und Antigone muß in den Tod gehen. Aber er selbst erhält eine furchtbare Lehre.»

Man saß still. Keiner wußte etwas zu sagen. Man nahm es an, aber lau. Man wußte im Augenblick noch nicht, wie sich dazu stellen. Das alles lag sehr abseits. Es konnte stimmen, aber wen ging es etwas an? Antike Sitten bei einer Leichenbestattung, und eine Frau regt sich dabei auf und beruft sich auf ein ungeschriebenes Gesetz in ihr. Eigentlich komisch.

Wieder meldete sich der feine glatte Schröter, der Primus, um mit seiner gleichmäßig ruhigen und kalten Stimme zu bemerken:

«Ohne die Richtigkeit dieser Lehre von dem ungeschriebenen Gesetz antasten zu wollen, möchte ich doch die Frage stellen: Wie weit kommt man damit? Der Staat muß sich doch auf etwas verlassen. Er muß mit klaren, geschriebenen Paragraphen arbeiten, die ein für allemal festgesetzt sind. In den Paragraphen eines geschriebenen Gesetzbuches drückt sich die Moral eines Volkes aus. Man darf unter keinen Umständen einem Bürger die Möglichkeit geben, und noch dazu in Kriegszeiten, sich auf göttliche Eingebungen zu berufen, die ihm zuteil geworden wären, womit er das ganze Staatsleben in Unordnung bringen kann.»

Schon während Schröter sprach, gab der blonde Riedel Zeichen, daß er sich zum Wort melde. Als ihn nun Becker einlud, zu reden, zögerte er und saß mit einem roten Gesicht da. Er brachte schließlich hervor, er hätte nichts Besonderes hinzuzufügen, er wolle nur sagen, von sich aus, daß ihm Beckers Darstellung einleuchte und daß er... Er stotterte einiges, Becker nickte ihm zu, um ihn zu ermuntern, es kam aber nichts mehr.
Nun erklärte Becker, man wolle jetzt das Thema verlassen, und falls jemand noch Fragen zu stellen hätte, so stünde er im Lehrerzimmer zur Verfügung. Übrigens würde man, in dem oder jenem Zusammenhang, noch auf die Fragen zu sprechen kommen. Er fühlte sich angestrengt von der Debatte. Sie deprimierte ihn.
Der Primus und Riedel meldeten sich nachher. Kurios, wie sie vor der Tür des Lehrerzimmers standen: Becker fand sie nebeneinander und einer blickte fremd am andern vorbei. Zuerst kam der Primus herein. Er bat um eine kurze Besprechung, wenn möglich außerhalb der Schule.
Becker bestellte ihn auf den Spätnachmittag in seine Privatwohnung. Der Primus machte auf ihn auch bei dem kurzen Gespräch einen unangenehmen Eindruck. Er hatte eine sonderbare kategorische Art, um die ‚Besprechung', wie er sich ausdrückte, zu bitten – als wenn es sich nicht um ein gern bewilligtes Gespräch, sondern um eine dienstliche Angelegenheit handle.
Der blonde Riedel stand wieder glührot da und fing richtig wieder damit an, Becker stammelnd zu danken und zu versichern, daß er mit ihm übereinstimme. Becker dankte freundlich dem jungen Menschen, der schwitzte. Er hatte natürlich noch irgend etwas anderes auf dem Herzen. Er wollte etwas ganz anderes vorbringen. Becker ermunterte ihn. Aber er kam nicht damit heraus. Abrupt beendete der junge Mensch die Unterhaltung, machte eine Verbeugung, «Vielen Dank», und war weg, ohne einen Blick in Beckers Gesicht zu wagen.
Der Direktor ließ sich an diesem Vormittag nicht sehen. Auch

Krug blieb unsichtbar. Da machte sich Becker, als das große Haus still war und Lehrer und Schüler in ihren Klassen saßen [welche ungeheure Lernfabrik], wieder auf den Weg nach Hause.

Die Griechischstunde am nächsten Vormittag war von neun bis zehn. Als Becker an der Pförtnerwohnung vorbeiging, fegte der Pförtner grade Schnee und drehte sich, als er Beckers Schritte hörte, zu ihm um und sagte ohne Gruß:
«Herr Dr. Becker, Herr Direktor läßt Sie bitten, zwischen zehn und elf auf seine Wohnung zu kommen.»
Becker: «Seine Wohnung? Tut Herr Direktor heute keinen Dienst?»
Der Schuldiener fegte schon wieder: «Weiß nicht. Professor Wendig vertritt.» Absolutes Schweigen, als Becker die Klasse betrat.
Er setzte sich, öffnete das Buch und warf einen Blick in die Klasse. Der Primus saß unbefangen auf seinem Platz, der Junge hatte sich gut in der Gewalt. Riedel fehlte, schade. Becker wies auf den leeren Platz:
«Riedel krank? Weiß einer was von ihm?»
Absolutes Schweigen.
Becker: «So.»
Sie wissen etwas, wahrscheinlich mehr als ich.
Die Klasse hatte sich vor seinem Eintritt etwas ausgedacht. Es sollte ein kleines Theater, eine Art Haberfeldtreiben gegen ihn werden. Dieser Becker hatte sie enttäuscht. Sie hatten von einem Frontoffizier etwas Kräftiges, Heroisches erwartet. Und da kam dieser Mann mit solchem flauen Gerede. Als Frontoffizier so von Staat und Vaterland zu reden. Und nun hatte der Primus noch herausgebracht und allen erzählt, daß dieser Mensch mit dem übel beleumundeten Direktor in Verbindung stand, vielleicht selber so einer war. In der Pause um neun hatte der Primus die Parole ausgegeben: sich von dem Mann nichts bieten lassen, unter allen Umständen passive Resistenz und Obstruktion.

Als Becker aber eintrat, sein Buch aufschlug und in die Klasse blickte, wurde alles ganz anders. Da saß am Pult ein hoher, hagerer und ruhiger Mensch, sehr ernst, sehr bleich, mit einem eigensinnig strengen Gesicht, die Stirn breit, um den Mund scharfe Linien, wahrscheinlich von langer Krankheit. Ihn anzublicken war, wie in ein fernes unbekanntes Land zu reisen. Das erlebten die Primaner. Sie bemerkten vor ihm, daß ein Mensch mehr ist als seine bloße Sichtbarkeit, daß er ein Zeichen für etwas hinter ihm ist. Es geht auch etwas von ihm aus, er bildet ein Spannungsfeld, das andere Spannungsfelder entstehen läßt.

Becker blickte in die Klasse. Es waren die Augen, die den Satan gesehen hatten. Er sah auf vierzehn junge Menschen, die etwas gegen ihn vorhatten.

Sie lauern, ich weiß, sie wollen mich nicht annehmen. Warum nicht? Sie kommen mit alten schlechten Gedanken, aus den Häusern, die den Krieg nicht erlebt haben. Sie sind keine jungen Leute, sie sind das Jahr 1900 oder 1910.

Er begann den Unterricht mit der Bemerkung, man würde heute noch einen letzten Blick auf die ‚Antigone' werfen. Eine historische Notiz voraus: die drei Stücke aus dem Ödipuskreis, der ‚König Ödipus', ‚Ödipus auf Kolonos' und die ‚Antigone', sind nicht in dieser Reihenfolge geschrieben worden. Die ‚Antigone' war das zweiunddreißigste Stück von Sophokles, der ‚Kolonos' aber fällt in sein Greisenalter. Damals, etwa neunzig Jahre alt, hatte der Dichter viel erlebt, aber der ‚Kolonos', sein letztes Stück, verrät keine Bitterkeit wie etwa das Altersstück unseres größten neuzeitlichen Dramatikers, Shakespeares ‚Timon von Athen'. Sophokles, obwohl tief resigniert, schreibt in seinem ‚Kolonos', wie Cicero später sagte, das allerzarteste Gedicht. Das geheimnisvolle Wirken des Schicksals bleibt der Grundgedanke. Die Welt ist von ewigen Gesetzen beherrscht, und die Menschen, das ist Sophokles' besondere Note im Unterschied zu seinem Vorgänger Äschylus, leiden schuldlos. Uns bleibt nur Ehrfurcht und fromme Scheu gegenüber den Göttern, die die Geschicke leiten.

Becker wußte nicht, wie sehr er die Klasse damit ärgerte, die großen Jungen, die nur durch seine achtunggebietende Gestalt niedergehalten wurden.
Sie saßen unschlüssig da und warfen sich Blicke zu, bis der rothaarige Neumann, der Streithammel der Klasse, Mut faßte und die Frage stellte, ob man noch einmal auf einen gewissen Punkt bei der ‚Antigone' zurückkommen könne.
«Bitte!» sagte Becker.
Aber da hatte Neumann eigentlich nicht viel zu sagen. Er wiederholte nur seine These von dem Backfisch Antigone, dem Mädchen, das keine Ahnung von Staat und Nation hätte und ahnungslos in die gewaltigsten politischen Dinge hineinschlittere.
Becker, der begriff, worauf es hinausging, blieb geduldig und sprach nur seine Verwunderung darüber aus, daß danach offenbar alles, was man über das ungeschriebene Gesetz gesprochen hätte, in den Wind geredet worden sei. Er fragte:
«Warum verstopfen Sie eigentlich Ihre Ohren dagegen? Warum wollen Sie es nicht annehmen?»
Munter antwortete Neumann mit seiner hellen Stimme: «Weil wir es eben so ansehen. Weil wir diese Figur der Antigone ablehnen, weil sie uns herausfordert. Da soll ein ungeschriebenes Gesetz vom Himmel herunterkommen. Das kann schließlich jeder sagen. Dann bleibt bloß rätselhaft, warum sie allein davon weiß. Und ein himmlisches Gesetz über das Beerdigungswesen. Man sieht bloß wieder einmal, worauf eine aufgeregte Frau in ihrer Verbohrtheit verfallen kann.»
Die ganze Klasse lachte.
Schramm, der Größte in der Klasse, der Sozialist, trat auf die Seite seiner Feinde und gab mit seiner tiefen, langsamen Stimme folgendes zum besten:
«Daran, was Neumann gesagt hat, ist etwas Richtiges. Jede Zeit hat eben ihre Ammenmärchen, und dafür sind besonders Frauen Abnehmer. Und warum grade Frauen? Weil man sie systematisch vom öffentlichen Leben ausschließt.»

«Laß bloß deine ollen Kamellen», warf ihm Neumann zu. «Du denkst immer, du bist in einer Volksversammlung.»
«Prinz von Homburg», rief einer von hinten. Es war offenbar ein Stichwort. Becker fragte, was man damit wolle. Der Primus antwortete [es war Regie]:
«Das Problem Staat und Individuum, Staat gegen Individuum oder Individuum gegen Staat findet in der ‚Antigone' seine griechische Lösung. Der ‚Prinz von Homburg' von Heinrich Kleist, den wir jetzt grade lesen, gibt die deutsche Lösung. Der Prinz befolgt einen Befehl nicht, im Krieg, bei Fehrbellin. Aber obwohl er die Schlacht sogar zum Sieg bringt, wird er zum Tode verurteilt, wegen Eigenmächtigkeit. Und er erkennt das als Deutscher auch ohne weiteres an. Er nimmt keine Zuflucht zu irgendeinem unbekannten Gesetz. [Zuruf: ‚Wäre damit auch beim Großen Kurfürsten schlecht angekommen!'] Er erkennt die Souveränität des Staates und seine eigene Gehorsamspflicht an. Das Vaterland ist ihm wie seinem Kurfürsten das höchste Gut.»
Was half es Becker, da doch sichtbar eine Art Komplott vorlag, daß er diese Gegenüberstellung der ‚Antigone' und des ‚Prinzen von Homburg' ablehnte. Seinen Erklärungen setzte der Primus nonchalant die Bemerkung entgegen: «Gut, dann ist das eben griechisch. Wir haben dazu nichts zu sagen. Es ist uns fremd, exotisch. Für uns Deutsche ist und bleibt und soll bleiben das Vaterland das höchste Gebot, und zwar absolut und durchaus. Und da werden keine Kompromisse zugelassen.»
Becker blickte auf den feinen intelligenten Primus, das Herrchen, das dasaß und sich nichts anmerken ließ. Er bezwang sich. Diese Generation hat nichts gelernt. Wann würden sie wohl lernen? Wodurch? Wie tief mußte das Messer schneiden, bis sie Schmerz empfanden? Und ohne daß er wußte, warum, kam er auf den Krieg zu sprechen, ein Plädoyer in eigener Sache:
«Nehmen Sie ein praktisches Beispiel. Keiner von uns, die 1914 ins Feld zogen, warf die Frage auf: göttliches Recht oder Staatsrecht? Es war wie 1813, der König rief und alle, alle kamen.

Wir waren Männer, wir hatten den Treueid geschworen und folgten der Fahne. Keiner von denen, die ich kannte, niemand, der auch nur einmal den Staat, unseren Staat kritisierte und sich von ihm als einzelner absonderte. Keiner von uns zögerte, für ihn in den Tod zu gehen.»

Man saß still. Erst einzelnes Trampeln. Dann trampelte die ganze Klasse.

«Wir gehorchten. Die Antithese: Individuum gegenüber dem Staat existiert aber dauernd im Frieden. Sie soll und muß existieren, da wir Träger des Staates sind. Bei Ausbruch eines Krieges müssen Sie sich über Ihr Verhältnis zum Staat völlig klar sein, um gut zu wissen: dafür gebe ich mein Leben hin.»

Becker begann jetzt sehr leise zu sprechen, den Blick auf die Pultplatte. Er stand zum erstenmal als Christ unter Heiden und war gezwungen zu bekennen, auch wenn es zum Martyrium führte:

«Es ist ein furchtbares Ding, in die Hand des lebenden Gottes zu fallen. Das zeigte auch dieser Krieg. Wir standen in Deutschland strahlend da. Und so traten wir in den Krieg ein. Wir haben uns mit unserer ganzen Kraft, mit unserem ganzen Willen und Wissen eingesetzt und sind zusammengebrochen, als Kollektivum. Es ist unter diesen Umständen sinnlos und unwürdig, wie man es jetzt im Ausland tut, nach Kriegsverbrechern zu suchen. Man liest, daß unsere ehemaligen Gegner Listen vorbereiten mit Namen von Männern, die die eigentlichen Kriegsschuldigen wären. Wir alle, jung oder alt, die leben, die vor dem Krieg gelebt haben und am Krieg teilnahmen, hüben und drüben, sind schuldig. Das Ganze ging in den Krieg, das Volk, und wurde bestraft.»

Schröter räusperte sich laut und warf, als Becker pausierte, in einem leichten Tone ein: «Woran soll man denn schuld sein?»

Andere, die schon eingeschüchtert waren, nickten: «Ja, bitte, worin soll eine Schuld liegen?»

Becker: «Da haben Sie die dunkle Frage. Sie sehen die Strafe. Das Unglück liegt auf der Hand. Untersuchen Sie, es hat keiner

eine greifbare Schuld. So wenig Ödipus eine hatte. Aber irgend etwas, etwas über uns, fällt sein Verdikt.»
Der Primus, auf den die ganze Klasse blickte, saß straff aufgerichtet da und hörte Becker zu, als spräche er zu ihm. Er hielt den Mund gespitzt und sprach zu Becker, als wenn er ihn verhörte:
«Und wer soll dieses dunkle Etwas sein, dieses über uns, bitte?»
Sein hochmütiger Ton irritierte den blassen und versonnenen Mann, den Lehrer da oben, nicht. Der war schon im Zug, die Gedanken zu äußern, die ihn befielen, und er fing unvermittelt vom Tod an:
«Hinter der Frage ‚Staat und Individuum' oder ‚Pflicht gegen Staat und ein ungeschriebenes Gesetz' versteckt sich die Frage nach dem Tod. Und da sind wir eigentlich auf den Kernpunkt der Tragödie ‚Antigone' gestoßen. Einige von Ihnen haben Anstoß daran genommen, daß sich eine ganze Tragödie auf dem Streit aufbauen soll: soll ein Toter beerdigt werden oder nicht? Ihnen schien solch Streit wegen einer Bestattung und seine ungeheuerlichen Konsequenzen absurd. Aber, um es Ihnen exakt zu formulieren: das Thema der ‚Antigone' ist weder ‚Gefühl gegen Pflicht' noch ‚Pflicht gegen den Staat gegenüber Pflicht gegen die Himmlischen', sondern: ‚wie hat sich die Welt der Lebenden zur Welt der Toten zu verhalten?'»
Die Schüler unten blickten sich an, einige grinsten, einer flüsterte: «Fatzke», andere waren gefesselt und mußten folgen.
Becker: «Die Heldin des Stücks empfindet den Tod als ein sehr wichtiges Ding. Und in der Tat: der eigentliche Held des Stückes ist nicht sie, sondern – der tote Polyneikes. Es handelt sich in dem Stück um den Rechtsanspruch eines Toten an die Lebenden. Ein Krieger ist gefallen. Er hat kein reines Andenken hinterlassen. Dieser Tote wird nicht sichtbar und nicht fühlbar, nicht einmal hörbar, aber er drängt sich in die Sphäre der Lebenden ein und findet einen Anwalt in seiner Schwester Antigone.

Es ist eine Frau, die sich seiner annimmt. Wie die Frau das Ungeborene, das noch nicht Vorhandene empfängt. Er ist behindert und kann sich selbst nicht äußern, aber er agiert in ihr, bedient sich ihres Körpers und ihrer Seele, und sie kann sich ihm nicht entziehen. Und sie entzieht sich ihm auch nicht. Denn was er fordert, ist sein Recht. Sie spricht für ihn und bringt seine Argumente vor. Eine Stütze seiner Existenz, eine Pflege wird von dem Toten verlangt. Wir wollen uns nicht mit den Vorstellungen der Alten über die Existenzweise der Toten befassen. Sie stellten sich vor, die Toten lebten als Schatten in der Unterwelt. Aber sicher war den Alten: das Leben des Menschen fällt nicht mit seiner sichtbaren Existenz zusammen. Es ragt darüber hinaus. Die Alten meinten, wie wir auch aus diesem herrlichen Stück erfahren: wir sollen mit Ehrfurcht und Schauern auf das Jenseits unserer sichtbaren Existenz blicken.»

[So wie Antigone sich ihres einen toten Bruders annimmt, habe ich mich vieler Gefallener anzunehmen, vieler zu früh Gestorbener und bewußtlos Dahingegangener. Ich weiß es, ich diene ihnen, ich vergesse sie nicht.]

Er fuhr fort, nach einer jetzt recht respektvollen Bitte aus der Mitte der Klasse, doch von sich aus mehr darüber zu sagen – auf eine Weise, die sie überraschte. Er sprach nämlich von der merkwürdigen Gegenbewegung in unserm astronomischen und unserm geistigen Weltbild. Mit Kopernikus hätte sich unsere astronomische Welt erweitert, die Erde, die früher kaum ein paar tausend Jahre alt war, habe jetzt ihre Jahrmillionen auf dem Buckel, und von der Weite des Weltalls könne man schon überhaupt nicht mehr reden, alle Begriffe, alle Zahlenvorstellungen versagten da.

«Und entgegengesetzt dazu die Schrumpfung unserer geistigen Welt. Der Mensch wird immer kleiner, immer unbedeutender. Die Abstammungslehre verdammt ihn zu einer einzelnen Tierart in einer riesigen Reihe. Sein Geist wird zu einem Organ der Nützlichkeit, zu einem bloßen Instrument, womit er sich auf der Erde behauptet. Und wenn dann der Tod über solch Menschen-

tier kommt, so kann natürlich sein Sterben nicht viel mehr Interesse beanspruchen als das eines Kalbes oder eines Grashalmes.
Aber nun sehen wir einmal selber ruhig die Dinge an. Da liegt im Stück des Sophokles auf dem Feld der Stadt ein Toter, ein gefallener Krieger. Ist es nur ein verwesender Körper? Gibt es Polyneikes nicht mehr? Antigone sagt und weiß, er lebt, er führt eine andere Existenz, verschwunden aus dem Dasein ist er nicht, und er läßt sie nicht los, ihr Bruder, und sie läßt ihn nicht los. Sie muß ihn ehren und ihm dienen, mindestens indem sie seinen Körper bestattet. Wir von heute haben andere Vorstellungen über Tod und Leben als die Alten. Aber wir wissen, wir haben nur eine kurze sichtbare körperliche Existenz. Und da fahren wir in einem kleinen Boot über einen Ozean. Nennen Sie diesen Ozean, wie Sie wollen, bloß Jenseits oder bloß Tod, er ist jedenfalls nicht einfach ‚Tod im Sinne des Endes, des Nichts'. Ein tiefsinniger alter lateinischer Vers, den Sie wohl in der Lutherübersetzung kennen, sagt: ‚Mitten wir im Leben sind mit dem Tod umfangen'.»
Er fügte noch hinzu, indem er den Ton wechselte – er hatte zuletzt leise wie vor sich gesprochen:
«Nun, wenn Sie sich jetzt vor die Frage stellen: wie soll sich der Staat, unzweifelhaft eine Realität, zum Tod, einer andern Realität, verhalten, so werden Sie vielleicht vorsichtiger als vorhin antworten.»
Die jungen Leute waren gespannt gefolgt. Sie fühlten dunkel, daß dies ein Erlebnis aus dem Feld war. Aber einige ärgerten sich und ärgerten sich auch über die Dummköpfe, die sich von Becker einfangen ließen. In dieser Weise konnte man die ganze geplante Schlacht verlieren.
Schröter, der Primus, erklärte plötzlich mit klarer, kalter Stimme, daß es auf diese Dinge gar nicht ankäme.
Becker: Auf was es denn ankäme?
«Einfach darauf, ob man einen klaren Begriff von der Nation hat und was man ihr schuldig ist. Es besteht heute kein Bedarf

an Spiritismus. Die Nation braucht einzig Männer, die sich ihrer annehmen.»

«Worauf, um's Himmels willen, wollen Sie hinaus, Schröter? Und ich hoffe, ich hoffe, Sie überlegen sich genau, was Sie sagen.»

«Wir erwarteten, Herr Dr. Becker, von Ihnen klare Parolen und Gesichtspunkte, besonders bei einem so prekären Thema wie ‚Antigone gegen den Staat'. Wir stellen mit Bedauern fest, daß wir auf Sie nicht rechnen können. Ich bin aber, so wie die Dinge liegen, auch verpflichtet, Ihnen mitzuteilen, daß die Klasse, die zur Zeit Ihrem Griechischunterricht folgt, in Streik treten wird, wenn der Direktor es noch einmal wagt, den Klassenraum zu betreten.»

Es war eine völlig vorbeigeratene Attacke. Der Primus hatte blind daraufzugestoßen. Becker bemerkte sofort, daß die meisten Jüngeren mit gesenkten Köpfen dasaßen und sich schämten. Er blieb ruhig und zog seine Uhr. Es war kurz vor zehn.

«Sie verlassen augenblicklich die Klasse, Schröter, und melden sich im Direktorzimmer bei Professor Wendig. Sofort.»

Ohne Umstände, erhobenen Hauptes, parierte Schröter. Becker hatte noch gerade Zeit, die Aufgaben für die nächste Stunde zu diktieren, als es läutete.

Er bemerkte, wie er hinausging, die gedrückte Stimmung der Prima. Aber er wußte nicht, daß es sein letzter Unterricht in der Klasse war.

REISEVERKEHR MIT DEM JENSEITS

IN der englischen Mittelstadt E. gelang es während des Krieges einem Spiritistenverein endlich, ein ausgezeichnetes Medium zu finden, das dem Verein und seinen Veranstaltungen großen Zulauf verschaffte. Es war ein eleganter junger Mann, der sich zur Erholung von einem Nervenschock in einem Sanatorium außerhalb der Stadt aufhielt und sich gelegentlich zu seiner Unterhaltung in den Vergnügungslokalen tummelte; es hieß auch, er spiele. Man nahm ihn einmal in eine Privatgesellschaft mit, die sich mit Tischrücken usw. befaßte, und dabei traten zum erstenmal, dem jungen Wiscott selber zum Erstaunen, seine mediumistischen Fähigkeiten hervor. Er war mehr bestürzt, ja entsetzt, wie man ihm zu seiner seltenen Anlage Glück wünschte, und man mußte ihn in der Folgezeit fast mit Gewalt aus seinem Sanatorium zu einer Sitzung in die Stadt schleppen. Er suchte sich hinter seinen Doktor zu stecken, der aber selber an den Experimenten interessiert war.

Den Ausschlag gab dann ein sehr anständiges Geldangebot des Vereins. Denn Wiscott war durch seine schwankende Gesundheit für längere Zeit an der Ausübung seines Berufs gehindert, er war Fabrikingenieur, und das Sanatorium kostete viel. Und so gestand er, seine neu entdeckte Fähigkeit ausnutzen zu wollen, um sich über Wasser zu halten. Nebenbei bedrängten ihn auch seine Spielschulden.

Wiscott war, sobald man ihn in ein spiritistisches Milieu brachte und er in Trance verfiel, ein anderer Mensch. Man möchte sagen, er war nicht ein einzelner Mensch, sondern mehrere, die Möglichkeit zu vielen, je nachdem er in Kontakt mit Figuren des Jenseits kam. Er verlor bei diesen Berührungen mit dem Jenseits völlig seine eigene Persönlichkeit, schmolz und empfing wie Wachs Einprägungen von drüben. Man kann verstehen, daß er meist erschöpft aus den Sitzungen kam und sich schwer zurechtfand.

Seine Kundgebungen oder Darbietungen, wenn man es so

nennen will, erregten auch in der Öffentlichkeit großes Aufsehen, der Verein hatte mit der Acquisition dieses Mediums einen guten Zug getan. Wiscott wurde angestaunt als das ‚psychische Fernrohr', und jeder wollte einmal einen Blick durch dies kuriose Rohr geworfen haben.

Während nun eine Weile die Veranstaltungen ganz ungestört verliefen, nahmen sie nach dem Tode [oder der Ermordung] des Brauereibesitzers van Steen einen stürmischen Charakter an und fanden, um es gleich vorweg zu nehmen, ein sensationelles Ende.

Van Steen, selber Mitglied des Spiritistenvereins, wurde eines Morgens tot in einem Hotel der Stadt aufgefunden [er bewohnte eine Villa an der Peripherie], mit einer klaffenden Kopfwunde, seines Geldes und aller Wertsachen beraubt. Der oder die Mörder hatten die Frechheit gehabt, danach der Villa des Ermordeten einen Besuch abzustatten und mit den Schlüsseln, die er bei sich trug, Türen und Schlösser zu öffnen. Merkwürdigerweise erstreckte sich das Interesse der Räuber nicht auf Geld oder Schmuck, sondern auf – Wäsche. Verschwunden waren alle frisch gewaschenen Pyjamas, Oberhemden, Bademäntel und Handtücher.

Noch sonderbarer als die genannten Details waren die Umstände, die man in van Steens Hotelzimmer konstatierte. Da lag der alte fette und lebenslustige Brauer tot in einer Blutlache, auf dem Teppich und sonderbar dekoriert. Man erinnert sich der Szene aus Puccinis ‚Tosca', wo die Heldin den von ihr erdolchten Tyrannen am Boden pietätvoll mit Kerzen und Blumen umgibt. Hier war man ähnlich vorgegangen, nur um einen Akt der Pietät handelte es sich nicht. Van Steen trug auf dem Kopf einen Papierhelm aus Zeitungen, wie ihn Kinder herstellen. In die Hände hatte man ihm Blumen gedrückt, auch über seinen Ohren hingen Blumen – und das Auffallendste: neben seinen Füßen standen die ihm ausgezogenen Stiefel, ein Stiefel rechts, ein Stiefel links, und in jedem Stiefel – eine Serviette des Hotels. Die Fenster standen weit offen, zwei Scheiben

oben waren eingeschlagen, die Gardinen in dieser Höhe quer eingerissen.
Die Kriminalpolizei hatte es nicht leicht. Denn sie selber bestand aus Kriegsersatz, und das sonderbare Verbrechen war in einem alten, weitläufigen und unübersichtlichen Passantenhotel verübt worden, das von morgens bis abends Menschen durchströmten und wo man wenig Kontrolle übte.
Als nun diese Kriminalpolizei mit der Angelegenheit nicht von der Stelle kam, was lag für die Vereinsfreunde des Gemeuchelten näher, als sich dem Geheimnis des Falls auf spiritistische Weise zu nähern und das lebende Fernrohr, den Wiscott, auf den Geist des Toten zu richten. Ihnen schien auch manches in der Angelegenheit nicht geheuer. Man wollte den Geist des Brauers bitten, selber die nötigen Aufklärungen zu geben. Wenn einer etwas wissen konnte, so er. Man informierte loyalerweise die Kriminalpolizei. Sie gab ihren Segen, ihr war alles recht.
Wieder einmal sperrte sich Wiscott. Man hatte gedacht, ihm eine große Gelegenheit zu geben, aber er weigerte sich. Er meinte: Will van Steen überhaupt zitiert werden? Vielleicht will er nicht? Vielleicht hat er triftige Gründe, in der delikaten Sache nicht auszusagen. Er könnte jemanden kompromittieren, vielleicht eine Dame. Dann suchte er sich mit folgendem Argument aus der Sache zu ziehen: Bei diesem Mord spielten bestimmt Geister eine Rolle, wie die eingeschlagene Fensterscheibe und die zerrissenen Gardinen bewiesen. Es könnte sich um einen Geistermord handeln, er hätte Furcht, sich da einzumischen. Und schließlich trat er damit hervor: Er setze sich ungern mit frisch Verstorbenen in Verbindung, und nun gar mit Bekannten, man könne nicht voraussehen, wie sie reagieren. Er möchte diese Begegnung nicht, ohne etwas gegen van Steen zu haben. Außerdem solch blutiger Geist. Über diese Naivität brachte man ihn hinweg, aber er bockte unentwegt.
In diesem Stadium gelangte das Gerücht, die Spiritisten wollten sich in den Dienst der Kriminalpolizei stellen, an die Öffentlich-

keit. Die Zeitungen machten natürlich ein großes Wesen davon. Und da erschien im Vereinsbüro ein Fräulein Dutort, eine Kanadierin, Mademoiselle Eveline vom großen Variététheater der Stadt, eine schöne und vielgenannte Dame, und bat, mit dem Medium, Herrn Wiscott, in der angekündigten Sache sprechen zu dürfen. Der Vorsitzende, ein Herr Valley, ein graubärtiger Herr, Postbeamter, den sie antraf, hatte kein Bedenken, eine Begegnung in seinem Büro zu arrangieren, mit dem leisen Hintergedanken, Wiscott würde der Öffentlichkeit, wenn sie sich in dieser Gestalt präsentierte, wohl nicht widerstehen. Erst kurz bevor sie am Nachmittag wieder erschien, fiel es Valley mit Schrecken ein, daß er diesen Namen Evelyne Dutort im Zusammenhang mit dem Fall van Steen gelesen hatte: die Soubrette wohnte im Nordhotel auf dem zweiten Flur wie der Brauer, sie kannte ihn, hatte zugestandenermaßen mit ihm oft soupiert, wollte ihn aber an dem fraglichen Abend nicht gesehen haben.

Die Begegnung der Beiden im Vereinslokal verlief merkwürdig genug. Die Soubrette, ein kleines, volles und sehr pikantes Weibchen, den dunkelhaarigen Kopf ohne Hut, trat in einem kostbaren Zobelpelz resolut auf das Medium zu, das bequem auf der Tischplatte saß und die Beine schaukelte. Er veränderte auch seine Haltung nicht, als der Vorsitzende die Dame vorstellte, und nickte ihr dann uninteressiert zu. Der zage Valley verkündete, die Dame wollte Herrn Wiscott ein Anliegen vortragen.

Sie: «Ich möchte Sie bitten, Herr Wiscott, den Versuch, mit dem ermordeten van Steen in Kontakt zu treten, vorzunehmen. Ich bitte Sie darum innigst. Sie wissen, warum. Aber ich bin unschuldig. Ich weiß absolut nichts von dieser gräßlichen Geschichte, in die man mich hineinziehen will.»

Wiscott [unverändert ölig]: «Ist recht. Soll geschehen.»

Valley: «Was heißt das, Wiscott? Sie wollen es machen?» Er, der sich mit einem undefinierbaren Lächeln zu der kostbaren Evelyne herunterbeugte, gab ihr seinen Entschluß kund:

«Ich denke, Fräulein Dutort, wir machen es – wenn es auch riskant sein kann.»
Damit rutschte er von seinem erhöhten Sitz herunter und spazierte im Zimmer herum, ohne daß sich aber die Dame anschickte zu gehen, so daß Valley nichts weiter übrig blieb, als sie nach einer stummen Pause zu fragen, ob sie noch etwas auf dem Herzen hätte. Ja, sie bäte darum, Herrn Wiscott noch ein paar Minuten unter vier Augen zu sprechen. Das Medium schlug erstaunt die Arme übereinander, er und Valley sahen sich an.
«Ich will mein Recht», schluchzte Eveline, «ich weiß mir sonst keinen Rat. Man spricht davon, mir meinen Kontrakt zu kündigen.»
«Oh», sagte Wiscott, machte eine Handbewegung nach der Nebentür und öffnete sie vor der Soubrette, die dann rasch die kleine Bibliothek des Vereins betrat. Was sich drin zwischen den Beiden abspielte, entzieht sich unserer Kenntnis, außer daß Eveline [wie Wiscott nachher dem Vorsitzenden erklärte] ihn leidenschaftlich und unter Vorbringung vieler persönlicher Argumente beschwor, von dem Experiment abzusehen. Ja, jetzt wieder, davon abzusehen. Sie machte ihn freilich auf diese Weise nur in seinem Entschluß sicherer.
Während er gelassen die Bibliothek verließ, kam sie mit rotem Gesicht und einem bitteren Ausdruck heraus. Sie warf noch einen fragenden Blick auf sein unbewegtes Gesicht und rauschte ab.
Als Valley am Abend seinen Freunden diesen Zwischenfall berichtete, meinten sie unbehaglich, Wiscott würde nun voreingenommen an die Sache herangehen. Da war Valley aber unbesorgt. Er lächelte: «Voreingenommen? Sie kennen doch Wiscott. Er kommt ja gar nicht zu Worte.»

Die erste Sitzung. Wiscott hatte sich besonders elegant angezogen und sich auch einige Kamelien ins Knopfloch gesteckt – das waren die Blumen, die man bei dem Toten fand –, als Erkennungszeichen, wie er erklärte, für den Brauer.

Als nun der zitierte Geist sprach, stellte es sich heraus, daß es nicht der richtige war, sondern einer, den man nicht kannte. Er schien aus Glasgow zu kommen, war sehr höflich, fragte, wie spät es sei, wie man sich befinde und entschuldigte sich, als er merkte, daß man ihn nicht meinte. Er nahm seinen Hut und verschwand mit dem Bemerken, das sei ihm schon öfter passiert.
Wie man Wiscott aufweckte, meinte er schläfrig: dieser Mann sei ihm schon viel begegnet, er stünde überall herum und mischte sich ein. Er glaube, es sei ein Mann, der Hundekuchen herstellte, die Firma existiere nicht mehr.
Der nächste Geist, den das Medium darauf gleichfalls irrtümlicherweise zitierte, war einer, der sich nicht so leicht wie der Glasgower abweisen ließ. Er erklärte, schon lange zu warten, und müsse etwas bestellen. Man zitiere alle möglichen Geister, aber um ihn kümmere man sich nicht.
Diesen ungeduldigen Mann kannten sie alle, er stammte aus E. Er erklärte und ließ sich durch Proteste aus der Mitte der Versammlung, man sei zu einem andern Zweck zusammengekommen, man hätte Wichtigeres zu tun, nicht einschüchtern, er hätte, erklärte er grob, zu seinen Gott sei Dank vergangenen Lebzeiten eine Versicherung zu Gunsten seiner Schwester aufgenommen. Der Betrag sollte, wie ausdrücklich festgesetzt sei, an seine Schwester als ihr Privatbesitz gehen. Statt dessen hätte, genau wie er voraussah, sein Schwager den Betrag erhoben, und gegen diesen Schwager erging sich der Geist in unflätigen Redensarten.
Nun war dieser Schwager, ein begeisterter Spiritist, der auch diese Sitzung finanzierte, anwesend, und offenbar hatte der Geist sich gerade darum eingefunden. Der Lebende erhob ein heftiges Geschrei. Was der Geist nur wolle. Ohne ihn wäre er gar nicht zitiert worden. Er protestiere gegen das freche und unberechtigte Erscheinen des Geistes, gegen die traurige Unordnung im Jenseits, gegen den Mißbrauch des Vereinslokals zu privaten Zwecken usw. Es sei unerhört, diese private Sache

hier aufs Tapet zu bringen, die noch dazu von dem Geist in allen Einzelheiten falsch dargestellt werde, und er, der Lebende, riete dem Toten, etwas mehr auf seinen Nachruf bedacht zu sein, der schon vorher stark lädiert gewesen wäre.
Worauf der erregte Geist in verworrenen und maßlosen Ausdrücken replizierte. Und als in dieser Weise die Unterhaltung zu einer wüsten Schimpferei zwischen Dies- und Jenseits ausartete, blieb dem Vorsitzenden nichts weiter übrig [auch in Rücksicht auf den Vertreter der Kriminalpolizei, der die Mordsache behandelt sehen wollte] als, so ungern er es tat, das Medium aufzuwecken und zu bitten, noch einmal anzufangen. Es wäre schon wieder ein Falscher gewesen, und so lebhaft man sich für Geister interessiere, man verzichte auf diesen. Denn man könne wohl auch von einem Verstorbenen eine gewisse Kenntnis gesellschaftlicher Umgangsformen verlangen.
Aber die Erbitterung des Erbschwagers war auch nachher noch so groß und das Hin und Her der Debatte, ob man den Geist nicht doch hätte zu Ende hören sollen, er würde ja bald wieder kommen und stören, daß das Medium selber bat, die Sitzung aufzuheben. Man sähe übrigens, wie recht er gehabt hätte, vor einer Zitierung des Brauers zu warnen. Man griffe da in ein Wespennest. Es würden noch ernstere Zwischenfälle kommen. Aber wenn man darauf bestünde –
Und man bestand darauf. Denn sogar die Fehlversuche hatten die Mitglieder begierig gemacht, noch mehr über Art und Zusammensetzung des Jenseits zu erfahren, und das Medium war offenbar vorzüglich im Schuß. Drüben ging es sichtlich viel natürlicher zu, als man sich vorgestellt hatte. Zum Beispiel, fand der alte Valley, der Vorsitzende, sähe man schon jetzt: die Geister stünden drüben in Gruppen herum und warteten wie in einem entlegenen Gebirgsort, daß ihnen einer Nachrichten brächte. Natürlich, es hapere mit dem Verkehr, jedenfalls bis jetzt. Gewisse Mängel, wie das Erscheinen falscher Geister, hingen damit zusammen. Wenn einer Post erhielte, stürzten gleich alle darauf zu und dächten, es wäre etwas für sie.

Man schaltete, um Wiscott im Gleichgewicht zu halten, eine öffentliche Sitzung mit Routinedarbietungen ein, die gut verlief. Und dann die nächste Sitzung in Sachen van Steen.
Diesmal kam er sofort. Es stellte sich aber etwas heraus, worauf man nicht gefaßt war. Man wollte doch den Geist nach den näheren Umständen des Mordes befragen. Er aber wußte von nichts, nicht einmal von seinem Tod. Das war die Höhe. Alles war bei Beschwörungen dem Verein schon passiert, aber daß ein Geist überhaupt nicht wußte, daß er Geist war, hatte man noch nie erlebt. Van Steen benahm sich, als er zitiert wurde, in der Tat völlig lebfrisch und genau so, wie ihn seine Vereinsbrüder kannten. Als auf den Wunsch des Vorsitzenden das Medium ihm versicherte und wiederholte, er wäre wirklich nur ein Geist, bat van Steen die Anwesenden, doch mit ihm keinen Spaß zu machen. Er liebe solche Scherze nicht, er hätte ein schwaches Herz, es könnte ihn umbringen.
Darauf ging man schonend vor. Denn was sollte man wirklich machen, wenn einem ein zitierter Geist mitten in der Sitzung erkrankte, vielleicht einen Herzanfall erlitt? Wie sollte man ihm beispringen? Wie würde man ihn los? Und wenn er stürbe – das Medium mit einem toten Geist –, nicht auszudenken. Man lernte und sah immer deutlicher, welche falschen Vorstellungen man sich von den Geistern gemacht hatte und wie natürlich es auch im Jenseits zuging.
Man sprach nun zu van Steen davon [da man doch an die Mordsache heranmußte], daß er sich vor drei Wochen ‚aus der Stadt zurückgezogen habe'.
Ja, bestätigte er, er könnte es in dieser schmutzigen und verkommenen Kleinstadt nicht aushalten.
Das erregte nun wieder einige lokalpatriotische Anwesende. Sie wollten antworten. Der Vorsitzende verstand es, sie im Zaum zu halten. Er tippte gegen seine Stirn: man müßte den Geist nicht für voll nehmen, es sei eben ein ungewöhnlicher Zustand.
Van Steen erzählte darauf durch den Mund des Mediums, er

hätte sich auf Reisen begeben und befände sich ‚anderswo'. Er sagte geheimnisvoll und hochmütig ‚anderswo'. Es lohnte ihm offenbar nicht, den Spießern hier, seinen ehemaligen Vereinsfreunden, zu verraten, wo.

Höflich antwortete der Vereinsvorsitzende: Eben darum, weil er sich auf Reisen begeben habe und man so lange ohne Nachricht von ihm sei, habe man diesen Versuch unternommen, sich mit ihm in Verbindung zu setzen, unter gütiger Mitwirkung des ihm ja wohlbekannten Wiscott.

Darauf gab van Steen ein etwas verächtliches Schnüffeln von sich. Man hatte einen wunden Punkt berührt. Wie wir wissen, hatte das Medium vorher mitgeteilt, es fühle sich dem van Steen gegenüber nicht wohl. Nun, van Steen mochte ihn auch nicht. Offenbar setzte nun eine innere Debatte, eine Privatunterhaltung zwischen Geist und Medium ein. Man hörte ein unartikuliertes Flüstern. Das Medium drehte sich und zuckte. Es schien mit dem Brauer zu streiten. Wie würde es auslaufen? Aber es glättete sich alles, und van Steen, der sich nun anscheinend in sein Schicksal fügte, trat nonchalant mit einer merkwürdigen Behauptung hervor:

Natürlich kenne er Wiscott und wisse, welchen Beruf der ausübe. Aber so einfach, wie sie sich die Dinge vorstellten, lägen sie doch nicht. Sie glaubten wohl, sie hätten ihn durch Wiscott [den er plötzlich seinen guten Freund nannte] zitiert. Sie ihn? Nun, Wiscott könne ihnen darüber reinen Wein einschenken. Ihn, den Brauer, hätte niemand zitiert, er ließe sich von niemand zitieren und nun gar nicht in so ein schmutziges Kleinstädtchen [er ließ nicht davon]. Nein, es wäre umgekehrt. Ihm wäre drüben in irgendeinem Zusammenhang dieses Dorf E. eingefallen, und da hätte er Lust bekommen, wieder einmal einen Blick auf die kläglichen Umstände zu werfen, unter denen er eine kleine Zeit seiner Existenz zugebracht hätte, mit Bierbrauen natürlich, womit denn sonst, was könnten denn die Leute hier anders als sich betrinken, um über diesen Jammer hinwegzukommen. Kurz und gut, er und einige Bekannte drüben

hätten den Verein beschworen, zitiert, und da wäre er nun, und nun wollte er ein paar Anwesende befragen nach ihrem Befinden, ihren häuslichen Verhältnissen. Er wolle ihnen auch postum noch einige Aufklärungen geben, die für sie und ihre Angehörigen nicht uninteressant wären.
Darauf entstand ein Tumult in der Gesellschaft. Sie waren alle überzeugte Spiritisten, aber einseitige; daß sie das Jenseits zitierte, ängstigte sie. Auch die angedrohte Aufklärung gefiel mehreren Mitgliedern nicht. Wer weiß, was van Steen meinte. Einige Mitglieder erhoben sich. Man stieß die Tür auf. Licht drang ein. Während nun alle aufstanden, saß Wiscott noch in Trance, gestikulierte und flüsterte vor sich. Man brauchte Zeit, ihn aufzuwecken, er wurde einfach von drüben festgehalten. Schließlich, bei offenen Fenstern, schüttelte sich Wiscott, sah sich verlegen um, lachte verlegen und bat um Entschuldigung. Sie hielten es für ihre Pflicht, ihn darüber aufzuklären, was sich ereignet hatte. Sie wiederholten einige Bemerkungen van Steens. Wiscott brummte nachdenklich: ihm hätte schon lange so etwas geschwant. Es sei klar, man arbeite sich von hüben und drüben wie bei einem Tunnelbau entgegen, und da könne man drüben schon zu der Auffassung kommen, sie seien es, die das Diesseits zitierten – was gut zu den Grundideen und zu der allgemeinen Auffassung des Vorsitzenden paßte. Der Verein hieß übrigens ‚Freie Durchfahrt‘.
Natürlich reizte Wiscott durch seine Bemerkung nur die sportliche Ungeduld des Spiritistenklubs, und sie konnten nicht früh genug zu ihrer nächsten Sitzung kommen.

Die Sitzung war da. Der Brauer meldete sich sofort, quasi mit einem Ruck: «Da wären wir.»
Es zeigte sich, diesmal war van Steen mit einer ganzen Truppe angerückt. Ja, er brachte eine Bande von Geistern mit, und alle redeten durch das Medium bzw. suchten durch das Medium zu sprechen, das natürlich einem solchen Ansturm nicht gewachsen war. Sie redeten durcheinander. Man rief vom Diesseits und

Jenseits «Sst». Van Steen suchte sich durchzusetzen, aber es gelang ihm nicht. Im Vorgefühl des Kommenden hatte übrigens Wiscott schon vor der Sitzung gebeten, ihn von seinem üblichen Fauteuil zu befreien und ihm zu gestatten, sich auf die bequemere Chaiselongue zu setzen, mit dem Rücken gegen die Wand. Da saß er, von den Mitgliedern umringt, aber bald legte er sich um; nun redete er, flüsterte, kicherte und protestierte, wie die Geister es ihm eingaben, bald höher, bald tiefer. Es war nicht immer leicht, die Stimmen zu unterscheiden.
Den Spiritisten war klar: Wiscott war jetzt ein Fernrohr, durch das sie hauptsächlich von drüben blickten. Einige fragten sich im geheimen, im Hinblick auf das hohe Honorar Wiscotts und sein üppiges Leben: hatte er sich vielleicht, dieser Tausendsassa, denen drüben verkauft, was mochten sie ihm dafür zahlen, und wie und womit – wenn er sich nur nicht zu sehr mit ihnen einließ.
Man kann sich denken, was für ein Kuddelmuddel entstand, als man gleichzeitig von beiden Seiten das Fernrohr oder Sprachrohr benutzen wollte. Man mokierte sich von beiden Seiten übereinander, gab sich Verkehrsvorschriften, es hielt sich aber in gesellschaftlichen Grenzen.
Nach dieser ersten Fühlungnahme trat man resolut an die Frage des Mordes heran.
«Wer soll ermordet sein?» lachte der Ermordete, den schon das vorangegangene Geplänkel sehr erfrischt hatte. Sehr vorsichtig gab ihm Valley zu verstehen, daß er es selber wäre, aber Valley hätte ruhig deutlicher sein können, der Geist nahm es doch nicht zur Kenntnis. Unentwegt kam er sich auf Reisen vor und glaubte, man scherze mit ihm. Er litt sichtlich an einer postumen Gedächtnislücke, vielleicht entsprechend der Lücke, die der Mörder ihm mit einem stumpfen Instrument in den Schädel geschlagen hatte. Nun fragte sich, wie sag ich's meinem Kinde. Schließlich wieder und wieder von seinen ehemaligen Vereinsbrüdern darauf hingewiesen und bedrängt, mußte van Steen den Tatsachen in die Augen sehen und zog sich nun, wie er nach

einer Pause mitteilte, zur Beratung mit seinen Spießgesellen zurück.
Er gab eine Weile kein Zeichen. Inzwischen pfiff das Medium vergnügt auf dem Diwan und schmunzelte mit geschlossenen Augen vor sich hin. Es schien sich gut zu unterhalten, wer weiß mit wem.
Dann erschien van Steen wieder, diesmal ohne Eskorte. Er war mürrisch und tat so, als ob er nichts wüßte, nichts gehört hätte, und man mußte ihm alles nochmal sagen. Er fragte merkwürdigerweise oder dummerweise auch, mit wem er es hier eigentlich zu tun hätte. Man begriff sehr bald, warum er sich so verhielt. Man konnte es den Zwischenrufen entnehmen, die von drüben kamen – einige Geister hielten sich in der Nähe auf. Van Steen genierte sich einfach vor denen drüben. Er wollte weder mit dem Spiritistenverein noch überhaupt mit dem Diesseits etwas zu tun haben oder gehabt haben. Es gehörte drüben zum guten Ton, nicht von den Menschen abzustammen – wie und warum, war eigentlich unverständlich, da sie doch alle von Menschen abstammen mußten [oder gab es welche von anderer Herkunft?]. Jedenfalls taten sie drüben so, als wenn sie durch die Bank vornehme Originalgeister wären, wieder einmal eine Bestätigung dafür, daß die Verhältnisse hüben und drüben gleich sind.
Sobald die Vereinsspiritisten merkten, daß es sich so verhielt und daß ihr guter alter Brauer sich schämte, von Menschen abzustammen, er, ein bodenständiger Geist, ein Originalgeist, er, dieser lustige Bruder, gerieten sie in fröhliche Stimmung und pflaumten das arme Wesen gewaltig an. Sie begrüßten van Steen jovial. Sie machten Anspielungen auf seinen Brauerberuf, der ihm eigentlich von Natur zugefallen wäre und herrlich zu ihm gepaßt hätte, seine Brauerei floriere übrigens noch. Sie wiesen auf gewisse ausgelassene Stunden hin, die man gemeinsam hier in E. vor und nach den Sitzungen erlebt hätte.
Van Steen konnte sich nicht mehr drücken, es standen ihm zu viele gegenüber, und hinter ihm hetzte man und verwirrte ihn,

und da suchte er seine Vergangenheit zu vertuschen, brauchte großartige Worte, sprach von theoretischen und philosophischen Dingen, natürlich völlig unsinnig, denn das lag ihm nicht und es waren bloß aufgeschnappte Worte, mit denen er bei seinen Spießgesellen im Verein, die freilich auch nichts davon verstanden, ein helles Hohngelächter erregte.

Die Geister, welche sich hinter und um ihn währenddessen in immer größerer Zahl einstellten, verfolgten diese Debatte mit gespannter Aufmerksamkeit. Sie mischten sich hie und da ein und unterzogen schließlich van Steen einem Kreuzverhör. Man kann es schon, weil es so scharf und so durcheinander ging, ein Kreuz- und Querverhör nennen, kurz ein Verquer. Sie steigerten seine Verlegenheit und trieben ihn in die Enge. Da konnte van Steen, direkt befragt und ersucht, nur mit Ja und Nein zu antworten, nicht mehr leugnen und mußte zugeben, bestimmte anwesende Personen zu kennen und wiederzuerkennen. Man unterstrich mehrmals das ‚wieder' und trieb ihn so zum Geständnis.

Und da, diffamiert wie er war, biß er um sich und fauchte seine Quälgeister an:

«Gewiß, stimmt, richtig. Und wenn, was ist dann? Wer seid ihr denn? Wo seid ihr her? Stammt ihr etwa aus einem Hühnerei? Oder aus einem Bilderbuch? Bitte heraus mit der Sprache. Jetzt bin ich dran, zu fragen.»

Ein schallendes, sich über Minuten hinziehendes Hohngelächter des Jenseits, in das auch das gesamte Vereinsmeiertum einstimmte, antwortete ihm.

Die Geister fühlten sich, wie wir hier einschalten wollen und um sie nicht in einem falschen Licht erscheinen zu lassen, tatsächlich unschuldig. Sie hielten sich für urwüchsige und einheimische Geister und glaubten Grund zu haben, einen bloßen Passanten oder Zuwanderer, Einwanderer in die Schranken zu verweisen. Sie waren nämlich sämtlich, soweit sie da hinter van Steen geschlichen waren und jetzt den Chor um ihn bildeten, uralt. Einige stammten aus der Eiszeit, einige aus der ägyp-

tischen Frühperiode. Es gab da auch Leute, die noch trockenen Fußes durch das Rote Meer gewandert waren, und einer war beim Bau der Cheopspyramide an Malaria gestorben. Ihnen allen fehlte jede exakte Erinnerung an das Diesseits. Und was soll man zu mehreren Säuglingsseelen sagen, indianischen Säuglingen von aztekischer Herkunft, die erst im Jenseits zu normaler Größe herangewachsen waren – auf was sollten oder konnten sie sich besinnen? Die Erinnerung an die Mutterbrust, das Saugen an einem Gummistöpsel hält nicht lange vor und bietet keinen ausreichenden Stoff für eine Ewigkeit, nicht einmal für Jahrtausende. So konnten alle, Ägypter, Steinzeitler und aztekische Säuglinge, mit gutem Gewissen den Neuankömmling van Steen auslachen, der überführt war, drüben das Brauereigewerbe getrieben zu haben, und dem man dabei den Schädel eingeschlagen hatte, er, ein Schandflecken am Jenseits, ein Dreckspritzer von der pöbelhaften Erde.
Inhaltslos aber, wie Geister nun einmal sind, sind sie auch neugierig, und neugierig in größtem Maße. Gelegentlich fluten förmliche Unruhe- und Sensationswellen über das Jenseits. An solchem Neuigkeitsfieber litten alle hier anwesenden Geister, und deswegen hatten sie sich um van Steen gerottet und waren ihm in die Sitzung nachgeschlichen.
Der Brauer, nun doch schon entlarvt und gereizt [ihm war alles gleich], stellte unter gieriger Aufmerksamkeit seines Gefolges Fragen an die Lebenden in seiner Angelegenheit. Er verlangte Auskunft über seine letzten Tage, die man gern gab: er hätte friedlich und fidel gelebt, sie seien manchmal mit ihm zusammen gewesen, vielleicht äußere er sich selber über einige Damen, die sich an ihn attachiert hätten, vielleicht zu Erwerbszwecken. Man ging dann direkt zu dem Mord über und sprach von den Wertsachen, die man gestohlen hätte, und von den Pyjamas und Oberhemden. Man stellte fest, daß bei Erwähnung dieser Wäschestücke ein verblüfftes und entzücktes «Ah» durch die Reihen der Geister lief, was man absolut nicht begriff. Van Steen aber hielt sich an den Mord, den man an ihm vollzogen

hatte, und wollte Details wissen. Er geriet in große Not und schrie: «Das hätte ich erleben müssen. Da hätte ich bei sein müssen!»

Der Kriminalbeamte, als Gast zugegen, hielt seinen Augenblick für gekommen und stellte mit der Naivität des Anfängers die Frage: «Also, wer war es?»

Er berücksichtigte nicht den Zustand van Steens, der ja völlig unter dem Eindruck des ihn betroffenen Unglücks stand, und er empfand es als Unglück und schämte sich dessen vor seinen Geisterkollegen nicht.

«Ich weiß es nicht», heulte er. «Es ist eine Niedertracht, eine Gemeinheit. Wie soll ich es wissen, wenn man einem solch Loch in den Kopf schlägt!»

Und dann stammelte er, wie gräßlich es bei den Menschen wäre, wie scheußlich sie mit einem verführen und daß man wegen eines solchen Lochs im Kopf sterben müsse. «Ich werde nie wieder Mensch, ich schwöre es, ich laß mich nicht mehr drauf ein. Solch wacklige Existenz. Beim kleinsten Kanonenschuß ist man tot.»

Der Verein saß tief betroffen. Es war leider zu wahr.

Man lud den Brauer, der nun jede Scheu vor seinen Kollegen abgelegt hatte, welche übrigens mäuschenstill zuhörten, so versessen waren sie auf die Geschichte, ein, sich doch anzustrengen. Vielleicht fiele ihm doch dies und jenes ein, was auf die Spur des Mörders bringen könnte. Man schilderte das verhängnisvolle Hotelzimmer und berichtete, wie man ihn da dekoriert hätte. Dabei verließ ihn seine Trauer. Er ließ sich ausführlich über seine postume Ausschmückung aufklären. Er kicherte und fragte mehrmals nach den Servietten in seinem Stiefel, wobei er herzlich lachte:

«Meinen die etwa, ich esse aus den Stiefeln? Halten die mich für so betrunken? Das muß ja heiter zugegangen sein.»

Dann seufzte er elegisch. Die Servietten schienen ihn an etwas zu erinnern. Und da fragte er unvermittelt – es war, als ob eine Bombe einschlug – nach Eveline Dutort! Er beschrieb sie als

eine ansehnliche, reizvolle Person, als ein charmantes Wesen. Er wußte den Namen des Theaters, an dem sie spielte, und kannte sogar die Bühnenschau, in der sie [kurioses Ding] noch jetzt mitspielte, Publizität im Jenseits. Melancholisch wiederholte er mehrmals ihren Namen und sann. Die Gedächtnislücke schien sich etwas zu schließen.
«War sie es?» drängte der Kriminalist.
«Vielleicht», seufzte der Geist. «Wer kann es wissen. Vielleicht sie. Es kommt mir so vor. Einem ein solch Loch in den Kopf zu schlagen. Mit einem stumpfen Instrument? Mit was für einem?»
Aber das wollte man grade von ihm wissen.
Er meditierte: «Ein stumpfes Instrument. Ein scharfes muß nicht zur Stelle gewesen sein.» Und er staunte: «So eine Krabbe. Nicht einmal etwas Scharfes.»
Er zog sich kopfschüttelnd mit seinem schweigenden Gefolge zurück, um nach einigen Minuten wiederzukommen und sich für das bewiesene Interesse zu bedanken, auch um sich zu erkundigen, wo man ihn begraben hätte. Er würde gleich hingehen.
Der Verein war schon im Begriff, Hals über Kopf davonzulaufen, um der Presse das großartige Resultat mitzuteilen, als das Medium, noch in Trance, Zeichen gab. Man achtete auf Klopfsignale aus dem Jenseits. Die drüben wollten wissen, wann man wieder zusammenkäme.
Der Vorsitzende sagte: «Freitag.» [Es war Dienstag.]
Die drüben dankten kurz und meinten, man müsse das Eisen schmieden, solange es warm sei.
Damit endete die Sitzung. Man wird übrigens van Steens Wut auf das Jenseits besser verstehen, wenn man weiß, womit der bequeme und lebenslustige Mann drüben im Jenseits beschäftigt wurde. Mit – Müllabfuhr! Das war die übliche Beschäftigung für eine gewisse Sorte von Neuankömmlingen, deren Herz noch sehr an irdischen Dingen hing und die es drüben sehr wild getrieben hatten. Es betraf auch eitle Gesellen, Berühmtheiten wie Wissenschaftler, Maler, Schriftsteller, Tenöre und

Feldherren. Denn es gab Müll im Jenseits, herrührend von der ungeheuren Masse an faulen, trockenen und wertlosen Ideen und Neigungen, die jeder mit sich herschleppte und allmählich von sich warf und quasi ausschwitzte, Dinge, die in dem strengen, edlen und geistigen Jenseits keinen Platz mehr hatten oder haben durften. An diese traurige Latrinentätigkeit war der lustige van Steen verwiesen. Er mußte mit anderen diesen täglichen Abfall zusammenkehren und zur Verbrennung transportieren. In seinem Kummer streute er, wie viele andere, das Zeug oft einfach auf die Erde herunter.

Man kam aber noch früher zusammen, als man festgesetzt hatte, nämlich schon am Donnerstag, weil sich inzwischen etwas ereignete, was den Verein bewog, in der Angelegenheit ein beschleunigtes Tempo einzuschlagen.

Wie man sich entsinnt, hatte van Steen, bevor er sich verabschiedete, angekündigt, er wolle sein Grab auf dem Friedhof besuchen, ein Vergnügen, das Geister seit altersher schätzen und das man ihm nicht abschlagen mochte. Mehrere aus dem Verein hatten sich darauf früh am nächsten Morgen in Bewegung gesetzt und das ziemlich ungepflegte Grab in Ordnung gebracht und mit einigen Blumen geschmückt. Sie hatten es auch sonst, zum Empfang und zur Begrüßung des Geistes, ihres ehemaligen Vereinsbruders, sinnvoll dekoriert mit einigen vollen Bierflaschen seiner eigenen Firma und mit einem Schild oben auf dem Grabhügel, welches dem Besucher zurief: «Willkommen in der Stadt deines früheren Wirkens, und weiter glückliche Reise.»

Am nächsten Morgen, am Donnerstag, meldete nun der Friedhofwärter, daß sich in der Nacht auf dem verschlossenen Terrain ein Akt von Vandalismus ereignet hätte. Unbekannte Personen seien eingedrungen und hätten den pietätvollen Aufbau der Spiritisten zerstört. Die Flaschen seien geöffnet und das Bier vergossen worden, die Blumen zerstreut. Die Begrüßungstafel war verschwunden. Auch in der Umgebung des Grabes hätten die Buben ihren Mutwillen getrieben. Während die Öffentlichkeit sich bloß über das Treiben der Spiritisten amüsierte und behauptete, die Bierflaschen hätte natürlich der Friedhofwärter ausgetrunken und er hätte auch das übrige besorgt, um den Spiritisten etwas vorzumachen, stand es bei den Vereinsbrüdern fest, das hätten die Geister unter Führung von van Steen angerichtet, in Entrüstung über das Verbrechen. Man setzte die Sitzung für den Abend an.

Sofort, wie man in die Verhandlung eintrat, entstand eine technische Schwierigkeit, die man hätte voraussehen können. Wiscott, das Medium, konnte es nicht leisten. Die Leitung war überbesetzt, die Strecke verstopft. Ein gutes Dutzend Geister redeten gleichzeitig auf ihn ein. Er lag auf dem Sofa, warf sich von einer Seite auf die andere und hielt sich die Ohren. Er stieß unartikulierte Laute aus. Zuletzt flossen ihm Tränen aus den Augen, und es blieb nichts weiter übrig, als ihn aufzuwecken. Wie er dann dasaß, mit dem Rücken gegen die Wand, machte er einen kläglichen Eindruck und flüsterte, die drüben hielten keine Ordnung, sie seien außer Rand und Band, was solle er bloß machen.

Man einigte sich darauf, heute nur einen beschränkten Verkehr mit dem Jenseits aufrecht zu erhalten und im beiderseitigen Interesse die drüben zu bitten, auf Ordnung zu sehen. Man würde, um alle Ansprüche zu befriedigen, morgen wieder voll und mit mindestens zwei Hilfskräften arbeiten, worauf man den Personenverkehr, Bummelzug ‚Diesseits-Jenseits' via Wiscott, wieder aufnahm.

Heute befand sich übrigens Mademoiselle Eveline Dutort an Ort und Stelle, begleitet von einem Kriminalbeamten, um dem Opfer gegenübergestellt zu werden. Nun, hier handelte es sich um ein anderes Konfrontieren als das des Königs Claudius im Hamlet bei einer Theateraufführung mit einem bloß gespielten Opfer. Hier wurde der Verbrecher dem Opfer selber, dem Ermordeten in Person [wenn auch vergeistigt], gegenübergestellt. Da saß nun Eveline üppig und schnippisch an der Tafel vor der

Chaiselongue, abwechselnd frech und verschüchtert; meist spielte sie Gleichgültigkeit, warf kokette Blicke und sah sich kichernd in der sonderbaren Umgebung der Spiritisten, lauter kleinen Spießern und Spießerinnen, um, ein echtes Bild der Schuld, zum mindesten der Mitschuld, der Teilnahme, der Mitwisserschaft. Zynisch erwartete sie so die Anklage aus dem Jenseits. Der Beamte neben ihr zischte sie an, als sie das Medium mit einem verächtlichen «Pah» begrüßte: «Haben Sie sich nicht so, Fräulein.»

Sobald die Geister erschienen und ihren Protest gegen die Beschränkung der Redezeit und der Rednerzahl vorgebracht hatten, um sich dann aber in das Unvermeidliche zu fügen, wandten sie, jetzt hintereinander, ihre Aufmerksamkeit Fräulein Eveline zu. Sie richteten das schwere Geschütz ihres Jahrtausende alten Scharfsinns auf sie. Sie begrüßten sie im Gänsemarsch mit: «Hallo, Eveline», «Hallo, Darling», «Kleiner Schäker, du auch?» «Wie gefällt's dir bei uns, Puppchen?» «Für wen hast du dich so fein herausgeputzt? Wer ist heute der Glückliche?»

Sehr vornehm waren diese Geister nicht. Und was für eine Sorte man vor sich hatte, konnte man auch aus den Fragen ersehen, die sie an die junge Dame richteten. Ein kurioses Kriminalverfahren, eine fröhliche Gerichtssitzung. Sogar der Beamte neben der Dame gestand, er hätte sich Geister anders vorgestellt. Er hegte eben auch klassische Vorstellungen, aber hier trat ihm die Realität entgegen, derb und saftig, und er staunte und schmunzelte.

Von den Fragen, welche die Geister an Eveline richteten, betraf nicht eine einzige den Mordfall van Steen. Der Ermordete selber hielt sich scheu und geduckt im Hintergrund und ließ die andern machen.

Was die Herrschaften wissen wollten? Lauter Dinge aus dem Gebiet der Fortpflanzung. Das ist für uns erstaunlich, aber wenn man sich in einen Geist und seine Lebensumstände hineindenkt, wird man es begreifen. Zehntausend und fünfzigtausend Jahre

sind keine Kleinigkeit. Und wenn einer so alt ist und sich nur noch unter solchen Veteranen tummelt, was muß er wohl empfinden, wenn er sich plötzlich einer zweiundzwanzigjährigen, pikanten und tadellos aufgemachten Dame gegenübersieht, Fräulein Eveline Dutort vom Variété in der Stadt E.?
Die Bande war völlig aus dem Häuschen. Gestern nacht hatten sie sich unter van Steens Führung jungenhaft, man kann schon sagen lümmelhaft auf dem Friedhof benommen, in Zorn über das Kriminalverbrechen, das gegen einen von ihnen verübt war [jedenfalls unterstellen wir, sie waren auf dem Friedhof], das mag sie erfrischt, in Schwung und auf den Appetit gebracht haben – und nun heute unerwartet Eveline gegenüber.
Wenn einer unserer Leser, in Parenthese, etwa fragt: Wie ist es überhaupt möglich, daß Geister, die doch durch Wiscotts Vermittlung mit dem Diesseits kommunizieren, daß sie Fräulein Eveline überhaupt sehen und noch dazu in dem Halbdunkel, das hier herrschte, als junge Dame erkennen, dieses nach fünf- oder zehntausend Jahren, wie soll das möglich sein, so lautet die Antwort darauf, simpel und klar: die Geister taten es. Sie taten es. Und in diesen sauern Apfel müssen die Skeptiker beißen. Übrigens, wenn die Geister durch die geschlossenen Augen des Mediums im Halbdunkel sehen und erkennen konnten, so ist das noch das geringste, was ein Geist kann – wenn er will.
Was ihr Interesse an Eveline und die Frage nach der Fortpflanzung anlangt, so berücksichtige man vor allem das hohe Alter der Geister. Können wir uns zum Beispiel vorstellen [die Frage eines klassischen Dichters]: wie wohl es dem Fischlein auf dem Grunde ist? Wir können es nicht. Dabei stammen wir alle aus dem Wasser und von Fischen ab, und keine Erinnerung lebt in uns, höchstens noch bei kleinen Kindern in Gestalt der Wasserscheu zum Zeichen, daß es auf dem Grund so schön, wie es sich der Dichter vorstellt, doch nicht war. Als man den vergeistigten Alten schmunzelnd den und jenen Wink gab – was Geschlechter seien, wozu eine Dame von Nutzen sein könnte –, lachte

Eveline froh und leichtherzig. Sie verheimlichte in diesem Punkte nie etwas. Wie aber die Senioren in Details eindrangen, ergriff die Heiterkeit sturmartig alle. Die Spiritisten selber bogen sich vor Lachen. Nur das Medium blieb ernst, ein Zeichen für die Tiefe seines Trancezustandes.

Es wurde klar, daß die Geister selber sich durch bloße Zufuhr von außen, aus anderen Welten, aus dem kosmischen Reiseverkehr vermehrten. Als sie daher verständnislos die Worte Vater, Mutter, Sohn, Tochter vernahmen, wollten sie wissen, erstens wie das geschehe, und zweitens, warum die Diesseitler sich nicht in der bequemen Weise wie sie selber vermehrten, einfach durch Import, eine Frage, die in der Tat die Vereinsmitglieder stutzig machte. Und man wußte auch nichts der Bemerkung der Geister entgegenzusetzen: das Diesseits könne nicht importieren, weil es offenbar wenig Anziehungskraft auf andere Welten ausübe. Diese Anziehungskraft sei so gering, daß sogar dem auf der Erde wohnenden Menschen nach einiger Zeit nichts weiter übrig bleibe, als sich davonzumachen – oder sich auf schwierige Weise zu teilen. Die Geister staunten:

«Wie könnt ihr das aushalten auf der Erde? Immer bloß unter euch? Und die Neuen stammen auch bloß von euch?»

Der Verein gab zu, es wäre auch nicht leicht.

Die Geister: «Darum veranstaltet ihr wohl auch spiritistische Sitzungen?»

Man bejahte freudig. Man hatte eine neue triftige und ernste Begründung für den Spiritismus gefunden.

Die Geister zogen weiter ihre Schlüsse: «Ihr tut euch also in der angegebenen Weise zusammen und teilt euch im Grunde nur, um die Lücken zu schließen, die immer wieder bei euch entstehen durch das Abwandern in andere Welten.»

Man nickte: «Man nennt das Tod. Keiner kann ihm entgehen.»

Sie lachten: «Kann keiner? Wie das klingt. Ja, wer will denn bleiben? Wer hält es denn aus? Und was geschieht mit den Neuen?»

«Mit den Neugeborenen? Die erziehen wir, wenn sie heranwachsen. Wir erziehen sie und unterrichten sie in den Schulen und Universitäten.»

Die Geister waren sprachlos.

«Entsetzlich», sagten sie schließlich. «Entsetzlich. Ihr erzieht? Ihr unterrichtet? Dann kann sich ja nichts ergeben. Da verhindert ihr ja jede Möglichkeit, daß sich etwas Neues bildet.»

Die Vereinsspiritisten saßen stumm. Von dieser Seite hatten sie die Dinge noch nicht betrachtet. Die Geister rangen [quasi] die Hände:

«Ihr kommt nicht von der Stelle. Ihr müßt verkommen.»

Dabei schienen sie selber diese elende menschliche Existenz recht schmackhaft zu finden. Es war ein hinterlistiges und verlogenes Gespräch seitens dieser Veteranen, wenn man ihr ungeheures Interesse für Eveline bedenke.

«Das ganze Manöver der Fortpflanzung», warfen plötzlich die gierigen Herrschaften in die Debatte, «ist offenbar von euch erfunden, um die Stagnation und die Monotonie auf der Erde zu überwinden.»

«Richtig», kreischte Eveline, «da habt ihr den Nagel auf den Kopf getroffen. Es ist wahr. Dazu haben wir die Liebe.»

Und sie geriet förmlich in Begeisterung und entblödete sich nicht [aber sie war Schauspielerin und Tänzerin und an Enthüllungen gewöhnt], den Geistern via Wiscott vor den ernsthaften Männern und Frauen des Klubs und vor ihrem Kriminalbeamten ein berauschendes Bild von der Liebe zu entwerfen, welche zu den interessantesten, sehenswertesten, spaßhaftesten und aufregendsten Dingen gehörte, die auf der Erde vorkämen, welche faktisch ohne sie zum Sterben langweilig wäre.

Das elegante Medium warf sich an dieser Stelle heftig auf der Chaiselongue und gab ein, man möchte sagen bremsendes, Räuspern von sich. Eveline nahm es zur Kenntnis. Sie räusperte sich provozierend. Darauf trat mit einemmal der Brauer van Steen hervor, um, nach einem unverständlichen Gemurmel und als wüßte er nichts und wäre blind, die Frage zu stellen, ob in

der heutigen Sitzung zur Untersuchung des Mordes an ihm das von ihm benannte Fräulein Eveline zugegen und bereit sei, auszusagen.
Kräftig antwortete der Kriminalbeamte: «Die ist da.»
Van Steen stöhnte: «Einem solch ein Loch in den Kopf zu schlagen.»
Alle spitzten die Ohren, das Verbrechen kam aufs Tapet. Eveline wollte sofort mit ihrer Verteidigung beginnen. Aber der Beamte, der es merkte, drückte sie auf den Stuhl zurück und zischte: «Warten Sie ab, bis Sie gefragt werden.»
Sie schrie: «Lassen Sie mich los.»
Der Brauer, tragisch: «Solch Loch. Ich kann mich noch immer nicht besinnen. Ich bin noch immer ganz benommen.»
Vielstimmiges Gelächter, welches das arme Medium nur mühsam hervorbrachte, folgte. Das Jenseits amüsierte sich unbarmherzig über das alberne Gebaren seines Kollegen. Einer schrie: «Willkommen im Diesseits», und gleich darauf flog ein Gegenstand durch den Raum und landete an der Tür. Wegen der Dunkelheit und weil man die Sitzung nicht unterbrechen wollte, konnte man nicht nachforschen, um was es sich handelte.
Der tränenselige Brauergeist: «Ja, auf den Friedhof haben sie mich geschleppt und eingebuddelt.»
Das war mehr, als das Jenseits ertragen konnte. Das Medium wurde förmlich vom Gelächter zerrissen. Als die Dame, die Angeklagte, dazwischenrief und sich nicht beruhigte und der Brauer unentwegt stöhnte, verloren mehrere Spiritisten die Geduld und ergriffen Evelines Partei gegen ihren sentimentalen Ankläger, der nichts Substantielles vorbringen konnte. Auch die Geister traten, natürlich, auf ihre Seite. Sie brachen dabei die im Beginn getroffene Verabredung, nacheinander zu sprechen, das Medium geriet in einen üblen Zustand, es hob die Arme, es konnte nicht folgen. Es vermochte dieses fabelhafte Durcheinander von Lachen und Protestgeschrei nicht zu ertragen. Im Jenseits mußte wegen Eveline oder van Steen alles drunter und drüber gehen. Man war sich in die Haare geraten.

Das Medium schrie verzweifelt, und es blieb nichts übrig, als die unter so günstigen Auspizien begonnene Sitzung abzubrechen.
Was aber lag am Boden, an der Tür? Das – Willkommensschild von van Steens Grab. Die Geister hatten es apportiert.

Stellen wir, bevor wir weitergehen und den Verlauf der beiden letzten Sitzungen schildern und damit zur Aufdeckung des Mordes kommen, aus den vielen kleinen Mitteilungen, Beobachtungen und Vorgängen während der Sitzungen uns ein ungefähres Bild von den Zuständen im Jenseits zusammen. Es kann nur ein ungefähres sein, weil das Material doch nur relativ klein ist und weil man bei allen Angaben der Geister mit ihrer großen Verlogenheit zu rechnen hat. Dies berücksichtigt, kommt man zu folgendem Ergebnis:
Beim Verlassen des Diesseits verlieren die Geister mit ihren Körpern sukzessive ihre Dichtigkeit und werden im Laufe der Zeit immer leichter, dünner. Es ist ein Prozeß fortschreitender Abzehrung, der schnell verläuft, denn hier geht es nun nicht mehr nach Jahren wie bei uns, sondern nach Jahrzehnten, ja Jahrhunderten. Daß ältere Habitués des Jenseits sich Rendezvous für das nächste Jahrtausend geben, ist nicht selten.
Wenn wir von Abzehrung sprechen, meinen wir damit den Verlust an jeglicher Substanz, wozu auch Erinnerungen, Vorstellungen und Ideen gehören. Sie werden leerer und leerer, das heißt: geistiger. Von uns aus gesehen ist es freilich ein Schrumpfungsprozeß und eine Art zunehmender Verdummung. Man kann ruhig von einem fortschreitenden Verblödungsprozeß mit dem Endziel absoluter Geistigkeit reden.
Da den Geistern nun mit ihren Körpern und der sonstigen Substanz alle Abwechslungen der Erde, des Wassers und der Luft verloren gehen, kann man sich ausmalen, wie langweilig ihr Leben verlaufen muß und wie gütig es die Natur eingerichtet hat, für sie die Zeit in erhöhten Schwung zu setzen und in beschleunigtem Tempo, im Galopp verlaufen zu lassen. Die

Geister können so damit rechnen, wenigstens im Laufe einiger Jahrhunderte oder eines Jahrtausends etwas zu erleben.
Im Beginn, frisch von der Erde gekommen, tummeln sie sich noch recht herzhaft. Später, wenn keiner etwas an dem andern bemerkt, keiner und nichts einen fragt und ärgert, sinken sie in eine Art Dolce far niente, in einen Zustand von Faulheit und Trägheit, der notwendigerweise zur Abstumpfung jedes Interesses und aller Gefühle führt, in einen Zustand der Milde und Apathie, wo man nur noch verzeihen kann – ein Gemisch von Wohlwollen und Impotenz, womit man in die Reihen der avancierten Geister eintritt.
Langsam wachsen nun die Weisen heran, die nichts mehr angeht. Sie steigen in die oberen Ränge, in eine Jenseitssphäre, die man die maßgebende und regierende nennt, wo ständig Schlummerlieder tönen und wo man sich nur von Zeit zu Zeit umdreht, um herabzuschnüffeln, ob irgendetwas in der Welt vorgeht, und es bejahendenfalls zu tadeln.
Wir erhalten so die Aufklärung für gewisse Dinge, die einem in spiritistischen Sitzungen auffallen. Denn worüber äußern sich die zitierten, ins Jenseits übergegangenen Wesen, von denen wir eine Vertiefung und Erleichterung aller Fähigkeiten, besonders des Denkens, erwarten? Sie nehmen Grüße von einem Onkel oder einer Tante entgegen, sie geben, als Ehemänner, ihren Witwen Auskunft und Ratschläge, die selten stimmen, sie erkundigen sich nach Verwandten, die gerade zu Besuch sind. Wir hätten von einem Astralleib etwas anderes, etwas Metaphysisches erwartet. So saßen auch hier im Spiritistenklub die Mitglieder um Wiscott und hätten gern, neugierig wie Kleinstädter sind, etwas Authentisches von den ‚vier großen Weltrunden' erfahren und was ein ‚Hyperboräer' über die Zustände in E. dachte, aber die Natur richtet sich nicht nach unseren Wünschen.
Wenn die Geister darauf halten, von Haus aus Jenseitsbewohner zu sein, so tun sie es nicht aus bloßer Eitelkeit. Die Senioren wissen wirklich nichts mehr von ihrem Erdenwallen, und wie

weit liegt es zurück. Es gilt daher als unanständig, sich überhaupt mit irgendetwas zu befassen, und die Neuankömmlinge werden in den wenigen Schulen, die man drüben eingerichtet hat [einrichten konnte, aus Mangel an Lehrkräften], gedrillt, den erhabenen Stumpfsinn der Alten als Gipfel des Erstrebenswerten zu verehren. Personen, die dabei betroffen werden, wie sie nachdenken und sich erinnern, werden ergriffen und in den betreffenden Straftempel transportiert, deren es vier nach den Himmelsrichtungen gibt, wo sie gezwungen werden, eine Seite eines theosophischen Buches zu lernen, wonach sie rasch das Denken aufgeben.

Damit haben wir Zustand und Natur der Geister beschrieben, wozu noch in allen Stadien die Verlogenheit hinzuzufügen ist. Denn obwohl hier die Jahrhunderte so wie nichts abrollen, bleiben die Herrschaften gierig und lecker, und das müssen sie unter dem Druck ihrer Moral verbergen.

Welche Wohltat daher, um zu unserer Geschichte zurückzukehren, als auf Erden der Spiritismus entstand und sich wenigstens einiger Geister annahm. Und welche Aufregung jetzt in gewissen Zirkeln des Jenseits, als man sich erzählte, der frisch angekommene van Steen sei in eigener Mordsache vorgeladen worden, in einem Kriminalverfahren als Zeuge. Wie stürzten sie sich auf ihn, man möchte schon sagen: schamlos. Sie lauerten nur auf so etwas. Und nun ging im ganzen untern Jenseits ein Klatschen und Debattieren los, und plötzlich gab es unter den Augen der in Weisheit versunkenen Regierung eine Art Emanzipation. Ein Haufen Geister sympathisierte offen mit van Steen und stachelte ihn auf, seinen Fall energisch zu betreiben. Man wollte natürlich nur Betrieb machen; so kam es zu den Exzessen auf dem Friedhof und daß man den Menschen ihr Willkommensplakat vor die Füße warf, was soviel hieß wie: Ihr Banditen, ihr mordet einen von uns und verurteilt ihn durch den Mord zu diesem lausigen Jenseits, und dann denkt ihr ihn mit einem Willkommensplakat abzuspeisen.

Wie die Jenseitigen konstatierten, daß die Bahnstrecke nach dem Diesseits überlastet war, verfielen sie, da sie keineswegs gewillt waren, im Gänsemarsch anzutreten, auf denselben Gedanken wie die Spiritisten. Sie verlangten mehrere Leitungen, Verdoppelung und Verdreifachung der Strecke.
Ihr Hauptschreier war ein gewisser Nulpe aus der Steinzeit, welcher verlangte, man müsse die ganze Sache den Spiritisten entreißen und selbst in die Hand nehmen, erstens der Gerechtigkeit wegen und zweitens – aber das Zweite sprachen sie nicht aus, es verstand sich in diesem Kreis von selbst, weil man dann größeren Ulk machen konnte. Nulpe stellte seinen Leidensgefährten vor, wie man im Jenseits zurückgeblieben sei. Nichts unternehme man hier. Man mausere sich wie ein Vogel, ließe erst den schönen Körper auf der Erde zurück, dann spaziere man in einem Astralleib herum, um zuletzt als bloßer Geist seine Tage zu beschließen. Ob das Ganze nun wirklich so ideal und erstrebenswert sei? Die Menschen jammerten zwar über ihre Existenz, aber was sollten die in den Astralleibern sagen? Und Nulpe griff heftig das Jenseits an, das völlig verschlampt sei. Die Geister lägen unbeschäftigt herum und seien nicht einmal imstande, trotz ihrer ungeheuren Neugier eine einzige Verbindung nach der Erde herzustellen.
Es erfolgte wirklich etwas.
Vier Mitglieder des Vereins, sämtlich ältere Personen, freilich an Alter nicht mit Nulpe oder andern Astralwesen zu vergleichen, zwei Damen und zwei Herren, einfache Leute mit geringem Einkommen, deren einzige geistige Bezugsquelle der Spiritismus bildete, sahen sich genötigt, einander und ihrem entzückten Vorsitzenden zu gestehen, sie fühlten in ihren Gliedern etwas Ungewisses, eine Unruhe, Getriebenheit – Liebe sei es nicht –, vielmehr –. Und sie gestanden, sie könnten [glaubten zu können] in Trance verfallen! Sie seien wie influenziert. Sie wären bereit, neben dem hochbezahlten Medium zu arbeiten, ohne Bezahlung. Nichts konnte dem Vorsitzenden mehr gelegen sein, nachdem zwei ältere Medien schon höhere Beträge

verlangt hatten. Wir erkennen das Wirken der konspirierenden Geister.
Und tatsächlich verfielen, als nun die große Sitzung kam und das Licht abgedreht war, nacheinander erst der professionelle Wiscott, dann zu seiner Rechten und zu seiner Linken mehrere Personen in Trance, zum Schrecken der Übrigen, nicht Eingeweihten, die fürchteten, dasselbe Schicksal zu erleiden. Valley beruhigte sie durch Zeichen.
Die Spannung wuchs. Mit dem Kriminalbeamten war Eveline erschienen und sperrte die Augen auf und spitzte die Ohren. Sie hatte Grund, sich zu erregen. Hier wurde schweres Geschütz gegen sie aufgefahren. Denn nun begannen alle fünf in Trance befindlichen Personen durcheinander zu reden, geführt von Wiscott. Je mehr und je unverständlicher sie sprachen, um so größer wurde die Erregung der anderen, nicht Spiritisierten. Eine Unruhe ergriff sie. Sie fühlten, es würde auch auf sie übergreifen, sie würden nicht widerstehen können, sie würden auch sprechen und sprechen, der Himmel weiß was.
Die Astralier unter Nulpes, des Steinzeitlers, Führung hatten sich für diese erste massive Fühlungnahme mit dem Diesseits eine bestimmte Marschroute vorgenommen, nach ausreichender Beratung und nachdem man sogar schon die Eröffnung der neuen Strecke auf Geisterweise durch reichliches Luftschlucken begossen hatte.
Nulpe hatte sich als Sprecher das eine der Amateurmedien, den Kurzwarenhändler Schnüffel, direkt der jungen Eveline gegenüber, erkoren. Infolgedessen konnte jetzt Schnüffel nicht umhin, sich über den Tisch zu beugen und an die Dame eigentümliche und süße Worte zu richten, im Auftrag des ehrwürdigen Nulpe. Die Worte waren freilich derart, daß man sie von einer so hochgradig vergeistigten Person nicht erwartet hätte. Die Bemerkungen Schnüffels bzw. des greisen Nulpe, offenbar Schmeicheleien aus der Steinzeit, betrafen die gut entwickelte Büste der Dame.
Die anderen Medien, auch die beiden spiritisierten Damen,

platzten darauf mit einem Lachen heraus, der Vorsitzende selber wieherte, rief sich aber sofort zur Ordnung, worauf man sich das Lachen verkniff, auf dem Stuhl zappelte und nur krampfhaft ernst vor sich starrte.
Als die angeschnüffelte Dame zwar im Dunkeln errötete, aber nichts erwiderte, immerhin auch den galanten Steinzeitler nicht zurückwies, knüpfte Nulpe [die hier vertretenen Geister waren durch die Bank Männer, der Geruch der Geschichte van Steens hatte fast ausschließlich Herren angelockt] mit Jung-Eveline eine Konversation an und erkundigte sich, wie sie sich auf Erden fühle, ob ihre üppigen Reize hier genügend Anklang fänden. Er wollte auch wissen, ob sie gern reise, und als sie bejahte, empfahl er ihr die wunderbaren Jenseitslandschaften und lobte diese Gegend über den grünen Klee. Er bot sich ihr vorkommendenfalls als Führer an.
Das Jenseits, so prahlte er, sei für jede Art Gesundheit zuträglich. Seit Jahrtausenden seien hier keine Krankheiten vorgekommen. Das mache die freie offene Landschaft, in der alles luftig, von innen und außen ventiliert sei. Und alles Schöne, das man auf Erden unter Kleidern verbergen müsse, könne man hier ohne Gefahr offen tragen.
Der Alte aus der Steinzeit, wild wie eine junge Ziege, schien die Dame animieren zu wollen, sich seinem Zustand [bzw. ihm] zu nähern, wobei er ihr verschwieg und wohl selber nicht bedachte, daß man drüben ja ohne Körper antritt.
Ein gewisser Depp aus Oberägypten, Dynastie des Tut-anchamon, mischte sich ein und lockte noch gröber, handgreiflicher. Alles war wie gemacht, um Eveline bloßzustellen und zu verhöhnen.
Während dieser kuriosen Konversation wuchs die Unruhe in dem Vereinslokal, das mehr und mehr seinen wissenschaftlichen und kriminalgerichtlichen Charakter verlor, und zwar besonders infolge des auffallenden Gebarens der vier Aushilfsmedien, welche unter astralem Einfluß periodisch unartikulierte Laute ausstießen wie «Hot» und «Hü» und «Hüäh», womit zunächst

keiner etwas anfangen konnte. Auch stammelten und knurrten sie. Dieser Enthusiasmus sprang auf andere Vereinsmitglieder über. Und während des auf- und abwogenden Tumultes gab es plötzlich eine Lichterscheinung mitten auf dem Tisch. Eine Flamme züngelte grell auf und erlosch.
In ihrem Schein sah man das Meistermedium Wiscott auf dem Diwan liegen, mit einem ekstatischen Ausdruck, als wenn er in die Ferne lauschte. [Übrigens waren auch in früheren Sitzungen gelegentlich rätselhafte Leuchtbänder um ihn aufgetreten.]
Wiscott bewegte sich, er hob die Arme und rief entzückt:
«Oh, sie tanzen, Astralleiber. Die Geister tanzen.»
Wahrhaftig, sie hatten sich in Bewegung gesetzt, der reizenden Eveline zu Ehren.
Und nun stieß auch Wiscott rhythmische Laute aus, und erst er, darauf die Nichtprofessionellen klatschten in die Hände, rhythmisch.
Die Astralier, die Uralten, tanzten, irdischen Augen nicht sichtbar, eine Huldigung des Jenseits vor dem Diesseits, genauer: eine Huldigung unausrottbarer alter Herren vor dem Ewig-Weiblichen, das Ganze ein Ballett zur Eröffnung der neuen Bahnstrecke und, wenn man es grob materialistisch sieht, ein Exzeß, der auf übermäßiges Lufttrinken zurückzuführen war.
Einige Anwesende, hingerissen, hörten förmlich die Knochen der Geister klappern und ihre Gelenke krachen zum Tanz. Aber das waren Sinnestäuschungen, denn hier gab es nichts zum Klappern und zum Krachen. Äther waren sie vom Kopf bis zu den Füßen, aber nicht bloß auf Äther eingestellt.
Die Beimedien zählten lustig: «Eins, zwei drei» – ein Tanzrhythmus, der eines irdischen Polkas, als Wiscott plötzlich verblüfft ausrief:
«Sie haben Pyjamas an. Sie tanzen in Pyjamas.»
Keiner wollte es glauben, es war sensationell, es widersprach jeder Theorie. Man reckte die Hälse, man sperrte die Augen auf, um auch etwas zu sehen. Nur Eveline, die wohl merkte, daß

ihre Stunde nahte, hatte die Hände vors Gesicht geschlagen und sank über dem Tisch zusammen. Es schien, als ob sie weinte. Aber keiner achtete auf sie. Alle wollten nur die Geister sehen, wie sie in Pyjamas tanzten.

Und da rauschte es an der Tür – nun über dem Tisch – nun hinter dem Diwan – nun in der gegenüberliegenden Ecke.

Man fuhr zusammen. Man drehte sich um. Man konnte aber von den Stühlen aus nichts bemerken, und erheben durfte man sich nicht.

Da stöhnte Wiscott auf, und man bekam Angst, weil obendrein das Händeklatschen und Zählen der Spiritisierten einen orgiastischen Charakter annahm. Jetzt sprang man doch auf und beeilte sich, Licht zu machen und Wiscott aus seiner tiefen, zu tiefen Trance zu wecken.

Das erste aber, was man bemerkte, wie es hell im Raum wurde, waren – zwei Pyjamas, quer über die Tafel geworfen, andere an der Wand, in der Ecke hinter dem Diwan.

Der Kriminalbeamte griff sofort ein. Er bemächtigte sich der apportierten Gegenstände, besichtigte sie und las zum Entsetzen aller Anwesenden die Initialen, die sich an ihnen fanden: «H. v. St.», das war Henrik van Steen. Es waren die geraubten Pyjamas des Ermordeten!

Man hatte nicht verstanden, wer an ihnen Interesse hatte. Da waren sie. Die Geister hatten sie genommen. Man trug offenbar gelegentlich Pyjamas im Jenseits, vielleicht bei Feiern, bei festlichen Gelegenheiten, gewissen spiritistischen Sitzungen.

Dem Kriminalbeamten war in den Sitzungen schon der Sinn für das Jenseits aufgegangen, der Sinn für das Diesseits war bei ihm nicht entwickelt. Er nahm alle apportierten Wäschestücke an sich, bündelte sie zusammen und bat die Anwesenden, tiefstes Stillschweigen über die heutige Sitzung zu bewahren. Es sei klar, erläuterte der eingeweihte Mann, daß man sich jetzt auf der richtigen Fährte befinde. Man sei in den Besitz von Beweismaterial gelangt. Er verschwieg vor den Laien, was das Material bewies. Die völlige Aufdeckung des Falls, verkündete er, werde

nun unter Mitwirkung des Jenseits nicht mehr auf sich warten lassen.
Damit schleppte er das Fräulein Eveline, die laut wehklagte, hinaus, um sie bis zur nächsten Sitzung unter Polizeiaufsicht zu halten. Er war überzeugt, daß sie sich der drohenden Aufdekkung des Mordes, an dem sie bestimmt als Mittäterin oder Mitwisserin beteiligt war, durch die Flucht entziehen würde.
Aber auch das Medium Wiscott wurde unter Polizeiaufsicht gestellt, er freilich nur, damit man seiner sicher sei und damit man ihn vor Beeinflussungsversuchen schütze.

Wie man sich denken kann, versammelten sich am nächsten Abend, der der letzte in dieser Angelegenheit und überhaupt die letzte Sitzung dieses Vereins werden sollte, alle Mitglieder des Klubs in größter Spannung. Es war bis jetzt tatsächlich nichts von den sensationellen Vorgängen der letzten Sitzung an die Öffentlichkeit gelangt.
Prompt fielen Wiscott und die Beimedien in Trance. Eveline war von dem Kriminalisten herangeschleppt worden. Sie sah wütend aus. Die Zarte wollte sich beim Anblick Wiscotts wie ein Tiger auf ihn stürzen und mußte von dem Beamten gebändigt und auf den Stuhl neben ihm gedrückt werden. Sie zeigte immer mehr, wie sie sich vor der Entlarvung fürchtete.
Zum Ärger aller, die sich auf einen raschen, dramatischen Verlauf vorbereitet hatten, erschien zuerst der harmlose Mann aus Glasgow, der unvermeidliche Fabrikant von Hundekuchen. Er blickte sich still um und fragte höflich, wie spät es sei. Man sagte es ihm, worauf er ohne weiteres abzog.
Natürlich zog er den Kerl, den sie alle kannten, den mit der Erbschaft und der Lebensversicherung, hinter sich her. Aber auf den Empfang, den man ihm diesmal bereitete, hatte er sich nicht gefaßt gemacht. Kaum er den Mund öffnete und man ihn erkannte und er über das Betrugsmanöver seines Schwagers zu schimpfen begann, wurde er von allen Seiten niedergeschrieen. Verschüchtert zog er sich zurück, verbissen. Man konnte gewiß

sein nach diesem Empfang, daß er sich so bald nicht wieder sehen lassen würde.

Wenn man aber geglaubt hatte, nunmehr zum Fall van Steen zu gelangen, so täuschte man sich. Es schien, als ob die Astralwelt ihre Schleusen geöffnet hätte [oder war es das Müllkommando?] und ihre unruhigen Geister auf die Menschen losließe. Da tauchte ein Selbstmörder auf, der à tout prix wieder zum Leben zugelassen werden wollte unter dem Vorgeben, er hätte sich irrtümlicherweise umgebracht. Es hätte sich inzwischen, wie er gehört hätte, herausgestellt, daß die Angelegenheit mit seiner Braut anders lag, wie er seinerzeit nach ihrer eigenen Darstellung annahm. Sie liebte ihn dennoch, sie hatte ihm nur etwas vorgemacht. Es sei also ein irrtümlicher Selbstmord. Was sollte man damit anfangen?

Bevor man sich entschied, drängte sich ein anderer vor, der Lärm schlug und gegen das ganze Diesseits kollektiv eine Anklage erhob. Sie hätten ihn vor fünfundzwanzig Jahren in Bosnien, in Serajewo, nach dem Attentat auf den Erzherzog Franz Ferdinand, wo es so wild zuging, überfahren. Wegen des Erzherzogs hätten sie einen riesigen Krieg gemacht. Ihn hätte man einfach in einen Wagen geworfen und beiseite geschleppt.

Was er denn wolle? fragte man ihn. Solle man seinetwegen etwa auch einen Krieg führen?

«Warum denn nicht?» schrie er. «Was dem einen recht ist, ist dem andern billig.»

Und er brüllte wütend: «Das ganze Diesseits besteht aus Leuten, die zu unrecht leben.»

Und dann noch einer und wieder einer. Keiner hätte sich so was träumen lassen. Es war wie eine umgekehrte Wiederauferstehung. Wie kam die vielverleumdete Erde hier zu Ehren, nachdem man sie verloren hatte!

Endlich tanzte der gestrige Haupttroß an. Diese Astralier befanden sich noch in heiterster Verfassung. Wegen der Zeitverschiebung dauerte die gestrige Fröhlichkeit bei ihnen an. Möglicherweise hatten sie auch neue Luft geschluckt.

Nulpe, der Senior, richtete wiederum aus dem Mund Schnüffels, des Kurz- und Schnittwarenhändlers, einer selber kurzgeschnittenen Figur, seine Zoten und zweideutigen Schmeicheleien an Eveline. Wie aber der lüsterne Steinzeitler ihr von neuem vorschlug, mit ihm sein Jenseits zu besuchen, antwortete sie, die geladen war, mit dem schnöden, freilich für Menschen selbstverständlichen Wort:

«Jenseits? Ihr Quatschköppe. Laßt mich mit eurem Jenseits zufrieden. Da komm ich noch früh genug hin.»

«Nie früh genug», hauchte der Verführer, der tiefverlogene Nulpe, und schilderte ihr das idyllische Leben drüben, besonders die allgemein geübte Nacktkultur, an der ihm wohl am meisten lag.

Mit ihr war aber nicht zu spaßen. Sie schlug auf den Tisch:

«Wie meinen Sie das? Was fällt euch eigentlich hier ein? Was erlauben Sie sich? Ich bitte endlich um Schutz gegen diese Ferkel.»

Dem Kriminalisten neben ihr gefiel dieser Ton. Er wollte aufs ganze gehen und flüsterte ihr zu:

«Fragen Sie ihn: Warum ziehen Sie sich eigentlich selber Pyjamas an, wenn Sie tanzen? Wissen Sie, daß es gestohlene Pyjamas sind, gezeichnet H. v. St.? Feine Geisterwelt. Wo haben Sie sie gestohlen?»

Eveline ging ihm auf den Leim. Sie fragte:

«Was öden Sie mich an? Führen hier Tänze auf, faulen Zauber, und wollen mich nur bloßstellen. Wenn Sie ein Geist sind, wie alt sind Sie eigentlich? Schämen Sie sich nicht, sich so unanständig vor fremden Leuten zu benehmen? Und mit gestohlenen Pyjamas um sich zu werfen? Wo haben Sie die Pyjamas her? Wer hat Ihnen die Schlüssel zu van Steens Villa gegeben?»

Eveline wußte nicht – wofern sie überhaupt Anstoß daran nahm, daß die Astralier in Pyjamas tanzten –, daß sie sich ja nur mit leichten Wäschestücken bekleiden können, also mit Hemden, Pyjamas, Servietten oder, wenn sie sie finden, auch mit Papiertüchern, am liebsten mit Seidenpapier, welches freilich

den Nachteil hat, daß es stark knistert, woran man drüben Anstoß nimmt.
Was für eine drückende Stille nach Evelines Frage entstand! Welch Unterschied zu dem fröhlichen Tumult vom Vortage. Die Geister, als Herren zurückgewiesen und noch obendrein des Diebstahls beschuldigt, grollten. Sie wollten den Menschen, denen sie ein Angebot gemacht hatten, noch eine Chance geben. Weshalb Nulpe nach einer kurzen Beratung zu einem letzten Vorstoß anrückte. Er streichelte quasi Eveline, die er die Schöne, die Wunderbare, die Vollbusige nannte, die jetzt ihre Reize auf Erden zur Schau stelle und viele beglücke. Warum sie sich ihnen, den Astraliern, versagen wolle, die sie in das Astralklima führen wollten, wo sie aufblühen würde wie ein Mammut, wie eine Wildsau, wie ein Ichthyosaurus.
Die kleine Soubrette aber hatte es gefaßt. Sie machte nicht mehr mit. Der eine Tag Haft, wobei sie im Theater wegen Krankheit absagen mußte, hatte ihre ganze Laune verdorben. Sie rief über den Tisch:
«Man wird mich noch kennen lernen. Wenn man mit mir spielt, ich kann auch spielen!»
Ein rätselhaftes Wort. Wer spielte mit ihr? Die Geister meinten es ernst. Aber man begriff drüben den groben Ton, den sie beliebte, und reagierte entsprechend.
Sämtliche Medien traten in Aktion. Sie wiegten die Häupter, tuschelten und murmelten. Sie murmelten dunkel, furchtbar dunkel. Es klang gefährlich. Man quakte. Ein Medium gackerte, es schien von einer prähistorischen Henne inspiriert. Die Gefühle des Steinzeitlers waren abgekühlt bis zur Eiszeit. Momentan bildete sich drüben eine Einheitsfront unter Führung des rachsüchtigen Nulpe, welche den Antrag stellte, wenn es die Dame denn durchaus wollte, nunmehr zur Tagesordnung überzugehen, zur Untersuchung des Mordfalls van Steen.
Depp aus Oberägypten gab eine Erklärung ab zusammen mit einer erst jetzt auftauchenden Astralierin, einer gewissen Frau Nebbich, Schwiegermutter eines durch seinen Humor bekann-

ten Eseltreibers Omai-Omi in Damaskus; der Himmel weiß, was sie hier zu suchen hatte. Sie war erst wenige Jahrhunderte tot und steckte ihre Nase überall hinein. Die beiden also erklärten im Namen vieler anderer: es sei auf einen der Ihren, als er sich zu Besuch bei den Menschen aufhielt, einen Reisenden, der unter dem Schutz des Gastrechts stand, ein schändliches Attentat verübt worden. Es handle sich um ihren hochachtbaren Freund Süffel, alias Schnurzerl, welcher sich bei den Menschen, um sein Inkognito zu wahren, van Steen nannte. Diesem hätte man drüben in einem Hotelzimmer mittels eines stumpfen Instruments den Schädel eingeschlagen, ein Kriminalverbrechen, mit welchem die anwesende hochbusige Dame in Verbindung stünde. Sie erhöben Anklage.

Darauf setzten sich die Geister bzw. schwiegen.

Omai-Omis Schwiegermutter schrie noch hinterher, aus einem weiblichen Nebenmedium heraus: Das Jenseits wisse alles, Eveline solle sich bloß nicht tun, dem Jenseits könne sie nichts vormachen. Madame Nebbich sagte übrigens beharrlich «Nebeltrine», ein Name, unter dem Eveline wahrscheinlich ins Jenseits eingehen wird.

Danach drohte noch der restliche Troß anhangweise: Man werde Justiz üben, man würde Schadenersatz fordern, Süffel hätte sich für die Reise in große Unkosten gestürzt. Sie würden in Zukunft, erklärten sie, ihre Reisenden so schützen, daß dem Diesseits die Lust verginge, sich an ihnen zu vergreifen.

Der Vorstand warf respektvoll ein: grade an einer solchen friedlichen und gesetzmäßigen Zusammenarbeit läge auch dem Verein.

Eveline, die sich schon als Nebeltrine sah, schien einem Zusammenbruch nahe. Sie weinte und bettelte, man möchte sie doch endlich zufrieden lassen, sie hätte mit der Sache nichts zu tun. Aber der Kriminalbeamte, der sie hinterlistig zu ihrer Frage getrieben hatte, holte seine Handschellen aus der Tasche und ließ sie unternehmungslustig klirren.

«Nicht fesseln, nicht fesseln!» kreischte sie entsetzt.

Der Kriminalist: «Dann gestehe.» Er duzte sie verdächtig. Er war Hilfsbeamter, und ihr Geständnis konnte ihm eine gesicherte Position schaffen.
Der Vorsitzende fühlte sich nun bewogen, selber zu einer Befragung des Brauergeistes überzugehen:
«Schnurzel, Süffel, erinnern Sie sich: waren Sie gelegentlich Ihres Besuches im Diesseits am Abend Ihrer Ermordung, die wir innigst bedauern, in Gesellschaft der Dame Nebeltrine? [Sie schrie auf, sie wurde hier schon offen zum Geist erhoben.] Haben Sie sie in Ihrem Hotelzimmer einmal, öfter, speziell zu der fraglichen Zeit, empfangen?»
«Wieso fraglich?» empörte sich Frau Nebbich aus dem Hintergrunde. Sie begriff schlecht und hörte schwer, der Vorsitzende mußte schreien und sie aufklären. Er fügte die letzte Frage hinzu:
«Wer hat die Ausschmückung des Hotelzimmers vorgenommen, und was bedeutet diese Dekoration?»
Darauf verhielt sich der Geist via Wiscott zurückhaltend. Endlich kam er mit seiner Antwort heraus, und sie war so klar und eindeutig, wie man nur wünschen konnte. Er hätte die Nebeltrine schonen wollen, die ihm Bitteres angetan habe. Jetzt aber lasse er jede Rücksicht fallen. Sie solle büßen. Sie solle für ihre Schändlichkeiten bestraft werden.
«Ja, ich war mit ihr am Abend meines letzten Besuchstages zusammen, in fröhlicher, ja fideler Stimmung.»
Nun, das war eine glatte Aussage, ein wirkliches Faktum. Sie hatte es bestritten.
«Sh», knurrte der kriminalistische Hilfsbeamte, der nun über seine Zukunft genau Bescheid wußte. Er rückte ihr näher und näher.
Worauf eine Pause entstand. Die Geister, als wären sie durch die eben gewordene Aussage überwältigt, schnarchten über die vier Hilfsmedien, sie schnarchten sehr laut. Vielleicht holten die Geister auch zu einem neuen Schlage aus.
Aber Eveline schrie in diese Spannungspause hinein:
«Der Lump, der Lügner, es ist nicht wahr. Ich weiß nicht, was

er überhaupt vorhat und was er noch alles vorbringen will. Ich bin unschuldig. Ich kann mein Alibi nachweisen.» [Aber das konnte sie grade nicht.]
Schnurzel-Süffel-van Steen:
«Kannst du das? Wagst du das zu behaupten? Was hast du schon alles behauptet in deinem Leben! Was hast du mir vorgelogen und mir unterschlagen! Mit wem hast du dich herumgetrieben, und immer konntest du dein Alibi nachweisen!»
Er war in grimmiger Verfassung. Ein sonderbar knirschender irdischer Ton kam aus Wiscott. Man empfand, dieser Geist war sehr vorzeitig aus dem Leben geschieden, bevor er mit der Dame abgerechnet hatte – und wer weiß, vielleicht hatte sie, um dem zuvorzukommen, ihn umgebracht, allein oder mit einem Gehilfen.
Man fühlte sich erleichtert, als mit tiefer sonorer Stimme eine Person aus dem Ältestenkolleg des Jenseits eingriff, um in versöhnlichem Tone nahezulegen, die Verhandlung in einem ruhigen Tone weiterzuführen. Man möchte die vollbusige Dame unbehindert sprechen lassen. Zwang gehöre nicht zu den Methoden des Jenseits.
Aus den Seitenmedien, gewissermaßen in den Rängen, grunzten die Geister Beifall.
Nun bat Wiscott im Namen des beleidigten Jenseits [unklar für welche Instanz] die Dame, die er hartnäckig «die vollbusige» nannte, sich darüber äußern zu wollen, und zwar ohne Scheu und Scham, was sich an jenem verhängnisvollen Abend abgespielt habe zwischen ihr und dem inzwischen als Schnurzel-Süffel erkannten van Steen. Ob vielleicht während ihres intimen Beisammenseins ein Dritter, eine sehr unerwünschte Person, eingedrungen sei und sie überrascht habe? Ob es vielleicht eine männliche Person gewesen sei? Die sich dann auch an dem Mord beteiligt habe? Eine Person, die sich vielleicht noch in der Stadt, vielleicht sogar hier im Raum befände? «Heraus mit der Sprache, Nebeltrine», zischte er.
Das sensationslüsterne astrale Publikum applaudierte: «Nebel-

trine soll sprechen, Nebeltrine soll erzählen», voran natürlich der lustige Steinzeitler.

Der Vorsitzende wandte sich an Süffel und ermahnte ihn, auch seinerseits ohne Scheu alles zu berichten, was sich damals ereignet habe, mit wem – ersichtlich seien ihm jetzt schon mehr Punkte gegenwärtig.

«Ja», knurrte Schnurzel-Süffel und stieß ein behagliches Lachen aus. Er tat diskret.

Sie wartete erst ein wenig, ob er sprechen würde, dann legte sie los und fuhr ihn an: Der Kerl solle nur reden, er solle es nur wagen, sie sähe seinen Anklagen mit Ruhe entgegen. Was sie anlange, so bliebe sie dabei, sie könne ihr Alibi nachweisen – aber wie stehe es mit ihm? Wie verhielte es sich mit den Pyjamas? Sie klopfte auf den Tisch: «Wer hat hier Pyjamas fallen lassen, die van Steen gehörten? Etwa ich? Wer hat die Pyjamas gestohlen?»

Van Steen, so apostrophiert, van Steen-Schnurzel-Süffels Reaktion ließ Wiscott zusammenfahren. Es konnte ihn aus der Trance wecken. Der Verein fuhr in corpore zusammen. Was war das? Worauf zielten die geheimnisvollen Worte Evelines? Sollten wirklich die Geister selber den Mord begangen haben, mit einem stumpfen, natürlich dann verschwundenen Instrument, aus Zorn, vielleicht in Neid auf ihren reisenden Kollegen [auch die oben zerrissene Gardine, das zerbrochene Fenster sprach dafür]? Das Ganze also eine innere Angelegenheit der Astralwelt? Die Geister hatten sich dann nach dem Mord in den Besitz der Wäschestücke gesetzt, für ihre Tänze. Alles wurde klar.

Eveline rief über den Tisch:

«Und die Oberhemden? Trage ich Herrenwäsche? Und vielleicht habe ich auch van Steen noch dekoriert, alles ich? Sagen Sie es doch. Wenn andere drohen können, ich kann es auch.»

Nun, das an die Adresse von Geistern gerichtet, war schon sensationell. Das Jenseits schwieg bestürzt. Es brachte keinen Laut hervor. Den Spiritisten standen die Haare zu Berge. Wer log hier? Geister waren heimtückisch, aber so, solche Hinterlist.

Die sonore Stimme Depps aus Oberägypten meldete sich: Das Jenseits nehme mit Entrüstung Kenntnis von der Beschuldigung, welche die vollbusige Dame gegen X aus der Astralwelt erhöbe. Man hätte schon vorher, der einfachen Gerechtigkeit wegen, eine rasche Klärung des Mordes an einem harmlosen Reisenden gewünscht. Nunmehr müsse man auf eine Erledigung der Sache unter Hintanstellung aller Formalien drängen. Das Jenseits, der aktiven oder passiven Teilnahme an dem Verbrechen beschuldigt, wünsche, daß nunmehr Schnurzel-Süffel, auf Reisen van Steen, der Nebeltrine gegenübergestellt werde.
Das Folgende verlief sehr rasch.
Eine Instanz, die sich ‚Überwachungsstelle' nannte, meldete sich: Sie fordere Ausschluß der Öffentlichkeit wegen Gefährdung der Sittlichkeit [ein schwerer Schlag für die vergnügten alten Herren aus der Steinzeit, Eiszeit usw.]. Der Überwachungsausschuß beantrage, daß alle mit Ausnahme Wiscotts, des Interpreten, und der beiden gegenüberzustellenden Personen, Schnurzel-Süffels und der Nebeltrine, zunächst den Raum verließen, man müsse das Resultat einer Konfrontierung der Mörderin und ihres Opfers abwarten. Der Vorsitzende entschied nach einer kurzen Besprechung mit seinem Nachbarn, Herrn Weißkäse, einem professionalen Milchpantscher, daß man besser selber hier bleibe und daß sich die Konfrontierung ohne Zeugen [auch ohne Gericht] im Nebenzimmer vollziehen solle. Ja, auch das Gericht mußte als Öffentlichkeit ausgeschlossen werden, man wollte die Wucht der Gegenüberstellung der beiden durch nichts mildern.
Sofort sprang Eveline, die nicht zu halten war, auf. Sie wurde von dem triumphierenden Hilfsbeamten mit festem Arm in den Nebenraum geführt. Wiscott, in tiefer Trance, geleiteten vorsichtig die Spiritistenhäuptlinge Valley und Weißkäse. Aufatmend, als alles glücklich verlaufen war, kehrte man in den Sitzungssaal zurück. Mit einem energischen Ruck schloß der Mann der Polizei die Tür hinter dem Toten und seiner verschlagenen Mörderin.

Vergraust saß der Verein um seinen Tisch vor dem leeren Diwan des Mediums. So, jetzt hatte van Steen sie. Wenn es nur nicht mehr als eine Konfrontierung der beiden wurde. Wenn nur nicht schon jetzt die Rache erfolgte. Die Zeit war vorgerückt, Mitternacht nahte. Der Hilfsbeamte gab seiner Genugtuung durch häufiges Klappern der Handschellen Ausdruck. Der graubärtige Valley war den ganzen Abend ungewöhnlich gedrückt und schreckhaft. Bei den Angriffen Evelines auf die Geister hatte er Zeichen des Entsetzens gegeben. Als die Geister via Wiscott den Antrag auf Ausschluß der Öffentlichkeit stellten, schien er nichts mehr zu begreifen und hob ratlos die Arme, um dann aber nachzugeben. Nun saß er verfallen an seinem Platz, sichtlich in Kummer, denn was war aus seinem herrlichen Bahnprojekt geworden, gleich solch Zwischenfall und gegenseitige Beschuldigung der Kontrahenten. Er blickte beklommen auf die verschlossene Tür – und alle Vereinsmitglieder hatten den gleichen Gedanken wie er: Eveline, die hübsche frivole Soubrette, von den rasenden Geistern überfallen, gekillt und ruckweise zur Nebeltrine gemacht. Wer konnte jetzt die Geister kontrollieren, wer konnte diese Öffentlichkeit ausschließen?
Kein Wort wurde im Sitzungsraum gesprochen, der jetzt zum Wartezimmer geworden war. Am Tisch meckerten, gackerten und kicherten die Hilfsmedien, wahrscheinlich von einer neuen Garnitur Geister besetzt oder besessen, die hier anscheinend als Reporter fungierten.
Es zog sich lange hin drin. Im Beginn vernahm man die leise stockende Stimme des Mediums, dann [Entsetzen] ein Klatschen und wieder ein Klatschen, einen Aufschrei Evelines und darauf nichts, Stille, Totenstille. Jetzt ging es vor sich. Die Reportergeister meckerten gierig.

Was geschah drin, während im Sitzungsraum sämtliche Beimedien und auch einige Vereinsmitglieder [mit Ausnahme des wachsamen Beamten und des auf Kohlen sitzenden Valley] tief schnarchten und man kaum mehr von einer spiritistischen

Sitzung sprechen konnte – es erinnerte an die Abgeklärtheit in den höheren astralen Rängen –, was geschah drin?
Wie nur der siegesgewisse Polizist die Tür hinter der wütenden Eveline schloß und sie sich mit dem aus seinem Stuhl ihr zunickenden und schmunzelnden Wiscott allein sah, zerrte sie ihn an den Jackenknöpfen hoch, rüttelte und schüttelte an ihm. Er suchte sie zu besänftigen. Da versetzte sie ihm ein paar kräftige Ohrfeigen, die nebenan gehört wurden, und als er ihr Ruhe gebot [nichts weiter], drängte sie ihn mit einer Serie von Rippenstößen in eine entfernte Zimmerecke, und dort – er war wörtlich an die Wand gedrängt – vollzog sich ihre Auseinandersetzung.
Die kleine üppige Person agierte vor Wiscott wie eine Furie. Sie brauchte, um das zu werden, nicht erst in die Geisterwelt übergeführt zu werden.
Wie er zu der Frechheit käme, sie derart vor den Leuten bloßzustellen? Vollbusige Dame? [Er bekam einen Puff gegen die Brust.] Üppige Reize? Nacktkultur? [Stöße gegen den Bauch.] Wie ihr Name sei? Nebeltrine? [Er drehte sich. Die Püffe regneten.]
Er antwortete, während er sich krümmte, um die Angriffsfläche zu verkleinern: Das alles sei nicht er gewesen, das waren die Geister.
Worauf sie ihn an den Haaren packte, seinen Kopf gegen die Wand stieß, und als er sich umdrehte, versetzte sie ihm einen Tritt. Alles quittierte Wiscott mit ganz kleinen Quietschlauten, aus denen sich die Megäre nichts machte. Sie war scharf.
Dann trat sie einen Schritt zurück, damit er sich erholte, ließ ihn aber nicht entwischen, sondern fing wieder an: Was er sich dabei denke, die Pyjamas zu apportieren? Ob er sich nicht denken könne, daß sie das belasten müsse, ob er ein solcher Idiot sei?
«Dich belasten?» grinste er. «Es sind die Geister.»
Sie hatte es jetzt mit seinen Ohren, empfindlichen Organen rechts und links am Kopfe des Menschen. Sie knautschte an diesen knorpligen Gegenständen, als wären sie Papier. Er ging

wieder herunter, er kniete, sie ließ nicht von den Ohren, er kroch am Boden.

Sie: «Und seine Oberhemden trägst du, am hellen Tage, vor den Leuten.»

Er: «Es sind neue seidene, Evy. Hier merkt keiner was.»

Sie: «Du hast genug Oberhemden. Ich hätte dir welche gekauft.»

Er: «Wer wird so mit dem Geld werfen.»

Sie hatte von ihm gelassen. Sie blickte ihn mit Tränen an, wie er dastand, sich seine roten Ohren rieb und an seiner Jacke zupfte. Sie griff nach einem Stuhl hinter sich und ließ sich nieder:

«Tom, wir sind verloren. Wozu hast du das gemacht?»

Er zog seinen Handspiegel und strich sein braunes Haar, das sie in Unordnung gebracht hatte, glatt:

«Verloren, das möchte ich sehen.»

«Warum hast du das gemacht, Tom? Was hab ich dir bloß getan? Wir hätten längst fliehen sollen oder alles sagen, wie es verlief.»

Er faßte sie um die Schulter, er sah nicht freundlich aus:

«Warum ich das gemacht habe? Das fragst du noch? Um dir einen Denkzettel zu geben. Evy, willst du etwa leugnen, daß du auf dem Schoß dieses dicken Bierbrauers saßst, als ich ins Zimmer kam und euch überraschte?»

«Er hat mich gezogen. Er war ja auch schon angetrunken.»

«Evy, keine Ausreden. Er ist nicht der erste, mit dem ich dich so oder ähnlich traf.»

«Ich bin keine Nonne, ich habe das noch nie behauptet. Ich kann mich nicht einschließen. Und wenn man mir Geschenke macht, für wen nehme ich sie an? Wer spielt und wettet, ich oder du? Wer kommt jede Woche zu mir und zeigt mir seine leere Brieftasche? Und, Tom, wer hat die Hunderte für dein Sanatorium bezahlt?»

Er setzte sich auf den Tisch und hielt sich die Ohren zu. Dann sank er in sich zusammen und blickte müde vor sich. Er murmelte:

«Ich hab genug von dem Unsinn hier. Das hält der stärkste Mann nicht aus. Wenn ich noch eine Woche hierbleibe, bin ich reif fürs Irrenhaus.»
Sie nahm zärtlich seine Hand, sie streichelte seine von ihren Ohrfeigen noch geröteten Wangen mütterlich:
«Tom, ich habe dich doch so gebeten, diese Art Arbeit zu lassen. Deine Nerven vertragen es nicht, und gleich nach dem Sanatorium.»
Er wehrte sie ab, er hatte eine finstere Miene:
«Das Schwerste bist du, mit deinen Liebschaften. Aber jetzt bist du bestraft, deinen letzten Schatz hast du gründlich verloren.»
«Tom, hör auf mit den Dummheiten.»
Sie ängstigte sich vor seinem irren Ausdruck.
«Komm, Tom, wir müssen weg. Man wird uns festnehmen. Komm.»
Er drehte sein Gesicht zur Tür:
«Da sitzen sie. Sie warten auf uns, auf das Ergebnis deines Verhörs, Nebeltrine.»
«Laß das, ich bitte dich, Tom.»
«Der gute Valley schwitzt Blut. Ich habe ihm gestern alles gebeichtet. Er hätte beinah geweint. Ich habe ihm gesagt, wir wollen von der Bildfläche verschwinden.»
Mit einem trüben Lächeln zeigte Wiscott seine Brieftasche, sie war mit Banknoten gespickt:
«Alles von Valley.»
Die Tischgesellschaft nebenan hätte bis zum nächsten Morgen geschnarcht und geschlafen, wenn sich nicht einiger, als drüben alles so lange ruhig blieb, eine unbändige Furcht bemächtigt hätte. Die Geister hatten, heimtückisch, wie sie manchmal sind, den Pakt gebrochen, sie hatten selber kurzerhand Justiz geübt, alles war hin, und das war das schreckliche Ende einer so festlich begonnenen Begegnung von Dies- und Jenseits.
Und sie konnten sich nicht halten, sie erhoben sich und näherten sich angstvoll der geschlossenen Tür. Der Kriminalist hatte die größte Angst, er sah alle seine Hoffnungen schwinden.

Und als sie an der Tür standen und drin sich nichts regte, blickten sie sich an, und dann gab man sich einen Ruck und öffnete.
Mit einem Schrei fuhren die ersten zurück.
Der Raum war – leer.
Nichts von der Nebeltrine noch von dem Brauergeist Schnurzel-Süffel, nicht einmal etwas von dem Medium. Sie hatten sogar das Medium entführt, wahrscheinlich um nun von sich aus gegen das Diesseits vorzugehen.
Man war so bestürzt und von Grauen erfüllt, daß man sich nicht auf einen der Stühle zu setzen wagte, die die Entführten berührt haben mußten. Man fand kein Blut im Raum. Nur eine glimmende Zigarette am Boden.
Es war Mitternacht. Als man Lärm schlug, erschien der Wirt, der im übrigen Feierabend ansagen wollte. Man klärte ihn auf.
Es erwies sich, daß die Mehrzahl der Anwesenden blöde vor sich hinstarrte und sich von dem Einfluß gewisser Jenseitssphären noch nicht befreit hatte. Sie brummelten in einem hohen Grad von Vergeistigung, meckerten und gackerten, einige vermochten auch zu unken und blickten sich von Zeit zu Zeit verschämt um, vermutlich nach Geistern.
Auf den Wirt machte dies Gebaren keinen Eindruck. Er war den Umgang mit Okkulto-Spiritisten gewöhnt.
Jovial klärte er die Herrschaften, die ihn holten, auf. Sie sollten sich um die Verschwundenen nicht sorgen. Was wenigstens den Herrn Wiscott und die Soubrette anbeträfe, so hätte er beide noch vor einer Stunde in seiner Gaststube gesehen. Geister wären nicht beigewesen. Dafür lege er die Hand ins Feuer. Die beiden wären ein Herz und eine Seele gewesen und hätten mehrere Glühweine und Cognacs verzehrt. Schließlich hätten sie sich eine Taxe bestellt und seien fidel abgezogen. Valley fragte, ob Herr Wiscott bezahlt hätte. Der Wirt schmunzelte: «Wie üblich nicht. Er meinte, es ginge auf Kosten des Vereins.»
Als der Wirt sich entfernt hatte, bemerkte der Vorsitzende, der

trotz der vorgerückten Stunde wieder frisch und ruhig aussah: «Natürlich ist alles Unsinn, was der Mann erzählt. Wir wissen nicht, wer sich da in der Gaststube als Medium und Nebeltrine aufgehalten und gezecht hat.»
Weißkäse, der zweite Vorsitzende, meinte:
«Es werden dieselben wie auf dem Friedhof gewesen sein.»
Valley: «Sie nehmen verschiedene Gestalten an, sie täuschen.»
Der Kriminalist war verblüfft [er war ein Anfänger in okkulten Dingen]:
«Ich habe jedenfalls das Fräulein auf den Stuhl da gesetzt.»
Valley zuckte die Achsel:
«Überzeugen Sie sich: sie ist nicht mehr da. Und das Medium ist auch verschwunden.»
Der Kriminalist, wie gesagt ein Anfänger auch im Spirito-Okkultismus, stammelte:
«Immerhin haben sie unten Glühwein und Cognac getrunken.»
Valley, überaus höflich: «Von wem sprechen Sie, lieber Freund? Von wem?»
Der Beamte verstand nichts mehr. Er fragte nicht mehr. Er klirrte nur unsicher mit den Handschellen [als wenn er lockte, aber die Verbrecherin meldete sich nicht]. Dann schüttelte er den Kopf, nur um sich zu überzeugen, daß er ihm noch zwischen den Schultern saß, denn er drehte sich ihm – er begriff nur, daß es auch diesmal mit seiner festen Anstellung nichts war.

Die Öffentlichkeit nahm herzlichen Anteil an der Sache.
Die nicht entrückten und entführten Beimedien fand man am nächsten Morgen, als man sie ausfragen wollte, in einem merkwürdigen Zustand. Sie waren ihrer Sinne nicht völlig mächtig und redeten dummes Zeug wie: sie hätten den Weisungen eines gewissen Seniorenkollegs des Jenseits zu folgen. Eine der Damen erzählte tolle Dinge von einer Schwiegermutter Nebbich aus Damaskus, welche mit einem Omai-Omi großen Ärger gehabt hätte, erst vor wenigen Jahrhunderten.
Was sollte man davon denken. Valley ließ sich nicht sprechen.

Als sein Vertreter ließ der Milchpantscher, aber selber wasserscheue Weißkäse die Reporter, die ihm das Haus einliefen, wissen:
«Für uns Spiritisten verhält sich die Sache nicht so einfach wie für die Vertreter des sogenannten gesunden Menschenverstandes. Uns erscheint vieles, was dieser gesunde Menschenverstand vorbringt, zweifelhaft und verdächtig.»
«Was auf Gegenseitigkeit beruht», murmelten im Kritzeln die Reporter.
Weißkäse: «Das Verschwinden der beiden und die Mordtat hängen in der Tat eng zusammen, sogar noch enger als das Laienauge sieht. Denken Sie an die unverändert rätselhafte Seite der Sache, an die Vorgänge auf dem Friedhof, an den Apport der verschwundenen Pyjamas usw. Für uns Jenseitsforscher steht es so: an diesem Mord hat sich die Astralwelt in einer noch nicht dagewesenen und noch nicht aufgeklärten Weise beteiligt.»
«Das ist also Ihre Erklärung für den Mord und das Verschwinden der beiden?» fragten keineswegs überrascht die Reporter, die während des Interviews Weißkäse in verschiedenen Stellungen photographierten. Andere Mitglieder des Vereins, soweit bei voller Besinnung an diesem Vormittag, erläuterten noch: Es hätte sich bei diesen Sitzungen um den ersten gelungenen Versuch einer Zusammenarbeit von Dies- und Jenseits gehandelt. Man habe Wichtiges über Natur und Lebensweise der Astralier erfahren. Das Schlimme im Jenseits sei die Unbeschäftigung. Das verträgt niemand. Die Geister finden keine Abwechslung, weil ohne Körper, werden zur Faulheit angehalten und gezüchtet. Müßiggang ist aller Laster Anfang. Sie werden launenhaft und hinterlistig. Man dürfe sich daher wohl keinen Illusionen über einen wirklich prompten Verkehr von und nach drüben hingeben. Welche Neuigkeiten die Zeitungen am selben Abend brachten mit den Überschriften:

«Die gefoppten Spiritisten» und
«Auf Wiedersehen im Jenseits oder im Gefängnis»

Das verschwundene Duo, der elegante Spieler und die Soubrette Dutort, wurden nach zwei Monaten in London ermittelt, wo sie ihn auf eine Polizeistation transportierte mit der Bitte, sie von ihm zu befreien.

Sie erzählte:

Er sei ihr Mann. Sie sei mit ihm seit fünf Jahren verheiratet. Er hätte viele Begabungen, aber nütze keine richtig aus. Er mache viele Dummheiten. Er spiele und wette und ließe sich in den letzten beiden Jahren von ihr ernähren. Und das hätte sie auch immer gern getan.

Aber er sei furchtbar eifersüchtig. Der Beruf als Soubrette bringe sie mit vielen Menschen zusammen, natürlich auch mit Herren. Das nähme er ihr übel. Auch gelegentliche Geschenke, die man ihr mache, auf die sie aber nicht verzichten könne, weil er so viel im Spiel verliere.

Da hätte sie einmal der verstorbene van Steen zu einem Glas Wein auf sein Zimmer eingeladen – er wohnte oben im Hotel auf demselben Flur.

Sie weinte einige Minuten, als sie zu diesem Punkte ihres sehr glaubwürdig klingenden Berichts kam [auf einer westlichen Polizeistation von London – Wiscott saß dabei stumm in der Ecke, als wenn ihn das ganze nichts anginge].

Da, fuhr sie fort, hätte sie ihr Mann mit van Steen überrascht. Erst habe er, von van Steen eingeladen, mitgetrunken, und man habe sich was erzählt. Er ließ sich nichts merken, und sie war froh, wie gut er sich benahm. Dann –

«Er ist seit seinem Autounfall krank. Mit einmal kriegt es ihn. Wie? Er ist nicht richtig da. Er sieht ganz vernünftig aus, bloß der Blick wird eigentümlich starr und er spitzt öfter den Mund, was er sonst nicht tut. Dann erzählt er verrückte und unverständliche Dinge. Deswegen habe ich ihn ja ins Sanatorium geschickt. Da fängt er also mit van Steen zu tanzen an. Dem macht das Spaß, aber ich sehe doch, was mit Tom ist, und ich weiß doch auch, wie eifersüchtig er ist. Und mir ist gleich so angst geworden. Aber er tanzt mit van Steen und erzählt wildes Zeug und van Steen kommt nicht aus dem Lachen heraus. Dabei verzieht Tom keine Miene. Ich möchte bloß, daß wir gehen. Aber van Steen macht es so viel Spaß, er denkt, Tom ist bloß angeheitert. Und da müssen die nochmal tanzen, und ich muß durchaus mitmachen, obwohl mir Tom gar nicht gefällt, und da gibt er mir und van Steen solchen Schwung, und er hat solche Kraft, daß ich den Tisch mit den Gläsern umwerfe und van Steen fliegt gegen den Ofen.»

Wieder unterbricht sie sich. Sie schluchzt. Wiscott blickt mit gerunzelter Stirn zu ihr herüber, er hört zu, aber man weiß nicht, ob er alles versteht.

Sie: «Weiter weiß ich nichts. Van Steen blieb liegen. Ich war selbst betäubt. Ich dachte, ich muß so rasch wie möglich hier weg, sonst passiert noch etwas. Ich bin auf mein Zimmer gerannt. Tom ist nach einer Weile nachgekommen und eine Weile bei mir gewesen. Er wurde dann auch wieder vernünftig. Dann ist er gegangen.»

«Und die Dekoration der Leiche?» fragte der Kommissar.

«Aber Tom wußte ja nicht, daß er tot war. Mir sagte er nur: Der liegt auf dem Teppich. Den lassen wir da.»

«Nachher, wie er von Ihnen kam, ist er also zur Villa van Steens gegangen und ist eingebrochen. Und wie verhält es sich mit der zerbrochenen Scheibe im Hotel und mit den zerrissenen Gardinen?»

Wiscott, der blaß und abgerissen aussah, ließ sich vernehmen: «Das haben die Geister gemacht. Der lag da und blutete und bewegte sich noch. Da brachen die die Scheibe entzwei und holten ihn.»

Die verhärmte Soubrette gab noch zu Protokoll: Wiscott sei Bauchredner und Zauberkünstler von Profession. Sie könne, bloß um auf ihn aufzupassen, keine Stellung annehmen. Er hätte jetzt schon einen Klapps, einen spiritistischen Klapps. Er unterhielte sich im Dunkeln mit einem gewissen Depp aus Oberägypten [«Kennt er den?» wollte der Kommissar wissen. Sie: «I wo, alles Einbildungen von ihm.»] und mit einer Figur,

die er für den «Oberdussel aus dem höheren Ring» ausgebe. Ihr würde angst dabei.
Man steckte ihn in eine Anstalt.
Er erholte sich da ziemlich rasch von seinen spiritistischen Zuständen. Er nahm unter anderem Namen seinen Beruf, dem er selber zum Opfer gefallen war, wieder auf und verwies alles, was mit seiner Mitwirkung in den spiritistischen Sitzungen in der Stadt E. sich ereignet hatte, in den Bereich der Fabel, nämlich einer von ihm produzierten Fabel. Alles sei von ihm erfunden und arrangiert. Es wäre ihm sehr contre cœur gewesen, grade mit der Affäre van Steen befaßt zu werden, und Eveline, seine Frau, sei ja auch zu ihm gekommen und hätte ihm abgeraten und hätte gewarnt. Aber grade wie er gesehen hätte, wie sie sich fürchtete, wegen ihres Rufes, wegen ihrer Stellung, hätte er sich vorgenommen, ihr einen ordentlichen Denkzettel zu verabfolgen. Er wollte sie zappeln lassen – gewiß, er wollte sie bloßstellen, sie bestrafen und sich rächen. Aber nun sei alles gut zwischen ihm und ihr. [«Soweit mir wenigstens bekannt ist», fügte er mit einem Lächeln und Achselzucken hinzu.]
Was seine Erklärungen betreffend die Sitzungen in E. anlangt, so stehen sie freilich in schärfstem Widerspruch zu dem, was andere Sitzungsteilnehmer verlauten ließen. Es wäre bekannt, sagte zum Beispiel Herr Valley, der sich übrigens wieder auf den einfachen diesseitigen Postverkehr zurückgezogen hatte, daß Medien lügen. Anderseits wisse man aber auch, daß Medien sich selbst nicht verstehen. Im wachen Zustand haben sie eine völlig laienhafte Vorstellung von ihrer Gabe. Sie sehen ihre Leistungen wie der Mann von der Straße durch eine rationale Brille. Viele Medien hielten sich außerhalb des Trancezustandes für Betrüger.
Was sie wohl auch oft wären, meinten die Reporter.
Gewiß, wie jeder andere Mensch, und der Geldverdienst mit dieser Gabe verdürbe viele. Aber was besage das gegen echte und überzeugende Phänomene?

Und seien wir ehrlich: Wiscotts Erklärungen stehen auch in Widerspruch zu unserer eigenen Auffassung.

Denn wenn wir diese Erklärungen ernst nähmen, so würden alle unsere eben erst gewonnenen Vorstellungen über das Jenseits wieder ins Schwanken geraten – unsere Einsicht in die drüben herrschende haarsträubende Unbeschäftigung und Langeweile, in die chronische Abzehrung, unter der die Astralier leiden, ihren Erinnerungs- und Gedankenverlust, woraus eine große Weisheit und Vornehmheit resultiert, welche dem ganzen Jenseits seinen Charakter gibt und seine wunderbare Struktur bestimmt: an der Spitze die allmächtigen Blödiane, die schon nicht mehr wissen, wer sie sind [Schwund der Persönlichkeit], dann die Ränge der Depps mit Nulpe und den Dussels – und in der Tiefe, noch erdennah, viele heitere Figuren, die es unwiderstehlich abwärtszieht, wie Frau Nebbich, die Schwiegermutter des Eseltreibers Omai-Omi, die noch nach so vielen Jahrhunderten ihre Nase in alles stecken muß.

DER TIERFREUND
ODER DAS ZWEITE PARADIES

Bilder wie diese, die ich hier aufmale, Bilder vieler Art zogen durch mein langes, noch nicht beendetes Krankenlager in den letzten Jahren. Sie scheinen ein Märchen, aber, wer Ohren hat, der höre.

MIT einem Satz sprang er aus dem Bett und saß auf dem Pferd. Der Schimmel hatte schon zweimal mit der Schnauze gegen die Fensterscheibe gestoßen, um ihn zu erinnern. Das Tier mußte doch wieder in den Stall, und es sollte nicht auffallen, wie der junge Herr davongekommen war aus dem Bett, in dem er seit Monaten lag.

Hurre hurre hopp hopp, auf und davon, heidi im schlanken Galopp. Das Schimmelchen wußte, worauf es ankommt. Sage noch einer, wir sind verloren auf dieser Welt, weil wir nichts wissen, als mit Flinten und Kanonen aufeinander loszugehen. Aus der Welt der Freiheit verloren ist, ach, der gute Dichter. Heidi, und davon durch die dunkle Allee. Da kommen Stufen, der Schimmel nimmt sie mit einem Satz, noch Stufen, und wieder, und hier noch einmal. Das haben wir geschafft, ohne uns das Genick zu brechen, bravissimo, ich etabliere mich als Herrenreiter.

Sie sausten zwischen Getreidefeldern. Er ließ sich selig tragen. Es war ihm nichts weiter geschehen, es war noch alles gut abgelaufen. Er wußte nicht, was eigentlich gut abgelaufen war, es kam ihm so vor – am Tode vorbei. Er glitt dahin, aber glitt er denn? Oder flog er? Alles stockdunkel. Wenn doch einer vorüberkäme und sich sehen ließe, den man fragen könnte. Vielleicht war er nur aus dem Bett gefallen und träumte, und morgen früh würde ihn einer aufheben. Merkwürdig, sich so weich durch das Dunkel zu bewegen. Man müßte vielleicht ein Lichtsignal geben, aber womit? Was schleppte er da an seinem linken Bein? Schimmelchen, das müßtest du sehen, da haben wir der Krankenschwester, der Katrin, die ganze Strickwolle samt dem

Nähzeug mitgenommen. Sie war eingeschlafen. Weg damit ins Korn.
Er seufzte und atmete tief. Man konnte aber das Tier nicht so unbegrenzt rasen lassen. Ob es denn überhaupt wußte, wohin es ging? Und da wurde ihm plötzlich angst, und er bat das Tier umzukehren, denn was wollen wir mitten in der Nacht auf dem freien Feld, und es ist alles so merkwürdig leer, und keine Leute kommen und keine Wagen, und ich sitze hier im Hemd. Dem Tierchen leuchtete das ein, es trabte langsam, es stand. Der Herr aber, als es sich drehte, klopfte ihm auf den Hals, dem Reiter schwoll das Herz vor Freude, daß er nun zurückkehren sollte, und er war noch einmal gut davongekommen. Er hatte nie gedacht, daß es solch Ende nehmen würde, aber jetzt stand es fest, und er dachte verklärt an seinen Hof, an das Häuschen, den Stall und was die Herren Ärzte sagen würden, wenn er ihnen alles erzählte. «Wo geht es denn jetzt hin?» schrie er dem Tier ins Ohr. «Wir kommen ja nicht aus den Feldern heraus.» «Schon richtig», murmelte das Tier. «Noch zehn Minuten, noch eine Viertelstunde, dann haben wir es geschafft.» Und schon sauste es weiter. Der Herr oben fing an zu drängen: «Ach Schimmelchen, ich muß heim, ich habe solche Sehnsucht, wir haben uns vielleicht verlaufen, bring mich zurück, du möchtest doch auch zurück in deinen Stall.» «Der läuft mir nicht weg.» «Aber ich muß doch heim, Schimmelchen, ich muß.»
Da konnte er sich nicht beklagen, daß man nicht vom Fleck kam. Dabei wurde der Wald dichter und dichter. Er kannte die ganze Umgebung, aber dies hier kannte er nicht. Sie streiften Büsche. Er schrie: «Aber das ist ja nicht der Weg!» Der Schimmel antwortete nicht. «Das ist nicht der Weg, du hast dich verlaufen, das kommt von dem Rasen in der Nacht!» Er jammerte oben, klagte in die Schwärze hinein, rief Menschen an, die sich nicht meldeten: «Hört mich, ihr Menschen, ich bin verloren und verlassen, wir haben uns verirrt. Wo ist mein Weg? Und ich kann das Tier nicht anhalten. Helft mir doch!» Das Tier setzte pfeilschnell seinen Weg fort, und eine Angst beschlich den Herrn,

weil das Tier sich nicht sprechen ließ. Was ist in das Tier gefahren, was hat es mit mir vor? Und da hatte sich der Weg erweitert, man kam auf eine ebene Bahn, in der Ferne sah man Lichter, endlich Lichter. Das Tier wieherte freudig. Aber was soll ich davon denken, das ist nicht unser Hof. Gemächlich trabte man in einen weiten Raum, eine schimmernde Höhle, in einen Felsen. Das Tier blieb stehen.

Da saßen an einem runden Tisch beieinander drei Ziegenböcke und spielten Karten. Und eine junge weiße Geiß bediente sie mit Bier. Meldete der Schimmel: «Angekommen. Steig ab.» Er wehklagte: «Wo hast du mich hingeschleppt, du böses Tier, du hast mich verraten.» «Ist schon richtig, steig ab.» «Jetzt bringst du mich hierher, und wo bin ich eigentlich?»

Eine Ziege meckerte: «Was machst du für ein Geschrei!» Der junge Herr, froh, daß ihn einer ansprach: «Ich lag zu Hause friedlich im Bett. Der Doktor hatte mich schon fast aufgegeben, und die Schwester tat Nachtwache.» Der Ziegenbock, unfreundlich: «Und?» «Da litt es mich nicht mehr im Bett und ich wollte auch nicht sterben, und da rief ich das Tier, das es gut mit mir meint. Und da sind wir geritten, und du siehst ja, wir haben uns verlaufen, es hat nicht den Weg gefunden. Ich wollte wieder heim.» Der Ziegenbock: «Was wolltest du?»

«Ich bin sechzehn Jahre alt und reite auf dem kleinen Tier. Da habe ich mich an den Schimmel gewandt, als er vor meinem Fenster stand. Er solle mich holen.»

Der Bock: «Und da bist du jetzt hier. Hier hast du Karten.» Er warf sie auf den Tisch: «Und du setzt dich auf die Bank.»

Es geschah aber, daß unser junger Fremdling, wie er sich da auf die Bank schob und seine Arme auf die Tischplatte legte, daß er seiner Arme und Hände ansichtig wurde und zu seinem maßlosen Schreck wahrnahm, daß es nicht seine Arme und seine Hände waren, sondern stöcklige Ziegenbeine mit Klauen. Der Bock schrie schon über den Tisch: «Wirst du bald anfangen zu spielen, du bist am Zug!» Der Fremdling betastete seine Arme, die stachelig behaarten Stöcke, fuhr mit dem Vorderbein über

die Brust. Er trug ein Fell. Ja, ein Fell vom Kopf bis zu den Beinen. Er war nicht mehr der Otto, den die Schwester pflegte, er war nicht mehr er, er war ein anderer, und er fing aus vollem Halse an zu heulen und schrie: «Der Schimmel, der Schimmel, wo ist er, warum hat er mich hier angeschleppt? Du hast mich ja unterwegs verloren!»
Mit diesem Ausruf bereitete er den Ziegen einen großen Spaß. Ihr Gelächter knatterte. Sie ließen es in Salven über den Tisch rollen: «Dein Schimmel ist längst über alle Berge.» Und sie tranken ihm frohgemut zu. Der Neuling aber konnte nicht an sich halten und schluchzte über seinen Karten so jämmerlich, daß die großen Böcke vor Lachen nicht weitertrinken konnten und mit ihren Klauen auf den Tisch trommelten. «Wie soll man mich nun finden?» winselte der Neuling. «Ich werde in einem Graben liegen, jetzt bin ich sicher schon tot», und rüttelte in seinem Schmerz an dem Tisch, bis den anderen die Geduld riß und einer ihm eine Ladung Bier an den Kopf schüttete. Worauf er, von Tränen und Bier begossen, von der Bank rutschte und sich auf seine Beine stellte. Ja, auf vier Beine. Sie ließen ihre Seidel hinter ihm fliegen, und so, von Hohngelächter begleitet, ein Gegenstand allgemeiner Verachtung, ein Opfer der Verzweiflung, trabte er hinten herum und suchte einen Ausgang, bis er ihn fand, in das Dunkel hinein, irgendwohin, nur um sich zu entgehen.
Nun wehte hier auf einmal eine angenehme weiche Luft, die in Wellen flutete, mit einem sonderbaren veilchenartigen Duft war sie gesättigt und hatte etwas an sich, daß man sie wie Milch schlucken konnte. Er sprach zu sich: Diese Böcke verstehe ich nicht, in solchem Klima zu leben und sich da einzusperren. Aber dann durchkreuzte ihn der Gedanke: Dieser süße Duft kommt von den Kränzen, die sie oben auf die Gräber legen, und wieder stürzten ihm die Tränen aus den Augen. Und weiter, und unter einer Tanne setzte er sich nieder und beklagte sein Schicksal, denn er war noch so jung, so jung. Da erbarmten sich seiner viele Tiere. Erst eine Handvoll gewöhnlicher Spatzen, die versuchten, ihn mit ihrem Zirpkonzert zu unterhalten. Er sah, sie meinten

es gut, aber verstand sie nicht. Dann meldeten sich Singvögel, sie hatten keinen Dirigenten und sangen gewaltig durcheinander, aber einiges davon verstand er, nur auf Fragen antworteten sie nicht. Es mußte erst ein großer Uhu kommen, der tief im Geäst saß und sich eine Weile das Zirpen und das Meckern der Ziege gefallen ließ. Den störte der Lärm in seiner Betrachtung. Der Weise hüpfte tiefer herab zu dem aufgeregten Volk; er trug ein ganz schwarzes Federkleid bis auf die Füße herab, wie es seiner Würde entsprach. Er war sehr alt und schwerhörig. Als er sich auf der Tanne zeigte, schwirrten sogleich Stare und Nachtigallen hoch, um ihm die Neuigkeit ins Ohr zu flöten und zu pfeifen, und so erfuhr er rasch, es handele sich um eine junge Ziege, die sich hier herumtreibe und nicht wisse, was sie mit sich anfangen solle.

Fragte der Geheime Oberkonsistorialrat: «Und worum handelt es sich?» Ja, das wüßten sie nicht, zwischen dem Schluchzen und Meckern der Ziege könne man nichts verstehen. Schalt der Geheimrat: «Er macht selbst zuviel Spektakel.» Da bildeten sie auf einen gebietenden Blick des Uhus eine Runde um die junge Ziege, und der weise Herr sprach nach einigem Husten und Räuspern zu Otto: «Nun, mein Sohn, woran fehlt's?» Heulte Otto: «Ich saß auf einem Pferd, das ich schon lange reite, ich liebe die Tiere. Ich hatte schon so lange im Bett gelegen und fürchtete, ich muß sterben. Mit einem Satz war ich aus dem Bett heraus und ritt. Und da hat mich das Pferd auf dem Weg verloren.» Der Uhu: «Wer?» «Das Schimmelchen. Es hat zweimal an mein Fenster geklopft, ich habe in der Eile sogar noch die Strickwolle der Nachtwache mitgenommen. Und da sausten wir los.» Der Uhu: «Und da?» Der Neuling konnte vor Schmerz nicht sprechen: «Und da – und da hat das Schimmelchen mich verloren, und wie ich am Tisch bei den alten Herren sitze, da sehe ich, mein Pferd hat eine Ziege hergebracht, und ich liege irgendwo am Weg und erfriere.» Der Uhu: «Was?» Er ließ sich den Text von den Staren wiederholen. Der Neuling zerfloß in einem Tränenstrom: «Gewiß bin ich jetzt schon tot.»

Der Uhu schwieg, kein Vogel gab einen Pieps. Der junge Herr drängte ängstlich: «Sag mir die Wahrheit, ich will sie ertragen, ich verspreche es aufs Wort.»
Da antwortete der Uhu nach einem tiefen Nachdenken: «Es scheint, du kommst von oben, du bist ein Mensch.» «Ja.» Der Untersuchungsrichter war über die Antwort nicht verblüfft. Er sagte: «Du bist keine Ausnahme.» Der Jüngling rang, natürlich nur bildlich, die Hände: «So bin ich also tot, und das verdanke ich dem kleinen Pferd, das mich hat fallen lassen.»
Der weise Uhu, jetzt dicht umgeben von den kleinen Musikanten, bedeutete ihm ernstlich: «Spare dir deine Beteuerungen, mein Sohn, öffne lieber deine Ohren. Was weißt du denn von uns, was hat man dir oben erzählt vom Tode und von den Toten? Nichts weißt du vom Jenseits. Nichts wißt ihr. Ich wiederhole: nichts.»
Große farbige Schmetterlinge hatten sich inzwischen in Scharen eingefunden. Es schien, auch sie nahmen an der Unterhaltung teil. Ein Rudel Tauben saß zu Füßen der Ziege und mischte sich mit Gurren und Ruck-ruck in das Gespräch. Und jetzt, wo der Untersuchungsrichter im Bilde war, warf er aus seinen mächtigen Augen einen befehlenden Blick auf die ganze gesamte Gesellschaft und gab den väterlichen Hinweis: «Nun, meine Kinder, ist die Reihe an euch, und ihr tut euch jetzt zusammen und geleitet den Neuling durch unser Revier. Er ist ein Mensch und trägt jetzt nur ein Ziegenkleid am Leibe. Er hat noch nichts gehört von uns, von unserem Paradies, und nichts gesehen.»
Da mußte sich die traurige junge Ziege, ob sie wollte oder nicht, auf die Beine machen, denn es formte sich unter dem Baum, unter der Kanzel des Predigers, eine herzerfreuende Prozession. Die Wallfahrt ging in den Wald hinein. Ja, unser Held, der Tierfreund, der sich so lange nur auf dem Gutshof und den Feldern getummelt hatte, bekam etwas ganz Neues zu sehen. Schon der Zug war etwas Wunderbares. Welch herrlicher Aufmarsch! An der Spitze, statt eines Tambours, summte, schwankte und

schwebte ein Bienenschwarm, so große Bienen, wie sie unserem Helden noch nicht begegnet waren auf der Oberwelt. Sie schossen in der Luft auf und ab, sie bildeten Kreise und Spiralen, fuhren plötzlich senkrecht hoch, um sich dann langsam wie an einer Leiter herabzulassen. Dann bildeten sie Girlanden in der Luft. Die feinen Singvögel, wer hatte sie eingeladen, schossen unter diesem jubelnden Vorhang hin, und unter ihnen die ganz kleinen, aber waren es Vögel oder Schmetterlinge, sie waren so unheimlich flink.

Dachte Jung-Otto: Das machen sie alles für mich. Sie wollen mir den Schmerz versüßen, gute Leute, wenn sie mir doch auch die Ziegenkleider ausziehen würden. – Sprangen Eichhörnchen von den Ästen herab, machten Männchen, so lange Eidechsen zogen sich durch das grüne Gras. Dachte Otto wieder: Was macht man doch für ein Wesen mit mir, und mußte sich bezaubern lassen von einem neuen Bild. Wie glänzten da seine Augen, aus seinem Mund kam kein Laut. Denn man hatte sich einem blau schimmernden, endlos weit hingestreckten See genähert. Der strahlte in das Land hinein, erhellte alles, und das war hier die Sonne, und es war ein so beseligendes Licht, daß sich der verzagte Neuling, dem man dies alles unter Jubel und Jauchzen, Zwitschern, Flöten und Pfeifen zeigte, glücklich fühlte und sich bei einem erleichterten Stöhnen ertappte. Aus dem Wasser des Sees schnellten schlanke weiße Fische mit Flügeln und segelten über den Spiegel, daran konnte sich die junge Ziege nicht sattsehen. Das alles gab es also, und das wußte oben kein Mensch, und das wollte er doch rasch seinem Lehrer und dem Herrn Pfarrer berichten.

Kamen sie da vorbei an einer Gruppe hoher Palmen, es mußte wohl Afrika sein. Aber welch Entsetzen, als jetzt von einer Seite her ein Leopard anschlich und sich ohne weiteres in die Prozession einreihte, ohne daß ein Tumult entstand. Zittrig wankte da die Ziege, aber schon, ein mörderischer Schreck bei Otto, schlich sich der Leopard neben ihn und blickte ihn an, den Kopf nah an seinem, daß er den Atem fühlte. Das gelbe gestreifte Tier wanderte Fell an Fell neben ihm, Jung-Otto bezwang sein

Grauen, der Leopard lächelte, ja lächelte ihm zu. Die anderen beachteten das gewaltige Tier nicht, das sich lautlos verlor, wie es gekommen war.

Nun machten sie kehrt. In einem Mimosengebüsch ließ sich der Uhu vernehmen, und da löste sich die gewaltige Prozession auf und ließ Otto in einer tiefen Verzauberung. Das mußte die blaue Luft bewirken, das konnte nur die Schuld des blauen Sees sein, in dessen Licht sie gingen.

Hockte da oben der schwarzgefiederte Magistrat und warf ihm einen Blick zu. Die junge Ziege lag ausgestreckt im Gras, und zwei Eichhörnchen, ein junges und ein altes, hielten bei ihm, folgten aufmerksam dem Gespräch, das Otto mit dem Uhu führte. Sie verstanden nicht, was man sprach. Der schwarze Herr oben erkundigte sich nach den Eindrücken Ottos, das alte Eichhorn wisperte herauf: «Was hat er gesagt?» Der Uhu: «Er weiß noch immer nicht, wo er ist.»

So rätselhaft müde fühlte sich Otto, sie können mit mir machen, was sie wollen. Ich gebe die Partie verloren. Das ältere Eichhorn war in Ekstase geraten und hielt eine großartige Ansprache in die Landschaft hinein:

«Was macht ihr für ein Wesen von euch, ihr Menschen, und von eurem Wohnsitz unter der heißen Sonne. Was für ein unhygienischer Aufenthalt. Wir leben abgedichtet gegen die Sonne, in einer sorgsam ausgesuchten Lage, genießen das gesündeste Klima der Welt. Und das wirkt sich aus auf die Gemütsruhe und den Körper. Du wirst bemerken bei dir selbst, wie du sanft und süß wirst, wie du einschläfst zwischen Spiel und Freude. So vergeht das Dasein. Hier kann kein Hasten gedeihen. Du wirst die Spinne sehen, wie sie ihr Netz spannt, es werden Fliegen und Mücken kommen und sich auf die Fäden setzen, und die Spinne am Rand freut sich darüber, begrüßt ihre Gäste und fragt, was sie wollen. Und wenn sie tanzen wollen, so zupft der Seilermeister, die Frau Spinne, die Fäden, sie weiß, wie man die Gäste am besten unterhält, und da schwingen sie sich und fahren auf und ab, die Fliegen und die Mücken.»

Meinte der junge Otto: «Muß wirklich ein Vergnügen sein, hier als Mücke zu leben.» Das alte Eichhörnchen, der Propagandachef, fuhr fort:
«So lebt hier alles, im Paradies, in Wonne und Lust, an Wärme fehlt es nie, und milde, wie wir sind, empfangen wir alle, die zu uns kommen, und darum legen sogar die hochmütigen Menschen ihre Toten in die Erde, damit sie...»
Bei dieser trüben Erwähnung zuckte Otto, aber das junge Eichhörnchen schlug ihm von rückwärts den Puschel seines Schwanzes über den Mund. –
Der Uhu, oben so lange vom Gespräch ausgeschaltet und dazu mit Schwerhörigkeit bestraft, rief Otto näher an sich heran: «Wie weit seid ihr?» Da legte sich Otto, der sich nicht entschließen konnte, aufs Betteln. Ihm hätte alles hier so wohl gefallen. «Ach, lieber Herr, es gefällt mir herrlich in eurem Lande, man müßte dies der ganzen Welt verkünden, und ich bitte dich, jagt mich nicht weg, da ich vorhin geweint habe.» Der Uhu: «Und was willst du?» «Ach, Herr Minister, ich habe einen Wunsch, den du mir erfüllen sollst, dann will ich mich dir unterwerfen. Ich habe oben einen Bruder, mit dem lebe ich auf unserm Gutshof zusammen, und nun ist der Hof zu klein für uns geworden, wir können die Tiere nicht mehr in unseren Ställen unterbringen, und da wollten wir schon lange ein Stück Land zukaufen, und ich will mitarbeiten, daß wir es kaufen können.»
Der Richter roch den Braten: «Also, was willst du?» Jung-Otto wollte das eine haben und das andere nicht lassen, er bettelte: «Eine ganz kleine Weile laß mich noch einmal zurück nach Hause, ich verspreche dir feierlich, ich werde nichts verraten; uns fehlen noch einige tausend Mark.» Jovial der Uhu: «Da weiß ich Rat. Hier auf dem Baum logierten einmal Elstern und Stare, die haben mir allerhand hinterlassen, es wird genug sein für euch, warte, ich werfe es herab.»
Jung-Otto, einerseits entzückt über diese Aussicht, andererseits erbost, nun gleich dableiben zu müssen, meckerte: «Danke tausendmal.» Und schon ließ sich oben der große Spender sehen

und ließ ein gewaltiges Bündel schwerer Ringe fallen. Jung-Otto schnappte danach: «Tausend Dank, hoher Herr. Aber wie bringe ich sie hin?»
«Lauf gleich zu, so weit du kannst, immer geradeaus.»
Und da biß Jung-Otto fest zu, um sein Gold nicht zu verlieren, sprang und war so bestürzt, daß er losrannte, ohne sich zu verabschieden, an den Wächtern in der Höhle vorbei, in die schwarze Nacht hinein. Er galoppierte unentwegt, er raste gegen Bäume, gegen Zäune, dann machte er einen Satz und noch einen Satz – – und dann, plötzlich war es geschehen, daß er, von der Sonne beschienen, im Bett lag in seinem Zimmer. Und die Nachtschwester hob seinen Kopf und wischte den Schweiß ab und schüttelte das Kissen. Er stammelte: «Wie kommen Sie eigentlich hierher?» Er atmete stürmisch nach dem Galopp. Er schluckte, faßte sich in den Mund, unter die Zunge. Durch seinen Kopf irrte: Da wäre ich noch einmal gut davongekommen. «Wie geht es Ihnen, Otto?» «Was ist?» Er seufzte, sackte zusammen und erhob sich, um diesen Raum zu betrachten. Er fragte plötzlich: «Wo ist Ihre Strickwolle?» «Ja, die war mir heruntergefallen in der Nacht, Sie haben es also gemerkt.» Gegen Mittag, er suchte immer wieder in seinem Mund nach dem Gold, kam der Bruder vom Feld herein und freute sich mit Otto, auch der Doktor erschien und bestätigte der Schwester, der Patient hätte die Krise überstanden, nun sei alles gut, nun sei er über den Berg hinweg. Die Schwester flüsterte: «Aber was ist mit seinem Mund, er greift immer unter seine Zunge.» Der Doktor holte seinen Spiegel, Otto durfte zu seiner Zufriedenheit den Mund ganz weit aufreißen, man fand nichts, er bat: «Vielleicht zwischen den Zähnen.» Auch da forschte man, auch da nichts, es sind unbestimmte Gefühle. Aber die Schwester bat: «Bitte befehlen Sie ihm ernsthaft, daß er nicht immer mit den Fingern im Munde wühlt.»
Wie sie aber das Zimmer verließen, warf sich Otto aufs Gesicht und grub mit beiden Händen in seinen Mund und fand nichts, wieder nichts, und weinte. Er hatte das Gold verloren, gewiß bei

einem Sprung. Er fragte im Laufe des Tages, ob die Schwester im Zimmer vielleicht Gold gefunden hätte, ein paar Ringe. Sie schaute ihn mißtrauisch an: «Ja, woher soll denn das Gold zu uns ins Zimmer kommen?» Sie strich ihm über die Stirn. «Sie fiebern noch.»

Allmählich ließ man Otto, den Scheuen und Verstörten, aufstehen. Er durfte auf den Hof hinaus. Er stockte bei jedem Schritt. Vor Hunden und Katzen staunte er, beklommen stand er vor dem Hühnerstall, als hätte er so etwas noch nicht gesehen. Als er sich allein bewegte, war das erste, das er tat, daß er sich scheinbar gedankenlos in den Pferdestall schlich, ein Tier nach dem anderen streichelte, um schließlich vor dem kleinen Schimmel haltzumachen. Fromm stand der an seinem alten Platz und hatte die Schnauze in der Krippe. Flüsterte ihm Otto ins Ohr: «Schimmelchen, wie geht es uns? Ich bin wieder da.» Das Tier gab kein Zeichen. Otto streichelte das Tier, das ruhig weiterfraß.

Er riß sich von den Gedanken los, die ihn verfolgten. Er wollte und mußte sich in Arbeit vergraben. Einmal schnappte nach seiner Hand jener Leopard und wetzte den Kopf an seiner Hüfte. Otto blieb stehen, schon war das Tier verschwunden. Er faßte sich an die Brust, dieser klagende Blick des Tieres.

Aber einmal wagte er sich in das Dorf, um sich zu dem Pfarrer zu setzen und ihn um Aufklärung zu bitten: «Gibt es, Herr Pfarrer, zwei Paradiese?» Diese Frage richtete er an den ehrwürdigen graubärtigen Herrn. Der war an viele Fragen gewohnt und staunte daher nicht. Immerhin tastete er zart, was sein Besucher auf dem Herzen hätte. Ließ sich Klein-Otto keineswegs in eine Falle locken und meinte munter: Der Gedanke ginge ihm schon lange nach, weil er doch auf dem Feld arbeite und viel mit Vieh und mit Hühnern zu tun habe. Da habe nun der Herr Pfarrer im Gotteshaus öfter vom Sündenfall gesprochen, und wer ihn begangen, und das wären die Menschen, wenn man von der bösen Schlange absehe. Oder irre Otto hier?

«Nein, mein Sohn, Sie irren nicht. Es war wirklich nur der Sündenfall der Menschen, der beiden, die die Bibel nennt, Adam

und Eva, weil sie dem Befehl Gottes zuwiderhandelten und den Apfel vom Baum der Erkenntnis des Guten und Bösen aßen.»
Nickte Otto befriedigt und fuhr fort: «Und als die beiden von dem Apfel gegessen hatten, wurden sie aus dem Paradiese vertrieben?»
Der Pfarrer bestätigte das, neugierig, was nun kommen würde.
Otto pausierte und sammelte seine Gedanken: «Wir wissen also genau, daß nur die Menschen vertrieben wurden?»
Jetzt ahnte der Pfarrer etwas, obwohl ihm eine solche Frage noch nicht vorgekommen war: «Sie meinen, dann müßten die Tiere sich also noch im Paradiese befinden.»
Otto blickte ihn voll an: «Eigentlich ja. Und ist es nicht in diesem Paradies, so in einem andern. Jedenfalls können sie, die doch nichts begangen haben, nicht zusammen mit den andern, mit den Menschen verjagt worden sein. Das wäre doch unrecht, wenn sie draußen auf der Erde zusammen mit den schuldigen Menschen auf der Erde lebten.»
So viele Fragen schon vor den alten Herrn gebracht worden waren, diese gehörte zu den seltsamsten, und sie wurde nicht gestellt von einem müßigen Weibchen, das auf eigene Faust in der Bibel nach Schwierigkeiten pirschte. Hier saß ein ernster junger Mensch, der bestimmt seine ganze Weisheit aus den Sonntagspredigten bezog. Was drängte ihn zu dieser Frage, so daß er sich dafür eine Sonderaudienz ausgebeten hatte? Humorvoll fragte er seinen jungen Unterredner: «Aber, lieber Otto, wovon sollen wir Menschen leben, wenn wir keine Tiere bei uns haben? Stellen Sie sich vor: keine Ochsen zum Pflügen, kein Kalb für den Braten. Und woher Eier? Die Hühner legten keine Eier, die Kühe gäben keine Milch.»
Jung-Otto: «Aber viele Menschen leben vegetarisch, bloß von Obst, Gemüse und Brot.» Da zog der Pfarrer einen schiefen Mund: «So hat es der Herr aber nicht eingerichtet. Ich bin kein Vielfraß und kein Feinschmecker. Aber wir möchten uns unseren Silvesterkarpfen und die hergebrachte Weihnachtsgans nicht nehmen lassen. Kartoffeln, Gemüse, Brot als Beikost, wie es sich

gehört, auch Äpfel und Preißelbeeren als Kompott, so stimmt die Sache. Lieber Otto, ich will mich nicht gerade für die Hunnen einsetzen, die das Fleisch blutig verschlangen, das liegt mir fern. Aber ordentlich zubereitet, daran soll man nicht rütteln.» Er beobachtete sein offenbar bekümmertes Gegenüber. Kam Otto hervor mit der Frage: «Aber was haben die armen Tiere denn verbrochen? Sie haben doch nichts getan.» Klopfte ihm der Pfarrer sanft auf die Schulter: «Lassen Sie's gut sein, mein Sohn, Sie sehen, wie es ist. Sie selber melken Ihre Kühe auch und nehmen den Hühnern ihre Eier, und Sie verachten auch ein schönes Backhähnel nicht. Ich saß übrigens im vorigen Herbst neben Ihnen am Wasser, als Sie begeistert angelten. Mischen wir uns also nicht in das Weltregiment.» Noch einige Minuten beobachtete er seinen stummen Gast, dann war es Kaffeezeit, und die Frau Pfarrer erschien mit dem Geschirr.

Die Jahre gingen hin. Es geschah damals vielerlei. Der Wohlstand beider Brüder wuchs, sie mußten ihre Ställe erweitern. Es erwies sich auch, daß das alte Häuschen baufällig war, man ging daran, auf dem neuen Boden ein zweistöckiges zu errichten. Der ältere Bruder heiratete, es kamen Kinder, schon richtete man den Blick auf neuen Boden. Da zogen Wolken über das Land, man wohnte an der Grenze, die Grenze war bedroht, Jung-Otto, nun nicht mehr jung, erhielt den Gestellungsbefehl und zog davon. Der Krieg wütete und brannte, er zog sich über dieses Gebiet. Nun war er vorbei, der ältere Bruder zeigte sich nicht, er war verschwunden, die Frau mit den Kindern war gleich in die Stadt gefahren zu ihren Eltern. Da tauchte aus der Gefangenschaft der längst nicht mehr junge Otto auf, ein breitschultriger Mann. Er sah sich im Dorfe um, ging über den ehemaligen Gutshof, jetzt eine einzige Brandstätte, die Ställe verloren, das alte und das neue Haus niedergelegt. Ihn begleitete niemand bei dem Gang über seine ehemalige Heimat. Er sah, als er sich auf einen Balken setzte: an dieser Stätte war seines Bleibens nicht. Während einiger Tage strich er zwischen Dorf und ehemaligem Gutshof hin und her.

Er mußte sich im Gasthaus des Dorfes einlogieren. Die Brüder hatten aber auch in der nahen Stadt vor dem Krieg, in der Zeit des Wohlstandes, ein Mietshaus gekauft. Dahin ging Otto jetzt. Es war zur Hälfte von einer Bombe niedergerissen. Die andere Hälfte, durch Balken gestützt, stand noch, und da wohnte man zwischen Geröll hie und da. Otto kletterte über halb abgerissene Stufen hinauf zum dritten Stock. Die Treppe erwies sich als noch leidlich intakt. Er schloß auf, es war die ehemalige Wohnung seines Bruders. Er drückte die Tür hinter sich zu, die Fensterrahmen waren ausgebrochen, die Räume standen leer, es gab zwei Stühle und ein morsches Sofa. Da fand Otto, es war besser, wenn er hier die Nacht verbrachte statt im Gasthof. Er verblieb noch eine Nacht auf dem Sofa, zog am nächsten Vormittag schlaff durch die leergewordene Stadt, für Stunden hielt er sich auf dem Bahnhof auf und kehrte abends wieder zurück in den dritten Stock.

Später Abend. Ein Gewitter war heraufgezogen, der Wind brauste in Stößen. Er trat aus dem schmalen Raum auf den Balkon, das Zimmer hinter ihm war nicht erleuchtet. Sogleich umzog ihn draußen eine schwere wolkige Masse, und wie er stand und nicht wußte, was ihm geschah, kam ihm vor, als ob langsam der Boden unter seinen Füßen schmolz. Er hielt sich noch an den Balkongittern fest. Er sank und sank. Er blieb ohne Furcht. Ja, als sich die Wolke dicht um ihn schloß und er drüben auf der anderen Straßenseite die hellen Fenster nicht mehr sah, ließ er alles ruhig über sich ergehen. Er fühlte sich aufgehoben, ja gehoben und getragen wie ein Wickelkind, von sehr weichen Armen und ließ den Kopf herunterfallen. Mit einer tiefen, ja tiefsten Beruhigung und Beseligung füllte sich sein Herz, und leise stellte sich bei ihm die Erinnerung ein an jene Nacht, in der er von zuhause floh, als er so lange krank war und nicht wußte, wie wieder gesund werden. Er flog, er sank, ein lautloser Sturz. Es war anders als damals, als er auf dem Schimmelchen ritt und die Wälder kein Ende nahmen. Ihm kam der Gedanke, um sich zu tasten, und er fühlte Federn, und seine Finger glitten über einen weichen atmenden Körper. Er hörte sich fragen: «Bist du es,

Uhu?» Er mußte die Frage dreimal wiederholen, endlich atmete das große mütterliche Wesen. Er fragte: «Wohin führst du mich? Ist es der Tod?» Aber bevor noch eine Antwort kam, stellte sich unten ein zauberhaftes Schimmern ein und breitete sich eine mächtige Landschaft aus. Ah, welche Wendung! Er war aus seinem Stadtzimmer auf den Balkon getreten und hatte noch die erleuchteten Fenster der Gegenseite betrachtet, dann hatte ihn der weise Riesenvogel umschlungen und aufgehoben, zur rechten Zeit, zur rechten Zeit, ich konnte nicht mehr bleiben. Man ließ sich tiefer und tiefer herab. Hügel und Berge, Felsen mit Wasserstürzen ließen sich blicken und aus den Bergen entwickelte sich ein majestätischer Strom, dessen Wasser die blendend blaue Farbe jenes Sees trug, an den er sich mit Freude erinnerte. Da schaukelten auch Palmen ihre Fächer. Und hier ließ sich der Riesenvogel auf dem Vorsprung eines Felsens nieder, der Herr glitt sanft von ihm ab und rollte in das Moos. Da richtete er sich auf und dankte seinem stummen Beschützer: «In früheren Zeiten trugen Vögel den Himmlischen, wenn sie es wünschten, schöne menschliche Wesen zu. Was tust du mit mir, mein starker Freund, in wessen Dienst stehst du? Wer hat dich zu mir gesandt?»

«Ich bin kein Vogel. Ich habe dich hierher geholt, um zu erfahren, ob du hier bleiben möchtest oder ob es dich zurückzieht zu den Menschen.» Der Herr umschlang die Beine seines Begleiters, und siehe, es sprangen jetzt Eichhörnchen herzu und tanzten um ihn. «Großer, weiser Vogel, bevor ich dir eine Antwort gebe, mußt du mich aufklären.» Der Riesenvogel: «Wenn du Mensch bleiben willst, wie du warst in deiner steinernen Höhle, erübrigt sich ein Aufklären.» Der Herr: «Ich habe schon lange nicht mehr an euch gedacht. Aber Sehnsucht hatte ich doch. Ich wußte nicht wonach, ich war ganz und gar verkommen in meiner steinernen Höhle.» Der weise Riesenvogel, der Phönix: «Du willst wissen, was ich vorhabe und wo du bist? Du bist bei den Toten, es erschreckt dich nicht?»

Der Herr: «Ich habe etwas anderes gehört vom Revier der Toten. Ich erfuhr, daß sie als Gespenster umgehen und daß sie nichts mehr begehren, als zurückzukehren zu der alten Welt.» Ein langes Lachen ließ das Riesenwesen hören: «Daran erkenne ich die Menschen, die sich einbilden, so klug zu sein. Blicke auf mich und die Lebewesen hier, die unzähligen, auch in der Luft und auf dem Wasser. Hier geht kein Gespenst um. Und niemand verlangt nach oben zu gehen. Dort sind sie tot. Aber höre mich an.»

Und nun breitete der Phönix seine Flügel aus und hob sich über den Herrn im Moos. Der kauerte wie in einem dunklen Zelt. Der Phönix flüsterte: «Du mußt viel lernen, mein junger Freund. Ihr glaubt, ihr Menschen, der Schöpfer habe nur eine einzige Welt geschaffen, eben die, die ihr kennt und die euer Blick erreicht. Nun, schon diese Welt kennt ihr nicht. Die Menschen haben einen Geist erhalten, so hat sie unser Schöpfer geschaffen, damit sie sich ihm als Geister nähern können. Du weißt, wie die Menschen das verstanden haben. Sie haben sich als ein fürchterliches und verbrecherisches Geschlecht erwiesen. Darauf hat sich der Herr von ihnen abgewandt, und der Mensch wurde aus dem himmlischen Garten gestoßen auf die sandige Erde. Wir andern aber ...», und er öffnete seine gewaltigen Schwingen, «siehe, hier jagt keiner, hier springen wir frei herum, keins würgt das andere, hier stirbt man nicht.»

«Ist das die Ewigkeit?» «Hier wird nicht geboren noch gestorben.» «Von welcher Speise lebt ihr?» «Die blaue Luft trägt uns alles zu, Luft, Licht und Nahrung. Die Erde aber ist zu einer Plagestätte für die Menschen geworden. Manche von den Tieren sind ihnen aus Anhänglichkeit aus dem Paradies gefolgt. Aber sie blieben nicht, die sie waren. Das verdorbene Menschwesen verdarb sie auch. Hörst du mich, verstehst du mich?»

«Ich höre. Mich ängstigt, was du sagst.»

«Über uns zu herrschen, war den Menschen verliehen, aber im Namen und im Sinne des Schöpfers. Was taten sie, was wurde aus der unschuldigen, reinen Erde? Ein Schlachthof für die Tiere, ein Friedhof für die, die sie haßten und jagten. Verstecken und bewaffnen mußte man sich. Tod und Hunger erwarteten jedes

Tier jeden Tag. Jedes Tier mußte sich zu einer Festung ausbauen, und bald nicht nur gegen die Menschen, sondern Tier gegen Tier. Dahin war man gekommen.»

Noch immer, den Kopf an die weiche Brust des Riesenwesens gedrückt, schwieg der Mensch. Aber nun lüftete der große weise Vogel die Flügel. Otto drehte den Kopf. Da hatten sich inzwischen Tiere eingestellt, diesmal nicht zarte Eichhörnchen und drollige Kaninchen. Jetzt sah er keine Riesenprozession. Sondern da hielten in der Nähe und weiterhin mächtige Wolfshunde, aber waren es Hunde, mit langhaarigen Pelzen, Gelb mit Schwarz, die Ohren spitz aufgestellt? Und wie der Mensch seine Blicke hin und her gehen ließ, erkannte er, es waren nicht Wölfe, es waren die Aasräuber, Schakale. Dies ist ein Ort der Verwesung, durchfuhr es Otto. Und da wälzte sich ein unsäglich häßliches, langes, schlangenartiges Geschöpf heran, gefolgt von einem zweiten Tier, beide von gleicher Drachenart. Einen Riesenschweif zogen sie hinter sich her und waren mit grasgrünen Hornplatten bedeckt. Wie die Schakale wagten diese Krokodile sich nicht an den Menschen heran. Verblüfft sah der Mensch Sperlinge auf dem Rücken der Panzertiere. Ließ sich der Riesenvogel herbei, das Wort an seinen zitternden Schützling zu richten: «Wie gefallen sie dir, du weißt, wer das ist, wer sie sind?» Glaubte der Mensch, eine Antwort geben zu können, und sagte: «Krokodile und Schakale.» «Gewiß kannst du sie auch beim Namen nennen und weißt, wie sie heißen.» Der Mensch verstand nicht. Der weise Phönix: «Sie waren Menschen. Sie stammen nicht aus unserm Paradiese. Was waren, meinst du, diese Schakale und Drachen als Menschen? Wer in eure Spiegel blickt, der sieht nichts. Aber hier quillt das Wasser unseres Sees, und erst das vermag euch zu spiegeln.» «Waren sie so schlimm?» «Sie waren böser als Krokodile und Schakale und haben um sich Millionen von Menschen zu Krokodilen und Schakalen gemacht, einstmals Ebenbilder Gottes.» «Und warum sind sie hier?» «Die Hölle nahm sie nicht auf. Vielleicht hätten sie zu Stein gemacht werden müssen, und du siehst sie jetzt hier. Sie wollen sich auch jetzt

noch nicht aufgeben.» Da dachte Otto und sprach: «Und mich selber, warum hast du mich hierher gebracht?» «Ich hörte dich rufen in deiner Jugend, und so riefst du jetzt.»
Und da sah er einem Schakal in die Augen. Eine Erschütterung legte sich über ihn. Ja, es waren Menschen, sie wollten sich nicht aufgeben. Und mit gesenktem Kopf stand er vor dem Phönix: «Jetzt habe ich eine Bitte, die du mir gewähren sollst. Laß mich hier in der Nähe eine kleine Weile mit mir allein, damit ich alles erforsche.»
So hob der Riesenvogel ihn auf und setzte ihn ab vor einem dichten, wenig grünen Wäldchen: «Hier will ich dich erwarten, wenn du alles mit dir überdacht hast.»
Es war eine Nadelholzpflanzung. Der Boden bedeckt mit abgefallenen Nadeln. Äste krachten unter Ottos Soldatenschuhen. Er hatte sich noch keine neuen kaufen können. Er blickte zwischen den Stämmen ins Freie und dachte an die traurigen Schakale und Krokodile. Er dachte: So werde ich also nach meinem Tod kein Mensch mehr sein, sondern als ein Tier hintreiben ohne ein Wissen um mich. Wo ist mein Bruder? Wo sind meine Kameraden, mit denen ich in der Gefangenschaft schmachtete? Werden sie gejagt und hungern, während ich die blaue Luft atme und nur Freude und Wonne kenne? Wo sind seine Kinder? Während sie nach mir jammern, wiege ich mich hier als Schmetterling. O Herr, du hast uns Elend und den Schmerz geschickt, du zeigst mir den Weg.
Er umfaßte einen Kiefernstamm, Holz ohne Borke. In der Gefangenschaft hatte er singen hören zu Ostern: «Treues Holz, von allen Bäumen einzig du an Ehren reich, denn an Zweigen, Blüten, Früchten ist in der Welt kein Baum dir gleich. Süßes Holz, o süße Nägel, süße Last beschweret euch.»
Er strich zwischen den Stämmen herum, das blaue Schillern drang hier nicht herein. Dieses hier ähnelte mit Kiefern und Tannen seinem Heimatort. Und wieder dachte er, während er herumging, an die Armseligkeit dort oben, an die Bettelhaftigkeit, und Schuldgefühl und Trauer legte sich schwer auf ihn.

Dies zu tun, im Paradies herumzugehen. Und wieder stand er vor einer kahlen Kiefer und umschlang den Stamm und weinte darüber: «Wenn alle untreu werden, so bleibe ich doch treu, daß Dankbarkeit auf Erden niemals verschwunden sei. Du hast noch mehr gelitten als wir alle. Du kamst und wolltest den Frieden, und sie taten dieses. An einen solchen Stamm haben sie dich geschlagen.» Er schwankte und weinte. Er wußte nicht, wie sich vor dem Schmerz und den Tränen retten. «Tausendfach habe ich gesündigt, tausendfach nahm ich an der Verruchtheit teil, aber der heilige Gott, sein herrlicher Sohn hat alle Sünden gesühnt. Ich soll hier herumgehen und über mich denken? Ich bin am Ende mit meinem Denken. Ich will nicht in dieses Glück und diese Wonne. Ich will nicht im Paradiese sein. Ich will zu den armseligen schlechten Menschen. Wenn alle untreu werden, so bleibe ich doch treu.»

Er hatte nicht weit bis zum Sitz seines geheimnisvollen Wächters. Er sah noch das mächtige weise Wesen, es war jetzt eine Riesenwolke. Bevor er den Mund öffnete, um zu sagen, zu gestehen und zu bekennen: «Wenn alle untreu werden, so bleibe ich doch treu», da war die weiche Wolke von Blitzen durchzuckt. Nichts mehr von der Paradieseswonne. Nur ein entsetzliches Donnern, glühendes Feuer.

Der Boden bewegte sich unter ihm und rollte. Er wollte zu den Tieren dort und zu dem geheimnisvollen Wächter. Aber er konnte es nicht. Er mußte sich an einem Stamm festhalten. Auf und ab wurde er gehoben. Er kippte um, er stöhnte: «Wenn alle untreu werden...» Ein Eisen hielt er in der Hand, es war die Balkonstange. Schutt überrieselte ihn, und so fuhr er zu Tal mit dem berstenden Haus.

Man konnte in der Nacht die Rettungsmannschaften nicht heranrufen, auch das Nachbarhaus war gefährdet. Erst am späten Vormittag wagte man sich an die Wegräumung des Schuttes, auf der Suche nach Menschen. Man fand ihn, zerbrochen, zerschmettert. Vielleicht sah sein Gesicht friedlich und stolz aus. Wir wissen, er war den rechten Weg gegangen.

NACHWORT DES HERAUSGEBERS

Döblin machte sich zuerst mit kleinen Erzählungen einen Namen, die noch nichts von der außerordentlichen Phantasiegewalt seiner Romane ahnen ließen. Diese abseitigen Miniaturen erregten Aufsehen durch ihre vehemente Sprache, die Kühnheit ihrer Darstellung, die Originalität und Mannigfaltigkeit ihrer Motive, die Verbindung hellsichtiger Verzücktheit mit naturalistischem Sarkasmus. Döblin schrieb sie als Assistenzarzt an wechselnden Kliniken und veröffentlichte sie mit andern Beiträgen seit 1910 in Herwarth Waldens revolutionärer Berliner Wochenschrift ‚Der Sturm', später auch in andern Zeitschriften. Da er sie in zwei Sammelbänden herausgab und manche von ihnen in Anthologien oder bibliophilen Publikationen nachgedruckt wurden, galt er in seiner Jugend als ein Hauptvertreter der neuen Novellistik, die im Expressionismus aufblühte.

Der erste Sammelband erschien 1913 unter dem Titel ‚Die Ermordung einer Butterblume und andere Erzählungen' [bei Georg Müller, München und Leipzig]. Die darin vereinigten zwölf Erzählungen waren teilweise schon früher entstanden und von Döblin für den ‚Sturm' aus dem Schreibtisch hervorgeholt worden. Im Nachlaß liegen als seine ältesten dichterischen Versuche ein Roman ‚Jagende Rosse' mit dem Vermerk «Beendet September 1900» und eine zweite Fassung davon mit dem Zusatz «Den Manen Hölderlins in Liebe und Verehrung gewidmet» aus den Jahren 1900–1901[1]*, ferner zwei Novellen ‚Erwachen', die «Anfang September 1901» datiert sind, und eine Novelle ‚Adonis' von 1902. Die ‚Jagenden Rosse' schrieb der Primaner, das Folgende der angehende Mediziner nach dem 1900 verspätet bestandenen Abitur. Aus dieser Frühzeit sind auch zwei Aufsätze über Nietzsche erhalten: ‚Der Wille zur Macht als Erkenntnis bei Friedr. Nietzsche', vom 8. Oktober 1902 datiert, und ‚Zu Nietzsches Morallehre' vom 16. März 1903. Im ‚Ersten Rückblick' sagte Döblin später: «Hölderlin, Schopenhauer, Nietzsche haben schon unter meiner Schulbank gelegen. Ich habe schon als Quartaner gedacht und geschrieben.»*[2] *Einige der im ‚Sturm' gedruckten Novellen stammen aus den Jahren 1904 und 1905.*

Diese Erstlinge geben sich bewußt revolutionär. Sie umkreisen ketzerisch die Liebe, blasphemisch die Religion und polemisch den Bürger, dessen eingebildete Sicherheit sie ad absurdum führen. Ein schneidender Intellekt gefällt sich in höhnischen Entlarvungen und durchstößt die dünnwandigen Illusionen, hinter denen ein dämonisches Dunkel lauert. Aber Döblin ist hier noch nicht der Wortführer der naturalistischen, sozialistischen Kunstrevolution, für die er nach dem Ersten Weltkrieg heftig eintrat, sondern selbst noch erstaunlich in abgelebten literarischen Konventionen befangen. Wie so viele Umstürzler seiner Generation erlag auch er noch den Stimmungszaubereien des Symbo-

[1] Das Vorhandensein zweier Manuskripte steht in merkwürdigem Widerspruch zu Döblins wiederholter Erzählung vom tragikomischen Verlust der ersten Fassung; vgl. Döblin, ‚Die Zeitlupe. Kleine Prosa' S. 117 f., 142 [1962].

[2] Alfred Döblin im Buch — zu Haus — auf der Straße S. 72 [Berlin 1928].

lismus, die damals in den Gedichten und lyrischen Dramen Hofmannsthals, in den Frühwerken Rilkes, in den Novellen Thomas Manns die Jugend faszinierten. Der vom Studenten Döblin verfaßte kleine Roman ,Der schwarze Vorhang, Roman von den Worten und Zufällen' [1912 im ,Sturm', 1919 als Buch erschienen] ist eine sentimentale, egozentrische Liebesgeschichte im Geschmack des mit Nietzsches ästhetischem Nihilismus getränkten Jugendstils. Der Träumer Johannes umkreist darin die rothaarige Irene in Haßliebe, stößt sie immer wieder sadistisch von sich, weil er seine Liebe für unerfüllbar, seine Einsamkeit für unüberwindlich hält, und umwirbt sie nach jedem Zerwürfnis aufs neue; zuletzt begeht er im Wald den Lustmord an ihr und verbrennt sich mit ihrer Leiche. Er empfindet sich als lebendig Toten, als fensterlose Monade. Der Weg zum Mitmenschen, ins Meer des Lebens ist ihm versperrt, er scheitert wehleidig an sich selbst und berauscht sich umsonst an seiner fanatischen Vision des Glücks: « Man soll in ein Menschenleben wie in ein Meer hinabsteigen, von einer Welle, die ihre Bahn läuft, von einer großen Zuckung bis an den Strand getragen, über Steine und Zufälle hinweg.»

Das war die neuromantische Décadence, der Döblin später seine gefühllosen Massenepen ohne Helden entgegenstellte. Er erlebte die Romantik noch am eigenen Leib, und sein erstes Buch verrät, wie schwer er sich von ihr losmachte. Von den Geschichten der ,Ermordung einer Butterblume' schwelgt die Hälfte noch derart in der morbiden Sprach- und Seelenmusik des Fin de siècle, daß sie nur noch als Zeugnisse seiner Entwicklung interessant sind. Damals frappierten auch diese Stücke durch ihre sprachliche und gedankliche Energie, heute überraschen sie durch ihre künstlerische Unfreiheit. Sie kleiden das zerstörende seelische Abenteuer noch in das Stilkostüm des Märchens oder der katholisierenden Legende und gefallen sich im preziösen Bilderprunk einer sterbenden Epoche. Mariä Empfängnis *erklärt das religiöse Mysterium psychologisch als Wunschphantasie eines Mädchens, das für die Wirklichkeit blind ist und sich seine wie in einer Ohnmacht erlebte Verführung in ein himmlisches Wunder umträumt, weil es die körperliche Liebe nicht zu fassen vermag. Aber diese Marienpoesie ist in eine so seraphische Süßigkeit getaucht, daß sie sprachlich vom jungen Rilke herrühren könnte.* Das Stiftsfräulein und der Tod *ist ein profanes Gegenstück dazu. Das alte Mädchen, das die Liebe versäumt hat, ersehnt den Tod als Geliebten, bis er sich als brutaler Verführer zu ihm ins Bett legt. Auch hier kommt das schockierende Motiv wegen des konventionellen romantischen Gewandes kaum mehr zur Geltung. Nicht weniger seltsam wirken die märchenhaften Stücke. Der junge Döblin ist auch noch der schönheitstrunkenen Sentimentalität des dekadenten Kunstmärchens im Stil Oscar Wildes verfallen. Er greift wie der frühe Trakl und Bartók auf den Frauenmörder* Blaubart, *um das blutige Geheimnis der Geschlechterliebe zu enthüllen. Am weitesten verliert er sich in der von uns ausgeschiedenen Märchennovelle ,Die Verwandlung', die von der zwischen Liebe und Haß taumelnden Leidenschaft einer blassen Königin und eines stillen Prinzen erzählt. Sie setzt den erotischen Ästhetizismus des ,Schwarzen Vorhangs' in schwülstige Rührseligkeit um und gibt den gemeinsamen Liebestod der beiden im Meer mit dem tränenschweren Schlußsatz wieder: « Oben auf dem flinkernden Wasser schwammen nebeneinander ein runder Stab und eine goldene Königskrone.» Romantisch ist auch die Gruselgeschichte* Die Helferin, *obschon sie im modernen Amerika spielt. Sie ist dem Vorbild E. A. Poes verpflichtet und zeigt mit ihrer nüchternen Sachlichkeit die Richtung an, in der sich Döblin dann überzeugender dem Irrationalen näherte. Noch* Die Memoiren des Blasierten *gehen nur scheinbar über den neuromantischen Zeitstil hinaus, indem sie den Zauber der Liebe durch einen Skeptiker zynisch analysieren lassen. Seine Verzweiflung über die Weiber ist ja seit alters nur die Kehrseite der erotischen Schwärmerei, die den ‚Schwarzen Vorhang' und die Blaubartromantik der Märchen kennzeichnet. Auch der Blasierte rächt sich schreibend an einem Idol, an das er im Grund immer noch glaubt.*

Das Herzstück dieser romantischen Gruppe ist Die Tänzerin und der Leib, *weil sich Döblin darin mit dem Thema der Kunst auseinandersetzt. Diese Tänzerin, die als Kind über jeden Tanz «Kälte zu sprühen» vermag, deren straffer Leib «wie eine Flamme weht» und deren Stimme «hell, ohne Buhlerei und Musik, abgehackt» tönt, verkörpert das Ideal, das ihm als Dichter vorschwebt. Daß sie ihren erwachsenen Leib als unerträgliche Last empfindet, weil er sich nicht mehr als Spielzeug behandeln läßt, ihn als «ein Stück Aas» verleugnet, sich feindselig von ihm trennt und mit dem «trägen Tier», an das sie gekettet ist, triumphierend in den Tod hineintanzt, ist das Sinnbild einer ungelösten Spannung in Döblin selbst, die sich in den grellen Gegensätzen seiner ersten Dichtungen äußert. Vielleicht wurde er zu dieser programmatischen Skizze durch Kleists Aufsatz über das Marionettentheater inspiriert, denn auch Kleist gehörte zu den guten Sternen über seiner Jugend. Sie wirkt wie eine Illustration zu den im ersten Jahrgang des ‚Sturms' gedruckten ‚Gesprächen mit Kalypso über die Musik', in denen er die Ästhetik einer unpersönlichen, unromantischen, rein geistigen Musik und eines ihr entsprechenden Tanzes entwarf. Die echte Musik, erklärte er darin, ist nicht Ausdruck menschlicher Gefühle, wie alle Welt glaubt, sie ist ursprünglich ein eigenes Reich des Tönens mit eigenen Gesetzen, also nicht die gehorsame Dienerin, sondern die unberechenbare Lehrmeisterin des Menschen. «Die Musik kennt keine ‚Seele'; sie wandelt unter den wirklichen Dingen; einfach und sehr klug ist sie Fürsprecherin des ausgebreiteten Lebens.»*[1] *Das berührt sich mit Valérys Essay ‚L'âme et la danse' und anderen späteren Ansätzen zur Theorie der modernen Musik, steht aber auch noch im Bann der vom Symbolismus gesuchten ‚absoluten Poesie'.*

Diesen Bann durchbricht Döblin erst dort, wo er auf die Stilkünste der Décadence verzichtet. Da spürt man, daß er als Psychiater in einer andern Welt zuhause ist. Der Märchenzauber wird von der Dämonie des Unbewußten verdrängt, dieser umwälzenden Entdeckung der Jahrhundertwende, die den Arzt Döblin von Anfang an beschäftigte. Sie befreite seine Schreibweise und ermöglichte ihm eine neuartige Einheit von dichterischer Intuition und sachlicher Präzision. Der Ruhm seines ersten Buches beruhte vor allem

[1] ‚Der Sturm' Nr. 17, 23. Juni 1910.

auf einigen Kabinettstücken tiefenpsychologischer Schilderung, in denen er den Ausbruch der im Normalbürger schlummernden seelischen Unterwelt beschreibt. In einem Augenblick gerät ein pedantisch umzirkeltes Menschendasein aus den Fugen, oder ein latent drohender Zwang führt es schrittweise und unausweichlich in die innere Katastrophe. Das blieb ein immer wiederkehrendes Thema des Erzählers Döblin, schon die Novellen wandeln es mehrmals ab. Das Musterbeispiel dafür ist die Titelnovelle Die Ermordung einer Butterblume, *in der dem kleinen Geschäftsmann Michael Fischer eine spazierenderweise mit dem Stock geköpfte Blume zum Verhängnis wird. Diese scheinbar zufällige Begebenheit wächst dem Spießer über den Kopf, denn sie ist das Symptom einer in ihm vorbereiteten Krise und löst den Mechanismus der beginnenden Geisteskrankheit aus, durch den die fixe Idee zum unheilbaren seelischen Defekt wird. Als exakte Beschreibung einer Psychose erinnert diese Geschichte an die Novelle ‚Lenz' des von Döblin geliebten Georg Büchner. Sie verrät aber den Schüler Freuds und wurde mit Recht als Schritt in eine neue Darstellung des Seelenlebens bewundert.* Die Segelfahrt *überträgt diesen psychologischen Blick auf das erotische Thema. Die Zerrüttung durch das Verhängnis der Liebe ist hier nicht mehr märchenhaft aufgeschönt und verfälscht, sondern als Einbruch einer unbekannten Macht in die mondäne Existenz heutiger Menschen dargestellt.*

Einen andern Weg über den Ästhetizismus hinaus fand Döblin im Humor. Der Eulenspiegel war schon damals in ihm lebendig, er durchkreuzte schon sehr früh seine angelesene Sentimentalität und Schönfednerei. Er hatte ihm seine dramatische Eskapade ‚Lydia und Mäxchen, Tiefe Verbeugung in einem Akt' [1905 geschrieben, 1906 veröffentlicht] eingegeben und trieb auch den Erzähler zu einer surrealistischen Gaukelei, die er seinen ‚Döblinismus' nannte. Auf diesen Ismus berief er sich in einem Sendschreiben an Marinetti, in dem er eine phantasievollere Revolution der Literatur verlangte, als dieser sie proklamierte, und auf eine Freiheit der Dichtung pochte, die ihre Vorgeschichte in Deutschland habe.[1] *Auch dieser Widerruf seiner ersten Liebeserklärung an die Futuristen verrät sein Schwanken zwischen Romantik und Naturalismus. Er rettete sich daraus am sichersten durch den Sprung in die Freiheit des Spiels. In witzig-frechen Schwänken und Parodien schlägt der tragische Ernst in den trockenen Humor einer hintergründigen Frivolität um, in dem sich sein Temperament am wohlsten fühlt. Die gleichen Themen dienen ihm jetzt zu Spaß und Spott. Der abrupte Stil, der in den Legenden und Märchen, in den psychiatrischen Studien oft als forcierte Verrätselung wirkt und nur eine verstiegene oder intellektuelle Mystik erzeugt, wird nun zur mutwilligen Mystifikation, die den Leser in eine heitere Spannung versetzt.* Astralia *beschreibt den Moment, wo der kleinbürgerliche Bußprediger und Sektengründer Adolf Götting, ein skurriles Seitenstück zum Butterblumenmörder Michael Fischer, aus der Borniertheit in die Verrücktheit über-*

[1] Futuristische Worttechnik, Offener Brief an F. T. Marinetti: ‚Sturm' Nr. 150/151, März 1913; wieder abgedruckt in: Paul Pörtner, Literaturrevolution 1910–1925. Dokumente, Manifeste, Programme II, S. 63 f. [1961].

schnappt. Der Dritte *parodiert die Dämonie des Ritters Blaubart in dem Frauenarzt, der sich im eigenen Netz fängt, indem er seine Sekretärin zur Dirne abrichtet und einem noch abgebrühteren Zyniker zum Opfer fällt, den er mit seiner Gemeinheit anlockt.* Die falsche Tür *zerspielt virtuos-elegant den Schicksalsglauben der ‚Segelfahrt' in der witzig-unheimlichen Geschichte vom Kismet, das zwar in Erfüllung geht, aber ganz anders, als der abergläubische Oberleutnant Irfen glaubt.*

Der zweite Novellenband ‚Die Lobensteiner reisen nach Böhmen, zwölf Novellen und Geschichten' [bei Georg Müller, München 1917] zeigt noch vielfach das gleiche Bild, jedoch mit starken Akzentverschiebungen. Es ist kaum begreiflich, daß Döblin auch nach dem Erscheinen der ‚Drei Sprünge des Wang-lun', seines ersten genialen Romans, als Novellist immer wieder in den preziösen Ton zurückfiel. Da stehen abermals einige naive romantische Märchenfabeleien der populärromantischen Art, die dem ‚Kunstwart' Ehre gemacht hätten. Als Beispiel dafür haben wir Vom Hinzel und dem wilden Lenchen *gewählt, in dessen Elementarpoesie sich Döblins heidnische Naturvision ankündigt. Anderswo dringt die Psychopathologie in den Märchenzauber ein, so namentlich in der auch künstlerisch zwitterhaften Geschichte* Das Krokodil, *die in aufreizend andeutendem Stil von einem zwischen Elementarwelt und Gesellschaft stehenden, zuletzt endgültig der animalischen Natur anheimfallenden elbischen Mädchen erzählt und darin an das Ende des Kaisers Ferdinand im ‚Wallenstein' anklingt.* Die Nachtwandlerin *versetzt die Unheimlichkeit Poes in das moderne Berlin und greift wieder das Motiv der ausbrechenden Geisteskrankheit auf, hier eines Spießbürgers, der seine Geliebte brutal mißbraucht und im Bewußtsein seiner Schuld an ihrem Untergang zerbricht. Im modernen Berlin spielt auch die Geschichte vom Priester auf Abwegen* Der Kaplan, *die das religiöse Thema viel krasser ins Blasphemische treibt als die christlich eingekleideten Stücke im ersten Band. Sie ist schwer verständlich, weil sie den inneren Konflikt des seltsamen Heiligen nur in seinen paradoxen Handlungen andeutet, was damit zusammenhängt, daß Döblin hier sein persönliches Dilemma umkreist. Eine Vorstufe dazu ist die im ‚Lobensteiner'-Manuskript in zwei Fassungen enthaltene ungedruckte Skizze ‚Gang eines Mönches nach Berlin', der Monolog eines Berliner Klosterbruders, der sich der Versuchung durch die Großstadt aussetzt, in ihr sich selbst verliert und darüber verzweifelt, daß er diese Menschheit nicht aus ihrer Verdammnis zu erlösen vermag. Das ist für den jungen Döblin aufschlußreich und wirft ein Licht auf den ‚Kaplan'. Er treibt die Spannung zwischen christlichem und weltlichem Denken, die den katholisierenden frühen Novellen zugrunde liegt, auf die Spitze. Sie erfüllt auch das 1923 aufgeführte historische Schauspiel ‚Die Nonnen von Kemnade' und weist schon auf ‚Berlin–Alexanderplatz' voraus. Rein blasphemisch ist* Von der himmlischen Gnade, *eine Studie aus der Berliner Unterwelt mit ihren Elendsgeschöpfen und den sprachlichen Urlauten ihrer Menschentiere. Sie untermalt den Sumpf der Verkommenheit mit Volks- und Kirchenliedstrophen und schlägt damit auch bereits den Ton von ‚Berlin – Alexanderplatz' an. Das gauklerische Element vertreten die übermütige Humoreske* Linie Dresden–Bukarest *und die nicht in den ‚Loben-*

steinern' enthaltene, sondern 1917 selbständig publizierte Ärztefarce Das verwerfliche Schwein, *zwei echte Proben des ‚Döblinismus'.*

Etwas Neues sind gegenüber der ersten Sammlung einige geschichtliche Novellen. Sie zeigen Döblin auf dem Weg zum ‚Wallenstein', bleiben aber noch im Anekdotischen stecken. Die Diebsgesindelgeschichte Das Femgericht *ist eine erste Übung auf diesem ganz andern Feld, das auch der 1915 entstandene, noch ungedruckte, dreißig Manuskriptseiten umfassende Anfang eines Bauernkriegsromans betritt. Sie ist noch beinahe ohne historisches Kolorit, nur ein witzig ausgeführtes Genrebild in dünnem geschichtlichem Kostüm. Die überlang geratene Novelle ‚Die Lobensteiner reisen nach Böhmen', die am Schluß der zweiten Sammlung steht, ertrinkt dagegen im historischen Kolorit. Diese lokalgeschichtliche Erzählung versucht den gutbürgerlichen Chronikenstil durch bizarre und phantastische Einfälle aufzulockern, wirkt aber völlig verfehlt und zeigt bloß, wie Döblin auch die Historie zuerst als Romantiker bewältigen wollte. Die Schwächen dieser ersten Anläufe wurden auch in der Konzeption des ‚Wallenstein' nicht ganz überwunden. Das Capriccio* Die Schlacht, die Schlacht!, *das offenbar im Ersten Weltkrieg spielt, hängt nicht nur mangels historischer Fixierung, sondern auch dank der paradoxen Verbindung von Kriegsgrauen und Humor ebenfalls merkwürdig in der Luft, darf aber als Stildokument nicht fehlen. Denn alle diese Durchgangsstufen sind nicht nur für Döblins Entwicklung, sondern für den Gang der deutschen Literatur in den ersten Jahrzehnten unseres Jahrhunderts bezeichnend. Sie haben ihre Parallelen bei den meisten deutschen Autoren seiner Generation und gestatten einen intimen Einblick in die Entstehung der expressionistischen Erzählkunst, die er mitbegründete.*

Mit der Arbeit am ‚Wallenstein', der 1920 veröffentlicht wurde, ging Döblin endgültig zur monumentalen Epik über. Seither war von ihm nur noch ausnahmsweise eine Novelle zu lesen. Die ‚Neue Rundschau' brachte 1917 den ‚Feldzeugmeister Cratz', einen Seitenhieb des großen historischen Kriegsromans, der als novellistisches Gebilde nicht überzeugt und nicht in die ‚Lobensteiner' aufgenommen wurde. Im zweiten Band von Wolfensteins Jahrbuch ‚Die Erhebung' von 1920 stand Die Flucht aus dem Himmel, *die in expressionistisch geballter Sprache die nazarenische Linie von ‚Mariä Empfängnis' fortsetzt und deshalb von uns neben diese gestellt wurde. Sie nimmt schon das Erlösungsthema des ‚Manas' auf, umso bemerkenswerter ist ihr Festhalten am christlichen Mythus, den Döblin nie ganz aus dem Auge verlor. Als letzter Nachzügler entstand 1931 noch die mit überlegener Sicherheit geformte* Sommerliebe, *die als innerer Monolog eines erotisch aufgerüttelten, spät noch vom Wunder der Verwandlung gestreiften Philisters gleichsam die ‚Memoiren des Blasierten' mit der ‚Ermordung einer Butterblume' vereinigt und zu einer späten Blüte aufgehen läßt.*

Statt novellistischer Miniaturen stellte Döblin in den zwanziger Jahren für Vorabdrucke in Zeitschriften oder als Beiträge in Anthologien gern Ausschnitte aus seinen Romanen zur Verfügung. Das war kein Notbehelf, denn es finden sich in diesen immer wieder novellistisch abgerundete Kapitel, in denen seine anfängliche Liebe zur gestrafften Kleinform weiterlebt. Noch die ein-

gelegten Geschichten des im Exil entstandenen ‚Hamlet' wurden zuerst als selbständige Erzählungen geschrieben und erst nachträglich zum Zyklus verbunden. So fiel es nicht schwer, aus dem ‚Wallenstein' solche in sich abgerundete Episoden auszuheben. Wallenstein pachtet die Prager Münze *und* Tillys Tod *repräsentieren den Stil dieses in der Döblin-Ausgabe zurückgestellten Werkes. Aus dem dort gleichfalls ausgeschlossenen dritten Teil der in den dreißiger Jahren in Paris entstandenen Trilogie ‚Aamazonas' wählten wir die Kapitel* Die Statistin, Geistergespräch *und* Flucht in den Urwald. *Sie zeigen die reife Meisterschaft des Naturanbeters Döblin in der psychologischen Menschendarstellung und in der Schilderung tropisch wuchernden Lebens, aber auch den Beginn der religiösen Krise, in deren Zeichen sein letztes Schaffen steht. Den tiefen, nüchternen Ernst seiner Spätwerke und zugleich seine hohe Kunst bezeugen die* Antigone-*Abschnitte aus ‚Karl und Rosa', dem Schlußband seiner in Kalifornien vollendeten Trilogie ‚November 1918, eine deutsche Revolution'.*

Der durch Schicksalsschläge gebrochene, zum frommen Christen und französischen Staatsbürger gewordene alte Döblin, der sich nach dem Ende des Zweiten Weltkriegs vergeblich bemühte, wieder in Deutschland heimisch zu werden, war ein Zauberer, der den Glauben an seine unerhörte Kunst verloren hatte. Er ließ die Dichtung jetzt nur noch als ein Mittel gelten, den Menschen in ihrer Not beizustehen, und nahm willig den Hohn auf sich, den eine solche Gesinnung nach sich zieht. Eine unheilbare Krankheit trug dazu bei, daß er alle Pracht der Bilder und Worte von sich abtat und sich auch als Schriftsteller zur Armut und Demut bekannte. Man kann dies als Folge eines geistigen Zerfalls hinstellen, man kann darin aber auch das Einmünden in eine große Tradition der religiösen Literatur sehen, für das dieser Unterlegene in unserer Zeit nicht das einzige Beispiel ist. Wer die Maßstäbe kennt, mit denen solche Werke des Leidens an der Welt beurteilt werden müssen, wird die Novellen, die Döblin in seiner letzten Zeit als Ausklang seines Schaffens schrieb, nicht missen wollen. Seine Energie des Formens und Prägens ist in ihnen gesunken, er läßt sich gehen und nimmt das Geschriebene nicht mehr allzu ernst. Aber er hat doch noch starke Momente, und hie und da regt sich sogar noch der Gaukler in ihm. Ein solcher Spaß ist der 1948 publizierte Reiseverkehr mit dem Jenseits, *von dem er selbst sagte: «Ich hatte mich nicht verloren, ich war kein Finsterling geworden. Überraschend schossen ein paar Erzählungen auf, ich schrieb sie schnell nieder und gestehe, ich weiß nicht recht, wie ich zu ihnen kam: wieder Koboldstücke. Das sind ‚Der Oberst und der Dichter' und die beiden heiteren Geschichten, burleske Späße und Mischungen von Ernst und Clownerie: ‚Märchen vom Materialismus' und ‚Reiseverkehr mit dem Jenseits'.» Diese amüsante Satire auf den Spiritismus, die den naiven Jenseitsglauben parodiert, hängt immerhin mit der biologischen Auffassung des Todes zusammen, die er theoretisch und dichterisch oft genug dargestellt hat, und ist ein Beweis der geistigen Freiheit, die er sich auch nach seiner Bekehrung bewahrte. Die hier zum erstenmal gedruckte, aus der allerletzten Zeit stammende Erzählung* Der Tierfreund *wandelt das Thema des Sterbens tief gläubig und in märchenhafter Einkleidung ab. Als einfältig-erbauliche Ge-*

schichte von einem Kriegsheimkehrer, der aus dem Glauben an das Scheinparadies der Natur zum Glauben an den Gekreuzigten geführt wird, ist sie ein Gleichnis für Döblins eigenen Weg aus der heidnischen Naturverehrung durch die Hölle der Gegenwart zur Sehnsucht nach Erlösung durch die himmlische Gnade. Sie muß als Probe seiner letzten Stimmung hier stehen, damit seine ruhelose Wandlungsfähigkeit sichtbar wird.

Es ist das Einzigartige an Döblin, daß er in jedem Werk ein anderes Gesicht zeigt. Bei andern Erzählern ist man sicher, im Grund immer wieder den gleichen vertrauten Autor zu finden, und sie werden eben deshalb geliebt und verwöhnt. Döblin dagegen ist ein Proteus, der sich ständig verändert, weil ihn keine Wahrheit, die er findet, auf die Dauer befriedigt. Er erschreckt und befremdet durch seine Vielgestaltigkeit, die der Ausdruck einer religiösen Unruhe ist. Darum konnte er kein Publikumsliebling werden, denn das Publikum, auch das gebildete, ist bequem und will sich bestätigt, nicht aufgestört sehen. Diesen aufrührerischen Charakter seiner Kunst spiegelt auch die vorliegende Auswahl aus seinen Erzählungen. Es gibt keinen zweiten deutschen Dichter, von dem sich ein an Überraschungen so reicher Novellenband zusammenstellen ließe.

Von den zwölf Erzählungen des Bandes ‚Die Ermordung einer Butterblume' wurde nur ‚Die Verwandlung' weggelassen. Das Manuskript dieser Sammlung ist, mit einer grünen Seidenkordel zusammengebunden, im Nachlaß vorhanden, auch ein kartoniertes Heft mit eingeklebten und von Döblin beschrifteten Besprechungen hat sich erhalten. Die Handschrift entspricht jedoch nicht der Druckfassung, es fehlen in ihr zwei Stücke, und die vorhandenen liegen, in anderer Reihenfolge, zum Teil in Vorfassungen samt Entwürfen und Stichwortniederschriften vor, so daß eine durchgehende Textvergleichung nicht möglich ist. Die Buchausgabe von 1913 wurde von Döblin offenbar flüchtig korrigiert, sie enthält zahlreiche Druckfehler und Versehen, die sich in unserem Neudruck meist verbessern ließen, so daß nur wenig Zweifelhaftes stehen blieb.

Von den zwölf Erzählungen des Buches ‚Die Lobensteiner reisen nach Böhmen' wurden ‚Der Riese Wenzel', ‚Das Gespenst vom Ritthof', ‚Der vertauschte Knecht' und ‚Die Lobensteiner reisen nach Böhmen' als die schwächsten ausgeschieden. Auch von dieser Sammlung ist eine Handschrift erhalten, die einen früheren Zustand darstellt. Auch sie enthält nicht alle Stücke, dafür Notizen, Entwürfe und mehrfache Fassungen der Anfänge sowie den nicht in das Buch aufgenommenen ‚Gang eines Mönches nach Berlin'. Die Textvergleichung war daher auch hier nur teilweise möglich.

Zu den einzelnen Novellen ist Folgendes zu bemerken:

Seite 7: Die Segelfahrt. *Aus ‚Die Ermordung einer Butterblume'. Erstdruck: ‚Der Sturm' Nr. 69, Juli 1911.*

Seite 17: Die Tänzerin und der Leib. *Aus ‚Die Ermordung einer Butterblume'. Erstdruck: ‚Der Sturm' Nr. 2, 10. März 1910. Döblins erster Beitrag im ‚Sturm'.*

Seite 22: Mariä Empfängnis. *Aus ‚Die Ermordung einer Butterblume'. Erstdruck: ‚Der Sturm' Nr. 88, Dezember 1911.*

Seite 25: Die Flucht aus dem Himmel. *Aus ‚Die Erhebung, Jahrbuch für neue Dichtung und Wertung', herausgegeben von Alfred Wolfenstein [S. Fischer, Berlin 1920].*

Seite 31: Das Stiftsfräulein und der Tod. *Aus ‚Die Ermordung einer Butterblume'. Erstdruck: ‚Lyrische Flugblätter', mit fünf Holzschnitten von E. L. Kirchner [Verlag A. R. Meyer, Berlin-Wilmersdorf 1913].*

Seite 36: Astralia. *Aus ‚Die Ermordung einer Butterblume'. Erstdruck: ‚Der Sturm' Nr. 31, 29. September 1910. Im Manuskript neben dem Titel: «Oktober 1904».*

Seite 42: Die Ermordung einer Blutterblume. *Erstdruck: ‚Der Sturm' Nr. 28 und 29, 8. und 15. September 1910.*

Seite 55: Die Helferin. *Aus ‚Die Ermordung einer Butterblume'. Erstdruck: ‚Der Sturm' Nr. 62, 13. Mai 1911. Im Manuskript nur zwei unvollständige Fassungen, wovon eine ganz in Stichworten, beide mit dem Titel ‚Der Helfer'.*

Seite 63: Der Ritter Blaubart. *Aus ‚Die Ermordung einer Butterblume'. Erstdruck: ‚Der Sturm' Nr. 85/86, November 1911.*

Seite 76: Der Dritte. *Aus ‚Die Ermordung einer Butterblume'. Erstdruck: ‚Der Sturm' Nr. 77/78, September 1911.*

Seite 88: Die Memoiren des Blasierten. *Aus ‚Die Ermordung einer Butterblume'.*

Seite 99: Die falsche Tür. *Aus ‚Die Ermordung einer Butterblume'. Erstdruck: ‚Der Sturm' Nr. 54, 11. März 1911. Im Manuskript nicht vorhanden, aber in dessen Inhaltsverzeichnis aufgeführt.*

Seite 107: Linie Dresden-Bukarest. *Aus ‚Die Lobensteiner reisen nach Böhmen'. Im Manuskript mit zahlreichen Vorstufen vertreten, die erkennen lassen, daß diese Hochstaplergeschichte sorgfältig ausgefeilt wurde.*

Seite 119: Das Femgericht. *Aus ‚Die Lobensteiner reisen nach Böhmen'. Erstdruck: ‚Die neue Rundschau' 1915. Vom Manuskript sind nur wenige Blätter vorhanden.*

Seite 128: Das Krokodil. *Aus ‚Die Lobensteiner reisen nach Böhmen'. Fehlt im Manuskript.*

Seite 145: Vom Hinzel und dem wilden Lenchen. *Aus ‚Die Lobensteiner reisen nach Böhmen'. Im Manuskript nur teilweise vorhanden.*

Seite 153: Die Nachtwandlerin. *Aus ‚Die Lobensteiner reisen nach Böhmen'. Erstdruck: ‚Der neue Merkur', April 1914. Liegt handschriftlich in mehreren Fassungen und Entwürfen vor.*

Seite 170: Von der himmlischen Gnade. *Aus ‚Die Lobensteiner reisen nach Böhmen'. Erstdruck: ‚Der Sturm' Nr. 12, September 1914.*

Seite 181: Der Kaplan. *Aus ‚Die Lobensteiner reisen nach Böhmen'. Erstdruck: ‚Der Sturm' Nr. 5, Juni 1914. In der Handschrift samt einem Entwurf in Stichworten erhalten.*

Seite 202: Das verwerfliche Schwein. *Erstdruck: ‚Die neue Rundschau' 1917. Das Manuskript fehlt.*

Seite 217: Die Schlacht, die Schlacht! *Aus ‚Die Lobensteiner reisen nach Böhmen'. Erstdruck: ‚Der neue Merkur', April 1915. Das Manu-*

skript fehlt.

Seite 236: Wallenstein pachtet die Prager Münze. *Aus ,Wallenstein' Bd. 1, S. 194–205. Titel vom Herausgeber.*

Seite 248: Tillys Tod. *Ebda. Bd. 2, S. 285–290. Titel vom Herausgeber.*

Seite 254: Sommerliebe. *Erstdruck: ,Neue deutsche Erzähler' [Verlag Allert de Lange, Amsterdam 1934].*

Seite 267: Die Statistin. *Aus ,Der neue Urwald', Schlußband der Trilogie ,Amazonas' [Baden-Baden 1948], S. 19–26.*

Seite 274: Geistergespräch. *Ebda. S. 6–18 und 115–126. Titel vom Herausgeber. Twardowski ist der polnische Faust, ein Edelmann, der im 16. Jahrhundert in Krakau gelebt haben soll und eine klassische Gestalt der polnischen Dichtung wurde. Die Sage erzählt von ihm, er habe Mathematik und Physik getrieben und sich dem Teufel verschrieben, aber durch das Singen frommer Lieder befreit, und müsse zur Strafe bis zum Jüngsten Gericht zwischen Himmel und Erde schweben. Der 1600 von der Inquisition in Rom als Ketzer verbrannte Pantheist Giordano Bruno war ein Lieblingsdenker des jungen Döblin.*

Seite 295: Flucht in den Urwald. *Ebda. S. 147–152 und 155–184. Einige Untertitel in den beiden Ausschnitten wurden weggelassen.*

Seite 325: Antigone. *Aus ,Karl und Rosa', Schlußband der Trilogie ,November 1918' [Freiburg/München 1950], S. 190–205 und 222–230. Titel vom Herausgeber.*

Seite 351: Reiseverkehr mit dem Jenseits. *Aus ,Heitere Magie, zwei Erzählungen' [Baden-Baden 1948]; enthält außerdem das ,Märchen vom Materialismus'. Dieser Druck ist sehr fehlerhaft, beruht aber offenbar auf einem [nicht erhaltenen] nachlässigen Manuskript. Auch der zu breit geratene Schluß läßt die rasche Niederschrift ohne letzte Überarbeitung erkennen. Die gröbsten Unstimmigkeiten wurden von uns verbessert.*

Seite 402: Der Tierfreund oder Das zweite Paradies. *Bisher unveröffentlicht. Nach einem nachgelassenen Typoskript mit Korrekturen, die von Döblins Gattin wohl nach Diktat des fast Erblindeten angebracht wurden. Vielleicht durch Carrolls ,Alice in Wonderland' angeregt, die Döblin 1951 in seiner Zeitschrift ,Das goldene Tor' besprach und als ein Meisterwerk rühmte [s. ,Die Zeitlupe' S. 219f., 1962].*